Micaela Jary

Die Villa am Meer

GOLDMANN
Lesen erleben

Mehr von Micaela Jary:

Sehnsucht nach Sansibar. Roman
(auch als E-Book erhältlich)

Die Bucht des blauen Feuers. Roman
(auch als E-Book erhältlich)

Das Bild der Erinnerung. Roman
(auch als E-Book erhältlich)

Das Haus am Alsterufer
(auch als E-Book erhältlich)

Micaela Jary

Die Villa am Meer

Roman

GOLDMANN

1. Auflage
Originalausgabe April 2017

Gestaltung des Umschlags und der Umschlaginnenseiten:
UNO Werbeagentur München
Umschlagfoto: © Trevillion Images / Ilina Simeonova
imageBROKER / Frank Sommariva
Redaktion: Marion Voigt
BH · Herstellung: kw
Satz: KompetenzCenter, Mönchengladbach
Druck und Einband: GGP Media GmbH, Pößneck
Printed in Germany
ISBN: 978-3-442-48595-6
www.goldmann-verlag.de

Besuchen Sie den Goldmann Verlag im Netz

Mein Arbeitsplatz, der herrlichste, den ich kenne, liegt einsam.
Aber wäre er auch belebter, das isolierende Getöse der Brandung,
die schützenden Seitenwände des Strandkorbes,
dieses von jung auf vertrauten und eigentümlich bergenden Sitzhäuschens,
würden keine Störung aufkommen lassen.
Geliebte, unvergleichlich befriedigende und angemessene Situation …

Thomas Mann

PROLOG

Die Hochzeit

1897

Auf dem Kirchplatz von Warnemünde hatten sich kleine Gruppen von Schaulustigen gebildet, die der Ankunft der Braut entgegenfieberten. Offenbar Touristen, die bei einem Spaziergang durch den Ort zufällig auf die Hochzeit aufmerksam wurden. Trotz der für die Badesaison üblichen Vielfalt an Veranstaltungen bot ein Fest wie dieses für die Fremden eine willkommene Abwechslung. Die vielen gut gekleideten Gäste, die durch das im gotischen Stil erbaute Portal des neuen Gotteshauses eilten, waren der Beweis für ein großes gesellschaftliches Ereignis, sogar drei Kutschen und ein Automobil parkten am Rand der angrenzenden Poststraße.

Warnemünde war einst ein unbedeutendes Fischerdorf an der Ostsee gewesen, dann wurde es zu einem bedeutenden Hafen der Segelschifffahrt, und seit der Adel und das vornehme Bürgertum eine gewisse Begeisterung für das sogenannte Luftbaden und die See gewonnen hatten, entwickelte sich der Fremdenverkehr. Inzwischen kamen auf die mehrere tausend Einwohner zählende Gemeinde mindestens ebenso viele Besucher, Hotels und Pensionen entstanden an der Seestraße mit Blick über den breiten, endlos wirkenden weißen Sandstrand und die Ostsee, an der Vorderreihe am Alten Strom wurden in den kleinen aneinandergeschmiegten Kapitänshäusern zahlreiche Ferienwohnungen mit dem Luxus einer eigenen Küche vermietet. Die hochherrschaftliche Eleganz des nahe gelegenen Heiligendamm suchte man hier vergebens, wohl aber Vornehmheit und sämtliche Genüsse eines Badeorts. Der Fremdenverkehr florierte und förderte auf diese und jene Weise den Wohlstand der Gemeinde. Man war stolz auf das Erreichte. Aber wenn eine junge Frau aus alteingesessener Handwerksfamilie einen wohlhabenden Manufakturbesitzer aus Rostock heiratete, war dies auch für die Einheimischen eine Attraktion.

Als die Braut am Arm ihres Vaters erschien, teilte sich die Menge, ein leises Getuschel setzte ein, und Blicke und Finger richteten sich auf die in der Sonne glitzernde Brautkrone der ansonsten in schlichtes Schwarz gekleideten jungen Frau. Nicht ihr hübsches ovales Gesicht mit den ein wenig schräg liegenden blaugrünen Augen war der Blickfang, sondern die schwere Kopfbedeckung, die aus Silberdrähten, bunten Glasperlen und Goldfäden gefertigt war und der Trägerin eine gerade Haltung und einen guten Gleichgewichtssinn abverlangte. Irgendjemand in der Menge klatschte, ein paar andere Neugierige fielen mit ein, und schließlich brandete Applaus auf wie nach einem gelungenen Kurkonzert.

Unwillkürlich fragte sich Katharina, ob der Beifall der kostbaren Handarbeit auf ihrem Haar galt oder ihrem Geschick, die Hochzeitstracht so gelassen zu tragen, als handelte es sich um ein einfaches Kostüm. Oder applaudierten manche Menschen ganz automatisch, wenn sie eine Einheimische auf dem Weg zum Altar beobachten durften? Wie eine lebendige Sehenswürdigkeit. Als wäre sie der neue Leuchtturm, dessen Fertigstellung ihr Vater als leitender Baumeister überwachte. Ein stiller Seufzer setzte sich in ihrer Kehle fest, zwang sie zu einem leisen Räuspern. Wenn der Leuchtturm eingeweiht wird, dachte sie, bin ich bereits seit einem Jahr die Frau von Olaf Borchers. Dann hatte sie wohl endlich Gewissheit, ob sie jetzt die richtige Entscheidung traf.

»Pass auf, dass du nicht krank wirst!«, warnte Baumeister Papenhagen. »Bei unserem wechselhaften Wetter wäre das zwar kein Wunder, aber du solltest deine Ehe nicht mit einem Husten beginnen. Und außerdem …«

»Außerdem ist die erste Frau Borchers an einer Lungenentzündung gestorben«, vollendete Katharina den begonnenen Satz.

Sie war sich nicht sicher, ob ihr Vater sie an den Tod ihrer Vorgängerin erinnern wollte. Vielleicht wollte sie selbst mit ihrer patzigen Antwort vielmehr einen Streit vom Zaun brechen, der eskalierte – und die Trauung verhinderte. Eine Braut, die sich vor der Kirche lautstark zankte, würde vom Pastor gewiss nicht freundlich empfangen werden. Vom Bräutigam ganz zu schweigen. Immerhin eine Möglichkeit, der Sache ein Ende zu bereiten.

Das Einsetzen des Glockenspiels und der Klang der Orgel, der bis auf den Vorplatz dröhnte, übertönten Papenhagens Antwort. Rasch drückte er ihre Hand. Aufmunterung und väterlicher Liebesbeweis zugleich, aber auch seine Art, ihr seine Zuversicht mitzuteilen.

Wenigstens einer, der überzeugt von meiner Wahl ist, sinnierte Katharina. Wieder stöhnte sie auf. Doch diesmal erstickte sie ihr Seufzen nicht – es hörte schließlich niemand.

Die Brautkrone zwang sie, ihren Kopf aufgerichtet und den Blick geradeaus zu halten. Nur aus den Augenwinkeln nahm sie die bis auf den letzten Platz gefüllten Bankreihen wahr, als sie langsam durch das Kirchenschiff schritt. Die Gesichter darin verschwammen zu einer bleichen Masse. Angehörige und Freunde der beteiligten Familien, Honoratioren und Kunden der Korbmacherwerkstatt Borchers. Katharinas zukünftiger Mann behauptete zwar stets bescheiden, er betreibe in Rostock nur einen kleinen Handwerksbetrieb, tatsächlich aber hatte sich dieser zu einer Manufaktur von beachtlicher Größe entwickelt.

Spätestens seit er Sitzmöbel für den Strand herstellte, war er kein einfacher Arbeiter mehr. Die sogenannten Strandkörbe breiteten sich seit der Erfindung des Zweisitzers vor vierzehn Jahren an der Ostsee aus wie die Krabben. Olaf Borchers war gewiss nicht reich, aber er verdiente genug, um seiner jungen Frau ein sorgenfreies Leben zu bieten.

Er stand am Ende ihres Wegs, den Altar im Rücken. Ein hochgewachsener schlanker Mann in einem schwarzen Gehrock. Ihr Bräutigam war zweiundvierzig Jahre alt und damit mehr als zwanzig Jahre älter als Katharina, und er wirkte mit den silbernen Fäden in seinem braunen Haar und dem grauen Schnauzbart über seinem jetzt sanft lächelnden Mund keinen Tag jünger. Zwar strahlten seine grauen Augen eine fast jugendliche Lebendigkeit aus, aber auch Klugheit und Reife. Sie stand im Begriff, nicht den Helden ihrer Jungmädchenträume zu heiraten, sondern einen Herrn, dessen Alltag eine in sich abgeschlossene kleine Welt war, kein schwankendes Schiff. Eine Welt, die er ihr zu Füßen legen würde, wie er es versprochen hatte. Katharinas Bräutigam war ein Mensch, dessen Wort Gold wert war, daran bestand kein Zweifel. Er bot ihr neben seiner Zuneigung eine gewisse Sicherheit, nicht nur finanzieller Art. Und deshalb trat sie von ihrem Vater fort und an seine Seite.

Der Pastor eröffnete mit seiner Begrüßung den Traugottesdienst, ein Segenswunsch und ein Gebet schlossen sich an, dann ein Lied, das die Gemeinde enthusiastisch sang. Mit jedem Ton begann sich Katharina mehr zu entspannen. Es war ihre Hochzeit. Der glücklichste Tag in ihrem Leben …

Nein, dachte sie, erschrocken über die Gefühle, die sie plötzlich mit ungeahnter Macht überschwemmten. Der glücklichste Tag in meinem Leben war der, als ich Joachims Gesangbuch in den Händen hielt. Ein wunderschönes, in Leder gebundenes und mit silbernen Ankern geschmücktes kleines Buch. Er hatte es ihr schweigend überreicht, aber sie hatte ihn auch ohne Worte sofort verstanden. Seit Jahrhunderten machten die zuweilen recht stillen Männer in Warnemünde ihren Angebeteten auf diese Weise einen Antrag. Doch damit hatte es sich mit der Tradition. Nichts wurde so, wie von ihr erhofft.

Das Verlöbnis blieb ihr Geheimnis. Er hielt nicht bei ihrem Vater um ihre Hand an, und am nächsten Wochenende, an dem üblicherweise das Aufgebot bestellt wurde, saß sie allein in der Kirchenbank und lauschte der Bekanntmachung eines anderen Paares, das heiraten wollte.

»Eine zweijährige Fahrt auf Nord- und Ostsee ist die Voraussetzung für ein Schifferexamen«, rechtfertigte Joachim seinen Abschied. »Ich bin jetzt dreiundzwanzig, und wenn ich zurück bin, steht der Prüfung und dem Erhalt des Patents auf Große Fahrt nichts mehr entgegen. Dann kann ich als Steuermann arbeiten, ich verdiene genug Geld für meine Familie, und wenn ich erst Kapitän bin, darfst du mich gelegentlich begleiten. Wir werden gemeinsam Abenteuer erleben, Katharina! Oder ich werde Lotse und komme jeden Abend nach Hause. An unserer Hafeneinfahrt gibt es immer viel zu tun, wie du weißt, es ist die gefährlichste an der gesamten Ostseeküste. Gute Leute sind gesucht. Ich werde den Weg gehen, den du möchtest, damit wir für immer zusammen sein können. Aber bis dahin muss ich fort.«

Seine ungewöhnlich vielen Worte verbargen die Wahrheit. Katharina hatte keine Vorstellung davon, wie es war, tagein, tagaus zu warten, sich während der Herbststürme zu sorgen und eine Einsamkeit ertragen zu müssen, die manchmal schwerer wog als der Mast auf einem Segelschiff. Als sie sich kennenlernten, befand sich Joachim mitten in der Ausbildung an der Mecklenburger Seefahrtsschule in Rostock – er lebte den Alltag eines

Studenten an Land. Natürlich kannte sie viele Familien, in denen der Vater manchmal monatelang abwesend war, die meisten Männer in ihrem Geburtsort wurden entweder Fischer oder Matrosen. Doch nie zuvor hatte sie so leidenschaftlich geliebt. Und diese Liebe verband sich mit der Sehnsucht nach seiner Nähe. Es verzehrte sie, wurde zur Obsession, schließlich fürchtete sie, gemütskrank zu werden. Das war der Moment, in dem sie sicher war, dass sie die bestehende Situation nicht ertrug. Sie war nicht zur Seemannsfrau geschaffen.

Ein Jahr nach Joachims Antrag stand sie im Begriff, einen anderen zu heiraten.

»Barmherzig und gnädig ist der HERR, geduldig und von großer Güte.«

Die Stimme des Pastors drang wie durch einen Nebel zu Katharina durch. Vielleicht dämpften die goldbestickten Ohrklappen der Brautkrone seine Worte. Oder sie war mit ihren Gedanken zu weit abgeschweift und noch nicht wieder in der Gegenwart angekommen. Jedenfalls hatte sie nichts von dem wahrgenommen, was der Geistliche offenbar zuvor aus der Heiligen Schrift rezitiert hatte.

Ihre Blicke flogen zu Olaf. Die Miene ihres Bräutigams drückte Zufriedenheit aus. Als er kurz ihren Augen begegnete, flackerte Besorgnis in seinem Ausdruck auf, erlosch aber rasch wieder. Er lächelte sie an. Freundlich und mit dem klugen Instinkt des Beschützers.

»Wir haben das Wort der Heiligen Schrift gehört«, fuhr der Pastor fort. »Jetzt frage ich dich vor Gott und dieser Gemeinde: Olaf Heinrich Borchers, willst du Katharina Elisabeth Papenhagen, die Gott dir anvertraut, als deine Ehefrau lieben und ehren, Freude und Leid mit ihr teilen und ihr die Treue halten, solange ihr lebt, so antworte: Ja, ich will.«

Olafs »Ja« hallte fest und deutlich durch das Kirchenschiff. »Ich will dich, Katharina Papenhagen, die Gott mir anvertraut hat, als meine Frau lieben und ehren. Mit Gottes Hilfe will ich die Ehe mit dir nach seinem Gebot und nach seiner Verheißung führen, in guten und in bösen Tagen, bis der Tod uns scheidet.«

Der Pastor nickte bekräftigend. Dann sah er Katharina fest in die Augen: »Und nun zu dir, Katharina Elisabeth Papenhagen: Willst du Olaf Heinrich Borchers, den Gott dir anvertraut, als deinen Ehemann lieben und ehren, Freude und Leid mit ihm teilen und ihm die Treue halten, solange ihr lebt, dann antworte: Ja, ich will.«

Es war wie ein zweiter Abschied von Joachim. Diesmal noch endgültiger als der Brief, den sie ihm geschrieben und dem sie das wunderschöne Gesangbuch beigelegt hatte. Tränen stiegen in ihr hoch. Wahrscheinlich würde sich der Geistliche über ihre Rührung freuen. Er wusste natürlich nichts von Joachim. Er wusste ebenso wenig wie Olaf, dass sie log, wenn sie ihrem Bräutigam gleich das Trauversprechen gab, das ihr der Pastor in einem Gespräch vorgeschlagen und sie auswendig gelernt hatte. Die Worte hatten sich in ihrem Gedächtnis festgesetzt, nicht jedoch in ihrem Herzen.

Sie schluckte, aber ihre Stimme zitterte trotzdem: »Ja. Ich bekenne mich vor Gott zu dir, Olaf Heinrich Borchers. Ich will dich achten und meine Liebe zu dir mit Gottes Hilfe in Ehren halten, in guten und in schweren Zeiten, solange ich lebe. Dazu helfe mir Gott.«

Irrte sie sich, oder ging ein Aufatmen durch die Gemeinde? Irgendjemand räusperte sich, ein Hüsteln folgte, dann ein ersticktes Schluchzen, ein leises Klappern, Füße scharrten über den Boden. Du lieber Himmel, warum sorgte ihr Ehegelöbnis für derartige Unruhe? Zweifelte auch nur einer der Gäste an, dass sie Olaf eine gute Frau sein wollte? Katharina bedauerte, sich nicht umdrehen zu können, um herauszufinden, wer ihr eine derartige Unbedachtheit unterstellte.

Der Pastor wandte sich von ihr ab und beugte sich vor, um nach dem kleinen Tablett mit den goldenen Eheringen zu greifen, das auf dem Altar wartete, hielt jedoch überrascht in der Bewegung inne. Er schnappte nach Luft, richtete sich wieder auf, starrte dabei auf etwas im Hintergrund.

»Was …?«, hob Olaf an, unterbrach sich jedoch, als er den Kopf drehte, um über seine Schulter zu sehen.

Einen Herzschlag lang wünschte sich Katharina, dass Joachim gekommen war, um ihre Heirat zu verhindern …

»Du bist ein Verräter!« Der Angriff schraubte sich zu einem unnatürlich hohen Kreischen empor. »Und ein Betrüger! Und ein Dieb!« Die Stimme drohte sich zu überschlagen, klang nach dem Schrei eines Kindes und gleichzeitig nach dem Gezänk einer Vettel. Es war der aufgeregte, etwas verschwommene Ton eines schluchzenden Jungen, der dem Stimmbruch noch nicht entwachsen war.

Katharina spürte Olafs Entsetzen neben sich. Er rang um Fassung.

Langsam drehte sie sich um.

Eine schmächtige Gestalt torkelte den Mittelgang entlang, ein wenig gebückt, als wäre die seelische Last nicht einmal körperlich zu tragen.

»Erik, dies ist nicht der rechte Ort …«, murmelte Olaf, behielt aber für sich, wofür die Kirche nicht der richtige Ort war. Er starrte den Jungen an, der mit zerzaustem Haar und sichtlich betrunken auf ihn zuzugehen versuchte, ohne ständig über seine eigenen Füße zu stolpern. Olaf brauste nicht auf, wie es vielleicht ein anderer Mann an seiner Stelle getan hätte, er wirkte verstört, offenbar zutiefst verletzt über diesen Auftritt. Die Scham darüber trieb rote Flecken auf seine bleichen Wangen.

Endlich befreite sich der Pastor aus seiner Verwunderung. »Mein Sohn, bist du gekommen, um etwas gegen diese Heirat einzuwenden? Wenn ja, mögest du jetzt sprechen oder für immer schweigen.«

Die Unruhe unter den Hochzeitsgästen hatte sich längst verstärkt. Das Wispern schwoll zu offenen Diskussionen an. Manche Leute waren peinlich berührt, andere reagierten zornig auf die Störung, Verständnis konnte Katharina kaum ausmachen, hin und wieder mochte Sensationsgier von den Verwandten, Freunden und Bekannten Besitz ergreifen.

Von ihrer Familie kannte niemand Olafs Erstgeborenen; sie selbst war dem Jungen bisher nur wenige Male begegnet. Erik Borchers galt als verschlossen und lehnte den Wunsch seines Vaters, eine zweite Ehe einzugehen, ganz offensichtlich ab. Er war ein schwieriges Kind, das die höhere Schule nicht geschafft hatte und sich nun als Lehrling in der Manufaktur seines Vaters verdingte. Natürlich litt er unter dem viel zu frühen Tod seiner Mutter, aber vielleicht auch unter Olafs Nachsicht, wie Katharina vermutete. Strenge kannte der inzwischen Fünfzehnjährige wohl nicht – und es schien auch nicht so, als wollte Olaf heute etwas daran ändern.

Erik blieb dicht vor dem Brautpaar stehen. »Der Halblieger ist meine Erfindung.« Der Protest klang wie ein weinerliches Krähen. »Du stellst den Strandkorb unter deinem Namen her. Das ist Betrug!«

Obwohl sie nicht die geringste Ahnung hatte, wovon der Junge sprach, war Katharina sicher, dass er unter einem schweren seelischen Schaden litt. Jedenfalls klang er reichlich größenwahnsinnig. Was, um alles in der Welt, konnte ein Knabe in seinem Alter schon entwerfen?

»Du redest Unsinn«, stieß Olaf hervor und rang um Beherrschung.

»Ich würde vorschlagen …«, begann der Pastor.

Ein Mann mittleren Alters schob sich aus der zweiten Kirchenbank. Katharina kannte ihn nicht, aus den Augenwinkeln hatte sie jedoch beobachtet, wie unruhig er seit dem Auftauchen von Olafs Sohn war. Der Unbekannte hatte Mühe, sich an den anderen Gästen vorbei auf den Mittelgang zu drängen. Als er schließlich hinter Erik stand, wischte er sich mit seinem Taschentuch den Schweiß von der Stirn. Dann griff er nach dem Arm des Jungen. »Es ist genug«, versuchte er ihn zu besänftigen. »Wir können über alles später reden. Komm erst einmal mit mir nach Hause und schlaf deinen Rausch aus.«

Zu Katharinas größter Verwunderung gab Erik sofort nach. Er ließ sich von dem Mann hinausführen, als wäre er ein Hund, der ausgebüxt war und nun wohlerzogen an der Leine neben seinem Herrn heimwärts trottete.

Leise fragte sie: »Wer war das?«

Olafs Miene verdüsterte sich. »Johann Tarnow, mein früherer Schwager. Er besitzt eine Tischlerei und wird begeistert sein, wenn sich Erik ihm anvertraut.«

»Natürlich. Er ist sein Onkel.«

»Das verstehst du nicht. Johann will schon lange Strandkörbe von guter Qualität herstellen, es fehlt ihm jedoch das Wissen dafür, und da er ein schlechter Meister ist, bekommt er keine guten Gesellen.« Er schlug sich mit der Hand gegen die Stirn. »Dass ich daran nicht gedacht habe! Erik kennt die Arbeitsabläufe genau. Er ist ein Glücksgriff für Johann, um mir Konkurrenz zu machen.«

»Ach was. Das wird er gewiss nicht tun. Er weiß doch bestimmt, dass er gegen einen Mann wie dich nichts ausrichten kann.«

Olaf schüttelte stumm den Kopf.

Eine Familienfehde, stellte Katharina stumm fest. Ein Wespennest, in das sie gestoßen war. Ob sie unbeabsichtigt Schuld an der Situation trug? Sie kannte Olaf viel zu kurz, um hinter seine Fassade der bürgerlichen Wohlanständigkeit blicken zu können. Vielleicht hatte er sich ja mit den Leuten seiner verstorbenen Frau wegen seiner neuen Ehe entzweit. Eine Wiederverheiratung war für einen Witwer nicht ungewöhnlich, eine so viel jüngere Braut entsprach allerdings nicht den Konventionen. Die Verehrung des älteren Mannes schmeichelte Katharina, das Zuhause, das er ihr gab, entsprach ihrem Bedürfnis nach Geborgenheit. Kamen nun Probleme auf sie zu, mit denen sie nicht im Geringsten gerechnet hatte? Der Auftritt des Jungen war womöglich nur das Echo dessen, was ihm Onkel und Tanten einflüsterten.

»Können wir weitermachen?«, erkundigte sich der Pastor, fuhr jedoch sofort, und ohne eine Antwort abzuwarten, in salbungsvollem Ton fort: »Der HERR ist treu; er wird Euch Kraft geben und vor dem Bösen bewahren.«

Ach Joachim!, dachte Katharina beklommen.

ERSTER TEIL

Katharina

1902

1

Der Sturm drückte gegen die Fenster und toste bis in den Kamin hinein, wirbelte die Glut auf und ließ das Feuer zischen. Sein Klagen verband sich mit Gretas Stöhnen zu einer einzigen Melodie. Ihr Gehör konnte die Geräusche aus ihrer Kehle von denen im Schornstein kaum noch unterscheiden. Über dem Haus und in ihrem Körper tobten die Elemente wie Geister, die sich zu einem Tanz trafen. Klabautermänner, von denen Greta noch nicht wusste, ob sie in guter oder in böser Absicht eingedrungen waren. Der Gesang der Schiffskobolde verstärkte sich zu einem hohen Crescendo, und Greta wurde erst mit einiger Verzögerung bewusst, dass es ihre eigene Stimme war, die vor Schmerz anschwoll wie die Flut. Die Wehen waren nicht mehr auszuhalten, und wenn sie gewusst hätte, was sie erwartete, hätte sie wahrscheinlich niemals erwogen, ein Kind auf die Welt zu bringen.

»Es ist gleich geschafft«, versicherte ihr die alte Hebamme.

Greta Wittenburg schrie den Schmerz aus sich heraus. Mit jeder Wehe entlud sich ihre Qual in einem noch höheren Ton, der sogar in ihren eigenen Ohren unnatürlich schrill klang.

»Schrei nur, mein Kind, das ist das Recht der Gebärenden.«

Die Hebamme wollte ihr sicher Mut zusprechen, doch Greta erschrak. Sie hasste sich dafür, die Contenance zu verlieren. Ihrer Ansicht nach behielt eine vornehme Dame selbst bei einer

Geburt Würde und Disziplin. Sie wollte sich nicht wie eine Frau unterer Klasse benehmen, die sich wegen jeder Unpässlichkeit gehen ließ. Es war Gretas größtes Bestreben, ihre Herkunft vergessen zu machen und in allen Lebenslagen jene Eleganz auszustrahlen, die bestimmte Herrschaften verkörperten, wenn sie in der Badesaison über die Bismarck-Promenade flanierten. Auf diese Weise versuchte Greta, an ihrem Geburtsrecht als höhere Tochter festzuhalten, das ihr Vater durch eine Fehlinvestition jedoch schon früh verspielt hatte. Greta konnte sich nicht mehr an das Leben in einem wohlhabenden Elternhaus erinnern, sondern nur an viele verschiedene Gutshäuser und Schlösser in Norddeutschland, durch die ihr verarmter Vater mit Frau und Töchtern als Privatlehrer zog. So wuchs sie nicht als Prinzessin auf, sondern auf dem Stand eines Dienstbotenkindes, begleitet von Geschichten, die so fern wie Märchen klangen.

Es war wie ein Trauma, das sie auf der Suche nach einem Ehemann begleitete. Sie sehnte sich nach einem gewissen gesellschaftlichen Umgang, doch nicht mit übermäßiger Schönheit gesegnet und ansonsten völlig mittellos verfügte sie über begrenzte Chancen, ihre – trotz allem – durch den Vater erworbene Bildung zählte auf dem Heiratsmarkt wenig. Ein angehender Kapitän kam ihr da gerade recht als Ehemann. Joachim Wittenburg bot ihr in jeder Hinsicht die beste Perspektive: Er wollte ihr ein eigenes Haus mit einem Klavier und einem Grammophon kaufen, sein Beruf gehörte zu den angesehensten an der Küste und versprach nicht nur dank seines guten Gehalts einen finanziellen, sondern auch einen gesellschaftlichen Aufstieg. Ihr Bräutigam war zwar mit achtundzwanzig Jahren noch jung, aber er stand am Beginn einer großen Karriere, und die allgemeine Wertschätzung seines künftigen Postens färbte zweifellos auf die Ehefrau ab.

Störende Details wie etwa Liebe ließ Greta bei diesen Überlegungen außer Acht. Auch die Frage, warum ein attraktiver Mann mit seinen Aussichten ausgerechnet sie erwählte, stellte sie sich nicht. Da Joachim ohnehin die meisten Monate eines Jahres auf See verbrachte, erwartete sie keine traute Zweisamkeit, war sogar dankbar für die vielen Stunden, die sie ohne Rücksichtnahme auf einen Mann verbringen durfte. Umso erstaunter war sie, als sich das Zusammenleben mit ihm als ausgesprochen angenehm herausstellte. Joachim Wittenburg besaß Attribute, die sie schätzte: Höflichkeit und Rücksichtnahme, Bildung, Humor und Großzügigkeit. Nach der Hochzeit zogen sie in ein hübsches Häuschen mit einer Stube, einer großen Küche, einem kleinen Arbeits- und zwei Schlafzimmern, der Frischvermählte schenkte seiner Angetrauten tatsächlich sogar ein Grammophon. Gretas erstes eigenes Heim lag zwar nicht an der Vorderreihe, aber in dem Viertel hinter der Alexandrinenstraße, und besaß sogar Annehmlichkeiten wie elektrischen Strom und fließendes Wasser. Als sie ihrem Gatten nach gut drei Jahren Ehe in einem Brief mitteilte, dass sie guter Hoffnung sei, kabelte er zurück: »Zur Geburt bekommst du ein Klavier.«

War ein Piano diese Schmerzen wert?

Greta wusste nicht, ob sie schon wieder oder noch immer schrie. Sie hörte sich nicht einmal mehr selbst. Ihr Körper schien zu zerreißen, und das trieb ein Rauschen in ihre Ohren, das ihr einen Atemzug lang die Sinne raubte.

Als sie wieder zu sich kam, drang eine Kakophonie zu ihr durch, die lauter und lauter wurde: ein hoher, seltsam zarter Ton, das unverständliche Gemurmel der Hebamme und ihrer Helferin, der heulende Sturm, Regen, der gegen die Fenster klatschte, das Zischen im Kamin und ein wütendes Hämmern. Nur ihre eigene Stimme erstarb.

»Es ist ein Mädchen!«, rief die Hebamme.

»Da ist jemand an der Tür.« Luise, Gretas Schwester, stand unerwartet im Raum.

»Unsinn!«, widersprach die Hebamme. »Kein Mensch, der bei Verstand ist, wagt sich bei diesem Wetter nach draußen. Das ist nur der Sturm.«

Luise insistierte, die Hebamme antwortete, beide Frauen stritten sich, bis die Geburtshelferin entnervt ausrief: »Dann machen Sie doch endlich auf und lassen Sie mich meine Arbeit tun! Sehen Sie nicht, dass ich beschäftigt bin?«

Greta interessierte sich nicht dafür, ob ein Besucher Einlass begehrte, wer dies sein mochte oder ob eine Böe die Tür eindrückte. Nicht einmal das Kind erregte ihre Aufmerksamkeit, geschweige denn so etwas wie Mutterliebe. Alles tat ihr weh, sie fühlte sich überall wund. Ihre Gedanken waren nur bei sich und dem Nachklang des Geburtsschmerzes, bei der Hilflosigkeit, der sie sich ausgesetzt fühlte. Es war das schrecklichste Erlebnis ihres Lebens. »Wie konnte mir Joachim das antun …?«, presste sie hervor. Doch niemand beachtete ihr Wimmern.

Wie hielten andere Frauen eine Geburt aus? Wahrscheinlich werden sie dazu gezwungen, resümierte Greta. Niemand mutete sich diese Prozedur freiwillig zu. Davon war sie nun überzeugt. Freilich erzählte einem auch kein Mensch vorher, was eine Schwangere erwartete. Und im entscheidenden Moment war es für einen Rückzieher zu spät. Allerdings krönte Nachwuchs eine gute Ehe, und Greta plagte tatsächlich hin und wieder die Angst, Joachim könnte sich in einem anderen Hafen eine Braut suchen. Nicht dass sie ihm Anlass dazu bot oder er ihre Furcht durch sein Verhalten bestärkte. Sie war eine vorbildliche Gemahlin, daran bestand kein Zweifel, und sie gab ihm keinen Grund zur Untreue. Joachim musste nichts vermissen. Höchstens Innigkeit und Liebe. Manchmal beschlich sie deshalb der beunruhigende Gedanke, dass er die Zuneigung, die sie nicht für ihn empfand, anderswo finden könnte. Außerdem nährten die vielen Seemannslieder, die die Treue der Matrosen besangen, ihre Eifersucht.

Nein, ein Kind krönt keine Ehe, fuhr es ihr durch den Kopf, aber es hält sie zusammen. Das ist eine Frage der Ehre. Jetzt kann er mich nicht mehr verlassen. Niemals. Einerlei, was geschieht.

Durch diesen Gedanken beruhigt spürte Greta eine lähmende Müdigkeit über sich hereinbrechen. Sie wünschte, die Schallplatte, die Joachim ihr von seiner letzten Reise mitgebracht hatte, würde erklingen. Aber ihr fehlte die Kraft, um eine der fremden helfenden Hände in ihrem Haus zu bitten, das Grammophon aufzuziehen.

»Greta, Greta …«, Luise erschien wieder auf der Bildfläche. Diesmal atemloser als zuvor. »Greta, da ist ein Schiffsjunge. Er bringt Nachricht von deinem Mann.«

Sie war gerade eingenickt. Noch umarmt von der Seligkeit des Schlafs murmelte sie: »Später. Erzähl es mir später.« Dann sackte sie wieder weg, wurde jedoch wieder aufgeweckt:

»Greta!!!«

»Nun lassen Sie doch die Wöchnerin in Ruhe!«, polterte die Hebamme. »Der frischgebackene Vater kommt hoffentlich bald heim. Das ist gut für die Mutter und für die kleine Deern hier.«

Mit giftiger Stimme entgegnete Luise: »Es gab einen Unfall. Joachim schwebt in Lebensgefahr!«

Der jungen Lernschwester entfuhr ein entsetztes: »Himmel, hilf! Was ist passiert?«

Danach herrschte für ein paar Atemzüge erschrockenes Schweigen, bevor die ältere Geburtshelferin grummelte: »Sei still, Mädchen.« Und an Luise gewandt: »Es wäre für den Moment besser, Sie würden solche Hiobsbotschaften für sich behalten. Die tun nicht wohl. Frau Wittenburg hier kann ohnehin gerade nichts für ihren Mann ausrichten. Wenn sein Leben in Gottes Hand liegt, wird es der Herr schon richten.«

Greta nahm die neuerliche Diskussion der Frauen wie durch einen Schleier aus Watte wahr. Dennoch begannen die Worte, irgendwie zu ihrem Hirn durchzudringen. Nein, dachte Greta plötzlich, das ergibt keinen Sinn. Joachim konnte nicht verunglückt sein. Er befand sich auf See. Sie erwartete ihn nicht vor nächstem Monat zurück.

Vorsichtig richtete sie sich auf. »Was ist los?«

Die Hebamme warf einen warnenden Blick zu der frischgebackenen Tante. »Nichts, Frau Wittenburg, gar nichts. Lassen Sie sich nicht beunruhigen. Nichts ist geschehen.« Sie legte Greta ein in Leintücher gewickeltes Bündel in den Arm. »Sehen Sie sich nur die Lütte an. Es ist ein sehr hübsches und ganz gesundes kleines Mädchen. Auf diese große Schwester wird Ihr Stammhalter einmal sehr stolz sein.«

Erstaunt sah Greta in das Gesichtchen ihrer Tochter. Wie zart sie war. Die Lider des Säuglings waren geschlossen, aber irgendwo hatte Greta gelesen, dass alle Neugeborenen blaue Augen besaßen. Das Köpfchen bedeckte ein zarter, sich im Nacken leicht kringelnder heller Flaum. Und wie leicht sie sich anfühlte. So zerbrechlich und doch seltsam stark. Wie Gretas Mutter. Die war auch sehr zart gewesen, allerdings niemals kräftig genug, um den Anfeindungen nach der Pleite ihres Mannes entgegenzutreten. Vor Gram war sie gestorben.

»Wie soll sie denn heißen?«, fragte die Hebamme.

»Joachim wird vielleicht sterben. Das muss seine Frau doch wissen«, protestierte Luise im Hintergrund.

Greta war so von dem Anblick des Neugeborenen gefangen, dass sie die Worte ihrer Schwester gar nicht erst zu verstehen versuchte. Für einen Moment wunderte sie sich, wo der Schmerz geblieben war. Ihre raue Kehle erinnerte sie jedoch an ihre Schreie. Sie wollte antworten, dass sie geglaubt habe, einen Jungen zu erwarten. Nicht zuletzt hatte die Hebamme verschiedene Anzeichen der Schwangerschaft – die Form ihres Bauchs etwa – so gedeutet. Deshalb hatte sich Greta keinen Mädchennamen ausgedacht und auch Joachim in keinem ihrer Briefe danach gefragt. Sie räusperte sich, suchte in ihrer Erinnerung nach einem passenden Namen, runzelte die Stirn.

»Friederike«, warf Luise resolut ein. »Sie heißt natürlich Friederike wie unsere Mutter. Etwas anderes kommt nicht infrage.« Sie trat neben das Bett ihrer Schwester, blickte rasch auf das Neugeborene, nickte kurz, als würde sie eine entfernte Bekannte begrüßen. Dann stemmte sie die Hände in die Hüften und drängte mit erhobener Stimme: »Greta, bitte, hör mir zu! Es ist etwas Schreckliches passiert!«

»Ich lege die Deern man besser in die Wiege«, meinte die Hebamme verärgert. »Dann können Sie sich mit Ihrer Schwester unterhalten … Also, so was …« Der Rest verhallte in einem grimmigen Murmeln, während sie das Baby aus Gretas Arm hob und in die andere Ecke des Zimmers trug. »In das Geburtsregister lasse ich den Namen Friederike Wittenburg eintragen.«

Luise sah ihr kurz nach, als wollte sie sichergehen, dass die Hebamme vor ihr kapituliert hatte. Einen Moment später raffte sie ihren Rock und ließ sich vorsichtig auf der Bettkante nieder. Mit überraschender Zärtlichkeit strich sie Greta das schweißnasse Haar aus der Stirn, bevor sie anhob: »Auf See wütet ein schwerer Sturm, und Joachims Schiff ist leckgeschlagen. Ein anderes Boot konnte die meisten Mitglieder der Mannschaft retten, nur wenige sind ertrunken. Joachim hat schwer verletzt überlebt, aber dennoch musst du mit dem Schlimmsten rechnen. Es tut mir sehr leid, Greta.«

Es dauerte eine Weile, bis Greta dämmerte, was die Schwester ihr mitteilte. Was erzählte sie da? Das war doch alles blanker Unsinn. Seemannsgarn der übelsten Sorte. War die kinderlose Luise etwa neidisch, weil die Geburt Gretas Familie vervollständigte? Luise, die in Hamburg mit einem Lehrer verheiratet und kinderlos war und es finanziell und gesellschaftlich deutlich schlechter getroffen hatte als Greta in Warnemünde. Aber Luise war immer die liebevollste unter ihren Schwestern gewesen. Als Greta sie am Ende der Schwangerschaft um Unterstützung bat, zögerte Luise nicht einen Moment mit ihrem Besuch. Was war nur in die Ältere gefahren, derartige Schreckensnachrichten zu verbreiten?

Greta fühlte sich nicht stark genug für eine Auseinandersetzung. Sie wünschte sich nichts als Ruhe. Deshalb beschloss sie, die Information fürs Erste zu ignorieren.

»Ich bin so müde.« Ihre Stimme war belegt, die Zunge pelzig und schwer. »Wir reden später über alles, Luise. Kannst du mir bitte ein Glas Wasser reichen? Und dann möchte ich schlafen.«

»Aber … du … du kannst doch … nicht …«

»Hören Sie endlich auf, die Wöchnerin zu bedrängen«, mahnte die Hebamme. Die war wieder neben das Bett getreten und füllte das Glas auf dem Nachttisch aus der danebenstehenden Karaffe. »Hier«, sie schob eine Hand unter Gretas Kopf, um diesen leicht anzuheben, und setzte mit der anderen das Getränk an ihre Lippen.

Seufzend erhob sich Luise von ihrem Platz. Während sie ihren Rock mit langsamen Bewegungen glatt strich, schien sie angestrengt nachzudenken. Schließlich hielt sie inne, sah die Geburtshelferin an und fragte herausfordernd: »Und? Was soll ich dem Schiffsjungen sagen, der in der Diele auf Antwort wartet? Dass sich Frau Wittenburg nicht um das Schicksal ihres Mannes schert? Dass sie sich nicht einmal dafür interessiert, was mit ihm geschehen ist und wohin man ihn gebracht hat?«

Die Hebamme richtete sich auf, stellte das Glas ab. »Sorgen Sie dafür, dass Steuermann Wittenburg von der Niederkunft erfährt. Wenn es so ist, wie Sie sagen, erhält ihn vielleicht der Gedanke an seine Tochter am Leben.«

Greta hörte die Worte wohl, aber sie verinnerlichte sie nicht. Erschöpft sank sie in einen tiefen, traumlosen Schlaf.

2

Katharina stand auf dem Absatz der schmalen Treppe, die die beiden oberen Stockwerke mit dem Erdgeschoss und der Werkstatt sowie dem Lagerraum verband, und lauschte dem Orkan, der die Fensterläden und Dachgiebel des alten Backsteinhauses erzittern ließ. Es roch wie immer nach bearbeiteten Hölzern, Leim und Ölfarbe, doch die sonst üblichen Geräusche wie Hämmern, Sägen und das Rattern der Nähmaschine waren verstummt. Stattdessen dröhnte das Klappern, Prasseln und Sausen des unwirtlichen Wetters durch alle Ritzen und Schlote. Die Frühjahrsstürme fegten in diesem Jahr schon lange vor Ostern über die Ostsee und griffen mit kalter Hand selbst nach Rostocks sturmerprobten mittelalterlichen Handwerkshäusern. Das waren keine guten Vorzeichen für den Sommer. Hoffentlich würde es nicht so bleiben. Eine verregnete Saison bedeutete auch einen geringeren Absatz für Strandkörbe – und damit Einbußen für Korbmacher Borchers.

»Hofkorbmacher«, korrigierte sich Katharina leise.

Sie lächelte beim Gedanken an die Ernennung, die sie mit Stolz erfüllte. Ihr fleißiger Mann hatte diese Ehrung durch den jungen Großherzog Friedrich Franz von Mecklenburg-Schwerin so sehr verdient.

Obwohl sich Olaf noch immer *Handwerker* nannte, war er längst nicht einmal mehr der Besitzer einer *Manufaktur*, sondern eigentlich ein *Fabrikant*. Er beschäftigte fast zehn Angestellte, und an Geld mangelte es ihm nicht. Deshalb bedeutete es für ihn sicher keinen wirtschaftlichen Engpass, wenn er im April oder Mai ein paar Strandkörbe weniger auslieferte. Das deutlich größere Problem stellte auch in finanzieller Hinsicht sein Sohn Erik dar, dessen Eskapaden immer kostspieliger wurden. Doch nicht nur das: Sein Verhalten belastete zunehmend die zweite Ehe des Vaters. Die Nachsicht, die Olaf an dieser Stelle walten ließ, brachte seinen Betrieb nach Katharinas Auffassung viel mehr ins Wanken, als dies ein paar Regenschauer vermochten. Und davor verblasste sogar die Ernennung zum Hofkorbmacher.

Katharina hatte ihrem Gemahl zwei weitere Söhne geschenkt, doch Olaf war wie vernarrt in Erik. Möglicherweise trieb ihn ein schlechtes Gewissen an, dessen Grund Katharina jedoch auch nach fünf Jahren Ehe nicht kannte. Olaf entschuldigte und erduldete, was sich der inzwischen Zwanzigjährige erlaubte. Eriks Verhalten schwankte zwischen der totalen Ablehnung, mit der er bereits ihre Hochzeit gestört hatte, und der Unterwürfigkeit einer Katze, die blitzschnell ihre Krallen ausfuhr, wenn ihr etwas nicht passte, hinzu kam ein gewisser Größenwahn. Für eine Weile hatte Erik bei seinem Onkel gewohnt und in dessen Tischlerei gearbeitet, dann war er wieder in das Borchers'sche Haus am Kröpeliner Tor gezogen. Erik tyrannisierte Katharina und die Lehrlinge, die unter dem Dach wohnten, er schwang sich sogar gelegentlich zu einer Befehlsgewalt auf, die ihm nicht zustand. Aber der Hausherr und Meister wollte keine Beschwerden über seinen Ältesten hören.

Olaf tolerierte sogar, dass Johann Tarnow plötzlich Strandkörbe baute, die dem Borchers-Strandkorb verdächtig ähnelten. Da dies erst nach Eriks Einzug bei seinem Onkel begann, fand Katharina den Zusammenhang offensichtlich. Sie erinnerte Olaf an seine Befürchtungen, die er bei dem Eklat auf ihrer Hochzeit geäußert hatte. Doch er schüttelte den Kopf. »Es gibt kein Patent auf den Strandkorb. Und selbst wenn, wäre dieses inzwischen für die ursprüngliche Form wohl ausgelaufen.«

Statt ein eindringliches Gespräch mit Erik zu führen, schwieg er und freute sich, als sich der Sohn wieder im väterlichen Betrieb einbrachte. Dort entwarf Erik nun die erstaunlichsten Modelle, für Katharina die »Abenteuer eines Hitzkopfes«, aber Olaf erlaubte Erik sogar, diese haarsträubenden Ideen umzusetzen und etwa einen schiffbaren Strandkorb zu bauen. Der ging prompt bei seinem Stapellauf vor Warnemünde unter.

Nachdenklich strich Katharina über das aus dunklem Eichenholz gefertigte Geländer der Stiege, das von unzähligen Händen blank poliert war. Trotz aller Probleme und Niederlagen wohnte sie gern in diesem Haus. Die Wände hatten jahrhundertelang Fleiß, Lebendigkeit, Freude und Trauer eingesogen, die Geschichte Mecklenburgs und die Geschichten der Familie Borchers flirrten durch die Luft. Katharina fühlte sich als Teil davon. Nach etlichen Umbauten verfügten Wohnung und Werkstatt inzwischen auch über elektrischen Strom und fließendes Wasser. Die Leitungsrohre hatte Olaf erst kurz vor ihrem Einzug einbauen lassen. Aber jetzt genügte ihm das alles nicht mehr.

Olaf wollte unbedingt in eine Villa umziehen, in der seine Familie und die dann notwendigen Hausangestellten leben sollten.

Jede andere Frau wäre entzückt über den damit verbundenen gesellschaftlichen Aufstieg, das sah Katharina sehr wohl. Olaf argumentierte mit einem gewissen Platzmangel und wünschte sich natürlich nur das Beste für seine Familie, aber ihr widerstrebte der Gedanke an einen Umzug. Dies war ein Handwerkshaus – was sollte sie in einem herrschaftlicheren Gebäude? Das passte nicht zu ihr.

Manchmal fragte sie sich, warum sie eigentlich nie mit dem zufrieden war, was sie besaß. Joachim hatte sie geliebt, das wusste sie, aber es genügte ihr nicht. Sie war nicht bereit gewesen, die Ehefrau eines Seemannes zu sein. Olaf wollte mit ihr an seiner Seite ein vornehmes gesellschaftliches Leben führen – und das passte ihr anscheinend auch nicht. Der bald fünfjährige Christian und der dreijährige Ulrich waren zwei wundervolle Burschen und füllten ihr Leben doch nicht aus. Katharina seufzte. Irgendwo in ihrem Innersten fühlte sie eine seltsame Leere. Vielleicht hätte sie erst einmal in sich hineinhorchen und herausfinden müssen, was sie sich wirklich ersehnte, bevor sie ihre heimliche Verlobung überstürzt löste und ebenso eilig eine Ehe einging, die auch nicht ihren Träumen entsprach.

Genau genommen hatte sie insgeheim jedoch eine gewisse Vorstellung von ihrer Zukunft. Sie wollte nicht die verwöhnte junge Gattin eines wohlhabenden älteren Mannes sein, auf die die Leute mit dem Finger zeigten. Eine Schmarotzerin, die es sich auf Kosten ihres hart arbeitenden Gatten gut gehen ließ, war sie nie gewesen. Als sie Olaf erlaubte, ihr den Hof zu machen, hatte sie nicht damit gerechnet, dass ihr seine Bekannten bis heute mit einer gewissen Skepsis begegnen würden. Der große Altersunterschied stand wie eine wehende Fahne zwischen ihr und Olaf. Dabei wollte sie anpacken und mithelfen, ihren Gemahl unterstützen. Schließlich langweilte sie sich mit der Haushaltsführung selbst nach der Geburt ihres zweiten Kindes fast zu Tode.

Es machte sie daher sehr froh, wenn Olaf sie in seine Arbeit mit einbezog. Wenn er etwa ihren Rat bei der Stoffauswahl für die Polsterung der Strandkörbe suchte. Obwohl sie selbst nicht besonders gut mit Nadel und Faden umzugehen verstand, hielt sie sich gern in der Nähstube auf, um den wetterfesten Markisenstoff auszuwählen. Auch verfolgte sie als tatkräftige junge Ehefrau des Patrons eigene Pläne. Die waren zwar nicht so spektakulär wie etwa Eriks Entwürfe, aber auch nicht so bodenständig und auf Sicherheit bedacht wie Olafs Betriebsleitung. Sie wünschte, ihr Mann würde sich mit näherliegenden Fragen befassen als mit der Suche nach einem neuen Heim. Ihrer Ansicht nach musste er auf anderer Ebene mit der Zeit gehen, um gegen die vielen Nachahmer und Konkurrenten zu bestehen. Und sie wollte diejenige sein, die ihn bei seiner vernünftigen Expansion unterstützte.

Heute Abend hatte sie ihn darauf ansprechen wollen. Leider musste Olaf das von ihr liebevoll geplante Fest anlässlich seiner Ernennung zum Hofkorbmacher absagen. Seine Freunde waren nicht enttäuscht. Bei diesem Wetter wagte sich ohnehin niemand auf die Straße. Katharina konnte das verstehen, aber sie war betrübt. Sie hatte geplant, Olaf in der erwartungsgemäß guten Stimmung einige Vorschläge zu unterbreiten.

Sie wollte ihren Mann beiseitenehmen und ihm unter dem Eindruck des Erfolgs einen Geschäftszweig abtrotzen. Doch statt sich mit ihm vor den feiernden Gästen zurückzuziehen, war sie allein durch die Kinderzimmer und Schlafräume im ersten Stock gegangen, um die Fenster gegen den Sturm zu sichern. Diese Maßnahmen überließ sie ungern dem Hausmädchen. Und Olaf erledigte die gleiche Aufgabe im Erdgeschoss, während die

Lehrlinge im Dachstuhl nach dem Rechten sahen. Alles war in Ordnung – und doch irgendwie nicht.

Katharina seufzte noch einmal. Sie sollte zu Olaf gehen und zur Feier des Tages ein Glas Moselwein mit ihm trinken, nicht auf der Treppe stehen und Trübsal blasen. Die Ernennung zum Hofkorbmacher war ihrem Mann nicht zu nehmen, auch wenn der Wind seine Gäste fortgeweht hatte. Außerdem gab es noch einen anderen Gesprächsgrund als ihren beruflichen Ehrgeiz.

Langsam schritt sie abwärts. Sie setzte vorsichtig einen Fuß vor den anderen, die hohen geschwungenen Absätze zwangen sie zu besonderer Aufmerksamkeit. Das enge Korsett, das den Bauch rein, das Hinterteil vor und die Brust nach oben drückte, brachte zudem ihre Figur in S-Form, was das Laufen auf der schmalen Stiege erschwerte.

Obwohl keine Besucher erwartet wurden, hatte sie sich angekleidet wie für den festlichen Empfang. Olaf liebte es, sie in den eleganten Roben zu sehen, die er ihr kaufte, die sie aber aus Mangel an Gelegenheit selten trug. Zu dem elfenbeinweißen Seidenkleid hatte sie spitz zulaufende Schuhe angezogen, deren Spitzen sich leicht im Saum oder in der Schleppe verfingen. Sie fand ihre Garderobe zwar reichlich übertrieben, vor allem den hohen Spitzenkragen, aber um Olaf eine Freude zu machen, sollte ihr das recht sein.

Ein Hämmern ließ die Wände plötzlich erbeben.

Katharina war so überrascht, dass sie auf der untersten Stufe strauchelte. Ehe sie sich fangen konnte, verlor sie das Gleichgewicht und fiel auf die Knie. Das Ratschen zerreißender Seide mischte sich mit ihrem erstickten Schrei. Im selben Moment heulte der Sturm laut auf, sodass niemand im Haus ihren Unfall bemerkte.

Ihr Herz raste.

Für einen Moment wurde ihr schwarz vor Augen.

Dann erst merkte sie, wie verrenkt sie auf dem Dielenboden am Fuß der Stiege lag. Sie hatte die Hände schützend auf ihren Bauch gepresst, ein Knöchel schmerzte und beide Knie ebenso. Tränen rannen ihr über die Wangen – und sie konnte nichts dagegen tun, obwohl sie gar nicht weinen wollte.

Auf allen vieren robbte sie zum Treppengeländer zurück, zog sich daran hoch. Ihre Beine zitterten, sie konnte sich kaum aufrecht halten.

Sie biss die Zähne aufeinander, wagte einen Schritt und dann noch einen. Laufen konnte sie. Sie hatte sich nichts gebrochen, vielleicht nicht einmal den Fuß verstaucht. Einzig der Schreck wirkte anscheinend wie eine Bremse auf ihre Gliedmaßen. Und das Pochen ihres Herzens normalisierte sich nicht.

Vorsichtig tastete sie über ihren Bauch, der sich ungewöhnlich hart anfühlte. Nervös, aber auch ratlos, strich sie das Kleid glatt. Sollte sie sich Sorgen machen? Katharina beschloss, das ungute Gefühl, das sie beschlich, auf ihr Erschrecken zu schieben und ansonsten zu ignorieren. Sie war kein Dämchen, das von einem kleinen Sturz aus der Fassung gebracht wurde!

Sie blickte über die Schulter, hob die Schleppe an und fand den Riss im Saum. Nun, eine gute Schneiderin würde den Schaden sicher beheben können.

Wieder erscholl das Hämmern. Trotz ihrer bebenden Glieder folgte sie dem Geräusch und öffnete die Tür zum Arbeitszimmer des Meisters.

Olaf stand hinter seinem Schreibtisch, in der rechten Hand einen Hammer, die linke am Rahmen eines Bildes, das er an der Wand auszurichten versuchte. Er hatte den Rock abgelegt und die Halsbinde gelockert. Als er sie eintreten hörte, wandte er sich um. Seine Augen leuchteten auf.

»Katharina, wie schön. Du kommst gerade recht. Findest du, dass die Ernennungsurkunde an diesen Platz passt?« Er deutete hinter sich zur Wand.

»Solltest du sie nicht in der Manufaktur aufhängen, wo deine Kunden sehen, wie sehr der Großherzog deine Arbeit schätzt?«, fragte sie mit dem schwachen Lächeln, das ihr schwankender, schmerzender Körper ihr erlaubte.

»Das Wappen auf dem Firmenschild sollte genügen«, erwiderte Olaf bescheiden. »Außerdem bin ich lediglich Hoflieferant für Spazierstöcke aus Rohr. Das macht nicht so viel her, finde ich.«

»Es war eine gute Entscheidung, dass du trotz des Umsatzes mit den Strandkörben diese traditionellen Waren weiterhin herstellst.« Katharina sank – wegen des Korsetts ein wenig vornübergebeugt – auf den Armlehnstuhl auf der anderen Seite von Olafs Schreibtisch. »Ich bin sehr stolz auf dich, Olaf. Es ist mir egal, ob du nun Hoflieferant für Strandkörbe, Schiffsmatten oder Rohrstöcke geworden bist.«

Versonnen wog ihr Mann den Hammer in seinen Händen. »Eigentlich wollte ich die Urkunde gemeinsam mit unseren Gästen aufhängen …«

Wie zur Antwort zischte das Feuer im Kamin nach einem heftigen Windstoß, der in den Schlot fuhr.

»Ich bin eben ein Handwerker«, fuhr Olaf fast entschuldigend fort. »Für einen wie mich macht erst der Nagel in der Wand, an dem ich die Auszeichnung anbringe, die Sache komplett.«

»Es wird nicht deine letzte Ehrung sein«, versicherte Katharina rasch.

»Das will ich hoffen.« Olaf legte den Hammer auf die Schreibtischplatte, suchte unter den hier liegenden Papieren offenbar nach einem bestimmten Blatt. Gedankenverloren murmelte er dabei: »Wo ist denn nur die Skizze …?« Er sah flüchtig auf, schenkte Katharina ein Lächeln. »Hab bitte einen Moment Geduld mit mir – ich möchte dir etwas zeigen.« Dann senkte er die Augen wieder auf seinen trotz der vielen Schriftstücke erstaunlich aufgeräumt wirkenden Sekretär.

Katharina wartete geduldig. Jetzt mit der Tür ins Haus zu fallen war gewiss keine gute Idee. Ihre Unruhe wuchs dennoch. Nicht zuletzt wegen des starken Grummelns in ihrem Bauch. Olafs Suche stellte ihre Geduld auf eine harte Probe.

»Es gibt noch so viel zu tun – und … ich würde dir gern dabei helfen«, entfuhr es ihr unbeabsichtigt.

»Wo sind denn nur die neuen Entwürfe von Erik?«, sagte Olaf vor sich hin. Ihren Einwand hatte er anscheinend nicht gehört.

Sie stöhnte innerlich auf. Trotzig hob sie an: »Ich habe da ein paar Vorschläge …«

Er lachte kurz. Dann ließ er das Suchen sein, kam um das wuchtige, aus Eichenholz gefertigte Möbelstück herum und trat neben sie. Er sah auf sie nieder. Fast bedauernd und als höre sie ihm nicht zu, murmelte er: »So ist das mit einer jungen Frau – sie hat Pläne, während man selbst zufrieden auf ein gelebtes Leben zurückblickt.«

»Unsinn!«, widersprach Katharina. »Du stehst mittendrin in deinem Leben. Wir haben zwei kleine Söhne, denen du noch lange Vater und nicht Großvater sein sollst. Denk an Christian und Ulrich.«

»Und an Erik …«

»Ja natürlich«, beeilte sich Katharina zuzustimmen, obwohl sie fand, dass es einen großen Unterschied gab zwischen einem verwöhnten, nach den Regeln des neuen Bürgerlichen Gesetzbuchs bald volljährigen Zwanzigjährigen und der Verantwortung gegenüber zwei Kindern, die noch nicht einmal schulpflichtig waren. Aber sie wollte Olaf nicht verärgern. Außerdem regte sich eine leichte Übelkeit in ihrem Körper, die sie daran erinnerte, sich besser nicht aufzuregen.

Liebevoll tätschelte Olaf ihre Schulter. »Zerbrich dir nicht meinen Kopf, Liebste. Es ist alles gut, wie es ist, und es macht mich glücklich, dass du ein wenig stolz auf deinen alten Mann sein kannst. Wenn wir erst in einer vornehmen Villa leben …«

»Ach Olaf.« Katharina schüttelte ihn entnervt ab. Um einer Debatte über den möglichen Umzug zuvorzukommen, entschloss sie sich zur Flucht nach vorn. »Ich möchte einen Strandkorbverleih aufbauen. In Warnemünde. Am besten gleich unter dem Leuchtturm.«

»Was willst du?«

Der Schmerz in ihrem Unterleib zog mit plötzlicher Heftigkeit in ihren Rücken und von dort zurück in den Bauch. Unwillkürlich versteifte sich Katharina. Vielleicht war einer der Fischbeinstäbe in ihrem Korsett gebrochen und drückte ihr nun in den Leib. Aber tat das dermaßen weh?

Mit zusammengebissenen Zähnen wiederholte sie: »Ich möchte mich um einen Strandkorbverleih zu Hause in Warnemünde kümmern. Ferien an der See werden immer beliebter …«

»Natürlich. Deshalb verkaufe ich ja auch immer mehr Strandkörbe. Ich verstehe nicht, worauf du hinauswillst, Katharina.«

Lag ein Vorwurf in seiner Stimme? Der Wind zerrte an den Fensterläden, als kündigte er einen noch heftigeren Sturm an, der jedoch im Inneren des Hauses aufzuziehen drohte.

»Es ist nicht sinnvoll, dass du den Verleih anderen überlässt«, platzte sie heraus. »Ich habe meinen Vater gebeten, sich umzuhören. Die Strandkorbvermietung ist ein gutes Geschäft. Du solltest das nicht mehr aus der Hand geben. Es ist verschenktes Geld. Ich möchte mich persönlich darum kümmern.«

»Katharina, bist du von Sinnen? Du erschienst mir immer so vernünftig!«

Sie lachte. Die Heiterkeit nahm ihr sogar das Gefühl des regelmäßig wiederkehrenden und sich langsam verstärkenden Schmerzes. »Gerade deshalb mache ich dir diesen Vorschlag. Dass die Vermietung in unseren Händen bleibt, erscheint mir äußerst *vernünftig.*« Sie kam nicht umhin, seine Stimme zu imitieren.

»Du hast keine Ahnung von Geschäften.« Offenbar musste Olaf an sich halten, um nicht laut loszupoltern.

Ich wünschte, er würde diesen Ton auch einmal Erik gegenüber anschlagen, dachte sie grimmig.

Seine Reaktion stachelte ihren Widerspruch an. »Man kann alles lernen. Außerdem geht es anfangs wohl eher um Aufbau und Organisation. Darin sind Hausfrauen eigentlich stets Meister, nicht wahr?«

»Bist du nicht ausgefüllt mit der Führung dieses Haushalts und der Betreuung unserer Söhne? Sorge ich nicht gut genug für dich?«

»Lass es mich versuchen, Olaf«, insistierte sie. Vorsichtshalber erwähnte sie nicht, dass es ihr eben nicht genügte, seine Frau und die Mutter seiner Kinder zu sein. Ihre Beweggründe würde er nicht verstehen, das wusste sie. Allerdings halfen viele Handwerksfrauen ihren Männern in den Betrieben, lediglich in den oberen Gesellschaftsschichten saßen die Damen tatenlos herum, sofern sie sich nicht für wohltätige Zwecke engagierten. »Zu deinem Schaden soll es nicht sein«, nuschelte sie trotzig.

Offensichtlich verärgert über ihren Widerstand widersprach er ungewöhnlich heftig: »Das ist Dummschnack, Katharina. Ich lasse nicht zu, dass meine Frau arbeitet. Strandkorbverleih! Das ist die Aufgabe von Gastwirten und Kioskbetreibern. Was sollen meine Kunden von uns denken?!«

»Sie werden denken, dass du ein umsichtiger und geschäftstüchtiger Mann bist«, erwiderte sie schlicht.

Wieder wallte dieser seltsame Schmerz in ihrem Bauch auf. Wenn sie es nicht besser wüsste, würde sie meinen, in den Wehen zu liegen. Als Mutter von zwei Kindern kannte sie die Anzeichen. Sie befand sich aber erst am Anfang einer neuen Schwangerschaft, und von frühzeitigen Wehen in diesem Stadium hatte sie noch nie gehört. Also doch das Korsett …

Eine Weile schwiegen beide. Jeder schien mit den eigenen Gedanken beschäftigt. Olaf begann, nachdenklich auf und ab zu laufen. Als er schließlich zu ihrem Stuhl zurückkehrte, meinte er gutmütig: »Vielleicht hast du ja recht, Katharina, und ich sollte einen neuen Geschäftszweig eröffnen. Der Strandkorbverleih ist wohl eine gute Sache. Erik sollte sich darum kümmern …«

In wildem Zorn sprang sie auf. »*Ich* möchte mich darum kümmern. Ich habe dir meine Idee nicht vorgetragen, damit sich Erik wieder …«

»Katharina! Um Himmels willen!« Olaf umfasste ihre Arme, hielt sie fest. »Was ist mit dir? Wo hast du dich verletzt?«

Zuerst fiel ihr das Entsetzen in seiner Miene auf, dann die Besorgnis in seinen Augen. Erst mit einiger Verzögerung begriff sie, dass er auf ihren Rücken starrte – nein, tiefer. Sie machte sich von ihm los, blickte über die Schulter, zerrte an ihrem Rock. Endlich sah auch sie den tellergroßen Blutfleck, der sich dort ausgebreitet hatte, wo sie gesessen hatte. Darauf konzentriert spürte sie die Feuchtigkeit zwischen ihren Beinen. Im selben Moment fuhr ihr der Schmerz derart stechend durch den Unterleib, dass ihr die Knie einzuknicken drohten. Ihre Hände fuhren hoch, und sie hielt sich wankend an Olaf fest.

»Das Kind«, flüsterte sie. »Es muss etwas mit dem Kind sein.«

»Welches Kind?«

»Dein Kind. Unser Kind. Ich bin wieder schwanger, Olaf. Und ich hoffe so sehr, dass du endlich die Tochter bekommst, die du dir wünschst. Heute Abend wollte ich es dir …«

»Oh mein Gott!« Olaf schloss sie in die Arme, hielt sie, drängte sie sacht zurück auf den Stuhl. Seine Stimme verriet die Panik, die in ihm aufkeimte, als er sie aufforderte: »Setz dich, Katharina. Ich rufe einen Arzt. Oder die Hebamme. Irgendjemanden, der dir helfen kann.«

Sofern bei diesem Wetter überhaupt jemand kommt, fuhr es ihr durch den Kopf. Ihre Sicht wurde durch einen Tränenschleier verhüllt. Schwindel erfasste sie. Sie glaubte zu spüren, wie das Leben in ihr erstarb. Dann verlor sie das Bewusstsein.

3

»Haben Sie schon gehört …?« Ein unverständliches Flüstern folgte und darauf der ebenso sensationsgierig wie schadenfroh klingende Ausruf: »Die arme Frau!«

In den ersten Wochen nach dem Schiffsunglück hatte Greta niemals daran gedacht, der Klatsch könnte ihr gelten. Erst mit der Zeit bemerkte sie, dass die Leute auf sie zeigten, wenn sie zu tuscheln begannen. Auf der Bismarck-Promenade etwa, über die sie ihre kleine Tochter in dem neuen Kinderwagen schob. Es war eine Fabrikation von E. A. Naether in Zeitz, und Greta war mächtig stolz auf ihre Errungenschaft, die sich sonst vor allem Damen der besseren Gesellschaft leisteten. Als junge Mutter fühlte sich Greta endlich vollkommen. Sie hatte jedoch nicht damit gerechnet, wie zerbrechlich ihr Glück war.

Als ihre Schwester Luise ihr am Tag nach Friederikes Geburt noch einmal mitteilte, dass es ein Unglück gegeben hatte, mochte sie dies anfangs wieder nicht glauben geschweige denn, dass sie sich erinnerte, bereits davon gehört zu haben. Es überstieg ihr Vorstellungsvermögen, Joachim unter Lebensgefahr im Krankenhaus zu wissen und nicht auf der Brücke eines Schiffs. Er war ein großer, kräftiger Mann und sah so gut aus in der blauen Uniform, deren Farbe sich in seinen Augen spiegelte. Aber jetzt, schwebend zwischen Leben und Sterben? War er überhaupt bei Bewusstsein? Die Furcht vor dem, was sie im Klinikum der Universität Rostock erwartete, ließ sie ihren Besuch immer weiter hinausschieben – bis sie Luises Drängen nichts mehr entgegenzusetzen hatte.

»Was sollen die Leute von dir denken?!«, schalt die Ältere. »Eine Frau, die ihrem todkranken Gatten nicht beistehen will, ist eine miserable Ehefrau. Pflichtvergessen und gefühlskalt. Willst du wirklich mit diesem Makel weiterleben, Greta?«

Es blieb ihr nichts anderes übrig, als die Rolle der duldsamen, hoffenden Ehefrau einzunehmen. Glücklicherweise beanspruchten das Baby und die Haushaltsführung sie dermaßen, dass Greta höchstens zwei Mal in der Woche nach Rostock fahren musste, um ihr Gesicht zu wahren. Doch die einstündige Reise mit dem Motorboot stromaufwärts auf der Warnow war stets geprägt von ihrer Angst vor Joachims Zustand. Manchmal dachte sie, dass sie diese Situation nicht mehr ertrug und es für alle Beteiligten besser wäre, wenn Gott ihn zu sich holte. Nicht nur, weil sie als junge Witwe mit einer Rente aus der Seemannskasse gut dastand. Tatsächlich erschreckte und berührte sie das Wiedersehen tief, sofern man überhaupt von Wieder*sehen* sprechen konnte.

Joachim steckte von Kopf bis Fuß in einem dicken Verband, in den Schlitze für seine Augen, die Nasenöffnung und den Mund geschnitten waren. Die teilweise nur oberflächlichen, an manchen Stellen jedoch auch stärkeren Verbrennungen betrafen etwa die Hälfte seines Körpers, vor allem Brust, Bauch und Oberschenkel, am wenigsten sein Gesicht. Wie Greta aus den bruchstückhaften Berichten der behandelnden Ärzte erfuhr, war Joachim heißem Dampf ausgesetzt gewesen. Sein Schiff war während des schweren Sturms in Seenot geraten und leckgeschlagen, Wasser drang in den Rumpf und damit in den Maschinenraum. Als Joachim dort nach dem Rechten sah, erlosch zwar gerade das Feuer in den Kesseln, der austretende Dampf verbrühte ihn jedoch.

»Es hätte noch schlimmer kommen können«, tröstete eine der Krankenschwestern.

Greta half das wenig. Zuversicht sah anders aus, fand sie, zumal sie auch erfuhr, dass Joachims Herz und sein Kreislauf einen erbitterten Kampf gegen die Verletzungen ausfochten, der noch lange nicht gewonnen war.

Er selbst konnte nicht mit ihr sprechen, befand sich in einem Dämmerzustand. Deshalb wusste sie nicht einmal, ob er ihre Besuche überhaupt wahrnahm. Wenn sie ihn niedergeschlagen verließ, dachte sie wieder daran, dass es besser wäre, Joachims Leiden würde ein rasches Ende finden. Aber im nächsten Moment schämte sie sich für den Gedanken so sehr, dass sie nach ihrer Rückkehr in Warnemünde sofort in die Kirche eilte, um vor dem Schrein des heiligen Christopherus für die Gesundheit ihres Mannes zu beten.

Obwohl sie als Ehefrau eines schwer kranken Schiffsoffiziers Achtung zu erfahren hoffte, fand sie in ihrer neuen Rolle nicht das Märtyrertum, von dem sie sich anfangs eine gewisse Aufwertung versprochen hatte. Ihr Alltag erwies sich als düster, private Einladungen von Bekannten blieben aus. Angesichts der Todesopfer, die das Unglück ebenfalls gefordert hatte, überschüttete sie niemand mit Mitgefühl. Schließlich bereiteten ihr allein die Spaziergänge mit dem Kinderwagen ein wenig Freude in ihrem Alltag.

Leider besserte sich das Wetter nur insofern, als der Sturm zwar nachließ, aber es blieb ein regnerisches, wolkenverhangenes Frühjahr mit kräftigen Böen, manchmal spritzte die Gischt sogar bis auf die Mole. Die Tage, an denen Greta ihr Haus verlassen konnte, um auf der Promenade zu flanieren, waren selten. Die vornehmen Touristinnen, die sie in den vergangenen Jahren vor dem erstklassigen Hotel Hübner an der Seestraße oder im Damenbad beobachtet hatte, reisten deshalb wohl gar nicht erst an. Nicht einmal ins Warmbad kamen die Fremden in ähnlich hoher Zahl wie in den vergangenen Jahren. Statt der eleganten Kleider, die sie so gerne bestaunte, geriet Greta plötzlich selbst in den Mittelpunkt der Aufmerksamkeit.

Inzwischen machten immer neue Gerüchte über die Havarie die Runde. Greta erreichten nur Halbwahrheiten, aus denen sie sich heraussuchen durfte, was ihr plausibel erschien. Sie wagte nicht, in der Reederei vorzusprechen, um sich zu erkundigen, was tatsächlich geschehen war. Ihren Mann konnte sie natürlich nicht fragen. Jedenfalls noch nicht. So musste sie sich mit dem begnügen, was der Klatsch ihr zutrug: dass Joachim einen Befehl des Kapitäns missachtet hatte, dass er die Brücke nicht hätte verlassen dürfen, dass seinetwegen die Schotten des Maschinenraums zu spät geschlossen wurden, dass allein der Steuermann durch eine Reihe von Fehlentscheidungen den Tod der Matrosen zu verantworten hatte.

Greta lebte lange genug an der Küste, sie wusste, was diese Anschuldigungen bedeuteten: Sobald Joachim genesen war, würde man ihn vor Gericht zur Verantwortung ziehen. Doch selbst wenn ihm Gnade widerfuhr, war seine Karriere beendet.

Derartige Vorwürfe, auch unbewiesene, besaßen eine furchtbare Lebensdauer. Die goldene Zukunft als Kapitänsfrau hatte Greta verloren. Es war eine erschreckende Wiederholung der Ehe ihrer Eltern: Ihre Mutter hatte einen vermögenden Mann geheiratet und auf ein gutes Leben an seiner Seite vertraut, am Ende war sie an seinen leichtsinnigen Investitionen, der daraus resultierenden Pleite und dem gesellschaftlichen Abstieg zugrunde gegangen. Das, schwor sich Greta, würde ihr nicht passieren. Nicht so jedenfalls.

Hoch erhobenen Hauptes schob sie die kleine Friederike die Bismarck-Promenade entlang, vorbei an den Grünflächen, die den Spazierweg von der Seestraße mit den feinen Hotels, Pensionen, Restaurants und Kaffeehäusern trennten, und an dem weiß gestrichenen Holzzaun auf der anderen Seite, hin zu den Dünen und den Badeanstalten am Strand.

Unter den weißen und rauchgrauen Wolken, die über den lichtblauen Himmel zogen, herrschte wieder nur wenig Betrieb. Auf dem breiten Sandstreifen spielten Kinder Fangen, und ihre Mütter, älteren Schwestern und Gouvernanten suchten in Strandkörben Zuflucht vor der gelegentlich herausblitzenden Sonne. Nur eine Handvoll Sitzmöbel waren am Meeressaum aufgestellt, die meisten Badehäuser waren vermutlich unbenutzt.

Greta überlegte, ob sie es sich an einem schönen Tag vielleicht einmal in einem Strandkorb bequem machen sollte. Aber dann schüttelte sie still den Kopf. Sie konnte mit dem Kinderwagen nicht durch den Sand fahren. Außerdem: Was nützte es, sich in einem Korbsessel vor Wind und Sonne zu verkriechen? Sehen und gesehen werden schienen nicht die vorrangigsten Ziele der Strandkorbbesitzer, wohl aber ihre eigenen.

Sie hielt nach einer freien Parkbank an der Promenade Ausschau. Da nicht viel los war, fand sie rasch einen Sitzplatz. In

Sichtweite des Leuchtturms stellte sie den Wagen mit der schlafenden Friederike so, dass die Sonne nicht auf das Gesichtchen der Kleinen schien, und setzte sich. Nachdem sie ihren Rock zurechtgezupft hatte, spannte sie den Spitzenschirm auf. Die Leute sollten nur nicht denken, dass es ihr an den Attributen eines gutbürgerlichen Lebens mangelte.

Eigentlich war es ein herrlicher Tag. Ein Tag, um alle Sorgen zu vergessen. Greta begann, sich zu entspannen und den Blick über die weite Ostsee zu genießen. Am Horizont machte sie einen Dampfer aus. Vielleicht das Fährschiff, das im regelmäßigen Fahrdienst binnen zwei Stunden Gedser an der südlichen Spitze der dänischen Insel Falster erreichte.

»Hast du schon gehört …?«

»Ja, die Arme!«

Schon wieder dieses Getratsche! Verärgert wandte Greta den Kopf in Richtung der Sprechenden. Konnten die Klatschbasen sie nicht wenigstens einmal in Ruhe lassen?

Offensichtlich hatten sich zwei Freundinnen zufällig unterwegs zu Besorgungen getroffen. Es waren jüngere Frauen etwa ihres Alters, die beide einen Korb am Arm trugen. Greta konnte nicht erkennen, was sich darin befand. Kleinere Einkäufe vermutlich. Sie hatte die Personen nie zuvor gesehen, aber das war letztlich bedeutungslos. Wenn es darum ging, irgendwelchen Schnack auszutauschen, waren Leute, die man nicht kannte, immer am lautesten dabei.

»Es heißt, sie verliere langsam den Verstand«, flüsterte die eine in einer Lautstärke, die das Rauschen der Brandung übertönte.

Diese Behauptung ging zu weit. Gretas Kinn klappte herunter. Sie konnte nicht verhindern, dass sie die beiden Frauen mit offenem Mund anstarrte.

»Tja, das ist schlimm«, versicherte die andere Frau. »Ich habe gehört, dass sie kaum noch das Haus verlässt und die meiste Zeit leidend ist.«

Greta war geneigt, »Das stimmt nicht!« zu rufen, aber sie verschluckte sich an den Worten und konnte nur schwer ein Husten unterdrücken.

»Ich verstehe nicht, wieso eine Fehlgeburt …«, die Erste unterbrach sich. Anscheinend war sie durch den Hustenreiz auf die Lauscherin auf der Parkbank aufmerksam geworden. Ihr erstaunter Blick begegnete Gretas Augen, die nicht schnell genug in die andere Richtung sahen. Ein Stirnrunzeln folgte, dann ein Kopfschütteln. Schließlich nahm die Frau ihre Freundin beim Arm und schlug mit einem unüberhörbaren Tadel in der Stimme vor: »Komm, wir unterhalten uns anderswo. Katharinas Schicksal geht schließlich niemanden etwas an.«

Erleichterung erfasste Greta. Offenbar war nicht sie gemeint, und es gab noch eine andere bedauernswerte Frau, über die sich die Klatschbasen die Mäuler zerrissen. Am liebsten hätte sie laut aufgelacht.

In diesem Moment begann das Baby, unruhig zu werden. Der Kinderwagen schwankte unter dem heftigen Strampeln wie ein Boot auf stürmischer See. Unwillkürlich erhob sich Greta von ihrem Platz, klopfte das Tuch zurecht, mit dem Friederike zugedeckt war, und tätschelte gedankenverloren die zarte Wange ihres Töchterchens.

Das Wort *Fehlgeburt* hallte in ihr nach. Konnte es wirklich sein, dass eine Frau verrückt darüber wurde, ihr ungeborenes Kind verloren zu haben? Greta hatte noch nie von einem vergleichbaren Fall gehört, aber sie hatte ja auch nicht gewusst, wie schwer eine Geburt an sich war. Nun, sie wollte kein zweites Kind. Und die Wahrscheinlichkeit, dass ihr Ehemann nach weiterem Nachwuchs verlangte, war unter den gegebenen Umständen auch gering. Wie gut, dass sie wenigstens ihrer Kleinen das Leben geschenkt hatte – und nicht eine dieser kinderlosen altjüngferlichen Unglückswürmer war, denen man nachsagte, dass sie als Ehefrau versagten.

Wenn doch nur endlich etwas mit Joachim geschähe, das ihrer aller Zukunft in ein helleres Licht tauchte.

4

Die Kinderfrau schob die beiden Jungen durch den Türspalt. Christian und Ulrich waren fein herausgeputzt in ihren blütenweißen Matrosenhemden und den kurzen dunkelblauen Hosen. Der Ältere trug seinen Sonntagsstaat mit rührender Würde, während Ulrichs heruntergerollte Kniestrümpfe vom ungezügelten Temperament des Dreijährigen zeugten. Ungeachtet der Rechte seines Bruders stolperte er seiner Mutter ungestüm entgegen und stürzte ihr in die Arme. Dabei musste er sich fast auf sie werfen, denn Katharina lag – in Decken gehüllt – auf der Chaiselongue unter dem großen Fenster des Wintergartens.

»Ulrich!«, mahnte die Gouvernante prompt.

»Lassen Sie ihn doch«, bat Katharina und fuhr mit der Hand durch die im hereinfallenden Sonnenlicht weizenblond leuchtenden Locken ihres Jüngsten. Ihre Stimme klang schwach, und sie fühlte sich einer Auseinandersetzung mit der Angestellten auch nicht gewachsen.

Es war alles falsch. Katharinas bisheriges Leben schien durch die Fehlgeburt wie eine Vase in tausend Stücke zerbrochen zu sein. Das, was sie zusammengehalten hatte, war verloren. Der Umzug in die herrschaftliche Villa in der vornehmen Steintor-

Vorstadt, samt neuem Personal, war das deutlichste Zeichen für die starken Veränderungen.

Vielleicht hatte Olaf ihre Schwäche als Gunst der Stunde gedeutet. Er hatte sie mit falschen Versprechungen nach Warnemünde in die Obhut ihrer Eltern gebracht, um in Ruhe ihre Privaträume in dem alten Handwerkerhaus auszuräumen und ein paar Habseligkeiten in ihr neues Heim zu bringen. Die Villa hatte er natürlich auch ohne ihr Einverständnis gekauft. Eine Überraschung sollte es sein, ein Geschenk für sie. Katharina wollte beides nicht.

Wenn es schon sein musste, wäre sie lieber in das bürgerlichere Gehlsdorf auf der anderen Seite der Warnow gezogen, wo derzeit eine Villenkolonie entstand. Zimmer mit Blick auf das Wasser hätten Katharina für alle Unbequemlichkeiten entschädigt. Stattdessen sah sie nun in einen etwas düsteren weitläufigen Garten mit vielen alten Bäumen und einem Springbrunnen in der Mitte der akurat gestalteten Rasenfläche. Ihre Nachbarn waren keine netten, aufstrebenden Familien, sondern Hofangestellte, hohe Offiziere und hanseatische Kaufleute. Herren, die Olaf als Emporkömmling betrachteten und deren Gattinnen sicher niemals eine engere Freundschaft zu Katharina erwogen. Sie würden zu einem Abendessen oder einer Einladung zum Tee kommen, um zu schnüffeln und anschließend die Nase zu rümpfen, mehr auch nicht. Katharinas Bedenken teilte Olaf nicht, er schien kaum zu bemerken, wie unwohl sie sich in ihrem neuen Domizil und mit der Dienerschaft fühlte. Da sie noch immer leidend war, konnte ihr die Meinung der Leute aber ebenso egal sein wie ihre gesellschaftlichen Verpflichtungen.

Sie fühlte sich wie gefangen. Dabei waren ein zärtlicher Gemahl, zwei gesunde Söhne und ein angenehmes Leben mehr, als manch andere Frau besaß. Doch mindestens eine Tochter hätte ihr Glück noch krönen und Olaf endlich aus der abgöttischen Liebe zu Erik befreien sollen. Mit der Idee zum Strandkorbverleih hatte sie Olaf beweisen wollen, was für eine kluge, geschäftstüchtige Frau sie war. War das zu viel verlangt? Seit sie die meisten Stunden des Tages sinnend auf einer Liege in einem Haus verbrachte, in dem sie nicht leben wollte, machte sie sich klar, wie verzweifelt sie aus dem Schatten der angeblich so vollkommenen ersten Ehefrau ihres Mannes zu treten versucht hatte. Statt ihren Mann beruflich zu unterstützen, wurde Katharina ihm allerdings zunehmend zur Last. Nicht nur, weil er ihr nichts recht machte. Ihre bei der einfachsten Bewegung auftretende Atemnot verhinderte jede Tätigkeit, hinzu kamen Herzrasen und eine ständige Müdigkeit.

Es war Katharina nicht recht, dass Olaf Fremde mit der Erziehung ihrer Kinder betraute. Ihr Mann hatte auf seinen neuen Stand als Hofkorbmacher verwiesen, der ihm zufolge eine Dienerschaft verlangte, aber auch auf ihre angeschlagene Gesundheit. Dagegen hatte sie nichts vorzubringen. Ihr Innerstes sträubte sich zwar gegen die Gouvernante, doch meist ließ sie Nora Wedding ohne oder nur mit mattem Widerspruch gewähren. Genauso verhielt sie sich gegenüber Olaf, der seine hochfliegenden Pläne ausgerechnet in dem Moment umgesetzt hatte, in dem sie sich am wenigstens wehren konnte – als sie krank darniederlag.

Mit einem Anflug von Kraft schlang sie einen Arm um ihren Jüngsten und streckte den zweiten nach Christian aus, der unschlüssig im Hintergrund stehen geblieben war. »Na komm schon«, sie lächelte ihn an, »gib deiner Mama einen Kuss.«

Widerstrebend kam der Ältere ihrer Aufforderung nach. Offensichtlich waren Küsse seine Sache nicht.

»Mit Verlaub, Frau Borchers, Sie verweichlichen die Jungen.

Affenliebe tut dem Kind nicht wohl. Solche Liebe lässt sich von flüchtigen Empfindungen anstatt von ruhiger Besonnenheit leiten.«

»Ach, lassen Sie mich in Ruhe«, entfuhr es Katharina.

Sie barg ihr Gesicht in Ulrichs Halsbeuge, der auf sie geklettert war, und sog sehnsüchtig den süßen Duft des Kindes ein. Ihr Kleiner roch noch wie ein Baby.

»Ich möchte doch sehr bitten«, konterte Nora Wedding pikiert. »Meine Maßnahmen richten sich ausschließlich nach dem anerkannten Erziehungsratgeber von Adolf Matthias. Wenn Sie meiner Empfehlungen nicht bedürfen ...«

»Haben Sie ein wenig mehr Verständnis für meine Frau, bitte«, erklang Olafs mahnende Stimme. »Aufregungen aller Art sind zu vermeiden.«

Die Gouvernante gab sich anscheinend nur ungern geschlagen. Katharina war sicher, ein »tzzz« vernommen zu haben. Was sich diese Frau herausnahm!

Mit wenigen Schritten war Olaf bei Katharina, beugte sich nieder und berührte mit den Lippen flüchtig ihren Scheitel. »Geht es dir besser, Liebes?«, fragte er, schien die Antwort jedoch nicht hören zu wollen, denn er versetzte Ulrich und dann Christian einen liebevollen Klaps und verkündete: »Es wird Zeit für euch beide, mit Fräulein Wedding zum Gottesdienst aufzubrechen. Ich komme nach, sobald ich mich von eurer Mutter verabschiedet habe. Jetzt lasst uns mal alleine.«

»Och ...«, machte Ulrich, und seine Mundwinkel zitterten bedenklich.

»Jawohl, Herr Vater«, erwiderte Christian artig.

Katharina richtete sich auf, sah verzagt zu ihren Söhnen. Sie wollte länger mit den beiden zusammen sein, die in diesen schweren Tagen den einzigen Halt für sie bedeuteten. Olaf konnte nicht ersetzen, was sie verloren hatte. Es war nicht nur die Fehlgeburt, sondern auch das Wissen, niemals wieder ein Kind gebären zu dürfen. Sie zweifelte seitdem an sich, an ihren Fähigkeiten als Frau und Mutter. Vielleicht bestrafte Gott sie, weil sie zu viel verlangt hatte. Diese Überlegungen stürzten sie in ein dunkles Loch, aus dem sich zu befreien sie nicht imstande war, das aber umso tiefer wurde, je mehr ihre Vorwürfe und Selbstzweifel wuchsen. Sie fühlte sich ähnlich gemütskrank wie damals, als sie die Sehnsucht nach Joachim nicht mehr ertrug. Die Erinnerung an ihre große Liebe war wie eine steinerne Platte, die das Loch über ihr verschloss.

Die Wedding trat hinzu und packte die beiden Jungen an den Armen, zog sie von der Chaiselongue fort.

Ulrich protestierte noch einmal lautstark, gab aber schließlich nach.

Als die drei außer Hörweite waren, sagte Katharina: »Ich möchte nicht, dass Christian spricht, als wäre er bereits Zögling in einer Kadettenanstalt.«

Olaf blickte versonnen in den Garten hinaus. »Es wäre nicht die schlechteste Karriere, wenn mein Sohn eine Offizierslaufbahn einschlüge.«

»Ich bitte dich, Christian ist noch keine fünf Jahre alt«, protestierte Katharina. Es war das erste Mal seit Langem, dass sie die Stimme erhob.

Ihr Mann wandte den Blick zu ihr. »Was ist falsch daran, sich frühzeitig Gedanken über die Zukunft eines Kindes zu machen? In der Marine kann Christian auch ohne Adelsprädikat einen hohen Posten bekleiden.«

»Ja. Vielleicht«, räumte sie ein. Als sie sich bewusst machte, dass sie weder die Kraft besaß, sich gegen Olafs Pläne aufzulehnen, noch dem Sohn eine gute Mutter sein konnte, sah sie wieder nur das tiefe Loch. Sie wich Olafs Augen aus, nestelte nervös am Saum ihrer Decke.

»Ich bin nicht hier, um mit dir über die Erziehung unserer Söhne zu streiten«, erwiderte ihr Mann ein wenig steif. Er zog sich einen der weinrot lackierten Rattansessel heran, ließ sich darauf nieder. Dann tastete er nach Katharinas Hand – und fragte erschrocken und mit veränderter Stimme: »Ist dir kalt, Liebes? Deine Finger fühlen sich an wie Eiszapfen!«

Sie entzog ihm die Hand. »Es geht mir wie immer, Olaf. Mach dir keine Sorgen.«

»Nun, ich mache mir Sorgen um dich. Die ... der Vorfall ... ehmmm ...«, er räusperte sich verlegen, dann: »Der Verlust des Babys ist lange genug her, dass dein Körper sich erholt haben müsste. Es kann nicht sein, dass du immer mehr verfällst. Ich weigere mich, dem tatenlos zuzuschauen. Deshalb habe ich das Gespräch mit Doktor Mattiesen gesucht.«

»Ach? Was gibt es da schon für Neuigkeiten? Hat dir mein Arzt mehr gesagt, als er mir verrät?«, wollte Katharina seufzend wissen. Sie war so desinteressiert, wie sie klang. Lieber wollte sie sich über ihre Söhne unterhalten als über ihre Gesundheit oder gar die Fehlgeburt. Über Letzteres tauschte man sich nicht mit einem Mann aus, nicht einmal mit dem eigenen Ehemann und Vater des verlorenen Kindes.

Olaf hob an, schluckte die Antwort jedoch hinunter, wartete einen Moment ab. Katharina fiel auf, dass die Ader an seiner Schläfe pochte. Offensichtlich musste er sich dazu zwingen, Geduld für ihre Apathie aufzubringen.

»Doktor Mattiesen rät zu einer Kur«, erklärte er dann gepresst. »Er sagt, dass bei vergleichbaren Fällen sehr gute Erfolge durch einen Kuraufenthalt mit regelmäßigen Moorbädern erzielt wurden.«

Jetzt will er mir die Kinder ganz fortnehmen, ging es Katharina jäh durch den Kopf. Ich soll verreisen, damit er Christian in irgendein Internat schicken kann, wo er bereits jetzt militärischen Drill kennenlernt. Das hat ihm die Wedding eingeflüstert. Sie mag mich nicht. Sie hält mich für eine schlechte Mutter … was ich auch bin …

Katharina schluckte die aufsteigenden Tränen hinunter. »Vielleicht hat Doktor Mattiesen recht«, räumte sie ein. »Vielleicht aber auch nicht. Für mich spielt das keine Rolle, denn ich kann mein Lager unmöglich verlassen. Dazu fehlt mir die Kraft. Eine Reise ist ausgeschlossen. Außerdem …«

»Es ginge doch nur nach Doberan.« Olaf tätschelte ihre Hand. »Wir nehmen die Bahn und sind in spätestens einer Stunde dort. Bitte, Katharina, versuch es. Ein Kuraufenthalt ist nur zu deinem Besten.«

Das Schrillen der Alarmglocke in ihrem Hinterkopf wurde lauter.

Olaf sagte in ihr Schweigen: »Ich würde dich gelegentlich besuchen – und auch die Kinder mitbringen, damit du nicht wochen- oder sogar monatelang von ihnen getrennt bist. Fräulein Wedding …«

»Das kommt überhaupt nicht infrage!«

Katharinas Worte klangen wie ein Aufschrei. Der Name der Gouvernante aus Olafs Mund war der Beweis dafür, dass sie mit ihrer Befürchtung richtiglag. Der Aufenthalt in einem Heilbad bedeutete eine lange Trennung von ihren Söhnen, einerlei, ob sich der Ort in der Nähe befand oder nicht. Sie würde Christian und Ulrich verlassen und sogar den kleinsten Einfluss auf die Erziehung ihrer Kinder aufgeben. Ihr einziger Lebensinhalt wäre ihr genommen, während sie unter Moorpackungen schwitzte und eisenhaltiges Wasser trank.

Olafs Miene verdüsterte sich. »Es ist das Beste für dich. Willst du denn nicht gesund werden? Für die Kinder? Und … um meinetwillen?«

Während sich die schweren Wolken über dem Zierbrunnen verdichteten und erste Regentropfen gegen das Fenster des Wintergartens prasselten, begann Katharina, hilflos zu schluchzen. Ihre Lage war ausweglos.

5

Doberan war eine Perle. Das musste Katharina selbst in ihren dunkelsten Stunden zugeben. Doch leider verdichtete sich der Regen vor den klassizistischen Gebäuden des verschlafenen Kurstädtchens, sodass Spaziergänge auf dem Kamp, der idyllischen Parkanlage im Ortskern, oder zwischen den Ruinen des mittelalterlichen Zisterzienserklosters ebenso selten wurden wie Wanderungen in der waldreichen hügeligen Umgebung bis hin zur Galopprennbahn oder zum Strand des vornehmen alten Seebads Heiligendamm. Der Sommer war von der kühlen, nassen Witterung geprägt, und Katharina fand in dem Wetter ein Echo auf ihre Gefühle. Diese waren durchdrungen von der Sehnsucht nach ihren Kindern, stillen Vorwürfen gegen ihren Mann, einem schlechten Gewissen und natürlich Selbstvorwürfen. Dagegen halfen allerdings keine Moorbäder.

»Verzeihen Sie, wenn ich Sie anspreche«, unterbrach eine weibliche Stimme an einem Vormittag Katharinas düstere Gedanken. »Sie wirken einsam und sind auch viel jünger als die meisten anderen Kurgäste …« Die Worte der Fremden verloren sich, als sei damit alles gesagt.

Katharina war erschöpft von den morgendlichen Anwendungen. Sie lag auf einem Liegestuhl im für Damen reservierten Ruhebereich des Stahlbads, eingehüllt in warme Laken und einen Bademantel. Eigentlich herrschte hier ein Schweigegebot, doch dieses wurde von vielen Besucherinnen regelmäßig gebrochen. Ein monotones Gemurmel erklang daher wie eine Untermalungsmelodie, gelegentlich knarrte ein Diwan, als sich jemand setzte oder umdrehte, die Tür klappte und ließ mit einem neuen Gast, einer Masseuse oder einer Krankenschwester das Geräusch plätschernden Wassers herein.

Aus Höflichkeit hob Katharina den Blick zu der Frau, die sich auf die Liege neben der ihren gesetzt hatte und neugierig zu ihr herüberspähte. Die unbekannte Person war nicht mehr jung, aber anscheinend bei bester Gesundheit – sie wirkte überaus agil. In den Badetüchern schien ein drahtiger Körper zu stecken, ihr einst sicher hübsches Gesicht war gerötet von den zuvor genossenen heißen Packungen, die von grauen Strähnen durchzogenen kastanienbraunen Löckchen klebten an ihren Schläfen. Trotz der wenig gesellschaftlichen Aufmachung wirkte sie auf eine fast atemberaubende Weise vornehm. Einen Moment lang wunderte sich Katharina, wieso die andere kein Handtuch um ihren Kopf geschlungen hatte; sie selbst trug einen Turban aus Frottee.

Offenbar wirkte Katharinas Schweigen nicht ablehnend. »Kann ich Ihnen vielleicht irgendwie helfen?«, wollte die sympathische Dame wissen, nachdem sie sich Katharinas Aufmerksamkeit sicher sein konnte. Sie klang nicht neugierig, sondern eher Anteil nehmend, sogar mitfühlend.

»Ich wüsste nicht, was …«, hob Katharina an, biss sich aber auf die Zunge, weil sie nicht unhöflich sein wollte. Stumm schüttelte sie den Kopf, räusperte sich, sagte aber nichts mehr.

»Mein Name ist Hermine Martius«, stellte sich die andere

vor, während sie sich auf ihrem Liegestuhl ausstreckte. »Doktor Martius. Ich bin Ärztin.«

Spontan ging Katharina die Frage durch den Kopf, warum sich Dr. med. Martius nicht selbst von ihrem Leiden kurieren konnte, sondern das Stahlbad in Doberan aufsuchen musste. So gut schien es um die medizinischen Fähigkeiten der Dame nicht bestellt.

Einen Atemzug später wurde sie sich der Ungerechtigkeit ihrer Überlegungen bewusst. Hermine Martius wollte sicher nur nett sein. Eine lose Bekanntschaft während eines Kuraufenthalts knüpfen. Katharina hatte das Anbahnen verschiedener Kontakte beobachtet: ob bei den Mahlzeiten im Hotel zum Schwan, in dem sie untergebracht war, oder bei der Kurmittelanwendung im Stahlbad. In den Kaffeehäusern und Restaurants war es wahrscheinlich nicht anders, aber diese Orte besuchte Katharina nicht. Es ging das Gerücht, alleinstehende Herren, vornehmlich Offiziere, würden ihren Urlaub in Kurbädern verbringen, um Damenbekanntschaften fernab der jeweiligen Familien zu machen. Katharina schauderte bei der Vorstellung, ein Verehrer könnte ihr nachstellen. Sie blieb lieber für sich und war bisher allen Unterhaltungen aus dem Weg gegangen, auch denen mit anderen Frauen. Hermine Martius wirkte jedoch nicht so, als würde sie sich abwimmeln lassen. Und warum sollten sie nicht ein paar Worte wechseln? Genau genommen fand Katharina ein Gespräch mit einer studierten, berufstätigen Frau sogar lohnenswert.

»Ich heiße Katharina Borchers«, sagte sie schließlich.

Hermine Martius war damit beschäftigt, ihre Badetücher und den Bademantel so um sich zu drapieren, dass möglichst wenig Haut sichtbar war. Deshalb reagierte sie nun ihrerseits mit Verzögerung: »Freut mich, Fräulein Borchers …«

»Frau«, korrigierte Katharina rasch. »Frau Borchers. Ich bin verheiratet.«

»Oh. Hm.« Die Ärztin nickte. »Ich verstehe. Es hat Sie sicher ein Frauenleiden hierhergeführt. Das ist allerdings meist seelischer Natur, nicht körperlicher. Träumen Sie manchmal von dieser Unpässlichkeit?«

»Ich hatte eine Fehlgeburt!«, entfuhr es Katharina, bevor sie sich für ihre Offenheit schämen oder darüber ärgern konnte. »Und, ja«, setzte sie fast unfreundlich hinzu, »ich denke sehr viel daran. Es ist ein Albtraum.«

»Das glaube ich Ihnen gerne.« Wieder schwang dieses Mitgefühl in der Stimme der anderen. Sie klang jedoch nicht despektierlich oder besserwisserisch, sondern vielmehr verständnisvoll. »Dann sind Ursache und Wirkung ja bereits bekannt. Ich hätte Ihnen beinahe das Buch *Die Traumdeutung* empfohlen, aber der Zusammenhang zwischen Ihren Träumen und Ihrer persönlichen Lebensgeschichte steht natürlich außer Frage. Für diese Analyse brauchen wir Sigmund Freud nicht. Es ist trotzdem ein sehr lesenswertes Werk.«

Katharina runzelte die Stirn. »Wie bitte?«

Sie verstand kein Wort von den Ausführungen, war sogar enttäuscht, weil sich eine Medizinerin mit anscheinend mystischen Inhalten beschäftigte. Träume gehörten für Katharina zu einer Welt, die sie nicht verstehen wollte, da diese nur mit mittelalterlichen Traumdeutungsbüchern übersetzt wurde. Dem konnte sie nichts abgewinnen. Allein die Behauptung von Traumdeutern, dass dunkles Wasser Unglück darstellte, machte sie fast wütend. Nur Wasser so klar wie Glas galt unter den Mystikern als positives Traumerlebnis. Tiefe Gewässer waren aber nicht durchsichtig. Jeder Küstenbewohner wusste das. Warum sollte also irgendjemand von glasklarem Wasser träumen, der sich mit der See auskannte? Gespräche über derartige Themen waren Katharinas Sache nicht. Schade. Sie bedauerte plötzlich, sich mit Hermine Martius auf eine Unterhaltung eingelassen zu haben. Offenbar pflegte die Frau einen Tick.

»Ich glaube nicht, dass Ihr Vorschlag meinem Lektüregeschmack entspricht.«

»Mein liebes Kind, regen Sie sich nicht auf.« Die Ärztin lächelte wohlwollend. »Sigmund Freud ist ein Kollege in Wien, der gerade eine Professur erhielt. Seine Studien zur Hysterie sind bahnbrechend. Die Behandlung von emotionalen Störungen ist sein wichtigstes Tätigkeitsfeld. Ich verfolge seine Wege zur Psychoanalyse sehr genau, weil auch ich der Meinung bin, dass allein unglückliche Gedanken einen Menschen krank machen. Das ist freilich keine neue, obgleich sehr lange unbeachtete Erkenntnis. Die alten Römer wussten schon: *Mens sana in corpore sano.*«

»Ich kann kein Latein«, gab Katharina indigniert zu.

»Ein gesunder Geist in einem gesunden Körper«, wiederholte Dr. Martius geduldig.

»Ich kann Ihnen versichern, dass es mir insgesamt deutlich besser ginge, wenn ich die körperlichen Folgen des schrecklichen Erlebnisses schneller verkraftet hätte. Deshalb bin ich hier. Um zu genesen.« Nervös zerrte Katharina an einem Zwirn, der sich aus dem Gewebe des Handtuchs gelöst hatte, das sie um den Hals geschlungen trug. Sie fühlte sich wie vor der Inquisition. »Es ist nichts, worüber es sich zu diskutieren lohnt.«

Als wollte sie Katharina zu Hilfe eilen, machte eine alte Dame auf einem Liegestuhl in der Nähe lautstark: »Pst!«

»Verzeihen Sie«, murmelte Katharina daraufhin wohlerzogen in die Richtung, aus der der Protest kam.

Hermine Martius schloss die Augen, und Katharina nahm an, die andere sei eingeschlafen, als sich deren Lider plötzlich wieder hoben. Katharina war zuvor nicht aufgefallen, wie stechend der Blick der Ärztin war.

»Lassen Sie uns doch am Nachmittag einen Tee bei Brandts am Kamp trinken. Die Konditorei ist ganz ausgezeichnet, was den Kurgarten auch bei Regen durchaus attraktiv für einen Besuch macht. Man kann sich dort wunderbar unterhalten.«

»Pst!«, kam es wieder von nebenan.

Obwohl sie überhaupt keine Lust auf ein Wiedersehen mit dieser beunruhigenden Frau verspürte, sagte Katharina zu. Sie tat es hauptsächlich, um einer Diskussion mit ihrer anderen Liegenachbarin oder gar der Zurechtweisung durch eine Krankenschwester auszuweichen.

6

Die Bekanntschaft mit Hermine Martius brachte Katharina mehr als die vielleicht anstrengende, aber interessante Unterhaltung, die sie erwartete.

Überraschenderweise stellte es sich zunächst als ausgesprochen wohltuend heraus, nicht mehr auf die eigene Gesellschaft beschränkt zu sein. Eine Verabredung wahrzunehmen und dem Tagesablauf damit – abgesehen von den Terminen für ihre Anwendungen und den festgelegten Zeiten der Vollpension – eine Struktur zu verleihen war eine Erfahrung, die Katharina seit der Fehlgeburt nicht mehr kannte. Zu Hause hatte sie ja nur planlos im Bett oder auf der Chaiselongue gelegen, und die seltenen Besuche ihrer Familie in Doberan sorgten wieder für eine andere Situation. Wegen Hermine Martius musste sich Katharina nun aufraffen, um pünktlich zu einem Termin zu erscheinen, der weder zwingend notwendig noch unaufschiebbar war. Mehrmals wollte sie absagen, doch dann wurde ihr bewusst, wie wichtig ihr der Austausch mit dieser weitsichtigen Frau tatsächlich war. Die praktizierende Ärztin erwies sich nämlich auch als Bereicherung für Katharinas Zukunftspläne. Und während all dies mit ihr geschah, fasste Katharina neuen Lebensmut. Sie vergaß die Fehlgeburt nicht, das würde sie niemals tun, aber sie dachte nicht mehr ununterbrochen an den entsetzlichen Moment, als das Kind aus ihr herausgedrängt war. Stattdessen plapperte sie, als habe die Ärztin ein Ventil geöffnet. Sie redete über ihren Alltag, erzählte von ihren Söhnen und ihren Vorbehalten gegen die Gouvernante, sprach von Olafs Manufaktur und ihrer Sehnsucht nach einer sinnvollen Beschäftigung in seinem Betrieb.

Obwohl das Wetter viel zu wünschen übrig ließ, erlaubte die geografische Nähe zu Heiligendamm an den trockenen Tagen ausgedehnte Wanderungen am Strand und in den angrenzenden Buchenwäldern oder Spaziergänge auf dem weit in die Ostsee reichenden Promenadensteg. Hier – die wie an einer Perlenkette aufgereihten klassizistischen weißen Bade-, Logier- und Gesellschaftshäuser mit der sogenannten Burg Hohenzollern im Rücken, die Weite des Meeres vor und das elegante Publikum neben sich –, hier also plauderte Katharina ungezwungen über ihre Idee, einen eigenen Strandkorbverleih aufzubauen.

»Mein Mann will mir nicht erlauben zu arbeiten«, schloss sie ihren Bericht, während der Wind in den Tüllaufbau ihres Huts fuhr und mit den Haarsträhnen spielte, die sich aus den Kämmen darunter gelöst hatten. »Er ist der Ansicht, das gehöre sich nicht für die Frau eines Hofkorbmachers.«

»Nun ja, meines Erachtens ist Nichtstun für eine intelligente junge Dame auch keine Alternative«, gab Hermine Martius zurück. »Auch eine Mitwirkung bei der Wohlfahrt ist Arbeit.« Sie stützte die Hände auf das Geländer der Seebrücke, lehnte sich ein wenig vor und beobachtete versonnen, wie die Wellen an den Strand schlappten.

Katharina folgte ihrem Blick, lächelte eine Möwe an, die seelenruhig auf einer Schaumkrone schlief, und bewunderte die unter der seichten Wasseroberfläche schimmernden Steine. Feldspat, Granit, Quarzporphyr, Sandstein. An allen Ostseestränden lagen eine Menge Steine unterschiedlichster Herkunft. Überbleibsel aus der Eiszeit. Joachim hatte ihr das erklärt und geschwärmt: »Kein Meeresgrund ist so bunt wie der Strand der Ostsee. Bei uns kannst du Millionen Jahre alte Steine finden, die aus Schweden angeschwemmt wurden.« Mit ihm hatte sie besonders schöne Sandsteine aufgelesen. Ganz unten in ihrem Schmuckkästchen schlummerte noch heute ein kleiner, vom Wasser abgeschliffener, tiefrot, blau und platingrau marmorierter Augengneis. Zwei fast gleichförmige Steine hatten damals an der Mole von Warnemünde gelegen. Joachim hatte den zweiten behalten. Ob er ihn wohl noch besaß? Katharina fiel auf, dass sie Hermine viele Details aus ihrem Leben anvertraute, aber Joachim mit keinem Wort erwähnte.

»Einen Pfennig für Ihre Gedanken.«

Katharina zuckte zusammen. »Oh …! Ich … ich habe nur an etwas gedacht …« Sie konnte nicht verhindern, dass sie errötete wie ein Backfisch. »Die Sandsteine sind so schön.«

»Ach, das Geröll begeistert Sie …?!«, wunderte sich Hermine und richtete sich auf, um Katharina in die Augen zu sehen. »Sie überraschen mich immer aufs Neue. Die meisten jungen Frauen dürften sich wohl mehr für Edelsteine interessieren. Wenigstens Bernstein sollte es sein.«

»Wissen Sie, ich liebe die See und den Strand. Ich liebe alles, was damit zu tun hat. Deshalb mag ich Sandsteine.«

»Bernstein nicht?«

Katharina schüttelte den Kopf. »Kennen Sie den Augengneis?«

»Was?« Hermine lachte. »Nein. Den Begriff habe ich noch nie gehört. Was ist das?«

»Ein Sandstein«, erklärte Katharina. Dann entfuhr ihr: »Den liebe ich wie die See.« Und im selben Moment wurde ihr bewusst, dass sie gar nicht die Ostsee meinte, sondern den Mann, mit dem sie seit mehr als fünf Jahren in keinem Kontakt stand. Sie liebte Joachim noch immer. Dabei war ihr nichts von ihm geblieben als eine Illusion – und ein Stein.

Hermines Lächeln erlosch, als sie Katharina weiter aufmerksam beobachtete.

Der Blick der Älteren beinhaltete so viel Lebensklugheit und Verständnis, dass Katharina schließlich verlegen die Lider senkte. Offenbar ahnte Hermine etwas von einem Geheimnis. Ihr Schweigen war beredt genug.

Die Möwe hatte sich von ihrem gemütlichen Platz erhoben und stieß über den Köpfen der beiden Frauen einen kehligen, heiseren Schrei aus. Unter ihnen rauschte das Meer. Eine fast vollkommene Welt.

Seltsam, dachte Katharina, wie stark die Natur auf einer Seebrücke wirkt. Man konnte von Menschen umgeben sein und keinen Ton von den anderen Leuten wahrnehmen. Wenn sie jetzt die Augen schloss, würde sie sich wahrscheinlich an einen anderen Ort zu einer anderen Zeit versetzt fühlen.

Energisch straffte sie die Schultern.

»Sehen Sie sich die Badegäste an.« Mit einer Geste schloss Katharina die Touristen am Strand ein. »Immer mehr Mitglieder der besseren Gesellschaft verbringen ihre Ferien an der See. Diese Herrschaften wollen das gesunde Klima nicht nur auf einer Mole genießen, sondern auch in den Bädern am Wasser. Dort wollen sie es bequem und schattig haben. Das spricht eine deutliche Sprache. Von diesem Zustrom sollte mein Mann in mehrfacher Hinsicht profitieren. Deshalb bin ich für einen eigenen Strandkorbverleih.«

Ein amüsiertes Schmunzeln erhellte Hermines Gesicht. »Haben Sie ihm das so gesagt?«

»Nein. Ja. Ehrlich gesagt: Ich weiß es nicht. Es war an dem Abend, als …« Katharina unterbrach sich, zuckte mit den Achseln. »Ich weiß allerdings noch sehr genau, dass er für keines meiner Argumente offen war«, setzte sie hart hinzu.

Wenn ich mir zuhöre, dachte sie, könnte man meinen, Olaf sei ein Tyrann. Ein schlechtes Gewissen erfasste sie. Olaf war ein liebevoller, großzügiger Gatte. Warum hegte sie nur einen solchen Groll gegen ihn? Hatte er diese Bitterkeit verdient? Er wollte ihr doch nur das gesellschaftlich anerkannte, ruhige Leben des gehobenen Bürgertums bieten.

»Es ist nicht ungewöhnlich, dass Ihr Mann Sie lieber im gemeinsamen Heim wissen möchte als an irgendeinem Badestrand«, erwiderte Hermine prompt.

Katharina zwang sich zur Einsicht. »Sicher.« Doch rasch fuhr sie fort: »Ein Strandkorbverleih ist aber keine richtige Arbeit. Jedenfalls nicht so, dass ich meine Familie vernachlässigen würde. Ich will ja nicht in einer Fabrik schuften. Ich will auch keine Möbelstücke schleppen oder mit der Geldbörse zum Kassieren der Gebühren durch den Sand stapfen. Dafür möchte ich Hilfskräfte beschäftigen. Ich würde vom Schreibtisch aus die Vermietung organisieren. Dafür eignen sich die Räumlichkeiten in unserem Haus ebenso wie etwa ein angemietetes Büro in Warnemünde oder einem anderen nahen Küstenort. Alles könnte einvernehmlich geregelt werden, wenn …«

»… wenn Ihr Gatte der Mensch wäre, den Sie hofften zu heiraten, als Sie mit ihm vor den Traualtar traten.«

Verblüfft sah Katharina in Hermines Augen und erkannte dort eine Wahrheit, die ihr bisher nicht in den Sinn gekommen war, aber wohl in ihrem Herzen geschlummert hatte: Die Heirat war der größte Fehler ihres Lebens gewesen. Ihre Ehe gründete sich auf den Wunsch nach Geborgenheit, doch ihr Freiheitsdrang überwog. Das war es, das ihr nicht genügte und einen Schatten auf ihr Leben warf. Hätte sie Joachim geheiratet, wäre seine Abwesenheit eine willkommene Abwechslung für sie gewesen, auch um eigene Pläne zu verwirklichen. Im ersten Rausch ihrer Verliebtheit hatten derart pragmatische Überlegungen aber keinen Platz gefunden; sie dachte damals gar nicht daran, dass das konventionelle Zusammensein von Mann und Frau sie einengen könnte. Wie ein Pfeil, der ins Schwarze zielte, traf sie die Erkenntnis, dass sie blind vor Sehnsucht den falschen Weg gewählt hatte. Ein unkontrollierbares Zittern lief durch Katharinas Glieder, die Brise fühlte sich plötzlich eiskalt an.

»Die meisten Frauen dürfen nicht heiraten, wenn sie einen ordentlichen Beruf ausüben möchten«, sagte die Ärztin in Katharinas Gedanken. »Es besteht ein Zölibat für unsere Schwestern. Übrigens auch für mich. Meine Tätigkeit als Ärztin an der Charité lässt sich mit einer Ehe nicht vereinbaren.«

Obwohl in ihrem Inneren ein Orkan tobte, zwang sich Katharina zu einer vernünftigen Frage: »Dann meinen auch Sie, mein Wunsch nach einer eigenen Strandkorbvermietung ist abwegig?«

»Nein. Nein, das meine ich nicht.«

»Ich verstehe nicht …«

»Natürlich nicht, Kindchen.« Hermine nahm ihren Arm. »Es gibt so viele verschiedene Wege ans Ziel. Das ist in der Tat etwas verwirrend. Es macht einen Unterschied, ob Sie für sich arbeiten möchten oder nach einem Studium eine Anstellung anstreben. Es gibt Schriftstellerinnen, die ihr Auskommen haben und trotzdem Ehefrau und Mutter sind. Bei Lehrerinnen wiederum ist das verboten. Ihr Wunsch berührt, wie Sie sehen, ein Thema mit vielen Facetten. Am besten, wir besprechen es auf dem Rückweg nach Doberan. Kommen Sie!« Mit sanftem Druck zog sie Katharina in Richtung der feudalen Bade- und Logierhäuser.

Fast wehmütig heftete sich Katharinas Blick auf die Ostsee. Die Wasseroberfläche schimmerte in Berlinisch- und Stahlblau, gegen den Horizont sogar in Aquamarin. Die weißen Segel eines Bootes durchschnitten die Blautöne und glänzten selbst bei dem bewölkten Himmel wie Schnee. Warum nur hatte Katharina geglaubt, ihr Glück läge an Land? Ihre Liebe galt doch dem Meer.

Hermine schien in ihr zu lesen wie in einem Buch, denn sie tröstete Katharina ähnlich einer Mutter, die ihr Kind von einem geliebten Spiel trennen will: »Sie befinden sich in der glücklichen Lage, nahe der Küste zu leben. Und wenn Sie erst Ihren Strandkorbverleih haben, werden Sie nicht mehr davon loskommen.«

»Hm«, machte Katharina zweifelnd.

»Vielleicht ist ein Buch von Professor Freud doch eine geeignete Lektüre für Sie«, überlegte die Ärztin laut, aber Katharina nahm ihre Worte kaum wahr, abgelenkt von den eigenen Überlegungen und dem ansteigenden Rauschen von Meer und Wind. »Wir sollten der Bücherei in Doberan einen Besuch abstatten. Am besten, wir leihen für Sie auch ein paar Schriften zur Buchhaltung und Geschäftsführung aus. Das kann ebenso wenig schaden.«

Katharina runzelte die Stirn, fand aber keine Argumente, die sie gegen Hermines Vorschlag vorbringen konnte. Deshalb folgte sie ihrer neuen Bekannten ohne Widerspruch. Sie mussten ohnehin irgendwo einkehren, wenn sich die Wolken weiter zusammenzogen. Warum nicht in der Stadtbibliothek?

Lange Reihen von Büchern in Regalreihen, die alle Wände bedeckten, ein Tisch, um die Bände oder auch Zeitungen abzulegen, der Tresen am Eingang mit der Ausleihe, ein paar Schulkinder, die Lektüre für den Unterricht brauchten, Badegäste jeden Alters, die nach Zerstreuung suchten, und ein verstohlenes Flüstern wie im Ruheraum des Stahlbads – der Aufenthalt mit Hermine in der Bibliothek war für Katharina wie ein Déjà-vu ihrer ersten Begegnung. Ihre flüsternde Unterhaltung wurde mindestens mit mahnenden Blicken und gelegentlich mit einem »Pst!« quittiert.

Die Ärztin ließ sich nicht davon abhalten, Empfehlungen laut auszusprechen: »Haben Sie *Effi Briest* von Theodor Fontane gelesen?«

Stumm schüttelte Katharina den Kopf.

»Es ist ein interessanter Gesellschaftsroman«, behauptete Hermine, während sie das Buch vom Bord mit den zeitgenössischen Veröffentlichungen nahm. »Erzählten Sie nicht, dass Sie auch mit einem wesentlich älteren Mann verheiratet sind?«

»Auch?«, fragte Katharina verwundert.

»Nun ja – wie Effi Briest, die Hauptfigur des Romans.« Mit einem irritierenden geheimnisvollen Lächeln wandte sich Hermine dem nächsten Regal zu, betrachtete Buchrücken, zog das eine oder andere Exemplar heraus, blätterte nachdenklich darin, stellte es wieder hin. Dabei murmelte sie wie zu sich selbst: »Es geht doch nichts über eine richtige gebundene Ausgabe. Ich werde nie verstehen, warum Fortsetzungsromane in Zeitungen so erfolgreich sind. Man liest sie und wirft sie weg. Nichts hat daran irgendein Gewicht.«

Obwohl sie sich nicht unbedingt angesprochen fühlte, antwortete Katharina automatisch: »Vermutlich ist es eine Geldfrage. Eine Zeitung kostet viel weniger als ein Buch. Dadurch bekommen auch Menschen die Möglichkeit, einen Roman zu lesen, die sich ein anderes Druckerzeugnis womöglich nicht leisten können.«

»Das ist ein guter Gedanke, den Sie bei Ihrer Strandkorbvermietung im Auge behalten sollten … Oh, sehen Sie nur, hier steht der Roman von Arthur Conan Doyle! Gruseln Sie sich gerne, meine Liebe? Ich hörte von einer Freundin in England, dass *Der Hund von Baskerville* eine sehr spannende Detektivgeschichte ist. Wie erfreulich, dass es bereits eine deutsche Übersetzung gibt. Mögen Sie …«

»Verzeihen Sie«, wurde Hermine von einer Bibliotheksangestellten unterbrochen, »dieses Buch ist bereits vorbestellt. Es ist ganz neu und wurde versehentlich ins Regal einsortiert. Wenn Sie es mir bitte geben würden, gnädige Frau, ich setze Sie gern auf die Warteliste.«

»Welche Warteliste?« Hermine blickte die andere Frau scheinbar verwundert an, in ihrer Miene wechselten sich Belustigung und Empörung ab. »Ich halte hier einen Roman in Händen, den ich mir überlege auszuleihen. Nicht mehr und nicht weniger. Verstehen Sie? *Ich* halte das Buch in Händen, niemand sonst.«

»Bitte haben Sie Verständnis dafür, dass es einem anderen Kunden bereits versprochen wurde.«

»Pst!«, kam es ärgerlich von dem Tisch, an dem ein älterer Herr über einem Stapel mit Folianten saß, die er offenbar einen nach dem anderen durchblätterte.

»Ich habe durchaus Verständnis für einen anderen Leser, nicht aber für Ihren Fehler«, protestierte Hermine weiter. »Wenn Sie Ihre Arbeit ordentlich machen würden, müssten wir diese Auseinandersetzung nicht führen. Sehen Sie, dieser leichtfertige Umgang ist das Problem von arbeitenden Frauen und bringt uns alle in Verruf. Erklären Sie doch dem anderen Kunden, warum er sich in die Warteliste einreihen soll.«

»Ich bitte Sie, gnädige Frau. Der Herr ist krank.«

»Sind wir deshalb nicht alle hier?«

Katharina wandte sich ab. Die Auseinandersetzung war ihr peinlich. Sie hatte Hermine Martius als überaus klug und freundlich kennengelernt – was trieb die Ärztin nur zu einem solch störrischen Verhalten an? Dann las sie die Detektivgeschichte eben später. Was spielte das für eine Rolle? War ein Buch es wert, die Contenance zu verlieren? Die Bibliothekarin tat Katharina leid. Sie wollte ihr jedoch nicht zur Seite springen und damit ihre Bekannte bloßstellen. Deshalb drehte sie den Streitenden bewusst den Rücken zu und tat so, als würde sie auf einem anderen Bord die interessanteste Lektüre finden. Ihre Ohren waren aber nach hinten und auf die Debatte gerichtet.

»Vielleicht ist der Herr ja bereit, Ihnen den Vortritt zu lassen«, schlug die Angestellte mit gesenkter Stimme vor.

Hermine dachte anscheinend nicht daran, ihren Ton der Umgebung anzupassen: »Nun, wenn er hier wäre und sich als Gentleman erwiese, hielte ich Ihre Idee für annehmbar. Aber ich sehe nirgendwo jemanden, der mir dieses Buch aus der Hand reißen wollte.«

»Das ist ein Irrtum. Da kommt der Herr gerade.« Die fremde Frauenstimme klang zum ersten Mal nicht mehr so unterwürfig, sondern triumphierend.

Neugier erfasste Katharina. Am liebsten hätte sie sich so gestellt, dass sie die Szene beobachten konnte. Schadenfreude gehörte jedoch nicht zu ihren Charaktereigenschaften. Deshalb blieb sie in der Position, in der sie sich befand, und lauschte nur.

Zu Katharinas Bedauern schwieg Hermine.

»Diese Kundin möchte den Roman von Conan Doyle ebenfalls ausleihen. Versehentlich geriet er in ihre Hände.« Offenbar hatte sich der an der Detektivgeschichte ebenfalls interessierte Leser zu der Bibliothekarin und Hermine gesellt, denn die Angestellte sprach diesen eindeutig an. »Sie möchte jedoch nicht warten, bis Sie ihn ausgelesen haben.«

»Selbstverständlich werden Sie mir den Vortritt lassen«, verkündete Hermine siegessicher. »Sie sind gewiss ein Gentleman. Jedenfalls wirken Sie ungemein wohlerzogen auf mich.« Katharina konnte sich gut vorstellen, wie die Ärztin über das ganze Gesicht strahlte. Ein feixender, wenn auch höchst eleganter Kobold. Dieses Lächeln war sehr anziehend, wie auch Katharina festgestellt hatte.

Der Angesprochene schien ebenfalls zu schmunzeln, als er mit einem amüsierten Beiklang in seiner tiefen Stimme fragte: »Sind Sie sicher, dass es sich bei dem *Hund von Baskerville* um die geeignete Lektüre für eine Dame handelt? Womöglich werden Sie sich entsetzlich ängstigen. Das kann ich kaum verantworten.«

Schwindel erfasste Katharina. Die Buchrücken vor ihr verschwammen unter ihren Blicken. Sie drückte die dicken Romane, die sie gedankenlos aus dem Regal genommen hatte, an ihr Herz und ließ sie gleichzeitig los. Polternd krachten die Wälzer zu Boden. Katharinas Knie wurden weich. Sie taumelte. Um nicht auch zu fallen, streckte sie die Hand aus und stützte sich an einem Bord ab. Die Männerstimme eben hatte ihr jeglichen Halt genommen.

7

Das Hämmern des Türklopfers unterbrach Gretas Tirade. Sie war gerade damit beschäftigt, das neue Dienstmädchen zurechtzuweisen, weil dieses das Gemüse nicht so putzte, wie sie es wünschte.

Wiebke machte wirklich alles falsch. Genau genommen konnte kein dienstbarer Geist es Greta recht machen, deshalb wechselte ihr Personal auch so häufig. Hinzu kam, dass die Hausherrin kein Geld für den Lohn ausgab, was die Auswahl geeigneter junger Frauen zunehmend erschwerte. Aber Geldverschwendung war Gretas Sache nicht, und Dienstboten hatten ihrer Auffassung nach keinen Anspruch auf eine Bezahlung, da sie ja schon Kost und Logis erhielten. Dass diese Vereinbarungen nicht mehr wohlgelitten waren, tat Greta als sozialistischen Unfug ab.

Bei ihrer Geschwindigkeit geht es Wiebke noch viel zu gut, grollte Greta, als sie bereits zum Öffnen der Haustür durch die Diele eilte, bevor Wiebke sich überhaupt anschickte, die Küche zu verlassen.

Auf der Schwelle stand ein Herr mittleren Alters in einem korrekten dunklen Anzug, der höflich seinen Hut lüftete. Sein Gesicht war wettergegerbt, der volle Backenbart stand in Kontrast zu seinem lichten Haar, und die blauen Augen darüber wirkten wachsam, obgleich er sich den Anschein von großer Freundlichkeit und Zuvorkommenheit gab. »Ich würde gerne Herrn Wittenburg sprechen, wenn es möglich wäre.«

»Das ist leider nicht möglich«, erwiderte Greta. Sie sah an sich hinunter und hoffte, dass der Fremde sie nicht für eine Dienstmagd hielt. Der durch die geöffnete Tür hereindringende Windstoß bauschte die Schürze über ihrem Rock. Mit deutlicher Betonung auf dem ersten Wort setzte Greta hinzu: »*Mein* Mann befindet sich im Krankenstand.«

»Dieser Umstand ist mir bekannt.« Der Besucher schüttelte unwillig den Kopf und fragte ungeduldig: »Hat Herr Wittenburg denn den Brief nicht bekommen, den wir ihm vor zwei Wochen geschickt haben?«

Greta ahnte, dass es sich um das Schreiben handeln musste, das neulich durch einen Boten zugestellt worden war. Sie hatte den Umschlag auf die Kommode im Flur gelegt. Nichts konnte so wichtig sein, dass sie Joachim damit in seiner derzeitigen gesundheitlichen Verfassung belästigen wollte. Ihrer Ansicht nach war es nichts Dringendes. Die wichtigen Personen in ihrem und Joachims Umfeld wussten von dem Unfall und würden ihm – ohne Rücksprache mit ihr – nichts von Bedeutung zusenden.

»Wie gesagt, mein Mann befindet sich im Krankenstand«, wiederholte Greta. Sie ärgerte sich über ihren zögerlichen Ton. Der Fremde hatte offenbar von dem Unglück gehört – wusste er auch, dass Joachim nicht mehr in der Klinik in Rostock behandelt wurde? Falls ja, sollte ihm aber auch bekannt sein, dass Joachim sich zur Rekonvaleszenz in einem Kurbad aufhielt.

Mutig wagte sie die Flucht nach vorn: »Kann ich Ihnen irgendwie behilflich sein, mein Herr? Ich bin Frau Wittenburg«, fügte sie hinzu, um keine Missverständnisse aufkommen zu lassen.

»Gewiss. Dies dürfte aber kaum eine Angelegenheit sein, die sich zwischen Tür und Angel besprechen ließe. Mein Name ist Hansen, ich bin Beauftragter der Reederei August Cords.« Er lüftete noch einmal seinen Hut und verneigte sich. »Darf ich eintreten?«

»Bitte. Kommen Sie herein.«

Die Worte waren über Gretas Lippen, bevor sie sich bewusst machte, dass sie nicht auf einen Gast eingerichtet war. Neben dem Treppenaufgang stand noch der Korb mit Wäsche, den Wiebke – das dumme Ding! – nicht nach oben getragen hatte, weil Greta sie mit einer anderen Aufgabe betraute. In der Stube war nicht Staub gewischt, und aus der Küche breitete sich der Geruch geschmorten Kohls aus. Prompt hallte plötzlich das Schreien des Babys durchs Haus. Herr Hansen würde ihr Heim für Sodom und Gomorra halten – und sie konnte es ihm nicht verdenken.

Greta trat zur Seite, um den Beauftragten der Reederei, bei der Joachim angestellt war, einzulassen. Dabei zerrte sie an der Schleife ihrer Schürze, versuchte gleichzeitig, über ihr Haar zu streichen und die Haustür zu schließen. Mit einem gezwungenen Lächeln wies sie ihm den Weg zum Wohnzimmer. Hoffentlich hatte sich nicht zu viel Staub auf die Möbel gelegt, seit Wiebke dort geputzt hatte. Und hoffentlich ignorierte Herr Hansen derartige Unannehmlichkeiten.

Im Gehen warf Greta ihre Schürze über das Treppengeländer.

Friederike schrie noch immer in ihrer Wiege.

»Wiebke!«, rief die Mutter entnervt in Richtung Küche. »Wiebke, kümmere dich endlich um das Kind.«

Greta spürte, wie ihre Brüste feucht wurden. Ihre Tochter sollte gestillt werden. Es war wirklich unfassbar, dass keine Frau im Vorhinein darüber sprach, wie anstrengend das Leben mit einem Säugling war. Gut, dass Joachims Verletzungen den Wunsch nach einem zweiten Kind derzeit hinfällig machten. Die Ärzte hatten Greta zwar Details verschwiegen, aber sie nahm an, dass von den schweren Verbrennungen an seinem Rumpf auch jenes Teil betroffen war, mit dem der Nachwuchs gezeugt wurde. Dieser Aspekt war für Greta das einzig Positive an der Havarie.

Viel zu laut schloss sie die Tür hinter sich und ihrem Besucher.

»Es tut mir leid, dass ich zur unpassenden Zeit gekommen bin«, hob Herr Hansen an. Er setzte sich nicht, sondern blieb zwischen Sofa, Sessel und dem um diese Jahreszeit kalten Kachelofen stehen. »Aber da keine Antwort auf unser Schreiben eintraf, schien es uns nötig, persönlich vorzusprechen.«

»Uns? Wer ist das, Herr Hansen?«

»Die Geschäftsführung der Reederei Cords.«

Unwillkürlich errötete Greta. Warum stellte sie sich nur so dumm an? Das hätte sie sich auch denken können.

»Bitte, nehmen Sie doch Platz«, forderte sie den Gast auf. »Kann ich Ihnen etwas anbieten?«

Er ließ sich auf der Kante eines Sessels nieder. »Nein. Vielen Dank. Nein. Sie haben gewiss alle Hände voll zu tun. Deshalb möchte ich mich kurzfassen.«

Greta setzte sich auf das Sofa, als wäre dies ein harter Stuhl. Stumm wartete sie auf das Anliegen des Mannes. In ihren Ohren hallte Friederikes Stimmchen, das trotz der geschlossenen Tür zu ihr durchdrang. Warum schaffte es das Dienstmädchen nicht, das Kind zu beruhigen? Greta beschloss, das dumme Gör zu entlassen.

»Das seinerzeitige Schreiben enthielt einen Auflösungsvertrag«, begann Hansen. »Es ist vor allem in seinem Interesse, dass Herr Wittenburg diesen unterschreibt. Andernfalls würde sich die Reederei für eine Seegerichtsverhandlung entscheiden müssen.«

Greta spürte, wie ihre Kehle trocken wurde. Sie verstand Hansens Ausführungen nicht, die Worte ergaben keinen Sinn für sie. Doch in ihrem Innersten läutete etwas so laut Alarm wie eine Schiffsglocke bei Sturm an Deck.

»Es ist von allergrößter Wichtigkeit«, fuhr Hansen ebenso sachlich wie unbeirrt fort, »diese unsägliche Angelegenheit einvernehmlich zum Abschluss zu bringen. Wir sind davon ausgegangen, dass Herr Wittenburg inzwischen wieder in der Verfassung ist, sich persönlich darum zu kümmern.«

»Mein Mann ...«, krächzte Greta.

Friederike schien sich in ihr Geschrei zu steigern und wurde immer lauter.

Ohne auf ihren Gast zu achten, sprang Greta auf und stürzte in die Diele. »Wiebke!«, brüllte sie vollkommen undamenhaft durch das Haus und war nun erstaunlich gut bei Stimme, wenn auch ein wenig heiser. »Kümmere dich endlich um das Kind!« Ihr war klar, dass nicht das junge Dienstmädchen ihren Zorn anstachelte, sondern das, was sie aus Hansens Worten heraushörte. Wiebke war wie ein Ventil für sie.

Der Beauftragte der Reederei war nicht in freundlicher Absicht gekommen. Greta verstand nicht genau, worum es ihrem Besucher ging, aber der Klatsch um das Schiffsunglück war unvergessen. Wenn Joachim tatsächlich der Befehlsverweigerung schuldig war, bedeutete eine Kündigung ohne Gerichtsverhandlung noch die harmloseste Konsequenz für sein Verhalten. Handelte es sich allerdings um üble Nachrede, war sein Verzicht auf einen richterlichen Beschluss so etwas wie ein freiwilliges Eingeständnis seiner Schuld. In beiden Fällen würde Greta der Boden unter den Füßen entzogen. Ihre Hoffnung, eines Tages als angesehene Gattin eines Kapitäns durch Warnemünde zu stolzieren, würde auf jeden Fall untergehen wie ein in der Ostsee versenkter Stein.

Mit hochrotem Kopf erschien Wiebke in der Küchentür, das schreiende und zappelnde Baby auf dem Arm. »Sie lässt sich nicht beruhigen, Frau Wittenburg. Ich glaube, sie hat großen Hunger.«

Greta stöhnte demonstrativ auf. »Muss man dir denn alles erklären, du dummes Ding? Wenn die Kleine hungrig ist, bereitest du eben Reisschleim mit Zucker und gibst ihr die Flasche. Aber koche die Milch gut ab und sorge für größte Sauberkeit. Hast du mich verstanden?«

»Ja, aber ... ich dachte ... Ja, Gnädigste.« Die Kapitulation war vermutlich Gretas loderndem Blick geschuldet.

Friederike forderte zwar weiterhin lautstark ihre Nahrung, doch Greta war beruhigt, wenigstens ein Problem rasch gelöst zu haben. Ihre Tochter würde einschlafen, sobald sie die Flasche ausgetrunken hatte. Die Kleine war von Geburt an daran gewöhnt, nicht nur von Gretas Brust satt zu werden. Gretas regelmäßige Fahrten nach Rostock zu Joachim in die Klinik hatten diesen Tribut verlangt.

Aufatmend und durch diesen kleinen Sieg innerlich gestärkt für die nächste Konfrontation wirbelte Greta zurück in die Stube.

Hansen saß auf der Sesselkante, als hätte er sich in ihrer Abwesenheit nicht gerührt. Bei ihrem Eintreten erhob er sich. »Mir ist bewusst, dass Sie viel zu tun haben, Frau Wittenburg. Ich möchte Sie deshalb nicht länger aufhalten. Meine Bitte ist lediglich, dass Sie schnellstmöglich für die Unterschrift Ihres Mannes unter dem übersandten Vertrag sorgen.«

»Das kann ich nicht«, widersprach Greta und blickte ihrem Besucher trotzig in die Augen. »Sie werden sich gedulden müssen. Mein Mann war schwer verletzt und befindet sich noch in der Rekonvaleszenz. Die Ärzte haben ihn nach Doberan verlegt.«

In dem Moment, in dem sie dem Beauftragten der Reederei Joachims Aufenthaltsort nannte, wurde ihr Ärger über den Kuraufenthalt wieder hochgespült. Bereits als sie Joachims Koffer packen musste, hatte sie die Entscheidung der Mediziner wie einen Affront gegen sich selbst empfunden. Warum kam Joachim nicht nach Hause? Wieso durfte sie ihren Gemahl nicht selbst gesund pflegen? Glaubte man etwa, sie wäre nicht in der Lage, seine Genesung zu fördern? Natürlich mussten die schweren

Hautverletzungen behandelt werden, aber wer könnte dies besser als die Ehefrau des Patienten? Dass sie keine entsprechende Ausbildung genossen hatte, spielte für Greta keine Rolle. Krankenschwestern besaßen in der Gesellschaft kein sonderlich hohes Ansehen, also war es um deren Qualifikation wohl nicht so bestellt, dass eine Dame von Bildung es damit nicht aufnehmen könnte. Außerdem fand sie sicher auch eine Dienerin gegen Kost und Logis, die sich um Joachims leibliches Wohl kümmerte. Vielleicht konnte sie sogar zwei Fliegen mit einer Klappe schlagen und ein Hausmädchen einstellen, das sich auf Krankenpflege verstand. Herr Hansen musste sie, Greta Wittenburg, für einfältig und – schlimmer noch – unfähig halten.

»Die Angelegenheit duldet keinen Aufschub«, behauptete der Gast. »Wenn Sie Ihrem Mann Ärger ersparen wollen, kümmern Sie sich bitte darum.«

Es ging um Joachims Arbeit – nicht um ihre Befindlichkeit. Diese Erkenntnis traf Greta in dem Moment, in dem sie Hansen um einen Aufschub bitten wollte. Sie hatte den Mund geöffnet, schloss ihre Lippen jedoch wieder. Nach einer Weile ächzte sie: »Heißt das, Sie wollen ihn entlassen?«

»Ja. Das heißt es wohl.«

Sie spürte, wie die Farbe aus ihrem Gesicht wich. »Und dann?«

»Das liegt in Gottes Hand, fürchte ich.« Hansen zuckte mit den Achseln. »Der Vorwurf, unerlaubt die Brücke verlassen zu haben und in den Maschinenraum gegangen zu sein, lastet schwer auf der ansonsten hervorragenden Reputation Ihres Mannes. Letztere spricht für ihn und hat uns dazu bewogen, von einer Anklage vor Gericht abzusehen. Ganz ignorieren lässt sich der Vorfall jedoch nicht. Es gibt Zeugen.«

»Zeugen?!«, schnappte Greta. Ihre Verzweiflung verwandelte

sich in Wut. »Was sollen die denn schon wissen? Wollen Sie nicht erst einmal meinen Mann befragen, bevor Sie über ihn richten?«

»Es tut mir leid, Frau Wittenburg, die Sachlage ist eindeutig.« Hansen wandte sich zum Gehen.

»Aber Sie können doch nicht …«

»Wissen Sie, die Regeln an Bord sind nicht leichtfertig geschaffen worden.« Die Hand auf dem Türgriff blieb Hansen stehen, drehte sich zu ihr um. »Diese Gesetze gelten seit Jahrhunderten – und das aus gutem Grund. Wer sich nicht an die Seemannsordnung hält, hat auf einem Schiff nichts verloren. Die Beweggründe sind dabei unerheblich. Recht und Ordnung haben Vorrang vor persönlichen Entscheidungen. Es ist eine Frage der Ehre.«

Schweigend begleitete Greta den Gast hinaus. In der Diele war es still. Friederike plärrte nicht mehr.

Als er ihr vor der Haustür die Hand reichte, wiederholte Hansen eindringlich: »Sorgen Sie dafür, dass Ihr Mann das Dokument umgehend unterschreibt. Diese Form der Vertragsauflösung ist ein großes Entgegenkommen seitens der Reederei. Laut Paragraf sechsundneunzig der aktuellen Seemannsordnung müsste er normalerweise sogar eine Strafe in Höhe von mindestens einer Heuer bezahlen. Darauf würde verzichtet, wenn er denn unterschriebe. Es ist daher gewiss auch in Ihrem Interesse, weiteren Schaden von Ihrer Familie abzuwenden.«

»Ich kümmere mich darum«, versprach sie halbherzig.

Nachdem sie hinter ihrem Besucher abgeschlossen hatte, lehnte sich Greta mit dem Rücken gegen die Tür. Sie schlug sich die Hand vor den Mund, um nicht laut aufzuschreien – oder sich an Ort und Stelle zu übergeben.

8

Joachim Wittenburg starrte Katharina an. Seine Miene verhärtete sich. Dann sagte er zu Hermine: »Sind Sie eine Freundin von ihr?« Der Zeigefinger seiner weiß behandschuhten rechten Hand deutete auf Katharina. »Dann können Sie das Buch behalten. Nehmen Sie es und werden Sie glücklich damit. Guten Tag.« Sprach's, drehte sich abrupt um und stolzierte ohne ein weiteres Wort aus der Bücherei.

»Aber … aber … mein Herr …«, rief ihm die Bibliothekarin nach, wusste in ihrer Verblüffung aber wohl nicht weiter.

»Hoppla!«, kommentierte Hermine den Abgang.

Katharina war viel zu schockiert über die unerwartete Begegnung, um sich durch Joachims Benehmen verletzt zu fühlen. Wenn Hermine nicht geistesgegenwärtig ihren Arm genommen hätte, wäre sie vielleicht schon beim ersten Klang seiner Stimme in Ohnmacht gefallen. Niemals würde sie diesen Bariton vergessen, der sie gleichzeitig an das Rauschen des Meeres, ein Schiffshorn und das Seufzen erinnerte, das mit dem Ausstoßen des Rauchs aus den Schiffsschornsteinen wich. Tief, vollmundig, heiser und trotzdem weich. Sie hatte nicht damit gerechnet, diese ganz besondere Stimme jemals wieder zu hören.

»Ist dieser Flegel ein abgewiesener Verehrer von Ihnen?«, fragte Hermine zielsicher.

»Nein«, stieß Katharina hervor und wunderte sich über ihre Kurzatmigkeit. »Nein. Nein, ich habe diesen Mann noch nie gesehen.« Energisch schüttelte sie den Kopf. »Er muss mich verwechselt haben.«

»Aha«, machte Hermine nur. Sie drückte Katharinas Arm. Dann wollte sie besorgt wissen: »Geht es Ihnen besser?«

»Nur ein kleiner Schwächeanfall …«

»Damit ist nicht zu scherzen, meine Liebe«, fiel ihr die Ärztin ins Wort. »Am besten, wir begeben uns mit unserer Lektüre in ein Kaffeehaus und ruhen uns etwas aus. *Effie Briest* wird Sie gut unterhalten, und *Der Hund von Baskerville* sollte mir die Zeit bis zum ersten Kuchenstück verkürzen. Nach diesem Affront braucht mein Körper dringend eine Stärkung. Geht es Ihnen nicht auch so? Um die anderen Bücher, die ich Ihnen empfehlen möchte, kümmern wir uns das nächste Mal.«

Nichts lag Katharina ferner, als nach etwas Essbarem zu verlangen. Sie hatte vielmehr damit zu tun, ihren Herzschlag zwischen Aussetzen und Trommeln einzupendeln.

»Es tut mir leid, aber ich wusste ja nicht …« Die Angestellte, die sich noch immer nicht vom Fleck gerührt hatte, sprach ihren Gedanken wieder nicht aus.

»An dem Auftritt dieses Mannes sieht man wieder einmal, wie sehr der erste Eindruck täuschen kann«, plauderte Hermine. Sie lenkte Katharina sacht an der Bibliothekarin vorbei in Richtung Buchausleihe. »Eigentlich sah er recht manierlich aus. *Stattlich* würde ich ihn sogar nennen. Ich dachte wirklich, es handele sich nicht nur um einen attraktiven, sondern auch um einen wohlerzogenen Herrn.«

»Er sah nicht gut aus …«, entfuhr es Katharina, bevor sie sich erschrocken auf die Lippen biss.

»Nicht?« Hermine runzelte die Stirn. »Nun, über Geschmack lässt sich bekanntlich nicht streiten, und da Sie jünger sind als ich, werden Sie eine andere Sichtweise haben.«

Katharina hatte nur eine Minute gehabt, ihn anzusehen. Vielleicht nicht einmal das. Und doch hatte sich etwas in ihr Gedächtnis eingebrannt: In seinen meerblauen Augen lag nicht Bestürzung über das überraschende Wiedersehen, sondern vor allem Traurigkeit. Den Zorn, der aus seinen Worten sprach, hatte sie nicht gesehen.

Aber er sah wirklich nicht gut aus, fuhr es ihr durch den Kopf. Sein Gesicht war schmal und bleich, sie konnte es nicht einmal als blass bezeichnen. In ihrem gemeinsamen Sommer war er braun gebrannt gewesen wie ein Pirat. Damals trug er einen Schnauzbart, jetzt standen Stoppeln auf seinen Wangen. Er wirkte damit nicht etwa ungepflegt, jedoch stark verändert. Der burschikose Frohsinn schien ihm abhandengekommen zu sein. Und hatte sie nicht einen ersten grauen Faden in seinem braunen Haar entdeckt? Aber da konnte sie sich bei der herrschenden Beleuchtung auch getäuscht haben. Irritierend war auch seine Garderobe. Wieso spazierte er in Zivil herum? Warum trug er weiße Baumwollhandschuhe – wie Diener in einem großen Haushalt, Pagen in Hotels oder Kellner in besseren Restaurants? Fuhr er vielleicht gar nicht mehr zur See und verdingte sich als Mitglied des Personals in irgendeinem Haus hier in Doberan? Die Vorstellung, dass der strahlende Held ihrer Träume einen Abgrund erlebt haben musste, der ihn so weit fallen ließ, kroch wie eine eiskalte Hand über ihren Rücken.

Katharina schauderte. Sie schob es auf die Brise, die ihr beim Verlassen der stickigen Bücherei entgegenwehte. Ein Tropfen perlte von einem Mauervorsprung auf Katharinas Gesicht und mischte sich mit der Träne, die über ihre Wange rann. Offenbar war ein Regenschauer auf den Kurort geprasselt, während sie mit Hermine an den Regalen entlanggeschlendert war. Jetzt brach die Sonne wieder durch die Wolkendecke. Bis in Katharinas Herz schien sie jedoch nicht.

Es war wie verhext. Katharina vermeinte, sie müsse Joachim Wittenburg von nun an auf Schritt und Tritt begegnen. Sie ging an ihm vorüber, als sie die Treppen zum Stahlbad zu einer Anwendung hinaufeilte. Grußlos. Sie bemerkte seinen verstohlenen Blick von einer Parkbank, an der sie auf einem Spaziergang vorbeikam, obwohl er sich hinter einer Zeitung zu verstecken versuchte. Sie entdeckte sein Profil, das sich in der Schaufensterscheibe eines Herrenausstatters spiegelte, und konnte nicht schnell genug wegschauen, als er sich umwandte. Nach dem kurzen verlegenen Blickwechsel rannte sie davon wie ein kleines Mädchen, das im Wald Gespenster sah. Und er saß am Nebentisch, als sie sich mit Hermine zum Abendessen in Holtsts Weinstube traf.

»Ich fasse es nicht!«, zischte Katharina wütend. »Da ist er wieder. Er verfolgt uns!«

»Wer?«

Katharina legte ihre Hand an die Stirn, als wollte sie ihre Augen vor dem Menschen verbergen, den sie nicht anzusehen wünschte. »Na, er … der …«, sie rang um Worte. Dann stieß sie leise hervor: »Der Flegel …! Der Mann von neulich in der Bücherei.«

»Ach, das glaube ich nicht.« Hermine blickte sich um, lächelte freundlich in Joachims Richtung und schaute dann wieder unschuldig zu Katharina. »Meine Liebe, in Doberan begegnet man ständig denselben Leuten. Ich bin sicher, dieser Mensch möchte hier auch nur einen Wein trinken. Er will Ihnen gewiss nicht schaden. Ein Kurort ist wie ein enger Zirkel. Da fallen einem Leute schneller auf, denen man schon einmal begegnet ist.«

Katharina errötete. »Das habe ich noch nicht bemerkt.«

»Nicht? Nun, dann trete ich mal den Beweis an: Dort drüben am Fenster sitzt die Dame, die im Ruheraum immer den Liegestuhl neben Ihnen belegt und andauernd ›pst‹ macht.« Hermine deutete in die entsprechende Richtung, und tatsächlich erspähte

Katharina die fragliche Person. Die Alte, an die sie sich nur mit Bademantel und Handtuchturban erinnerte, hätte sie in dem hübschen perlgrauen Kostüm mit der elfenbeinweißen Rüschenbluse und der in Diamanten gefassten kleinen Kamee am Kragen wahrscheinlich niemals wiedererkannt. Dafür hatte es Hermines Hinweises bedurft.

»Das ist nicht zu vergleichen«, wollte Katharina widersprechen, schluckte den Protest aber hinunter und meinte nur ein wenig spitz: »Ach so.«

Gedankenverloren spielte sie mit den Brotkrumen auf ihrem Gedeck. Hermine mochte schon recht haben mit ihrer These, dass man sich öfter traf, je kleiner der Ort und der gesellschaftliche Kreis waren, in denen man sich bewegte. Doch Katharina glaubte in diesem Fall nicht an diese Regel. Entweder Joachim stellte ihr nach – oder das Schicksal führte sie immer wieder zusammen. Warum waren sie und er überhaupt zur selben Zeit in Doberan? Welche Mächte hatten ihn hierhergebracht? Unwillig schüttelte Katharina den Kopf über sich selbst. Derartige Überlegungen passten gar nicht zu ihrem sonst so sachlichen Verstand. Mystik war doch nun wirklich nicht das Ihre.

Sie hob den Blick und sah Hermine direkt in die Augen. Die andere hatte sie offenbar schon eine Weile lang aufmerksam beobachtet.

»Wollen wir ins Theater gehen?«, erkundigte sich Hermine, und Katharina war ganz sicher, dass diese Frage nicht den Gedanken entsprach, die in den klugen Augen der Älteren lagen. Als habe es zuvor kein anderes Thema gegeben, fuhr Hermine im Plauderton fort: »Ich las vorhin auf einem Plakat die Ankündigung eines Varieté-Programms, das recht amüsant sein soll. Eine in Amerika sehr erfolgreiche Truppe aus Dänemark hat ihr Engagement im Wintergarten für Gastspiele an der Küste unterbrochen. In Berlin hörte man nur Gutes über die fünf Schwestern Barrison. Haben Sie nicht Lust, mich zu begleiten?«

»Ich weiß nicht …«

Katharina fühlte sich überrumpelt. Revuen, Kabarett oder derlei Lustbarkeiten gehörten nicht zu ihren bevorzugten Unternehmungen. Jedenfalls nicht mehr. Früher war ihr vor allem die Bühne im Warnemünder Konzertgarten vertraut gewesen, wo während der Saison täglich die Badekapelle aufspielte, auch hatte sie tatsächlich einmal ein Variété in Rostock besucht – mit Joachim. Doch mit diesen musikalischen Vergnügungen war es ebenso vorbei wie mit den Tanzfesten in Berringers Hotel, da sich ihr Ehemann nicht mehr an den schönen Künsten erfreute, als dies nach seinen Maßstäben gesellschaftlich notwendig war. Schon der Weg in die Bücherei war für sie ungewohnt gewesen. Die meisten Geschichten – ob humorvoll oder ernsthafterer Natur – wurden schließlich in der Zeitung veröffentlicht, bevor eine hochwertigere Druckausgabe folgte. Vielleicht hatte sie deshalb noch keinen Blick in *Effi Briest* geworfen. Der Roman von Theodor Fontane war in Fortsetzungen zuerst in der *Deutschen Rundschau* erschienen, aber dieses literarische Blatt befand sich nicht in Katharinas Pressezirkel.

»Warum wollen Sie sich nicht eine oder zwei Stunden lang unterhalten lassen?«, insistierte Hermine. »Ein wenig Kurzweil dürfte auch Ihre Stimmung aufheitern. Ich will Sie ja nicht in das neue Stück von Gerhard Hauptmann drängen, über das man auch so allerlei hört.«

Katharina spürte, wie sie wieder errötete. Wenn ihr Unglück so offensichtlich war, warum verabredete sich Hermine dann mit ihr? Bevor sie sich dessen bewusst wurde, rutschte ihr die Frage über die Lippen.

Zu ihrer größten Überraschung lachte Hermine erleichtert

auf. Sie klatschte sogar in die Hände. »Endlich! Ich begann bereits, an Ihrer Neugier zu zweifeln, und das wäre sehr traurig, weil ich Sie dann als langweilig einstufen müsste. Danke, dass Sie sich nach meinen Beweggründen erkundigen. Und ich sage Ihnen die Wahrheit: Sie sind anders. Das fiel mir auf den ersten Blick auf.«

»Oh!«

»Ja. Sie sind keine dieser hohlköpfigen jungen Damen, die ebenso fade sind, wie das Wasser schmeckt, das wir hier für unser Wohlbefinden trinken sollen. Ich finde es sehr unterhaltsam, mich mit Ihnen auszutauschen, und vielleicht kann ich Ihnen eine gewisse Weitsicht auf die Zukunft einer modernen Frau eröffnen. Das würde mir sehr gefallen. Irgendwie schlummert in mir wohl eine Missionarin.« Mit einem kleinen verschwörerischen Lächeln hob sie ihr Glas. »Lassen Sie uns auf unsere Freundschaft trinken – und auf das Du.«

Katharina hob ebenfalls ihren Weinkelch, in dem golden der Riesling von der Mosel schimmerte. Das leise Klirren, als sie mit Hermine anstieß, klang wie eine Glocke, die eine neue Ära ankündigte. Nach dem ersten Schluck flog ihr Blick zu dem Tisch, an dem Joachim gesessen hatte. Er war gegangen. Vielleicht sogar ihretwegen. Sie brauchte sich nicht zu fragen, was sie ihm angetan hatte, um ihn derart gegen sich aufzubringen. Aber warum sahen sie sich dann immer wieder? In dem Versuch, sich zu betäuben, leerte sie völlig undamenhaft ihr Glas in einem Zug. In Katharina breitete sich trotz des wärmenden Alkohols eine seltsame Leere aus.

9

Der Cancan war tatsächlich skandalös. Katharina hatte von dem Tanz schon gehört, er war vor Jahrzehnten kreiert worden und bot nach wie vor auch über die Grenzen Frankreichs hinaus reichlich Gesprächsstoff. Doch nie zuvor hatte sie mit eigenen Augen gesehen, wie junge Frauen lasziv die Hüften schwangen, ihre Beine in die Luft warfen und sogar spreizten und dabei ihre Unterwäsche zeigten. Katharina wusste nicht, wie alt Lona, Olga, Sophia, Inger und Gertrude Barrison waren, aber auf der Bühne des Hotels Lindenhof präsentierten die Künstlerinnen sich als Schulmädchen: kindlich, naiv und dennoch unfassbar kokett. Sie waren zu mager, um dem gängigen Schönheitsideal zu entsprechen, und zu frivol, um von einer Dame in aller Öffentlichkeit beklatscht zu werden. Dennoch kam Katharina nicht umhin, selbst über die obszönsten Fragen zu lachen, die von der Truppe wie Konfetti ins Publikum geworfen wurden. Dabei trieben ihr die harmlos klingenden, aber überaus deutlichen Texte zuweilen die Schamesröte ins Gesicht. Ohne Zweifel waren die Darbietungen sehr komisch. Und die Musik überaus schmissig. Glücklicherweise war es dunkel, und sie und Hermine waren auch nicht die einzigen anständigen Frauen an den vollbesetzten Tischen im Zuschauerraum, sodass sich Katharina schließlich von der Welle der Begeisterung mitreißen ließ und in den frenetischen Applaus einstimmte.

Ein stilles Lächeln lag noch immer auf ihren Lippen, als sie nach dem Dacapo an der Seite ihrer neuen Freundin zum Ausgang strebte. Es war ein für eine Dame ihrer Kreise unkonventionelles, aber sehr erheiterndes Programm gewesen, das sicher noch eine Weile in ihr nachhallen würde. Nie hätte Katharina für möglich gehalten, ihren Frohsinn auf diesem Weg zurückzuerlangen.

»Hoppla!« Hermines Ausruf riss Katharina aus ihren Gedanken.

»Verzeihung«, erwiderte eine vertraute Männerstimme. »Offenbar kommen wir uns schon wieder ins Gehege. Das ist meinerseits keine Absicht.«

»Nun, das hoffe ich.«

Eine Überraschung war diese Begegnung eigentlich nicht für Katharina. Sie war Joachim so oft über den Weg gelaufen, dass sie nun recht gefasst reagierte. Ihr Herz veranstaltete dennoch einen Trommelwirbel. Sie standen so dicht beieinander, dass sie nur die Lider zu heben brauchte, um Joachim direkt in die Augen zu sehen. Getragen von einer Woge der Fröhlichkeit, ihrer überschäumend guten Laune und ein wenig auch berauscht von der Erotik auf der Bühne wagte sie einen tiefen, ruhigen Blick.

»Guten Abend, Joachim.«

»Was?« Hermine schnappte nach Luft. »Sie kennen sich?«

Er ignorierte den empörten Ausruf, deutete eine kleine Verbeugung an und sagte nur: »Katharina.«

Plötzlich wurde ihr bewusst, dass er dieselbe Darbietung gesehen hatte wie sie. Bei dem Gedanken, dass er sich im selben Raum befunden hatte, während entblößte Knöchel durch die Luft geworfen und über kleinen runden Hinterteilen spannende Unterhosen präsentiert wurden, stieg Katharina die Hitze ins Gesicht. Sie fühlte sich nicht besonders tugendhaft, weil sie über die harmlos-derben Scherze herzlich gelacht hatte. Sie ertappte sich bei der verwirrenden Überlegung, was Joachim wohl von ihrem unkonventionellen Sinn für Humor halten mochte. Und was er über das dachte, was gezeigt worden war. Hatte es ihm gefallen? Wohin sah ein Mann eigentlich zuerst bei einer jungen Frau?

Nun doch verlegen schaute Katharina auf ihre Fußspitzen.

»Die Welt ist ein Dorf«, stellte Hermine lakonisch fest.

»Guten Abend«, wünschte er höflich und wandte sich brüsk ab.

»Jochen!«

Katharina wusste nicht, warum sie ihn rief. Sie wusste auch nicht, warum sie die persönlichere Abkürzung seines Namens benutzte. Sie wusste nicht einmal, ob er sie hörte, da in diesem Moment die Musik einsetzte, die das verbleibende Publikum zum Tanz aufforderte. Es war das überaus beliebte Lied »Schlösser, die im Monde liegen«. Die Operette *Frau Luna* von Paul Lincke, aus der dieser Walzer stammte, war nach ihrer Liaison uraufgeführt worden, aber Katharina hatte den Titel stets mit ihrer heimlichen Verlobung mit Joachim in Verbindung gebracht. Unwillkürlich stockte ihr der Atem. Sie flehte ihn stumm an, bettelte um ein Wort, vielleicht auch um die Absolution. Joachim konnte doch nicht einfach so gehen, nachdem sie den Mut gefasst hatte, ihn zu rufen. Es war womöglich ihre einzige Chance, sich ihm zu erklären. Warum hatte sie ihn nicht schon bei einem ihrer vielen Zufallstreffen in den vergangenen Tagen um eine Unterredung gebeten? Sie wusste es nicht. Ebenso wenig, wie sie wusste, warum ihr es mit einem Mal so wichtig war. Doch sie fürchtete zu ersticken, wenn sie diese Gelegenheit nicht ergriff.

Quälend langsam drehte er sich zu ihr. In seinen Augen lag unendlich viel Traurigkeit. »Was willst du, Katharina? Dein Brief war deutlich. Es ist alles gesagt.«

»Es war ein Fehler!« Sie sprach völlig gedankenlos mehr zu sich selbst als zu ihm. Die Wahrheit floss unbeabsichtigt über ihre Lippen. Der Walzer lullte sie ein, die schwüle Luft benebelte ihren Verstand, noch immer wurden ihre Gefühle getragen von der erotischen Leichtigkeit der Revue. Sie ertappte sich dabei, wie sie die Hand nach Joachim auszustrecken versuchte. Ihn zu berühren erschien ihr mit einem Mal wie ein Geschenk. Und sie musste nur zugreifen …

Energisch umfasste Hermine ihren Arm. »Kommen Sie, meine Liebe, es ist spät. Wir sollten jetzt wirklich gehen.«

»Aber ich …«, hob Katharina an.

Hinter ihnen drängten zwei Paare nach draußen. Katharina, Joachim und Hermine hatten längst die Aufmerksamkeit der Gäste am Tisch neben der Tür auf sich gezogen. Ein Kellner schaute neugierig her, während er auf seinem Tablett Weingläser balancierte. Katharina sah Joachim an, dass er am liebsten geflohen wäre. Vor der Aufmerksamkeit, die ihm sicher peinlich war. Vielleicht auch vor ihr. Wie gehetzt flogen seine Blicke umher.

»Komm morgen Nachmittag um drei Uhr zur Kirche. Ich werde auf dich warten.«

Staunend weiteten sich Katharinas Augen. Wollte er sich wirklich mit ihr verabreden? Glückseligkeit erfasste sie. Heiße Röte stieg in ihre Wangen und kroch ihren Hals und den Nacken hinab. Ihr Herzschlag wirbelte im Takt der Orchesterklänge.

Sie ballte die Fäuste, um nicht doch noch ihre Finger mit seinen Händen zu verschlingen, und versuchte, ihre Begeisterung hinunterzuschlucken, um einigermaßen sachlich zu klingen: »Ich werde da sein!«

Sein Nicken war knapp, fast militärisch. Dann war er schon fort, eingetaucht in die Menge, die ihn verschluckte.

Bedauern erfasste sie. Weil er so ruppig reagiert hatte. Und so wenig Freude über ihre Verabredung zeigte. Während Katharina von Hermine durch das Foyer nach draußen gelotst wurde, ließ sie ihre Blicke suchend über die Köpfe der anderen Besucher schweifen, konnte Joachim jedoch nirgends entdecken. Wie schade, dass er ihr nicht wenigstens zum Abschied ein Lächeln geschenkt hatte. Aber morgen würde sich das ändern, versprach sie sich im Stillen. Wenn sie sich morgen wiedersahen, würde sie ihn aufheitern, und sie würden gemeinsam lachen wie früher. Wieder beschleunigte ihr Herz seine Tätigkeit. Aufregung und Vorfreude raubten ihr fast den Atem.

Ihre Begleiterin sprach indes kein Wort. Wie bedrückend Hermines Schweigen war, fiel Katharina erst auf, als sie von der Abendluft umfangen wurde, die ihre Gedanken ein wenig ernüchterte. Auch brachten die üblichen Geräusche des abendlichen Alltags sie zurück in die Realität: das Klappern von Hufen, das leise Knarren und Ächzen eines Kutschrads, die vom Pflaster widerhallenden Schritte der Kurgäste. Gesprächsfetzen erfüllten die Szenerie, die Blätter der Linden rauschten leise im Wind über dem Kamp, und aus dem Roten Pavillon wehten die Takte einer Polka. Am liebsten hätte Katharina einen Hüpfer vollführt, doch der fast verblasste Gedanke daran, dass sie kein junges Mädchen mehr war, hielt sie gerade noch auf.

»Was für ein schöner Abend!«, rief sie stattdessen aus.

Hermine zog fröstelnd ihren Umhang um sich. »Es ist ziemlich frisch.«

»Wirklich? Ich finde es herrlich!« Die Brise kühlte tatsächlich angenehm Katharinas erhitzte Wangen.

Nach einer beredten Pause antwortete Hermine nur: »Hast du *Effi Briest* gelesen?«

Katharina war in ihre Gedanken vertieft: Was sollte sie morgen anziehen? Wie würde sie Jochen erklären, warum sie sich von ihm getrennt hatte, ohne seine Berufsehre zu verletzen? Sie war so versunken, dass sie im ersten Moment nicht verstand, was ihre Freundin meinte. Sie sah sie an, und ihre Verwunderung war im Schein der Straßenlaternen sicher deutlich zu erkennen.

»Das Buch, das ich dir empfohlen hatte«, half ihr Hermine nach einer Weile auf die Sprünge.

»Nein. Ich fand noch keine Gelegenheit. Aber gleich morgen werde ich damit anfangen.« Ihr Versprechen klang so unglaubwürdig, wie es verlogen war.

»Fang am besten noch heute Abend an. Eine gute Lektüre ist nützlich für einen guten Schlaf.«

Katharina war überzeugt davon, dass sie – ob mit oder ohne einen Roman auf dem Kopfkissen – kein Auge zutun würde. Dennoch verabschiedete sie sich von Hermine mit der Versicherung, dass sie sich an den gut gemeinten Rat halten wolle. Ihre Gedanken weilten aber weder bei der Älteren noch bei Fontanes Geschichte. Sie kreisten um Joachim. Wie erholt er heute Abend aussah! Fast so gut wie früher, wenn auch ein wenig blasser und schmaler. Ob ihr Wiedersehen wohl an die alten Zeiten anknüpfte …?

10

Der Stuhl knarzte bei jeder Bewegung, ihre Glieder schmerzten ebenso oft. Obwohl Gretas Lider schwer wurden, war unter diesen Bedingungen natürlich nicht an Schlaf zu denken. Selbst als sie für ein paar Sekunden einnickte, schreckte sie sofort wieder hoch, weil die Polsterung unter ihr ächzte und ein brennendes Ziehen ihren Rücken durchfuhr. Außerdem war es nicht statthaft für eine Dame, in der Öffentlichkeit einzuschlafen. Seit Stunden saß sie jedoch in dieser qualvollen Haltung, zuerst noch gerade mit durchgedrücktem Kreuz, im Verlauf des Abends mehr und mehr in sich zusammengesunken wie ein Häufchen Elend. Und das war Greta ja auch, während sie auf ihren Mann wartete.

»Herr Wittenburg ist ausgegangen«, hatte die Pensionswirtin verkündet. Sie hatte Greta skeptisch beäugt und dann hinzugefügt: »Wenn Sie möchten, können Sie hier warten.« Dabei deutete sie auf die kleine Sitzgruppe neben Fenster und Grünpflanzen in einem offen angrenzenden Raum.

Greta hatte sich auf den Stuhl gesetzt, von dem sie den Eingang am besten beobachten konnte. Nicht ahnend, dass sie diesen Platz für mehrere Stunden nicht mehr verlassen würde. Sie hatte geglaubt, Joachim unternehme einen Spaziergang. Als er nach kurzer Zeit nicht zurück war, vermutete sie, er gönne sich irgendwo ein gutes Abendessen. Ihr Magen knurrte zwar bei dieser Vorstellung, aber es war unter Gretas Würde, sich bei der Pensionswirtin nach den Lokalen zu erkundigen, die ihr Mann zu besuchen pflegte. Sie würde lieber verhungern, als auf der Suche nach ihm durch die Restaurants zu streifen. Nachdem die Abendessenszeit vorüber und Joachim noch immer nicht in seine Herberge zurückgekehrt war, wuchs Gretas Groll mit den Schmerzen in ihrem Körper. Es war ungeheuerlich. Ihr ganzes Leben brach zusammen – und Joachim schien sich bestens zu amüsieren. Vielleicht sogar mit einem sogenannten Kurschatten. Der Gedanke, dass er mit einer anderen Frau poussierte, während sie sich um ihre Zukunft ängstigte, vertrieb unverzüglich jeden Gedanken an etwas Essbares.

Das leise Klingeln des über der Eingangstür befestigten Glöckchens dröhnte in Gretas Ohren wie das Angelusläuten einer katholischen Kirche.

Zwei ältere Herren, die anscheinend ziemlich belustigt von einem Erlebnis waren, unterhielten sich leise. Einer der beiden blieb auf dem Weg zur Treppe stehen, trat einen Schritt in den Nebenraum und drückte seine Zigarre in dem Aschenbecher auf dem nächstgelegenen Tischchen aus. Dabei streifte sein Blick Greta. Verwunderung huschte über seine Miene, dann nickte er höflich zum Gruß, bevor er sich wieder an die Seite seines Bekannten begab und mit diesem Unverständliches plaudernd in Richtung der Zimmer ging.

Greta sah den beiden nach. Die Pensionsgäste hatten einander, waren vielleicht sogar Freunde. Schmerzlich wurde ihr bewusst, dass sie niemanden besaß, mit dem sie sich zwanglos über irgendwelche Albernheiten amüsieren konnte. Keine Freundin. Und keinen Ehemann. Nicht einmal Familie, denn ihre Schwestern lebten weit verstreut. Wie gut, dass wenigstens Luise, so schnell es eben ging, aus Hamburg hatte anreisen können, als Greta beschloss, Joachim in Doberan aufzusuchen. Auf diese Weise vermied sie es, die kleine Friederike in der Obhut eines unfähigen Hausmädchens lassen zu müssen. Aber Luise war kein Mensch, der gern scherzte, dafür war die Ältere viel zu ernst und wahrscheinlich auch zu enttäuscht vom Leben. Plötzlich niedergeschlagen von der Trauer über ihre Einsamkeit fühlte Greta Tränen in ihren Augen. Vielleicht lag es auch an ihrer Müdigkeit, dass ihr so stark zum Heulen zumute war wie schon lange nicht mehr.

Als sie sich mit der Hand über die feuchten Augen wischte, schmerzten Gretas Schultern vehement. Sie versuchte, sich aufzurichten, doch ihr Körper war so steif, dass sie nur unter größter Kraftanstrengung auf die Beine fand. In ihren Waden kribbelte es, die Füße fühlten sich taub an …

»Greta! Was machst du denn hier?«

Erschrocken sah sie zu Joachim auf. Sie hatte ihn nicht kommen hören.

Im ersten Moment dachte sie an ihre zerknitterte Kleidung. Erst beim zweiten Atemzug fiel ihr auf, wie gut ihr Mann aussah. Er war zwar blasser als früher, ihm fehlte die Sonnenbräune des Seefahrers, aber er war nicht mehr so bleich wie noch im Krankenhaus. In seinen blauen Augen lag ein Funkeln. Er hatte sich das Haar schneiden lassen, und der Bart, den er neuerdings trug, um die Brandverletzungen auf den Wangen zu kaschieren, wirkte gepflegt. Auch seine Garderobe war offenbar neu: Der dunkle Rock saß hervorragend, er hing nicht so an ihm wie der Sonntagsanzug, den er jedoch nur manchmal getragen hatte, wenn er nicht in Uniform unterwegs war. Tatsächlich stand ein attraktiver Mann vor ihr, der seit dem Unfall womöglich ernster und reifer geworden war, aber nichts von seinem Schneid eingebüßt hatte.

Es war unfassbar, dass Joachim Wittenburg kein Seemann mit der Aussicht auf einen Kapitänsposten mehr sein sollte. Greta zwinkerte, um das Bild von Verwegenheit zu verdrängen. Schließlich wusste sie, dass er ein arbeitsloser Tunichtgut war, den nach seiner Entlassung keine Reederei mehr einstellen würde. Daran war nicht zu rütteln – auch wenn der Rauswurf freundlicherweise »Aufhebungsvertrag« genannt wurde. Wie er jetzt auftrat, kam er ihr auf den ersten Blick wie ein Hochstapler vor.

»Da bist du ja endlich!«, entfuhr es ihr zorniger als beabsichtigt. Sie stemmte die Hände in ihre Taille und drückte das Kreuz durch, um ihre Bandscheiben zu entlasten. »Wo warst du den ganzen Abend lang?«

»Hätte ich geahnt, dass du mich besuchen möchtest, wäre ich nicht ausgegangen.« Er griff nach ihrer Rechten, führte sie leicht an seine Lippen. »Ist etwas geschehen? Geht es der Kleinen nicht gut?«

Immerhin erkundigte er sich nach ihrer Tochter, die er noch nicht einmal kannte. Die Frage nach Friederike erwärmte kurz Gretas Herz, dann entzog sie ihm jedoch die Hand, ballte sie an ihrer Seite zur Faust. »Hast du meinen Brief bekommen? Du hast nicht geantwortet!« Der Vorwurf senkte sich wie dichter Nebel über den Raum – ebenso unangenehm wie undurchdringlich.

»Aufregung ist schlecht für meine Genesung«, erwiderte er. Plötzlich nervös fuhr er sich durch das Haar, seine Finger zitterten leicht. »Alles, was die Reederei betrifft, wird warten müssen. Es wird ja wahrscheinlich ohnehin auf einen Prozess hinauslaufen. Ich warte auf die Verfahrensankündigung durch das Gericht. Die kommt noch früh genug. Bis dahin erspare ich mir lieber irgendwelche schriftlichen Anschuldigungen des Eigners.«

»Es stand ein Vertreter der Geschäftsleitung vor unserer Tür.« Greta bemühte sich, ihren Mann nicht anzuschreien, aber ihre Stimme klang dennoch schrill. »Es geht um den Vertrag, den ich dir geschickt habe. Du musst das unterschreiben, Joachim. Sofort. Damit ersparst du uns die Verhandlung.«

Das Leuchten in seinen Augen erlosch. »Wer immer gekommen ist, scheint ja sehr sicher zu sein, dass ich verurteilt werde. Das ist aber noch gar nicht sicher. Ein Prozess ist nicht das Schlechteste, denn der kann schließlich auch mit einem Freispruch enden.«

Vor Gretas geistigem Auge tauchte ein Gerichtssaal auf mit sensationsgierigen Zuschauern, die nichts anderes zu tun hatten, als sich die Mäuler zu zerreißen. Die Anklage gegen ihren Vater war eine der frühesten und schrecklichsten Erinnerungen ihrer Kindheit. Er hatte ihr später erklärt, dass der Satz »vor Gericht und auf hoher See sind wir in Gottes Hand« eine Wahrheit sei, gegen die es kein Rezept gebe. Ihr fuhr durch den Kopf, dass sich ein Seemann deshalb womöglich leichter in sein Schicksal ergab. Joachim kannte das Gefühl, sein Leben in Gottes Hand zu legen. Doch Greta fehlte der tiefe Glauben dafür. Sie vertraute nur der Realität und ihrer eigenen Tatkraft.

»Du unterschreibst den Vertrag!«, zischte sie. »Und wenn ich das ganze Haus zusammenschreien muss. Du liest sofort das

Papier und unterschreibst es anschließend. So wahr ich hier stehe, Joachim Wittenburg.«

Er blickte sich um, als suchte er Zuhörer oder gar Verbündete. Doch natürlich waren sie zu der späten Stunde allein in dem Gästezimmer neben der Rezeption. An seiner Schläfe pochte eine Ader, sein Kiefer mahlte. »Hier ist wohl nicht der geeignete Ort, dieses Thema zu diskutieren«, presste er hervor.

Die unterdrückte Wut, die in ihm loderte, ließ Greta zurückweichen. Er machte ihr Angst. So hatte sie ihren Mann noch nie erlebt. Dennoch wollte sie sich nicht so einfach abspeisen lassen. Ihr Entschluss war in den vergangenen Tagen gereift. Ihrer Ansicht nach gab die Entlassung Joachim wenigstens die Möglichkeit, irgendwo ein ordentliches Auskommen zu finden. Wahrscheinlich nicht als Seemann, aber in einem der vielen Büros für Touristen, die in Warnemünde aus dem Boden wuchsen wie Pilze. Er könnte ihrer Ansicht nach Schiffe verchartern, Ausflugsfahrten oder Tickets für die Fähre nach Dänemark verkaufen. Oder sie konnten fortgehen. Wo man sie nicht kannte, würde er in einem Heuerbüro vielleicht Arbeit finden. Ein Prozess in Rostock hingegen war ein Skandal, gleichgültig, wie das Verfahren ausging. Die Nachricht davon würde sich weit über die Stadtgrenzen hinaus ausbreiten.

Sie erwiderte seinen Blick. Ebenso störrisch und wütend.

»Komm mit!« Er nahm wieder ihre Hand, diesmal grob, und zerrte sie mit sich.

Es blieb ihr nichts anderes übrig, als hinter ihm herzustolpern. »Wohin willst du?«

»Auf mein Zimmer. Du kannst mir beim Packen helfen. Wir fahren mit dem ersten Zug morgen früh nach Hause.«

Während sie die Treppe hinaufliefen, fragte sich Greta, ob das nicht der heimliche Zweck ihrer Reise gewesen war. Dass sie nicht mehr allein mit ihren Sorgen, ihrer Lebensangst und all den Problemen war, die ihr Alltag mit sich brachte. Und dass Joachim seine Angelegenheiten vor Ort in ihrem Willen regelte. Der Triumph, der sich in ihr breitmachte, zauberte ein zufriedenes Lächeln auf ihr Gesicht. Doch das bemerkte er glücklicherweise nicht.

»... das ist ein weites Feld.« Die letzten Worte des Romans *Effi Briest* hallten in Katharina nach. Wie eine Saite, die gezupft wurde und deren Töne noch lange durch die Luft schwebten. Die Buchstaben verschwammen vor ihren Augen, die gefüllt waren mit Tränen und müde von der durchwachten Nacht.

Nach dem aufregenden Abend hatte sie nicht einschlafen können. Immer wieder kreisten ihre Gedanken um Joachim, sie versuchte, sich an jeden Moment ihrer zufälligen Begegnungen in Doberan zu erinnern, suchte nach stillen Zeichen der alten Verbundenheit. In demselben Maße, in dem ihre Lider schwerer wurden, lief ihr Gehirn aber zu Höchstleistungen auf. Als sie das Gefühl ereilte, ihr Kopf müsste vom Denken platzen, drehte sie die elektrische Beleuchtung auf ihrem Nachttisch an und griff nach dem Band, der bislang unbeachtet neben der Lampe lag.

Sie begann, den Roman zu lesen, den Hermine ihr empfohlen hatte: »*In Front des schon seit Kurfürst Georg Wilhelm von der Familie von Briest bewohnten Herrenhauses ...*« Katharina hatte nicht damit gerechnet, wie gefesselt sie von der Geschichte sein würde. Ohne zu bemerken, wie die Minuten zu Stunden wurden und eine Stunde nach der anderen verstrich, blätterte sie Seite um Seite weiter. Sie las und liebte und litt mit Effi Briest. Am Ende fühlte sie sich ebenso zerrissen wie die Mutter der Heldin, die sich selbst anklagte für das der Tochter widerfahrene Unglück.

Es bedurfte keines großen Scharfsinns zu erkennen, warum

Hermine Martius ihr ausgerechnet dieses Buch so sehr ans Herz gelegt hatte. *Effi Briest* war die Geschichte einer jungen Frau, eines Mädchens noch, die einen wesentlich älteren Mann heiratete und in dieser Ehe unglücklich wurde. Ihre Liaison mit einem jüngeren Offizier endete tragisch. Unwillkürlich schweiften Katharinas Gedanken ab. Sie fragte sich, wie Hermine schon vor ihrer ersten Begegnung mit Joachim ahnen konnte, welches Gefühlschaos in ihr tobte. An Untreue hatte sie da freilich noch nicht gedacht. Aber offenbar erkannte die kluge Ärztin bereits beim Betreten der Bücherei besser als Katharina selbst, dass die Jüngere in absehbarer Zeit wie eine reife Frucht in die Arme eines Liebhabers sinken würde. Dann hatte sie Joachim wiedergesehen – und im Grunde bereits vom ersten Moment an nicht mehr an Olaf und noch weniger an Christian und Ulrich gedacht. Wann beginnt Untreue?, fragte sich Katharina im Stillen. Mit dem körperlichen Vollzug oder nicht schon viel früher mit dem Wunsch danach?

Wahrscheinlich war ihr größtes Versäumnis, sich nicht an ihre kleinen Söhne erinnert zu haben. Eine weitere Duplizität zwischen Katharinas Leben und dem Roman. Denn Effi Briest gebar eine Tochter, die die Leere im Leben der vernachlässigten Ehefrau nicht ausfüllen konnte. Bei der Trennung der Eltern blieb das Kind natürlich beim Vater – die Mutter war ja eine Betrügerin – und verlor über die Jahre jegliches Interesse an ihr. Die Vorstellung, für immer auf ihre Jungen verzichten zu müssen, wühlte Katharina so sehr auf, dass sie bei den entsprechenden Passagen der Lektüre von Schluchzen geschüttelt wurde. Sich zu sagen, dies sei nur eine erfundene Geschichte, tröstete sie nicht. Fontane beschrieb die Situation so bildhaft, dass sich Katharina mitten unter den Protagonisten wähnte. Schlimmer noch, die Handlung war vor allem auf einem Gut an der Ostsee angesiedelt – und irgendwie kam ihr jeder Strauch bekannt vor.

Während die Dämmerung in ihr Hotelzimmer kroch und die Helligkeit sich zu einem Zwielicht mit der elektrischen Beleuchtung verband, fasste Katharina den Entschluss, die Vergangenheit ruhen zu lassen. Sie würde Joachim nicht wiedersehen. Es tat ihr leid, ihn versetzen zu müssen, aber sie wollte am Nachmittag nicht zur Kirche gehen. Da sie nicht wusste, wo er untergekommen war, konnte sie ihm kein Billet mit ihrer Absage schicken. Und selbst wenn ihr der Name seiner Unterkunft bekannt gewesen wäre, hätte sie gezögert, ihm noch einmal zu schreiben. Es stimmte ja, was er im Theatersaal entgegnet hatte: *»Dein Brief war deutlich. Es ist alles gesagt.«*

Sie würde einen Neuanfang mit Olaf wagen – und sie wollte an seiner Seite glücklich werden. Das nahm sie sich fest vor an diesem frühen Morgen, als die Kurstadt erwachte und die ersten Züge in den Bahnhof rollten. Sie fühlte sich sogar stark genug, um den Aufenthalt hier abzubrechen und nach Hause zurückzukehren. Dieser anfangs unerwartete Gedanke breitete sich mit Klarheit in ihr aus. Wie eine Frucht, die man in eisgekühlter Limonade in einem beschlagenen Glas anfangs nicht sah. Ihre Finger blätterten versonnen in dem Buch, knickten die letzte Seite um. Ihre Gedanken wanderten jedoch zu der viel zu prätentiösen, ungemütlichen Villa im Süden Rostocks, und eine tiefe Sehnsucht erfasste sie.

Katharina löschte das Licht und blickte mit weit offenen Augen an die Zimmerdecke. Doch sie sah nicht die Sonnenflecken, nicht die Reflexionen durch die Fensterscheiben, sondern die Gesichter ihrer Kinder: Christians ernste Miene und das schelmische Lächeln von Ulrich. Was für ein Unsinn anzunehmen, dass sie sich nach einem Mann aus ihrer Vergangenheit sehnte. Sie wollte vor allem ihre Söhne in die Arme schließen – und das so schnell wie möglich.

Die Tränen waren getrocknet, ihre Lider noch immer schwer, aber eine überraschende Lebhaftigkeit erfasste sie. Katharina schmiedete Pläne für den Tag. Nach dem Frühstück wollte sie auf dem Weg zu ihren Anwendungen an der Poststelle am Kamp vorbeigehen und ein Telefongespräch mit der Korbmanufaktur anmelden. Ach was, sie würde das Moorbad gleich absagen. Und alle anderen Verabredungen im Stahlbad auch. Selbst dass sie wegen der verspäteten Annullierung wahrscheinlich die Kosten für die Packung zahlen musste, änderte nichts an ihrem Vorhaben. Die drei Mark würde ihre Reisekasse verkraften. Sie war wieder gesund und bedurfte keiner Kur mehr. Deshalb würde sie Olaf mitteilen, dass sie mit dem nächsten Zug nach Hause kam. Am besten gleich morgen. Er freute sich sicher über ihre Heimkehr. Vielleicht wollte er sie ja sogar in Doberan abholen. Lediglich der Abschied von Hermine trübte das Hochgefühl. Doch man könnte in Kontakt bleiben. Ein regelmäßiger Briefwechsel wäre gewiss anregend und erbaulich. Ja, so wollte sie es machen. Mit einem Gefühl tiefsten Wohlbehagens schlief Katharina schließlich ein.

11

Olaf holte Katharina nicht in Doberan ab, wartete jedoch am Gleis im Zentralbahnhof in Rostock auf sie. Groß, stattlich, ein wenig füllig geworden, wie die über seinem Bauch spannende Weste bewies. Ein gut aussehender Herr, der Gesundheit und Wohlstand ausstrahlte. Augenscheinlich ein zufriedener Mensch. Jedoch jemand, der den Zenit seines Lebens bereits überschritten hatte, was das graue Haar unter dem steifen Hut, die Tränensäcke und kleinen Fältchen deutlich machten.

Warum war ihr dieser rasche Alterungsprozess nicht bei seinen Besuchen aufgefallen?, fragte sie sich, als sie ihm beim Aussteigen aus ihrem Abteil zuwinkte. Ihr Mann war zwar nur selten nach Doberan gekommen, aber offenbar hatte sie ihn bei diesen Gelegenheiten niemals richtig angesehen. Heute, fast drei Monate nach ihrer Abreise, erschrak sie ein wenig. Der Vergleich mit Joachim drängte sich auf, sein Bild verbannte Katharina aber energisch aus ihrem Gedächtnis.

Sie zwang sich zu überschäumender Freude, wäre Olaf gern um den Hals gefallen. Derartige Gefühlsausbrüche waren in der Öffentlichkeit jedoch unmöglich, widersprachen ganz klar Olafs Bestreben nach großbürgerlichen Manieren. Deshalb hauchte sie ihm nur ein weniger anstößiges leichtes Küsschen auf die Wange. Das erschien ihm wohl bereits als zu leidenschaftlich, denn er wich zurück, ergriff ihre Hand und führte sie an seine Lippen.

In der Zweisamkeit der Mietdroschke, die sie in die Steintor-Vorstadt brachte, wiederholte er diese Geste in einer etwas innigeren Variante und behielt ihre Rechte länger als nötig mit seinen Fingern umschlossen. »Es ist schön, dass du genesen und zurück bist«, versicherte er. »In der Villa wurde alles für deine Ankunft vorbereitet. Du wirst dich freuen, wie gut sich die Dinge entwickelt haben.«

»Planst du etwa eine Überraschung?« Sie lachte. »Dann musst du mir unbedingt verraten, was mich erwartet. Ich halte die Fahrt sonst vor Aufregung nicht aus.« Außerdem mag ich keine Überraschungen, fügte sie stumm hinzu, sprach ihren Gedanken jedoch nicht aus.

Olaf zögerte, tätschelte Katharinas Hand, bevor er antwortete: »Fräulein Wedding hat mich von der Notwendigkeit überzeugt, eine Hausangestellte eigens für die Jungen zu engagieren. Das neue Dienstmädchen kümmert sich ausschließlich um die Wäsche und das Zimmer der Kinder. Wir haben uns für ein junges Ding aus Oberschlesien entschieden. Sie heißt Jadwiga.«

»Oh! *Ihr* habt euch entschieden«, wiederholte Katharina spitz und entzog ihm die Hand. Sie sagte ihm nicht, wie sehr sie sich über seine Einigkeit mit der Gouvernante ärgerte. Daran hatte sich also nichts geändert. Zudem fand sie es schrecklich albern, ein Mädchen eigens für zwei kleine Kinder in dem Haushalt aufzunehmen. Größenwahn, fuhr es ihr durch den Kopf. Das ist komplett größenwahnsinnig. Aber das sagte sie ihm auch nicht.

Ihr Mann überging den deutlichen Vorwurf. »Außerdem ist Erik zu uns gezogen.«

Sie konnte nicht verhindern, dass ihr Kinn herabsank. Sprachlos starrte sie Olaf an.

»Erik fühlte sich im alten Haus zu einsam. Ihm fehlte seine Familie«, berichtete er, und sein Ton troff vor Selbstgefälligkeit und wohl auch Zufriedenheit über die Veränderung seiner Lebensumstände. »Natürlich stand meine Tür weit offen, als er mich fragte, ob wir ein Zimmer für ihn haben. Platz ist genug da. Und unser Zusammensein schadet dem Jungen gewiss nicht.« Er lachte leise über den Satz, den er offenbar für einen gelungenen Scherz hielt.

Am liebsten wäre Katharina laut geworden, hätte Olaf an den Kopf geworfen, was ihr auf der Zunge lag. Dass es lächerlich war zu behaupten, Erik wäre in seinem Zimmer oberhalb der Werkstatt einsam gewesen; die anderen Lehrlinge und einer der Gesellen wohnten auch dort. Außerdem war Erik zwanzig Jahre alt und sollte eine eigene Familie gründen, wenn er eine haben wollte. Katharina erinnerte sich jedoch an ihren Entschluss, an Olafs Seite künftig klaglos glücklich sein zu wollen. Ein Streit war nicht geeignet, dieses Vorhaben auf den Weg zu bringen. Deshalb biss sie sich auf die Lippen und wandte den Blick aus dem Fenster des Hansoms in der Hoffnung, die vertraute Ansicht der Stadt werde sie beruhigen.

Gerade ging es am Blücherdenkmal vorbei, einer riesigen Bronzestatue auf einem reliefverzierten Sockel. Dann fuhren sie über den Blücherplatz und durch die Blücherstraße. Rostock ehrte seinen berühmtesten Sohn, den Feldmarschall, der Napoleon den Garaus gemacht hatte. Katharina schätzte sich glücklich, dass sie Olaf ausreden konnte, ihre gemeinsamen Söhne auf Blüchers Vornamen Gebhard und Leberecht taufen zu lassen, und dass nordische Namen bei den Borchers seit jeher gebräuchlicher waren. Während sie darüber nachsann, glitt die Mietdroschke durch die Steintor-Vorstadt mit ihren gepflegten baumbestandenen Straßen, großzügigen Wohnanlagen und herrschaftlichen Häusern. Die Blätter hatten sich in Katharinas monatelanger Abwesenheit verfärbt, leuchteten nun rot und golden im milden Sonnenlicht. Ihre Augen folgten einem Kindermädchen in schwarzem Kleid, mit weißer Schürze und Haube, das einen Kinderwagen in eine der Seitenstraßen schob. Unwillkürlich dachte sie daran, dass ihr Baby in diesen Tagen zur Welt gekommen wäre.

Um nicht zurück in die tiefe Traurigkeit zu fallen, konzentrierte sich Katharina auf die Betrachtung der modernen Reihenvillen, die den Weg säumten. Ihr Vater hatte erzählt, dass diese Bauweise vor allem in den eleganten Wohnvierteln in Hamburg vervollkommnet wurde. Sie hätte die größte und bedeutendste der alten Hansestädte gern einmal besucht. Bislang war sie über die Grenzen Mecklenburgs nicht hinausgekommen, aber vielleicht würde Olaf mit ihr und den Jungen an die Elbe reisen, wenn sie ihn darum bat. Dieser Gedanke verlieh ihr Auftrieb, sie schluckte ihren Zorn hinunter und drehte sich wieder zu Olaf. Über die Veränderungen im Haushalt würde sie später mit ihm diskutieren.

»Wie geht es im Betrieb?«, erkundigte sie sich.

Zu ihrer Überraschung legte sich ein Schatten über seine Miene. »Alles bestens«, behauptete er mit einem allzu offensichtlich erzwungenen Lächeln.

»Was bereitet dir Sorgen?«

»Ach Katharina …« Wieder griff er nach ihrer Hand, tätschelte sie gönnerhaft. »Es ist nichts, was dich belasten sollte. Vergiss …«

»Ich bin deine Frau!«, warf sie ein.

»Ja. Das bist du. Ja. Und ich bin froh darum.« Er drückte ihre Hand. »Eben deshalb möchte ich dir nicht die Alltagssorgen eines Korbmachers zumuten. Du bist eine Frau und hast andere Aufgaben, als dir Gedanken um einen alten Handwerker zu machen.« Es folgte dieses leise Lachen, das Katharina bereits zuvor geärgert hatte. Olaf hatte sich verändert. Vor ihrem Kuraufenthalt war sein Sinn für Humor ein anderer gewesen.

»Aber ich interessiere mich für deine Arbeit«, insistierte sie. »Das habe ich vor …« Sie stockte, fasste den Mut der Verzweifelten und fuhr energisch fort: »Das habe ich vor meiner Erkrankung getan, und nun, da ich wieder völlig gesund bin, ist es nicht anders. Ich habe mir die Sache mit dem Strandkorbverleih noch einmal überlegt und mich infor…«

»Bitte, Liebes, beschäftige dich nicht mehr damit«, fiel er ihr ins Wort. »Ich hoffte, das Thema wäre ein für alle Mal geklärt. Wenn du etwas tun möchtest, greife zu Nadel und Faden. Man liest überall, dass sich die Bademode ändert. Nähe dir und den Kindern doch etwas Hübsches für die nächste Saison. Das ist bestimmt ein netter Zeitvertreib, der dich ausfüllen wird.«

Sie entriss ihm ihre Hand und ballte eine Faust. Hätte sie an einem Tisch gesessen, hätte sie vermutlich aus Protest daraufgeschlagen. So blieb ihr nur übrig, zwischen den Zähnen zu zischen: »Ich bin nicht begabt als Schneiderin. Das solltest du eigentlich wissen. Womöglich hast du aber in meiner Abwesenheit einiges über mich vergessen.«

Erst als sie ihren verbalen Ausbruch beendet hatte, fiel ihr auf, wie sehr sie damit ihre eigene Entscheidung torpedierte. Mit einem Streit kommst du nicht weiter, ermahnte sie auch prompt eine Stimme in ihrem Hinterkopf, die seltsamerweise nach Hermine Martius klang.

Olaf sah sie überrascht an. »Ich wusste nicht, dass dich das Thema noch immer dermaßen aufregt. Dann sei dir gesagt, dass ein Strandkorbverleih nicht die Zukunft ist. Erik arbeitet an dem Modell eines Reisestrandkorbs. Eine wunderbare Erfindung meines Ältesten, die das Leben an der See revolutionieren wird.«

Glücklicherweise zügelte der Kutscher sein Pferd in diesem Moment vor ihrem Ziel und enthob Katharina damit einer Antwort. Fast gleichzeitig wurde die Haustür aufgestoßen, und Christian und Ulrich liefen, schubsten, stolperten über den mit Kies bestreuten Gartenweg. Der Anblick der Jungen vertrieb alle anderen Gedanken aus ihrem Gehirn. Sie war heimgekommen, um ihre Kinder in die Arme zu schließen. Mehr wollte sie nicht.

12

Katharinas Bemühen, ihrer Ehe ein freundlicheres Gesicht zu verleihen, litt unter Olafs Egoismus und seiner Ignoranz. Er war zufrieden damit, sie wieder nahe zu wissen, schätzte den von ihm eingeteilten Tagesablauf aber über alle Maßen und wünschte keinerlei Veränderungen. Dieses Programm betraf nicht nur seinen Arbeitsalltag, sondern auch eine bestimmte Vorsoge im Haushalt, die üblicherweise der Hausfrau oblag, sich aber nach der Fehlgeburt ohne viel Zutun fast automatisch auf den Herrn im Haus übertragen hatte. Zudem verwaltete er den Stundenplan seiner kleinen Söhne, auf den Fräulein Nora Wedding penibel achtete. Die liebevolle Zuwendung der Mutter spielte dabei die geringste Rolle und war ebenso reglementiert wie Schlafenszeiten, Spielstunden, sportliche Ertüchtigung und die Mahlzeiten, die die Kinder ohne ihre Eltern in der Küche einnahmen. Das bedeutete, dass Katharina zur Untätigkeit verdammt war.

Es fiel ihr zunehmend schwerer, ihren gut gemeinten Vorsätzen zu folgen. Hinzu kam die Belastung durch Erik, der sich erwartungsgemäß wenig verändert hatte und sich der zweiten Frau seines Vaters gegenüber weiterhin aufsässig und unhöflich benahm. Mit seinen jüngeren Halbgeschwistern ging er jedoch recht liebevoll um. Das war der Hauptgrund, warum sich Katharina fügte und nur im Stillen ärgerte. Der zweite Grund war, dass sie fast täglich beobachten konnte, wie sich Olaf sorgte. Ihren Fragen nach der Werkstatt wich er jedoch weiterhin aus. Als sie ihn daran erinnerte, dass eventuelle wirtschaftliche Probleme auch sie etwas angingen, entgegnete er grob: »Was willst du? Es geht dir doch gut. Oder vermisst du irgendetwas?« Da sie eine Auseinandersetzung vermeiden wollte, zog sie sich statt einer Antwort in ihr Zimmer zurück, wo sie einen langen Brief an Hermine schrieb, in dem sie sich bitter über ihren Mann beklagte. Später vertraute sie ihre Worte dem Ofenfeuer in der Küche an – wie viele andere Blätter davor.

In den folgenden Wochen ging allerdings hin und wieder tatsächlich der eine oder andere Brief für Frl. Dr. Martius in die Post. Katharina enthielt sich darin der Beschreibung ihrer privaten Verhältnisse, tauschte sich mit Hermine vor allem über

Lektüreempfehlungen aus oder auch einmal über die Anwendung von Hausmitteln zur Bekämpfung ihrer Kopfschmerzen und eines besonders schweren Fiebers bei Ulrich. Natürlich folgte die Gouvernante dem Behandlungsvorschlag aus Berlin nicht, aber das hatte Katharina erwartet; es ging ihr vor allem darum, den lebendigen Austausch mit ihrer Kurbekanntschaft beizubehalten. Letztendlich ließ sie Nora Wedding auch klaglos gewähren, weil sie ihre Ehe nicht mit einer Fehde gegen die Gouvernante belasten wollte. Und diese machte ja auch nichts falsch, das musste Katharina ihr zugestehen, als sie beobachtete, wie gut es Ulrich bald wieder ging.

Dennoch blieb Katharinas Situation unbefriedigend. Das Gefühl, in einem Gefängnis zu sitzen, aus dem es nicht nur kein Entrinnen, sondern in dem es nicht einmal eine sinnvolle Beschäftigung gab, wuchs mit jedem Tag, an dem sie die Zähne zusammenbiss und sich verzweifelt wünschte, glücklich zu sein. Wie das Wasser eines Springbrunnens, das sich zunächst in den Ventilen sammelte, um dann als Fontäne auszubrechen, schien es nur noch eine Frage der Zeit, wann Katharinas Unzufriedenheit überschäumen würde. Als der Druck auf ihrer Seele immer stärker wurde, beschloss sie, sich ihrem Vater anzuvertrauen.

Inzwischen war es Mitte Oktober, und zusätzlich zu den um diese Jahreszeit üblichen Stürmen sorgten auch noch Schnee und Frost für Verkehrsbehinderungen an Land und zu Wasser. Es war ein ungemütlicher Sonnabend, graue Wolken hüllten die Kirchturmspitzen ein, und auf den Stufengiebeln in der Altstadt sammelten sich die Flocken, der Wind fing sich in den Gassen, wirbelte die Puderschicht auf den Straßen hoch, die sich schließlich in den Rädern der Kutschen und auf den Krempen der Hüte festsetzte. Trotzdem bestand Katharina auf dem Besuch in Warnemünde. Sie wusste, dass Olaf wegen einer Sitzung des

Holzarbeitervereins, dem sich viele Korbmacher anschlossen, unabkömmlich war, und wollte die Gelegenheit nutzen, allein mit ihrem Vater zu reden. Zum ersten Mal war sie froh, ihre Kinder in der Obhut von Fräulein Wedding zu lassen: Es war wirklich vernünftiger, die kleinen Jungen nicht der Witterung auszusetzen.

Obwohl Warnemünde von Amts wegen zu Rostock gehörte, war Katharina schon so lange nicht mehr in ihrem Geburtsort gewesen, dass sie den Eindruck gewann, in einer fremden Stadt anzukommen. Der im Bau befindliche neue Fährhafen und die neuen Bahnhofsgebäude beeinträchtigten den früher so schönen weiten Blick von der Vorderreihe auf die See, die Dünen und die Heide. Eine Drehbrücke war über den Alten Strom in Betrieb genommen worden, und das Flussbett wurde an vielen Stellen erweitert und begradigt. Überall verunstalteten Gerätschaften und Gerüste das Panorama, in Katharinas Heimat wurde viel gebaut. Ihr Elternhaus, das sich fast in Alleinlage am damaligen Ortsrand hinter dem alten Kurpark befunden hatte, stand nun zwischen lauter neuen Häusern. Ein zweistöckiges, weiß verputztes Gebäude mit Erkern, Kaminen und Zinnen, für die Gegend untypisch großen Fenstern und einem Dach aus Schieferschindeln hinter Säulenbuchen, Birken und einer durch mehrere Kugelahornbäume begrenzten kleinen Allee von der Straße zum Eingang. Es wirkte alles aufgeräumt, die Gartenbeete bereits winterfest eingedeckt, und doch beschlich Katharina eine schmerzhafte Ahnung von Vergänglichkeit. Im Gegensatz zu den anderen Wohnquartieren wirkte hier alles etwas altmodisch, abgegriffen und erneuerungsbedürftig.

Dieser Eindruck veränderte sich auch im Inneren nicht. Obwohl Katharina in ihrem Elternhaus sicher kein Staubkorn auffinden würde, erschien ihr alles ein wenig abgenutzt. Adrett, aber ebenso von Hinfälligkeit gezeichnet wie das Mobiliar, wirtschaftete Gerda Fronius für Baumeister Papenhagen. Die inzwischen in die Jahre gekommene Haushälterin arbeitete seit Katharinas früher Kindheit für ihre Familie, und Katharina konnte sich das Leben ihres Vaters ohne diese Frau nicht vorstellen. Gerda war schon da, als Katharinas Mutter noch lebte, und hatte nach deren Tod die Lücke zumindest für das Mädchen zu schließen versucht. Sie schenkte Katharina Fürsorge und Geborgenheit, Aufmerksamkeit und Zuneigung, wo eine weibliche Hand gefragt war. Katharina wusste nicht, ob es zwischen ihrem Vater und Gerda irgendwann einmal eine intime Beziehung gegeben hatte – die beiden kamen ihr allerdings immer vor wie ein altes Ehepaar. Jede Bewegung war vertraut, einer verstand den anderen ohne Worte.

Gerda hatte so gut eingeheizt, dass Katharina die Kostümjacke ablegte, als sie sich mit ihrem Vater zu Tisch setzte. Die Haushälterin gesellte sich nicht zu ihnen. Trotz der so oder so über die Jahre gewachsenen freundschaftlichen Beziehung zu der Familie blieben gewisse Grenzen gezogen. Katharina vermutete zwar, dass ihr alter Herr seine Angestellte zu sich bat, wenn er allein aß, aber in ihrer Gegenwart wahrte er die Form. Sie respektierte die Etikette, obwohl sie nichts dagegen gehabt hätte, Gerda neben sich zu wissen.

Während der Wind gegen die Fenster drückte und in den Schlot fuhr, drang aus der Küche das Klappern von Töpfen und Pfannen in die Stube. In ihrer Villa hörte Katharina das Personal niemals hantieren. Mit einem Mal wurde ihr klar, dass Geräusche wie diese auch ein Zeichen häuslicher Geborgenheit waren. Wie sehr vermisste sie Derartiges!

»Was hast du auf dem Herzen?«, fragte Papenhagen unmittelbar nach der Vorspeise.

Unwillig schüttelte Katharina den Kopf. So direkt wollte sie ihre Unterhaltung nicht angehen. Bislang hatten sie über das stürmische, feuchte Wetter gesprochen, das sich gerade durch alle Jahreszeiten zog. Wegen der Wittering war sogar das Herbstmanöver der Marine abgesagt worden. Unfassbar!

»Nichts«, beantwortete sie mit aufgesetzter Fröhlichkeit die Frage ihres Vaters. »Gar nichts. Ich bin lediglich dem Wunsch gefolgt, dir endlich einen Besuch abzustatten. Es wurde Zeit, wieder einmal nach Hause zu kommen.«

»Nach Hause? Mein liebes Mädchen, dein Zuhause befindet sich in Rostock bei deinem Mann und deinen Kindern. Nicht bei deinem alten Vater.«

»Ja, aber …«

»Bist du denn nicht zufrieden dort, wo dein Zuhause ist?«

Die Frage traf Katharina wie der Haken den Dorsch. Tatsächlich fühlte sie sich unter dem aufmerksamen Blick ihres Vaters wie ein Fisch an der Angel. Sie musste den Köder aufnehmen, auch wenn die absehbaren Folgen sie schreckten.

Ihr Grübeln nach einer Antwort dauerte Papenhagen wohl zu lange. Er trank einen Schluck aus seinem Bierkrug, wischte sich mit der Serviette den Schaum vom Bart. Dann: »Wie geht es den *Klabauters*?« Er benutzte das plattdeutsche Wort für kleine freche Burschen – und der Begriff, der in der Villa niemals verwendet wurde, berührte Katharina ebenso wie Gerdas lärmende Hausarbeit.

»Christian und Ulrich machen sich prächtig.« Diesmal war ihr Lächeln echt.

»Was willst du mehr, Käthchen?« Papenhagens Augen umwölkten sich plötzlich. »Oder sorgt dein Mann nicht anständig für dich?«

»Doch, doch, uns geht es sehr gut.« Sie zögerte, dann brach es aus ihr heraus: »Ehrlich gesagt, ich glaube, es geht dem Betrieb nicht so, wie Olaf mich glauben macht. Er hat Sorgen. Und die haben ganz gewiss nichts mit seiner Familie zu tun.« Zu spät fiel ihr ein, dass sie Erik dabei nicht bedacht hatte. Aber dieses Problem wollte sie nicht mit ihrem Vater besprechen.

Papenhagen beugte sich vor und griff nach Katharinas Hand, die er zärtlich umschloss. »Wenn er nicht mit dir über seine Sorgen sprechen möchte, lass ihn in Ruhe. Es gibt Dinge, die müssen Männer mit sich allein ausmachen. Solange es dir und deinen Kindern an nichts fehlt, solltest du ihn nicht mit deiner Neugier bedrängen. Olaf weiß bestimmt, was er tut.«

»Neugier?« Katharina runzelte die Stirn. Von dieser Seite hatte sie ihr Interesse noch nicht betrachtet. »Nein, Papa, das ist es nicht. Nein. Ich bin nicht neugierig. Ich möchte gerne helfen.«

Er ließ sie los, lehnte sich in seinem Sessel zurück, sah ihr in die Augen. »Wie solltest du das denn können?«

»Ich möchte Olaf unterstützen. Ich meine, er sollte mit der Zeit gehen und das Angebot seiner Manufaktur erweitern.«

»Mach deinem Mann das Leben nicht schwer, indem du ihn mit irgendwelchen Hirngespinsten belastest. Du hast eine Haushaltsschule für höhere Töchter besucht, Katharina, kannst dich auf Englisch ein bisschen verständigen. Wie solltest du einem ebenso erfahrenen wie erfolgreichen Korbmacher mit dieser Ausbildung überhaupt Ratschläge erteilen können? Dieses Ansinnen ist ziemlich vermessen, weißt du.«

»Ach Vater! Ich wäre nicht die erste Handwerksfrau, die im Betrieb ihres Mannes arbeitet.«

Gerda war unbemerkt eingetreten, stand nun mit einem großen Suppentopf aus Meissener Porzellan – sie hatte das gute Zwiebelmuster aus dem Schrank geholt – neben dem Hausherrn und blickte verdutzt zu Katharina herab. »Willst du etwa die Polster für Borchers' Strandkörbe nähen? Seit wann kannst du denn so gut mit Nadel und Faden umgehen?«

»I wo!« Katharina kam nicht umhin, der alten Haushälterin ein strahlendes Lächeln zu schenken. Gerda nahm sie den Protest weit weniger übel als Olaf. »Von der Schneiderei kann keine Rede sein. Ich möchte einen Strandkorbverleih aufbauen.«

»Das ist viel zu schwer für eine Frau.« Gerda schüttelte missbilligend den Kopf. »Wenn du siehst, wie die Männer die Strandkörbe durch den Sand ziehen, lässt du solche Flausen nach, Katharina. Das ist nichts für dich. Schau dich doch mal an: Du bist eine elegante Dame!« In ihren letzten Worten schwang schließlich so viel aufrichtige Bewunderung mit, dass Katharina ganz warm ums Herz wurde.

»Nun … ja … für solche Arbeiten könnte ich jemanden einstellen«, schlug Katharina gedehnt vor. Sie sprach bewusst langsam, um nicht loszuprusten. Warum war es nur so viel leichter, mit ihrer Familie über ihre Pläne zu sprechen, als mit Olaf? »Ich dachte eher an die Organisation und die Büroarbeit.«

»Hm«, machte ihr Vater. »Mit Zahlen konntest du schon immer gut umgehen.« Sein Ton veränderte sich, als er streng fragte: »Wird die Suppe nicht kalt, Gerda?«

»Ja. Natürlich. Ich meine, nein. Aber Sie haben recht, gnädiger Herr.«

Katharina biss sich auf die Lippen, weil ihr noch immer das Lachen in der Kehle steckte, sich sogar verstärkte. »Gnädiger Herr« sagte Gerda nur, wenn sie sich über Baumeister Papenhagen lustig machte. Wahrscheinlich wollte sie ihm damit klarmachen, dass sie am besten wusste, bei welchen Temperaturen ihr Essen ungenießbar war. Grinsend beobachtete Katharina, wie Gerda die Schüssel auf dem Tisch abstellte, die Kelle eintauchte und dann servierte, was gleichzeitig Vorsuppe und Hauptgericht war – es gab einen Mecklenburger Fischtopf mit reichlich Einlage aus Kartoffeln, Wurzelgemüse, Kohl, Speck und Kabeljau, verfeinert mit Sahne. Einst Katharinas Leibgericht, das Olaf jedoch von ihrem Speiseplan verdammt hatte, seit er zur besseren Gesellschaft gehören wollte.

Eine Weile lang widmeten sich Vater und Tochter schweigend der Mahlzeit. Gerda hatte sich still in die Küche zurückgezogen, wo sie den nächsten Gang zauberte. Ihre Nachspeisen waren immer ein Genuss; insgeheim wünschte Katharina sich eine Götterspeise nach altem Rezept mit Schwarzbrot, Kakao und eingelegten Sauerkirschen. Plötzlich bedauerte sie, ihre beiden Söhne um diese wunderbare Hausmannskost gebracht zu haben.

Sie war so in ihr Mittagessen vertieft, dass sie im ersten Moment gar nicht begriff, was ihr alter Herr meinte, als er schließlich sagte: »Es ist nicht von der Hand zu weisen, dass der Zusammenhalt von Herstellung und Vertrieb logisch ist. Eine Vermietung bringt möglicherweise auf Dauer wirtschaftliche Vorteile gegenüber dem reinen Verkauf.«

»Du meinst …«, Katharina schluckte erst hinunter, was sie sich auf den Löffel geladen hatte. Sie versuchte, sich zu sammeln, hoffte, sich nicht verhört zu haben. »Du meinst, ich liege mit meiner Idee richtig?«

»Jedenfalls ist dein Gedanke nicht dumm.«

Staunend starrte sie ihn an, ihre Hand mit dem Suppenlöffel hing in der Luft.

»Was sagt dein Mann dazu?«

Mit einem Klirren landete das Besteck auf dem Teller. »Olaf will nichts davon wissen. Er lehnt einen Strandkorbverleih ab.« Dass er einen solchen unter Eriks Leitung vielleicht in Erwägung ziehen würde, erwähnte Katharina nicht.

»Das ist recht kurzsichtig von ihm. So habe ich Olaf gar nicht eingeschätzt.« Papenhagen wischte sich mit der Serviette über den Mund. »Dass er sich von einem schlechten Jahr wie diesem blenden lässt, habe ich auch nicht erwartet. Das kann man zwar nicht schönreden, das Wetter hat uns allen eine schlechte Saison beschert, aber insgesamt ist ein Aufschwung zu beobachten. Die Sommerfrische am Meer wird immer beliebter.«

»Ich denke, dass das Geschäft der Manufaktur in verregneten Jahren durch die Vermietung besser laufen könnte«, warf Katharina lebhaft ein. »Kein Mensch bestellt bei diesem Wetter eine große Menge Strandkörbe, wenn er anschließend keinen Profit damit macht. Oder sie irgendwo bis zum nächsten Sommer unterstellen muss. Wenn wir sie aber an die Bäderbetreiber vermieten und am Verleih mitverdienen, verteilt sich das Risiko auf mehrere Schultern – und der Gewinn auch.« Im Geiste schickte sie ein Dankeschön an Dr. Hermine Martius nach Berlin, die ihr nicht nur *Effi Briest*, sondern auch die wertvolle Basislektüre über Geschäftsführung und Buchhaltung empfohlen hatte.

»Das ist wohl richtig. Du bist gar nicht dumm, mein Mädchen.«

Stolz über seine Anerkennung färbte ihre Wangen. »Mein System funktioniert natürlich nur, wenn langfristig immer mehr Städter an die Ostsee reisen«, bemerkte sie bescheiden.

»Darum brauchst du dir keine Sorgen zu machen. Wir kommen mit den Neubauten hier in Warnemünde gar nicht nach. Es herrscht so etwas wie Wohnungsnot. Abgesehen von den vielen Hotels und Pensionen gibt es inzwischen fast dreihundertfünfzig Privatwohnungen für Feriengäste im Ort, alle mit Küchennutzung, und wenn wir nächstes Jahr erst an das Rostocker Wasserleitungsnetz angeschlossen sind, bietet die Badeverwaltung den Touristen zusätzlichen Komfort. Das schwemmt Geld in die Kassen all derer, die sich ihr Stück vom Kuchen früh genug reservieren. Und stell dir mal vor, all diese Leute, die zur Erholung nach Warnemünde kommen, sitzen in einem Strandkorb, den du ihnen gegen einen Obolus überlässt. Das bietet ungeahnte Möglichkeiten, Käthchen. Ich muss schon sagen, das hast du dir schlau ausgedacht.«

Stumm wiederholte Katharina die Informationen in ihrem Kopf, um sich alle Argumente einzuprägen. Es konnte doch nicht sein, dass Olaf sich vernünftigen Überlegungen und Zahlen gegenüber verschloss!

»Aber wenn Olaf nicht in das Geschäft einsteigen möchte, wird er seine Gründe haben«, unterbrach Papenhagen ihre Gedanken. »Dagegen kannst du dich nicht sträuben. Früher war es meine Aufgabe, dich zu lenken, aber nun weiß dein Mann am besten, was gut für dich ist.«

»Das weiß er nicht«, widersprach sie heftig. Die Worte waren über ihre Lippen, bevor sie sich zurückhalten konnte. Einen Atemzug später war es ihr bereits peinlich, dass sie ihren Gatten vor ihrem Vater in einem schlechten Licht darstellte. Verlegen senkte sie die Lider auf ihren Suppenteller. Sie hatte nicht ganz aufgegessen, den herrlichen Fischtopf über dem Gespräch vergessen. Aber nun war ihr der Appetit vergangen.

Papenhagen seufzte. »Es geht mich nichts an, wie Olaf seine Geschäfte führt«, sagte er bedauernd. »Was immer meinen Schwiegersohn umtreibt, seine Sorgen sind gewiss nur vorübergehend. Vielleicht lassen die Bestellungen wegen der schlechten Saison zu wünschen übrig. Das kann man verstehen, wird sich nächstes Jahr aber sicher wieder ändern. Zerbrich dir darüber nicht den Kopf, Katharina. Wenn du Olaf unterstützen willst, zeig ihm dein schönstes Lächeln. Das mögen Männer lieber als

Frauen, die ihren eigenen Weg suchen. Auch wenn der Weg von klugen Gedanken gepflastert ist.«

»Ja«, murmelte sie halbherzig, obwohl sie viel lieber ausgerufen hätte: »Nein. So ist das nicht!«

»Wie ich sehe, möchtest du nichts mehr essen. Was hältst du davon, Gerda ein wenig Gesellschaft zu leisten?« Er zwinkerte ihr zu. »Ich würde nämlich gerne eine Zigarre rauchen.«

Katharina war froh, der düsteren Stimmung zu entfliehen, die sie erfasste, weil ihr Vater ihre Ideen zwar schätzte und sogar lobte, ihnen aber keine Chancen einräumte. Sie nickte ihm zu, erhob sich, packte die Suppenschüssel und schritt in Richtung Küche davon.

Dort ging sie Gerda nicht nur zur Hand, indem sie sich eine Schürze umband und trotz des Protests der Haushälterin beim Abwasch half, sie war auch dankbar für das Geplauder, mit dem sie unterhalten wurde.

Gerda verbreitete den neuesten Klatsch und war dabei besser als jeder Reporter der örtlichen Zeitung. Sie brachte Katharina zum Lachen, indem sie Anekdoten von Nachbarn und Katharinas ehemaligen Schulkameradinnen erzählte: »Der Jörgens hat sich endlich ein Fahrrad gekauft, weil Fahrräder jetzt doch so billig geworden sind, und ist neulich auf der Poststraße in einen Pferdeapfel gefahren. Er hat nicht bedacht, dass er erst einmal mit einem Drahtesel umzugehen lernen muss, bevor er sich einen kauft. Jetzt sind sie kaputt. Der Jörgens. Und das Fahrrad auch … Elisabeth Berger, die dünne Blonde, von der du immer sagtest, sie sieht aus wie ein Mondkalb, also, die hat doch glatt den Sohn vom Hotel Meersicht geheiratet. Die macht jetzt auf feine Dame, aber ihre Kleider sehen noch immer aus wie selbst genäht und zu heiß gewaschen … Gar nicht lustig ist, was mit Joachim Wittenburg passierte …«

Mit lautem Krachen glitt der Porzellanteller, den Katharina gerade abtrocknen wollte, aus ihrer Hand und zerschellte auf dem Fliesenboden. »Was redest du denn da?«, murmelte sie.

Gerda sah sie überrascht an. »Du kanntest den jungen Mann doch. Deshalb dachte ich, es interessiert dich, was aus ihm geworden ist.« Sie zuckte mit den Achseln und schickte sich an, die Kehrichtschaufel aus der Putzkammer zu holen.

Doch Katharina hielt sie auf. »Lass nur, ich mach das schon weg.« Sie floh in den kleinen, an die Küche angrenzenden Raum. Hier versuchte sie, sich zu sammeln, knetete ihre eiskalten Finger und strich sich über die vor Aufregung erhitzten Wangen. Sie zwang sich zu einem ruhigen Atem. Schließlich griff sie mit zitternden Fingern nach Besen, Schippe und Eimer. Dann kehrte sie zu Gerda zurück, die sich inzwischen nach den Scherben gebückt und die größeren Teile aufgesammelt hatte.

»Na ja«, sinnierte Gerda, während sie auf den Schaden blickte, in Gedanken noch immer bei Joachim, »so ähnlich mag sich der Wittenburg wohl auch fühlen. Da ist ganz schön viel Porzellan zerschlagen worden.«

Katharina schluckte. »Wie kommst du darauf, dass mich interessieren könnte, wie es dem Mann geht?«

»Du warst ziemlich verliebt in ihn. Das sah ein Blinder mit Krückstock, Kind. Ich dachte ja, den würdest du heiraten. Aber wenn ich mir so ansehe, wie es seiner Frau jetzt ergeht, bin ich sicher, dass du es besser angetroffen hast.«

»Er ist verheiratet?«

»Ja, hat vor ein paar Jahren irgendeine von außerhalb geheiratet.«

Katharina war damit beschäftigt, die Splitter aufzukehren, und hoffte, dass Gerda nicht sah, wie ihr Gesicht glühte und ihre Augen sich mit Tränen füllten. Dass Joachim verheiratet war, verstörte sie. Nicht nur, dass er sich schließlich für eine andere Frau entschieden hatte. Wie hatte er sich mit ihr in Doberan verabreden können, wo doch irgendwo eine Gattin auf ihn wartete? Sie schwankte zwischen Zorn und Verlegenheit, verletztem Stolz und dem Wunsch, rückwirkend im Boden zu versinken. Es war alles so peinlich.

»Jedenfalls gab's da dieses Unglück auf See«, plapperte Gerda. »Gerüchteweise wird behauptet, Wittenburg habe einen Befehl missachtet. Er war als Steuermann an Bord. Aber niemand weiß genau, was passierte. Ein Seegerichtsverfahren gab es nicht. Und Wittenburg ist schlimm verletzt worden. Er lag wochenlang in Rostock im Krankenhaus. Irgendwie ist wohl der Dampf aus dem Heizkessel schuld an seinen Verbrennungen. Na ja, andere sind gestorben. Die Dampfschifffahrt ist eben gefährlich.«

Der Bart, der Teile seines Gesichts bedeckte, und die weißen Baumwollhandschuhe tauchten vor Katharinas innerem Auge auf. Halfen Moorbäder bei Verbrennungen? Deshalb war er also in Doberan gewesen, dachte sie.

»Was hat das mit seiner Frau zu tun?«, brach es schließlich aus ihr heraus. »Mag sie nicht mit einem Invaliden leben?« Sie wusste, dass die Bezeichnung dem Mann, den sie getroffen hatte, nicht gerecht wurde. Aber es fiel ihr leichter, sich Joachim in der Erinnerung entstellt und gebrechlich vorzustellen.

»Die schweren Verletzungen machen ihr sicher nicht zu schaffen«, antwortete Gerda milde. »Wohl aber die Trunksucht. Der junge Mann hängt an den Theken rum und betrinkt sich, weil er keine neue Arbeit findet. Das wiederum ist natürlich kein Wunder, nachdem ihn die Reederei entlassen hat. Vielleicht wäre es besser gewesen, ein Gericht hätte das Warum und Weshalb geklärt. So schwirren die dollsten Geschichten über die Havarie und Wittenburgs Rolle dabei durch den Ort, dass einem schon vom Zuhören ganz schwindelig wird. Ein tragisches Schicksal ist das. Vor allem für die unschuldige Frau. Gerade jetzt, wo das Kind doch noch so klein ist.«

»Oh!« Katharina richtete sich auf, ihre Knie bebten. »Ein Kind hat er auch.«

»Ein kleines Mädchen. Ja. Armes Ding, wächst jetzt in diesen schlechten Verhältnissen auf. Frau Wittenburg soll ja auch keinen Pfennig besitzen. Da werden die Eheleute ihr hübsches Haus wohl nicht mehr lange behalten können. Wirklich traurig so etwas.«

Mit lautem Gepolter füllte Katharina die Überreste des Porzellantellers in den Mülleimer. Sie wollte kein Mitleid für Joachim empfinden. Nicht für ihn und schon gar nicht für seine Frau, die sie unsinnigerweise als Nebenbuhlerin empfand. Sie hatte mit seinem Leben nichts mehr zu tun. Dass sie nicht auf ihn gewartet und einen anderen Mann geheiratet hatte, war fünf Jahre später ohne Bedeutung für eine Havarie und deren furchtbare Folgen. Joachim hatte sein Leben. Und sie das ihre. Es gab nichts, das sie verband. Sie würde dafür sorgen, dass sich ihre Wege nie wieder kreuzten – und sie sich niemals wieder in seine Arme zurückwünschte.

Katharina richtete sich auf und sah Gerda fest in die Augen. »Eigentlich interessiert mich dieser ganze Klatsch nicht besonders. Ich würde viel lieber erfahren, welchen Nachtisch du für Papa und mich zubereitet hast. Gibt es etwas zu kosten?«

13

Die Fischsuppe lag Katharina so schwer im Magen, dass sie nicht schlafen konnte. Sehnsüchtig dachte sie an den Eintopf zurück, den Gerda vorige Woche zubereitet hatte. Auf Anweisung des

Hausherrn hatte die Köchin in Borchers' Villa heute Abend eine Austernsuppe serviert, die aber nicht annähernd der Qualität des Mittagessens bei Katharinas Vater entsprach. Vielleicht waren die Austern auch nicht frisch gewesen. Jedenfalls hatte das gebackene Muschelfleisch geschmeckt wie zähes Leder. Katharina schüttelte sich beim Gedanken an das, was auf ihrem Teller geschwommen hatte. Austernsuppe!

Ach, wenn Olaf doch nur nicht so großspurig tun würde. Auf der einen Seite pochte er weiterhin auf seinen Status als Handwerker, andererseits gebärdete er sich schlimmer als jeder neureiche Fabrikant. Katharina schien es, als würden seine Versuche, sich in die bessere Gesellschaft einzufügen, mit jedem Tag alberner – und für sie unerträglicher. Jetzt war ihr buchstäblich schlecht von der angeblich feinen Küche. Die Übelkeit ließ sie nicht schlafen, und bei jedem Mal, wenn sie sich in ihrem Bett hin und her wälzte, wuchsen ihre seelischen Belastungen ins Unendliche – bis sie fürchtete, das Meer aus Sorgen würde sie ebenso verschlingen wie die Dunkelheit in ihrem Schlafzimmer.

Um nicht andauernd nachzudenken, versuchte Katharina, sich auf die nächtlichen Geräusche zu konzentrieren. Den Wind, der gegen die Fenster drückte, ein Knarren im Gebälk. Ansonsten war es still im Haus. Da der Raum zum Garten hinausging, hörte sie nicht einmal, wenn ein Fahrzeug über die Straße knatterte. Und um diese Jahreszeit schlichen keine Nachttiere auf Brautschau herum, die Spatzen saßen vermutlich aneinandergekuschelt in den Bäumen. Katharina hatte niemanden, der ihr körperliche Nähe und Wärme gab. Seit der Fehlgeburt war Olaf nicht mehr zu ihr gekommen, nicht einmal, um sie nur in den Arm zu nehmen. Sie dachte an Joachim und wusste im selben Moment, dass dies der gefährlichste aller Gedanken war. Wenn sie sich vorstellte, was in Doberan alles hätte geschehen können, war sie verloren. Glücklicherweise fiel ihr gerade noch rechtzeitig der von Gerda verbreitete Klatsch ein …

Das Tappen von Schritten unterbrach Katharinas Düsternis. Eine anscheinend junge Person lief über den Flur. Unwillkürlich horchte sie auf. Eine Tür klappte. Sie vernahm Olafs schweren Gang im Nebenzimmer, dann das Gemurmel von Stimmen. Offenbar empfing ihr Mann Besuch!

Katharina saß kerzengerade in ihrem Bett. Wer, um alles in der Welt, hatte zu dieser Stunde Zutritt zu Olaf Borchers' Schlafgemach?

Eifersucht breitete sich in ihr aus. Sie sah Nora Wedding und ihren Mann nicht nur in der steten Einigkeit bei der Kindererziehung vor ihrem geistigen Auge, sondern in weitaus vertrauterem Zusammensein. War es möglich, dass der Hausherr eine Affäre mit der Gouvernante seiner Kinder pflegte? Was für ein Klischee! Aber hatte sie es nicht von Anfang an geahnt?

Die sich verstärkende Übelkeit niederkämpfend sprang Katharina hoch. Auf bloßen Füßen tappte sie zu der Verbindungstür zwischen ihrem und Olafs Schlafzimmer. Ein weiteres lächerliches Detail ihres neuen großbürgerlichen Lebens. Wozu wurden in Villen wie dieser solche Türen eingebaut? Damit die Gatten trotz getrennter Räume ihren ehelichen Pflichten nachkamen – oder um dem Herrn ein Techtelmechtel mit dem Personal zu ermöglichen? Katharina knirschte mit den Zähnen.

Sie unterdrückte den Impuls, die Klinke herunterzudrücken und eine Szene zu veranstalten, nachdem sie Olaf und seine Geliebte in flagranti ertappt hatte. Stattdessen drückte sie ihr Ohr gegen das Holz. Tatsächlich vernahm sie nun Olafs Stimme so nah, als würde er neben ihr – oder zumindest direkt auf der anderen Seite der Tür – stehen: »Wo bist du gewesen?«, fragte er in ungewöhnlich scharfem Ton.

»Ich war aus und habe mich amüsiert. Das ist nicht verboten.«

Katharina schnappte vor Überraschung nach Luft. Die Antwort auf Olafs Frage stammte eindeutig von Erik. Es handelte sich also nicht um ein heimliches Rendezvous, sondern um eine Auseinandersetzung zwischen Vater und Sohn. Sie wusste nicht, ob sie deswegen erleichtert sein sollte. Vor allem nicht, als sie Olaf sagen hörte: »Ich dulde nicht länger, dass du dich in diesen zwielichtigen Kaschemmen herumtreibst. Deine Spielschulden ufern aus.«

»Na und? Was kümmert's mich? Du bezahlst doch jeden Wechsel.«

»Das werde ich nicht mehr lange können, Erik. Du ruinierst mein Geschäft.«

»Ach, tu nicht so. Du hast genug Geld. Außerdem schuldest du mir das.«

Fast hätte Katharina durch die Zähne gepfiffen, als sie die angehaltene Luft ausstieß. Obwohl ihre Knie vor Aufregung weich wurden, bewegte sie sich nicht von der Stelle. Sie bemühte sich, die Tür nicht zu berühren, um nicht durch ein unbeabsichtigtes Klopfen oder dergleichen auf sich aufmerksam zu machen. Ihr schien es, als würde sich vor ihr ein Vorhang öffnen. Wie auf der Theaterbühne. Sie war die Zuschauerin eines Dramas, von dem sie zwar immer gewusst hatte, dessen Inhalt ihr aber bis heute Nacht unbekannt geblieben war.

Ein paar Atemzüge lang blieb es still nebenan. Dann erklang Olaf ebenso entnervt wie streng: »Du hast immer alles von mir bekommen, was du wolltest. Ich …«

»Du schuldest mir meine Mutter!«

»Deine Mutter ist an einer Lungenentzündung gestorben. Ich habe damit nichts zu tun.« Jetzt war Olafs Stimme wieder sanft.

Erik schien den Tränen nahe, als er schrill hervorstieß: »Du hättest früher nach einem Arzt schicken sollen. Das hätte sie gerettet.«

»Nein. Hätte es nicht. Außerdem wollte sie keinen Arzt. Selbst als ich dann nach dem Doktor rief, war ihr das nicht recht.«

»Ach was! Du wolltest frei für deine junge Geliebte sein. Oder behauptest du noch immer, dass du Katharina erst viel später kennengelernt hast?«

Sie schlug sich die Hand vor den Mund, um nicht laut aufzuschreien. Das war es also. Erik unterstellte ihr eine heimliche Liaison mit seinem verheirateten Vater und gab ihr deshalb eine Mitschuld am Tod seiner Mutter. Wie perfide dieses Bürschchen doch vorging. Konnte er nicht rechnen? Er musste doch wissen, dass sie viel zu jung für ein Liebesverhältnis gewesen war, als die erste Frau Borchers starb. Glaubte Erik etwa, sein Vater verginge sich an kleinen Mädchen?

Olaf schwieg. Vielleicht musste er den Vorwurf auch erst einmal verarbeiten. Oder er ballte wütend die Hände. Das konnte sich Katharina zwar nicht gut vorstellen, aber Eriks Ausruf: »Schlag mich nur!« sprach durchaus dafür. Olaf sagte weiterhin nichts.

Am liebsten hätte Katharina die Tür aufgerissen und ihren Stiefsohn zur Rede gestellt. Sie beherrschte sich jedoch auch diesmal, wartete auf die Reaktion ihres Mannes und hoffte, dass diese endlich harsch genug ausfallen würde. Aber: Würde es helfen, Erik Vernunft einzuprügeln?

Endlich hörte sie wieder Olafs Stimme. Gedämpft zwar, aber deutlich zu verstehen: »Du bist betrunken …«

»Ich habe noch viel zu wenig getrunken«, fiel der Junge seinem Vater ins Wort. »Am besten ist es, wenn ich so viel getrunken habe, dass ich nichts mehr mitkriege. Das ist ein tolles Gefühl!«

Olaf ignorierte den Einwand. »Geh schlafen. Das wird im Moment das Beste für dich sein.«

»Ja, und weil du immer das Beste für alle willst, mache ich das jetzt auch.« Erik lachte höhnisch.

Aber er schien tatsächlich abzuziehen. Katharina konnte wieder die tappenden Schritte ausmachen, das Klappen der Tür, die ziemlich laut ins Schloss gezogen wurde, erneut seine Schritte auf dem Flur in Richtung Treppe.

Sie schwankte zwischen dem Wunsch, mit Olaf zu reden, und der Einsicht, dass sie ihn besser allein lassen sollte. Letztere überwog, als sie ein Schluchzen hinter der Tür vernahm. Olaf weinte um seinen Erstgeborenen.

Genauso still, wie sie zur Tür geschlichen war, kehrte Katharina in ihr Bett zurück. An Schlaf war für sie nicht mehr zu denken.

Am nächsten Morgen saß Erik nicht am Frühstückstisch. Das war nicht ungewöhnlich, er nahm die Mahlzeiten nur unregelmäßig mit der neuen Familie seines Vaters ein. Bislang hatte sich Katharina über sein schlechtes Benehmen still geärgert. Heute nahm sie an, dass er sie nicht kränken wollte, sondern einfach nur seinen Rausch ausschlief. Trotzdem fragte sie mit aufgesetzter Fröhlichkeit, als sie sich zu Tisch setzte: »Wo ist denn Erik?« Genau genommen war ihr sein Verbleib nach dem Gehörten einerlei, aber sie hoffte, Olaf durch ihre Direktheit zu provozieren. Sie hatte beschlossen, ihn nicht mit ihrem Wissen zu konfrontieren. Sie wünschte sich aus ganzem Herzen, dass er offen und vertrauensvoll von sich aus auf seine Probleme zu sprechen kam.

Doch Olaf hielt den Blick seiner dunkel umschatteten Augen auf die Zeitung gesenkt, die aufgeschlagen neben seiner Kaffeetasse lag. »Er ist schon in die Werkstatt gegangen«, murmelte er, ohne aufzuschauen, und wechselte so rasch das Thema, dass Katharina keine Gelegenheit für eine weitere Bemerkung über seinen ältesten Sohn hatte: »Der Kaiser ist anlässlich des einundsechzigsten Geburtstags von König Edward zu Gast auf Schloss Sandringham. Hier ist sogar eine Fotografie der königlichen Familie abgedruckt. Wie ungewöhnlich, Fotos in einer Zeitung zu veröffentlichen. Aber in diesem Fall sicher angemessen. Sieh mal, Katharina …!« Und dann reichte er ihr das Blatt, als gäbe es nichts Wichtigeres zu besprechen als Bilder einer Zusammenkunft von gekrönten Häuptern.

Katharina warf nur einen flüchtigen Blick auf das sicherlich sensationelle Druckerzeugnis. Fünf kaum erkennbare Erwachsene in Wanderkleidung und vier kleine Kinder davor bildeten eine Gruppe, zu der auch ein Hund gehörte. Hübsch anzusehen, aber für Katharina nicht so interessant, dass sie deshalb ihr Anliegen aus den Augen verlor. Um Olaf nicht zu verstimmen, tat sie, als würde sie von dem Bericht gefesselt, betrachtete aber nur halbherzig den Inhalt der Spalten. Tatsächlich musste sie die Lektüre einer außerdem abgedruckten Rede von Kaiser Wilhelm II. zweimal beginnen, bevor sie den zufälligen Zusammenhang begriff:

»Mir will es scheinen, als ob die jetzige Generation der Verpflichtung, durch Arbeit fortzuführen, was uns durch die Arbeit unserer Väter überkommen ist, nicht vollkommen entsprechen wollte …«

Ein bitteres Lächeln spielte um ihre Mundwinkel, als sie zu ihrem Mann aufsah. »Hast du die Rede Seiner Majestät gelesen?«

»Selbstverständlich habe ich das«, kam es prompt.

Sacht tastete sie sich weiter vor: »Es ist interessant, was er über die Jugend sagt, nicht wahr?«

»Unbedingt«, versicherte Olaf, fügte dann aber hinzu: »Das ist allerdings nichts, womit du dich auseinandersetzen musst.

Bis unsere Jungen alt genug sind, werden sie durch ihre Erziehung ein großes Maß an Verantwortungsbewusstsein besitzen.«

Das meinte ich auch nicht, dachte sie verärgert, widersprach ihm aber ausnahmsweise nicht. Während sie sich überlegte, wie sie Olaf zu einer Erklärung über Erik bringen könnte, blätterte sie eine Zeitungsseite um. Das Papier raschelte leise. Über dem Büfett tickte die Uhr. Sie musste sich beeilen, wenn sie Olaf heute Morgen noch zur Rede stellen wollte. Ihr Mann würde sicher bald in die Werkstatt aufbrechen. Da fiel ihr Blick auf eine groß aufgemachte Schlagzeile:

FRIEDRICH ALFRED KRUPP
UNERWARTET VERSTORBEN

Nicht dass sie sehr viel mit dem Namen anfangen konnte. Das Wort »unerwartet« zog sie aus einer gewissen heimlichen Sensationslust heraus an. Außerdem: Wenn der Tod eines Mannes so viel Platz in der *Rostocker Zeitung* einnahm, musste er eine bedeutende Persönlichkeit gewesen sein. Zunehmend gefesselt las sie den Bericht – und stellte einmal mehr eine fast atemberaubende Parallele fest: Bei dem Verstorbenen handelte es sich um einen Großindustriellen aus dem Ruhrgebiet, dessen Vater die ererbte Gussstahlfabrik zum größten Rüstungsunternehmen im Reich aufgebaut hatte, das er erfolgreich und sehr sozial eingestellt fortführte. Friedrich Alfred Krupps Mutter war mehr als zwanzig Jahre jünger als sein Vater gewesen und eine anscheinend energische, dominante Frau, seine Gattin Margarethe würde die Geschäfte bis zur Volljährigkeit der Tochter und Alleinerbin führen. Alles Frauen, die in einem bedeutenden Unternehmen die Geschicke lenkten.

Katharina krauste die Stirn. Vielleicht sollte sie Erik für den

Moment vergessen und Olaf stattdessen wieder einmal mit ihrem Wunsch konfrontieren, einen Strandkorbverleih einzurichten. Immerhin lag vor ihr ein recht schlagkräftiges Argument in Form des Berichts über den Schlaganfall des Industriellen. Dass der Redakteur darüber spekulierte, der Selbstmord könnte mit Gerüchten über eine angebliche Homosexualität des Toten zusammenhängen, spielte für sie dabei keine Rolle.

Sie hob ihren Blick zu Olaf, der gerade seine Kaffeetasse absetzte. »Der Fabrikant Krupp ist in Essen verstorben.«

»Ja. Ich weiß. Schade. Er wurde nur achtundvierzig Jahre alt …« Plötzlich unterbrach er sich, sah sie erstaunt an. »Warum interessiert dich das? Es ist eine schlimme Sache, aber doch nichts, dem eine Dame deines Formats Aufmerksamkeit schenken sollte. Das ist viel zu aufregend und kein Frauenthema. Du solltest dich feingeistigerer Lektüre widmen, Katharina.«

»Ich bin durchaus der Literatur zugewandt, wie du weißt«, erwiderte sie ruhig und wunderte sich dabei selbst über die Geduld, die sie aufbrachte, »aber ich bin auch an den Neuigkeiten interessiert. Der Tod eines so mächtigen Herrn und die Folgen daraus sind eine Auseinandersetzung wert, wie ich finde.«

»Sicher, in gewissen Kreisen. Da magst du recht haben. Das sind Männergespräche. Wie gesagt, nichts für eine junge Frau und Mutter wie dich.« Er streckte die Hand aus. »Sei so gut und gib mir die Zeitung. Ich nehme sie mit in die Werkstatt, um später noch etwas darin zu lesen.«

»Du kannst nicht verhindern, dass ich behalte, was ich gelesen habe.« Widerwillig faltete sie das Blatt zusammen und reichte es ihm. »Du kannst auch nicht die Augen vor der Realität verschließen. Und die bedeutet, dass viele Damen heute sehr viel mehr anpacken als …«

»Aber doch nicht in unseren Kreisen!«, versetzte er ungehalten. Während er sprach, schob er seinen Stuhl zurück und war im Begriff aufzustehen, doch Katharinas zorniger Protest ließ ihn verblüfft innehalten: »Das ist nicht wahr!«

Sie schluckte, bevor sie atemlos fortfuhr: »In Handwerksbetrieben kannst du diese Entwicklung ebenso beobachten wie in großen Fabriken. Sieh dir die Familie Krupp an: Da haben jetzt auch nur Frauen das Sagen.«

»*Nur?*« Olaf pustete grimmig. »Mein liebes Kind, nirgendwo haben nur Frauen das Sagen. Bei Krupp in Essen gibt es eine Geschäftsleitung, die aus vorzüglich ausgebildeten Fachleuten besteht, die den Damen mit Rat und Tat zur Seite stehen und die Geschicke im Hintergrund lenken. Bilde dir bitte nicht schon wieder irgendetwas ein, Katharina. Ich möchte das Thema nicht weiter diskutieren.« Sprach's und stand auf, ein deutliches Zeichen, dass er die Unterhaltung als beendet betrachtete.

Als er sich umwandte und zur Zimmertür strebte, rief Katharina ihm verzweifelt nach: »Was ist so furchtbar daran, dass ich einen Strandkorbverleih aufbauen möchte? Es geht schließlich um das, was du geschaffen hast. Ich will darauf aufbauen und ein neues wirtschaftliches Fundament für uns alle finden.«

Langsam drehte er sich wieder um. Sein Gesicht war hochrot, die Miene zornig. Dennoch behielt er seine Stimme unter Kontrolle und antwortete in gemessenem Ton: »Du weißt, was ich von deinem Vorschlag halte. Ich will mich nicht mit dir zanken. Warum fängst du immer wieder einen Streit wegen derselben Sache an?«

»Weil es mir wichtig ist.«

Er schüttelte den Kopf. »Ich hatte so gehofft, dass dich die Kur zur Ruhe bringen würde. Und die Zeit danach ließ mich das auch glauben. Aber nun …? Das ist doch wirklich der Beweis, dass die Nachrichten für dich zu aufregend sind. Ich werde dem Personal

Anweisung geben, dass die Zeitung künftig von dir ferngehalten wird, und mich selbstverständlich auch daran halten.«

Sie sprang so heftig auf, dass ihr Stuhl polternd nach hinten fiel. »Das wirst du nicht tun!«, schrie sie ihren Mann an. »Du wirst weder mit den Dienstmädchen noch mit der Gouvernante über mich sprechen. Wie kannst du es wagen, mich vor anderen in irgendeiner Weise herabzusetzen?«

»Das tust du gerade selbst, indem du so laut wirst«, gab er gelassen zurück.

Seine Ruhe machte sie noch wütender. »Wenn du glaubst, mich weiter wie ein kleines Kind bevormunden zu können, irrst du dich. Jetzt ist Schluss damit.« Zur Untermauerung ihrer Worte tat sie etwas, was sie noch nie getan hatte: Sie schlug mit der flachen Hand so heftig auf den Tisch, dass das Frühstücksgeschirr klirrte.

»Mäßige dich, Katharina!«

Dummerweise hatte er mit seiner Mahnung nicht unrecht. Verlegen rieb sie die Hände aneinander. »Es tut mir … leid …«, stammelte sie kaum vernehmbar und nicht einmal selbst von ihren Worten überzeugt.

Schweigen senkte sich über den Raum. Die Uhr tickte weiter, und Olaf tippte nervös mit der Schuhspitze auf das Parkett, rührte sich aber nicht von der Stelle. Katharina ertappte sich dabei, ihm hoch anzurechnen, dass er das Feld nicht kommentarlos räumte, obwohl er in Eile war. Ihr Geschrei war unwürdig gewesen. Schreien war immer unwürdig für eine vernünftige Frau. Das taten nur alberne Ziegen, denen man langfristig keine Aufmerksamkeit schenkte. Aber vielleicht hatte sie Olaf mit ihrem ungewohnten Ausbruch zum Nachdenken gebracht.

Zumindest schien er einlenken zu wollen. Er trat auf sie zu, nahm ihre Hand. »Ich mag dich nicht so sehen. Und ich will auch kein Despot sein. Wenn dir an diesem Strandkorbverleih so viel liegt, können wir gern ein andermal in Ruhe darüber reden …«

Sie schnappte nach Luft, doch der Sieg schmeckte fade, weil Olaf hinzufügte: »Allerdings musst du dir darüber im Klaren sein, dass ich dir niemals die Genehmigung zur Eigenständigkeit erteilen werde. Ohne einen Geschäftsführer kannst du kein Unternehmen aufbauen, gleichgültig, wie groß es ist. Das ist in einer Fabrik wie bei Krupp nicht anders als in einem kleinen Handwerksbetrieb. Du machst dich ohne einen geeigneten Geschäftsführer zum Gespött der Leute, niemand nimmt dich ernst. Das kann nicht dein Ziel sein.«

Katharina nickte ergeben und wartete darauf, dass er ihr Erik als Kompagnon vorschlagen würde. Doch damit hielt er sich zurück. Nach dem Vorfall heute Nacht wahrscheinlich wenig überraschend.

Olaf führte ihre Hand an seine Lippen. »Ich muss jetzt fort. Entspann dich ein wenig. Ich möchte nicht, dass du wieder krank wirst.« Dann ging er.

Glaubte er wirklich, dass sie den Verstand verlor, weil sie eben diesen einzusetzen versuchte? Kommentarlos sah sie ihm nach und wünschte ihm nicht einmal einen schönen Tag.

Sie bückte sich, um den Stuhl wieder aufzustellen und sich zu setzen. Nachdenklich stützte sie die Ellenbogen auf den Tisch und legte ihren Kopf in ihre Hände. Olaf gestand ihr den Strandkorbverleih zu, aber er stellte sie vor ein gewaltiges Problem: Wo sollte sie einen Mann auftreiben, der Olafs Anforderungen entsprach und sich ihr als Geschäftsführer unterordnen würde? Sie kannte niemanden, der sich auf eine derartige Konstellation einlassen würde, und wenn sie einen Fremden von Olafs Gnaden einstellte, gab sie ihr Schicksal aus der Hand. Genau diese Überlegung hatte Olaf wohl vor Augen gehabt, als er vorgab, ihren Wünschen entgegenzukommen. Wie gemein. Wie unfassbar verlogen von ihrem Mann. Ein heftiges Zittern lief durch Katharinas Körper – als würde sie von großem Ekel erfasst.

14

Von den Auslagen in der Fleischerei konnte Greta nur träumen. Das Angebot etwa an Kalbsbraten, Rinderhälften, Schweinelenden, Schinken und Wurst wurde mit jedem Tag besser, die Preise schnellten aber gleichzeitig in unfassbare Höhen. Auf dem Markt schimpften die einen über die staatlichen Importbeschränkungen für Schlachtvieh, die Gefahr des Einschleppens von Seuchen sei nicht so groß wie die Bedrohung für Leib und Leben der ärmeren Bevölkerung. Andere Stimmen wiederum sahen einzig in den Bauern die Schuldigen; tatsächlich hieß es, dass die deutschen Landwirte ihre Tierbestände reduzierten, um die Preise noch weiter nach oben zu treiben und auf diese Weise ihr eigenes Einkommen zu verbessern. In einigen Großstädten flackerten sogar Protestaktionen auf, schließlich wusste jedermann im Deutschen Reich, dass es nichts Besseres für die Menschen gab als einen regelmäßigen Fleischkonsum. Während sie wieder einmal ihren Korb vor allem mit dem preiswerteren und weniger gesunden Obst und Gemüse füllen musste, richtete sich Gretas Groll jedoch weder gegen die Mitglieder von Parlament und Regierung noch gegen die unbekannten Fleischproduzenten irgendwo im Hinterland. Wie so oft in den vergangenen Monaten schickte sie stille Verwünschungen gegen ihren Mann in den grauen Winterhimmel.

Allein Joachim war ihrer Ansicht nach für die Situation verantwortlich, in der sie sich befanden, und er unternahm nichts, um etwas zur Verbesserung beizutragen. Gretas Hoffnung, dass die Leute nach Joachims Unterschrift unter den Aufhebungsvertrag der Reederei das Interesse an der Havarie verlieren würden, erfüllte sich nicht. Es wurde weiter getuschelt, und an eine neue Arbeit für ihren Mann war nicht zu denken. Anfangs trat sie den Klatschbasen noch stolz entgegen, inzwischen schlug sie ihren Mantelkragen hoch und zog den Hut tief in die Stirn in dem vergeblichen Versuch, sich vor den mitleidigen Blicken zu verstecken. Greta hatte nicht damit gerechnet, dass die Vermeidung eines Gerichtsverfahrens in den Augen der Öffentlichkeit keinen Unterschied zu einer Verurteilung machte – und für Schiffseigner und Hafenmeister wohl auch nichts anderes bedeutete. Schlimmer noch: Joachim wehrte sich nicht gegen die stummen Anklagen und das Getuschel hinter vorgehaltener Hand. Er entzog sich dem Gerede durch übermäßigen Alkoholgenuss. In betrunkenem Zustand lebte er in einer anderen Welt, in der es ihm anscheinend besser ging.

Greta indes ging es täglich schlechter. Vor Sorgen und wegen des erst neun Monate alten Kindes schlief sie keine Nacht durch. Sie versuchte, das Geld zusammenzuhalten, aber gleichzeitig musste sie zusehen, wie ihr Erspartes zerrann. Butter und Honig auf dem Brot waren längst zum Luxus geworden, der nur sonntags auf den Tisch kam, in den gemahlenen Kaffee rührte sie doppelkornsaures Natron, was das Pulver beim Aufbrühen besser auslaugte. An ihren größten Wunsch, eine Schallplatte des gerade aufsteigenden italienischen Tenors Enrico Caruso zu kaufen, war überhaupt nicht zu denken. Statt in der Musik zu schwelgen, die sie so liebte, rechnete sie sich aus, wie viel der Staat nach Einführung der neuen Sektsteuer von fünfzig Pfennig pro Flasche wohl an Joachims Sauferei verdiente. Genau genommen wusste sie nicht, was ihr Mann zechte, aber sündhaft teuer war seine Trunksucht allemal. Das stellte sie jeden Morgen fest, wenn sie die Haushaltskasse inspizierte, doch ihren Vorhaltungen verschloss er sich, als habe er einen Panzer um sich errichtet. Inzwischen versteckte sie das meiste Geld und ließ ihm nur wenig von dem, was sie bei ihrer Haushaltsführung überhaupt erübrigen konnte.

Vor der Kirche parkte ein Fuhrwerk des Deutschen Vereins für Volkshygiene, ein Straßenverkauf für heiße Getränke, worauf die Schilder des fahrbaren Kiosks hinwiesen. Die Menge, die sich darum scharte, war überschaubar. Wenige alte Frauen in Lumpen, ein paar Männer in Arbeitermontur. Greta zog die Schultern hoch und eilte vorbei. Sie hoffte, dass niemand sie auch nur in die Nähe dieses Angebots brachte. So weit war es noch nicht gekommen, dass sie für einen Becher Kaffee anstehen würde, der an Arme und Arbeiter kostenlos abgegeben wurde. Vor allem Männer sollten damit vom Alkohol ferngehalten werden. Aber Greta war sich sicher, dass Joachim nicht einmal von der Spende wusste.

Nebelschwaden zogen vom Meer auf, hüllten Kirch- und Leuchtturm ein, legten sich über die kahlen Äste der Bäume und lichteten sich in den enger bebauten Straßen, in denen die Beleuchtung in den Geschäften und Lokalen auf das Pflaster fiel. Greta eilte nach Hause, das Gewicht des Korbs unangenehm leicht in ihrer Hand – ein Beweis für die Kargheit ihrer Mahlzeiten.

Während sie um die vertrauten Ecken lief, fragte sie sich, wie lange sie wohl noch in ihrem eigenen Haus leben könnten. Joachim würde es verkaufen müssen, wenn ihre Ersparnisse aufgebraucht waren. Und bis dahin war nicht mehr lange hin. Aber was sollte dann werden? Sollte sie ihr Schicksal und das ihrer kleinen Tochter selbst in die Hand nehmen und versuchen, den verzogenen Gören des neureichen Bürgertums Musikunterricht zu geben? Das war vielleicht eine Möglichkeit, Geld zu verdienen und Friederike in einer annehmbareren Umgebung als einem feuchten, billigen Loch im Hinterhof einer Mietskaserne aufwachsen zu lassen. Immerhin spielte Greta recht gut Klavier. Aber es war der Abstieg, den sie am meisten fürchtete. Das Schreckgespenst ihrer Kindheit.

In dem Dunst wirkten die anderen Passanten wie Figuren in einem Scherenschnitt. Bereits von fern machte Greta die dunklen Umrisse eines langen weiten Mantels und eines mit Federn geschmückten Huts aus, näher kommend sah sie die elegant gekleidete Dame etwas genauer, die vor Wittenburgs Häuschen stand, als würde sie auf etwas oder jemanden warten. Sie besaß einen Pelzkragen und einen Muff und sah allein deshalb nicht so aus, als wollte sie Greta einen Besuch abstatten. So vornehme Herrschaften gehörten nicht mehr zu ihrem Bekanntenkreis, sofern Greta überhaupt jemals in diesen Kreisen verkehrt hatte. Wahrscheinlich eine Freundin irgendwelcher Nachbarn oder eine der um diese Jahreszeit seltenen Touristinnen, die sich das hübsche Fachwerk anschaute.

Grußlos schob sich Greta an der Fremden vorbei zu ihrer Haustür.

»Verzeihen Sie!« Die Stimme klang freundlich, bestimmt und durch den Nebel etwas gedämpft.

Verwunderte drehte sich Greta um. »Ja bitte?«

»Wohnt hier Herr Joachim Wittenburg?«

Greta betrachtete die Dame genauer. Eine ausgesprochen hübsche Frau mit leuchtenden blauen Augen und von der Kälte geröteten Wangen. Greta war sich sicher, sie nie zuvor gesehen zu haben. Was wollte so eine feine Person von einem arbeitslosen Seemann, der seine Stunden an der Theke verbrachte statt an

Deck? Entweder handelte es sich um eine Verwechslung, oder sie wollte Geld. Wofür, konnte Greta sich zwar nicht denken, aber in ihrer Not war sie davon überzeugt, dass alle Leute immer nur Geld von ihr oder Joachim verlangten. Oder sie brachte andere schlechte Nachrichten. Etwas Positives konnte sie mit einem derartigen Gast nicht verbinden.

Aufreizend langsam stellte Greta den Korb ab. Dann trat sie vor die Dame, die fast einen Kopf größer war als sie selbst.

»Was wollen Sie von meinem Mann?« Wie bei dem Beauftragten der Reederei damals betonte sie, dass es sich um *ihren* Mann handelte. Als wäre Joachim ihr Eigentum.

Die Augen der anderen weiteten sich, musterten Greta auf ungewöhnlich direkte Art, die nicht zu ihrem sonstigen Auftreten passte. »Guten Tag, Frau Wittenburg«, sagte sie und klang dabei seltsamerweise plötzlich ein wenig atemlos, obwohl sie sich doch gar nicht bewegt hatte. Sie legte eine Gedankenpause ein, dann: »Ich heiße Katharina Borchers und bin eine alte … ehm … Freundin Ihres Mannes. Wäre es wohl möglich, dass ich ihn sprechen könnte?«

»Nein.« Das Wort kam über Gretas Lippen, bevor sie sich dessen bewusst wurde. Aber dann vertraute sie ihrem Bauchgefühl und wiederholte: »Nein. Nein, das ist nicht möglich.« Abgesehen von Gretas aufkeimender Abneigung gegen die Besucherin konnte diese Katharina Borchers tatsächlich nicht mit Joachim sprechen, weil der gar nicht zu Hause weilte. Um diese Tageszeit war er sicher bereits auf einer seiner üblichen Sauftouren.

»Ich würde gern auf seine Rückkehr warten. Es ist wichtig.«

Greta traf der Gedanke, dass die Dame von Joachim schwanger sein könnte. Vielleicht war sie in Doberan sein Kurschatten gewesen. Greta schüttelte stumm den Kopf. Die Vorstellung, dass Joachim trotz seiner schweren Verletzung ein Kind gezeugt haben sollte, war absurd.

Ruppig wies sie die Besucherin zurecht: »Wenn Sie Geld wollen, sind Sie hier an der falschen Adresse.« Damit war die Unterhaltung für sie abgeschlossen, weshalb sie nach ihrem Korb griff, sich brüsk umdrehte und zu ihrer Tür zurückstapfte.

»Warten Sie!«, rief ihr Katharina Borchers nach. »Es geht nicht um Geld. Jedenfalls nicht für mich. Ich möchte Jo… Ihrem Mann eine Arbeit anbieten.« Ihre Stimme schwankte, wurde unsicher, als sie zögernd hinzufügte: »Er sucht doch noch eine Stelle, oder?«

Greta fuhr herum. Sie unterdrückte den spontan aufsteigenden Jubel. »Eine Arbeit? Als was denn? Besitzen Sie ein Schiff?«

»Leider nicht.« Katharina Borchers lächelte. »Es sind nur Strandkörbe, um die es geht.«

»Strandkörbe?«, wiederholte Greta verblüfft. »Damit kennt er sich nicht aus.« Verärgert darüber, dass sie auf den kleinen Hoffnungsschimmer hereingefallen war, reagierte sie heftiger als angemessen. Als sei die fremde Dame schuld an Joachims Misere, schleuderte sie ihr entgegen: »Sie müssen meinen Mann verwechseln. Tut mir leid. Am besten, Sie suchen anderswo nach jemandem, der für Sie arbeitet.«

Katharina Borchers schluckte. Dann sagte sie erstaunlich geduldig: »Ich will nur Joachim Wittenburg einstellen. Deshalb muss ich ihn unbedingt sprechen.«

Sie macht sich lustig über uns, fuhr es Greta durch den Kopf. Was immer es für ein Spiel war, es schien ein Zeitvertreib für die gehobene Schicht, sich über Menschen zu amüsieren, die um ihre Existenz zu kämpfen hatten. Vielleicht war das eine Art Schnitzeljagd in diesen Kreisen. Klopfe bei arbeitslosen Trinkern an, biete eine haarsträubende Arbeitsstelle und sieh dann zu, wie die armen Teufel an ihrer Verzweiflung zerbrechen. Sehr komisch. Greta hatte Mühe, sich zu beherrschen.

»Ich weiß nicht, was Sie wirklich wollen, meine Dame. Aber ich kann Ihnen sagen, was *ich nicht* will: weiter von Ihnen belästigt zu werden.«

»Bitte, bleiben Sie, Frau Wittenburg, Sie verstehen mich völlig falsch. Mein Anliegen ist absolut seriös.«

Merkwürdigerweise kam es Greta vor, als wäre die andere nicht weniger elend als sie selbst. Während sie noch überlegte, wie sie auf das Flehen reagieren sollte, setzte Katharina Borchers eindringlich hinzu: »Ich muss mit Joachim sprechen!«

Vielleicht ist sie ja doch schwanger, überlegte Greta. Aber mit einem Mal war es ihr egal. Sie war müde. Ihr wurde kalt. Sie stand schon zu lange auf einem Fleck, ohne sich zu bewegen, und ihr alter Mantel schützte sie nicht mehr ausreichend vor der feuchten Witterung. Sie brauchte dringend etwas Heißes, um sich aufzuwärmen und ihre Gedanken zu ordnen. Selbst die Aussicht auf die vorwiegend aus Wasser bestehende Kohlsuppe auf ihrem Herd bedeutete jetzt eine Verlockung. Greta wollte die Fremde nur noch loswerden.

»Versuchen Sie es in den Kaschemmen am Alten Strom«, sie begleitete ihren Vorschlag mit einem Achselzucken, »an irgendeiner Theke werden Sie meinen Mann schon finden.«

»Danke«, erwiderte die Dame knapp, ihre Erleichterung war unüberhörbar.

Greta beobachtete, wie die andere im Nebel verschwand wie ein appetitlicher Keks in einer Schale voll Milch. Obwohl sie eigentlich ins Haus gehen wollte, verharrte Greta am Rand ihres Vorgartens und sah Katharina Borchers selbst dann noch nach, als diese nicht einmal mehr schemenhaft zu erkennen war.

Katharina hatte nicht erwartet, Joachim gleich in dem ersten Lokal anzutreffen, das sie aufsuchte. Als sie beschlossen hatte, dass Joachim Wittenburg der einzige Mensch war, der für den Posten des Geschäftsführers ihres Strandkorbverleihs infrage kam, nahm sie sich vor, ihre Eifersucht zu zügeln und ihm eine glückliche Ehe zu gönnen. Sie bemühte sich redlich, seine Frau sympathisch zu finden. Doch ihre Begegnung mit der anderen bestärkte sie in der Sorge, dass ihr alter Freund nicht nur trank, weil er sein berufliches Ansehen verloren hatte. Ihr Versuch, Greta Wittenburg eine angenehme Seite abzugewinnen, scheiterte. Deshalb vermutete sie, dass Joachim sich möglichst weit weg von Gretas Einflussbereich aufhielt. Trotzdem wollte Katharina ihre Suche systematisch angehen und begann gleich um die Ecke seines Hauses in der erstbesten Kneipe, die auf ihrem Weg an der Vorderreihe lag.

Er saß nicht an der Theke, sondern an einem Tisch am Fenster. Offensichtlich war er nicht so lichtscheu wie erwartet. Er brauchte wohl sogar die fahl wirkende Helligkeit, denn seine Hände waren mit einer Bastelarbeit beschäftigt. Seine Finger zitterten, falteten aber geschickt ein kleines Segelschiff aus Papier. Er trug keine Handschuhe, und Katharina bemerkte sofort die Narben von schweren Verbrennungen. An seinem Platz lagen bereits zwei weitere Objekte, weshalb sie annahm, dass er schon eine ganze Weile versunken in seine Tätigkeit hier saß. Angesichts der Flasche Korn, die danebenstand und in der erstaunlich wenig Flüssigkeit fehlte, atmete Katharina erleichtert auf.

Ihr Seufzen war laut genug, um ihn zu erreichen. Er hob den Blick. Trübe, rot geränderte, blutunterlaufene Augen in einem bleichen Gesicht starrten sie an. Zutiefst verwundert sagte er nur ein Wort: »Du?«

»Ja«, erwiderte sie ebenso knapp. Mehr war auch nicht zu

sagen. Sie musste ihre Gefühle unter Kontrolle bringen, ihre Bestürzung über sein miserables Aussehen verbergen.

Da er sie weder aufforderte, Platz zu nehmen, noch fortschickte, zog sie einen Stuhl unter dem Tisch hervor, zögerte kurz und setzte sich dann hin. Das Holz knarrte. In ihrem Rücken spürte sie den Blick des Wirts, der hinter seinem Tresen stand und Gläser polierte. Außer Joachim und ihr befanden sich keine Gäste in dem winzigen Ausschank. Das überraschte sie wenig, denn es war noch nicht einmal Mittag.

Joachim nickte und wandte sich wieder seiner Handarbeit zu, als sei es eine Selbstverständlichkeit, dass sie ihm dabei zuschaute.

Sie ließ ihn gewähren. Da sie nun bei ihm war, hatte sie Zeit. Sie wollte ihn nicht bedrängen. Es war zu wichtig, dass er ihr Angebot annahm. Es fiel ihr nicht einmal schwer, sich dafür in Geduld zu fassen.

Nachdem sie sich von dem ersten Schock erholt hatte, der sie nach Olafs Vorschlag befiel, war ihr Widerstand erwacht. So einfach würde sie ihn nicht davonkommen lassen, schwor sie sich. Es war ihr zwar weiterhin bewusst, dass sie ohne männliche Unterstützung wenig ausrichten konnte, aber sie begann, eine Liste mit ihren Bekannten und weitläufigen Verwandten zu erstellen. Der Name *Erik* tauchte darin nicht auf, wohl aber der eine oder andere Geselle ihres Vaters, mit dem sie früher gut zurechtgekommen war. Sie erwog, Hermine Martius zu schreiben und um einen Rat zu bitten. Beim Gedanken an die Freundin fielen ihr die Begegnungen in Doberan ein und schließlich der von Gerda weitergetragene Klatsch über Joachim, den Katharina zwar verdrängt, aber nicht vergessen hatte. Ja. Er war der geeignete Mann für die einem Geschäftsführer zufallenden Aufgaben. Gegen einen Seemann mit Großem Patent konnte Olaf gewiss keine Einwände vorbringen, zumal Joachim seine

Stellung nicht wegen irgendwelcher Betrügereien oder dergleichen verloren hatte. Einzig die frühere Verbindung des Kandidaten zu seiner künftigen Chefin bedeutete womöglich ein Hindernis.

Katharina betrachtete ihre Wahl von einer pragmatischen Seite. Joachims Heirat erleichterte es ihr sogar, ihn nicht mit den Augen der Liebe zu sehen. Er war und blieb eine Vertrauensperson, sie wusste, dass sie sich auf ihn würde verlassen können. Trotz ihres gebrochenen Eheversprechens. Und obwohl sie ihn in Doberan versetzt hatte. Die Sehnsucht aus der ersten Zeit nach ihrem Wiedersehen schob sie energisch beiseite. Sie konnte die Uhr ohnehin nicht zurückdrehen, sie würde vielmehr nach vorn schauen und aus der Vergangenheit ihren Nutzen ziehen. Mit diesem Vorsatz war sie nach Warnemünde gekommen. Im Adressbuch hatte sie seine Anschrift nachgeschlagen – und stand schließlich vor seinem Haus.

Nun saß sie also mit ihm an dem Fenstertisch einer Fischerkneipe, die deutlich ehrbarer wirkte, als Greta Wittenburg offenbar annahm. Katharina beobachtete Joachim und dachte, dass sie so einvernehmlich schwiegen wie ein Ehepaar, das in seiner Vertrautheit keine unnötigen Worte verlieren musste. Die Stille lastete nicht unangenehm auf ihnen. Es war fast wohltuend. Sie lehnte sich zurück und knöpfte ihren Mantel auf, zog die Arme aus den Ärmeln.

»Weißt du, was das Beste an der Herstellung eines Buddelschiffs ist?«, fragte er plötzlich. Er sah nicht auf, seine Stimme klang heiser, aber nicht so verwaschen, als sei er bereits betrunken.

»Was?«

»Dass man die Flasche vorher austrinken muss.« Er lachte leise über seinen Witz, trommelte mit den Fingern gegen das Glasgefäß. »Ich habe also noch eine Menge vor heute.«

»Vielleicht wartest du damit, bis ich dir einen Vorschlag unterbreitet habe«, gab sie zurück.

Seine Hände hielten inne, er blickte erstaunt auf. »Ach? Ich dachte, du wärst gekommen, um dich davon zu überzeugen, dass das Gerede über mich stimmt.« Er schüttelte den Kopf, als müsste er eine Frage verneinen. »Sag nichts. Natürlich hast du davon gehört, wie tief ich gesunken bin. Herzlichen Glückwunsch, Katharina, du hast die richtige Wahl getroffen.«

Sie sah den Schmerz in seinen Augen aufflackern, die Verzweiflung und die Verletzlichkeit. Es zerriss ihr das Herz. Am liebsten wäre sie aufgesprungen, hätte sich neben ihn gesetzt und einen Arm um ihn gelegt. Doch sie drehte sich zur Theke und rief dem Wirt zu: »Würden Sie uns bitte zwei Tassen Kaffee bringen. Schwarz für Herrn Wittenburg und mit Milch und Zucker für mich.« Als der Kneipenbesitzer irgendeine Zustimmung grummelte, wandte sie sich wieder Joachim zu. Sie widersprach seinem zynischen Kommentar allerdings nicht, sondern sah ihn nur stumm an.

Nach einer Weile senkte er verlegen die Lider. »Tut mir leid, dass ich unsere Verabredung in Doberan nicht einhalten konnte. Es ist mir etwas dazwischengekommen.«

Ihr Herz sank. »Du warst nicht an der Kirche?«

»Nein.« Er schüttelte den Kopf, und eine Haarsträhne fiel ihm in die Stirn. »Nein. Ich … Wie bitte? Hast du etwa nicht auf mich gewartet?«

»Ich bin nach Hause gefahren.«

Er brach in schallendes, aber bitteres Gelächter aus. »Ich auch.«

Zugegeben, dachte sie, die Situation besitzt eine gewisse Komik. Dennoch fand Katharina das seltsame Zusammentreffen eigentlich nicht witzig. Sie schwieg, weil ihr nichts einfiel, womit sie Joachim in die Parade fahren konnte.

Der Wirt balancierte ein Tablett mit zwei dampfenden Tassen, die nach frisch gemahlenen Kaffeebohnen dufteten, in ihre Richtung. »Bezahlen Sie?«, fragte er Katharina.

Sie nickte stumm.

»Bezahlen Sie auch die offene Rechnung von ihm?«, bohrte der Wirt weiter, während er mit einer Kopfbewegung auf Joachim wies.

»Auch das«, versicherte sie. Abscheu erfasste sie, aber sie blieb ruhig, unverändert ihr Ziel vor Augen.

Ihre Antwort genügte dem Mann anscheinend, um die beiden Tassen auf den Tisch zu stellen. Das Tablett in seinen angeschwollenen, von der Arbeit roten Fingern drehend blieb er danach neben Katharina stehen.

Sie schluckte ihren Ärger mühsam hinunter. »Ich bezahle Sie später. Und keine Sorge, ich laufe Ihnen schon nicht davon. Wenn Sie uns jetzt aber bitte allein lassen wollen.« Ein Gutes haben Olafs Bemühungen, in der besseren Gesellschaft Fuß zu fassen, fuhr es ihr durch den Kopf, ich kann mit den Leuten reden wie eine Gräfin.

Tatsächlich gab sich der Gastwirt zufrieden und verzog sich wieder hinter den Tresen und zu seinem Abwasch.

Joachim schob seine Tasse zur Seite. »Besten Dank, aber ich will keinen Kaffee. Mein Leben ist nur noch mit Schnaps zu ertragen.«

»Du wirst den Kaffee trinken und mir zuhören«, erklärte sie bestimmt. Dabei kam sie sich ein wenig wie eine Gouvernante vor und musste unwillkürlich schmunzeln. »Anschließend kannst du so viel saufen, wie du meinst, saufen zu müssen. Aber vorher hörst du mir zu. Bitte!«

»Saufen?« Er kicherte. »Das klingt aber nicht nach großer Dame, Katharina.«

»Alles zu seiner Zeit.«

Schlagartig wurde er ernst. Als habe er diese Erkenntnis erst in diesem Moment gewonnen, murmelte er: »Du bist wunderbar.«

Ihr Herz trommelte gegen ihre Brust. Sie hoffte, dass ihm ihr tiefer Atem nicht auffiel. Schweigend trank sie einen Schluck Kaffee.

»Also, gut …« Er griff ebenfalls nach seiner Tasse, stürzte den Inhalt hinunter. »Was willst du?«, fragte er dann und beugte sich interessiert über den Tisch zu ihr.

Katharina redete eine halbe Stunde ununterbrochen, bevor sie innehielt, um beim Wirt erneut Kaffee für sich und Joachim zu bestellen. Auf ihre nochmalige Versicherung hin, dass sie alles bezahlen werde, erhielten sie das Gewünschte – und Katharina redete weiter, als ginge es um ihr Leben.

Joachim lauschte still, aber immer aufmerksam. Schließlich stürzte er den zweiten Kaffee hinunter und sprang auf. Er nahm Katharina bei der Hand, zerrte sie hoch, griff mit der Linken ihren Mantel und zog sie zum Ausgang. »Wir kommen gleich wieder«, rief er dem Wirt über die Schulter zu. Der kam nicht schnell genug hinter seinem Tresen hervor, um ihnen den Weg zu versperren.

Die Tür klappte, kalte, feuchte Luft schlug ihnen entgegen. Katharina schlang zitternd die Arme um ihren Oberkörper, während Joachim behutsam den Mantel um ihre Schultern legte. Sie war ihm völlig willenlos gefolgt. Es war beklemmend für sie zu erleben, wie einfach er sie überrumpeln und die Führung übernehmen konnte. Immer wieder redete sie sich ein, dass er keine Macht über sie besaß. Und doch gab es genauso oft diese magischen Momente, die ihr das Gegenteil bewiesen. Sie erwog einen Atemzug lang, in die Kneipe zurückzugehen. Aber das wäre einer Flucht gleichgekommen. Und fliehen passte nicht zu ihr.

Sie zog ihren Mantel richtig an und stellte nach einem langen Blick auf Joachim fest: »Du frierst …«

»Wen kümmert's?!«, gab er zurück. »Ich möchte mit dir reden, und ich will nicht, dass der Wirt dabei zuhört. Die paar Frostbeulen sind es mir wert.«

»Dann lass uns spazieren gehen.« Spontan hakte sie sich bei ihm unter. »Ein bisschen Bewegung dürfte uns bei dieser Kälte guttun.«

Ein feines Lächeln spielte um seine Lippen, als er auf ihre Hand an seinem Arm hinabschielte. »Was wird dein Mann sagen, wenn er dich mit einem anderen sieht?«

»Das tut er ja nicht, oder?« Sie erwiderte sein Lächeln. Wieder spürte sie so etwas wie eine entspannte Atmosphäre im Zusammensein mit ihrem ehemaligen Verlobten. Und dieses Gefühl wirkte nicht bedrohlich. Sie wusste mehr als je zuvor, was sie wollte. Das gab ihr Auftrieb. Spitzbübisch fragte sie: »Und was sagt deine Frau dazu?«

»Nichts.« Sein Lächeln verschwand. »Ich fürchte, es würde sie nicht sonderlich interessieren, solange du und ich nicht ins Gerede kommen. Wollen wir zur Mole gehen? Bei dem Wetter wird außer uns niemand am Meer entlangwandern wollen. Wir können weder uns selbst noch unsere Gatten kompromittieren. Die größte Gefahr ist also gebannt.«

Sein Zynismus traf ihr Mitgefühl stärker, als es jedes Klagen getan hätte. Offenbar war er ein zutiefst unglücklicher Mann, und ebenso sicher schien, dass seine Gemahlin ihm in diesen beruflich und finanziell schwierigen Tagen nicht so zur Seite stand, wie sie es am Traualtar hatte versprechen müssen. Dann wird sie gewiss nichts gegen mein Angebot einwenden, ging es Katharina mit einer gewissen Zufriedenheit durch den Kopf.

Gedankenverloren – jeder irgendwie in seiner Welt gefangen und einander doch auf gewisse Weise sehr nahe – gingen sie langsam in Richtung Strand. Sie versuchte, sein Zittern unter ihrer Hand zu ignorieren. Er fror wahrscheinlich furchtbar, aber sie wollte diesen seltsamen Zauber, der sie beide erfasst hatte, nicht zerstören, indem sie ihm vorschlug, seinen Überzieher zu holen.

Der Nebel wurde dichter, hüllte die über die Dächer ragende Spitze des Leuchtturms ein, doch das Signalfeuer durchbrach den Dunst wie die Sonne an einem schönen Tag die Wolkendecke. Es waren tatsächlich kaum Passanten unterwegs, das Klappern der Takelagen klang wie ein einsamer Hinweis auf die in dem diffusen Licht verschwommen wirkenden, am Alten Strom vertäuten Boote. Alles schien in ein bleiches Grau getaucht: die Gebäude am Ufer, das Wasser von Fluss und Ostsee, die Findlinge und Begrenzungssteine an der Mole. Katharina kam es vor, als wären sie selbst und Joachim zwei graue Gestalten, die mit ihrem Umfeld verschmolzen.

Sacht löste er sich von ihr, um den Kragen seines Rocks hochzuschlagen. Eine ihn vielleicht beruhigende, aber sicher nicht wärmende Geste.

»Warum hast du mich verlassen, Katharina?«

Der Ausbruch kam so plötzlich, dass sie stolperte und Mühe hatte, ihr Gleichgewicht zu halten. »Ich habe dir alles in meinem Brief erklärt, der …«

»Den du mir am Tag vor deiner Hochzeit mit Korbmacher Borchers geschrieben hast«, fiel er ihr ins Wort. »Findest du nicht, du hättest mich ein wenig früher informieren können?«

»Was hätte das geändert?«

»Du hättest mir wenigstens die Chance gegeben, etwas zu unternehmen. Ich hätte dich vielleicht umstimmen können.«

»Vielleicht«, murmelte sie. Ihre Unterhaltung verlief nicht wie erhofft. Sie starrte auf ihre Füße und wünschte sich zurück in das Lokal, wo Joachim unter den Ohren des Wirts vermutlich keine persönlichen Themen angesprochen hätte.

»Warum hast du diesen alten Mann geheiratet?«

Seine Frage ärgerte sie. Er hatte kein Recht, so abfällig über Olaf zu sprechen. »Das geht dich nichts an«, versetzte sie patzig. »Aber da es dich interessiert: Mein Mann ist freundlich, großzügig – und würde mich niemals mit einer Sache bedrängen, die ich als beendet betrachte.« Sie biss sich auf die Unterlippe, um ihren Mund vor weiteren Lügen zu verschließen.

Joachim steckte die Hände in die Hosentaschen. »Warum bist du hergekommen, wenn du *die Sache* als beendet betrachtest?«

»Ich bin nicht hier, um …« Sie unterbrach sich, weil ihr nicht einfiel, wie sie ihre Gefühle angemessen in Worte fassen sollte. Nach dem Wiedersehen in Doberan hatte sie anders empfunden, aber ein Kuraufenthalt entzog die Gäste auf gewisse Weise der Realität. Nach Warnemünde war sie gekommen, weil sie Joachim für ihre Zukunftsplanung brauchte. Sie überlegte eine Weile, leckte sich die salzige Feuchtigkeit von den Lippen und gestand ihm schließlich genau das: »Ohne dich kann ich meinen Traum nicht verwirklichen.«

»Oha!« Aus seinem Lachen tropfte der Sarkasmus wie das Wasser nach hohem Wellengang von der nassen Brüstung der Mole. »Weißt du, genau das habe ich auch mal gedacht. So vor fünf oder sechs Jahren.«

Wütend stampfte sie mit dem Fuß auf. »Darum geht es aber nicht. Du bist inzwischen ebenso gebunden wie ich, wir haben beide kleine Kinder. Selbst wenn wir es wollten – nichts kann mehr werden wie früher. Ich biete dir meine Freundschaft an, Joachim, und eine gute Arbeitsstelle dazu. Wenn wir die Vergangenheit vergessen, können wir die Zukunft als Partner meistern.«

»Ja. So kann es wohl kommen.« Er senkte den Kopf, sah aber sogleich wieder auf. Trotz der fahlen Beleuchtung erkannte sie ein Aufblitzen in seinen Augen. »Das soll mir also genügen, nicht wahr?«

Stumm nickte sie.

»Würde dein Mann mit mir als Geschäftsführer überhaupt einverstanden sein?«

»Ich werde ihn davon überzeugen, dass du der Beste bist.«

Er wandte sich ab, trat an den Rand des steinernen Wegs und starrte in den Nebel. Die Wellen klatschten auf die Steine, ein Brecher donnerte heran und sprühte die Gischt über die Befestigung. Katharina sprang unwillkürlich einen Schritt zurück, Joachim wischte sich nur die Feuchtigkeit aus dem Gesicht. Mit Schrecken bemerkte sie, dass seine Schultern bebten. Vor Kälte? Weinte er gar? Sie stand in einiger Entfernung von ihm und wünschte, für diesen einen Moment von der See verschlungen zu werden. Wie sollte sie ihm je wieder ruhig in die Augen sehen können, nachdem er ihr einen derart tiefen Einblick in seine Seele gewährt hatte? Sie schob ihr Mitgefühl in den hintersten Winkel ihres Herzens. Peinlich berührt senkte sie die Lider, als nähme das seine Schwäche zurück.

»Ich habe keine Wahl«, drang seine Stimme wie durch ein dicht gewebtes Tuch zu ihr. »Ich brauche eine Anstellung.« Langsam drehte er sich um. Er wischte sich mit der Hand über die Augen. »Gut, Katharina, ich werde für dich arbeiten.«

Erleichterung, Dankbarkeit und Freude versetzten sie in Hochstimmung. Es schien ihr, als könnte sie plötzlich fliegen.

Ein wenig tat sie das auch tatsächlich, als sie zwei Schritte nach vorn machte und ihm um den Hals fiel.

»Das solltest du nie wieder tun!«, herrschte er sie brüsk an. Er löste ihre Arme und schob sie von sich weg. »Du hast mein Wort, dass ich alles unternehmen werde, deinen Strandkorbverleih zu einem erfolgreichen Geschäft zu machen. Aber wahre bitte Distanz. Sonst kann ich für nichts garantieren.«

»Ich wollte nur …«

»Katharina, hör mir genau zu, denn ich werde es nur einmal sagen.« Er schluckte, dann sagte er mit klarer Stimme: »Ich liebe dich. Ich habe nie aufgehört, dich zu lieben. Und daran wird sich nichts ändern. Wenn du möchtest, dass wir zusammenarbeiten, respektiere bitte meine Gefühle.«

»Ich liebe dich auch«, flüsterte sie. Der Wind frischte auf und nahm ihre Worte mit auf die See hinaus. Katharina wusste nicht, ob Joachim sie gehört hatte – oder ob ihr unbedachtes Geständnis davontrieb mit den Wellen, die eben noch gegen das Ufer schlappten.

Zu ihrer größten Überraschung streckte er ihr die Hand hin. »Wenn du einschlägst, sind wir Geschäftspartner. Und vielleicht werden wir irgendwann Freunde«, fügte er weniger energisch hinzu.

Sie legte ihre Rechte zwischen seine Finger. Sein Händedruck war kalt, aber fest und voller Zuversicht. Dies war keinesfalls die Berührung eines Liebespaares. Katharina fühlte einen winzigen Stich in ihrem Herzen. Sie nickte. Es war ein Abschied – und gleichzeitig ein Neubeginn.

ZWEITER TEIL

Greta

1910

1

Sie sieht hübsch aus und macht ihre Sache gut, gab Greta im Geiste zu. Natürlich hätte Friederike ihr Gedicht noch ein wenig besser aufsagen, die blonden Löckchen hätten noch perfekter fallen können, aber der Gesamteindruck war recht ordentlich. Ihre Tochter erinnerte in dem weißen Spitzenkleidchen an einen kleinen Engel, der mit glasklarer Stimme das Geburtstagsgedicht von Theodor Fontane vortrug, das Greta für Olaf Borchers' Jubiläum ausgesucht hatte:

»Briefträger setzen sich in Trab,
Sie reißen fast die Klingel ab,
Sogar Pakete treffen ein –
Mög es das ganze Jahr so sein!«

Ja, Friederike machte ihre Sache ausgezeichnet, das musste Greta anerkennen. Unmerklich nickte sie der Achtjährigen zu. Natürlich hatte sie, die Mutter, einen erheblichen Anteil an dem gelungenen Auftritt der Kleinen. Sie legte schon in der Volksschule Wert auf eine solide Bildung und eine angemessene Erziehung. Friederike sollte es auf jeden Fall einmal besser haben, einen wohlhabenden Kaufmann heiraten und Sicherheit erfahren. Ihre Tochter sollte nicht diese qualvollen Stunden durchstehen, an die Greta sich erinnerte, als wären sie gestern gewesen: gesellschaftliche Ächtung, finanzielle Sorgen und Zukunftsängste, gepaart mit Niedergeschlagenheit – und Eifersucht.

Greta gestand sich niemals ein, dass der Verzicht auf einen Prozess womöglich eine Fehlentscheidung war. Sie entsann sich dafür aber sehr genau ihres Entsetzens, als ihr Joachim offenbarte, dass er die Geschäftsführung im Strandkorbverleih »einer Jugendfreundin« übernehmen wolle. Anfangs sah sie ihn als Handlanger einer exzentrischen alten Jungfer vor ihrem geistigen Auge. Wie tief sollte sie gesellschaftlich noch fallen? Dann erfuhr sie, welche Dame seine künftige Chefin wurde – und sofort traf sie das Misstrauen mit vielen kleinen Nadelstichen. Selbst als sie Olaf Borchers kennenlernte, änderte sich das nicht. Bilder einer heimlichen Affäre gehörten fortan zu ihrem Alltag und vielen schlaflosen Nächten. Joachims mögliche Untreue nagte an ihr wie ein Wurm im Türstock. Er gab ihr niemals einen Anlass dafür, doch ihre Fantasie reichte aus, um jede Stunde, die er mit Katharina Borchers verbrachte, für Greta zu einer Belastungsprobe zu machen. Da ihr Mann hart arbeitete, um den Strandkorbverleih aufblühen zu lassen, hatte sie viel damit zu tun, ihre Gefühle im Zaum zu halten. Am liebsten hätte sie der anderen die Augen ausgekratzt.

Unwillkürlich wanderten ihre Blicke zu der Frau, die ihr so manches Mal die Nachtruhe raubte. Hoch aufgerichtet stand Katharina neben dem Jubilar, das goldschimmernde Haar gescheitelt und mit einer weichen Welle zu einem duftigen Knoten zusammengenommen. Katharinas Taille war so schmal, dass der bis zu den Waden bauschig fallende sogenannte Humpelrock elegant und nicht wie eine Tonne wirkte. Sie konnte sich das extravagante modische Abendkleid aus veilchenblauem Atlas nicht nur finanziell leisten, die viel kleinere und fülligere Greta beneidete sie heiß um ihre Körpergröße. Glücklicherweise war Katharina nicht so kapriziös, dass sie viel von ihren Knöcheln zeigte. Im Lesezimmer der Badeverwaltung im Hotel Pavillon hatte Greta in verschiedenen Modezeitschriften geblättert und erfahren, wie hoch die Säume derzeit rutschen durften. Das war wirklich skandalös. Nicht auszudenken, wie Joachims Augen aufleuchten würden, wenn Katharina ihre Fesseln zeigte! Es genügte schon, wie versonnen er sie oft betrachtete und meinte, dabei unbeobachtet zu sein. Aber Greta entging nichts. Und was sie nicht selbst sah, stellte sie sich sehr genau vor. Glaubten er und Katharina wirklich, ihr bliebe irgendetwas verborgen?

»Damen und Herren kommen zuhauf,
Sie setzen die besten Gesichter auf,
Du selber blickst gutlaunig drein –
Mög es das ganze Jahr so sein!«

Die Tochter holte sie in die Realität zurück. Die Kleine tat, was die Mutter von ihr verlangte, und stellte mit ihrem Ständchen jedes andere Geschenk in den Schatten. So hatte Greta es gewollt. Das Einstudieren hatte sie viel Zeit und Friederike eine Menge Tränen gekostet, aber es hatte sich gelohnt. Das konnte sie am Gesicht des Jubilars und der anderen Gäste ablesen. Selbst Joachim schaute jetzt nicht zu Katharina, sondern mit einem stillen, glücklichen Lächeln auf seine Tochter. Ja, Friederike machte ihre Sache richtig und rückte damit auch ihre Mutter in ein ganz hervorragendes Licht. So sollte es sein. Greta straffte die Schultern und drückte stolz den Rücken durch.

»Im Hause ruht der Bruderstreit,
Christian und Ulrich markieren Artigkeit …«

Allgemeines Gelächter unterbrach Friederikes Vortrag.

Greta indes stockte der Atem. Diese Zeile hatte sie mit Friederike nicht auswendig gelernt. Tatsächlich hieß es: »*George, Theo markieren Artigkeit …*«

Die Anspielung auf Borchers' bald dreizehnjährigen Sohn und den elfjährigen Jüngsten war Greta unangenehm. Wie kam ihre Tochter nur auf eine derart peinliche Einlage? Immerhin hatten sich die beiden Knaben bislang recht anständig benommen, flankierten rechts und links ihre Eltern, die Unbändigkeit hinter Matrosenanzügen versteckt. Der ältere schüttelte nun leicht entnervt den Kopf, anscheinend wegen Friederikes Kinderei. Kluger Junge. Ulrich indes kicherte albern los. Zwinkerte er Friederike etwa zu? Ungeheuerlich. Konnte die Borchers ihr Kind nicht zu einem anständigen Mann erziehen? Und meine Tochter wird etwas zu hören bekommen, schwor Greta im Stillen. Eigenmächtigkeiten duldete sie nicht.

Friederikes Wangen glühten, ihre Lippen konnten kaum das Grinsen beherrschen, die Mundwinkel zitterten, während sie versuchte, ernst fortzufahren:

»*Sanfte Stimmung bei groß und klein –*
Mög es das ganze Jahr so sein!
Der Himmel ist blau, die Luft ist klar.

Auf dem Simse zwitschert ein Spatzenpaar,
Am Fenster aber lacht der Sonnenschein –
Mög es das ganze Jahr so sein!«

Die letzte Strophe stieß sie ein wenig atemlos hervor, als wollte sie schnell zum Ende kommen. Als sie endlich fertig war, verbeugte sie sich tief – und bei genauem Hinsehen konnte Greta feststellen, dass nun kein Halten mehr für die Kleine war. Während Beifall aufbrandete, prustete Friederike los. Greta ballte die Fäuste ob dieser Ungezogenheit. Wenigstens besaß ihre Tochter einen gewissen Sinn für Diskretion und nutzte den Applaus, sodass ihre Belustigung nicht so stark auffiel. Als Olaf Borchers vortrat und die Hand nach der Kleinen ausstreckte, wünschte Greta, nicht hinschauen zu müssen oder im Boden zu versinken. Was, wenn Friederike dem Gastgeber direkt ins Gesicht lachte? Dummerweise konnte die Mutter nichts tun, um die Situation in angemessener Weise zu regeln.

»Das hast du sehr schön gemacht, Friederike«, lobte der Jubilar und strich der Kleinen anerkennend über die blonden Locken, die Greta mit einer großen weißen Schleife zu bändigen versucht hatte. »Theodor Fontane war ein wunderbarer Dichter.«

Friederike meisterte die Bewährungsprobe. Sie zog eine ziemlich ernste Miene und knickste artig. »Danke, Onkel Borchers.«

Für fremde Ohren mochte das vorbildlich klingen, Greta krümmte sich jedoch wie unter einem Schlag in den Magen. Sie mochte es nicht, dass Friederike den Hofkorbmacher *Onkel* nannte. Das hatte sie ihr schon x-mal gesagt. Respekt war eine Tugend, die Greta schätzte. Außerdem wünschte sie keine Vertraulichkeiten mit Joachims Chefin und deren Gemahl. Dass Wittenburgs zu Anlässen wie etwa diesem fünfundfünfzigsten Geburtstag in die Rostocker Villa eingeladen wurden, schätzte Greta durchaus, weil es sie für ein paar Stunden zum Mitglied der besseren Gesellschaft machte. Private Vertraulichkeiten indes waren ihrer Ansicht nach indiskutabel. Vor allem deshalb, weil sie nicht wollte, dass ihre Tochter in einem familiären Ton mit ihrer Nebenbuhlerin umging. Es kam ihr vor, als habe Joachim mit Katharina eine Nebenfamilie gegründet.

Diese Befürchtung wurde durch Katharinas Geste genährt, mit der sie sich bei Friederike bedankte: Sie beugte sich hinunter und küsste die Kleine auf die Wange, als wäre sie ihre eigene Tochter. »Du darfst jetzt mit Fräulein Wedding und Ulrich spielen«, sagte die Gastgeberin.

Ein Vorschlag, der Greta verärgerte, weil er nicht von ihr kam. Es war ihr Vorrecht als Mutter, der Achtjährigen zu befehlen, was sie zu tun oder zu lassen hatte. Und in diesem Moment wollte Greta keinesfalls, dass Friederike mit dem jüngsten Spross herumtobte. Ihre Aufmachung war dafür nicht geeignet, der Anlass nicht geeignet, die Situation … ach, es war alles unpassend!

Sie setzt der Kleinen Flöhe in die Ohren, um mich zu verletzen, fuhr es Greta durch den Kopf. Katharina Borchers wollte ihr bestimmt in jeder Lebenslage beweisen, dass sie über ihr stand. Eine herrschsüchtige Frau, die ihr nicht nur den Mann, sondern auch noch die Tochter stehlen wollte.

Energisch griff sie nach Friederikes Hand. »Du bleibst bei mir!«

»Aber …«, hob die Kleine an.

»Wage nicht, mir zu widersprechen!«

Friederike blickte hilfesuchend zu Katharina, doch die zuckte nur ergeben mit den Schultern.

»Entschuldigen Sie mich bitte«, sagte die Hausherrin und eilte ihrem Mann hinterher, der sich bereits anderen Gästen zugewandt hatte. Ganz offensichtlich war sie erleichtert, der drohenden Auseinandersetzung entfliehen zu können.

Gretas Zorn wuchs. Sie fühlte sich in die Ecke gedrängt, obwohl sie mitten im Salon der Borchers stand. Natürlich war die Szene mit Friederike nicht sehr glücklich. Greta hasste es, sich selbst bei einem Fehler im gesellschaftlichen Umgang zu ertappen. Aber wer war schuld daran, dass sie die Contenance verloren hatte? Hätte sich Katharina nicht eingemischt, hätte sie, Greta, die Kleine gar nicht zurechtweisen müssen. Mit dieser Frau trug sie wirklich ein Kreuz.

Während Friederike an ihrer Hand zerrte, blickte sich Greta nach Joachim um, konnte ihn jedoch nirgends entdecken. Stattdessen gewahrte sie den ältesten Sohn des Jubilars, der gerade Einzug hielt. Anders konnte man den Auftritt des jungen Mannes kaum bezeichnen. In der Aufmachung eines Dandys erschien Erik Borchers – später als jeder andere – auf der Bildfläche: Sein Haar war mit Pomade zurückgekämmt, der schmale Zweifingerbart akkurat geschnitten, er trug einen eleganten schwarzen Anzug mit passender Weste und eine burgunderrote Seidenkrawatte über dem blütenweißen steifen Hemdkragen, in der Hand schwenkte er lässig Zylinder, Spazierstock und Handschuhe. Sowohl seine Erscheinung als auch die Verspätung sorgten für Aufmerksamkeit. Alle Augen richteten sich auf Erik, fast alle Gespräche verstummten.

»Vater!«, rief er nicht nur in theatralischem Ton, sondern in einer Lautstärke, als befände er sich auf einer Bühne und müsste auch noch die hinterste Reihe im zweiten Rang erreichen. »Verzeih mir bitte meine Verspätung. Ich wünsche dir alles Gute für das neue Lebensjahr, alter Herr.«

Dieser löste sich aus einer Gruppe männlicher Gäste und trat auf Erik zu. Der Jubilar wirkte ebenso verlegen wie erfreut, und Greta fragte sich, warum Olaf Borchers nicht peinlich berührt war. Alles an seinem ältesten Sohn wirkte aufgesetzt und falsch. Außerdem ließ Eriks Benehmen zu wünschen übrig, was sicher jeder Anwesende mit halbwegs klarem Verstand erkannte. Wahrscheinlich würden sich die Gäste anschließend die Mäuler darüber zerreißen. Wie gut, dass sie nichts über uns zu reden haben, dachte Greta erleichtert und lockerte den Griff ihrer Hand.

Friederike nutzte die Gunst des Augenblicks, um ihrer Mutter zu entwischen. Als sich Greta wenig später nach ihr umsah, war die Tochter verschwunden.

2

Eriks Auftritt überraschte Katharina wenig. In all den Jahren seit ihrer Hochzeit hatte sich nichts geändert: Ihr Stiefsohn nahm sich noch immer alle Frechheiten und Freiheiten heraus, und der Vater tolerierte jede Extravaganz. In manch schwacher Stunde räumte Olaf zwar ein, dass er verzweifelt war über Eriks Entwicklung, aber sooft Katharina auf mehr Strenge oder wenigstens Umsicht im Verhalten ihres Gatten gehofft hatte, so oft wurde sie enttäuscht. Vielleicht versorgte Olaf den jungen Mann zähneknirschend mit mehr Geld, als ihm guttat, womöglich ärgerte er sich sogar über die Verschwendungssucht des Sohnes und dessen laxen Umgang mit seiner Arbeit in der Werkstatt – er unternahm jedoch nichts, um Eriks Benehmen einen Riegel vorzuschieben.

Glücklicherweise scheint er nicht betrunken zu sein, stellte Katharina in Gedanken fest. Sie trat fast automatisch einen Schritt zurück, beobachtete, wie herzlich Olaf die Umarmung seines Ältesten erwiderte, und wünschte sich an einen anderen Ort, an dem sie nicht gezwungen war, Wiedersehensfreude zu heucheln.

Immerhin war Erik ausgezogen. Nicht ohne Widerstand, aber immerhin. Olaf hatte nach monatelangem Streit eingesehen, dass sein inzwischen achtundzwanzigjähriger Sohn nicht mehr unter einem Dach mit seiner neuen Familie wohnen konnte, und eine Junggesellenwohnung für ihn gemietet. Katharina hätte sich für Erik eher eine Braut gewünscht, die sein Leben ordnete, doch von einer Heirat war er weit entfernt. Deshalb war sie sich nicht sicher, ob Eriks Interesse an jungen Frauen nicht nur vorgeschoben war und er sich eigentlich eher zu Männern hingezogen fühlte. Er hatte ja nicht einmal eine langjährige Verlobte.

Persönliche Erfahrungen mit Sinnesstörungen dieser Art hatte Katharina natürlich nicht, und sie konnte darüber auch mit niemandem sprechen, am allerwenigsten mit ihrem Gatten. Aber in den vergangenen drei Jahren wurde das Thema sogar öffentlich diskutiert. Selbst die Zeitungen berichteten nach diversen Skandalen im Hochadel, im Kabinett und in der Armee über Päderasten, mehrere enge Freunde und Berater des Kaisers, sogar Reichskanzler Bernhard von Bülow, waren in verschiedenen Artikeln der Homosexualität bezichtigt worden. Diese Verlautbarungen zogen eine Reihe von Verleumdungsprozessen nach sich, die für großes Aufsehen sorgten und aufgrund deren sich auch Katharina eine Meinung bildete. Eriks dandyhaftes Gehabe, das Fehlen einer Freundin und seine Hinwendung an gewisse Männerrunden sprachen ihrer Ansicht nach für seine Ambitionen. Selbst die Tatsache, dass er zur Hypochondrie neigte, wertete Katharina als Beweis seiner sexuellen Vorlieben. Erik sorgte sich einerseits übermäßig um seine Gesundheit, fühlte sich andererseits jedoch häufig unwohl. Voller Sorge beobachtete Olaf jedes Zipperlein seines Ältesten. Katharina indes war überzeugt davon, dass Erik den eingebildeten Kranken nur spielte, um nicht so viel in der Werkstatt des Vaters schuften zu müssen. Und sagte man fehlgeleiteten Männern nicht nach, dass sie verweichlichten?

Die Auftragslage in der Manufaktur entwickelte sich von Jahr zu Jahr besser. Katharina schien mit ihrer Geschäftsidee eines

Strandkorbverleihs in ein Wespennest gestoßen zu haben. Nachdem die Strandbadpächter die Sitzmöbel nicht mehr zwingend kaufen mussten, sondern mieten konnten, um den Profit dann wiederum zu teilen, stieg die Nachfrage. Inzwischen belieferte Olaf nicht nur die bedeutenden Bäder westlich von Rostock wie Warnemünde, Heiligendamm und Arendsee, sondern befriedigte auch Anfragen von beliebten Orten an der Nordsee wie etwa Büsum. Außerdem wurden Ferien am Meer immer populärer, die Zahl der Touristen erhöhte sich mit jedem Sommer, man nannte die Ostsee bereits »die Badewanne Berlins«. Wegen dieses Aufschwungs gaben die Gemeinden neue Flächen an den jeweiligen Stränden für den Badebetrieb frei, sodass Katharina bereits selbst Familienbäder mit eigenem Strandkorbverleih betrieb. Ihr Unternehmen, formal eine Tochterfirma der Hofkorbmacherei Borchers, wuchs stetig und warf einen ordentlichen Gewinn ab. Als sie sich mit dem Gedanken zur Gründung getragen hatte, wäre ihr nie in den Sinn gekommen, dass es so lukrativ werden könnte – und es ihr so viel Spaß machen würde, diesen Erfolg zu gestalten.

Joachim hatte als Geschäftsführer ganz erheblichen Anteil daran, das war ihr bewusst, und sie schätzte die Zusammenarbeit mit ihm sehr. Aus der anfänglich etwas holperigen neuen Beziehung hatte sich tatsächlich die tiefe Freundschaft entwickelt, die sie sich damals erhoffte. Manchmal begegneten sich zwar noch immer ein wenig versonnen ihre Blicke, sie spürte, wenn er sie länger als nötig ansah, aber eine Annäherung hatte es zwischen ihnen nie wieder gegeben. Er erzählte ihr von Gretas Eifersucht, doch darüber konnte Katharina nur lachen. Ebenso erregten Olafs gelegentliche Ansprüche inzwischen mehr ihre Heiterkeit als ihren Zorn: Er warf ihr zuweilen vor, nicht genug Zeit für die Führung des Haushalts aufzuwenden – dabei hatte nach wie vor hauptsächlich er das Sagen –, oder er polterte, wenn sie zu lange arbeitete und sich ihm nicht ausreichend widmete. Allerdings war er klug genug, bei ihren Scharmützeln die gemeinsamen Kinder außen vor zu lassen. Katharinas Fürsorge als Mutter stellte er niemals infrage, auch wenn die angeblich modernen, wissenschaftlich belegten Erziehungsmethoden von Fräulein Wedding noch immer und immer wieder Anlass zu Streitigkeiten gaben.

Fast sehnsüchtig blickte sich Katharina nach ihren Söhnen um. Christian stand am anderen Ende des Salons neben der Tür zur Terrasse. Schlaksig, viel zu hoch aufgeschossen für sein Alter, zu groß für den kindlichen Matrosenanzug und zu jung für einen Gehrock und lange Hosen, eine runde Brille auf der geraden Nase und damit immer ernsthafter wirkend, als er tatsächlich war. Jetzt erschien er Katharina etwas verloren, wie er unschlüssig ein Glas mit Limonade in der Hand drehte. Erst auf den zweiten Blick fiel ihr auf, dass er ein junges Serviermädchen mit den Augen verschlang. Unwillkürlich schnappte sie nach Luft.

Sie war so glücklich gewesen, als Erik auszog. Die Furcht, dass seine möglicherweise schlechte Veranlagung und sein tatsächlich schwieriger Charakter Einfluss auf die jüngeren Halbbrüder nehmen könnten, war von ihr gewichen wie eine schwere Last. Zumindest reichte Eriks Schatten nicht so weit, wie sie befürchtet hatte, dachte sie mit einem Hauch bitterer Ironie: Christian interessierte sich eindeutig für das weibliche Geschlecht. Viel zu sehr für sein Alter und Katharinas Geschmack. Wenn der besonnene Christian schon so deutlich auf ein Frauenzimmer reagierte, was würde erst aus dem fröhlichen, umgänglichen, stets zu Unfug aufgelegten Ulrich werden? Ein Taugenichts wie Erik? Oder nur ein Weiberheld? Das eine war ihr so wenig recht wie das andere.

Automatisch flogen ihre Blicke über die Menge. Wo trieb sich Ulrich herum?

Ihr Jüngster war nirgends zu entdecken.

Eriks Auftritt war längst vergessen. Die Tatsache, dass sie Olaf verärgerte, indem sie vor der fälligen Begrüßung floh und den umstehenden Gästen vielleicht etwas zu reden gab, verlor an Bedeutung, je länger sie nach ihrem Jüngsten suchte. Ihre Panik wuchs, er könnte etwas anstellen und damit die Feier verderben.

Auf ihrem Weg durch die Empfangsräume wurde sie immer wieder aufgehalten. Bekannte beglückwünschten sie zu dem gelungenen Fest, erkundigten sich nach ihrem Wohlbefinden, versuchten, die Hausherrin – vielleicht nur aus Höflichkeit – in ein kurzes Gespräch über Belanglosigkeiten zu verwickeln. Katharina wollte niemanden vor den Kopf stoßen, hatte für jeden ein paar freundliche Worte auf den Lippen, fasste sich jedoch kurz. Sollten die Leute doch denken, sie sei etwas atemlos – sie würden es gewiss auf ihre Arbeitsbelastung schieben und auf die Mühe der Ehefrau, dem Jubilar einen angemessenen Geburtstag auszurichten.

Schließlich erreichte sie ihren älteren Sohn. »Hast du deinen Bruder gesehen?«

Der Junge zuckte zusammen, als habe sie ihn aus tiefsten Gedanken gerissen. »Was …? Ach Mutter …! Was möchtest du denn?«

Es kostete sie viel Geduld, Christian nicht zurechtzuweisen und die Ruhe zu bewahren. »Ich suche Ulrich.«

Christian zuckte mit den Achseln. »Keine Ahnung, wo der ist. Ich glaube, er spielt irgendwo mit Freddi.« Aus seinem Ton troff die Überheblichkeit eines Jungen, der sich darüber erhaben fühlte, seine kostbare Zeit mit einem so kleinen Mädchen wie Friederike Wittenburg zu verbringen.

Normalerweise wäre Katharina amüsiert gewesen, doch im Moment sorgte sie sich.

»Friederike darf nicht …«, hob sie an, unterbrach sich jedoch. Im selben Moment fiel ihr auf, dass ihr während ihres Herumlaufens die Kleine ebenfalls nirgendwo aufgefallen war. Sie hatte Greta kurz an Joachims Seite wahrgenommen, nicht aber deren Tochter.

Wenn sich zwei Kinder dem Dunstkreis der Erwachsenen entzogen hatten, bedeutete dies, dass sie einen Streich planten. Friederike war ein aufgewecktes Mädchen. Katharina zweifelte nicht daran, dass Joachims Kind munter genug war, um jeden Unsinn mit Ulrich zu teilen.

Da sie nun schon neben der Terrassentür stand, sah sich Katharina draußen nach den Ausreißern um. Mit ihren eleganten Schuhen konnte sie zwar nicht den Garten absuchen, aber von der erhöht gelegenen Balustrade gewann sie einen guten Überblick über das Grün. Der Springbrunnen plätscherte friedlich im milden Licht dieses sonnigen Spätnachmittags. Ein wundervoller warmer Tag neigte sich dem Ende zu, ein Tag, wie er in diesem Herbst bislang selten gewesen war. Hoffentlich wurde der Glanz nicht verdorben …

Als sie sich zur Hausfassade umdrehte, bemerkte Katharina hinter dem Fenster zu Olafs Arbeitszimmer einen Schatten. Mehr als eine leichte Bewegung der Vorhänge war bei der herrschenden Beleuchtung von außen nicht auszumachen, aber diese genügte, um die Mutter zu alarmieren. Da der Raum nicht für die Gesellschaft geöffnet war, durfte sich dort eigentlich niemand aufhalten.

Es war nur eine vage Ahnung, die sie beschlich, die aber ausreichte, dass sie eilig in den Salon zurückkehrte, diesen mit schnellen Schritten durchmaß und jeden Versuch einer Unterhaltung höflich abwiegelte. Als sie kurz darauf die Tür zu ihrem Ziel aufstieß, drangen von drinnen Geschrei und Poltern zu ihr.

Katharina bot sich das Bild einer Karikatur, welche die Erziehungsmethoden auf die Schippe nahm: Fräulein Wedding versuchte offenbar vergeblich, den ungezogenen Ulrich zu fangen, um ihn mit einer Reitgerte zu züchtigen, die sie drohend in der Hand schwang; indes schaute Friederike hinter den zusammengerafften Portieren hervor, wo sie sich anscheinend vor dem Ungemach zu verstecken hoffte. Die Gouvernante stieß eine Reihe von Flüchen aus, die aus ihrem Mund verwunderten und ganz gewiss nicht für die Ohren der Dame des Hauses bestimmt waren.

»Was ist hier los?«

Ulrich entwischte der verblüfft innehaltenden Erzieherin, die ihm gefährlich nahe gekommen war. Dabei streifte er einen Papierstapel, der am Rand des Schreibtischs seines Vaters lag. Die Blätter flatterten auf den Boden, während sich der Junge schutzsuchend in die Arme der Mutter warf.

Mit hochrotem Gesicht trat Fräulein Wedding vor. Für einen Moment fürchtete Katharina, die andere würde es wagen, die Hand gegen sie zu erheben. Doch dann packte die Wedding das Kind am Ohr, versuchte, es aus der Umklammerung zu zerren.

Ulrich heulte auf – und Friederike, die sich noch immer unschlüssig am Fenster herumdrückte, begann zu weinen.

»Loslassen!«, rief Katharina. Es kostete sie Mühe, die Beherrschung zu bewahren und der Gouvernante nicht auf die Finger zu schlagen.

»Wie Sie wünschen.« Die Arme der Wedding sanken an ihrer schmalen Gestalt herab, der Riemen der Peitsche schleifte auf dem Boden. Ihre Brust hob und senkte sich unter ihrem schweren Atem. »Unter den gegebenen Umständen empfehle ich Ihnen, Ulrich selbst Benehmen einzuprügeln. Wer nicht hören will, muss fühlen. Anders wird kein ehrbarer Mann aus ihm.«

Katharina atmete tief durch und schwieg.

»Der Junge hat sich geweigert, sich über den Stuhl zu legen, um für sein Vergehen zu büßen«, fuhr Fräulein Wedding fort. Sie deutete mit empörter Miene auf ein Möbelstück, das von seinem ursprünglichen Platz geschoben worden war. »Statt sich endlich angemessen zu verhalten, läuft er albern herum und bringt auch noch die Dokumente seines Vaters durcheinander. Das ist ungeheuerlich. Würdelos. Bitte«, sie hielt Katharina die Gerte hin, »greifen Sie durch. Ich halte Ulrich für Sie fest, damit er nicht noch einmal so ein Theater aufführen kann. Das ist ganz im Sinne Ihres Gatten.«

Kommentarlos nahm Katharina die Rute in ihre Hand. Sie war erschrocken, als sie in dem silbernen Knauf die Initialen OB erkannte. Es war Olafs Reitgerte. Wie kam die Gouvernante dazu, einen so persönlichen Gegenstand für ihre Maßnahmen zu benutzen?

»Aber der Uli hat nichts getan«, meldete sich Friederike plötzlich zu Wort. Es war nur ein leises Wimmern, doch deutlich genug als Protest zu verstehen.

Nora Wedding fuhr herum. »Du hältst den Mund, mein Fräulein. Wer bist du schon? Du kannst froh sein, dass eine wie du überhaupt mit den Söhnen einer so vornehmen Familie verkehren darf.«

»Ich bin Friederike Wittenburg«, rief das tapfere kleine Mädchen stolz aus.

»Puh!«, schnaubte die Gouvernante. »Die Enkelin eines Betrügers und die Tochter eines Befehlsverweigerers, der unehrenhaft entlassen wurde. Ich wundere mich, dass dieser Umgang …«

»Es ist besser, Sie verlassen dieses Zimmer«, zischte Katharina. »Auf der Stelle.«

»Herr Borchers befürwortet aber …«

»Mein Mann duldet gewiss nicht, dass seine Gäste beleidigt werden«, fuhr Katharina scharf dazwischen. Sie holte tief Luft, um den Aufruhr in ihrem Innersten unter Kontrolle zu bringen: »Sie können gehen.«

Ein stechender Blick, ein Achselzucken – dann trat die Gouvernante den Rückzug an.

Erst als die Tür hinter Fräulein Wedding ins Schloss gefallen war, ließ Katharina die Peitsche zu Boden gleiten.

Sie sank in die Knie und auf Augenhöhe zu Ulrich. Dann breitete sie die Arme aus. »Komm her, Freddi«, forderte sie Joachims Tochter auf. Das ließ sich die Kleine nicht zweimal sagen, rannte zu Katharina und barg das feuchte Gesichtchen an ihrem Hals. Beide Kinder fest an sich drückend gewann Katharina langsam ihre Gelassenheit zurück.

Nach einer Weile schob sie Ulrich und Friederike ein wenig von sich fort. »Was habt ihr angestellt, das Fräulein Wedding so wütend gemacht hat?«

»Nichts«, behauptete Ulrich.

»Wir wollten Verstecken spielen«, berichtete Friederike.

»Oh.« Katharina zwang sich, ihre Belustigung hinter einer Maske der Strenge zu verbergen. »Das Arbeitszimmer deines Vaters ist kein guter Ort, sich zu verstecken, Ulrich. Und seine Geburtstagsfeier ist auch nicht die richtige Gelegenheit dafür.«

»Aber hier haben wir niemanden gestört«, meinte Friederike. »Hier ist doch niemand.«

»Das ändert nichts daran, dass dies kein Kinderzimmer ist«, widersprach Katharina mit zuckenden Mundwinkeln. Dass die Kleine so vehement zur Verteidigung ihres Freundes in die

Bresche sprang, berührte das Herz der Mutter. »Außerdem würdet ihr es auch nicht wollen, wenn Gäste bei euren Geburtstagsfesten einfach davonlaufen, um etwas anderes zu spielen als alle anderen.«

Nachdenklich biss sich Friederike auf die Unterlippe. Offenbar fehlten ihr jetzt die Widerworte.

»Es ist so langweilig«, maulte Ulrich.

»Das stimmt«, gab Katharina zu, »doch kannst du nicht immer erwarten, gut unterhalten zu werden. Das geht uns Erwachsenen ganz genauso. Wisst ihr was: Ihr geht in die Küche, setzt euch dort artig an den Tisch und lasst euch einen Kakao geben. Die Köchin wird sicher nichts dagegen haben.«

Insgeheim beglückwünschte sie sich zu ihrer Idee. In der Küche waren die Kinder den Erziehungsmaßnahmen von Fräulein Wedding entzogen und beschäftigt. Da Katharina ihrem Mann nicht das Jubiläum verderben wollte, würde sie erst morgen mit ihm über die Entlassung der Gouvernante sprechen. Es ging nicht an, dass diese Person Greta Wittenburgs Vater einen *Betrüger* und Joachim, den Geschäftsführer des Strandkorbverleihs Borchers, einen *Befehlsverweigerer* nannte. Diese Beleidigungen brachten das Fass zum Überlaufen, das würde sicher auch Olaf verstehen.

»Kakao?« Ulrich strahlte. »Danke, Mama.«

»Danke, Tante Katharina«, echote Friederike.

»Ihr müsst mir nur versprechen, nichts mehr anzustellen«, sie ließ die Kinder los und richtete sich langsam auf. Ihre Augen wanderten über das Chaos, das durch die Verfolgungsjagd von Fräulein Wedding entstanden war. »Wir sollten ein wenig aufräumen, bevor ihr in die Küche lauft. Kannst du den Stuhl neben den Kamin stellen, Ulrich? Freddi, hilf mir bitte, die Papiere vom Boden aufzuheben.«

Überraschend schnell folgten die Kinder ihrer Aufforderung. Die Aussicht auf eine Tasse heiße Schokolade ließ die beiden jedes Ungemach vergessen. Flugs stand der Stuhl, über dem die Gouvernante den Hintern des Jungen versohlen wollte, an seinem eigentlichen Platz. Und Friederike sammelte die losen Blätter auf, schaffte es jedoch nicht, sie ordentlich zu stapeln. Zögernd reichte sie Katharina das Durcheinander.

»Danke. Den Rest übernehme ich«, versicherte Katharina schmunzelnd, die sich lediglich gebückt hatte, um die Reitgerte aufzuheben. »Jetzt ab mit euch. Aber ihr verliert bitte kein Wort über das, was eben hier geschehen ist. Versprochen?«

Beide Kinder nickten beflissen.

Während Ulrich losrannte und Friederike hinter ihm herhopste, wandte sich Katharina zum Schreibtisch, um die Bogen so zu dekorieren, wie sie bei ihrem Eintreten gelegen hatten. Wahrscheinlich war die Reihenfolge nicht richtig. Sie würde Olaf darauf aufmerksam machen und die Verantwortung übernehmen, wollte sich sogar entschuldigen, wenn sie ihn auf das Verhalten von Fräulein Wedding ansprach. Die Prügelstrafe konnte sie nicht mit ihm diskutieren, nicht einmal die Verwendung seiner Reitgerte für die Züchtigung, wohl aber die Konsequenzen.

Unwillkürlich fiel ihr Blick auf das zuoberst liegende Schreiben. Reichsadler mit Kaiserkrone und ein verschlungenes DB auf dem Brustpanzer wiesen den Absender als die Deutsche Bank aus. Ein Blick auf die Adresse sagte ihr, dass es sich um eine Korrespondenz mit der Zentrale in Berlin handelte. Später fragte sie sich oft, warum sie einem Brief, der das ganz normale Formblatt eines Bankinstituts zu sein schien, plötzlich so viel Bedeutung beimaß. Sie wusste keinen Grund. Als flüsterte ihr eine Stimme zu, betrachtete sie das Papier genauer – und blieb mit wachsendem Interesse an der Betreffzeile hängen:

Ihr Blick flog zu dem Datum. Es war von voriger Woche.

Olaf hatte offensichtlich bereits vor Tagen einen Brief auf seinem Schreibtisch abgelegt, der Katharinas Geschäftszweig betraf. Er hatte sie nicht darüber informiert. Und anscheinend war das auch nicht seine Absicht.

3

Der Wind strich über den Strand, der im Licht so weiß aussah wie ein Feld aus Schneehügeln. Er wirbelte den feinen Sand auf, und die Körner wirkten wie Nebel vor den Strandkörben aus naturfarbenem Stroh, deren rot-weiß gestreifte Markisen lustig in der Brise flatterten. Es war noch still um diese frühe Uhrzeit, die Urlauber und Wochenendtouristen würden die Szenerie erst in einer oder zwei Stunden bestimmen und die Ruhe mit ihrem Lachen, ihren Gesprächen, Ermahnungen, Spielen und Baden stören. Den Morgen begleiteten nur das Rauschen der Wellen und das Schreien der Möwen. In Katharinas Ohren klang es wie Musik, die ihre Seele ergriff und ihr Herz erwärmte, das sich anfühlte, als sei es in den vergangenen zwei Tagen zerbrochen.

»Wie konnte er das tun? Wie konnte er mir das antun?«, murmelte sie zum x-ten Male. Sie kuschelte sich in den Wollschal, den sie sich gegen die kühle Morgenluft über die Schultern geworfen hatte. Nach einer weiteren durchwachten Nacht war sie zu einem Spaziergang am Meer aufgebrochen, der schon bald in einem Strandkorb endete. Hier hoffte sie nun auf eine Eingebung und die Antwort auf ihre Fragen.

Seit sie den Brief der Deutschen Bank gelesen und – schlimmer noch – Olaf zur Rede gestellt hatte, grübelte sie nach dem Warum. Anfangs hatte sie geglaubt, die Angelegenheit sei schlimm, aber irgendwie zum Besten ihres Geschäfts zu regeln. Doch dann machte ihr Mann alles viel schlimmer. Jegliches Vertrauen, das sie einst in ihn gesetzt hatte, wurde von ihm mit wenigen Worten vernichtet. Nichts war mehr so, wie es vor seinem Geburtstag gewesen war – und alles erschien ihr plötzlich in einem klaren Licht, bestimmte Vorgänge bekamen einen Sinn. Wie hatte sie nur bisher so blind sein können?

»Worüber regst du dich mehr auf?« Joachims Stimme war leise und sanft, seine Anwesenheit so diskret wie seine Finger, die ihre Hand mit zartem Druck umschlossen. Er war ihr körperlich nahe, blieb aber trotz der zärtlichen Geste in der Position eines großen Bruders und kehrte nicht in die Rolle des früheren Geliebten zurück. Um diese Uhrzeit sorgten sie als unverheiratetes Paar in einem Strandkorb sitzend glücklicherweise auch nicht für Anstoß. »Was treibt dich um? Dass dein Gatte versucht, die Strandkorbvermietung zu ruinieren, oder dass er dich betrogen hat?«

Sie war ihm unendlich dankbar, dass er ihrer von einem Boten überbrachten Nachricht gefolgt und zu diesem ungewöhnlichen Treffen gekommen war. Es hatte ihn sicher große Überredungskunst gekostet, das Sonntagsfrühstück mit Greta und Friederike ausfallen zu lassen. Doch Joachim war in ihrer Not der einzige Mensch, dem sie sich anvertrauen wollte. Natürlich, sie musste ihn als Geschäftsführer informieren, und private Details wie etwa Olafs Ehebruch gehörten eigentlich nicht zu dieser Unterredung. Aber als sie überstürzt nach Warnemünde geflohen war – nur ein Besuch über das Wochenende mit den Kindern beim Großvater –, wurde ihr bewusst, dass sie ihr Herz keiner ihrer Freundinnen ausschütten wollte. Vielleicht hätte sie mit der mütterlichen Gerda reden können, doch ahnte sie, dass die alte Haushälterin ihres Vaters eine Affäre mit einem »Männer sind eben so« abtun und wenig Verständnis für Katharinas Seelenqual aufbringen würde. Bei Joachim lag die Sache anders. Sie erwartete von keinem anderen Menschen so sehr, dass er auf ihrer Seite stand, wie von diesem.

»Beides«, erwiderte sie nach langem Nachdenken. »Ich glaube, es ist beides. Olafs Unehrlichkeit ist in jeder Hinsicht ein Betrug.«

Aus dem Schreiben der Bank, das sie Joachim eben zu lesen gegeben hatte, ging hervor, dass Olaf den Strandkorbverleih praktisch aufgab. Dies war eine Folge der Finanzmisere des bisherigen Betreibers von Heiligendamm. Katharina hatte natürlich bereits munkeln hören, dass Walter John, der das imposante architektonische Gesamtkunstwerk und damit praktisch den gesamten Badebetrieb erst vor Kurzem erworben hatte, in wirtschaftlichen Schwierigkeiten steckte. Böse Zungen behaupteten allerdings, der Neffe und Erbe der berühmten Schriftstellerin Eugenie Marlitt plane lediglich einen Finanzcoup. Katharina hatte dem Gerede keine große Bedeutung beigemessen. Sie konnte sich nicht vorstellen, dass ein Mann die wunderschöne klassizistische Anlage gewissenlos in den Konkurs trieb, um seine eigene Börse zu füllen. Wie naiv von ihr! Die vorliegende Korrespondenz belehrte sie eines Besseren.

Offensichtlich ging es nun darum, wie die fünfzig Strandkörbe behandelt werden sollten, die der Eigentümer des Seebads von der Firma Borchers geliehen hatte. Statt Forderungen zu stellen, die den entgangenen Tagesmieten entsprachen, verzichtete Olaf auf alle Ansprüche. Der Hofkorbmacher gab die Strandkörbe sogar großzügig für die Konkursmasse frei, sodass diese mitsamt der ganzen Anlage gegebenenfalls zwangsversteigert werden konnten.

»Ich fühle mich der historischen Bedeutung von Heiligendamm verpflichtet«, rechtfertigte er sein Handeln vor Katharina. »Hier agiere ich nicht zum Eigennutz, sondern lasse Großzügigkeit zum Wohle des Ortes walten. Ich möchte sagen, dass ich dies als patriotische Pflicht betrachte. Heiligendamm ist schließlich das erste Seebad auf deutschem Boden. Dass du dadurch ins Hintertreffen gerätst, tut mir leid.«

Sie war indes überzeugt, dass er endlich eine Gelegenheit gefunden hatte, ihre Ambitionen zu zerstören. Ihr schien es, als habe Olaf wie eine Spinne geduldig darauf gelauert, bis er sein tödliches Netz um sie weben konnte. Denn ihren Geschäftszweig traf der Einbruch der Einnahmen weitaus härter als die Korbmacherwerkstatt selbst. Ihre Vereinbarung war stets gewesen, dass sie die Strandkörbe zum Herstellungspreis übernahm und Olaf einen Prozentsatz aus der Vermietung überließ. Daher schwankte ihr Unternehmen unter dem Verlust erheblich; seine Kosten waren jedoch gedeckt.

Während ihrer Unterredung, die sie in seinem Arbeitszimmer führten, dachte Katharina unvermittelt an die Romane von Eugenie Marlitt, deren Fortsetzungen sie als Backfisch in der *Gartenlaube* verschlungen hatte. Die verstorbene Tante des Eigentümers von Heiligendamm hatte immer wieder über junge Frauen geschrieben, die einen verwitweten älteren Mann heirateten, und über die Schwierigkeiten, mit denen sie zu kämpfen hatten. Häufig thematisierte die Autorin den Wunsch der zweiten Ehefrau nach mehr Eigenständigkeit und sogar die Übernahme des einen oder anderen Geschäfts. Meist mit einem wenig befriedigenden Ende. Warum hatte sich Katharina daran nicht bei ihrer Heirat erinnert? Die Schriftstellerin griff sicher auf eigene Beobachtungen zurück.

Der Gedanke an ihre Ehe brachte sie auf ihre Kinder – und zu der eindringlichen Bitte, Nora Wedding endlich zu entlassen. »Ich verstehe nicht, dass du ihr im Umgang mit unseren Söhnen derart freie Hand lässt«, fügte Katharina mit einer Kraft hinzu, über deren Existenz sie sich nach dem Verlauf des ersten Teils ihres Gesprächs ein wenig wunderte. »Aber darüber möchte ich jetzt gar nicht streiten. Ich muss vielmehr darauf bestehen, dass sie uns verlässt, weil sie sich ungebührlich über unsere Gäste und über meinen Mitarbeiter geäußert hat. Diese Impertinenz können wir nicht tolerieren.«

Olaf schwieg. Zu lange, um die Angelegenheit abzuwägen. Sein Gesichtsausdruck wechselte von Erschrecken zu Betroffenheit und schließlich zu etwas, das Katharina vage als Scham deutete, als er gestand: »Ich kann nicht. Ich kann sie nicht fortschicken. Genau genommen: Ich kann nicht ohne sie leben.«

Seltsamerweise war sie nicht überrascht. Erinnerungsfetzen, Bruchstücke aus der Vergangenheit formten sich zu einem Ganzen wie zerrissenes und vom Winde verwehtes Papier, das wieder zusammengesetzt und auf dem eine Geschichte erzählt wurde. Die Gouvernante hatte sich von Anfang an zu viel herausgenommen, besonders gegenüber Katharina, und Olaf hatte in all den Jahren nicht eingegriffen. Wahrscheinlich hatte die Affäre schon damals begonnen, als sie nach der Fehlgeburt schwer krank darniederlag. Olaf hatte sie seither nicht wieder bedrängt, und sie hatte dies mit ihrem Blutsturz erklärt, den er miterleben musste. Offenbar lag die Sache viel einfacher: Er hatte anderswo gefunden, wonach er begehrte. Mit ihrer durch den Kuraufenthalt bedingten wochenlangen Abwesenheit und ihrem Engagement für den Strandkorbverleih hatte sie ihm die Zeit für seine Untreue sogar noch geschenkt. Warum nahm er ihr dann, was sie von den Nöten ihrer Ehe ablenkte?

Er will alles haben, fuhr es Katharina durch den Kopf. Eine

fügsame Ehefrau und eine Geliebte und am besten ein Familienleben mit allen beiden. Ebenso rückgratlos, wie er mit Erik umging, plante er sein Doppelleben. Zum ersten Mal erkannte sie die unfassbare Schwäche, die Olaf durch sein manchmal fast tyrannisches Handeln zu übertünchen versuchte.

»Wenn du sie nicht gehen lässt, muss ich gehen«, entfuhr es Katharina, bevor sie sich der Tragweite ihrer Worte bewusst wurde.

»Das möchte ich nicht«, antwortete er erwartungsgemäß. Er setzte den traurigen Blick eines ausgesetzten Hundes auf. »Du kannst mich nicht verlassen, Katharina. Ich liebe dich. Wie leer würde es ohne dich hier im Haus sein. Nur mit dir kann ich repräsentieren, und du wirst den Kindern noch mehr fehlen als mir.«

Seine in einem warmherzigen Ton ausgesprochenen Worte trafen sie mit der Wucht des Peitschenhiebes, vor dem sie Ulrich gestern Nachmittag beschützt hatte. Sie schluckte, stieß hervor: »Selbstverständlich nehme ich meine Söhne mit, wenn ich dich verlasse!«

»Was soll aus Christian und Ulrich werden, solltest du sie allein aufziehen?« Seine Stimme verlor an Wärme, gewann zwar nicht an Schärfe, jedoch an Sachlichkeit. Die Panik, die ihn im ersten Moment zu der liebevollen Äußerung geleitet hatte, schien sich aufgelöst zu haben. »Ohne Vater reifen die beiden gewiss nicht zu anständigen Männern heran. Zudem werden sie gesellschaftlich gebrandmarkt durch die Scheidung ihrer Eltern. Keine noble Familie wird einem von beiden die Hand ihrer Tochter zur Ehe reichen. Nein, nein, das ist Unsinn und rechtlich sowieso nicht möglich. Ich kann mir kein Gericht vorstellen, das die Jungen meinem Einfluss und ihrem Zuhause entzieht. Das Gesetz sieht so etwas in der Tat nicht vor.«

Auf Katharinas Ohren legte sich ein Rauschen und Sausen, das sie fast taub werden ließ. Vielleicht war das ein Segen, um Olaf nicht weiter zuhören zu müssen. In ihrem Kopf schrie jedoch eine fremde Stimme auf sie ein, die sie nicht ignorieren konnte. Olaf hatte recht. Sie musste an Christian und Ulrich denken. Jede Entscheidung, die sie traf, berührte auch das Schicksal ihrer Kinder.

Vielleicht saß ein Engel auf ihrer Schulter, der ihr in diesem Moment die richtigen Sätze zuflüsterte. Sie wusste selbst nicht, wieso sie so ruhig bleiben und gleichzeitig so energisch auftreten konnte.

Sie sagte: »Ich werde gehen ...« Als er zu einer Antwort ansetzte, hob sie die Hand, um ihn zum Schweigen zu bringen. »Nicht für immer. Nur für dieses Wochenende. Ich werde nach Warnemünde fahren, meinen Vater besuchen und die Jungs mitnehmen. Bis wir zurück sind, kannst du darüber nachdenken, dass der ... ehmmm ... Zustand unserer Familie ... dass es so nicht bleiben kann. Du solltest eine Entscheidung treffen, Olaf, die nicht nur berücksichtigt, was *du* willst, sondern auch, dass ich deine Frau bin.«

»Daran hat niemand gezweifelt.«

Katharina zuckte mit den Achseln, Gleichgültigkeit demonstrierend, obwohl es in ihrem Innersten tobte wie nicht einmal auf der Mole ihres Heimatorts bei Windstärke elf.

Sie sah Joachim von der Seite an. Ihre Augen schwammen in Tränen. Seit sie vorgestern den verhängnisvollen Brief der Bank gefunden hatte, kam sie sich wie zu Eis erstarrt vor. Sie hatte nicht geweint. Erst jetzt, in der wohligen Abgeschiedenheit des Strandsessels und mit dem Freund an ihrer Seite, lösten sich die Spannungen in ihrem Innersten.

Dennoch unterdrückte sie einen heftigen Gefühlsausbruch. Sie schluckte, schüttelte den Kopf, als könnte sie den Weinkrampf auf diese Weise verscheuchen, der sich in ihr festzusetzen drohte. Wie eine der vielen Mücken, die im Sommer auf die Spaziergänger in den Dünen auf der anderen Seite der Warnow lauerten und sich im Fleisch festbissen. Bei diesem Gedanken verblasste Olafs Ehebruch vor der Sorge um ihr Geschäft. Plötzlich war ihr peinlich, was sie Joachim anvertraut hatte. Ihre Ehe ging ihn nichts an. Immerhin war er ihr Angestellter. Außerdem zeigte sie nicht gern Schwäche, nicht einmal vor ihrer großen Liebe.

Verlegen wischte sie sich über das Gesicht. »Ich werde den Strandkorbverleih nicht aufgeben. Jetzt erst recht.« Sie schniefte. »Ich weiß nur nicht, wie ich die Verluste wettmachen soll.«

»Warum hast du Olaf Borchers geheiratet?«, erwiderte Joachim. Seine Stimme klang so sachlich, als wollte er sich nach dem Kontostand ihres Unternehmens erkundigen. Im ersten Moment glaubte Katharina sogar, sich verhört zu haben. Doch da setzte der Mann neben ihr im selben distanzierten Tonfall hinzu: »Du hättest jeden anderen haben können. Warum ihn?«

»Er war da«, entfuhr es ihr. Es war eine unüberlegte Antwort, doch ein kurzes Nachdenken bestätigte ihr, dass sie der Wahrheit entsprach.

Sie hatte Olaf durch ihren Vater kennengelernt, den sie zu einer Versammlung der Rostocker Bürgerschaft begleitete. Papenhagen ging es um Bebauungspläne, über die an höchster Stelle diskutiert wurde. Er hatte Katharina im Anschluss an die Sitzung einen Stadtbummel versprochen. Sie wartete also auf ihn im Rathaus – und lief dem Korbmacher buchstäblich in die Arme. Olaf war ebenfalls in einer geschäftlichen Angelegenheit vor Ort und auf den ersten Blick verzaubert von ihr. Formvollendet lud er Katharina und ihren Vater in das nebenan gelegene

Kaffeehaus Sonne ein, in dem sie nach einer langen lebhaften Unterhaltung vom Saal in die Likörstube wechselten und bis in den Abend hinein über dies und jenes redeten. Zum ersten Mal war Katharina aus ihrem Liebeskummer und ihrem Sehnen nach Joachim erwacht. Mit Bedauern verabschiedete sie sich. Umso mehr freute sie sich, als Olaf am nächsten Tag in Warnemünde vor ihrer Haustür stand und ihren Vater bat, sie zu einem Spaziergang einladen zu dürfen. Ein Flanieren auf der Promenade kam für ein unverheiratetes Paar, das sich eingehakt den Blicken der Klatschbasen aussetzte, einer Verlobung gleich. Und so war es dann auch.

Offenbar erwartete Joachim eine weiterführende Erklärung, aber Katharina wollte ihm nicht von ihren ersten Begegnungen mit Olaf erzählen. Sie fragte, obgleich sie nicht seinen sachlichen Ton imitierte, sondern leidenschaftlicher und abschätziger sprach: »Warum hast du Greta geheiratet? Du hättest jede andere haben können.«

Ein bitteres Lachen, dann: »Sie war anders als die Mädchen von hier, kam aus einem anderen Elternhaus, wusste andere Dinge. Sie sprach nicht über den täglichen Fischfang, die Touristen oder den Hafenausbau. Greta liebt Musik über alles, sie kann gut erzählen. Ihre Melodien und Geschichten lenkten mich von meinem Verlust ab. Es erschien mir folgerichtig, sie zu heiraten, nachdem ich erfuhr, dass du Borchers einen zweiten Sohn geboren hattest. Damit war der Weg zurück endgültig versperrt.«

»Schon nach meiner Heirat war er nicht mehr offen«, sagte sie.

»Heute weiß ich das.« Joachim drückte kurz ihre Hand, ließ ihre Finger dann aber zu schnell los. Er erhob sich, kehrte ihr den Rücken zu.

Eine Möwe zog kreischend ihre Runden, ließ sich vor ihnen

im vom nächtlichen Wellengang noch feuchten Ufer nieder, pickte im Sand, fand anscheinend eine Krabbe und erhob sich in den blassen Morgenhimmel.

Joachim wandte sich wieder zu Katharina, stützte sich mit der Hand am Dach des Strandkorbs ab, beugte sich hinunter, um mit ihr auf Augenhöhe zu sein. »Ich verstehe nicht, was deinen Gatten bewogen hat, sich dieser unattraktiven Frau zu nähern. Fräulein Wedding ist nicht nur älter als du – ich finde sie hässlich. Und für meinen Geschmack ist sie viel zu dünn …«

»Danke«, unterbrach sie ihn schmunzelnd, »das reicht als Aufheiterung. Lass uns nicht weiter über diese Person sprechen, bitte.«

»Natürlich. Ich wollte sie auch nicht thematisieren. Deine Ehe muss ohnehin warten. Das wollte ich sagen. Kümmere dich zuerst um dein Geschäft, Katharina. Trenne dich diesbezüglich von Borchers. Dann kann er dir zumindest wirtschaftlich nicht mehr schaden.«

Ihre Augen weiteten sich vor Schreck. »Das würde bedeuten, dass ich künftig alle Strandkörbe zu einem regulären Preis erwerbe. Damit schmälere ich den Gewinn …«

»Nicht unbedingt«, fiel er ihr ins Wort. »Du würdest ihm auch keine Prozente abgeben müssen.«

»Aber erst einmal müsste ich viel Geld auf den Tisch legen …«

»Sicher.« Joachim trat von einem Bein auf das andere, als ließe ihn Ungeduld oder Tatkraft nicht stillstehen. »Vor allem solltest du deinem Mann alle im Verleih befindlichen Strandkörbe abkaufen. Nur unter dieser Bedingung wirst du Schaden abwenden und nicht mehr in eine Situation wie jetzt in Heiligendamm geraten.«

Die Möwe landete wieder, diesmal direkt vor Katharinas Füßen. Aus großen dunklen Augen starrte sie die junge Frau an, die fast verzweifelt über die Möglichkeiten nachdachte, die Joachim ansprach. Er hatte recht. Und es war auch nicht so, dass Katharina nicht im ersten Schock gewünscht hatte, alles an sich zu reißen, jeden einzelnen Strandkorb in der Vermietung ihr Eigen zu nennen. Die Ernüchterung war jedoch gefolgt, als sie sich der Hürde bewusst wurde, die vor ihrer Selbstständigkeit aufragte.

»Für ein solches Vorgehen habe ich keine ausreichenden Mittel.«

Joachim nickte. Offensichtlich hatte er mit ihrem Einwand gerechnet. »Banken vergeben Kredite …«

»Wer sollte mir schon Geld leihen?«

Er sank wieder neben ihr in den Strandkorb.

Erschrocken von der Bewegung schlug die Möwe wild mit den Flügeln, um sich dann wieder in die Lüfte zu erheben. Wie so oft, wenn sie den Flug der Seevögel beobachtete, wünschte sich Katharina an ihre Stelle.

Joachim deutete auf das Schreiben, das zusammengefaltet auf ihren Knien lag. »Die Bank, der dein Mann gerade fünfzig Strandkörbe geschenkt hat, sollte dein erster Ansprechpartner für einen Kredit sein.«

»Hmhm …«, machte sie nachdenklich. »In Rostock gibt es keine Filiale der Deutschen Bank. Hansestadt hin oder her – hier ist nicht Hamburg. Ich könnte natürlich in einem anderen Institut nachfragen, aber …«

»Nein. Nein, das lässt du schön sein.«

Sie sah ihn verständnislos an.

»Du musst nach Berlin fahren«, fuhr Joachim drängend fort. »Der Brief ist unterschrieben. Schick dem Unterzeichner ein Telegramm, melde dich bei ihm zu einer Unterredung an. Und dann fährst du nach Berlin.«

»Ich? Alleine? Olaf wird schäumen.«

»Wenn dein Mann schäumt, hat er ja endlich etwas mit dir gemeinsam. Oder bist du etwa nicht wütend? Im Übrigen werde ich dich begleiten – wenn's recht ist. Ich bin schließlich der Geschäftsführer des Strandkorbverleihs Borchers.«

Ein Schreien über ihr ließ Katharina aufblicken. Die Möwe kreiste über dem Korbsessel. Sie war nicht mehr allein. Neben ihr flog ein zweites Exemplar. Es kam Katharina so vor, als wollte ihr die erste Besucherin, die vorhin eine Krabbe gejagt hatte, zuwinken. Dann verschwanden die Möwen im Morgendunst.

4

Hermine Martius empfahl Katharina das Hotel Windsor. In ihrer Antwort auf Katharinas Ankündigung eines Besuchs in Berlin schrieb die Freundin, dass dieses Quartier zwar über keine Zentralheizung und keinen Aufzug verfügte, aber es lag günstig an der Ecke Jäger- und Friedrichstraße und damit fußläufig von der Zentrale der Deutschen Bank und den lebendigsten Orten der Metropole entfernt. Überdies beherbergte es vornehme, wenn auch Gäste, denen die Börse nicht so locker saß, war beliebt beim Landadel und mit Zimmerpreisen zwischen zwei und neun Mark weniger teuer als die Hotels ersten Rangs wie etwa das Adlon oder der Kaiserhof. Als Katharina am Stettiner Bahnhof ankam, nahm sie sich eine Pferdedroschke – eine Taxameterautodroschke wagte sie sich nicht zu leisten. Der Preis erwies sich als angemessen, sodass sie bedauerte, für ihre Koffer keine Gepäckdroschke gemietet, sondern ihre Habseligkeiten der kostengünstigeren Gepäckbeförderung der Bahn überlassen zu haben. Das stellte sie auf eine Geduldsprobe, weil die Koffer nicht gleichzeitig mit ihr im Hotel eintrafen und sie sich nicht gleich umziehen konnte, wie sie es sich nach der Reise eigentlich gewünscht hätte.

Da der Besprechungstermin mit dem Bankbeamten erst für morgen um acht Uhr angesetzt war, blieb Katharina nach ihrer Ankunft am frühen Nachmittag ausreichend Zeit für ein Wiedersehen mit Hermine. Joachim begleitete sie nach Berlin als Geschäftsführer ihres Strandkorbverleihs, wie er betonte, nicht zu privaten Verabredungen. Deshalb ließ er ihr bei der Auswahl von Hotel und Verkehrsmitteln freie Hand, und deshalb wollte er sich auf einen Stadtrundgang begeben, während Katharina ins Café Kranzler Unter den Linden eilte. Seine demonstrative Distanz beunruhigte sie ein wenig, andererseits war sie aber ganz froh, sich allein mit Hermine treffen zu können. In Joachims Gesellschaft hätte sie der Freundin niemals ihr Herz ausgeschüttet.

Berlin verdrehte Katharina den Kopf. Allein die Menschenmassen, die über die Friedrichstraße flanierten und ein bisschen so wirkten, als würden sie im Gleichschritt an den eleganten Geschäften vorbeimarschieren, beeindruckten sie. Anders war ein Durchkommen nicht möglich, auch Katharina musste sich dem Tempo der Massen anpassen. So viel Leben kannte sie nur von der Promenade in Warnemünde zur Hochsaison. Musik gab es hier wie dort: Statt der beliebten Schlager bei den Kurkonzerten erklangen Unter den Linden schmissige Märsche, vorgetragen von einem Regimentscorps auf dem Weg zum Stadtschloss. Dazwischen klingelten die Schaffner der elektrischen Straßenbahnen, betätigten Autofahrer ihre Hupen und brüllten Fuhrwerklenker Flüche, wenn ihnen das eine oder andere Gefährt oder einer der zahllosen Fußgänger die Vorfahrt nahmen, woraufhin die schrille Pfeife eines Schutzmannes ertönte. Auf dem kurzen Weg vom Hotel zu dem Kaffeehaus wurde Katharina regelrecht schwindelig von der lärmenden Großstadt, gleichzeitig erfasste sie eine Faszination, die ihr den Atem raubte.

Vor dem Café befand sich eine hölzerne Empore, auf der Tische und Stühle die Gäste wie auf einer Freiluftterrasse einluden. Katharina kannte dergleichen nicht. Natürlich gab es an der Ostsee eine Reihe von Gartenlokalen, in denen man Kaffee und Kuchen unter freiem Himmel serviert bekam, aber an einer belebten Straßenkreuzung war ihr dies unbekannt.

Glücklicherweise erfüllte die Freundin Katharinas stillen Wunsch und wartete an einem der Freiluftplätze auf sie. Trotz all der ausladenden Hüte der Damen und Zylinder der männlichen Besucher sah Katharina die Ärztin auf Anhieb. Hermines Habitus entsprach noch immer einer schlichten, würdevollen Eleganz, doch in der gnadenlosen Helligkeit dieses Nachmittags wurden die Falten sichtbar, die sich um ihre Mundwinkel und Lider zogen. Ihr Alter trat deutlicher zutage als in Katharinas Erinnerung. Allerdings hatten sich die beiden Frauen in den vergangenen acht Jahren nicht allzu häufig getroffen. Die Brieffreundschaft zwischen ihnen war beständiger als ihre persönlichen Begegnungen. Sie hatten sich zuletzt vor zwei Jahren gesehen, damals weilte Hermine auf der Durchreise zu einem neuerlichen Kuraufenthalt in Doberan für ein paar Stunden in Rostock. Heute umarmte Katharina die andere ohne Scheu, sie war ihr sofort wieder so nahe, als wären sie keine Stunde getrennt gewesen. Daher dauerte es nicht lange, bis die Rede auf Katharinas Ehe kam.

»Dreizehn Jahre nach der Hochzeit ist es leider nicht ungewöhnlich, dass die Treue der Gatten nachlässt«, kommentierte Hermine den Bericht über die Auseinandersetzung am Tag nach Olafs Jubiläum. »Es tut mir von ganzem Herzen leid, dass du dies auch erfahren musst.«

Katharina schüttelte den Kopf. »Dieses Verhältnis hat schon viel früher begonnen.«

»Dann gehört dein Mann anscheinend zu der Gruppe gesetzter Herren, die alles und alle haben wollen. Es hilft ihrem Selbstwertgefühl, vermute ich, sie fühlen sich durch Affären verjüngt und meinen, Untreue sei der Stein der Weisen. Diese Spezies ist leider nicht selten. Wie auch immer …« Hermine rührte nachdenklich in ihrem Kaffee, bevor sie die Augen hob und Katharina wieder ansah: »Was wirst du tun?«

»Ich werde morgen mit der Bank …«

»Das weiß ich alles«, fiel Hermine ihr ungeduldig ins Wort. »Das hast du mir geschrieben. Ich meine etwas anderes, Katharina: Wie willst du künftig leben? Was willst du aus deinem Leben machen?«

Katharinas Blick verdüsterte sich. »Habe ich eine Wahl?«, fragte sie leise. Wieder schüttelte sie den Kopf, weil sie wusste, dass sie eben keine Möglichkeit besaß, über ihre Zukunft selbstständig zu entscheiden.

Sie hatte in den vergangenen Tagen fast ununterbrochen nachgedacht – bis sie glaubte, ihr Kopf müsse zerspringen von den vielen Abwägungen, Überlegungen, Entscheidungen. Zwar war sie noch nicht zu Olaf zurückgekehrt, weilte noch immer mit ihren Kindern in Warnemünde, aber es stand außer Frage, dass der Tag, an dem sie mit den Jungen nach Rostock fahren musste, nicht mehr weit war.

Um den Aufenthalt bei ihrem Vater zu verlängern, hatte sie in einem kurzen Telefongespräch mit Olaf behauptet, Christian litte an einer Bronchitis, und Ulrich wäre ebenfalls erkältet. Ihr Mann hatte die Ausrede kommentarlos akzeptiert, wahrscheinlich ahnte er, dass es sich um eine Lüge handelte. Er gab ihr Zeit, was sehr freundlich von ihm war und an dem Panzer der Entschlossenheit kratzte, den sie um sich aufbaute. Ihr schlechtes Gewissen meldete sich, aber sie ignorierte es. Ihre Söhne indes spielten begeistert mit, weil sie die Schule schwänzen durften und sich lieber von Gerda verhätscheln als von der Wedding drangsalieren ließen. Der alte Papenhagen sagte nichts zu alldem, Katharina spürte manchmal seinen Blick, aber er schwieg und wartete anscheinend darauf, dass sie sich ihm freiwillig öffnete. Doch dazu fehlte es ihr bislang an Mut und Gelegenheit. Außerdem: Was konnte der Vater ihr raten? Dass es ihre Pflicht war, an Olafs Seite auszuharren! Vermutlich würde er damit argumentieren, falls sie eine Scheidung in Erwägung zog. Und er würde dasselbe sagen wie Olaf – dass sie mit einer gerichtlichen Auseinandersetzung die Zukunft von Christian und Ulrich aufs Spiel setzte.

»Ich will versuchen, den Strandkorbverleih auf eigene Beine zu stellen und dadurch unabhängig von meinem Mann zu sein«, erklärte sie schließlich mit einem tiefen Seufzen, das den großen Schmerz beschrieb, den sie trotz dieser sie antreibenden Mischung aus Selbstbeherrschung, Stolz und Eigensinn empfand. »Mehr kann ich nicht tun. Ich will meinen Söhnen nicht schaden, indem ich ihren Vater verlasse.«

Hermine nickte, begann wieder, geistesabwesend in ihrem Kaffee zu rühren. »Das sind sehr vernünftige Ansichten, Katharina«, lobte sie, »etwas anderes hatte ich nicht erwartet. Im Grunde ist das ein Problem des aufstrebenden Bürgertums: Im Hochadel kommen Scheidungen vor, aber niemand kratzt bei diesen Familien an der gesellschaftlichen Reputation. Außerdem sind meistens genug Geld und ein klangvoller Name oder wenigstens eines von beidem vorhanden, um die Kratzer fortzuwischen, so sie denn doch auftreten. Menschen aus deinen Kreisen tun sich damit deutlich schwerer.« Sie lachte ihr raues Lachen und fügte leiser hinzu: »Außerdem wird dein Gemahl nicht ewig von dem angeblichen Jungbrunnen einer Liebschaft kosten können. Wie alt ist er gerade geworden? Fünfzig? Sechzig? Nun, da hat er seine männlichsten Zeiten definitiv hinter sich.« Nach einer kleinen Pause setzte sie verschmitzt hinzu: »Du brauchst deswegen nicht zu erröten. Das ist so, Katharina. Ich bin Ärztin. Ich weiß das.«

Die zarte Röte, die sich auf Katharinas Wangen gelegt hatte, vertiefte sich. Das Gespräch begann, ihr peinlich zu werden.

»Aller Vernunft und dem Recht des Patriarchen zum Trotz«, fuhr Hermine mit wieder ernster Miene fort, »bist du seine Frau, Katharina. Du solltest versuchen, dein Ansehen zu wahren, und eine Entscheidung verlangen. Diese Gouvernante kann nicht auf ewig in eurem Haus bleiben. Das ist unter den gegebenen Umständen eine doch recht ungewöhnliche Konstellation. Eine Zumutung für dich. Deshalb wäre eine räumliche Trennung gewiss allen anderen Möglichkeiten vorzuziehen.«

»Eine räumliche Trennung?«, wiederholte Katharina verwundert. »Olaf möchte der Wedding nicht kündigen …«

»Ich spreche von dir, mein Kind. Vielleicht möchtest du lieber in einer Villa am Meer wohnen. Oder auf dem Land. Ganz egal. Jedenfalls nicht mehr in dem Haus in der Stadt.«

Das Aufheulen eines Automotors wehte von der Straße herüber. Die Gäste an den Nebentischen drehten die Köpfe, reckten die Hälse nach dem mutmaßlichen Sportwagen. Katharina ließ sich von dieser Sensation jedoch nicht ablenken. Sie runzelte die Stirn, während sie versuchte, Hermines Bemerkung einzuordnen. »Ich verstehe nicht …«, murmelte sie schließlich.

»Ich spreche nicht von einer Scheidung«, erklärte die Freundin rasch. »Wir sind uns ja einig, dass diese Option für dich nicht infrage kommt.« Hermines Blicke flogen kurz über die

Menge zur Straße, kehrten aber gleich zurück zu Katharina. »Niemand zwingt dich zu einer Ménage-à-trois. Es liegt an dir, ob du mitspielst oder das Beste aus deiner Situation machst.«

»Der Strandkorbverleih …«

»Gewiss. Aber das ist nur der Anfang. Um allen Wünschen und Befindlichkeiten – auch denen deines Mannes – gerecht zu werden, könntest du ein Haus von ihm verlangen. Ein Landhaus, in das du dich zurückziehen kannst, wenn die Situation es erfordert. Somit trennst du dich auf äußerst respektable Art und Weise von deinem Mann und dessen Affäre. Von deiner Seite wird der Anstand gewahrt. Das ist wichtig. Oder hat Herr Borchers Grund zu der Annahme, dass du …?« Hermine versank in beredtem Schweigen und schickte einen Schmatz in die Luft. Das Lächeln ihrer Lippen erreichte jedoch nicht ihre Augen.

»Unsinn!«, widersprach Katharina spontan und mit einer Heftigkeit, die sie im selben Moment ärgerte. Warum behielt sie vor der Freundin nicht die Contenance? Es war schließlich die Wahrheit. Sie hatte Olaf niemals Anlass gegeben, an ihrer Treue zu zweifeln. Höchstens in ihren Gedanken, aber sie sprach schon lange nicht mehr mit ihrem Gemahl über ihre Träume, hatte es wahrscheinlich nie getan.

»Du siehst, ein sinnvolles Arrangement ist nur eine Frage des Geldes«, sagte Hermine freundlich. »Davon hat dein Mann ausreichend. Also lass dir ein Haus von ihm kaufen, in dem du deinen Frieden findest.«

»Meinen Frieden? Ich wünschte, es wäre so einfach. Ich habe keinen Frieden, solange meine Kinder noch nicht erwachsen sind. Deshalb ist deine ansprechende Lösung nichts für mich. Ich werde meine Kinder nicht in der Obhut ihres Vaters zurücklassen, um mich in einem Haus fernab zu entspannen. Denn von einer zweiten Villa in Rostock sprechen wir nicht, oder?«

»Natürlich nicht. Das wäre ja viel zu offensichtlich.« Hermine machte eine wegwerfende Handbewegung. »Für deine Söhne empfehle ich ein Internat. Das wäre auch eine feine Lösung, um die Gouvernante loszuwerden. In einem Internat sind Christian und Ulrich meiner Ansicht nach besser aufgehoben als unter der Knute dieser unmöglichen Person. Jedenfalls solange sich dein Mann nicht von ihr trennen will. Außerdem können die beiden Burschen, wenn du ein geeignetes Institut auswählst, hervorragende Verbindungen knüpfen, die ihnen im Leben nützlich sein dürften. Es wäre also allen Beteiligten gedient.«

Katharina lehnte sich auf ihrem Stuhl zurück. Blicklos starrte sie in die Ferne. Ja, ein Pensionat wäre die einfachste Lösung, um die Kündigung von Nora Wedding durchzusetzen. Und der Aufenthalt in einem Schullandheim würde den Kindern sicher guttun, auch wenn sie sie schrecklich vermissen würde. Es gab für Olaf nichts dagegen einzuwenden. Aber könnte sie, die Mutter, es ohne ihre Söhne lange in der Villa aushalten? Nicht mehr täglich Ulrichs ansteckendes Lachen hören oder ein aufgeschlagenes Buch irgendwo liegen sehen, in dem Christian gerade gelesen hatte? Katharina schwankte zwischen ihren eigenen Gefühlen und dem Wohl ihrer Söhne. Doch wies das Nein zu einer Scheidung nicht bereits in die Richtung, in die sie längst gegangen war? Sie sah wieder zu Hermine hin und empfand eine tiefe Dankbarkeit für deren Freundschaft.

5

Joachims Reise nach Berlin lag Greta im Magen wie ein schwer verdauliches Gericht. Als sie am Fenster ihres Hauses stand und in den Garten hinausblickte, wo die Hortensie ihre letzten Knospen öffnete, war sie nicht – wie sonst – erfreut über den Anblick, sondern zutiefst verunsichert, weil sie sich fragte, wie lange sie die bestehende Situation noch aushalten konnte. Sie sah die verwelkenden blassrosa Blüten nicht einmal, sondern krümmte sich wie unter Schmerzen. Der Gedanke, dass ihr Mann mit einer anderen Frau durch die Reichshauptstadt spazierte, verursachte ihr Übelkeit. Wie gern wäre sie selbst an seiner Seite gewesen!

Sie hatte ihn angefleht. Zum ersten Mal hatte sie jegliche Würde verloren und sich vor ihm auf die Knie geworfen. Doch kein Betteln half. Er bestand darauf, allein zu fahren. Anfangs hatte er ihr zu erklären versucht, dass es sich um eine Geschäftsreise handelte. Einen Termin bei der Deutschen Bank mussten er und Katharina Borchers wahrnehmen. Pah! Als wenn die Borchers dafür nicht den eigenen Ehemann hatte. Solche Märchen ließ sich Greta nicht auftischen. Sie nicht! Je öfter Joachim jedoch seine Version der Geschichte wiederholen musste, desto wütender wurde er. Warum wurde er so zornig? Auch darauf wusste Greta die richtige Antwort: Weil sie ihn ertappt hatte. Weil er es leid war, immer wieder dieselbe Lüge zu erzählen. Die Wahrheit hätte weniger an seiner äußeren Ruhe gekratzt, davon war sie überzeugt. Und je länger sie darüber nachdachte, desto sicherer war Greta, dass ein Mensch, der nichts zu verbergen hatte, auch nicht die Geduld verlor. Die Besprechung war also nur eine Ausflucht, um ungestört mit der anderen turteln zu können. Eine Nacht würden die Borchers und Joachim in einem Hotel in Berlin verbringen. Fernab der jeweiligen Familie, unerkannt in einer riesengroßen Stadt. Natürlich waren zwei getrennte Zimmer bestellt worden – Joachim hatte Greta das Telegramm mit der Reservierungsbestätigung auf Nachfrage gezeigt. Aber sie hatte genug Romane gelesen und Liedtexte gehört, um sich vorzustellen, wie er heimlich über den Flur zu der sich sacht öffnenden Tür schlich. Und wie die Körper zweier Menschen anschließend im Taumel der Leidenschaft verschmolzen. Die Bilder in Gretas Kopf schienen in ihren Magen zu sinken. Sie presste sich die Faust vor den Mund, um nicht laut aufzuschluchzen. Oder sich sofort zu erbrechen.

Die Nachmittagssonne warf lange Schatten in den Garten, malte dunkle Streifen auf hellem Grund. Noch war es nicht Nacht. Die Liebesszene, die sich Greta seit Stunden ausmalte, lag noch in weiter Ferne. Joachim würde nicht wagen, seiner Geliebten am helllichten Tage in deren Hotelzimmer zu folgen. Er war kein Bohemien, selbst ein Seemann erhoffte sich von einer Dame kein Entgegenkommen in einer ehrbaren Herberge außerhalb der üblichen Schlafenszeiten. Wie zur Bestätigung schlug die Uhr auf der Anrichte fünf Mal. Es war also schätzungsweise noch vier bis fünf Stunden Zeit, bis es zum Äußersten kommen würde. Erleichtert sank ihre Hand herab, das Magengrimmen beruhigte sich etwas.

Sie musste etwas unternehmen. Natürlich konnte sie diese Nacht nicht mehr verhindern, aber das bedeutete nicht, dass sie nicht gewillt war, um ihre Ehe zu kämpfen. Wenn sie es recht bedachte, war ihre Ehe von Anfang an ein Kampf gewesen. Aber was sie damals erlebt hatte nach dem Schiffsunglück war nichts gegen die Sorgen, die sie jetzt umtrieben. Manche Ignoranten würden Gretas Gefühle womöglich etwas abfällig *Eifersucht* nennen, doch sie allein wusste, dass es darum gar nicht ging. Ihr Denken und Handeln wurde beherrscht von ihrer ständigen Begleiterin, der Lebensangst. Was sollte aus ihr, Greta Wittenburg, werden, wenn sich Joachim der wohlhabenden, schönen Katharina Borchers endgültig zuwandte? Er konnte seine Gattin fallen lassen wie eine heiße Kartoffel – kein Hahn würde nach ihr krähen.

Oder doch …?

Plötzlich stach ihr ein Sonnenstrahl in die Augen. Es war wie ein Aufflackern. Als würde ein Licht eingeschaltet. Vor Gretas Blicken tanzten schwarze und goldene Punkte, doch sie sah ganz klar. Mit einem Mal wusste sie, was zu tun war.

Am Bahnhof und im Zug nach Rostock war es ziemlich voll. Um diese Uhrzeit fuhren vor allem jene Strandbesucher fort, die nur für einen Tag an die See gekommen waren. Meist Frauen mit kleinen Kindern, die schrecklich ungezogen und lärmend durch die zweite Klasse streiften, vor allem, weil sie müde und überdreht von den Vergnügungen im Seebad, der Luft und dem Toben im Wasser waren. Greta musste sich mehrmals vor klebrigen Schokoladenfingern retten, die während der Fahrt Halt suchend nach ihrem besten Hut griffen.

Unwillkürlich dachte sie an Friederike, die artig auf dem Boden in der Küche gehockt und unter der Aufsicht des neuen Hausmädchens mit ihren Puppen gespielt hatte, als sie sie vorhin verließ. Ihrer Tochter würde sie niemals erlauben, dass sie Mitreisende belästigte. Ebenso wenig, wie sie ihr andere Dummheiten durchgehen ließ. Wenn sie an das Geburtstagsgedicht für Olaf Borchers dachte, musste sie zugeben, dass Friederike nicht alle Hoffnungen erfüllt hatte, die Greta in sie setzte. Der Vers auf die beiden Borchers-Knaben stellte noch immer eine Schmach für Greta dar. Und dann war sie einfach verschwunden. Warum sie sie später in trauter Eintracht mit Ulrich Borchers bei einer Tasse Kakao in der Küche fand, gab ihr bis heute Rätsel auf. Greta hätte schwören können, dass die Kinder etwas anstellten. Doch anscheinend war nichts geschehen. Jedenfalls schüttelte Friederike energisch den Kopf, als die Mutter fragte, ob sie in der Zwischenzeit woanders gewesen sei als im Salon bei den Gästen und später mitten unter dem Hauspersonal. Greta ließ es dabei bewenden, wurde aber das ungute Gefühl nicht los, dass die Kleine etwas vor ihr verbarg. Bestimmt hatte die Borchers ihre Finger im Spiel. Wie kam diese Person dazu, Friederike für die eigenen Zwecke zu benutzen? Was auch immer ihre Zwecke waren …

Die Borchers. Wieder einmal störte Katharina Borchers den Frieden, nach dem Greta sich so sehnte.

Aber damit war nun Schluss!

Greta hatte in diesem einen Moment, als die Sonne durch das Fenster schien und sie blendete, begriffen, dass sie nicht allein war. Es gab noch einen Menschen, der unter der Situation leiden musste. Olaf Borchers konnte kein Interesse an einer fortdauernden ehebrecherischen Liebesbeziehung seiner Frau haben. Er würde Greta zur Seite springen, bevor ihre Ehe – und damit auch seine – zerstört wurde. Es wunderte sie ein wenig, dass der Hofkorbmacher noch keine Maßnahmen ergriffen hatte. Aber gewiss war er nachsichtiger als sie. Männer ließen sich ja so leicht Sand in die Augen streuen. Schon gar von einer schönen jungen Frau. Sie, Greta Wittenburg, würde jedoch dafür sorgen, dass das alles nun ein Ende fand.

Als sie vor der Borchers'schen Villa in der Steintor-Vorstadt stand, wurde ihr bewusst, dass sie sich zum ersten Mal allein auf den Weg hierher gemacht hatte. Bislang war sie niemals ohne Joachim hier gewesen. Und nie ohne Einladung. Was, wenn sie den Hausherrn nicht antraf? Vielleicht vergnügte er sich an einem Abend ohne seine Gattin mit den Dingen, die Strohwitwer angeblich schätzten: Kartenspiele mit Gleichgesinnten, Stammtischrunden, Herrenabende in zweideutiger Gesellschaft. Man munkelte ja so einiges darüber …

Greta drückte ihr Kreuz durch, schickte ein stilles Stoßgebet gen Himmel und betätigte die Klingel. Wenn Olaf Borchers ausgegangen war, musste sie eben gleich umkehren und zurück nach Hause fahren. Für einen Moment fragte sie sich, was ihr lieber wäre. Die Dämmerung senkte sich bereits über die Hansestadt, die elektrischen Straßenlaternen flammten im Büchsenlicht auf. Sie würde die Rückfahrt so oder so in tiefster Dunkelheit antreten müssen, obwohl ihr bei diesem Gedanken leicht mulmig wurde. Man hörte ja auch immer wieder von Taugenichtsen, die es auf allein reisende Frauen abgesehen hatten. Es war also einerlei, ob sie jetzt oder in einer Stunde umkehrte. Aber sie durfte den letzten Zug nicht verpassen, sie musste die Uhr im Auge behalten.

Schließlich fühlte sie sich doch erleichtert, als ihr das Hausmädchen mitteilte, dass der gnädige Herr anwesend sei. Greta wurde gebeten, in der Diele zu warten. Die Zeit nutzte sie, um vor einem Spiegel im Eingangsbereich ihr Äußeres zu überprüfen. Sie hatte sich zwar nicht umgezogen, sondern nur hastig einen Umhang übergeworfen und den schönen Hut mit dem Putz aus echten Reiherfedern und Seidenblumen aufgesetzt, aber sie konnte Staat machen. Ja, sie sah gut genug für einen Besuch in privater Angelegenheit aus.

Zehn Minuten später wurde Greta von dem Hausmädchen ins Arbeitszimmer geführt, wo Olaf Borchers sie erwartete. Er hatte offensichtlich gerade das Feuer in dem ziselierten Porzellanofen geschürt. Bei ihrem Eintreten legte er das Kaminbesteck auf die Umrandung und kam ihr, beide Hände ausgestreckt, zu einer herzlichen Begrüßung entgegen.

»Liebe Frau Wittenburg! Was für ein schöner Überraschungsbesuch zu später Stunde. Wenn ich gewusst hätte, dass Sie in Rostock sind, hätte ich mit dem Abendbrot gewartet. Leider bin ich gerade fertig geworden. Soll ich Ihnen trotzdem einen Imbiss zubereiten lassen?«

Ihr Magen knurrte. Doch Greta ignorierte den aufsteigenden Hunger. Nicht nur, weil sie fürchtete, sich übergeben zu müssen, wenn sie mit ihrem Gastgeber über die Liebschaft seiner Ehefrau sprach. Sie wollte nicht zugeben, dass sie den ganzen Tag über zu verzweifelt zum Essen gewesen war. Außerdem redete es sich nicht gut mit vollem Mund.

»Das ist sehr freundlich, Herr Borchers. Aber nein, vielen Dank.«

»Auch keine Limonade oder ein anderes Getränk?«

»Ich brauche nichts.« Dies ist kein Höflichkeitsbesuch unter Bekannten, dachte sie verbittert.

Seine Augenbrauen hoben sich leicht. Er wandte jedoch nichts weiter ein, deutete auf die beiden Sessel vor seinem Schreibtisch, »Bitte, nehmen Sie Platz«, forderte er sie schließlich auf und fügte in dem etwas misslungenen Versuch, humorvoll zu erscheinen, hinzu: »Hinsetzen werden Sie sich doch wenigstens, liebe Frau Wittenburg.«

Greta fühlte sich beinahe gönnerhaft behandelt, was sie ärgerte. Verstimmt ließ sie sich auf der Kante des Polsterstuhls nieder, faltete die Hände in ihrem Schoß, sah aufmerksam zu, wie sich Borchers nicht hinter den Schreibtisch auf seinen angestammten Platz setzte, sondern in den Sessel neben ihr fallen ließ. Eine nette Geste, die ihr wohl die Scheu nehmen sollte, die womöglich der Sekretär zwischen ihnen gefördert hätte. Greta entspannte sich etwas.

»Was kann ich für Sie tun?«

»Es geht um Ihre Frau«, begann Greta, und ihre Stimme schwoll mit jedem Wort zu einem höheren Sopran an. »Und um meinem Mann. Sie müssen etwas unternehmen, bevor ein Unglück geschieht!«

6

Auf dem Kaffeehaustisch in dem für die Gäste geöffneten Sitzbereich des Hotels Windsor fielen Zettel und Papiere durcheinander, schoben sich zwischen die Seiten der aufgeschlagenen Kladde mit der Buchhaltung. Vor Katharinas Augen verschwammen die zahlreichen Notizen ebenso wie die Zahlenreihen. Seit Stunden bereitete sie sich gemeinsam mit Joachim auf das Gespräch in der Bank vor. Gleich nach einem kurzen Abendessen in dem bayerischen Bräugasthaus Weihenstephan nicht weit von ihrer Unterkunft hatten sie sich in dieser Ecke niedergelassen. Immer wieder gingen sie die ihnen möglich erscheinenden Fragen durch, aber ihr kam es so vor, als fehlten ständig Antworten für neue Eventualitäten. Dabei verflog die Zeit, als währte jede Stunde nur einen Wimpernschlag.

Müde barg Katharina ihr Gesicht in den Händen, schloss kurz die brennenden Lider. Sie hatte keine Ahnung, wie spät es war. Aber der Kellner hatte sich bereits vor einer Weile verabschiedet, und der Nachtportier, der in einiger Entfernung in ihrem Blickfeld hinter dem Tresen der Rezeption saß, schien zu dösen. Kein Wunder, dass sie sich so ausgelaugt fühlte. »Ich kann nicht mehr«, flüsterte sie und sah zu Joachim.

Sie erhaschte gerade noch seinen langen besorgten Blick, bevor er den Kopf rasch wegdrehte. Während er fahrig an seinem Kragen herumfingerte, meinte er: »Wir sind jetzt alles so oft durchgegangen, dass wir nach einer weiteren Wiederholung wahrscheinlich auf einen Schlag vergessen, was wir erarbeitet haben. Ich finde, wir sollten es dabei bewenden lassen.«

»Ich weiß nicht … Es ist so ein wichtiger Termin morgen … Oder ist es bereits heute …?« Sie blickte sich zerstreut nach einer Uhr um, konnte aber keine finden.

»Geh schlafen, Katharina. Wenn es dich beruhigt, überprüfe ich die Zahlen noch einmal. Dafür brauche ich dich nicht.«

Die Anspannung würde ihr auch dann jegliche Ruhe nehmen, wenn sie sich niedergelegt hatte. Das wusste sie. Aber ihr Kopf fühlte sich so schwer an, ihr Rücken schmerzte vom langen Sitzen, dass sie sich nach nichts mehr sehnte als nach ihrem Hotelbett. Dennoch war ihr nicht wohl dabei, Joachim mit dem Durcheinander an Papieren zurückzulassen: Informationen, die sie über die Pleite eingeholt und notiert hatte, Listen mit der Entwicklung des Besucheraufkommens an der Ostsee in den vergangenen Jahren, Steuererklärungen und sonstige Nachweise zur wirtschaftlichen Entwicklung des Strandkorbverleihs Borchers, dazwischen mehrere Karten der Ostseeküste zwischen Boltenhagen als westlichstem und Rostock als östlichem Punkt mit dem Vermerk von Badeanstalten und Strandabschnitten, an denen Katharinas Unternehmen die Sommermöbel vermietete. Bei ihrem Versuch, ein wenig Ordnung in das Chaos zu bringen, schien alles noch unübersichtlicher zu werden.

Joachim legte seine Hand auf die ihre. »Lass es gut sein. Du solltest dich jetzt wirklich zurückziehen. Vertrau mir.«

Zögerlich sah sie auf – diesmal direkt in seine Augen. Auch er wirkte müde. Trotzdem sprühten seine Blicke Funken, als wäre er viel jünger und der Grund für ihr Zusammensein ein anderer. Jeder dieser Blitze schien ihr ins Herz zu treffen.

»Bist du sicher, dass du auf meine Hilfe verzichten kannst?«, fragte sie leise.

Er ergriff ihre Hand und führte sie an seine Lippen. »Du solltest nicht so viel zweifeln.«

Sie hörte kaum, was er sagte. Verblüfft sah sie auf ihre Finger, die sein Mund eben berührt hatte. Joachim küsste nie ihre Hand, nicht aus Galanterie und schon gar nicht so intim. Eine zärtliche

Geste. Unfassbar verwirrend. Und erstaunlich romantisch in der recht nüchternen Atmosphäre der Hotelhalle über all den Aufzeichnungen, die ihr Schicksal bestimmen würden. Ihr Mund war trocken, ihre Lippen teilten sich in Erwartung eines anderen Kusses. Ihre Sinne waren plötzlich hellwach, durch ihren Körper strömten ungeahnte Sehnsüchte.

»Gute Nacht, Katharina.«

»Gute Nacht«, murmelte sie, den Blick noch immer wie hypnotisiert auf ihre Hand gerichtet, die wie verloren in der Luft hing, nachdem er sie losgelassen hatte.

Das Knarren von Joachims Stuhl, als er diesen im Aufstehen zurückschob, weckte sie aus ihrer Benommenheit. Langsam richtete auch sie sich auf. Sie räusperte sich. »Gute Nacht«, wiederholte sie in einem Tonfall, als müsste sie mit einem Schluckauf kämpfen.

Sie schob die Faust in die großen Taschen ihrer langen modischen Kostümjacke, zwang sich zu einem Lächeln und begab sich auf den Weg zum Treppenaufgang. Als sie am Portier vorüberschritt, nickte sie diesem flüchtig zu. Doch er bemerkte sie nicht. Sein Kopf war auf das Reservierungsbuch gesunken, ein leises Schnarchen begleitete seinen Nachtdienst. Der Anblick amüsierte und rührte Katharina zugleich. Der arme Mann würde es wahrscheinlich nicht merken, falls ein Hotelgast eine Geliebte in sein Zimmer schmuggeln wollte – und brachte sich damit um ein fürstliches Trinkgeld. Ihm wäre nicht aufgefallen, wenn sie an Joachims Hand an ihm vorübergegangen wäre. So, wie sie es sich insgeheim wünschte. Ihre Hände verschlungen, in Erwartung einer Umarmung, die tröstlich, voller Liebe und verheißungsvoll sein würde …

Was für frivole Gedanken!, fuhr es ihr fast anklagend durch den Kopf, während sie die Stufen erklomm. Und wie albern! Die

Gedanken einer betrogenen, verzweifelten Frau, die in eine freundliche Geste zu viel hineininterpretierte. Unwürdig für eine Geschäftsfrau, die in wenigen Stunden mit einem Bankbeamten um einen Kredit feilschen wollte, um ihre Selbstständigkeit zu behaupten.

Sie blieb auf dem Treppenabsatz stehen, klammerte sich an das Geländer, ließ die Szene im Kopf noch einmal Revue passieren.

Hatte Joachim bemerkt, wie gierig sie nach seiner Zärtlichkeit verlangte?

Es war so peinlich.

Flammende Röte überzog ihre Wangen, Hitze kroch ihr den Nacken und den Rücken hinab. Zwar hatte sie ihre Reisegarderobe den ganzen Tag über getragen, aber sie war sich sicher, sie noch zu keinem Zeitpunkt so verschwitzt zu haben wie in diesem Augenblick.

Mit raschen Schritten lief sie die Treppe hinauf zu ihrem Zimmer. Versuchte, den Bildern davonzurennen, die durch ihren Kopf wirbelten. Doch sie verfolgten sie selbst in ihren Träumen.

»Ich komme mir vor wie unter der Seufzerbrücke in Venedig«, stellte Joachim fest. Er stand neben Katharina vor dem imposanten Gebäudekomplex der Deutschen Bank und blickte hinauf zu dem überdachten Übergang, der die Geschäftshäuser miteinander verband. »Nun, irgendwie fühlen wir uns jetzt ja auch ein bisschen wie vor einer Inquisition«, fügte er lakonisch hinzu.

Fröstelnd zog Katharina ihren Mantel zusammen. Ihr schauderte, was nicht nur an dem Wind lag, der um die Ecken von Wilhelm- und Französischer Straße fegte. Es war frisch, sie war aufgeregt und fragte sich, was sie sich mit der Durchsetzung ihrer wirtschaftlichen Freiheit eigentlich antat. Wäre es nicht bequemer, sich Olafs Wünschen zu beugen und ein luxuriöses Leben zu führen, wie er es sich vorstellte? Von Langeweile geplagt, mit Nora Wedding im Hintergrund …

Katharina straffte die Schultern. »Was ist die Seufzerbrücke?«, wollte sie wissen. »Ich war noch nie in Venedig.«

»Es ist eine überdachte Brücke, ähnlich wie dieser Übergang. Sie verbindet den Dogenpalast und damit die alte venezianische Gerichtsbarkeit mit dem Kerker. Wer über diese Brücke ging, war entweder auf dem Weg zu einer langen Haftstrafe oder zur Hinrichtung. Man erzählt sich, die Verurteilten sahen von dort aus zum letzten Mal die Lagune und stießen daher einen Seufzer aus.«

»Sehr originell«, kommentierte Katharina den Bericht. Sie zwang sich zu Optimismus, obwohl sie den Vergleich durchaus treffend fand: »Dann wollen wir mal sehen, ob wir am Ende nicht glücklicher sind als die armen Teufel in Venedig. Gibt es irgendwo auf der Welt eine Jubelbrücke?«

»Nicht dass ich wüsste.«

»Wahrscheinlich wird die da oben künftig so genannt.«

Er nahm ihren Arm. »Gut so. Dann wollen wir uns mal nicht unterkriegen lassen.«

Die große Kassenhalle ließ diesen Vorsatz jedoch fast wieder schwinden. Katharina und Joachim traten in eine riesige Halle, deren Architektur einem herrschaftlichen Ballsaal nicht unähnlich war: meterhohe Pilaster, Marmorverkleidungen, Tische aus dunklen edlen Hölzern mit Leselampen aus poliertem Messing, Kronleuchter und schließlich eine Glaskuppel, die Katharina ein bisschen an die Kuppel des Reichstagsgebäudes erinnerte. Letzteres hatte ihr Hermine gestern bei einem kurzen Spaziergang zum Brandenburger Tor gezeigt. »Du solltest wenigstens etwas von Berlin gesehen haben«, wehrte die Freundin jeden Protest ab. Heute Morgen wünschte Katharina sich, sie hätte zugestimmt, noch zum Schloss und zum Dom zu laufen. Vielleicht hätte die Ausstattung der Bank sie dann weniger beeindruckt. Hier schien ihr alles machtvoller als selbst im Rathaus von Rostock. Sogar die vielen Menschen, Männer in schwarzen Anzügen, die herumwuselten wie Ameisen, schüchterten sie ein. Natürlich gab es keine Mitarbeiterinnen, lediglich einige wenige weibliche Kunden, doch keine fiel so aus dem Rahmen wie Katharina. In ihrem wie eine rosafarbene Perle schimmerndem Ensemble aus schwerer Seide fühlte sie sich wie ein Leuchtkäfer.

Ein dienstbarer Geist führte sie in ein Besprechungszimmer in der ersten Etage, in die sie von einem Paternoster getragen wurden. Dann warteten sie. Etwa eine Viertelstunde lang versuchte Joachim, die Aussicht zu genießen, während Katharina nervös die mitgebrachten Papiere wie einen Fächer auseinanderfaltete, um sie dann zu einem Stapel zusammenzulegen, dessen Kanten sie exakt abmaß. Schließlich wurden sie durch das Eintreten des Bankbeamten erlöst, mit dem Katharina schriftlich den Termin vereinbart hatte. Ein mittelgroßer Mann mittleren Alters mit schütterem Haar, einem Kneifer auf der Nase und einer Wunde an der Stirn, vielleicht einem Schmiss, den er sich bei einem Wettkampf in seiner schlagenden Verbindung zugezogen hatte. Das war aber auch schon das einzig Auffällige an ihm. Ansonsten wirkte er ebenso geschäftig wie all seine Kollegen im Parterre.

»Ich gebe zu, ich war neugierig auf die Begegnung mit Ihnen, Frau Borchers«, begann er das Gespräch. Er hieß Hilpert, den Vornamen kannte Katharina nicht. Er musterte sie eindringlich. »Eine Dame wie Sie macht nämlich neugierig. Strandkörbe indes finde ich persönlich eher langweilig.«

»Nun, Ihre Meinung …«, hob Joachim an, doch Katharina fiel ihm schnell ins Wort: »Warum mögen Sie keine Strandkörbe?«

»Das sind altmodische Requisiten eines Badeurlaubs. Was die Seebäder zum Überleben brauchen, sind moderne Anlagen, keine Rückbesinnung. Sehen Sie, allein in Heiligendamm stehen enorme Investitionen an. Wir sprechen hier etwa von Elektrizität oder der Verlängerung der Seebrücke, um auch größeren Schiffen eine Möglichkeit zum Anlegen zu bieten, und anderen Baumaßnahmen. Strandkörbe gehören nicht zu den Dingen, deren Substanz wir als förderungswürdig erachten, um das Interesse der Gäste ersten Rangs zu gewinnen.«

Hilperts überhebliche, glatte Art machte Katharina ebenso wütend wie seine leicht anzügliche Bemerkung über ihre Person. Hatte dieser Mann sie wirklich nach Berlin kommen lassen, um sie schon in den ersten Minuten ihrer Besprechung abzuwimmeln? Machte er sich lustig über ihre Pläne?

Sie holte tief Luft und erwiderte scharf: »Sie irren, mein Herr. Gerade der moderne Strandkorb ist gesellschaftlich akzeptabel wie kein anderer Platz am Meer. Er schützt die Damen vor der Sonne und gewissen Blicken, für die Herren ist es ein Platz für diskrete Unterhaltungen oder Vergnügen wie etwa ein Kartenspiel, ohne dass der Wind das Blatt verweht. Außerdem war es eine Dame von tadellosem Ruf, die meinen Gatten vor nunmehr fast dreißig Jahren bat, ihr einen Korbstuhl zu bauen, der sie die Seeluft genießen ließ, ohne dass der Wind ihrem Rheuma zusetzte. Sie erkennen daran den medizinischen Wert dieser Erfindung.«

»Ich verstehe Ihre Bewunderung für Ihren Gemahl, Frau Borchers, aber Strandkörbe gab es bereits früher an der Nordsee. Wissen Sie, ich habe mich erkundigt. Schließlich wollte ich vorbereitet sein auf das nette Treffen mit Ihnen.«

»Die moderne Form des Strandkorbs beruht einzig auf den Entwürfen von Hofkorbmacher Borchers«, warf Joachim ruhig ein. Insgeheim bewunderte Katharina ihn für seine Gelassenheit, denn sie stand kurz davor, die Fassung zu verlieren.

»Jedoch sind wir nicht hier, um uns über die Erfindung auszutauschen«, fuhr Joachim fort. »Es geht nicht um das Absichern möglicher Patente, sondern um einen Geschäftszweig, der sich aus den Entwicklungen des Tourismus ergibt.« Er zog den Stapel Papiere unter Katharinas Händen hervor, blätterte kurz darin, fischte ein Blatt heraus. »Sehen Sie bitte hier, allein in Warnemünde stieg die Zahl der Badegäste in den vergangenen zehn Jahren erheblich an. Kamen zur Jahrhundertwende gerade mal vierzehntausend Reisende in unseren Ort, so waren es in der diesjährigen Saison bereits zwanzigtausendvierhundertzweiundfünfzig Touristen. Alle wollen den Strand genießen und bedürfen dafür eines geeigneten Mobiliars.«

Hilpert schwieg, schob seinen Kneifer zurecht, nahm Joachim nach einer Weile die Aufzeichnungen aus der Hand, die dieser ihm geduldig entgegenhielt. Er studierte offenbar die Zahlen, runzelte die hohe Stirn. Es schien Katharina eine Ewigkeit zu verstreichen, bis er wieder den Blick zu ihr hob.

»Ich glaube Ihnen gerne, dass ein Strandkorbverleih momentan ein profitables Geschäft ist, vielleicht sogar ein aussichtsreiches in einem Seebad, das auch Gäste zweiten Rangs beherbergt. Für Heiligendamm etwa schwebt den Gläubigern die Renovierung der bestehenden Gebäude und der Neubau einer Restaurationshalle an der Seebrücke vor, nicht jedoch die Anschaffung von Strandkörben. Nur spielt das momentan alles keine Rolle, denn ich frage mich, warum Sie die Eigentumsverhältnisse Ihres Geschäfts ändern möchten, gnädige Frau. Wie Sie selbst anführen, ist Ihr Gatte ein sehr respektabler Mann. Warum soll Ihre

Strandkorbvermietung nicht mehr Teil der Manufaktur des Hofkorbmachers Borchers sein?«

Auf diese Frage wartete Katharina, seit sie ihren Brief mit der Bitte um einen Besprechungstermin an die Deutsche Bank versendet hatte. Auf nichts hatte sie sich so gut vorbereitet wie darauf. Unwillkürlich huschte ein zufriedenes Lächeln über ihr Gesicht. Dann begann sie: »Wissen Sie, es geht um meine Kinder …« Sie erzählte von Erik als einem strebsamen jungen Mann, der als Erstgeborener selbstverständlich in die Fußstapfen seines Vaters treten wollte und würde. Vor diesem Hintergrund blieb den nachfolgenden Söhnen nur eine bürgerliche Karriere in einem zwar anständigen, jedoch mit der Familientradition wenig verbundenen Beruf. Sie drückte sich sehr gewählt aus, um ja nicht die Hofkorbmacherei herabzuwürdigen. »Ich hoffe, dass meinem Mann ein langes Leben vergönnt ist. Aber man muss doch vorsorgen«, sie begleitete ihre Worte vorsichtshalber mit einem Kleinmädchenblick, den sie vor dem Spiegel geübt hatte, »schließlich möchte niemand einen Erbstreit provozieren, nicht wahr? Deshalb erscheint mir eine selbstständige Firma wie die Strandkorbvermietung einerseits zur Fortführung der Familientradition von Bedeutung, andererseits gewährleistet sie, dass es nicht zu Konflikten zwischen unseren Kindern kommt.«

»Hmhm …« Hilpert schob seine Finger unter den Nasenbügel des Kneifers, massierte die Haut. »Ich verstehe Ihr Anliegen. Warum aber kommen Sie und nicht Herr Borchers damit zu mir?«

Sie schenkte ihm ein Strahlen, dem ein betrübter Blick folgte. »Würden Sie mit einem wildfremden Menschen darüber sprechen wollen, dass Ihre Söhne sich nicht gut genug verstehen, um ihr Erbe eines Tages gerecht aufzuteilen?«

Der Bankbeamte ging nicht direkt auf ihren Einwand ein. Er nickte Joachim kaum merklich zu und bat: »Dann legen Sie mir bitte die Geschäftszahlen vor. Ich möchte mir das mal ansehen.«

Ein erleichtertes Aufstöhnen unterdrückend lehnte sich Katharina auf ihrem Stuhl zurück. Die erste Hürde hatte sie genommen. Jetzt lag es an Joachim, ihrem Geschäftsführer, den weiteren Weg zu ebnen. Vielleicht kann man ja auch aus Freude seufzen, dachte sie und gab sich einen entspannenden Moment der Überlegung hin, ob sie jemals nach Venedig reisen würde. Dann schob sie ihre Träume beiseite und konzentrierte sich auf ihre unmittelbaren Zukunftspläne.

7

Zwei Stunden später verließen Katharina und Joachim die Zentrale der Deutschen Bank. Nicht über die »Seufzerbrücke«, sondern durch die große Kassenhalle. Katharina wagte kaum zu atmen, während sie den Weg zurücklegten, den sie gekommen waren. Erst als sich das Portal hinter ihnen geschlossen hatte und die Strahlen der Mittagssonne nach ihr griffen wie das Positionslicht eines Leuchtturms nach den Schiffen, stieß sie die angehaltene Luft mit einem lauten »Puhhh!« aus.

»Du warst großartig!«, lobte Joachim.

Sie lachte ihn an. »Du auch.«

»Natürlich gibt es einen kleinen Wermutstropfen …«

»Wen kümmert es, dass unser Unternehmen nur einen Kredit bekommt, wenn es auf Warnemünde begrenzt ist? Es ist ein Anfang. Wenn wir es geschickt anstellen, wird sich unser Bereich bald auf andere Küstenstädte ausdehnen. Auf Heiligendamm müssen wir momentan ohnehin verzichten. Sei ehrlich: Im

Großen und Ganzen ist das Ergebnis mehr, als wir zu hoffen wagten.«

Das Glück, das ihr das Ergebnis der Besprechung bescherte, konnten ihr nicht einmal Joachims zögerliche Bedenken rauben. Herr Hilpert wollte sich nach Rücksprache mit seinem Vorgesetzten nicht darauf festlegen, die gesamte Tochtergesellschaft des Hofkorbmachers Borchers mit einem Darlehen auszustatten. Dafür fehlte bei diesem Gespräch wohl tatsächlich Olaf. Vielleicht verbanden die Herren mit dem Wort *Strand* auch wirklich keine guten Erfahrungen, nachdem Walter John Heiligendamm mit Hypotheken in schwindelnden Höhen belastet hatte, deren Bedienung bekanntlich ein Problem darstellte und die daher fast unweigerlich in den Konkurs führen musste. Ein Millionengrab. Jedenfalls besaß Katharina nun die Möglichkeit, die für die nächste Saison in Warnemünde benötigten Strandkörbe zu einem regulären Preis zu erwerben und dann allein auf ihre eigene Rechnung zu vermieten. Sie brauchte nur noch Olafs Einverständnis für die wirtschaftliche Trennung. Diese würde sie ihm abringen, daran bestand für sie kein Zweifel. Denn sie würde ihn mit der Bewilligung des Kredits überfahren und ihm damit alle Gegenargumente rauben. Und dann würde ein Notar die Angelegenheit besiegeln.

Sie blickte mit leuchtenden Augen zu Joachim, die Wangen gerötet vor Enthusiasmus. »Ich freue mich so sehr über das Ergebnis unseres Gesprächs, dass ich am liebsten die ganze Welt umarmen würde«, verkündete sie, noch immer ein wenig atemlos durch den Sieg, den sie errungen hatte.

»Versuch's doch erst einmal mit mir«, schlug er schmunzelnd vor.

Wahrscheinlich erwartete er nicht, dass sie seiner Aufforderung mitten auf der Straße folgen würde. Doch sie schlang die

Arme um seinen Hals. Ihr Hut geriet ein wenig ins Rutschen, der elegante Mantel zerdrückte an Joachims Brust. Ihr schien es, als würde sie durch den Stoff seines Paletots spüren, wie sein Herz wummerte. Und mit einem Mal war es nicht mehr die spontane Bestätigung übermäßiger Freude, sondern mehr. Viel mehr. Sie konnte ihn körperlich spüren, sah, wie sein Blick voller Zärtlichkeit über ihr Gesicht strich, um dann in ihren Augen zu versinken. Er war ihr so nah, dass es irgendwie selbstverständlich war, seinem Mund entgegenzukommen, der sich über ihre Lippen senkte und dabei so vorsichtig war, als könnte er sich an ihr verbrennen.

Sie schloss die Lider und gab sich dem Unvermeidlichen hin. Wie lange war es her, dass sie so geküsst worden war? War sie jemals so geküsst worden? Zunächst sanft und voller Verheißung, dann leidenschaftlicher. Weder sie noch Joachim dachten daran, dass sie möglicherweise ein öffentliches Ärgernis darstellten. Ein Paar, das sich zur Mittagsstunde auf der Straße vor aller Augen küsste, war keinesfalls comme il faut. Und doch dachte Katharina nur flüchtig an die Ungehörigkeit ihres Benehmens. Der Kuss, der eigentlich aus vielen verschiedenen Küssen bestand, löschte alle Bedenken aus.

Als sie sich voneinander lösten, kam es Katharina vor, als hätte die Welt stillgestanden. Erst nach und nach drangen der Straßenlärm und die Gegenwart der Passanten um sie her wieder in ihr Bewusstsein. Obwohl sie mit beiden Beinen auf festem Untergrund stand, schwankte sie. Automatisch tastete sie nach Joachims Hand. Er umschloss ihre Finger – und schenkte ihr Sicherheit.

Hand in Hand wanderten sie zum Brandenburger Tor und dann durch den Tiergarten. Sie hatten Zeit. Ihr Zug würde erst am späteren Nachmittag abfahren. An zu Hause konnte Katharina ohnehin nicht denken. Nicht an ihre Pflichten und daran, wie sie Joachim künftig begegnen wollte. Sie hatte keine Ahnung, was aus ihrer Liebe werden sollte, die trotz aller Vorsicht niemals erkaltet war. Der Kuss war der Beweis. Und die Küsse, die sie im Schatten der herbstlich verfärbten Bäume tauschten, waren dessen Bestätigung. Das Laub raschelte unter ihren Schritten, die manchmal klangen, als wären sie von einem einzigen Menschen. Sie sprachen kaum, fühlten nur. Jedes Wort zu viel hätte diese wundervolle Harmonie, die sie ergriffen hatte, zerstört. Ihre Gedanken schienen ohnehin demselben Muster zu folgen – und sich in dem Weg zurück zum Hotel zu verbinden, lange bevor es Zeit wurde, sich um die Abreise zu kümmern.

Der Tagesportier reichte Katharina und Joachim die Zimmerschlüssel. »Gnädige Frau«, er neigte sich in einer verschwörerischen und ungewöhnlich vertraulichen Geste über den Tresen, als Joachim sich bereits zur Treppe wandte, »Sie haben Besuch. Im Nebenraum wartet ein Herr auf Sie.«

Das Glücksgefühl der vergangenen Stunden fiel von Katharina ab wie die Blüten von einer verwelkenden Blume. Ihr erster Gedanke galt dem Bankbeamten. War Hilpert in ihr Hotel gekommen, um alle Zusagen zurückzunehmen?

»Wer …?« Mehr brachte sie vor Schreck nicht über die plötzlich trockenen Lippen. Ihre Hand tastete haltsuchend nach Joachim, griff jedoch ins Leere. Sie sah sich nach ihm um, erkannte nur seinen Rücken. Leichtfüßig sprang er die ersten Stufen hinauf, fröhlich und doch mit angespanntem Körper. Ein Mann auf dem Weg zu einem Rendezvous mit ungewissem Ausgang.

»Der Herr sagte, er sei Ihr Gatte«, drang die Stimme des Portiers zu ihr.

Ihr wurde schwarz vor Augen. Sie spürte, wie alle Farbe aus ihrem Gesicht wich. Die Hand, die eben noch die Geborgenheit des Geliebten fühlen wollte, umfasste die Tischkante der Rezeption.

Bilder rasten durch ihren Kopf, verbanden sich zu einem furchtbaren, blutigen Kaleidoskop. Wenn sich Olaf auf den Weg nach Berlin machte, war etwas Schreckliches passiert. Er wusste nichts von ihrer Reise, musste sich bei ihrem Vater eigens erkundigt haben. Ihren Kindern war etwas zugestoßen. Ein Unfall, der nicht mit einem Telefonanruf oder einem Telegramm beschrieben werden konnte. Das Schicksal verlangte Tribut für die Freude, die sie ein paar Augenblicke lang hatte empfinden dürfen. In panischem Entsetzen strauchelte sie.

»Katharina!« Olafs Stimme. »Da bist du ja endlich.«

8

»Greta Wittenburg hat mir einen Besuch abgestattet«, sagte Olaf, während er Katharinas Hotelzimmer durchquerte und sich nach einem Platz umsah, wo er seinen Hut ablegen konnte, den er in der Hand hielt. Er deponierte ihn auf der Kommode, auf der Katharinas Toilettenartikel standen, schob dafür ihre Haarbürste zur Seite. Danach drehte er sich zu ihr um. »Es war ein sehr unerfreulicher Besuch, möchte ich betonen.«

Sie lehnte mit dem Rücken zur geschlossenen Tür und beobachtete ihn still. Nachdem ihr Olaf erklärt hatte, dass er sie dringend sprechen müsse und mit den Kindern alles in Ordnung sei – »es besteht kein Anlass zur Sorge« –, hatte sie ihn ebenso verwundert wie trotz allem beunruhigt in ihr Zimmer geführt.

Die vielfältigsten Überlegungen kreisten durch ihr Hirn: Wieso wusste er von ihrem Aufenthalt in Berlin? Hatte er es sich mit der Scheidung anders überlegt? Wollte er Nora Wedding nun doch entlassen? Gab es Neuigkeiten zu Erik? War Olaf krank? Hatte ihn jemand von der Deutschen Bank informiert?

Katharina schwirrte der Kopf. Nichts, was ihr einfiel, schien Grund genug für seine überstürzte Reise. Zumal sie ja ohnehin am späten Abend wieder bei ihrem Vater sein wollte. Der nun erteilte Hinweis auf Greta Wittenburg verärgerte Katharina mehr, als dass er sie verwirrte. Wieso besprach sich Olaf hinter ihrem Rücken mit Joachims Gattin? Diese Frau hatte doch noch nie etwas Gutes gebracht. Zugegeben, die Tochter war entzückend, aber ansonsten konnte sich Katharina nicht erinnern, in der anderen jemals eine Unterstützerin gefunden zu haben. Schweigend wartete sie auf Olafs Erklärung.

»Es fällt mir schwer, darüber zu sprechen. Glaube mir das bitte, Katharina.«

Wenn er doch endlich reden würde, dachte sie grimmig. Sein Auftauchen wühlte sie auf, sie wollte es ihm nicht leichtmachen. Deshalb blieb sie stur und schwieg weiter.

Olaf lächelte gequält. »Ehrlich gesagt, ich hatte ein wenig mehr Freude deinerseits über meine Ankunft in Berlin erwartet. Wie mir scheint, brauchst du Hilfe beim Einpacken.« Er deutete auf ihre Kleidungsstücke, die verstreut auf Bett und Stühlen herumlagen.

Beim Zubettgehen heute Nacht war sie zu müde zum Aufräumen gewesen, und heute Morgen vor dem Banktermin blieb keine Zeit für ihren Ordnungssinn. Seinen leichten Vorwurf empfand sie als Affront, dem sie keine humorvolle Seite abzugewinnen vermochte. Vielleicht war sein Verhalten Ausdruck einer gewissen Hilflosigkeit, die sie jedoch nicht verstand – und auch nicht verstehen wollte. »Ich war nicht darauf eingerichtet, dass du so plötzlich hier ankommst«, gab sie patzig zurück.

»Ja. Nein. Natürlich nicht. Es ist …« Er unterbrach sich, betrachtete den Raum, als sehe er ihn zum ersten Mal: das Einzelbett mit dem hübschen Nachttischchen, auf dem ein Buch lag, das Katharina nicht angerührt hatte, die Kommode, der Waschtisch daneben, ein schmaler Schrank, dessen Tür nicht geschlossen war, ein Stuhl vor dem Fenster, die zurückgezogenen Vorhänge, das Gemälde einer hügeligen Landschaft mit satten grünen Weiden.

Olaf hüstelte. »Es ist ein hübscher Raum«, sagte er, nachdem sich das Kratzen in seinem Hals offenbar gelegt hatte. »Sehr hübsch für dich allein. Und gewiss nicht das, was ich erwartet hatte.«

Allmählich riss ihr Geduldsfaden. »Bist du nach Berlin gekommen, um dir mein Hotelzimmer anzusehen?« Als müsste sie an seiner Stelle reagieren, schüttelte sie den Kopf. »Du redest Unsinn, Olaf. Bitte lass uns diese Farce beenden und verrate mir, warum du hier bist.«

Ein Klopfen an der Tür verhinderte Olafs Antwort.

Katharina fuhr herum, zog unbeabsichtigt stürmisch die Tür auf.

Vor ihr stand Joachim. Zwanglos, den Arm gegen den Türrahmen gelehnt, ein strahlender Liebhaber.

Unwillkürlich schloss sie die Lider. Sie wollte nicht sehen, wie das Lächeln in seinem Gesicht gefror, wenn er Olaf bemerkte. Doch konnte sie nicht verhindern, dass vor ihrem geistigen Auge die Bilder der vergangenen Stunden auftauchten. Die Liebe, die sie empfunden und empfangen hatte, war so gegenwärtig wie zuvor – und zugleich so weit entfernt.

Sie trat zur Seite, damit er ins Zimmer sehen konnte.

»Oh!«, entfuhr es dem Mann, der in diesen Minuten vielleicht zu ihrem Geliebten geworden wäre.

Wie hatte sie nur so leichtsinnig sein können?!

Der Gedanke, dass sie gerade noch vor einem Fehler bewahrt worden war, verstörte sie.

Sie hob den Blick, versuchte, ihrer Stimme einen freudigen Unterton zu verleihen, als sie ausrief: »Schau nur, wer zu einem Überraschungsbesuch eingetroffen ist!« Es klang jedoch mehr nach blanker Ironie.

Mochten Joachims Züge zuvor entglitten sein, er hatte sich wieder in der Gewalt. Lediglich seine versteinerte Miene deutete darauf hin, dass er sich seinen Aufenthalt in Katharinas Zimmer anders vorgestellt hatte. Olaf blieb dieses winzige Detail in Joachims Ausdruck jedoch sicher verborgen. Katharina sah es mit den Augen der Frau, die ihn sehnlich erwartet hatte.

»Guten Tag, Herr Borchers.« Joachim verhielt sich absolut korrekt, seine Stimme war freundlich und distanziert wie immer. Er trat vor, um Olaf die Hand zu reichen. »Sind Sie gekommen, um Katharina abzuholen? Ich möchte keinesfalls stören, wollte nur fragen, ob ich die Geschäftspapiere einpacken soll. Oder möchtest du sie lieber an dich nehmen, Katharina?«

Der lange Monolog verriet ihr seine Unsicherheit. Die Tatsache, dass Olaf den Gruß nur mit einem Nicken erwiderte, verwirrte sie. Unschlüssig blieb sie an der offenen Tür stehen. Vom Flur wehte der fremdländische Gesang des afrikanischen Stubenmädchens herein, das aus den Kolonien in die Hauptstadt gekommen war und anscheinend eines der Nachbarzimmer putzte. Katharina war der jungen Frau bei ihrer Ankunft begegnet.

»Ich …«, hob sie an.

Joachim fiel ihr ins Wort: »Wie mir scheint, hast du etwas mit deinem Mann zu besprechen. Da will ich nicht stören. Ich bin auf meinem Zimmer, falls du nach mir suchen solltest.« Er verließ sie. Bedrückt, niedergeschlagen. Mit hängenden Schultern – die Geste eines Mannes, der sich seines Verlusts bewusst war. Es gab keine Möglichkeit für sie, ihn aufzuhalten.

Ein wenig zu laut schloss Katharina die Tür. Ihre Wangen glühten. Vor Aufregung, Scham, Traurigkeit und Wut. Sie deutete in einer theatralischen Geste auf ihr herumliegendes Eigentum. »Wie du ganz richtig bemerkt hast, gibt es einiges zu tun. Ich muss aufräumen und packen, wenn ich den Zug erreichen will, für den meine Fahrkarte gilt. Für ein langes Drumherumgerede habe ich keine Zeit. Also: Warum bist du gekommen, Olaf?«

Ein tiefer Seufzer entrang sich seiner Kehle. »Siehst du nicht, wie erleichtert ich bin?«, fragte er und trat auf sie zu. Er legte die Hände auf ihre Schultern, blickte ihr in die Augen. »Dein Zimmer sieht wahrlich nicht aus wie ein Liebesnest. Das stimmt mich sehr froh.«

Sie schüttelte ihn ab. »Bitte? Was?«

»Greta Wittenburg war bei mir, um mir zu berichten, dass deine Reise nach Berlin einen romantischen Hintergrund hat. Sie behauptet, dass du eine heimliche Affäre mit ihrem Mann unterhältst.«

Ihre Hand flog zu ihrem Mund. Die Finger berührten ihre Lippen, die noch immer den leichten Nachgeschmack von Joachims Küssen spürten. Einen Herzschlag lang glaubte sie, die Welt stünde wieder still, nicht einmal ihre Lunge funktionierte mehr. Doch dann kehrten die Geräusche um sie her mit aller Deutlichkeit in ihr Bewusstsein zurück: das leise Brausen des Verkehrs, das durch das Fenster heraufdrang, das Knarren des Stuhls, auf den Olaf gerade sank, dumpfe Schritte in einem

Raum nebenan. Sie hatte bislang gar nicht bemerkt, wie hellhörig das Hotel war. Am lautesten vernahm sie jedoch ihren eigenen Atem, den sie so hektisch ausstieß wie nach einem schnellen Lauf über die Dünen.

»Wie kommt sie dazu, dir so etwas Niederträchtiges zu erzählen?« Einen Moment später begriff Katharina die Tragweite dessen, was Greta Wittenburg angerichtet hatte. »Du bist hierhergekommen, um uns in flagranti zu erwischen«, flüsterte sie, hin- und hergerissen zwischen Fassungslosigkeit und Schock.

Und es wäre dir beinahe gelungen, fügte sie in Gedanken hinzu. Ein Schauder lief durch ihren Körper. Sie begann zu zittern.

»Greta Wittenburgs Ausführungen klangen äußerst plausibel, ihre Schlussfolgerungen waren überaus deutlich. Ich habe ihr jedoch nicht blind vertraut, das musst du mir glauben. Sonst hätte ich nicht heute Morgen den ersten Zug genommen, um mich so rasch wie möglich mit dir zu besprechen. Ich bedauere, dass ich auch nur einen Moment an dir gezweifelt habe.«

Am liebsten hätte sie sich auf den Boden geworfen, hätte geschrien und geweint wie ein trotziges kleines Mädchen. Die Ungeheuerlichkeit, dass Greta unbewiesene Anschuldigungen zu Tatsachen erhob, machte Katharina ebenso zornig wie das Gefühl des eigenen Versagens. Dennoch überwog Olafs Verhalten. Sie konzentrierte ihre Wut auf den Mann, der, statt in seinen Betrieb zu gehen, eine Reise auf sich nahm, um sich von der Untreue seiner Gemahlin persönlich zu überzeugen. Ausgerechnet ein Mann, der es mit seinem Ehegelöbnis gar nicht genau nahm.

Katharina bewahrte Haltung. Sie biss die Zähne zusammen, schluckte ihren Protest und ein Aufschluchzen hinunter. Nach einer Weile zischte sie: »Wie geht es Fräulein Wedding? Durfte sie in meiner Abwesenheit die Haushaltsführung übernehmen?«

Traurigkeit überschattete Olafs Gesicht. »Du solltest nicht so abfällig über sie sprechen«, mahnte er leise. »Es ist ein Zeichen meiner Liebe zu dir, dass ich mich nicht auf die Behauptungen von Greta Wittenburg verlassen habe.«

»Ach?!« Katharina rang die Hände. Noch immer an der Tür stehend überlegte sie, ob sie sich auch irgendwo hinsetzen sollte. Das Bedürfnis war da, ihre Füße schmerzten vom langen Herumlaufen in dafür ungeeignetem Schuhwerk, wie ihr jetzt erst auffiel. Doch sie blieb stehen. Es verlieh ihr Kraft, auf Olaf hinunterzuschauen.

»Ich bin hier, um dich zurück nach Hause zu holen.«

»Aha.« Sie lachte spöttisch. »Wie schön, dass ausgerechnet Greta Wittenburg die Antriebsfeder für dich war. Du hättest in den vergangenen Tagen jederzeit nach Warnemünde kommen können. Die Fahrt wäre zumindest weniger weit gewesen.«

»Ich wollte dir Zeit geben, über unsere Differenzen nachzudenken.«

»Differenzen?« Katharina spuckte das Wort aus wie ein stinkendes Heringsfilet. »Das ist eine ziemliche Untertreibung. Du hast ein Verhältnis mit der Gouvernante unserer Söhne und verharmlost es als *Differenzen.*« Angewidert wandte sie den Blick von ihm, begann, nach den nahe liegenden Sachen zu greifen. »Gibt es irgendwelche Neuigkeiten in dieser Sache?«, fragte sie, während sie eine Bluse zusammenfaltete, einen Unterrock und Strümpfe über dem Arm.

Sein Schweigen war die Antwort, die Katharina befürchtet hatte.

»Warum, Olaf? Warum?«

»Sie versteht mich«, erwiderte er überraschend ehrlich. »Ihr Jahrgang ist meinem Alter näher als deiner, sie teilt meine Wertvorstellungen. Du bist jung und hegst Auffassungen, die sich mit meinen Wünschen nicht immer vereinbaren lassen. Ich bewundere dich für deine Pläne, aber sie erschöpfen mich. Dieses ganze neumodische Gerede über Gleichberechtigung und Unabhängigkeit ist nichts, womit ich mich befassen möchte. Bei Nora Wedding kann ich mich entspannen. Deshalb brauche ich sie.«

Olaf stützte seine Hände auf die Schenkel, beugte sich vor. Eindringlich fügte er hinzu: »Außerdem erzieht sie meine Söhne konsequent zu Männern mit *Kuraasch* und *Ehr* in der Brust. Das gefällt mir.«

Es kostete Katharina Mühe, das Zittern ihrer Hände zu verbergen. Als ließe sie seine Erklärung kalt, begann sie, im Zimmer umherzulaufen und ihre Habseligkeiten in die Tasche zu packen, die auf der Kofferablage unter dem Waschtisch stand. Sie wusste nicht, welche seiner Ausführungen sie mehr erschütterte. Die Scham, die sie kurz ergriffen hatte, als sie sich ihre eigenen Verfehlungen am heutigen Tag bewusst machte, war längst verflogen. Aug um Aug, Zahn um Zahn, sinnierte sie. In Joachims Armen hätte ich mich wenigstens revanchieren und vergessen können, dass ich vor dreizehn Jahren die falsche Wahl traf. Einen Atemzug später dachte sie an Christian und Ulrich und daran, dass es etwas in ihrem Leben gab, das sie absolut richtig gemacht hatte. Die Bewegungen, mit denen sie ihre Sachen aufräumte, wurden schlagartig ruhiger.

»In den vergangenen Tagen … bevor Greta Wittenburg mich aufsuchte … also, ich habe mir eine Lösung für unsere … ähhh … Probleme überlegt«, unterbrach Olaf ihre Gedanken. »Eine Scheidung kommt natürlich nicht infrage. Du bist und bleibst meine Frau. Du an meiner Seite bist das gesellschaftliche Fundament unserer Familie. Ich weiß, wie wertvoll du bist, Katharina. Deshalb möchte ich dir ein Geschenk machen …«

Unwillkürlich hielt sie inne, blickte ihn erwartungsvoll an.

»Was hältst du von einem Sommerhaus, in das du dich zurückziehen kannst, wenn du dich nicht wohlfühlst? Ich habe da von einem im Bau befindlichen Anwesen in Warnemünde gehört, das mich interessiert. Es ist eine gute Geldanlage und sicher eine schöne Möglichkeit für deine Entfaltung.«

Schon wieder ein Haus, das er ihr vorsetzte wie ein Kellner im Kaffeehaus ein Stück Sahnetorte.

Spontan wollte Katharina protestieren, doch plötzlich sah sie die Vorzüge dieses Arrangements. Ein Sommerhaus bedeutete gewisse Freiheiten. Hermine hatte es ihr gestern ja erklärt.

Während Katharina zwischen dem Schrank und ihrer Tasche hin und her lief, um auch noch die letzten Stücke hineinzustopfen, wog sie das Für und Wider ab. Sie würde nicht ständig mit Olaf leben müssen, wäre in der Nähe ihres Vaters. Überdies würde eine Wohnung in Warnemünde bedeuten, dass sie ihre Strandkorbvermietung am Ort besser verwalten könnte. Wenn sie Olafs Vorschlag annahm, würde er gewiss nichts dagegen haben, dass sie ihr Geschäft künftig *nebenbei* unter eigener Verantwortung betrieb und nicht als Tochterunternehmen seiner Manufaktur. Je nach Größe der Villa konnte sie vielleicht sogar Logiergäste beherbergen und sich somit eine zweite Einnahmequelle verschaffen, die sie noch unabhängiger werden ließ. Ihr Mann hatte zwar keine Ahnung davon, aber er kam dem sehr nahe, was die Freundin geraten hatte. Als Katharina das begriff, machte sie innerlich einen Hüpfer. Ihr Herz jedoch gefror zu einem Eisblock.

Besonnen trat sie vor Olaf hin, zwang sich, ihm die Hand auf den Rücken zu legen. Eine liebevolle Geste, die ebenso falsch war wie der einfühlsame Ton, den sie anschlug: »Ich danke dir für diesen wunderbaren Einfall, mein Lieber. Lass uns rasch nach Hause fahren und die Baustelle besichtigen. Ich bin Feuer und Flamme dafür.«

»Das wusste ich!«, jubelte er. Er verrenkte sich ein wenig, um ihre Hand zu tätscheln. »Du wirst dein Entgegenkommen nicht bereuen, Katharina. Das verspreche ich.«

»Sicher«, bestätigte sie freundlich. »Es gibt da nur die eine oder andere Bedingung. Wir haben viel zu bereden und zu entscheiden.« Sie atmete tief durch, wog jedes Wort sorgfältig ab: »Zunächst möchte ich dir erklären, warum ich in Berlin bin und was Joachim damit zu tun hat. Wir haben nämlich heute Vormittag ein Gespräch bei der Deutschen Bank geführt, das sehr aufschlussreich war. Doch dazu kommen wir später. Zunächst sollten wir Pläne hinsichtlich der Ausbildung unserer Söhne machen. Du wirst gewiss nicht erwarten, dass ich in einem Sommerhaus lebe, während eine Gouvernante gemeinsam mit dir im ehelichen Haushalt das Zepter schwingt …« Und dann teilte sie ihm all das mit, was sie gestern im Café Kranzler mit Hermine ausbaldowert hatte.

1911

9

Fast auf den Tag genau ein Jahr nach ihrem überstürzten Besuch bei Olaf Borchers in Rostock stand Greta vor Katharinas Haus in Warnemünde. Es war nicht das erste Mal, dass sie hierhergekommen war. Heimlich. Eingeladen hatte sie niemand. Seit ihrem Einzug im Frühjahr hielt die Borchers Greta auf Abstand. Nicht dass es zwischen ihnen zu einer Auseinandersetzung gekommen wäre. Die Nebenbuhlerin schwieg, ignorierte Greta regelrecht. Als sie sich einmal zufällig auf der Promenade begegneten, grüßte Katharina Borchers zwar höflich, ging aber rasch weiter. Jedes Wort schien ihr zu viel.

Auch Joachim erklärte sich nicht nach seiner Rückkehr aus Berlin. Greta kam es fast vor, als wüsste er nichts von ihrem Gespräch mit Olaf Borchers. Dennoch hatte sie ihm bei seiner Ankunft gleich gesagt: »Wenn du denkst, ich würde dich jetzt verlassen, dann irrst du dich. Ich verlasse dich nicht.« Er hatte sie verblüfft angesehen und ratlos den Kopf geschüttelt. Mehr nicht. Konnte er sich so verstellen? Wusste er womöglich wirklich nichts von ihrer Intervention?

Mit zunehmender Verärgerung fragte sich Greta, ob der Hofkorbmacher überhaupt etwas gegen die Affäre seiner Frau unternommen hatte. Vielleicht hatte er ja das Greta gegebene Versprechen gebrochen. Auf den ersten Blick sah es natürlich so aus, als hätte sich das Ehepaar Borchers getrennt. Doch warum kaufte ein gehörnter Mann ein wunderschönes neues Haus für seine Gattin? Ausgerechnet in dem nicht einmal zweitausend Einwohner zählenden Ort, in dem ihr Liebhaber wohnte? Trotz der vielen Touristen war die Welt der Einheimischen in Warnemünde recht überschaubar. Hier kam man leicht ins Gerede, das wusste Greta nur zu gut. Einen gewissen Ruf hatte die Borchers sicher zu fürchten, doch Greta hörte nichts davon. Die Klatschbasen, die ihr so zugesetzt hatten, ließen Katharina in Ruhe. Klar, sie war die Tochter von Baumeister Papenhagen. Eine von hier. Katharina besaß auch noch ein anderes Pfand: die alte Gerda. Wer jemals öffentlich ein Wort gegen Katharina sagen würde, bekäme es mit der Haushälterin ihres Vaters zu tun: Ein mittelalterlicher Fluch erschien Greta durchaus möglich, vielleicht würde Gerda sogar ein kopfloses Huhn auftreiben und über den Marktplatz jagen – oder etwas in der Art.

Jedenfalls hatte sich nichts geändert. Joachim arbeitete weiterhin für die Strandkorbvermietung Borchers, die sich in dieser Saison auf das Geschäft in Warnemünde konzentrierte, und brachte ein Auskommen nach Hause, mit dem Greta es sich eigentlich hätte gut gehen lassen können. Er arbeitete jedoch mehr als je zuvor. Dies war wohl dem besonders sonnigen und langen Sommer geschuldet, aber Greta ließ sich keinen Sand in die Augen streuen. Nicht einmal vom Wetter. Ihr Argwohn blieb bestehen. Die Leichtigkeit, mit der sie ihr finanziell an sich verbessertes Leben hätte ausfüllen können, stellte sich nicht ein. Wenn nach ihrem Besuch in Rostock doch wenigstens irgendetwas passiert wäre. Olaf Borchers sollte Joachim ja nicht zum Duell fordern, aber ein wenig mehr Theaterdonner hätte Gretas Seelenheil durchaus gutgetan.

Immer wieder zog es sie zu dem mehrstöckigen, weiß getünchten, rosenumrankten Haus der Borchers, das mit seinen Türmen und Erkern, Säulen, Balkonen und Fachwerkverstrebungen wie eine Trutzburg zwischen Dünen und Buchenwald wirkte. Die Bepflanzung weckte die Assoziation eines Dornröschenschlosses und ließ Greta darüber rätseln, welcher Prinz Katharina wohl wachküssen sollte. Vielleicht ja doch der Gatte. Immerhin kam Olaf Borchers hin und wieder zu Besuch. In den Sommerferien war er lange hier gewesen, als seine Söhne aus dem Internat nach Hause kamen. Trotzdem schlich sich bei Greta der Verdacht ein, bei dem Prinzen könnte es sich um ihren Ehemann handeln. Ein gut aussehender ehemaliger Seemann in den Dreißigern kam ihrer Fantasie deutlich näher als ein würdevoller Handwerker Mitte/Ende fünfzig.

Wie von selbst führten ihre Schritte sie daher immer mal wieder in Richtung Steilküste. So weit draußen lag die Villa der Borchers freilich nicht, das Ende der Promenade war nah, der

Strand noch flach, aber die Landschaft wurde rauer, der Sand grober. Das Gebiet wurde gerade neu erschlossen, und auch die Strandkorbvermietung Borchers wollte sich durch neue Pachtverträge mit der Gemeinde vergrößern. Natürlich lag es nahe, dass Katharina die Saison vor Ort verbrachte. Oder auch nicht. Wozu beschäftigte sie einen Geschäftsführer, wenn sie diesem nicht die ganze Arbeit überließ? Vertraute sie Joachim etwa nicht? Ach, wenn sich doch Joachim endlich eine andere Arbeitsstelle suchen würde. Greta war überzeugt davon, dass er problemlos anderswo unterkommen konnte. Damit lag sie ihm in den Ohren. Seit geraumer Zeit schon. Immerhin war es die einzige Lösung, die Borchers loszuwerden – und mit ihr die Eifersucht, die Greta umtrieb. Doch ihr Mann wollte nichts davon hören.

Gegen die schlimmsten Auswüchse ihres Leidens hatte Greta inzwischen ein probates Mittel gefunden. Ein gelegentlicher Spaziergang am Meer tat ihr gut. Sie hatte festgestellt, dass der Wind die bösesten Gedanken aus dem Hirn blies. Die körperliche Bewegung gab ihr überdies das Gefühl, etwas gegen die Zweisamkeit der beiden zu unternehmen. Es fiel nicht auf, dass sie im Grunde nur der Borchers und Joachim nachspürte, wenn sie über die Promenade flanierte. Vor allem nicht in diesem herrlich langen Sommer. Zwar hatte Greta die Objekte ihres Interesses niemals in einer verfänglichen, nicht einmal in einer peinlichen Situation erlebt, aber man konnte schließlich nie wissen, wann das erste Mal sein würde.

Heute war dies jedoch nicht das Ziel ihrer Neugier. Sie hoffte, einen Blick auf die Logiergäste der Borchers zu erhaschen. Neuerdings vermietete Joachims Chefin auch Gästezimmer, diese geldgierige Person. Manche mochten das *geschäftstüchtig* nennen – Greta fand es einfach nur peinlich für eine Dame, zahlende Touristen zu bewirten. Doch dann lauschte sie dem Gerede auf dem Markt und der Promenade, selbst Friederike trug aus der Schule den Klatsch nach Hause, überall verbreitete sich die Sensation: Am Strand wurde ein Film gedreht, und die Schauspieler übernachteten bei Katharina Borchers. Damit war die Sachlage eine andere. Statt die Nase zu rümpfen, entbrannte in Greta eine Leidenschaft, die sie magisch zur Borchers'schen Villa zog. Ein vergessenes Gefühl bemächtigte sich ihrer, das ihr hartes Herz milder stimmte.

Nicht dass sie sonderlich viel Ahnung von der Kinematographie hatte. Sie war noch nie in einem Lichtspielhaus gewesen. Das Kaiserpanorama hatte sie in Rostock zwar besucht, aber dort gab es keine bewegten Bilder. Aufregend war es schon und die dreißig Pfennig Eintritt durchaus wert gewesen. Am Neuen Markt wurden kolorierte Fotografien aus aller Welt dreidimensional gezeigt, eine neue Maschine machte dies möglich. Jede Woche änderten sich die Fotos: Ansichten aus Afrika, Nord- und Südamerika und aus Asien, aber auch von Ballonfahrten und Gipfelbesteigungen in den Alpen. Greta hatte auf diese Weise Menschen und Landschaften gesehen, die sie nie für möglich gehalten hätte. Das war schon großartig, aber welche Steigerung mochte es sein, auf der Leinwand eine Geschichte mit lebendigen Figuren erzählt zu bekommen, nicht nur die Illusion davon? Und Musik gab es auch noch dazu. Greta hatte gehört, dass die Klavierspieler im Kintopp zuweilen ganz großartig waren. Leider hatte sie Joachim nicht zu dem Besuch eines Filmtheaters überreden können. Allein traute sie sich nicht in den Saal in Rostock, auch wenn es sich um einen Nebenraum im vornehmen Hotel Sonne handelte. Das war etwas anderes als die Kästen, in die man durch eine Linse blickte wie beim Kaiserpanorama. Besonders vorsichtige Menschen behaupteten ja, dass der Besuch eines Kinos ungesund sei und schreckliche Folgen für Leib und Seele haben könne. Doch das glaubte Greta nicht.

Wahrscheinlich hatte sie Joachim nicht genug bearbeitet. Entschlossen reckte sie das spitze Kinn in die milde Ostseebrise. Bislang hatte sie immer ihren Willen bekommen. Oder zumindest meistens. Sie würde ihrem Mann so lange zusetzen, bis er nachgab und mit ihr einen Ausflug nach Rostock machte. Hinterwäldlerisch wollte er gewiss nicht erscheinen und verpassen, worüber überall in Warnemünde geredet wurde. Flüchtig ging ihr durch den Kopf, dass Joachim die Attraktion vielleicht schon mit Katharina Borchers angesehen und deshalb keinen Nachholbedarf an ihrer, Gretas, Seite hatte. Ausnahmsweise verscheuchte sie diesen Gedanken jedoch. Es war ein schöner Tag, und sie wollte sich die Vorfreude auf die Filmfritzen nicht nehmen lassen.

Nun stand sie also auf dem Strandweg vor dem Anwesen mit den prominenten Gästen – und wusste nicht weiter. Das Büro der Borchers befand sich zwar hier, aber Joachim arbeitete während der Saison in einer Bude nahe den Badeanstalten. Da das Wetter für einen anhaltenden Fremdenverkehr sorgte, war er noch immer dort anzutreffen. Sonst hätte Greta einen Besuch bei ihrem Mann vortäuschen und dabei einen Blick auf die Pensionsgäste werfen können. Sollte sie so tun, als wollte sie Katharina Borchers einen schönen Tag wünschen? Das war ebenso albern wie unmöglich. Es war zu früh am Morgen, um irgendjemandem einfach nur seine Aufwartung zu machen. Und was hätte sie auch für einen Grund vorbringen können, der plausibel genug wäre, um freundlich empfangen zu werden?

Von ihrem etwas erhöhten Standort konnte sie in den Garten spähen. Die Thujen, die Katharina am weiß lackierten Zaun entlang hatte pflanzen lassen, waren noch nicht so hoch, dass sie die

Sicht auf einen Korbtisch mit einem Kaffeegedeck darauf und sechs lose verteilte Stühle verdeckten. Die Garnitur stand im Schatten einer üppig blühenden Kletterrose, die sich über einen schmiedeeisernen Pavillon rankte. Was für ein Ambiente! Obwohl sie sich weit entfernt befand, meinte Greta, den süßen Duft der noch schweren roten Blüten in der Nase zu haben. Der Borchers gelang wirklich alles. Die kläglichen Exemplare in Gretas Beet waren längst verblüht.

Als würde sich ihre Vorstellung eines Dornröschen-Schlosses erfüllen, trat ein Mann in die Sonne. Er war Greta zuvor nicht aufgefallen, vielleicht hatte er sich hinter dem Rosenbusch aufgehalten, möglicherweise war er durch seine dunkle Kleidung im Schatten irgendwie unsichtbar gewesen. Jetzt konnte sie ihn aber deutlich erkennen: ein Hüne, drahtig wirkend, nicht mehr ganz jung, aber gewiss noch nicht alt, attraktiv mit wie Pech schimmerndem schwarzem Haar und schwarzem Schnurrbart. Für Greta die leibhaftige Verkörperung der Figur des ägyptischen Feldherrn und bis in den Tod leidenschaftlich liebenden Radames in der Oper *Aida*.

Während sich in Gretas Kopf die vertrauten Klänge ihrer Schellackplatte zu einer stillen Arie formten, die Möwen über ihr laut kreischten und hinter ihr das Meer leise gegen den Strand schlappte, starrte sie den Fremden an. Es stand für sie außer Frage, dass es sich um einen der Schauspieler handelte. Wer sollte sonst derart gedankenverloren auf und ab gehen? Ein Mann mit diesem anziehenden, orientalisch anmutenden Äußeren gehörte zum Kintopp. Er bewegte sich wie auf einer großen Bühne, obwohl er sich gewiss unbeobachtet wähnte. Greta hatte außerhalb der gelegentlichen Aufführungen im Badepavillon noch nie einen Schauspieler sozusagen in natura gesehen – und war hingerissen.

Sie wusste nicht, wie lange sie so auf dem Dünenweg stand, die Absätze ihrer Schuhe versanken bereits im Sand, die Sonne brannte auf die Seidenblumen auf ihrem Strohhut herunter. Die künstlichen blassrosa Rosen ließen wahrscheinlich bereits die Köpfe hängen, während die echten Rosen ihre letzten Knospen öffneten. Schweißperlen bildeten sich in Gretas Nacken unter dem locker aufgesteckten Knoten. Hinter ihr erklang die Stimme eines kleinen Kindes – Lachen und Weinen zugleich – und erinnerte sie daran, dass sie die Uhrzeit völlig vergessen hatte. Sie sollte zu Hause sein, wenn Friederike aus der Schule kam, um sich gleich nach dem Lehrplan und den Hausaufgaben zu erkundigen; schließlich sollte ihre Tochter das Schuljahr zu Ostern als Klassenbeste beenden. Aber Greta konnte sich nicht von der Stelle rühren, solange sich der Mann in Katharina Borchers Garten befand. Es beflügelte ihre Fantasie, ihm zuzuschauen. Dabei hatte sie nicht einmal geahnt, dass sie imstande war, mit offenen Augen zu träumen.

Der Schauspieler hob die Hand, winkte. Er erinnerte Greta an die Fotografien, die sie vom triumphalen Einzug Kaiser Wilhelms in Jerusalem gesehen hatte. Die Palästinareise Seiner Majestät war zwar schon lange her, aber vielleicht hatte sie ja seit dreizehn Jahren nicht mehr geträumt. Es war in etwa die Dauer ihrer Ehe. Jedenfalls wirkte der Unbekannte gelassen und gleichzeitig vornehm und freundlich. Wen immer er grüßte, er widmete dieser Person plötzlich seine volle Aufmerksamkeit. Eine unfassbar einnehmende Geste.

Kam etwa die Borchers von irgendwoher? Greta blickte sich um. Ihr eifersüchtiges Herz zerriss fast unter der Vorstellung, dass die Pensionswirtin nun auch noch ihren Gast verzaubert hatte. Nicht nur Gretas Gatten. Vielleicht brauchte Katharina den auch gar nicht mehr. Mit dem Schauspieler lachte sie sich womöglich einen neuen Geliebten an, der praktischerweise gleich unter ihrem Dach wohnte. Seltsamerweise freute sich Greta nicht über den Gedanken, Joachim nun endlich wieder ganz für sich zu haben.

»Hallo! Hallo, Sie! Sie da, junge Frau!«

Gretas Kinn klappte herunter. Atemlos vor Staunen wurde ihr klar, dass der Mann in Katharina Borchers Garten mit ihr sprach. Mit einer wundervollen sonoren Stimme. Kein Tenor, eher ein Bariton mit norddeutsch gefärbtem Zungenschlag.

Er trat näher an den Zaun und die Hecke mit den jungen Lebensbäumen, die ihm gerade mal bis zu den Hüften reichten. Seine Handbewegung war deutlich – sie sollte näher kommen.

Doch Gretas Gliedmaßen versagten ihr den Dienst, sie starrte diesen wundervollen attraktiven Mann nur mit offenem Mund an. Seine Aufmerksamkeit machte sie sprachlos.

»Sie brauchen keine Angst zu haben. Ich beiße nicht.« Anscheinend wollte er sie jedoch vom Gegenteil überzeugen, denn er schob die Schultern vor und breitete die Arme aus, die Hände zu Klauen gespreizt. Dann machte er laut: »Boahhh ...«, als wäre er ein Werwolf.

Er jagte ihr damit einen gehörigen Schrecken ein. Unwillkürlich zuckte sie zusammen.

Die Arme sanken herab. »Entschuldigen Sie«, rief er und setzte eine zerknirschte Miene auf. »So nett und bescheiden, wie Sie auftreten, haben Sie meine Unverschämtheit nicht verdient. Möchten Sie als Entschädigung für mein ungebührliches Verhalten ein Autogramm?«

Greta hielt es für gänzlich unangemessen, sich über den Strandweg hinweg mit ihm in einer Lautstärke zu unterhalten, die ihr Gespräch bei günstigem Wind womöglich bis zur Bismarck-Promenade tragen würde. Deshalb redete sie sich ein, dass sie einzig auf gutes Benehmen bedacht war und ihm deshalb entgegenging. Sie balancierte sehr vorsichtig die Dünen hinab. Nicht auszudenken, wenn sie ausgerechnet jetzt in den Sand fallen oder einer der langen scharfen Grashalme sich in ihrem Unterrock verfangen würde. Endlich stand sie auf der anderen Seite des Zauns.

»Sie kennen mich gewiss von der Leinwand oder der Bühne«, meinte ihr Gegenüber.

Natürlich wollte sie ihm nicht sagen, dass das Gegenteil der Fall war. Deshalb nickte sie nur stumm.

Er strich sich eine imaginäre Haarsträhne aus der Stirn. »Das dachte ich mir, als ich Sie da oben stehen sah. Man erkennt seine Bewunderer schließlich sofort. Es ist mir ein Vergnügen, mit Ihnen bekannt zu werden, Fräulein …?« Erwartungsvoll hielt er inne.

Fräulein?!

Greta zog die Augenbrauen hoch. Sah sie noch so jugendlich aus, oder nahm er an, dass sie eine alte Jungfer war? Sie räusperte sich und erklärte pikiert: »Frau Wittenburg. Greta Wittenburg.«

»Oh, meine Teuerste, wie konnte ich annehmen, dass eine so schöne junge Dame wie Sie noch unverheiratet ist! Sehen Sie mir diese Unverfrorenheit bitte nach. Anscheinend mache ich gerade alles falsch.«

Seine aufrichtig wirkende Erschütterung rührte sie. Gleichzeitig gewann sie ein wenig Sicherheit zurück. Wäre da nur nicht dieser flammende Blick aus seinen dunkelbraunen Augen, der sie traf wie ein Blitz. Obwohl sie inzwischen auf festgetretener Erde stand, fühlte sie sich wie auf losem Sand. Ihre Knie bebten. »Nun ja, ein Missverständnis kann jedem mal passieren«, räumte sie ein.

Er verneigte sich mit der übertriebenen Gestik eines Pagen

des Rokokos. Greta kannte diese Bewegung aus der Oper *Der Rosenkavalier*. Im Kaiserpanorama hatte sie Bilder von der Premiere in der Semperoper zu Dresden Anfang dieses Jahres gesehen, und Joachim hatte ihr die Schellackplatte dazu gekauft, nachdem die Aufführungen im ganzen Reich von wahren Begeisterungsstürmen begleitet wurden. Einen so groß gewachsenen Mann zu erleben, der sich dermaßen geschmeidig verbeugte – und das noch vor ihr und niemand anders –, war eine atemberaubende Erfahrung.

»Ich danke Ihnen«, tönte der Bariton.

»Da sind Sie ja!« Von der Eingangstür hallte eine wohlbekannte Frauenstimme herüber. »Ich habe Sie schon gesucht, Herr Trautwein, ein …« Verblüfft unterbrach sie sich. »Frau Wittenburg, was wünschen Sie? Joachim werden Sie hier nicht finden. Er ist im Kassenhäuschen am Strand.«

»Die Damen kennen sich?«, fragte der Schauspieler prompt.

Es kam Greta vor, als habe sie Katharina Borchers noch nie so gehasst wie in diesem Moment. Dass die andere durch ihr Auftauchen die Unterhaltung mit dem Traumprinzen unterbrach, würde Greta ihr niemals verzeihen. Durch die Bemerkung über Joachim ließ sie ihr nicht einmal eine Chance, ihr Hiersein irgendwie zu erklären. Dummerweise fiel ihr auch keine passende Erwiderung ein. Wohl oder übel musste sie sich von der Borchers abwimmeln lassen wie eine Bittstellerin.

»Frau Wittenburg ist die Gattin meines Geschäftsführers«, hörte sie Katharina sagen, während Greta noch nach einer angemessenen Antwort suchte.

»Wie schön für den Herrn Geschäftsführer – wie bedauerlich für mich, dass die Dame bereits vergeben ist. Wussten Sie, dass Frau Wittenburg eine große Kennerin der Kinematographie ist?«

»Ach – ja?«, gab Katharina gedehnt zurück. Ihr Ton war nichts als Ungläubigkeit.

»Und sie ist eine Bewunderin meiner Kunst«, setzte der Mann, den die Borchers *Herr Trautwein* genannt hatte, hinzu.

»Wirklich? Das ist aber eine Überraschung.«

»Finden Sie?«, gab er indigniert zurück. »Ich finde es nicht so überraschend, vor Ihrer Haustür eine Verehrerin anzutreffen. Immerhin ist Warnemünde ein Ort mit einigen Einwohnern und noch mehr Besuchern, nicht wahr?« Ohne Katharinas Antwort abzuwarten, fuhr er fort: »Einzig überraschend ist gewiss, dass Sie mit der Dame bekannt sind. Sogar näher bekannt, wie ich in Anbetracht der Stellung des Herrn Gemahls vermute.«

Dass er sich auf ihre Seite schlug, öffnete Gretas Herz für den Schauspieler. Sein Verhalten gab ihr den Mut, Katharina zu belehren: »Die Kinematographie interessiert mich sogar sehr. Offenbar haben Sie eine falsche Meinung von mir, Frau Borchers.«

»Ja. Das bestreite ich nicht.« Katharina lachte gekünstelt, dann wandte sie sich wieder an ihren Pensionsgast: »Die Vermittlung hat sich gerade gemeldet. Gleich wird ein Telefonanruf aus Hamburg für Sie durchgestellt werden, Herr Trautwein. Es ist sicher besser, Sie kommen ins Haus, um das Gespräch anzunehmen.«

»Die Pflicht ruft!«, rief er theatralisch aus. Er verneigte sich vor Greta, diesmal weniger kapriziös. »Ich bedauere zutiefst, Sie verlassen zu müssen, Teuerste. Geben Sie mir bitte die Möglichkeit zu einem Wiedersehen.«

Sagte er das wirklich, oder hatte sie sich verhört? Greta starrte ihn an, als wäre er ein Weltwunder.

»Ich … ähhh …«, stammelte sie, verschluckte sich an ihren eigenen Worten, hustete, japste – und fühlte sich jämmerlich.

Da Katharina schwieg, fühlte sich ihr Pensionsgast wohl zu

einem Vorschlag bemüßigt, der ihm gerade durch den Kopf geisterte, wie sein Griff an die Stirn verdeutlichte: »Wie wäre es mit einer Plauderstunde in diesem lauschigen Garten? Die Abende sind noch lau, und die Rosen duften wundervoll. Laden Sie doch bitte Ihren Geschäftsführer und seine Gemahlin ein, werte Frau Borchers. Sie würden mir damit eine große Freude bereiten. Und der kleinen Frau Wittenburg gewiss auch.« Den letzten Satz begleitete ein vertrauliches Zwinkern in Gretas Richtung.

»Ja … nein … ja …«, Katharina räusperte sich, um mit fester Stimme zuzugeben: »Wenn Sie es wünschen. Ein Gast ist schließlich immer der König, nicht wahr?« Ihr Ton wurde eine Spur härter: »Ich erwarte Sie und Joachim dann zum Abendessen. Wäre halb sieben Uhr genehm, Frau Wittenburg?«

Greta strahlte. Dass Trautwein ihr zugezwinkert hatte, würde sie ihm niemals vergessen. »Gewiss«, nahm sie die Einladung an. »Wir pflegen früher zu essen, können aber natürlich einmal eine Ausnahme machen. Bis heute Abend. Guten Tag.« Leichten Herzens wandte sie sich um. Ihre Schritte führten sie in einer Weise davon, wie sie es einst den hochwohlgeborenen Adligen in den Schlössern ihrer Kindheit abgeguckt hatte.

10

»Bist du sicher, dass die Filmfritzen der richtige Umgang für uns sind?«, fragte Joachim. Er stand neben Katharina am Strand und beobachtete skeptisch die Dreharbeiten.

In wenigen Metern Entfernung poussierte eine junge Frau in freizügiger Badekleidung mit einem respektablen Herrn in einem Strandkorb der Vermietung Borchers. Sie hieß Kitty Dewall, war Komödiantin, zeigte reichlich Dekolleté und Bein und versuchte, den Schauspieler und Regisseur Gustav Trautschold zu verführen, der sich mit großartigen Gesten und übertriebenen Bewegungen vergeblich zu wehren schien. Die beiden waren nicht allein, wurden von einem Mann nebst Filmkamera beobachtet, der sich hinter dem Möbel versteckte. Diesen Mann stellte Walter Trautwein dar und war damit eine fast identische Kopie des *echten* Kameramannes: Hans Saalfrank stand hinter der Linse seines aus Nussbaumholz gefertigten Apparats, darauf bedacht, dass das Stativ nicht zu sehr im Sand versank, und bediente fleißig die Kurbel, um einen gelungenen Ablauf der Aufnahme zu gewährleisten.

Als die Verführungskünste in einer wilden Knutscherei ausarteten, meinte Joachim: »Ich werde das Gefühl nicht los, dass wir jeden Moment wegen Sittengefährdung verhaftet werden. Oder der Strandkorbverleih wird auf Anordnung des Vogts geschlossen.«

»Ich finde das alles recht amüsant«, behauptete Katharina. »Die Idee, einen Film im Film zu drehen, hat ihren Reiz …«

»Aber muss es denn ausgerechnet die Geschichte eines Zensors sein, der dem *Kongress zur Bekämpfung der Kinematographie* vorsteht und zum Ausbund der Doppelmoral wird?«, fiel er ihr ins Wort. Demonstrativ blickte er sich um. »Ich frage mich ernsthaft, wo die Polizei bleibt. Was die beiden da in aller Öffentlichkeit in unserem Strandkorb treiben, ist unmoralisch.«

Auch wenn sie es nicht zugeben wollte, es war Katharina durchaus ein wenig peinlich, den Turteltauben zuzuschauen. Joachims Hinweis auf die Erregung öffentlichen Ärgernisses war nicht von der Hand zu weisen. Schlimmer noch: Er erinnerte sie schmerzlich an die Leidenschaft, mit der sie ihn vor einem Jahr in Berlin mitten auf der Straße geküsst hatte. Obwohl es für sie beide – im Gegensatz zu den Schauspielern – keine Wiederholung dieser Szene gegeben hatte, würde sie das tief empfundene Glück niemals vergessen. Olafs Auftauchen in ihrem Hotel schloss jeden weiteren Austausch von Zärtlichkeiten aus und machte ihr die unsäglichen Folgen einer unbedacht eingegangenen Affäre in aller Deutlichkeit klar. Seither waren sie und Joachim ausschließlich Geschäftspartner.

Ihre Beziehung hatte sich durch die flüchtige Romanze verändert – und war auch ein Jahr später nicht so wie zuvor. Würde es wohl nie wieder sein. Allein diese Erkenntnis ließ Katharina mit einem gewissen Bedauern auf den *Vorfall* zurückblicken. Ein klärendes Gespräch hatte es zwischen ihnen beiden nicht gegeben, aber sicher konnte sich Joachim seinen Teil denken, nachdem er ihren Gatten in ihrem Hotelzimmer angetroffen hatte. Sie nahm allerdings an, dass er keine Ahnung von der Rolle hatte, die seine Frau dabei spielte. Katharina hatte ihm jedenfalls nichts von Gretas Besuch bei Olaf erzählt und beabsichtigte, diesen Teil der Geschichte weiterhin für sich zu behalten.

Früher hätte sie ihm jetzt beschwichtigend die Hand auf den Arm gelegt und eine humorvolle Bemerkung gemacht, sinnierte sie still. Seit Berlin vermied sie es, ihn zu berühren. Um nicht doch in Versuchung zu kommen, nahm sie ihre Schuhe, die sie an den Riemchen haltend in einer Hand trug, in beide Hände. Sie liebte es, barfuß durch den warmen Sand zu laufen. Das war eine der wenigen Gelegenheiten, bei denen sie vergaß, eine Dame zu sein. Ebenso wie sie vergessen hatte, beim Verlassen des Hauses einen Hut aufzusetzen.

»Reg dich nicht so auf«, versuchte sie, ihn zu beruhigen, »es ist ja nur eine gestellte Szene. Außerdem haben die Filmfritzen genug Leute engagiert, die das Gelände abriegeln, um Schaulustige fernzuhalten.«

»Damit niemand durchs Bild läuft«, knurrte er.

»Ja, auch«, gab sie lächelnd zu. Fast eine Spur entnervt fuhr sie fort: »Meine Güte, Joachim, jetzt sei mal nicht so streng. Du weißt ebenso gut wie ich, dass niemand die jungen Paare davon abhalten kann, sich nachts heimlich in einem Strandkorb zu treffen. Oder zumindest abends nach sieben Uhr, wenn die allgemeine Badezeit endet. Das ist dann allerdings nicht gespielt.«

»Hoffentlich«, grummelte er, um im nächsten Moment mit dem Finger auf die Filmfritzen zu deuten: »Aber hierbei handelt es sich um eine erfundene Geschichte, die so dargestellt wird, als sei sie Wirklichkeit. Damit wird den Leuten eine Situation vorgegaukelt, die frei erfunden ist. Und die Zuschauer nehmen das für bare Münze. Das ärgert mich.«

»Was für ein Unsinn, Joachim. Sieh mal, es kursieren doch haufenweise Postkarten mit anzüglichen Bildern, auf denen Strandkörbe nicht nur als *Liebeslauben* und *Lotterliegen* bezeichnet werden. Das sind letztlich auch erfundene Geschichten, und niemand läuft herum und sagt, es seien echte Darstellungen.«

Er schüttelte den Kopf. »Das ist ein alter Hut und interessiert niemanden.«

»Irrtum. Ich habe in den Ferien einen ganzen Stapel solcher Karten im Zimmer von Ulrich gefunden. Als ich ihn zur Rede stellte, erklärte er mir, dass dies Tauschobjekte seien. Ich habe keine Ahnung, was den Kindern heutzutage im Internat beigebracht wird. Hoffen wir, dass es nur Geschäftstüchtigkeit ist.«

»So sind Jungen in seinem Alter«, behauptete Joachim. Er sah sie von der Seite an, lächelte endlich. Vielleicht erinnerte er sich an die Streiche seiner Jugend. Das Aufblitzen in seinen Augen amüsierte sie. Doch dann verdüsterte sich sein Blick wieder. Mit unangenehmer Beharrlichkeit konstatierte er: »Du wirst aber keine Zeichnung und keine Fotografie mit einem Hinweis auf die Strandkorbvermietung Borchers finden. Auf diesen Strandkorb hier ist unser Zeichen gemalt. Jeder Kinobesucher sieht das verschlungene B. Ich finde, wir hätten uns nicht auf diese Sache einlassen sollen. Das bringt alles nur Ärger.«

Seine Prophezeiungen begannen, ihr die Laune zu verderben. War Joachim heute nur schlecht aufgelegt? Es konnte doch nicht sein, dass ein Mann mit einem Schiffspatent die Augen vor dem Fortschritt verschloss. Das neue Zauberwort hieß Film, und in der Zeitung stand sogar, dass die Eröffnung von immer mehr Kinos in den Städten zu einer Schließung der Theater führen werde. Bewegte Bilder auf der Leinwand statt Bewegungen auf der Bühne. Oder belastete Joachim etwas anderes? Hegte er aus einem anderen Grund so großen Groll gegen die Leute vom Film und ihre Arbeit?

Erschrocken hielt Katharina die Luft an. Plötzlich fiel es ihr wie Schuppen von den Augen. Der Grund für Joachims Missmut war nicht das Kino an sich, sondern der Schauspieler Walter Trautwein, ihr Pensionsgast. »Du bist wütend, weil Herr Trautwein deiner Frau Avancen macht.«

Joachims Eifersucht versetzte ihr einen Stich. Sie versuchte, ihre Gefühle wieder zu beherrschen. Die Finger, die ihre Schuhe hielten, zitterten leicht. Offenbar vertrugen sich Joachim und Greta wieder so gut, dass ihn ein harmloser Flirt seiner Frau bereits aufbrachte. Die Annäherung der beiden war unbemerkt von Katharina geschehen, aber das war kein Wunder, da sie Greta aus dem Weg ging und möglichst keine privaten Gespräche mit Joachim führte. Heute befanden sie sich zum ersten Mal in einer durch die Filmszene provozierten, etwas verfänglicheren Situation.

Ich sollte mich freuen, wenn er mit seiner Frau glücklich ist, dachte sie, den Blick auf die Muscheln, Krabben und Steine gerichtet, die die Wellen an Land geschwappt hatten. Es war besser für ihn, dass er sich mit seiner Frau arrangiert hatte. Das unterschied Gretas und Joachims Zusammensein von Katharinas Ehe. Auch sie hatte sich mit Olaf arrangiert, doch glücklich war sie damit nicht. Sie war einsam, während Olaf weiterhin seine Amour fou pflegte.

Er hatte Nora Wedding eine Wohnung in Schwerin eingerichtet, nachdem sie die Villa in Rostock verlassen musste. Katharina bestand auf der Entlassung, sie konnte ihren Gatten überzeugen, dass eine weitere Beschäftigung der Gouvernante in einer anderen Funktion zu Gerede führen würde, nachdem Christian und Ulrich ins Internat gingen. Regelmäßige, als Geschäftsreisen getarnte Aufenthalte führten Olaf jedoch immer wieder zu seiner Geliebten, der er mittlerweile ein kleines Hutgeschäft gekauft hatte. Wahrscheinlich war das seine Vorstellung von der Großzügigkeit eines späten Lebemannes. Er benahm sich durchaus diskret, das änderte jedoch nichts daran, dass Katharina im Geiste eine geschiedene Frau war. Obwohl Olaf in den Sommerferien der Jungen oft nach Warnemünde kam, lebten er und Katharina auf gewisse Weise getrennt, was allerdings ihr Geheimnis blieb. Als Ehepaar wahrten sie die Form, gesellschaftlich konnte kein Anstoß genommen werden. Deshalb würde sie im Winter eine Weile lang wohl das neue Sommerhaus abschließen und in die Steintor-Vorstadt zurückkehren müssen. Davor graute ihr schon heute.

»Er kann sie haben«, unterbrach Joachim ihre Gedanken. »Ich wäre froh, wenn er sie mir abnehmen würde. Ich wäre Trautwein sogar zutiefst dankbar dafür.«

Sie sah zu ihm auf, verwundert, dass sie sich dermaßen getäuscht hatte. Sie versuchte, sich die Szenerie der Einladung vorgestern Abend ins Gedächtnis zu rufen, zu der sie von ihrem Pensionsgast quasi gezwungen worden war. Wenn sie es recht bedachte, hatte sie weder ein sonderlich inniges Verhältnis des Ehepaars Wittenburg feststellen noch den Austausch von Vertraulichkeiten beobachten können. Die beiden benahmen sich angemessen freundlich und distanziert. Deshalb hatte sie nicht weiter über Greta und Joachim nachgedacht. Dass Trautwein Greta äußerst charmant den Hof machte, hatte Katharina amüsiert, sie schrieb es der Eitelkeit des Schauspielers zu. Aber wenn es keine Eifersucht war …? Den Zusammenhang mit Joachims Groll verstand sie nun noch weniger. Ihr Unbehagen wuchs.

»Nun … ja …«, murmelte sie hilflos, »vielleicht urteilst du ein wenig hart …«

»Alles im Kasten!«, brüllte der Kameramann über den Strand. »Wir können abbauen.«

Für einen Moment abgelenkt sahen Katharina und Joachim zu, wie sich die Liebesszene im Strandkorb auflöste. Die Schauspieler verließen ihre Plätze, die Maskenbildnerin eilte herbei, um Kitty Dewall in einen Seidenkimono zu helfen, ihr Filmpartner und Regisseur zündete sich eine Zigarette an, während Walter Trautwein seine Requisiten dem zuständigen Mann überließ. In einiger Entfernung löste das Wachpersonal die Sperren auf, und die ersten Verehrerinnen stolperten durch den Sand, einfach nur um einen der Filmleute aus nächster Nähe zu betrachten oder auf der Suche nach einem Autogramm. Überraschenderweise waren es nur junge Frauen, vor allem an den leichten Sommerkleidern als Touristinnen oder Bürgerstöchter erkennbar, Dienstmädchen und Arbeiterinnen gehörten offenbar weniger dazu – oder hatten einfach keine Zeit, die neu erwachte Begeisterung für das Kintopp zu teilen. Begleitet wurde dieser Auftritt von dem Lachen, Gekreische und Geschnattere der jungen Dinger. Mit einem Mal diente der ausklappbare Tisch des Strandkorbs dazu, Zettel zu signieren oder in Poesiealben zu schreiben. Vor allem Walter Trautwein hatte offenbar eine ganz erhebliche Zahl von Bewunderinnen.

»Seit dem Abendessen bei dir redet Greta immerzu davon, wie wundervoll dieser Trautwein ist«, knurrte Joachim. »Am liebsten möchte ich sie packen und eigenhändig zu ihm tragen. Aber anscheinend ist das Gedränge um ihn dafür zu groß. Es gibt kein Durchkommen.«

Die Bitterkeit in seinem Ton brachte Katharina auf die Idee, dass Greta womöglich Vergleiche zwischen dem Filmschauspieler und ihrem Gemahl zog. Dass Joachim dabei nicht besonders gut abschnitt, war anzunehmen. Er würde Katharina gegenüber nie zugeben, wie sehr ihn das traf, aber sie kannte Gretas Bissigkeit gut genug, um sich die Folgen dieser Geringschätzung vorzustellen. Denn natürlich war der eine Mann anbetungswürdig und der andere voller Fehler. Langsam begriff Katharina, was ihm die Laune verdarb.

Armer Joachim! Von einer Verbesserung seiner Beziehung zu Greta schien er weit entfernt.

Dummerweise schlich sich ein Gedanke ein, den sie sich inzwischen eigentlich strikt verbat: Wie anders wäre ihr Leben verlaufen, wenn sie nicht Olaf Borchers geheiratet hätte. Der Gedanke schien mit dem Wind gekommen zu sein, der auffrischte und mit ihren Haarsträhnen spielte, die sich aus der kunstvollen Hochfrisur lösten. Er zog ihr das Herz zusammen und verdunkelte ihren Blick.

Joachim deutete ihr Schweigen falsch. »Es tut mir leid, ich wollte dich nicht mit meinen Geschichten langweilen … Möchtest du weiter zuschauen? Ich gehe dann besser mal wieder an meinen Arbeitsplatz, Frau Chefin.« Was launig klingen sollte, wirkte aufgesetzt und grimmig.

Sie wollte ihm sagen, dass er sie nicht behelligte. Dass sie immer für ihn da sein würde, ganz egal, was gewesen war und noch kommen würde. Doch ihre Zunge war plötzlich zu trocken zum Sprechen. Ihr blieb nur, ihm nachzusehen, wie er mit kräftigen Schritten davonging. Ein noch immer attraktiver Mann, den der lose Sand nicht aus dem Gleichgewicht brachte.

11

Das sonnige, ruhige Wetter hielt bis Anfang November. Dann erst zogen die Herbststürme auf und mit diesen die Veränderungen: Es wurde abgesegelt, die Tennisplätze wurden winterfest gemacht, Hotels, Pensionen und Ferienwohnungen leerten sich, und die Strandkörbe verschwanden ebenso wie die Kurgäste im Winterquartier. Eigens angemietete Fuhrwerke transportierten die Kiepen in spezielle Lagerhallen, wo sie auf die Rückfahrt im Frühjahr warteten. Manche der Sommermöbel waren so ramponiert, dass Joachim sie nach einer ersten Besichtigung bereits am Strand aussortierte, andere warf er erst nach der genauen Inspektion in der alten Scheune oberhalb des Kliffs, die Katharina als Bestandshaus gepachtet hatte, auf den Müll. Einige Strandkörbe mussten zur Hofkorbmacherei Borchers gebracht werden, die meisten kleineren Schäden reparierte Joachim vor Ort. Trotz der vielen vernarbten Brandwunden waren seine Hände noch immer recht geschickt. Begleitet wurde er in diesen Tagen von einem Trupp Tagelöhner, die wie fast alle Tagelöhner im Land aus Russisch-Polen stammten, anständige Arbeit leisteten und Katharinas Börse nicht übermäßig beanspruchten.

Der lange Sommer war ein Segen für ihren Strandkorbverleih, denn auf diese Weise hatte sie auf einen Schlag deutlich mehr Geld als erwartet eingenommen. Und das trotz der Erhöhung der Standgebühren durch die Gemeinde. Man mochte gar nicht glauben, wie viel bei einer Miete von drei Mark für zwei Wochen pro Kiepe am Ende der Saison zusammenkam. Auch Katharinas Pensionszimmer brachten gutes Geld. Sie würde den Bankkredit schnell zurückzahlen können und dann mit dem Rest auf der Habenseite schon bald in eine weitere Vermietung investieren. Vielleicht sogar in Heiligendamm. Irgendwie hing sie an dem eleganten Seebad. Der Konkurs hatte in ihrem Leben viel verändert, unerwarteterweise in wirtschaftlicher Hinsicht zum Besseren. Möglicherweise ließ sich diese Situation wiederholen. Für einen Kaufpreis von mehr als eineinhalb Millionen Mark gehörte das Seebad jetzt einem Konsortium, bestehend aus zwei Getränkehändlern, einem Ruheständler und einem Hotelier aus Hamburg. Da Letzterer, ein gewisser Heinrich Bockenhauer, auch gleich der neue Ortsvorsteher wurde, schienen die Investitionen gesichert. Es hieß, dass Großes geplant sei. Und dafür wurden gewiss auch einige Strandkörbe mehr benötigt.

Katharina ging ihre Zahlen immer wieder durch, rechnete, schmiedete Pläne. Als ein Sonnenstrahl durch die Herbstwolken blinzelte und sich im Glas ihrer Lupe brach, sah sie von der Buchhaltung auf und durch die Fenster ihres Arbeitszimmers. Sie hatte ihren Sekretär nach ganz oben in das Türmchen stellen lassen, sodass der Schreibtisch an drei Seiten von Fenstern umgeben war. Vor ihrem Blickfeld breitete sich der unter den dichten Wolken schneeweiß schimmernde Strand aus und dahinter das Meer. Das Wasser wirkte graublau, ähnlich dem Gefieder von Tauben, und wurde zum Horizont hin heller, verbunden mit dem Himmel durch einen imaginären rauchblauen Strich. Sie liebte diese Aussicht. Sie war wie Balsam für ihre Seele, gleichsam Trost- und Kraftspender.

Ein bunter Punkt wehte vor das Bild. Bei näherem Hinsehen

erkannte sie ihn als Flugdrachen, den irgendjemand in der Brandung steigen ließ. Im Herbst kamen viele Kinder und Jugendliche an den Strand, um ihre selbst gebauten Luftsegler auszuprobieren. Heute war nicht viel los, und daher beobachtete Katharina das Spiel von Wind und Geschicklichkeit. Je länger sie zuschaute, wie sich das rote Sechseck drehte und wendete, Aufwind nahm und wieder herabsank, desto sicherer nahm sie an, dass der Mann, der das Gerät am Ende der Leinen steuerte, Joachim war. Sie konnte ihn mit bloßen Augen nicht genau erkennen, aber das Kind, das um seine Beine sprang, bestätigte ihre Annahme. Es war ein Mädchen mit wehenden blonden Locken, die sich nicht bändigen ließen. Vater und Tochter hatten viel Spaß zusammen. Das konnte Katharina an jeder Bewegung ablesen.

Statt sich an dem Glück der beiden zu freuen, beschlichen Katharina Wehmut und sogar ein gewisses Neidgefühl. Sie vermisste ihre Söhne so sehr. In den Minuten zwischen Schlafen und Wachen, einsam in ihrem Bett liegend, fragte sie sich jeden Morgen, ob es richtig gewesen war, Christian und Ulrich in eine Internatsschule zu geben. Und immer wieder sagte sie sich, dass alles besser war, als die Erziehung ihrer Kinder der Gouvernante zu überlassen. Wie die Dinge lagen, wäre alles nur noch schlimmer gekommen, wenn sie nichts unternommen hätte. Überdies schienen die Jungen sich gut eingelebt zu haben. Jedenfalls klagten sie niemals in ihren Briefen und kehrten in den Ferien fröhlich und gesund nach Hause zurück. Vier Wochen noch – dann begannen die Weihnachtsferien. Katharina zählte die Tage, denn auch wenn sie es niemandem außer sich selbst eingestand, sie fühlte sich schrecklich ohne die beiden. Wie gern hätte sie jetzt Christian und Ulrich dabei zugesehen, wie sie einen Drachen steigen ließen.

Entschlossen wandte sie sich wieder den Zahlenreihen zu. Erst als die Tinte verwischte, bemerkte sie die stummen Tränen, die ihr über das Gesicht rannen.

12

Ihr Herzklopfen wurde heftiger, je länger Greta anstehen musste. Mit jedem Schritt, den sie näher an den Postschalter trat, nahm der Trommelwirbel in ihrer Brust zu. Sie konnte sich nicht erinnern, wann sie jemals so aufgeregt gewesen war. Als sie schließlich an der Reihe war, klang ihre Stimme wie ein atemloses Japsen: »Ist ein Brief für mich angekommen? Postlagernd, Kennwort: Seemannsbraut.« Letzteres fügte sie abgehackt und flüsternd hinzu. Nicht nur, weil sie vor lauter Aufregung fast keine Luft mehr bekam, sondern weil ihr die Anrede plötzlich albern und deplatziert erschien.

Es war Walter Trautweins Idee gewesen, sie so zu nennen. »Kleine Seemannsbraut«, sagte er zum Abschied, »wie soll ich weiterleben, ohne mit Ihnen in Kontakt zu bleiben? Wir werden uns schreiben, ja? Es ist mein größter Wunsch.« Und natürlich sah Greta das nicht anders.

Wenn sie jetzt jedoch an die wenigen Stunden zurückdachte, die sie mit dem Schauspieler hatte verbringen dürfen, vermochte sie sich kaum vorzustellen, dass auch nur eine Karte auf sie wartete. Während der Postbeamte ein wenig mürrisch, weil er sich von seinem Stuhl erheben musste, in den Regalfächern an der Wand hinter ihm die postlagernden Sendungen durchging, verblasste Gretas Hoffnung mit jeder Sekunde, die verstrich.

Walter Trautwein war ein vielbeschäftigter, erfolgreicher Mann. Warum sollte er ausgerechnet mit einer verheirateten Frau in

Verbindung bleiben wollen, die als eine Art Landpomeranze fernab seiner Heimatstadt Hamburg lebte? Sie war kein junges Mädchen mehr, niemals besonders hübsch gewesen, und was immer Joachim damals an ihr gefunden hatte, sicherlich hatten es die Schicksalsschläge, Sorgen und Ängste verdorben. Zugegeben, sie war durch Walter Trautweins Aufmerksamkeit aufgeblüht, gab sich mehr Mühe mit ihrem Äußeren, und in ihren Augen funkelte der verräterische Glanz stürmischer Verliebtheit. Aber genügte das, um einen Märchenprinzen wie ihn für sich einzunehmen?

Greta sank das Herz. Es schien auf ihren Magen zu drücken, denn mit einem Mal wurde ihr ein wenig übel.

Warum brauchte der Postmann so lange? Er konnte doch gleich sagen, dass er das erwartete Kuvert nicht fand. Greta war drauf und dran, die Sache auf sich beruhen zu lassen und zu gehen. Aber sie blieb wie magisch angezogen am Schalter stehen und wartete mit butterweichen Knien.

Magie spielte in ihrer Freundschaft mit Walter Trautwein eine große Rolle. Er hatte schon während des Abendessens bei Katharina Borchers davon gesprochen. Und wie magisch angezogen war sie ihm am nächsten Tag von ihrem Aussichtsplatz auf den Dünen heimlich durch Warnemünde gefolgt, um ein angeblich zufälliges Treffen herbeizuführen. Danach waren sie durch den Ort gewandert, der dem Schauspieler völlig fremd zu sein schien. Greta hatte sich insgeheim gewundert, dass ihm seine Wirtin nicht einmal den Leuchtturm gezeigt haben sollte. Allerdings war Katharina diese Ignoranz natürlich zuzutrauen, und Greta freute sich, als sachverständige Fremdenführerin brillieren zu können. Sie erzählte all die kuriosen Geschichten von geheimen Erbschaften und abenteuerlichen Seenotrettungen, die sie im Lauf der Jahre gehört, für die sie sich aber niemals interessiert hatte. Nun war es anders. Mit ihren traurigen Kindheitserinnerungen an die Mecklenburger Schlösser wollte sie nicht aufwarten. Sie wollte mit Walter Trautwein über die Provinzialität des einstigen Fischerdorfs lachen, das sich zum beliebten Seebad gemausert hatte, und nicht in der eigenen Vergangenheit kramen, für die sie sich vor ihm ohnehin schämte.

Es blieb nicht bei dem einen Spaziergang. Beim nächsten Mal verabredeten sie sich dann wieder und noch einmal. Sie promenierten höchst tugendhaft und redeten dabei. Walter Trautwein erzählte von seinem Leben als Schauspieler am Stadttheater in Hamburg und nun beim Film. Er war natürlich umgeben von Verehrerinnen, »aber eine Frau wie Sie habe ich nie zuvor getroffen«, behauptete er und führte ihre Hand an seine Lippen. Der Blick aus seinen glühenden Augen in die ihren – und sie schmolz dahin. Nie zuvor war sie so angesehen worden. Niemals hatte jemand sie dermaßen bewundert. Dass er ein charmanter Herr war, der viele Frauen kannte und daher ein gutes Urteilsvermögen haben musste, versüßte das Ganze noch.

Schon am Tag seiner Abreise schrieb sie den ersten Brief an die Adresse in Hamburg-Uhlenhorst, die er ihr genannt hatte. Es brannte ihr auf den Fingern, ihre Schwester Luise in einem kleinen Billet nach der Anschrift zu fragen. Sicher wohnte ein großer Künstler recht vornehm. Es war eine Bekanntschaft, auf die sie stolz sein konnte. Doch sie behielt das wundervolle Gefühl, das sie seit ihrer ersten Begegnung mit Walter Trautwein erfüllte, für sich. Nach dem ersten Brief an ihn folgte rasch ein zweiter, dann wieder einer und so weiter. Sie schrieb ihm fast täglich, es wurde zu einer Obsession. Dabei war es eine recht einseitige Unterhaltung. Sie wagte nicht, sich früher nach einer postlagernden Sendung für die *Seemannsbraut* zu erkundigen, ging erst zwei Monate nach ihrem ersten Brief zum Post- und Telegrafenamt am Kirchplatz. Sie fürchtete sich vor einer Enttäuschung. Nun war es aber Zeit geworden, denn sie hielt die Spannung nicht mehr aus …

»Hier.« Der Postbeamte schob die Kuverts, die er in der Hand hielt, über den Tresen.

Wie vom Donner gerührt starrte Greta darauf. Es war nicht ein Brief. Auch nicht zwei. Vor ihr lagen drei Umschläge.

»Sind … sind die alle … ich meine, alle … für mich?«, stammelte sie.

»Wenn Sie *Seemannsbraut* sind, dann stimmt das wohl. Und nun machen Sie mal Platz. Nach Ihnen wollen noch andere Leute drankommen.«

Erst jetzt wurde Greta die Unruhe in ihrem Rücken bewusst. Zögernd nahm sie die Schreiben an sich. Sie hielt die Kuverts ganz fest umklammert, wagte nicht, einen Blick auf die Schrift zu werfen, auch nicht, sie an ihr Herz zu drücken, was ihr erster Impuls gewesen war. Sie eilte an den anderen Postkunden in der Schlange vorbei zum Ausgang, die Lider gesenkt und hoffend, dass sich hier keine Nachbarn eingereiht hatten. Wie unfassbar peinlich wäre es, einer Bekannten zu begegnen und die Hitze in ihren Wangen erklären zu müssen. Glücklicherweise trat sie unbehelligt auf den Kirchplatz hinaus. Dort atmete sie tief durch und stopfte die Umschläge in ihre Handtasche. Besser, die kostbare Postsendung zerknitterte, als dass der Wind sie ihr fortnahm.

Joachim war mit Friederike an den Strand gegangen, um dieses lächerliche selbst gebaute rote Fluggerät steigen zu lassen. Vorhin hatte Greta das Vorhaben recht albern gefunden, jetzt dankte sie dem Himmel für die Möglichkeit, allein in ihrem Haus zu sein. Joachim hatte beteuert, dass er sich als Seemann auch mit den Strömungen in der Luft auskenne und er und Freddi viel Spaß haben würden. Freddi! Wie konnte er ihre

Tochter nur bei diesem gewöhnlichen Kosenamen rufen. Doch das war ihr plötzlich alles einerlei. Es zählte einzig, dass sie nach Hause laufen, sich in ihrem Zimmer einschließen und dort die Zeilen lesen konnte, die Walter Trautwein an sie geschrieben hatte. Hoffentlich waren Mann und Kind noch lange beschäftigt.

»Liebe Freundin«, begann der erste Brief. Greta hatte die Schreiben der Reihe nach auf ihrem Frisiertisch sortiert und mit der Hand geglättet, bevor sie zu lesen begann. Geglättet oder vielleicht doch zärtlich gestreichelt? Egal. Es war wundervoll, das dünne Pergament zu spüren, die steile Schrift zu lesen. Schwarze Tinte. So männlich. Sie hob das oben liegende Blatt auf und hielt es in das durchs Fenster hereinfallende Licht.

Liebe Freundin!
Ich darf Sie doch so nennen? Die Stunden, die Sie selbst in Ihrem reizenden Brief beschreiben, haben uns einander so nahegebracht, dass ich fest mit Ihrer Verbundenheit rechne. Es wäre mir die größte Freude, wenn Sie dem zustimmen könnten. Nun bin ich also wieder in der Heimat, doch ein Rastloser meines Fachs. Ein Engagement hier, ein Engagement dort machen mich zum Reisenden mit stetem Wechsel meines vorübergehenden Wohnsitzes. Umso schöner zu wissen, dass vielleicht schon Ihr Antwortschreiben bei meiner Heimkehr vorliegt. Das ist das wahre Zuhause: zu wissen, dass Freunde an einen denken und dies mit ihrer Nachricht bestätigen. Was heißt: Freunde? Es geht mir ja doch nur um die Eine. Um Sie, liebste Freundin.
Seien Sie herzlichst gegrüßt
von Ihrem
Walter Trautwein

Es kam Greta vor, als hätte sie seine Stimme gehört. Jedes Wort klang wie aus seinem Mund. Es war seltsam, wie stark der Nachhall in ihren Gedanken war. Als würden Schwingungen die Luft in ihrem Zimmer zum Vibrieren bringen. Manchmal hatte sie dieses Gefühl, wenn sie eine Schallplatte hörte und beseelt von der Musik zu Bett ging. Niemals zuvor war ihr dies allein durch den Ton eines Briefs passiert. Magie, fuhr es ihr durch den Kopf. Es ist Magie.

Vorsichtig faltete sie das Papier zusammen und legte es zur Seite, bevor sie den zweiten Brief an sich nahm. Auch dieser begann mit »Liebe Freundin«, war jedoch weniger persönlich gehalten. Walter Trautwein erzählte von den Dreharbeiten »unseres Films«, die inzwischen in den Ateliers der Komet-Film in Berlin fortgesetzt worden waren. Anschließend schlug die Stunde der Techniker, die aus dem Rohmaterial einen Film von fast zwanzig Minuten Länge schneiden würden. Der Streifen sollte den beziehungsreichen Titel *Wie sich das Kino rächt* tragen und im nächsten Jahr uraufgeführt werden. Bis dahin standen aber natürlich Dutzende von anderen Terminen an, die einen Schauspieler seiner Fasson schnell vergessen ließen, was gestern noch war. Nur sie, die kleine Seemannsbraut aus Warnemünde, würde er niemals vergessen.

Die Enttäuschung, die sich zu Beginn dieser Lektüre eingeschlichen hatte, verflog mit dem Schlusssatz. Endlich durfte Greta das Schreiben an ihr Herz pressen, ohne damit für Aufsehen zu sorgen. Sie hätte am liebsten geweint vor Glück. Doch sie strahlte.

Sie deponierte das Blatt auf dem ersten und griff zum letzten der drei Briefe. Fast ein wenig belustigt las sie die inzwischen vertraute Anrede »Liebe Freundin!«. Es klang bereits so, als wäre sie tatsächlich eine langjährige liebe Freundin von Walter Trautwein:

Heute darf ich mich nur kurz melden, da meine Zeit angefüllt ist mit dem Lernen einer neuen Rolle. Können Sie sich vorstellen, wie schwierig es ist, immer wieder Dialoge zu studieren, mit Charakteren und persönlichen Eigenheiten zu verbinden? Manchmal denke ich, mein Beruf frisst mich auf. Aber dann begegne ich Menschen wie Ihnen, die jeden Zweifel im Keim ersticken. Wenn ich jetzt den wichtigen Part des Polizisten im Film Der Totentanz *lerne, schenkt mir der Gedanke an Sie Kraft. Davor verblasst selbst die Vorfreude auf die Dreharbeiten mit Asta Nielsen in dem neuen Atelier in Neubabelsberg bei Berlin. Ach, wären Sie doch nur in meiner Nähe, liebe Freundin. Aber ich weiß natürlich, dass Ihr Platz bei Ihrer Familie ist – so wie meiner vor der Kamera.*
Demütigst
Ihr
Walter Trautwein

Stimmen wehten zu ihr ins Zimmer. Joachims dunkler Ton und Friederikes glockenhelles Lachen erfüllten das Haus. Keiner von beiden würde ungebeten ihr Zimmer betreten, doch Greta fühlte sich wie überrumpelt. Schlimmer noch, sie fühlte sich wie ertappt.

Rasch schob sie die Briefe in eine Schublade. Sie versuchte, sich zu sammeln, was ihr jedoch nicht gelang. Ihr Spiegelbild war eine einzige Darstellung des Glücks, das sie durch die Lektüre erfasste. Als könnte sie damit die Spuren aus ihrer Miene wischen, holte sie die Schreiben wieder hervor, erhob sich, versteckte sie unter ihrem Kissen. Wenn ihr Kopf später darauf ruhte, würde sie Walter Trautweins Worten noch ein wenig näher sein können.

Aber jetzt musste sie erst einmal zu ihrer Familie – und so tun, als wäre nichts geschehen.

1912

13

Der Duft, der Katharina in die Nase stieg, war so vertraut, dass es ihr regelrecht den Atem verschlug. Eine würzig-süße Mischung aus Holz, Leim und Farbe. Der Geruch der Korbmacherwerkstatt. Katharina hatte ihn fast vergessen. Sie war lange nicht mehr in der Manufaktur gewesen, und es erstaunte sie, wie schmerzlich sie das Wiedersehen empfand. Als würde sie eine Büchse öffnen, in der ihre Sehnsüchte schlummerten. In dem Moment, in dem sie durch das alte Tor trat, fiel ihr auf, dass sich hier das einzige Zuhause befand, das sie jemals mit Olaf Borchers geteilt hatte. In diesem Gebäude am Kröpeliner Tor war sie mit ihm glücklich gewesen. Oder zumindest sehr zufrieden. Bis zu jenem Tag, der ihr die ersehnte Tochter nahm und schließlich alles veränderte.

Durch den Erwerb des Nachbarhauses und den Durchbruch der Wände waren die Fabrikationsräume und Büros inzwischen vergrößert worden, es arbeiteten hier deutlich mehr Korbmacher, Tischler, Polsterer und Schneiderinnen als vor zehn Jahren. Die familiäre Atmosphäre, die damals zwischen dem Meister und seiner Frau, den Gesellen und Lehrlingen bestand, gehörte deshalb der Vergangenheit an. So war der Luftzug, der Katharina entgegenwehte, wie das Parfüm einer vorübergehenden Fremden. Es erinnerte kurz an eine ferne Zeit, von der nichts geblieben war als dieses flüchtige Aroma.

Ein junger Mann, eigentlich noch ein Knabe, in Arbeitskleidung ging an Katharina vorbei. Er trug einen Bund Flechtbänder, die vorn und hinten von seiner Schulter abstanden. Da er nicht aufpasste, stellten die Riemen eine Bedrohung dar, und Katharina musste sich ducken, um nicht getroffen zu werden. Ein wenig damenhafter Fluch rutschte über ihre Lippen, woraufhin sich der Junge umdrehte. Erschrocken starrte er sie an.

»'tschuldigung«, murmelte er. »Sie dürfen hier nicht rumlaufen. Die Werkstatt is nich für Kunden.«

»Ich bin Frau Borchers.«

Seine Augen wurden noch ein bisschen größer. »Wie? Sie auch? Das kann nich sein.«

Das milde Gefühl, das sich bei Betreten der Manufaktur eingestellt hatte, war jäh verflogen. »Was soll das heißen?«, fuhr sie den Jungen an, der offenbar einer von Olafs Lehrlingen war.

»Katharina! Da bist du ja schon!« Einem Luftzug gleich stürmte Olaf in die Halle. Im Gehen nahm er den Hut ab und entledigte sich seines Mantels, ganz der erfolgreiche, agile Fabrikbesitzer. Was für eine Verwandlung zu dem bodenständigen Handwerker von früher, kam es ihr in den Sinn. Als er neben ihr angelangt war, beugte er sich vor, um ihr einen Kuss auf die Wange zu hauchen. »Es tut mir leid, dass ich mich verspätet habe.«

Die Bemerkung des Jungen hatte Katharina im ersten Moment verwirrt, dann verärgert. Ihr Groll verwandelte sich schließlich in Abscheu, als ihr klar wurde, dass Olaf den Angestellten anscheinend seine Geliebte als seine Frau vorgestellt hatte. Unwillkürlich wich Katharina vor ihm zurück.

»Mir tut es auch leid«, zischte sie zwischen zusammengebissenen Zähnen.

Verwundert sah er sie an. Doch dann wurde er sich wohl des

Lehrlings bewusst, der noch immer in unmittelbarer Nähe stand, die Flechtbänder schulterte und Maulaffen feilhielt. »Na, hast du keine Arbeit?«, herrschte er den Jungen an.

»Doch, Meister, klar«, murmelte der Angesprochene und wandte sich mit einer hektischen Bewegung ab.

Dabei trafen die Riemen Katharinas neuen Hut und blieben an den langen Fasanenfedern hängen. Die Hutnadeln stachen in Katharinas Kopfhaut. Ihr Schmerzensschrei schien Olaf jedoch erst auf die Unachtsamkeit des Jungen aufmerksam zu machen. Während er mit der einen Hand Federschmuck und Rohr trennte, legte er den anderen Arm, über dem sein Mantel hing, begütigend um Katharinas Schultern. Gleichzeitig schimpfte er lautstark über die Fahrlässigkeit des Lehrlings. Als das Malheur endlich behoben war, atmeten Katharina und der Junge erleichtert auf. Olaf polterte jedoch weiter, bis der Junge mit den Flechtbändern in der Werkstatt verschwunden war.

Katharina schüttelte Olafs Arm ab, zog die Hutnadeln aus dem Hut und nahm diesen ab. Auch ohne ihr Spiegelbild wusste sie, dass nicht nur die Kopfbedeckung, sondern auch die Frisur in Mitleidenschaft gezogen worden war. Der Blick auf die spitzen Hutnadeln zwischen ihren Fingern lenkte sie jedoch von ihrer Erscheinung ab. Sie erinnerten an ein Stilett. Konnte man jemanden mit einer Hutnadel ermorden? Oder zumindest so traktieren wie mit einer Reitgerte? Ob die Wedding in dem von Olaf finanzierten Laden in Schwerin auch Accessoires wie diese verkaufte?

Sie sah ihren Mann scharf an. »Wann hat dich diese …« Das Wort *Schlampe* lag ihr auf den Lippen, doch sie schluckte es hinunter. »Wann war diese Person zuletzt hier, die du als deine Ehefrau ausgibst? Ich glaube, ich habe deine Werkstatt seit Ewigkeiten nicht mehr betreten.«

»Es ist lange her«, wich er aus. Er beschäftigte sich angelegentlich damit, den Mantel auf seinem Arm zusammenzufalten. »Du solltest öfter vorbeischauen und dir einen Eindruck von den Fortschritten verschaffen. Besonders die Strandkorbproduktion für die kommende Saison dürfte dich interessieren. Erik hat eine Neuigkeit entworfen. Er entwickelt gerade den Prototypen eines Modells, das durch ein Kugellager im Bock nach dem Stand der Sonne in den Schatten gedreht werden kann.«

»Olaf, ich möchte nicht, dass du Fräulein Wedding als deine Ehefrau vorstellst.« Ihre Stimme war sehr leise, aber schneidend. Obwohl die Geräuschkulisse aus Sägen, Hämmern, Bohren und dem Rattern der Nähmaschinen zunahm, war sie sicher, dass er sie hörte. »Es ist mir egal, warum und wo du das tust. Du unterlässt das künftig, bitte, und bringst es dort, wo es geschehen ist, umgehend in Ordnung.«

Er senkte seinen Kopf – und das war Antwort genug.

Katharinas Faust umschloss die Hutnadeln. Sie hatte geglaubt, sich mit der Situation arrangieren zu können. Dabei vertraute sie auf Olafs Diskretion und auf seine Verantwortung für ihre gemeinsamen Söhne, wenn schon nicht darauf, dass er aus einer Verpflichtung ihr gegenüber handelte. Sie hatte hingenommen, durch den Eigentümerwechsel praktisch die Hälfte ihres über die Jahre aufgebauten Strandkorbverleihs aufgeben zu müssen. Dank Joachims Hilfe und harter Arbeit war sie nun in der Lage, von Warnemünde aus wieder zu expandieren. Ihre eigenen Gefühle hatte sie immer hintangestellt. Sie hatte sogar gute Miene zum bösen Spiel gemacht und den Kindern in den Weihnachtsferien mit Olaf ein halbwegs intaktes Familienleben vorgespielt, obwohl sie der Aufenthalt in der verhassten Villa in der Steintor-Vorstadt Anstrengung und Nerven kostete. Das gedankenlose Gerede des Lehrlings brüskierte und verletzte sie daher tief.

Schweigend standen sie sich im Eingangsbereich der Manufaktur gegenüber. Arbeiter eilten – den Chef grüßend und von ihm unbeachtet – an ihnen vorüber, in dem Büro hinter der gläsernen Wand läutete das Telefon. Schließlich hielt Olaf ihrem Blick nicht mehr stand, senkte die Lider.

»Katharina, ich habe keine Ahnung, wie du erfahren konntest, dass …«, hob Olaf nach einer Weile an, unterbrach sich wieder, leckte sich kurz über die Lippen und fuhr mit festerer Stimme fort: »Ich möchte keinen Streit. Die Besichtigung der neuen Manufaktur sollte ein Fest für dich sein. Für uns. *Du* bist meine Gemahlin, daran besteht kein Zweifel.« Er reichte ihr die Hand. Ob er ihr Einverständnis einforderte oder ihr Geleit bieten wollte, war an seiner Geste nicht erkennbar. Als sie nicht sofort einschlug, bat er nachdrücklich: »Bitte, komm!«

Was blieb ihr anderes übrig? Sie nickte ergeben. Seine Hand ignorierend folgte sie ihm mit zusammengepressten Lippen.

Die Werkstatt hatte sich vom Handwerksbetrieb zur Manufaktur entwickelt, das war unübersehbar, doch die Arbeitsprozesse waren genauso, wie Katharina sie in Erinnerung hatte: In der Tischlerei wurden aus den Latten von Kiefernholz die Rahmen gefräst, und die Korbmacher flochten das Rohr darum. »Wir arbeiten heute mit Schablonen«, erklärte Olaf mit erhobener Stimme, um das Geräusch der Kreissäge zu übertönen. »Deshalb muss nicht jedes Teil neu ausgemessen werden. Das vereinfacht die Herstellung. Auch die Tische fertigen wir auf diese Weise.« Sie gingen an den Wannen vorbei, die für das Eintauchen der Bauteile verwendet wurden. Katharina wusste, dass die Lasur für die Witterungsbeständigkeit wichtig war. Ein Strandkorb war mehr dem Wetter ausgesetzt als jedes andere Möbelstück. Wer wüsste das besser als sie? Und die Haltbarkeit lag bei höchstens zehn Jahren. Das war der Grund, warum sie

Olafs Einladung angenommen hatte. Sie musste eine größere Bestellung aufgeben. Sie gingen weiter in die Schneiderei. Hier ratterten die Nähmaschinen wie ehedem, es waren nur mehr als früher, und in der Polsterei wurde gehämmert und gebohrt, um die Sitzflächen so bequem wie möglich zu gestalten. Obwohl sie noch immer verärgert war, zollte Katharina ihrem Mann Bewunderung für das Erreichte. Er konnte stolz auf sich sein. Insgeheim wünschte sie, dass sie einen größeren Anteil an seinem Aufstieg gehabt hätte. Wehmut erfasste sie. Wir hätten ein so erfolgreiches Ehepaar sein können, dachte sie traurig und folgte Olaf durch die Tür zu seinem Büro.

Während er seinen Mantel, den er bislang über dem Arm gehalten hatte, an den Garderobenständer hängte, betrachtete Katharina die beiden gerahmten Zeichnungen über seinem Schreibtisch. Die eine stellte einen Strandkorb mit kantiger Linienführung und geraden Seitenteilen dar, darunter stand in Schreibschrift *Nordseeform*. Die zweite Skizze war ein moderner Halblieger mit geschwungenen Seitenteilen und einer flacheren Sturmhaube. Ohne die Unterschrift *Ostseeform* zu lesen, wusste Katharina sofort, dass es sich dabei um das Modell handelte, das auch sie im Verleih hatte. Ihre Augen wanderten wieder zu der Kiepe, die an den Küsten und auf den Inseln der Nordsee zu finden war.

»Stellst du die jetzt auch her?«, fragte sie und deutete auf das Objekt ihrer Betrachtung.

»Das Einzige, was ich mit dem Wattenmeer zu tun habe, ist dieses Bild.« Er trat neben sie und kam ihr dabei näher als üblich in der letzten Zeit. Ihre Körper berührten sich fast. »Es würde mir wie ein Verrat vorkommen, wenn ich eine andere als die Ostseeform produzieren würde. Hier befinden sich meine Wurzeln. Und das ist mir die größte Ehre.«

»Aber es gibt andere Korbmacher, die weniger heimatverbunden sind«, entfuhr es ihr. »Und die machen das Geschäft.«

Olaf lachte. »Lass sie doch. Der Markt ist groß genug für alle. Außerdem vertraue ich nicht nur auf Strandkörbe. Das macht mich unabhängiger.« Ernst sprach er weiter: »Rohstoffe sind die Zukunft. Ich habe in eine Rattanpalmen-Plantage in Übersee investiert. Das sichert uns die Lieferung von Rohr. Wir beziehen damit unser eigenes Flechtrohr aus den Kolonien.«

»Verstehst du denn etwas vom Plantagenanbau und von dem Transport und allem, was noch daran hängt?«, zweifelte sie. Leichte Panik erfasste sie, dass ihr Mann sich wirtschaftlich übernommen haben könnte. »So eine Plantage kostet doch sicher viel Geld. Und du warst noch nie in Afrika. Du weißt überhaupt nichts über die Verhältnisse dort.«

»Ich weiß so viel, wie man durch das Kolonialamt erfahren kann. Kamerun ist ein rohstoffreiches Land, von dort wird nicht nur Rohr ins Mutterland importiert. Wenn sich meine erste Investition auszahlt, werde ich weitere Plantagen kaufen. Kautschukbäume stehen hoch im Kurs. Die Nachfrage nach Gummi steigt täglich. Das bringt viel Geld. Das zu übersehen wäre höchst fahrlässig.«

»Was macht dich denn jetzt plötzlich zum Geschäftsmann?«, fragte sie tonlos.

»Es ist wohl die Lebenserfahrung, meine Liebe.«

Katharinas Mund war trocken. Vor ihrem geistigen Auge tauchten imaginäre Zahlenreihen auf, die sich nicht auf der Haben-, sondern auf der Sollseite befanden. Sie dachte an Erik, der ohne die Unterstützung seines Vaters nicht leben konnte, und an ihre eigenen Söhne, deren Erbe durch Olafs Größenwahn womöglich bedroht wurde. Das hat ihm die Wedding eingeredet, ging es ihr durch den Kopf. Diese dämliche Person hat ihm eingeredet, dass er nach Höherem streben soll. Ein Mann, der immer bodenständig war.

»Olaf, du bist Korbmacher«, erinnerte sie ihn mit offenkundiger Verzweiflung. »Du wolltest immer nur ein Handwerker, nicht einmal Fabrikant sein!«

Enttäuscht, dass sie seine Begeisterung nicht teilte, wandte er sich ab. Er blätterte gedankenverloren in den Papieren auf seinem Schreibtisch. »Jeder Mann sollte die Gelegenheit bekommen, etwas Besseres aus seinem Leben zu machen. Bedauerlich, dass meine Gattin mir diese Möglichkeit nicht zugesteht. Du fragtest mich vor geraumer Zeit nach den Gründen für die Entfremdung zwischen uns. Siehst du, hier hast du einen davon.«

Nora Wedding steckte also hinter den Plänen. Deutlicher konnte er es ihr nicht sagen. Anscheinend wurde er ständig verblendeter durch die Liaison mit dieser Frau. Katharina kam es vor, als würde sie die andere mehr denn je hassen.

»Du vergisst, dass ich mein eigenes Geschäft betreibe und sehr gut weiß, wo die Grenzen des Erreichbaren liegen«, fauchte sie. »Oder anders gesprochen: Schuster, bleib bei deinen Leisten.«

Überraschenderweise reagierte er auf diesen Angriff ausgesprochen milde. Er legte ihr die Hand auf die Schulter und schlug sanft vor: »Du könntest mit mir gemeinsam nach Afrika reisen und dich von der Rentabilität meiner Investitionen überzeugen. Eine Schiffsreise in einer der besseren Klassen soll ein großes Vergnügen sein. Es würde uns beiden guttun.«

»Ich soll nach Kamerun fahren?« Katharina lachte bitter. Ihr lag auf der Zunge, ihn an ihre bislang weiteste Reise nach Berlin zu erinnern, die zwar für sie wirtschaftlich erfolgreich gewesen war, aber in einem persönlichen Fiasko geendet hatte. Sie senkte den Blick auf seine Hand. Seltsam, wie unangenehm es sich anfühlte, von den Fingern berührt zu werden, die sicherlich auch sehr vertraut über den Körper der Wedding tasteten. Auch nach der langen Zeit war ihr der Gedanke unerträglich. Und deshalb konnte sie sich nicht der spitzen Bemerkung erwehren, die über ihre Lippen drang: »Was würde deine Geliebte dazu sagen?«

Er ließ sie los, verschränkte die Hände hinter seinem Rücken. »Fräulein Wedding freut sich, wenn es mir gut geht.« Der Vorwurf hätte nicht deutlicher sein können.

In Katharina loderte ein Feuer, das in absehbarer Zeit zu einer Explosion führen würde. Wenn sie noch länger in Olafs gönnerhafte, selbstzufriedene Miene schauen musste, konnte sie nicht dafür garantieren, dass sie weiter auf eine Scheidung verzichtete. Sie brauchte frische Luft, ein anderes Blickfeld, musste an ihre Söhne denken und an deren Zukunft, die wichtiger war als ihre eigene Würde. Mit einer fahrigen Bewegung drückte sie den Hut, den sie seit der Begegnung mit dem Korbmacherlehrling in der Hand hielt, zurück auf ihr Haar. Sie wünschte sich vor einen Spiegel, um ihr Aussehen zu überprüfen – nicht nur wegen des Zusammenstoßes mit dem Bündel Flechtrohre.

»Ich möchte jetzt gehen«, verkündete sie. Es war ärgerlich, dass ihre Stimme zitterte vor Zorn. Sie konnte den Gefühlsausbruch nur noch mühsam unterdrücken. »Ich werde dir später mitteilen, wie viele Strandkörbe ich für die neue Saison brauche.«

Olaf schien jegliche Empathie verloren zu haben. Er schien gut gelaunt, als er scherzend antwortete: »Erinnerst du dich noch an meinen Schwager Johann Tarnow, den Tischler? Da er keinen Korbmacher einstellt, baut er jetzt zusammenklappbare Strandkörbe, die lediglich aus dem Holzgerüst bestehen, über das er Markisenstoff spannt. Zeltkorb nennt er sein Produ…«

»Was hat dieser *Zeltkorb* mit mir zu tun?«, fragte sie scharf.

Er strahlte sie an. »Nun, solange du nicht dort deine neuen Strandkörbe bestellst, warte ich gerne.«

»Ich bitte dich, Olaf, lass diesen Unsinn.« Hoch erhobenen Hauptes wandte sie sich zum Gehen. In ihrem Innersten sprühten Feuerwerkskörper Funken. Da er ihr folgte und sich an ihr vorbeidrängte, um ihr die Tür aufzuhalten, war sie gezwungen, kurz stehen zu bleiben.

Olaf war ihr wieder sehr nahe. Sie spürte seinen Atem auf ihrer Wange. »Ich warte auch gerne auf deine Entscheidung bezüglich der Seereise nach Kamerun.«

Sie wollte ihm ein *Niemals!* entgegenschleudern, biss die Zähne jedoch zusammen, sodass ihr nur ein leises Schnaufen entwich. Ihr Mann würde schon früh genug erfahren, dass sie an alles dachte, aber ganz sicher nicht daran, ihn zur Besichtigung seiner hirnrissigen Investitionen nach Afrika zu begleiten. Glücklicherweise konnte er keine Passage auf einem Passagierschiff für Nora Wedding buchen und diese als seine Gattin ausgeben, da sie dafür ihre Ausweise benötigten.

Immerhin ein Triumph, dachte sie und stürmte grußlos an Olaf vorbei nach draußen.

Als Katharina endlich durch das Eingangstor zur Werkstatt trat, füllte sie ihre Lunge erst einmal mit der milden Frühlingsluft, die ihr entgegenschlug. Sie sehnte sich danach fortzulaufen, irgendwohin zu rennen, in Bewegung zu bleiben, um ihre aufgewühlten Gefühle zu beruhigen. Doch sie blieb vor dem alten Handwerkshaus stehen, atmete ein und aus, zwang sich zur Ruhe. Erst als ihre Atmung gleichmäßiger funktionierte, setzte sie ihren Weg fort. Sie beschloss, einen kleinen Spaziergang durch die Wallanlagen zu unternehmen. Das war besser, als verzweifelt und wütend den Heimweg anzutreten. »Trage deine Sorgen niemals mit dir herum«, pflegte ihr Vater zu sagen. »Das

Paket wird eines Tages zu schwer für dich. Entledige dich ihrer, so schnell du kannst.« Ihr kam die Belastung, die sie sich durch ihre unbesonnene Heirat aufgebürdet hatte, im Moment vor wie ein ganzes Bergmassiv.

Sie wollte gerade über die Straße in den Park gehen, da fiel ihr eine Menschenmenge auf, die sich am Fuß des Kröpeliner Tors um einen Zeitungsverkäufer scharte. Ohne besondere Neugier, vielmehr um sich von den Sorgen abzulenken, änderte sie ihren Plan. Sie trat näher, nahm aufgeregtes Stimmengewirr wahr, konnte aber nicht erkennen, was die Leute so aufbrachte. Erst als sie das Wort »Extrablatt« aufschnappte, wurde ihr klar, dass etwas Bedeutsames passiert sein musste. Fast automatisch drängte sie sich durch die Reihen der Passanten näher an den Ausrufer heran, der eine Sonderausgabe des *Rostocker Anzeigers* feilbot. Und dann hörte sie, wie er – inzwischen schon ein wenig heiser – mit dem Geschäftssinn eines Marktschreiers verkündete:

»Meldung des Tages: Die *Titanic* sinkt auf ihrer Jungfernfahrt. Eintausendfünfhundert Menschen ertrinken.«

Spontan suchte Katharina in ihrer Handtasche nach der Geldbörse und einer Münze. Die Furcht vor dem Verlust des Borchers'schen Vermögens durch Olafs mögliche Fehlinvestitionen war ebenso verflogen wie ihre Eifersucht auf die ehemalige Gouvernante. Während sie das Extrablatt kaufte, ging ihr durch den Kopf, dass sie zwar aus einem Ort stammte, dessen Nahrungsquell das Meer war, dass sie es aber niemals als Freund empfunden hatte. So viele Tragödien forderte die See heraus, so viele Körper verschlangen die Wellen. Unwillkürlich dachte sie an Joachim, und ihre Finger, die die Zeitungsseite hielten, zitterten wieder.

14

Auch ein gutes halbes Jahr nachdem Greta die ersten postlagernden Briefe von Walter Trautwein empfangen hatte, bestand ihre Freundschaft fort. Mit einer gewissen Regelmäßigkeit, wenn auch nicht so häufig wie erhofft, erreichten sie die Antworten auf ihre zahllosen Schreiben. Diese glichen inzwischen mehr Tagebucheinträgen als den sonst üblichen oberflächlichen Mitteilungen etwa über das Wetter oder ihr Wohlergehen. Greta vertraute sich dem Schauspieler, dessen kurze Bekanntschaft sich in ihrem Herzen eingebrannt hatte wie das Siegel auf einem Umschlag, an wie nie zuvor einem anderen Menschen. Sie legte sich ihm zu Füßen, erzählte zum ersten Mal von ihren Bedürfnissen und Kümmernissen, ihren Ängsten und Sorgen. Dabei spielten Joachim und Katharina Borchers eine herausragende Rolle, die sie den beiden nur ungern zugestand. Aber ihre Gedanken kreisten nun einmal ständig um ihren Mann und dessen Arbeitgeberin, sie konnte dem nicht entfliehen. Umso wohltuender waren die klugen Antworten Trautweins, der die Situation zu beruhigen und zu relativieren versuchte. Damit bestärkte er Greta in der Annahme, in ihm endlich den Seelenverwandten gefunden zu haben, über den jede Operndiva sang.

Mit der Zeit verklärte sie ihre Beziehung. Sie wünschte sich verzweifelt, Walter Trautwein wiederzusehen. Doch er schrieb ihr, dass ihn seine vielfältigen Engagements bedauerlicherweise von einem Besuch in Warnemünde abhielten. Während Greta noch überlegte, ob sie einen Besuch bei ihrer Schwester in Hamburg vorschieben sollte, um das ersehnte Wiedersehen herbeizuführen, beendete eine Veranstaltung in Heiligendamm ihr Warten. Sie entdeckte das Plakat zufällig an der Litfaßsäule zu Füßen des Leuchtturms:

Unter dem Patronat Seiner Königlichen Hoheit
des Großherzogs von Mecklenburg-Schwerin
ERSTER DEUTSCHER
WASSERFLUGMASCHINEN-WETTBEWERB
veranstaltet vom
DEUTSCHEN FLIEGERBUND
im Ostseebad Heiligendamm
vom 29. August bis 5. September 1912
Wettkämpfe und Flugmaschinenschau
Wettkampfsprecher ist der
bekannte Schauspieler Walter Trautwein

Empörung erfasste Greta. Statt Freude darüber zu empfinden, dass sie Walter Trautwein endlich treffen konnte, ärgerte sie sich maßlos. Warum musste sie durch ein Plakat von dem Ereignis erfahren? Wieso hatte er nicht geschrieben, dass er wieder an die Ostsee kommen würde? Das zu verschweigen war unerhört!

Wutschnaubend und mit aufstampfenden, ausholenden Schritten ging sie weiter. Doch mit jedem Meter, den sie sich von der Promenade entfernte, verrauchte ihr Zorn ein bisschen mehr – bis er jenseits der Georginenstraße vollends verflogen war.

Walter Trautwein war ein vielbeschäftigter Mann, der von Termin zu Termin eilte. Vielleicht hatte er etwas durcheinandergebracht und ihr deshalb sein Kommen noch nicht angekündigt. So etwas kam vor. Möglicherweise plante er auch eine Überraschung. Vor Gretas geistigem Auge tauchte er mit einem großen Blumenstrauß in der Hand vor ihrer Tür auf. Das würde natürlich zu Peinlichkeiten führen, wenn Joachim im Haus war. Allerdings war ihr Kavalier gewiss klug genug, sich auszurechnen, dass ihr Gatte in der Saison vom frühen Morgen bis zum späten Abend zwischen dem Strand, Katharina Borchers' Villa und dem Kassenhäuschen hin und her eilte und deshalb keine Gefahr einer Konfrontation bestand. Walter – wie Greta ihn bei sich nannte – würde sie gewiss nicht kompromittieren. Dafür war er zu anständig. Und zu verständnisvoll. Er war ja ein so wunderbarer Mensch. Wie verwerflich von ihr, voreilige Schlüsse zu ziehen und ihn zu verurteilen!

Sie machte auf dem Absatz kehrt und schlenderte deutlich gemessener zurück zum Leuchtturm. Als könnte sie durch ihre körperliche Nähe zu dem Plakat dem Menschen Walter Trautwein Abbitte leisten für die stillen Vorwürfe. Sie wollte das Papier berühren wie seine Hand, um ihn um Entschuldigung zu bitten. Doch die Anwesenheit eines Vater, der mit seinen beiden Kindern – einem Jungen im Matrosenanzug und einem Mädchen in einem weißen Sommerkleid – die Einladung zu der Veranstaltung studierte, hielt Greta von dieser Geste ab. So konnte sie sich nur im Hintergrund halten, den Blick auf Trautweins Namen gerichtet, und in der Erinnerung sein Bild aufleben lassen. Statt der Buchstaben sah sie sein Lächeln vor sich – und war erfüllt von einem wohligen Gefühl grenzenloser Zufriedenheit.

Dennoch blieb ein Stachel des Misstrauens zurück. Greta redete sich ein, sie sei vorausschauend und wolle Walter Trautwein die Chance auf die geplante Überraschung nicht nehmen. Tatsächlich aber wollte sie vor allem eines – abwarten, was geschehen würde. Doch der 29. August verstrich, ohne dass ein Lebenszeichen des Schauspielers sie erreicht hätte, und am nächsten Morgen – einem Freitag – empfing ihr Küchenkalender sie mit dem Spruch: *Viel Irrtum und kein bisschen Klarheit/ Natürlich auch kein Funken Wahrheit.* Getroffen von diesem beziehungsreichen Text konnte sie die Tränen der Enttäuschung nicht zurückhalten.

Um sich zu sammeln, starrte sie aus dem Fenster. Das Wetter

ließ zu wünschen übrig. Dem wundervoll sonnigen Juli war nicht nur ein regnerischer August gefolgt, sondern es stand wohl auch ein grauer September bevor. Die Wolken hingen schwer, schienen fast die Äste des Birnbaums in ihrem Garten zu berühren. War es unter diesen Bedingungen überhaupt möglich, in den Himmel zu fliegen? Musste man die Veranstaltung wegen der schlechten Witterung absagen? Ja, sicher, so war es: Walter Trautwein hatte seinen Besuch nicht angekündigt, weil er gar nicht angereist war. Greta wischte sich über die feuchten Lider. Mit einem Mal fühlte sie sich wohler, ihr Herz wurde leichter. Selbst als das neue Dienstmädchen beim Aufdecken laut mit dem Geschirr klapperte, schluckte sie die Zurechtweisung gnädig hinunter.

Die Spuren ihrer durcheinandergeratenen Gefühle waren aber anscheinend noch am Frühstückstisch sichtbar. »Mutti, bist du krank?«, erkundigte sich Friederike besorgt. Das Stimmchen der Zehnjährigen schraubte sich ein paar Oktaven höher, und sie rutschte aufgeregt auf ihrem Stuhl herum.

»Sitz gerade!«, mahnte Greta. »Was sollen deine Lehrer von uns denken, wenn du mit einem zerknitterten Rock in die Schule kommst? Ich möchte nicht, dass behauptet wird, deine Familie ließe die guten Sitten vermissen.«

Friederike zog einen Flunsch.

»Nun …«, hob Joachim an, während er die *Warnemünder Zeitung* mit einem demonstrativen Rascheln zusammenfaltete. »Fühlst du dich nicht wohl, Greta? Deine Augen sind gerötet.«

Greta lag auf der Zunge, Joachim ebenfalls an ihre Reputation zu erinnern. Am Rockzipfel von Katharina Borchers hängend war er sicher nicht immer so vorbildlich, wie sie sich ihren Mann wünschte. Doch ihr stand nicht der Sinn nach Streit. Nicht nachdem sie sich im Geiste mit Walter Trautwein ausgesöhnt hatte.

Deshalb erwiderte sie: »Vielleicht habe ich mich erkältet. Bei diesem Wetter ist das ja kein Wunder.«

»Der frühe Herbst treibt die merkwürdigsten Blüten«, meinte Joachim. Er zwinkerte seiner Tochter zu und raschelte wieder mit der Zeitung, bevor sein Gesicht hinter deren Doppelseiten verschwand. »In Heiligendamm findet gerade ein Wasserflugmaschinen-Wettbewerb statt, und die Veranstalter erklären nun öffentlich, es könne keine Garantie übernommen werden, dass in den freigegebenen Startstunden die Flieger auch wirklich fliegen. Ich zitiere: ›Es kann infolgedessen vorkommen, dass an manchen Tagen überhaupt nicht geflogen wird, während an anderen wiederum alle Flieger zusammen aufsteigen können.‹ Da fragt man sich doch, ob das unstete Küstenklima nicht vorher bekannt war.«

»Ich dachte, der Wettbewerb wäre abgeblasen worden«, murmelte Greta, angelegentlich in ihrem Kaffee rührend.

»Was ist eine Wasserflugmaschine?«, wollte Friederike wissen.

Ihr Vater sah kurz von der Zeitung auf. »Ein Flugzeug, das auf dem Wasser startet und landet«, erklärte er geduldig.

»Können wir das ansehen?«

»Natürlich nicht, da kein Wettbewerb stattfindet«, beharrte Greta. Sie hatte ihre Tasse an die Lippen gehoben und setzte sie jetzt, ohne getrunken zu haben, klirrend auf die Untertasse.

»Wie kommst du darauf, dass die Veranstaltung abgesagt wurde?«, wunderte sich ihr Gatte. Er faltete das Blatt zusammen und legte es neben sein Gedeck. »In der Zeitung heißt es doch nur, dass man keine Garantie für einen geordneten Flugbetrieb übernimmt. Bei dem Aufwand, der in Heiligendamm betrieben wird, halte ich es für gänzlich unwahrscheinlich, dass in irgendeiner Weise zurückgerudert würde. Die Kaiserliche Marine hat für die Überwachung des Wettbewerbs und die Versorgung der

Teilnehmer nicht nur Mannschaften, sondern sogar einen Panzerkreuzer und ein Torpedoboot zur Verfügung gestellt. Eine Abberufung kommt bestimmt nicht infrage.«

Greta erbleichte. All ihre Hoffnung auf einen einfachen Grund für Walter Trautweins Schweigen zerfiel wie eine Sandburg im Sturm. Sie starrte Joachim über den Frühstückstisch hinweg an, blickte über das blaue Keramikgeschirr aus einer Manufaktur an der Mecklenburgischen Seenplatte, über Schmalztopf und Brotteller, Marmeladendose und Milchkanne – und sah nichts von alldem.

»Papa, fahren wir nach Heiligendamm?«

»Ach Freddi, diese Flugschau ist bestimmt ziemlich langweilig für dich. Du bist doch kein Junge.«

»Ich würde mir den Wettbewerb gerne ansehen«, entfuhr es Greta. Sie schluckte ihr Zaudern hinunter, holte tief Luft, als würde sie Zuversicht einatmen, und fügte energisch hinzu: »Man muss schließlich mit der Zeit gehen.«

Joachim war sichtlich überrascht, nickte aber ergeben. »Na gut, ich werde Frau Borchers fragen, ob ich mir morgen oder übermorgen freinehmen kann, dann fahren wir zusammen nach Heiligendamm. Sie will übrigens auch mit ihren Söhnen hin. Vielleicht treffen wir uns ja.«

Während Friederike jubelnd aufsprang, um ihren Vater zu umarmen, sackte Greta in sich zusammen. Dass Katharina Borchers mit Christian und Ulrich zu dem Seeflugwettbewerb gehen wollte, verdarb ihr die Vorfreude auf den Ausflug und ein Wiedersehen mit ihrem Brieffreund.

15

Westlich des Gebäudeensembles von Heiligendamm und des sogenannten Kleinen Wohlds, in Richtung Bollhagen, präsentierte sich den Besuchern ein neuer Flugplatz. Die Lage zwischen dem hier recht schmalen Strand und dem Wald oberhalb der Böschung hatte die Planierung einer Grasbahn erlaubt. Eine breite hölzerne Ablauframpe führte vom seichten Ufer ins tiefere Wasser, die Mannschaft des Kleinen Kreuzers *SMS München*, der vor der Küste auf Reede lag, hatte in der Ostsee Bojen gesetzt, um das Wasserungsviereck zu markieren, daneben war ein vierzig Meter langer Schutzstack zum Anlegen der Maschinen geschlagen worden. Parnissen begleiteten die Flüge, provisorische, an Land unter Zeltplanen versteckte Werkstätten sorgten für flugtaugliche Gerätschaften. Der Wettbewerb war eine Sensation, die neben den vielen Marineoffizieren auch hochwohlgeborene Schaulustige wie Großherzog Friedrich Franz von Mecklenburg-Schwerin und Herzog Friedrich Ferdinand von Schleswig-Holstein-Sonderburg-Glücksburg nebst Entourage anzog. Die Mehrzahl der Zuschauer waren jedoch Bürgerliche, Vertreter der besseren Schichten, die mit der Bahn nach Heiligendamm gekommen waren. Vor allem natürlich Männer jeden Alters, aber auch Frauen und junge Mädchen, die ihre Sonntagskleider und besten Hüte ausführten. Gemeinsam waren gekrönte Häupter und Untertanen an diesen Ort gekommen, jeder zu Fuß und ohne Rücksicht auf die Stellung, da der Wagenverkehr polizeilich verboten war. Und zusammen trotzten sie nun dem Wetter, vereint im Staunen über die technischen Möglichkeiten der noch recht neuen Fliegerei.

»Der erste gelungene Personenflug ist noch nicht einmal so lange her wie deine Geburt«, erklärte Joachim seiner Tochter, die sich inmitten der vielen Menschen an seine Hand klammerte, »und schau dir an, wie die Doppeldecker jetzt über die See schweben. Es ist unfassbar!«

»Achtung! Achtung!«, erklang die Männerstimme aus dem Megafon. Der Lautsprecher gab die Worte nur verzerrt wieder, aber Greta war bei ihrem Klang wie vom Donner gerührt: »An den Start geht jetzt Diplomingenieur Robert Thelen mit seiner *Albatros*. Wir wünschen ihm nach seinem Fehlstart gestern ein kameradschaftliches Holm- und Rippenbruch. Glück ab!«

Gretas Knie wurden weich. Sie schlang die Arme um ihren Körper, der an diesem frischen, wenn auch trockenen Sonnabend nicht vor der jahreszeitlich untypischen Kälte zitterte, sondern in Erwartung des Wiedersehens. Doch: Wie sollte sie dieses herbeiführen? Sollte sie nicht zu stolz sein, um Walter Trautwein nachzulaufen? Aber er wusste ja gar nicht, dass sie in der Nähe des Podests stand, von dem er die einleitenden Sätze gebrüllt hatte!

Ihr Blick wanderte über die Menge. Die Zuschauer standen in dicht gedrängten Gruppen auf der Böschung, alle Augen richteten sich auf das Geschehen am Strand. Gretas Interesse galt jedoch dem Sprecher, in dem Gedränge konnte sie ihn allerdings nicht ausmachen. Das Dröhnen des Flugzeugmotors lenkte sie schließlich ab. Wie unter Zwang sah sie zu dem Doppeldecker. Nicht die atemberaubende Spannweite der Flügel verblüffte sie, sondern die beiden Schwimmer, die statt der Räder am Fahrwerk der Maschine befestigt waren und wie bei einem Segelkatamaran über dem Wasser zu schweben schienen. Gemeinsam mit allen anderen Zuschauern hielt sie den Atem an.

Gischt spritzte auf – und tatsächlich hob der hölzerne Vogel aus der See in den grauen Himmel ab. Die Schaulustigen jubelten, Greta stieß mit einem Zischen die angehaltene Luft aus ihrer Lunge, die Mechaniker des Piloten am Strand und einige Matrosen, die als Helfer eingeteilt waren, rissen die Arme hoch. Wie alle anderen legte auch Greta den Kopf in den Nacken, spürte ein ungewöhnliches Herzklopfen und fragte sich, warum jemand so verrückt war, sich der Gefahr auszusetzen, im Meer zu versinken wie ein Stein, der von den Klippen hinuntergeworfen wurde. Seltsamerweise wünschte sie sich plötzlich, ihr Mann würde ihre Hand halten und nicht die ihrer Tochter. Ein Gedanke, der sie peinlich berührte.

»Die *Albatros* ist mindestens einhundert Meter aufgestiegen«, dröhnte die Stimme von Walter Trautwein aufgeregt durch das Megafon. Sie erinnerte Greta daran, dass die Sensation, die sie hierhergelockt hatte, nicht die Flugschau war, sondern der Schauspieler.

Sie war zu klein. Nicht so hochgewachsen wie die Borchers, die bestimmt über alle Schultern hinwegschauen konnte. Selbst wenn Greta sich auf die Zehenspitzen stellte, konnte sie außer einer Mauer aus Uniformen, Anzügen und hübschen Kleidern niemanden hinter sich ausmachen. Joachim hatte einen guten Platz ausgesucht, von dem sie freie Sicht auf die See hatte – und eben nicht zum Wald hin. Im Gegensatz zu all den anderen Menschen um sie her hatte Greta jedoch das Interesse an dem Wettbewerb verloren. Als die Maschine mehrmals um den Marinekreuzer herumflog und anschließend in dem vorgegebenen Quadrat kurz auf dem Wasser aufsetzte, geriet die aufgeregte Menge in Bewegung – wie eine Welle, die an den Strand gespült wurde, bewegte sie sich vorwärts, bis eine Barriere aus Marinesoldaten dem ein Ende setzte. »Ahhh« und »Ohhh« entfuhr fast unisono den Kehlen. Greta indes hatte Mühe, ein Gähnen zu unterdrücken. Endlich landete das Flugzeug auf der Graspiste am Ufer – und die Vorstellung war vorbei.

Applaus brandete auf. Die Zuschauer rannten durcheinander, um näher an den Doppeldecker und seinen wagemutigen Piloten zu kommen, die Sperre lockerte sich. Greta wurde angerempelt und gestoßen. Unwillkürlich blickte sie zu Friederike. Doch ihre Tochter hielt der allgemeinen Begeisterung nicht nur stand, sondern war anscheinend davon angesteckt. Sie hopste an Joachims Hand auf und ab und drängte den Vater mit deutlicher Gestik, der Masse zu folgen.

»Der Flug hat alle Bedingungen des Wettbewerbs erfüllt«, rief Walter Trautwein in das Sprachrohr. Seine Worte gingen in dem Tumult fast unter. Vielleicht hörte als Einzige Greta zu, weil sie allein von seiner Stimme so stark angezogen wurde wie die anderen Leute von der Luftfahrt.

»Komm!« Sie hörte die Aufforderung ihres Mannes nur, weil er sich zu ihr hinunterbeugte. »Komm, wir schauen uns das Flugzeug an.«

»Papa, Papa!«, rief Friederike, bevor Greta reagieren konnte. »Da sind Christian und Ulrich.« Sie streckte die freie Hand aus, um auf irgendeinen Punkt in der wabernden Masse aus weißen und blauen Uniformen, grauen und schwarzen Röcken und hellen Kleidern und Mänteln zu zeigen.

Die Borchers war also da!

Greta schluckte ihren Ärger hinunter. Sie wollte sich den Tag nicht verderben lassen. Nicht von dem Anblick des modischen Huts, den sie jetzt ein paar Köpfe entfernt erkannte. Auch nicht von Friederikes ihrer Ansicht nach unverständlichem Wunsch, die Spielkameraden zu treffen, mit denen sie die Sommerferien über doch oft genug herumgetollt war. Gretas Tochter und Borchers' Söhne hatten nicht mehr so viel Zeit wie früher miteinander verbracht, denn ein Knabe, der im Dezember fünfzehn Jahre alt werden würde, und sein zwei Jahre jüngerer Bruder waren natürlich nicht mehr die richtigen Gefährten für eine Zehnjährige. Diese Tatsache war Greta entgegengekommen, sie hoffte, dass Friederike sich anderen Freunden zuwandte. Doch immer wieder waren Christian und Ulrich aufgetaucht: Mal brachte der Ältere die Kleine mit aufgeschürften Knien nach Hause, dann wieder beobachtete Greta, wie ihre Tochter mit Ulrich in einem Strandkorb Karten spielte. Das eine war der Mutter ebenso wenig recht wie das andere, aber sie konnte den Kontakt nicht unterbinden. »Es sind die Jungen meiner Arbeitgeberin«, wiegelte Joachim jeden Versuch ab, Friederikes Umgang zu ändern.

Plötzlich dachte Greta, dass ihr der Himmel Familie Borchers schickte. Während Joachim und Friederike mit Katharina und ihren Söhnen beschäftigt wären, könnte sie sich an Walter Trautwein heranmachen. Ohne ihren Mann oder ihr Kind im Schlepptau wäre es einfacher, den Schauspieler anzusprechen.

Greta zupfte an Joachims Ärmel. »Geht nur vor, ich komme gleich nach. Ich habe gerade eine Bekannte gesehen, der ich gerne Guten Tag sagen würde.«

»Eine Bekannte?« In seinem Ton schwang die Frage mit, wieso sie, die niemals Freundschaften schloss, eine Bekannte besaß, die sie unbedingt begrüßen wollte.

»Ach«, machte sie nur und wandte sich um. Es war nicht einfach, gegen dem Strom der Menschen zu dem Podest zu gelangen, auf dem sie Walter Trautwein noch immer vermutete. Greta hoffte, dass ihr Joachim nicht nachsah. Damenhaft war ihr energischer Einsatz der Ellenbogen gewiss nicht.

»Ich will Flugzeugführer werden«, verkündete Christian mit der unpassend tiefen Stimme eines Halbwüchsigen jenseits des Stimmbruchs, der in seiner kurzen Hose noch wie ein Kind wirkte. Die Ernsthaftigkeit, mit der er diesen Pfeiler in den Garten seiner Zukunft rammte, brachte ebenso ein Lächeln auf Katharinas Gesicht wie das Leuchten in seine Augen, die sehnsüchtig zum Heck der eben gelandeten *Albatros* blickten.

Sie hatten Glück gehabt und in der Menge einen Platz dicht an der Landebahn gefunden. Der Doppeldecker war fast zum Greifen nah. Nicht dass sich Katharina besonders für dieses Ungetüm interessierte. Sie besuchte die Flugmaschinenschau nur, um ihren Söhnen eine Freude zu bereiten. Überraschenderweise hatte der sonst so gestrenge Olaf vorgeschlagen, Christian und Ulrich für das Wochenende aus dem Internat kommen zu lassen. Die Veranstaltung der Kaiserlichen Marine schien ihm bedeutsam genug für diesen ungewöhnlichen Schritt. Katharina hatte nichts dagegen eingewandt, weil sie es jedes Mal aufs Neue genoss, die Jungen um sich zu haben. Außerdem gönnte sie ihren Kindern die wenigen Gelegenheiten, bei denen sie alle zusammen so etwas wie eine Familie darstellten.

Der Ausflug erwies sich als durchaus unterhaltsam. Jedenfalls sofern sie sich auf das Beobachten der Wettkampfteilnehmer und der Zuschauer beschränkte. Katharina amüsierte es, den vielen Seeleuten zuzusehen, die mit flammender Begeisterung der ungewöhnlichen Arbeit beim ersten Wasserflugmaschinen-Wettbewerb im Deutschen Reich nachgingen. Es herrschte eine lockerere Stimmung als bei den meisten konventionellen Veranstaltungen der Marine. Dazu trugen sicher auch die jungen Mädchen bei, die in Begleitung ihrer Eltern oder anderer Aufsichtspersonen anwesend waren und einen Hauch von Sommerfrische in den grauen Tag brachten. Eine Mischung aus Pflichtgefühl und Begeisterung, Verwegenheit, Abenteuer und Sensation, prickelndem Flirt und Neugier lag in der Luft. Sicher stilisierte nicht nur Christian die Männer in den Doppeldeckern und ihre Helfer am Boden zu Helden. Im Gegensatz allerdings zu Katharina. Die Fliegerei war ihr suspekt. Die Motorengeräusche gingen ihr durch und durch, sie hatte sich unwillkürlich zu ducken versucht, als die *Albatros* über ihre Köpfe hinwegflog, und die Vorstellung, den Boden unter den Füßen zu verlieren, um in den Himmel aufzusteigen, machte ihr Angst.

»Bis zu deinem Abitur hast du noch ein paar Jahre Zeit, dir das zu überlegen«, relativierte sie daher die Zukunftspläne ihres Ältesten. Als sie den Schatten bemerkte, der sich daraufhin über sein noch so kindlich-hübsches Gesicht legte, fügte sie rasch hinzu: »Ich kann mir vorstellen, dass Flugmaschinen ebenso wie Automobile und Lokomotiven etwas für Jungens sind, aber ich sehe deine Zukunft eher in einem Studium der Rechtswissenschaften. Du bist so klug, Christian, und einen Juristen werden wir im Betrieb gut brauchen können.«

»Ulrich kann doch Rechtsanwalt werden«, schmollte ihr Ältester. »Der ist hier sowieso fehl am Platz.«

Tatsächlich schien der Jüngere die Begeisterung seines Bruders nicht zu teilen. Ulrich war mehr damit beschäftigt, die wie Harz wirkenden Steine in seiner Hand zu bestaunen. Wahrscheinlich hatte er die an Bernstein erinnernden Fossilien aufgelesen, als er während des Flugs von Robert Thelen kurz aus Katharinas Augen verschwunden war. Ein erleichterter Seufzer steckte in ihrer Brust. Sie konnte froh sein, wenn Ulrich nicht mehr angestellt hatte. Einer Peinlichkeit waren sie im Durcheinander der vielen Menschen vorhin gerade noch entronnen. Ihr Sohn hatte doch wirklich das Fliegerass Bruno Büchner ausgelacht! Der hatte es immerhin geschafft, mit seinem Gewicht den Sitz seines *Aviatik*-Doppeldeckers zu demolieren. Dass es sich bei dem Mann um einen einstigen Radrennfahrer, erfolgreichen Automobilisten und renommierten Flieger handelte, beeindruckte Ulrich wenig. Glücklicherweise übertönte die entsprechende Ansage aus dem Megafon sein Kichern, sodass sich niemand um ihn kümmerte. Nicht einmal sein Vater, der ob dieser Respektlosigkeit böse geworden wäre.

Sie berührte eines der Fundstücke. »Sieht ein bisschen aus wie Bernstein, ist aber ein Donnerkeil. Es heißt, der Donnergott werfe die Steine bei Gewitter auf die Erde. Deshalb hat man einen Donnerkeil früher als Schutz vor einem Blitzschlag unter das Dach gelegt.«

Der Zwölfjährige war beeindruckt: »Du kennst dich aber gut aus, Mama.«

Sie dachte an das, was Joachim ihr damals beigebracht hatte, und wie immer bei der Erinnerung an ihre verlorene Liebe wurde sie wehmütig. »Ein bisschen.«

»Ich hab sie da drüben im seichten Wasser gefunden.«

»Da darfst du nicht hin«, mahnte Christian, offenbar neugierig auf das, was seine Mutter und sein Bruder begutachteten. »Das ist die Flugzone.«

Ulrich zuckte mit den Achseln. »Und wenn schon. War nicht weiter schwierig.«

Jetzt entrang sich ihr der tiefe Seufzer. Die Auseinandersetzung der Geschwister brachte Katharina wieder in die Gegenwart. Sie sah mit hochgezogenen Augenbrauen auf ihren Jüngsten. Ulrich schien immer dann am begeisterungsfähigsten zu sein, wenn er ein Verbot übertreten konnte. Für sie kam es einem Wunder gleich, dass er sich ohne Protest und Verweise in die Regeln des Schullebens einfügte. Aber vielleicht fühlte er sich im Kokon seiner Familie sicherer. Dieser Gedanke erwärmte ihr Herz. Ob die Geborgenheit geblieben wäre, wenn Nora Wedding ihr Unwesen weiter ungehindert in der Villa getrieben hätte?

Unwillkürlich blickte Katharina zu ihrem Mann. Im gnadenlosen Tageslicht wirkte seine Haut fahl, die Augen waren umschattet. Er schien die Anstrengungen seines Doppellebens nicht schadlos zu überstehen, sicher zehrten die vielen Fahrten zwischen Rostock und Schwerin an ihm. Immerhin war er nicht mehr der Jüngste. An ihrer Seite hätte er sich eine gewisse Jugendlichkeit wahrscheinlich länger bewahrt. Die Schadenfreude, die sie für einen Moment beschlich, tat ihr albernerweise wohl.

Olaf las in ihrem aufmerksamen Blick anscheinend die Aufforderung, seine Meinung zu Christians Berufswunsch zu äußern. »Ich wäre stolz auf einen Sohn, der dem Vaterlande als Flieger dient«, erklärte er bedeutungsschwanger. »Seine Majestät braucht tüchtige junge Männer. Die Kaiserliche Marine braucht sie. Wir können den Himmel ebenso wenig den Franzosen überlassen wie das Meer den Engländern.«

»Wir werden sehen«, murmelte Katharina. Dabei legte sie ihre Hand auf Christians Schulter, als müsste sie ihren Besitz vor dem Zugriff eines Diebs schützen.

»Aus zuverlässiger Quelle habe ich erfahren, dass eine ganze Reihe von Marine-Flugstationen an der Ostsee geplant sind«, fuhr Olaf ungeachtet ihrer zurückhaltenden Reaktion fort. »Hast du schon gehört, dass in Warnemünde demnächst ein Flugplatz gebaut werden soll?«

»Mein Vater erwähnte, dass die Marine einen Seefliegerhorst in Hohe Düne anlegen will.«

»Das wäre ja großartig!«, jubelte Christian.

Katharina verstärkte den Druck auf seine Schulter, während Olaf zustimmte: »Das finde ich auch, mein Sohn. Deshalb habe ich beschlossen, in dieses Vorhaben zu investieren. Die Fliegerei ist im Kommen.«

Vor Schreck glitt ihre Hand herab. »Schon wieder eine Investition? Hast du denn so viel Geld, um es immer wieder in neue Anlagen zu stecken?«

»Bitte, nicht vor den Kindern«, schnaubte Olaf. Seine Miene verdüsterte sich. »Worüber beschwerst du dich? Dir geht es doch wohl ausgezeichnet.«

Was ist aus dem stolzen Handwerker geworden, den ich vor fünfzehn Jahren geheiratet habe?, wunderte sie sich. Ein aufgeblasener Fabrikant, der sich leichtsinnig allerlei Finanztransaktionen hingibt. Die Liebschaft mit einer offenbar karrieresüchtigen Gouvernante hatte Olaf Borchers nicht zum Besseren verändert. Zu dumm nur für die Wedding, dachte Katharina gehässig, dass sie den wirtschaftlichen Aufstieg nicht offiziell an Olafs Seite genießen durfte.

»Ich lasse mich nicht aushalten«, zischte sie.

»Mutter, Vater«, unterbrach Christian den Streit, »da sind Herr Wittenburg und Freddi.«

»Endlich kommt mal jemand, mit dem ich mich verstehe«, meinte Ulrich mit einem Seitenblick auf seinen Bruder.

Obwohl er leise gesprochen hatte und der allgemeine Geräuschpegel recht hoch war, verstand Katharina jedes Wort. Sie versuchte, seine Augen mit ihrem Blick festzuhalten. Stumm schüttelte sie den Kopf. Doch ihr Jüngster sah geflissentlich an ihr vorbei. Da sie ihm die Freude über die Begegnung nicht durch einen Tadel nehmen wollte, wandte auch sie sich den Ankömmlingen zu.

Ihr wurde warm ums Herz, als sie feststellte, dass Joachim zwar mit seiner Tochter, aber ohne seine Gattin unterwegs war. Strahlte er deshalb so? Wie lange hatte sie dieses Funkeln vermisst? Oder war es die Gegenwart der kleinen Friederike, die ihn so unbeschwert machte?

»Sie interessieren sich also auch für die Fliegerei?«, fragte Olaf nach der Begrüßung höflich.

»Und ob«, bestätigte Joachim. »Wenn ich jünger wäre, würde ich mich vielleicht sogar daranmachen, ein Flugzeugführer-Zeugnis zu erwerben.«

»Mutter, da hast du es!« Christian sprühte förmlich vor Begeisterung.

»Das sind Hirngespinste«, gab sie geistesabwesend zurück. Ihre Gedanken waren jedoch nicht bei Christians Zukunft, sondern bei Joachim und der Frage, was alles anders geworden wäre, wenn es vor zehn Jahren schon die Fliegerei gegeben hätte. Wenn er nach der Havarie von der See in den Himmel statt an den Strand hätte wechseln können. Zweifellos wäre aus ihm ein anderer – vielleicht glücklicherer – Mann geworden. Aber ihr Traum vom eigenen Betrieb wäre niemals umsetzbar gewesen. Diese Überlegung beschäftigte sie so sehr, dass sie die Kinder aus den Augen verlor.

Er erkannte sie nicht.

Greta stand keine zwei Meter von Walter Trautwein entfernt, aber er schien durch sie hindurchzublicken. Ein Irrtum war ausgeschlossen. Die Menge hatte sich in Richtung des gelandeten Doppeldeckers bewegt, sodass Greta sich allein auf ihrem Posten befand. Trautwein sah den Zuschauern nach, offensichtlich verärgert über die verlorene Aufmerksamkeit, aber doch neugierig auf die *Albatros*. Die Frau, die nahe dem Podest stand und nur Augen für ihn hatte, bemerkte er nicht einmal.

Er erkannte sie nicht.

Zugegeben, sie hatten sich zuletzt vor fast zwei Jahren gesehen. Aber sie hatte ihm neulich erst eine Fotografie von sich übersandt. Natürlich war das Bild nicht ganz neu, aber Greta war in der Zwischenzeit keineswegs so stark gealtert, dass eine mögliche Veränderung sein Verhalten erklären könnte. Plötzlich breitete sich ein Hoffnungsschimmer in ihr aus: Vielleicht war er kurzsichtig, überlegte sie. Er trug keine Brille, was für einen Schauspieler verständlich war. Auch dass er nicht über den Augenfehler sprach. Es könnte ja seine Verehrerinnen abstoßen. Greta würden die Gläser nichts ausmachen, sie schätzte seine inneren Werte nach all den innigen Briefen ungleich mehr als sein attraktives Äußeres. Im Lichtspielhaus und auf der Bühne galten gewiss andere Regeln. Bestimmt kniff er die Lider jetzt nur deshalb zusammen, weil er Probleme hatte, in die Ferne zu sehen.

Sie musste ihn ansprechen. Aber sie wusste nicht, wie sie das anstellen sollte. Das inzwischen so selbstverständliche *Walter* – seine Unterschrift und ihre Anrede in ihrer Korrespondenz – erschien ihr zu persönlich, *Herr Trautwein* zu fremd. Während Greta noch überlegte, was sie tun, was sie sagen könnte, um die ersehnte Vertrautheit zwischen sich und dem Fremden auf dem Podest herzustellen, veränderte er seine Haltung. Offenbar stand er im Begriff, das Podium zu verlassen.

Tapfer holte sie Luft. »Entschuldigen Sie bitte«, hauchte sie. Ihr erster zaghafter Versuch ging im allgemeinen Lärm unter.

Einen Atemzug lang beschlich sie der Gedanke, dass sie gehen sollte. Sie sollte Walter Trautwein vergessen. Er war nicht ihr Freund und Seelentröster. Er war ein gefragter Mann, der keine Zeit für eine vereinsamte Frau aus einem Nest an der Ostseeküste hatte. Sie stieß die Luft aus wie ein verächtliches Wort. Doch der Zweifel blieb. Was wollte sie eigentlich von ihm? Was erhoffte sie sich? Ein freundliches Wort, das sie von Joachim viel zu selten hörte? Die Liebe, die ihr Gatte ihr niemals zu geben bereit gewesen war? Aber wollte sie wirklich auf das Niveau einer Schlampe sinken, die einem Schauspieler nachlief? Für diesen womöglich alles aufgab? Großer Gott! War es bereits so weit mit ihr gekommen? Angewidert vor sich selbst biss sie die Lippen aufeinander, schluckte das Schluchzen hinunter, das ihr in der Kehle steckte.

Als Greta sich abwenden wollte, hörte sie die gönnerhafte Frage: »Kleine Frau, kann ich Ihnen helfen?«

Er erkannte sie nicht.

Oder spielte er mit ihr? War es die romantische Idee, ihre erste Begegnung aufleben zu lassen und ihr damit zu signalisieren, dass er nichts vergessen hatte?

Sie zauderte, haderte. Hin- und hergerissen zwischen dem Drang wegzulaufen und dem Wunsch, sich doch seiner Freundschaft zu versichern, blieb Greta wie angewurzelt stehen, starrte ihn stumm an.

»Warum so still? Sie können mir alles sagen.« Lächelnd warf er den Kopf etwas zurück. »Möchten Sie ein Autogramm von mir? Oder soll ich Sie mit einem der Flugzeugführer bekannt machen? Das sind schneidige Kerle, das muss denen der Neid lassen. Vielleicht stünde mir diese Rolle auch gut zu Gesicht. Was meinen Sie, kleine Frau?«

Er erkannte sie nicht. Seine *einzige und beste Freundin*, wie er sie in ihrer Korrespondenz genannt hatte.

Tränen traten in Gretas Augen. Aus Enttäuschung und Wut gleichermaßen.

Ein Knall ließ sie zusammenfahren. Dann noch einer. Und wieder böllerte es. Als Erstes dachte sie, dass es zu hell für ein Feuerwerk sei. Im nächsten Moment blickte sie zum Wasser. Schossen der Kreuzer und das Torpedoboot der Kaiserlichen Marine Salut? Aber dafür waren die Geräusche zu leise. Und sie kamen aus der anderen Richtung. Es klang eher nach – Knallerbsen. Nach einem Kinderspielzeug.

Endlich nahm Greta die ebenso verwunderten wie verstörten, belustigten oder empörten Zuschauer in der Nähe wahr. Als lichtete sich Nebel vor ihrem Blickfeld, sah sie Flugzeugbauer aus den improvisierten Werkstätten laufen, Matrosen, die zu einem Punkt jenseits der Menge eilten, einen Schutzmann, der etwas behäbiger hinterherrannte. Die Leute versperrten Greta die Sicht wie eine Mauer. Rufen, erregtes Geplauder, Lachen und Schimpfen erreichten sie dennoch. Es war eine weitere Geräuschkulisse, die sich zum Meeresrauschen und Motorenbrummen gesellte. Den Grund für die Aufregung konnte sie trotzdem nicht ausmachen.

»Meine Damen und Herren«, brüllte Walter Trautwein in sein Megafon, »beruhigen Sie sich bitte.«

Den Schauspieler hatte Greta vergessen. Vollkommen verdattert sah sie zu ihm auf. Seltsam, dachte sie, dass sie sich der Nähe des Mannes, der seit einem Jahr ihre Gedanken bei Tage und ihre Träume in der Nacht beherrschte, in dem Tumult nicht mehr bewusst gewesen war. Es kam ihr vor, als habe sie etwas verloren.

Ein Unteroffizier der Marine sprang auf das Podest, raunte Trautwein etwas zu. Der nickte beflissen, hob den Lautsprecher wieder zu seinem Mund.

»Wie ich soeben erfahre, handelt es sich um einen Jungenstreich. Ein paar Kinder haben sich einen Spaß erlaubt. Da wird es sicher gleich eine ordentliche Tracht Prügel setzen. Aber seien Sie nachsichtig, liebe Eltern, es ist ja nichts passiert.«

Dieser arrogant-joviale Ton ärgerte Greta. Aus unbestimmten Gründen traf er sie sogar. Und plötzlich begriff sie, warum: Sie machte sich Sorgen um Friederike. Passte Joachim gut genug auf ihre Tochter auf? Vernachlässigte er die Kleine, verblendet von der Borchers? Panik erfasste sie. Wie das Stampfen des Raddampfers auf dem Alten Strom mahlte in ihrem Kopf der Gedanke, dass sie sich um Friederike kümmern musste. Unverzüglich.

»Nun, kleine Frau?«

Greta hörte Trautwein nicht. Sie drehte sich abrupt um und lief davon.

16

Katharina konnte gegen die schallende Ohrfeige nichts einwenden. Sie gestand sich sogar ein, dass sie vermutlich selbst handgreiflich geworden wäre, hätte Olaf nicht zugeschlagen. Das Entsetzen über Ulrichs Streich war im ersten Moment groß. Die Scham über ihr Versagen als Mutter, die es nicht schaffte, ihrem Sohn Respekt vor einer Veranstaltung der Kaiserlichen Marine beizubringen, überwältigte sie. Genau genommen war die Reaktion des Vaters eine zwingende Maßnahme nach dem Aufsehen, für das sie sorgten. Es war alles so peinlich. Das Verlassen des Flugplatzes glich einem Spießrutenlauf. Dass Olaf den Jungen am Ohr durch die sich vor ihnen teilende Menge zog, hatte Katharina gerade noch zu verhindern gewusst. Aber der Handgriff, mit dem sie Ulrich mit sich zerrte, war fest und vielleicht so schmerzhaft für ihn wie ihr eisiges Schweigen.

Sie fand es auch nicht richtig, dass Ulrich die kleine Friederike in sein Vorhaben einbezogen hatte. Wenn sie mit ein wenig Abstand daran dachte, musste sie sich allerdings eingestehen, dass der Anblick der aufgelösten Greta Wittenburg jede einzelne Knallerbse wert gewesen war. Joachims Frau war schier außer sich, eine hysterische Person, die mehr als nur ein ganzes Fläschchen Laudanum benötigte, um zur Ruhe zu kommen. Ungewöhnlich unbeherrscht ging sie auf die arme Freddi los, Joachim musste sie sogar festhalten, damit sie dem Kind keinen schweren Schaden zufügte. Greta spielte verrückt, was Katharina denn doch ziemlich übertrieben fand. Am Ende war nicht einmal mehr klar, was unerfreulicher war: das Verhalten der Mutter oder der Streich der Kinder. Gretas Aufruhr war schlimm für Joachim, aber durchaus unterhaltsam für Katharina. Als sie daran zurückdachte, zauberte die Erinnerung neben einem innerlichen Kopfschütteln sogar ein Lächeln auf ihre Lippen. Ein giftiges zwar, aber immerhin das erste Lächeln nach dem Vorfall.

Ihr Zorn gegen ihren Jüngsten verrauchte schnell. Bei der Ankunft in Warnemünde spielte sie die entrüstete Erwachsene eigentlich nur noch, um Olaf einen Gefallen zu erweisen. Deshalb beließ sie es bei einer halbherzigen Bestrafung in Form eines Zimmerarrests bis zur Rückfahrt der Jungen ins Internat. Sie erwartete, dass sich inzwischen auch Olaf beruhigt hatte. Doch als sie vom Kinderzimmer wieder in ihre private Stube kam, war das Gesicht ihres Mannes noch immer gerötet, er marschierte rastlos umher, die Hände hinter dem Rücken verschränkt. Olaf befand sich offensichtlich kurz vor einem Wutausbruch.

»Ulrich ist oben«, sagte sie überflüssigerweise, um irgendetwas zu sagen, während sie die Hutnadel aus dem Blütenaufbau auf ihrem Kopf zog, »und er wird auch dortbleiben.« Dass Christian bei ihm war, erwähnte sie nicht. Sie hatte dem Älteren zwar verboten, zu seinem Bruder zu gehen, aber als sie sich auf der Stiege befand, hörte sie eine Tür leise klappen. Die Solidarität der Geschwister rührte sie. Es war ein wunderbar angenehmes Gefühl, das sie für die Peinlichkeit zuvor entschädigte.

»Ich habe nachgedacht«, verkündete Olaf. Er blieb vor dem Erkerfenster stehen, starrte hinaus, schwieg mit zusammengepressten Lippen.

Katharina legte ihren Hut auf einen der zierlichen unmodernen Biedermeierstühle, die sie so liebte. Zögernd trat sie neben Olaf, unsicher, ob sie ihn trösten oder durch ein anderes Thema ablenken sollte. Da sie sich nicht entscheiden konnte, wartete sie auf seine Erklärung. Dabei blickte sie ebenfalls in ihren Rosengarten. Bei ihrer Heimkehr hatte der Regen eingesetzt, der schon den Vormittag über in den schweren Wolken hing. Die Tropfen fielen jetzt von den verblühenden Blüten an der Laube, sie rannen an den Fensterscheiben in Rinnsalen herab, verbanden sich im zunehmenden Unwetter zu kleinen Fluten. Katharina überlegte, ob der Wasserflugmaschinen-Wettbewerb trotz strömenden Regens fortgesetzt würde oder ob Ulrichs Streich der Höhepunkt dieses Tages in Heiligendamm gewesen war.

»Ich möchte nicht, dass Ulrich zurück in dieses Internat geht.«

»Was?« Überrascht sah Katharina ihren Mann an.

»Offensichtlich erfährt er dort nicht die Erziehung, auf die ich als sein Vater Wert lege.«

»Nun ja …«, murmelte sie gedehnt. Für sie kam Olafs Wunsch nicht infrage. Ihre Kinder hatten sich in dem Landschulheim gut eingelebt, sie würde sie nicht aus ihrem gewohnten Alltag reißen. Deshalb fügte sie energischer hinzu: »Ulrichs schulische Erfolge sind ausgezeichnet. Ein einziger Fehltritt sollte nicht dazu führen, die gesamte Erziehung zu hinterfragen.«

»Mit deiner Affenliebe machst du die *Klabauters* zu Memmen«, zischte Olaf. An seiner Schläfe pochte eine blau hervortretende Ader, und Katharina fielen zum ersten Mal die braunen Altersflecken an seinem sich lichtenden Haaransatz auf. »Nora hat schon ganz recht – du bist völlig ungeeignet als Mutter.«

Hatte sie sich verhört? Katharina konnte nicht glauben, dass Olaf ausgesprochen hatte, was zu ihr durchgedrungen war. Sie öffnete den Mund für ein Widerwort, doch sie stieß nur die angehaltene Luft aus. Es war gewiss ein Irrtum. Niemals – wirklich niemals – würde ihr Mann den Namen seiner Geliebten in den Mund nehmen, um ihr – seiner Gemahlin und Mutter seiner Kinder – Vorwürfe zu machen. Olaf hatte bislang immer die Form gewahrt und Katharina respektvoll behandelt. Das machte ihr gelegentliches Zusammensein durchaus leichter. Sie hatte sich in der Aufregung bestimmt nur eingebildet, dass er die ehemalige Gouvernante der Kinder ins Feld führte.

»Wir sollten die Angelegenheit besprechen, wenn du nicht mehr so echauffiert bist«, erwiderte sie sanft. Sie musste sich zwingen, die Ruhe zu bewahren, und drückte sich absichtlich so gewählt aus, um nicht doch noch ausfallend zu werden. »Zorn ist gewiss kein guter Ratgeber.«

»So etwas kann nur eine gänzlich überspannte, verblendete Person von sich geben.« Er drehte sich zu ihr um, betrachtete sie abschätzend. Seine Augen waren kalt. Die Wärme und Güte in seinem Blick, die Katharina einst zu lieben versucht hatte, waren erloschen. »Ich habe nicht geglaubt, dass du wirklich so eine bist.«

Katharina starrte ihn an. Sie war viel zu baff, um sich aufzuregen. »Ich bin eine – was …?«

Er machte eine wegwerfende Geste. »Eine von diesen Frauen, die nicht ganz normal sind. Man liest ja heutzutage überall von diesen Psychodoktoren und ihren Patientinnen.« Er nickte, als wollte er sich selbst zu seiner Einschätzung gratulieren. »Wahrscheinlich hätte mir viel früher auffallen müssen, dass mit dir etwas nicht stimmt. Das erklärt natürlich auch die Gründung des Strandkorbverleihs und deinen lächerlichen Wunsch, mich aus diesem Betrieb zu werfen. Mich, deinen Mann, der es immer gut mit dir gemeint hat. Stattdessen beschäftigst du einen Jugendfreund als Geschäftsführer, der dir anscheinend nähersteht als der Vater deiner Kinder. Aber mit meiner Manufaktur willst du ja nichts mehr zu tun haben. Und die Jungen lässt du verlottern. Bestimmt sind diese Idiotien alles Folgen deiner Krankheit. Ich hätte es wissen und viel früher handeln müssen.« Es schien, als habe er sich endlich von der Seele geredet, was ihn schon lange belastete. Tatsächlich beruhigte ihn offenbar dieses geöffnete Ventil. Die Ader an seiner Schläfe begann, langsamer zu pulsieren.

Ein Monster, mein Mann ist ein Ungeheuer geworden.

Sie hatte davon gehört, dass sich Menschen mit zunehmendem Alter veränderten, manchmal wunderlicher, häufig auch bärbeißiger wurden. Glücklicherweise zeigten weder ihr Vater noch Gerda derartige Anzeichen. Dass sich ausgerechnet ihr Gatte in einen durch und durch bösartigen Menschen verwandelte, erschütterte sie mehr als seine Beschimpfungen. Unwillkürlich wich sie einen, zwei Schritte vor ihm zurück und stieß dabei an eine Kommode.

Offenbar konnte er seine Hände nicht ruhig halten, denn jetzt strich er sich fahrig durch das Haar. »Nora meint, ich hätte niemals zulassen dürfen, dass du unser Zusammenleben in Rostock aufgibst und die Jungen der angemessenen Erziehung dieser wunderbaren Frau und Gouvernante entziehst. Auch damit hat sie recht, wie ich leider feststellen muss.«

Die Wedding hatte Olaf diese furchtbaren Sätze eingeflüstert. Daran bestand kein Zweifel. Was tat diese gehässige Person Katharinas Familie und letztlich vor allem Olaf an? Genügte ihr der Hutladen in Schwerin nicht mehr? Wollte sie zurück in die Villa in der Steintor-Vorstadt? Wie konnte sie das jedoch schaffen ohne Katharinas Zustimmung? Was würde Nora Wedding tun, um Katharina loszuwerden? Die Fragen rasten durch ihr

Gehirn, und je mehr sie sich bemühte, Antworten zu finden, desto schneller drehte sich das Karussell. Ihr wurde schwindelig, aber sie rührte sich nicht vom Fleck und wartete hoch erhobenen Hauptes auf das, was noch kommen sollte.

Olaf hatte sich so in Rage geredet, dass ihm anscheinend nicht auffiel, wie still Katharina war. Vielleicht hatte er ihre Anwesenheit auch vergessen. Er tobte weiter, als führe er einen Monolog, den nur er verstand: »So geht das nicht weiter. Ich lasse nicht zu, dass meine Söhne verwahrlosen. Jungen brauchen eine harte Hand, und Nora wird ihnen diese geben. Ab sofort unterstehen Christian und Ulrich meiner alleinigen Erziehungsgewalt.«

»Nur über meine Leiche.« Zu ihrer eigenen Überraschung zitterte Katharinas Stimme nicht einmal halb so sehr wie ihr Körper. Sie klang fest und laut, keinesfalls zögerlich. »Ich erlaube nicht, dass etwas an unserer Vereinbarung geändert wird.«

Einen Moment herrschte betroffenes Schweigen. Olaf schien überrascht, hatte wohl nicht mit ihrem Widerstand gerechnet. Ungläubig sah er sie an, fuhr sich wieder mit nervösen Händen durch das Haar.

Glaubten er und seine Geliebte wirklich, sie würde nach den ersten Anschuldigungen aufgeben? Ein bitteres Lachen ließ Katharinas Inneres kurz beben. Doch sie hatte nicht mit dem teuflischen Plan gerechnet, den die andere Olaf unterbreitet haben musste:

»Wenn du dich weigerst, meinen Anordnungen zu folgen, werde ich die Scheidung einreichen. Ich kann eine Zeugin benennen, die bestätigen wird, dass deine Beziehung zu Joachim Wittenburg nicht nur geschäftlicher Natur ist. Bei bewiesenem Ehebruch wirst du vom Gericht nicht angehört. Und das Erziehungsrecht fällt in einem solchen Fall einzig mir zu. Es ist alles ganz einfach.«

Sie fasste nach hinten an die Kommode, um sich festzuhalten. Noch nie war es ihr so schwergefallen, Haltung zu bewahren. Am liebsten hätte sie sich schluchzend auf den Boden geworfen und den Schmerz, den Olaf ihr zufügte, laut aus sich herausgeschrien. Oder sie hätte sich auf ihn gestürzt. Wie konnte er nur so gemein sein? Was hatte sie getan, dass er mit diesem verlogenen Angriff auf sie zielte? *Er* war derjenige, der ihre Ehe gebrochen hatte. Sie war ihm stets treu geblieben. Nicht in Gedanken. Aber körperlich war sie ohne Fehl und Tadel. Diese Erkenntnis machte ihr noch mehr zu schaffen als die Überlegung, dass die Wedding wahrscheinlich schon länger an ihrem feinen Netz gesponnen hatte und nur auf die Gelegenheit wartete, es auszuwerfen wie ein Fischer an der Ostsee. Doch sie würde nicht darin zappeln wie ein Hering. *Gott, steh mir bei, ich nicht!* Im Stillen schickte Katharina einen Schwur in den Himmel.

»Gut ausgedacht, aber nur blanke Theorie.« Ihr Gebet schien erhört worden zu sein, denn sie schaffte es, schneidend wie ein frisch geschliffenes Messer zu klingen. »Eine Scheidung würde nicht nur mich zeichnen, sondern vor allem unsere Söhne. Und dich auch, mein Lieber. Oder glaubt diese Schlampe, sie …«

»Ich erlaube nicht, dass du auf diese Weise über Fräulein Wedding sprichst!«

»… sie könnte meinen Platz einnehmen, ohne dass die Leute mit dem Finger auf euch beide zeigen?«, vollendete sie ungerührt ihre Frage.

»Die Leute vergessen rasch«, behauptete er, wirkte aber nicht mehr ganz so unbeherrscht und überzeugt wie zuvor. Dass er Katharina nicht ins Wanken bringen konnte, irritierte ihn offensichtlich.

»Unsinn. Ein Skandal hält sich ewig. Irgendjemandem fällt bei passender Gelegenheit immer ein, dass da doch mal etwas war. Verlass dich nicht auf die schönen Ideen, die dir deine Schlampe zuflüstert.« Sie legte eine winzige Pause ein, wartete auf seinen Protest. Er überging jedoch die abwertende Bezeichnung für seine Geliebte.

Durch diesen kleinen Triumph bestärkt fuhr Katharina ruhig fort: »Soll ich dir sagen, was als Erstes passiert, wenn du die Scheidung einreichst und uns damit ins Gerede bringst? Man wird dir keine Aufträge mehr erteilen. Wer will schon Waren von einem Mann kaufen, der vor Gericht schmutzige Wäsche wäscht? Um deinen Titel *Hofkorbmacher* ist es dann sicher auch nicht mehr so gut bestellt. Die Manufaktur wird einen Einbruch erleiden, und es ist vorbei mit deinen Investitionen in Afrika, in die Fliegerei und was sonst noch. Die Leute, von denen du glaubst, dass sie ein kurzes Gedächtnis haben, werden dich meiden. Und selbst wenn sie vergessen, warum sie dies tun, werden sie irgendwann so daran gewöhnt sein, dass sie nichts mehr ändern wollen oder können. Geschäftlich wie gesellschaftlich bist du ein toter Mann, Olaf Borchers.« Ihre Parade war anstrengend. Sie atmete wie nach einem Lauf am Strand schnell und flach ein und aus, später tiefer und etwas ruhiger.

Er starrte sie an. Fassungslosigkeit, Verwirrung und Abscheu wechselten sich in seinem Blick ab. Dann ertrug er ihren Anblick anscheinend nicht mehr, drehte sich um, stützte sich mit seinen rastlosen Händen am Fensterrahmen ab, sah den Schlieren zu. Wieder trat die wild pochende Ader an seiner Schläfe hervor. Er schloss die Augen.

Katharina rührte sich nicht vom Fleck. Sie stand so angespannt vor ihm, dass ihr jeder Muskel wehtat. Ihre Fingernägel gruben sich in das helle Birkenholz der Biedermeierkommode. Die Kraft, die sie in ihre Worte gelegt hatte, war aus ihrem Körper gewichen, fehlte in ihren Gliedmaßen. Sie fürchtete, dass sie umfiel, wenn sie sich auch nur einen Zentimeter aus ihrer Position fortbewegte.

Es wurde Zeit für den entscheidenden Schlag. Ihr Herz hämmerte gegen ihre Brust. Katharina holte tief Luft. »Hat sie dir gesagt, dass man dich bedauern wird, weil du dich von deiner untreuen Ehefrau trennst? Dass man Verständnis aufbringt, wenn du mit einer anderen, besseren in unser Haus einziehst? Glaubst du wirklich, niemand lacht über den gehörnten Gatten? Einen alten Mann noch dazu, der seine junge Frau nicht glücklich machen konnte.« Der letzte Satz tat ihr vielleicht mehr weh als ihm. Doch sie durfte ihn nicht schonen. Für Reue war später noch Zeit, wenn sie sich keine Sorgen mehr um die Zukunft ihrer Kinder zu machen brauchte.

Wie erwartet ließ der Vorwurf Olaf nicht kalt. Er erbleichte, ein Muskel an seinem Kiefer zuckte, die Ader an seiner Schläfe schien kurz vor dem Platzen, dann lief er wieder puterrot an. Katharinas Herz zog sich zusammen. Trotz allem tat er ihr leid. Gleichzeitig beschlich sie Panik. Was sollte sie tun, wenn Olaf vor Aufregung zusammenbrach?

Sie wusste selbst nicht, warum sie plötzlich wünschte, ihren Worten die Schärfe nehmen zu können. Doch sie veränderte nur etwas ihren Ton: »Ich habe dich niemals betrogen«, sagte sie rau. »Darf ich dich daran erinnern, dass *du* es mit der ehelichen Treue nicht so genau genommen hast?! Was immer du behauptest und Nora Wedding bestätigen würde – es sind bösartige Lügen auf Dienstmädchenniveau.« Sie schnappte nach Luft, dann: »Was erwartest du eigentlich, was Christian und Ulrich dazu sagen? Sie sind alt genug, um deine Vorwürfe zu verstehen. Glaubst du nicht, sie können eins und eins zusammenzählen, wenn sich ihre frühere Gouvernante nun als neue Stiefmutter aufspielt? Die Jungen mochten sie schon damals nicht. Wenn du mir die beiden fortnimmst, werden sie sie hassen. Und dich dazu.«

Olaf schwieg, Katharina wartete. Es herrschte Stille zwischen ihnen, gespanntes Schweigen. Nur das unaufhörliche Prasseln des Regens erfüllte den Raum mit einer gewissen Lebendigkeit.

»Bist du fertig?«, fragte er schließlich gepresst.

Der Fingernagel, den sie am heftigsten in das Möbelfurnier presste, brach ab.

»Streitigkeiten sind mir zuwider«, erwiderte sie, ohne ihm direkt zu antworten.

»In der Tat.« Endlich drehte er sich zu ihr um. Seine Tränensäcke waren geschwollen, als hätte er geweint, und blutunterlaufen. Die Mundwinkel zitterten. »Das letzte Wort ist allerdings noch nicht gesprochen. Dennoch ist es besser, wenn ich jetzt gehe«, sagte er überraschend ruhig und wandte sich während des Sprechens bereits zur Tür.

Anstand, Pflichtbewusstsein und ein Rest der Dankbarkeit, die sie vor langer Zeit einmal für ihren Mann empfunden hatte, flackerten in ihr auf. Womöglich verwandelte er sich gerade auch zurück zu dem liebenswürdigen Menschen von einst. Mitgefühl packte sie.

»Wohin willst du? Es regnet in Strömen. Du wirst dir draußen die Grippe holen.«

»Spielt das noch eine Rolle?«, gab er niedergeschlagen zurück. Mit hängenden Schultern verließ er das Wohnzimmer.

Kurze Zeit später hörte Katharina die Eingangstür zuschnappen. Sie ging Olaf nicht nach, vergewisserte sich nicht einmal, ob alles gut abgeschlossen war. Reglos stand sie da und presste noch einen Kratzer in ihre schöne Kommode.

17

Friederikes Vergehen wog genau besehen nicht halb so schwer wie das von Walter Trautwein, doch Greta lud trotz besseren Wissens ihren gesamten Frust bei ihrer kleinen Tochter ab. Natürlich war es peinlich, dass sie in der Öffentlichkeit dermaßen ausfallend geworden war und Friederike eine Ohrfeige verpasst hatte. Joachim war außer sich gewesen, denn er verabscheute Gewalt in jeder Form. Greta vermutete, dass er als Kadett hart rangenommen worden war, aber sie hatte ihn nie danach gefragt und tat es auch jetzt nicht. Sie war vollauf mit sich selbst beschäftigt.

Ihr Gefühlschaos glich einer Achterbahnfahrt mit mehr Tiefen als Höhen. Eigentlich war es sogar ein Untergangsszenario. Dafür sorgten die Ignoranz des angebeteten Mannes, das unentschuldbare Benehmen der Kinder und auch die Anwesenheit von Katharina Borchers, die sich offenbar immer dann in der Nähe von Gretas Mann befand, wenn sie, Greta, seiner ungeteilten Aufmerksamkeit bedurfte. Ja, hätte er sich ausnahmsweise rührend und liebevoll um die eigene Gattin gekümmert, wäre alles vielleicht weniger schlimm gewesen. Aber als sie sah, wie Joachim sich sogar schützend vor Ulrich zu stellen versuchte, als dessen Vater zu der ihrer Ansicht nach verdienten Tracht Prügel ansetzte, war es restlos um Greta geschehen. Sie tobte und stritt sich mit Joachim den ganzen Heimweg über – bis sie atemlos mit Mann und Kind ihr Haus erreichte. Ein Haus, das so viel kleiner und weniger beeindruckend war als die Villa der Borchers am Meer. Diese keineswegs neue Erkenntnis stürzte Greta in diesem Moment noch tiefer in ihr Unglück und ließ sie schreien und schluchzen, bis sie heiser war und keine Tränen mehr besaß. Ihr Gatte indes wurde mit jedem ihrer Ausbrüche stiller, ihre

Schuldzuweisungen schienen an ihm abzuprallen wie die Wellen an der steinernen Befestigung der Mole. Und das ärgerte Greta noch viel mehr.

Friederikes leises Weinen fiel beiden anfangs nicht sonderlich auf. Im Gegenteil, Greta fand, die Zehnjährige müsse nicht nur für den Streich büßen, sondern auch dafür, dass sie bei dem Wasserflugmaschinen-Wettbewerb letztlich mehr Spaß hatte als sie. Erst als Joachim mit lautem Türenschlagen aus dem Haus floh und die Kleine ihr tränenfeuchtes Gesichtchen an die Fensterscheibe presste, um ihm nachzusehen, rührten sich Mitleid und Nachsicht in Gretas Herzen. Sie trat neben ihre Tochter und legte den Arm um die bebenden schmalen Schultern.

»Kommt Papa zurück?«

»Ich weiß es nicht«, entfuhr es Greta wider besseres Wissen. Natürlich würde Joachim nach dem Besuch in seiner Stammkneipe heimkehren. Wohin sollte er auch sonst, wenn er angetrunken durch die Gassen streifte und hoffte, niemand werde seinen wankenden Schritt beobachten? Es war nicht so schlimm wie damals nach dem Unglück, als sie alles verloren glaubten, aber Greta ahnte, dass er ihre Ehestreitigkeiten auf ähnliche Weise zu vergessen versuchte. Wenn sie sich um ihn sorgen müsste, wäre es leichter, sich wieder zu vertragen. »Ich weiß es nicht«, wiederholte sie eigensinnig.

»Es ist meine Schuld, dass Papa gegangen ist, nicht wahr?«

Greta zog ihre Tochter an sich und sagte: »Schon möglich. Schließlich warst du sehr ungezogen. Aber Männer sind unberechenbar. Heute haben sie dich lieb, und morgen bist du ihnen nichts mehr wert. Dein Vater ist nicht anders als andere. Und dein kleiner Freund wird auch so sein, wenn er erwachsen ist. Das ist so sicher wie das Amen in der Kirche. Du wirst es sehen.« Die zunehmende Verbitterung in ihrer Stimme nahm Friederike sicher nicht wahr. Auch nicht, dass sie nicht nur von Joachim und von Ulrich sprach.

»Ich will, dass Papa wiederkommt«, schluchzte die Kleine. »Und ich will auch immer ganz brav sein, damit er bei uns bleibt.«

»Dann halte dich künftig von Ulrich Borchers fern. Das wird schon einmal helfen, Ruhe und Ordnung in unser Leben zu bringen …«

»Aber …«

»Das musst du mir versprechen«, mahnte Greta.

Friederike schniefte. »Ja, Mama.« An der Aufrichtigkeit ihres Versprechens bestand kein Zweifel.

Die Mutter nickte mit ernster Miene. Insgeheim gratulierte sie sich zu der Eingebung, die einen ersten Keil zwischen die freundschaftliche Verbindung der Ihren mit der Borchers-Familie trieb.

Auch wenn ihre Gedanken zunächst abgelenkt gewesen waren, so träumte sie in der folgenden Nacht mit unverminderter Intensität von Walter Trautwein. Sie war enttäuscht. Wütend. Traurig. Und doch änderte dies nichts an ihrer leidenschaftlichen Hinwendung zu dem Mann, der ihr das Gefühl gegeben hatte, begehrenswert zu sein, der sich verständnisvoll äußerte und zum Anker ihrer Sehnsüchte geworden war. Mit den Stunden, Tagen und weiteren Nächten verflog die Erinnerung an das unglückliche Zusammentreffen. Je länger Greta über ihre Begegnung nachdachte, desto mehr kam sie zu der Erkenntnis, dass es einen Grund für Trautweins Verhalten gegeben haben musste, der nichts mit ihr, sondern vielmehr etwas mit der Situation bei der Veranstaltung zu tun hatte. Diese Schlussfolgerung genügte ihr jedoch nicht. Sie wollte Gewissheit. Und deshalb setzte sie sich eine Woche später an ihren Küchentisch und schrieb einen Brief, während der Kartoffel-Rüben-Eintopf auf dem Herd köchelte, den sie eigenhändig zubereitete, weil sie schon wieder ein unfähiges Dienstmädchen von einer Stunde auf die andere vor die Tür gesetzt hatte.

Nachdem sie das Schreiben in den Briefkasten geworfen hatte, trieben die stillen Fragen und erhofften Antworten sie noch stärker um. Greta kam es vor, als könne sie an nichts anderes denken als an Walter Trautweins erwartete Erklärung. Dabei gab es genug, was sie hätte beschäftigen können: Am anderen Ende Europas war ein Krieg zwischen dem Balkanbund und dem Osmanischen Reich ausgebrochen, der die Gemüter erhitzte. Nachrichten über Kampfhandlungen zwischen Adria, Schwarzem Meer und Ägäis beherrschten die Zeitungen und viele Gespräche auf der Promenade und an den Stammtischen. Doch Greta interessierte sich nicht für das Geschehen am südöstlichen Rand Europas. Nicht einmal die Berichte über die bejubelten Konzerte des berühmten Tenors Enrico Caruso in Berlin, Frankfurt am Main, Hamburg und München las sie so aufmerksam wie sie es früher sicher getan hätte. Was waren schon Opern im Vergleich zur hohen Kunst des Filmtheaters? Sie konzentrierte sich nur noch ungern auf die Musik, ging lieber ins Lichtspielhaus und schmachtete.

Selbst alltägliche Ärgernisse wie die Anstellung neuen Personals und immer wieder Zwist mit Joachim konnten an Gretas Gefühlen nichts ändern. Selbst dann nicht, als sie sich wegen Friederikes hervorragender schulischer Leistungen mit ihm stritt. Greta wollte unbedingt, dass ihre Tochter ein Lyzeum besuchte, Joachim sah keine Notwendigkeit für das Mädchen, eine höhere als die Mittelschule zu besuchen, in der die meisten Töchter aus bürgerlichem Hause, nicht nur in Warnemünde, gut aufgehoben waren. Die Mutter argumentierte mit der Kaiserin höchstselbst, die sich seit Kurzem für die Einrichtung von Gymnasien für Mädchen einsetzte, was ihn jedoch wenig beeindruckte. Joachim verschob die Entscheidung gnädig auf das kommende Schuljahr, was Greta als erneute Niederlage verbuchte.

Nichts geschah nach ihrem Willen. Gar nichts. Ihre Nachfragen beim Postamt erwiesen sich im Lauf der Zeit als peinliches Unterfangen, da der diensthabende Beamte sie längst wiedererkannte und mitleidig lächelte, weil *Seemannsbraut* wieder einmal leer ausging. Während sie beklommen über Kirchplatz und Anastasiastraße nach Hause marschierte, den Herbststürmen und Regenschauern trotzte, fiel ihr oftmals ein, was sie Friederike am Abend nach dem verunglückten Ausflug nach Heiligendamm gesagt hatte: »*Männer sind unberechenbar. Heute haben sie dich lieb, und morgen bist du ihnen nichts mehr wert.*« Ihre Worte sollten der Tochter die Augen öffnen, sie wollte sie vor der Unzuverlässigkeit des geliebten Vaters warnen. Im tiefsten Inneren aber meinte Greta damit schon auch den Schauspieler.

Lediglich die steigenden Preise für Lebensmittel lenkten Greta von ihrem Liebeskummer ab. Vor allem Fleisch wurde im Lauf des Herbsts fast unerschwinglich. Ein Kilo Schweinefleisch kostete im Oktober fast fünfzig Pfennig mehr als im Frühjahr. Als nach heftiger öffentlicher Debatte endlich das Einfuhrverbot gelockert und gefrorene Tierhälften aus Russisch-Polen in Umlauf gebracht werden durften, griff Greta nicht zu. Sie lehnte es ab, sich in die langen Schlangen vor den Verkaufsstellen einzureihen und mit den Ellenbogen ihren Platz in der Reihe zu verteidigen. Bei knapp über einer Mark Verkaufspreis pro Kilo Schweinefleisch war der Andrang enorm. Schnell sprach sich herum, dass es vor den Markthallen der Großstädte zu Schlägereien unter den Wartenden gekommen war und in Rostock ebenso wie in Berlin sogar die Polizei eingreifen musste. Zähneknirschend verzichtete Greta immer häufiger auf die Einlage in ihren Eintöpfen, obwohl doch jedermann wusste, dass ein Erwachsener täglich mindestens hundertfünfzig Gramm Fleisch zu sich nehmen sollte. Joachim bemerkte diese Sparsamkeit, und wieder kam es zum Streit zwischen den Eheleuten. Er verwies auf die Gesundheit seiner Familie, sie auf ihre finanzielle Situation. Es ging ihnen gut, Millionäre waren sie aber nicht.

Sie wurde wieder wütend. Auf das Leben. Auf sich. Auf Joachim. Auf Walter Trautwein. Auf die ganze Welt. Sie beschloss, ihre Brieffreundschaft nicht auf sich beruhen und sich nicht wie eine kleine Schlampe abwimmeln zu lassen. Niemand ließ Greta Wittenburg fallen. Sie hatte lange genug mehr oder weniger unsichtbar vom Rande der Gesellschaft aus zuschauen müssen, wie sich die Privilegierten vergnügten. Egal, ob sie Fleisch in den Mengen auf den Tisch brachte, die das Gesundheitsamt empfahl – sie war ein anerkanntes Mitglied des Bürgertums, mit ihr sprang man nicht so um! Diese Überlegungen bewogen sie, ein weiteres Mal an ihn zu schreiben. Diesmal freilich zorniger, weniger höflich und zurückhaltend als zuvor. Trautwein sollte wissen, was er ihr mit seinem Benehmen und – unmöglich! – seinem Schweigen antat. Er sollte wissen, dass sie ihn verachtete. Er war ein niederträchtiger, verachtenswerter Mensch. Jawohl!

Greta erwartete eigentlich keine Antwort. Sie hatte Trautwein deutlich ihre Meinung gesagt. Nicht mehr, aber eben auch nicht weniger. Dennoch ersehnte sie seine Nachricht, entgegen aller Vernunft. Deshalb nahm sie Umwege auf sich, um nicht am Post- und Telegrafenamt vorbeigehen zu müssen und schwach zu werden. Nur nicht wieder vergeblich nach einer postlagernden Sendung fragen. Doch ihr Herz klopfte wild, wenn sie in die

Nähe des Kirchplatzes kam, und manchmal wollten ihr die Füße nicht folgen. Greta hielt sich tapfer – bis zu dem Tag Anfang Dezember, als sie ein Päckchen mit einem Weihnachtsgeschenk für ihre Schwester Luise aufgeben musste, damit es pünktlich zu Heiligabend in Hamburg eintraf. Und als sie nun schon einmal vor dem Schalter stand, fragte sie fast selbstverständlich nach einer postlagernden Sendung.

Der Postbeamte schob einen Umschlag über den Tresen.

»Oh …«, hauchte Greta überrascht. Ohne den Absender zu überprüfen, erkannte sie die Schrift.

»Die Nächste bitte«, nuschelte der Mann von der Post.

»Moin, Frau Wittenburg«, grüßte Katharina Borchers höflich, während sie nach vorn trat. »Ich habe eine Eilsendung nach Berlin«, wandte sie sich an den Mann hinter dem Schalter.

Greta schnappte sich rasch den für sie bestimmten Brief. Ihr wurde schlecht vor Aufregung. Sie hoffte, dass die Borchers nicht neugierig war oder Joachim davon erzählte. Gleichzeitig riskierte sie einen Blick auf das Kuvert, das die andere aufgab. Informationen schadeten schließlich nie. Und wenn die Strandkorbvermieterin so kurz vor Weihnachten etwa an die Deutsche Bank schrieb und gleichzeitig so ernst wirkte, kämpfte sie womöglich mit wirtschaftlichen Problemen. Darüber wollte Greta unbedingt Bescheid wissen. Doch das Schreiben war an eine Rechtsanwaltskanzlei in Berlin-Charlottenburg gerichtet. Per Eilzustellung.

Großer Gott, verschickte die Frau etwa ihr Testament? War Katharina Borchers so schwer krank, dass sie bereits ihren Nachlass regeln musste? Greta starrte sie unverhohlen an. Überlegte, ob sie sich darüber freuen sollte, die Nebenbuhlerin womöglich schneller als gedacht loszuwerden.

»Kann ich Ihnen irgendwie helfen?«

»Nein, nein«, wehrte Greta ab. »Ich bin nur so in Gedanken, wissen Sie. In der Adventszeit weiß man als Hausfrau nie, wo einem der Kopf steht.« Wovon du mit deinem Personal natürlich keine Ahnung hast, fügte sie im Stillen bissig hinzu. »Guten Tag, Frau Borchers.« Natürlich sagte Greta nicht *auf Wiedersehen*, sie war froh, wenn sie der Chefin ihres Mannes so selten wie möglich begegnete.

Katharina Borchers hatte nicht krank ausgesehen, nur ein bisschen blass, vielleicht war sie müde, resümierte Greta beim Verlassen des Postamts.

Dummerweise musste sie noch eine oder zwei Besorgungen erledigen, bevor sie ihrer Ungeduld nachgeben und nach Hause laufen durfte, um in Ruhe Trautweins Brief zu lesen. Ihre Schritte waren leicht, wie beflügelt, sie schwebte nur so durch die Gassen bis zur Vorderreihe. Als sie Hosmanns Hotel passierte, wehten die Klänge eines neuen Schlagers bis auf den unter dem Nebel träge dahinfließenden Alten Strom hinaus. Zum Tanztee wurde »Puppchen, du bist mein Augenstern« gespielt. Greta lächelte. Den Gesundheitszustand der Borchers hatte sie in diesem Moment ebenso vergessen wie die Eilzustellung an einen Berliner Advokaten.

Liebe Freundin,
wie großmütig von Ihnen, einem Unwürdigen wie mir noch einmal zu schreiben. Sie haben so recht damit, Ihren Zorn über mich zu gießen. Ich muss zugeben, dass ich bei der Lektüre Ihres Billets an Champagner dachte, da Ihre Worte ein ungeahntes Prickeln verursachten. Eine Frau von Charakter, dachte ich mit vollster Bewunderung für Sie. Und Scham stellte sich ein. Ich schäme mich furchtbar, Sie dermaßen verletzt zu haben. Ich bin untröstlich. Bitte verzeihen Sie mir.

Ich erlaube mir, Ihnen die Situation aus meiner Sicht zu schildern, und bitte unterwürfigst um Verständnis: Ich darf mich einen bekannten Mann nennen, der in der Öffentlichkeit viel beachtet ist. Bei Veranstaltungen wie der Flugmaschinenschau in Heiligendamm stehe ich selbstverständlich im Rampenlicht – und mit mir jene Personen, denen ich meine Aufmerksamkeit schenke. Indem ich also vorgab, Sie nicht zu kennen, versuchte ich, Sie zu schützen. Unsere tief empfundene Freundschaft hätte bei dieser Gelegenheit für großes Aufsehen gesorgt. Auch die Presse war ja zugegen. Ich wollte Sie nicht vor allen Leuten kompromittieren, denn sicherlich waren Sie doch mit Ihrem Gemahl auf dem Flugfeld. Deshalb kündigte ich mein Erscheinen auch nicht vorher an. Ich hoffte, Sie interessierten sich nicht für einen Wettbewerb dieser Art. Leider fehlte die Zeit, Sie zu einem Treffen Tête-à-Tête zu bitten, und es war alles so anstrengend mit diesen Fliegern und Marineoffizieren.
Bitte senden Sie mir ein paar Worte, sodass ich Ihrer Vergebung sicher sein kann. Bis dahin bin ich untröstlich.
Ihr Walter T.

Als sie das Papier niederlegte, schwammen Gretas Augen in Tränen. Rührung und Glückseligkeit ergriffen ihr Herz. Ohne zu zögern, griff sie nach ihrem Schreibzeug, um eine Antwort für Walter Trautwein zu formulieren.

18

Olafs Schweigen verunsicherte Katharina mehr, als dies ein weiterer Affront getan hätte. Seit er durch den Regenschauer von ihr fortgegangen war, hatte sie nichts mehr von ihm gehört. Zeitweise fürchtete sie um seine Gesundheit, machte sich sogar Vorwürfe. Dann wieder holten sie Ärger und Verzweiflung über seine Drohungen ein. Sie wagte nicht den ersten Schritt – aus Furcht vor schlechten Nachrichten, aber auch aus Stolz. Als die Kartoffelferien nahten, wurde sie noch unruhiger, weil sie sich eine Erklärung für ihre Söhne zurechtlegen musste. Bislang war Olaf immer in Warnemünde gewesen, wenn Christian und Ulrich aus dem Landschulheim nach Hause kamen. Jetzt wusste die Mutter nicht einmal, ob und wann ihr Gatte anreisen würde oder wo er sich stattdessen aufhielt. Sie erfuhr es jedoch rascher, als ihr lieb war.

An einem windigen Sonnabend holte sie die Jungen vom Bahnhof ab, noch immer ratlos, wie sie die Abwesenheit des Vaters erklären sollte. Sie nahm zwar an, dass Olaf erkrankt war und sich deshalb nicht meldete – wahrscheinlich eine Lungenentzündung, der Arme! –, aber sie wollte seine Kinder nicht beunruhigen, zumal sie keine genauen Informationen besaß. Möglicherweise erforderten die neuen finanziellen Investitionen seine ungeteilte Aufmerksamkeit. Eine plötzliche Reise bis hin zu den Rattanpalmen in Kamerun kam ihr in den Sinn. Aber hätte Olaf eine Überfahrt in die Kolonie nicht angekündigt? Durfte sie ihre Söhne überhaupt anlügen? Was sollte sie ihnen bloß sagen?

Grübelnd sah sie zu, wie der Vorortzug mit quietschenden Bremsen zum Stehen kam und die Lokomotive mit einem fast erleichterten Schnaufen aschgrauen Rauch ausstieß, der die Passagiere, die als Erste aus den Abteilen sprangen, wie Nebel einhüllte. Stimmengewirr belebte den zuvor stillen Bahnhof, Wiedersehensfreude bei Wartenden und Ankommenden, Hektik bei den Durchreisenden. Letztere wollten die Fähre nach

Gedser erreichen, die jenseits der Gleise an der Mündung der Warnow wartete, und von dort womöglich weiter nach Kopenhagen oder in andere Teile Dänemarks. Dreißig Mal pro Tag wiederholte sich dieses Schauspiel beim Eintreffen der Bahn aus Rostock, ganz zu schweigen von der Aufregung, wenn die direkten Züge aus Berlin, Hamburg oder Magdeburg eintrafen.

Katharina war ein wenig besorgt um Christian und Ulrich, die sich durch das Gewimmel auf sich selbst konzentrierter oder eiliger Menschen kämpfen mussten. Schweren Herzens sah sie aber ein, dass sie alt genug waren, den Heimweg auch ohne Erwachsene anzutreten. Als sie die beiden in ihren Matrosenanzügen und dazu passenden Wolljacken schließlich auf sich zulaufen sah, ging sie etwas in die Knie und breitete die Arme aus. Ulrich warf sich an ihren Hals. Christian blieb zögerlich neben ihr stehen, den Kopf gesenkt, als wäre ihm die Umarmung seiner Mutter unangenehm. Ach je, dachte sie, in seinem Alter ist Jungen wohl alles peinlich.

Langsam richtete sie sich auf, den einen Arm um Ulrichs Schultern gelegt, die freie Hand streckte sie Christian entgegen, als wäre ein Handschlag der übliche Willkommensgruß. »Ich freue mich so, dass ihr wieder zu Hause seid«, hob sie an, schluckte ihre Bedenken hinunter und fuhr energisch fort: »Leider ist euer Vater verhin …«

»Wir haben Vater am Bahnhof in Rostock getroffen«, warf Christian ein. Seine Stimme klang gepresst.

Katharina fiel auf, dass ihr Ältester zutiefst unglücklich wirkte. Und verlegen. Verhielt er sich deshalb so zurückhaltend ihr gegenüber?

»Und die Wedding war auch da«, nuschelte Ulrich, dicht an seine Mutter gepresst, in die Falten ihres Mantels.

Im ersten Moment dachte sie, sie habe sich verhört. Doch ein

Blick in Christians Augen, die so unergründlich tief und blaugrau schimmerten wie das Wasser im künstlich angelegten Bett des Alten Stroms, bestätigte Katharinas schlimmste Befürchtungen. Ihr Gatte hatte tatsächlich eine Begegnung zwischen ihren Kindern und seiner Geliebten herbeigeführt. Die Söhne waren davon anscheinend nicht begeistert.

Sie zitterte, ihre Knie drohten nachzugeben, ihr Herzschlag folgte einem eigenen Rhythmus. Nur ihr Gehirn funktionierte einwandfrei. Deshalb hielt sie Ulrich weiterhin fest im Arm, hakte sich spontan bei Christian unter, als wäre er schon ein erwachsener Mann. Sie ging einige Schritte und zog ihre Söhne mit sich, um nicht weiter ein Hindernis für die vorbeieilenden Bahnhofsbesucher, Fahrgäste und Gepäckträger darzustellen.

Es gelang ihr, mit leichtem Ton scheinheilig zu bemerken: »Ach? Das ist ja eine Überraschung. Ich wollte euch gerade erzählen, dass Vater verhindert ist. Aber nun habt ihr ihn getroffen. Das ist gut. Und wie geht es Fräulein Wedding? Wir haben sie ja lange nicht mehr gesehen.«

»Die Wedding ist eine blöde Kuh«, erklärte Ulrich.

Katharina widersprach nicht.

»Vater hat sie zufällig am Bahnhof getroffen«, erzählte Christian, »und uns auch. Er ist auf dem Weg nach Berlin. Er hat gesagt, er kann wegen seiner Geschäfte nicht nach Warnemünde kommen. Was macht Vater für Geschäfte, Mutter? Die Korbmacherei befindet sich doch in Rostock. Was tut er in Berlin?«

Katharina glaubte nicht an Zufälle. Sie war sicher, dass Olaf das Wiedersehen arrangiert hatte. Die Jungen nahmen immer dieselbe Zugverbindung nach Hause, es war nicht schwierig, die beiden beim Umsteigen auf dem Bahnhof in Rostock abzupassen. Immerhin war Olaf so besonnen, ihnen Nora Wedding nicht gleich als neue Mutter zu präsentieren. Dennoch ärgerte sie sich über das Verhalten ihres Mannes. Anscheinend wollte er seine Drohung wahr machen.

»Er hat sich an einer Plantage in Westafrika beteiligt«, erwiderte sie. »Deshalb muss er gelegentlich zum Kolonialamt reisen. Außerdem will er Geld in die Fliegerei stecken. Das hast du damals in Heiligendamm gehört, Christian. Das ist doch sicher nach deinem Geschmack, hmhm?«

Sie lächelte ihren Sohn aufmunternd an und hoffte, ihn mit ihrer Frage abzulenken. Offenbar begann Christian, mehr hinter der Wohlanständigkeit seines Vaters und seiner früheren Gouvernante zu vermuten, als ihr lieb war. Damit ließ sich erklären, warum er so bedrückt wirkte. In einer Geste liebevoller Zärtlichkeit fuhr sie ihm ins Haar und verwuschelte es leicht.

Christian duckte sich und schüttelte den Kopf. »Aber Mutter!«, mahnte er streng, schenkte ihr dabei jedoch ein breites Grinsen.

Sie erwiderte sein Lachen, während sie Ulrich fest drückte. »Lasst uns erst einmal nach Hause gehen«, schlug sie mit aufgesetzter Fröhlichkeit vor. »Wir haben noch viel vorzubereiten. Heute Abend kommen euer Großvater und Gerda zu Besuch. Ich bin sicher, Opa bringt ein paar Neuigkeiten zum Bau des Flughafens in Höhe Düne mit. Das wird bestimmt spannend.«

Ihr Plan ging auf. Über Olaf wurde nicht mehr gesprochen – und über die Wedding auch nicht. Katharina indes ging das am Bahnhof in Rostock herbeigeführte Treffen nicht mehr aus dem Sinn. Am nächsten Tag, sobald sie Zeit dafür fand, schrieb sie einen Brief an ihre alte Freundin Hermine in Berlin und bat um die Empfehlung eines Rechtsanwalts. Sie brauchte fachmännischen Rat, wollte wissen, was sie unternehmen konnte oder sogar musste, um Olaf in seine Schranken zu weisen. Dafür erschien es ihr sinnvoll, keinen Juristen in Rostock oder Warnemünde zu konsultieren, in Berlin fühlte sie sich anonymer.

Hermine Martius antwortete eine Woche später, als Katharinas Söhne bereits wieder auf dem Rückweg ins Internat waren. Sie schickte ihr ein ziemlich dickes Buch.

Irritiert betrachtete Katharina das hübsche, mit bunten Farben gezeichnete Familienbild auf dem Umschlag von *Die Frau als Hausärztin*. Was sollte sie mit einem medizinischen Ratgeber anfangen? Verwundert schlug sie das Werk an der Seite auf, wo ein Lesezeichen den Goldschnitt unterteilte. Eine Passage war mit Bleistift angestrichen:

> *»Stimmen die Gatten aber nicht mehr überein, hat sich die Liebe verloren, dann werden sie kein unwürdiges Verhältnis bestehen lassen, denn die Frau kann ohne den Mann auch leben.«*

Über ihre eigene Naivität schmunzelnd schüttelte Katharina den Kopf. Wie hatte sie nur annehmen können, Hermine würde nicht in aller Deutlichkeit auf ihr Schreiben reagieren? Die kluge Freundin schenkte ihr natürlich ein Buch, das auch Ratschläge zum Thema Scheidung erteilte. Als Katharina das Lesezeichen in ihren Fingern drehte, entdeckte sie auf der Rückseite die handgeschriebene Adresse einer Anwaltskanzlei in Berlin-Charlottenburg.

Dennoch ließ sie sich Zeit mit einem Brief an den empfohlenen Juristen. Inzwischen war November, und die Wochen der Mußestunden brachen an. Der Strandkorbverleih war geschlossen, in ihrer Pension quartierten sich keine neuen Gäste ein. Sie zog sich den Mantel an, legte einen Pelzkragen um und hüllte ihr Haar in einen Wollschal, um gut geschützt gegen den beißenden

Wind und die vom Meer aufziehende Feuchtigkeit spazieren zu gehen. Der Sand fühlte sich fester an, die Wellen klangen bedrohlicher als im Sommer, obwohl der Himmel hoch, klar und fast wie milchiges Glas vor der blassen Sonne wirkte. Die Wärme, die Katharina fühlte, kam schwach aus ihrem Herzen und berührte ihre Seele nur, weil sie die ruhigen Strandwanderungen und die Ostsee zur Winterszeit liebte. Beim Gedanken an ihren Mann lief ein eisiges Frösteln durch ihren Körper.

Warum hatte sich ihr Gatte nicht mit seiner jungen Frau, zwei wohlgeratenen Söhnen und dem Erfolg als Hofkorbmacher zufriedengeben können? Es kam vor, dass ein unbefriedigter Ehemann ein Freudenhaus aufsuchte. Davon hatte Katharina schon gehört, bevor sie in dem Buch, das Hermine ihr geschickt hatte, darüber las. Wenn sie jetzt darüber nachdachte, wünschte sie, dass er sich in irgendeinem Bordell am Hafen gesucht hätte, was Katharina ihm nach der Fehlgeburt nicht mehr geben konnte. Seltsamerweise schreckte es sie nicht, ihn sich in den Armen eines Freudenmädchens vorzustellen. Stattdessen schien er im blinden Vertrauen dem Ehrgeiz der ehemaligen Erzieherin zu folgen. Was tat die Wedding mit ihm, das Olaf Borchers jede gesellschaftliche und persönliche Rücksichtnahme vergessen ließ? Während der Wind mit dem Zipfel ihres Wolltuchs spielte und den Rock um ihre Beine schlang, dachte sie voller Bitterkeit, dass es ihr lieber wäre, er hätte sich bei einer Hure eine Geschlechtskrankheit geholt. Die Veränderung seines Charakters, hinter der offenbar Nora Wedding steckte, war viel schwerer zu ertragen.

Katharina sehnte sich danach, mit einem Herzensmenschen ihre Sorgen zu teilen. Aber dafür kam in diesem Fall nicht einmal Joachim infrage. Hermine – ja, aber die war zu weit weg. Eine Weile lang erwog Katharina, nach Berlin zu reisen, doch dann siegte ihr Pragmatismus. Nur um sich bei der mütterlichen Freundin auszuweinen, waren Eisenbahnfahrkarte und Hotelzimmer zu teuer. Da sie ja nicht genau wusste, welche Pläne Olaf verfolgte, wollte sie ihr Geld zusammenhalten.

Also setzte sie sich an ihren Schreibtisch im Turm und schrieb dem Rechtsanwalt in Berlin. Obwohl es Tag war, musste sie heute die Lampe anschalten. Die Sonne hatte sich verflüchtigt, schwere, mit Schnee gefüllte Wolken zogen vorbei. Während sie zu formulieren versuchte, warum sie juristischen Rat benötigte, spürte sie eine unerwartete Endgültigkeit. Mit jedem Wort, das sie in ihrer schwungvollen Schrift zu Papier brachte, schien sie das Ende ihrer Ehe mit Olaf Borchers zu besiegeln. Sie fühlte sich nicht wohl dabei. Immer wieder ließ sie die Hand mit der Feder sinken, starrte auf die gerahmten Fotografien ihrer Söhne an der gegenüberliegenden Wand. Was taten sie und Olaf ihren Kindern eigentlich an? In der nächsten Zeile machte sie vorsichtshalber deutlich, dass sie keine Scheidung wünschte, sondern lediglich wissen wollte, wie sie ihren Mann davon abhalten konnte, sie und – vor allem – den guten Namen seiner Familie vor Gericht zu zerren.

Die Antwort des Anwalts kam postwendend: Er mahnte zur Besonnenheit und riet, nichts zu unternehmen, bevor sie nicht etwas von ihrem Gatten hörte oder gar Klage eingereicht wurde. Es gab kein Gesetz, das Olaf davon abhielt, die Trennung gerichtlich bestätigen zu lassen, wenn er dies denn wollte. Präventiv konnte sie dagegen nicht vorgehen. Allerdings erinnerte Dr. Frank auch daran, dass der Vater nach geltendem Recht eigenmächtig nichts in Belangen der Erziehung und Schulbildung der gemeinsamen Kinder verändern durfte. Er musste dafür das Einverständnis der Mutter einholen. Jedenfalls solange noch kein Scheidungsverfahren bei Gericht anhängig war.

Es hing also alles von Olafs künftigem Verhalten ab. Katharina hasste es, die Kontrolle über eine Situation zu verlieren. Ihr kam es vor, als hinge das Glück ihrer Söhne und damit auch ihre eigene Zukunft an einem der seidenen Fäden, die Nora Wedding gewiss für die Dekoration ihrer Hüte benutzte. Und sie – Katharina – hatte nicht den geringsten Einfluss darauf, wann die Geliebte ihres Mannes die Schere ansetzen würde.

19

Zum ersten Mal, seit sie Pensionsgäste bewirtete, hatte Katharina Reservierungen für die Weihnachtsferien angenommen. Es wurden nur zwei der fünf bereitstehenden Zimmer in der ersten Etage belegt, aber die Anmeldung von zwei älteren Ehepaaren, die anscheinend verwandt oder eng befreundet waren, waren Anlass genug, das Haus offen zu halten. Außerdem boten die Übernachtungen Katharina einen Grund, eine Fahrt nach Rostock über die Feiertage grundsätzlich auszuschließen. Da sich Olaf noch immer nicht bei ihr gemeldet hatte, schrieb sie ihm Mitte Dezember einen Brief, um ihn über ihre Pläne zu informieren. Sie erwartete Christian und Ulrich am Wochenende vor Heiligabend in Warnemünde und gab vor, sie würde sich auch über Olafs Anwesenheit freuen. Ob dies der Wahrheit entsprach, konnte sie nicht mit Bestimmtheit sagen. Einerseits brauchte sie unbedingt Klarheit, war aber nicht erpicht auf einen Konflikt gerade an den Feiertagen und in Anwesenheit der Jungen. Andererseits wagte sie sich ein Weihnachten ohne den Vater ihrer Kinder kaum vorzustellen. Deshalb stieß seine umgehende Antwort auf zwiespältige Gefühle: Zwar hätte Olaf es vorgezogen, wie üblich im Heim der Familie in Rostock zu feiern, er ließ sich jedoch gern überreden, den Dezember in Warnemünde näher kennenzulernen. Er unterließ allerdings nicht, darauf hinzuweisen, dass es ihm schwerfiel, die Ferien mit Fremden im Hause zu verbringen. Eine Bemerkung, die Katharina verärgerte, da Olaf bislang nie etwas gegen ihre Gäste einzuwenden gehabt hatte.

Dennoch zeigte sie gute Miene zum bösen Spiel. Die Freundlichkeit, die ihr anfangs nicht ganz so leichtfiel, verwandelte sich im Lauf der Zeit in Herzlichkeit. Katharina wurde sogar unbeschwert. Ihr Mann benahm sich ihr gegenüber überraschend charmant und zeigte sich den Söhnen von seiner liebenswürdigsten Seite – gerade so, als hätte es die Auseinandersetzung nach Ulrichs Streich in Heiligendamm nicht gegeben. In ihr stieg die Frage nach dem Grund für seinen Sinneswandel auf, doch sie unterdrückte den Wunsch nachzuforschen und bemühte sich stattdessen, ihrer Familie ein schönes Weihnachten zu bescheren und einen ausgelassenen Rutsch ins neue Jahr zu ermöglichen. Was ihr auch gelang. Das mitternächtliche Bleigießen war sogar ein Ereignis, das sie selbst fast vergessen ließ, wie es um ihre Ehe stand. Dieses Glück währte jedoch nur kurz.

Als sie am Neujahrsmorgen nach unten kam, traf sie in der Diele das Dienstmädchen, das eigentlich das Frühstück für die Pensionsgäste vorbereiten sollte. Die beiden Ehepaare hatten sich jedoch als Langschläfer erwiesen, sodass Katharina überrascht auf das Tablett mit dem einzelnen Kaffeegedeck zeigte, das Elise über die Küchenschwelle trug. »Wer hat das denn bestellt?«

»Guten Morgen, Frau Borchers«, grüßte Elise höflich und versuchte, gleichzeitig zu knicksen und das Tablett nicht fallen zu lassen. Sie kam vom Land, war freundlich, rotwangig, dienstbeflissen und von angenehmem Umgang, ein spätes Mädchen, das vermutlich keinen Mann mehr finden und Katharina daher lange als zuverlässige Hausangestellte dienen würde. Eine junge Gerda, hatte Katharina bei ihrer Einstellung gedacht und war nicht enttäuscht worden. »Herr Borchers wartet in der Stube auf sein Frühstück.«

»Oh«, entfuhr es Katharina. In den vergangenen Tagen hatte Olaf sein Schlafzimmer niemals vor den Jungen verlassen. Manchmal hatte sie sogar angenommen, er warte auf das Türenschlagen, um nicht mit ihr allein zu sein, was er trotz der äußerlichen Harmonie zwischen ihnen auffallend oft vermied. Katharina beschlich das ungute Gefühl, das die Änderung seiner Gewohnheit heute Morgen nichts Gutes verhieß.

Sie schluckte, straffte die Schultern, reckte das Kinn. Nun also auf ins Gefecht, sprach sie sich stillen Mut zu. Nichts konnte ihr jedoch unangenehmer sein, als das neue Jahr mit einem Streit zu beginnen. »Dann bringen Sie meinem Mann das Frühstück, und ich möchte bitte einen Tee. Nichts dazu.« Olafs frühes Aufstehen verursachte ihr bereits vor der Begegnung ein Magengrimmen.

Olaf saß in einem Sessel am Fenster, hatte die Lampe auf dem Beistelltisch eingeschaltet und las im Zwielicht in einem Buch. Katharina hatte ihn selten bei derartiger Lektüre erlebt, meist beschränkte er sich auf das Lesen von Zeitungen. Unwillkürlich glitt ein erleichtertes Lächeln über ihr Gesicht. Vielleicht wartete doch nichts Arges auf sie.

Als er aufblickte, fing er ihr Lächeln auf. Da sich das Licht in den Gläsern seines Kneifers spiegelte, konnte sie nicht erkennen, ob die Freundlichkeit, die seine Lippen umspielte, auch seine Augen erreichte.

»Katharina!«, rief er erstaunlich sachlich aus. »Wie schön, dass du mir Gesellschaft leistest. Ich bin sicher, die *Budden-*

brooks stehen in deinem Buchregal nicht ungelesen herum, und du kannst dich mit mir darüber austauschen.« Er klappte den Band zu – ohne die gerade betrachtete Seite zu markieren – und legte ihn neben sich auf das Tischchen.

Irritiert ließ sie sich in dem Fauteuil ihm gegenüber nieder. Während Elise auf dem kleinen Tisch im Erker das Frühstück aufdeckte, überlegte Katharina, ob in Thomas Manns Roman eine Scheidung vorkam. Da war doch diese Geschichte der Antonie Buddenbrook … Nicht nur eine Scheidung, fuhr es Katharina mit leichtem Entsetzen schließlich durch den Kopf. Und mindestens eine Geliebte sorgte in der Familiensaga ebenfalls für reichlich Zündstoff. Wie originell, dass sich Olaf in der Literatur bediente, um mit ihr über ihre Ehe zu verhandeln. Katharina wäre bei anderer Gelegenheit durchaus erheitert gewesen.

Nachdem das Dienstmädchen den Raum verlassen hatte, fuhr Olaf leichthin fort, als wäre es für ihn die größte Selbstverständlichkeit, dieses Thema mit Katharina zu besprechen: »Wusstest du, dass die *Buddenbrooks* beim Erscheinen vor elf oder zwölf Jahren gar kein Erfolg waren? Möglicherweise schadete der hohe Preis von rund vierzehn Mark dem Absatz. Das ist natürlich viel Geld.« Er deutete auf das Buch neben sich. »Ich nehme an, du besitzt diese Ausgabe. Wahrscheinlich habe ich sie dir damals gekauft.«

Katharina seufzte und fragte sich gleichzeitig, woher Olaf diese Details wusste. Hatte ihn Nora Wedding für eine literarische Konversation geschult? Wenn ja, dann pflegte die Frau ihr belehrendes Gehabe anscheinend noch immer. Jedenfalls hatte er keinen Blick ins Impressum des Bandes geworfen. Laut sagte sie: »Dies ist die preiswertere Ausgabe, die als zweite Auflage erschien. Doktor Hermine Martius hat sie mir zu Weihnachten 1903 geschenkt.«

Olaf nickte ein wenig verlegen. Dann: »Wie ich hörte, verbringt dieser Schriftsteller seine Ferien gern an der See. Ob er wohl schon in einem meiner Strandkörbe gesessen hat?«

Seit wann interessierte sich Olaf für Derartiges? Katharina schüttelte den Kopf. »Zumindest ist mir nicht bekannt, dass Thomas Mann schon einmal in meinem Strandkorbverleih vorstellig geworden wäre.«

Es klopfte, und Elise trat wieder ein, diesmal, um den Tee für Katharina zu bringen. »Es ist angerichtet«, verkündete sie überflüssigerweise, knickste wieder und verschwand.

Katharina erhob sich. »Du frühstückst heute sehr früh«, stellte sie fest.

Er zog seine Taschenuhr hervor, ließ den Deckel aufschnappen, betrachtete die Uhrzeit und drehte einen Moment gedankenverloren die Aufzugskrone. Dann steckte er den Chronometer wieder in die Tasche seiner Weste, nahm den Zwicker ab und legte diesen auf den Beistelltisch. Er ging sehr geordnet vor, schien einen Zirkel zu benötigen, um die Lesehilfe im genauen Winkel zu dem Buchblock zu deponieren. Erst als das Stillleben zu seiner Zufriedenheit ausgefallen war, erhob er sich und trat zu Katharina, die sich bereits gesetzt hatte.

»Ich wollte mir noch ein wenig Zeit nehmen, bevor mein Zug geht. Eine frühe Verbindung nach Schwerin. Ich hoffe, du verstehst das.«

Der heiße Tee brannte auf ihrer Zunge. Katharina ärgerte sich über ihre Unvorsichtigkeit und darüber, dass sie im Stillen auf einen Sieg über die Geliebte gehofft hatte. Es hatte in der vergangenen Woche Momente gegeben, in denen sie die drückende Anwesenheit von Nora Wedding zu vergessen glaubte. Natürlich war der Schatten der anderen immer spürbar gewesen, und vielleicht hätte Katharina auch an Olafs Zurückhaltung ihr gegenüber erkennen müssen, dass die gute Stimmung in ihrer Familie einer Farce glich.

»Natürlich verstehe ich dich«, versicherte sie freundlich. Ihr Entgegenkommen sollte ihm signalisieren, dass alles so bleiben könnte, wie es in den vergangenen Jahren gewesen war.

Erst jetzt setzte er sich. Während er die Servierte sorgfältig auseinanderfaltete, holte er zu einem Schlag aus: »Dieses dürfte das letzte Neujahrsfrühstück sein, das wir gemeinsam an einem Tisch verbringen.«

»Ach? Ja?«

»Katharina … ich …«, stammelte er, plötzlich unsicher. Er unterbrach sich, senkte die Lider, nestelte an dem steifen Leinentuch. Schließlich murmelte er: »Nora … Fräulein Wedding … sie will nicht mehr warten.«

Das Porzellan klirrte leise, als Katharina ihre Tasse mit zitternder Hand auf den Unterteller stellte. Ihre Stimme klang jedoch fest: »Das hat sie nicht zu entscheiden, Olaf!«

Erschrocken sah er auf. »Nein, natürlich nicht«, beeilte er sich richtigzustellen. »Ich will ja auch … Ich meine, ich möchte sie auch möglichst bald heimführen.« Nach dieser Erklärung senkte er wieder verlegen die Augen.

»Nur über meine Leiche«, versetzte sie. Die Worte sprudelten aus ihr heraus: »Du weißt, wie ich zu einer Scheidung stehe. Ich denke nicht daran, meinen Platz für diese Schlampe zu räumen. Das kommt überhaupt nicht infrage. Und wenn du mich bedrohst, dann werde ich mich zu wehren verstehen.«

»Nenne Fräulein Wedding bitte nicht immer *Schlampe*. Sie ist eine tüchtige und sehr kluge Frau.« Seine Stimme wurde unnatürlich schrill, als er die Geliebte verteidigte.

»Mäßige dich bitte«, zischte sie. »Es braucht niemand in diesem Haus mitzubekommen, dass sich mein Ehemann mit einer alten Gouvernante herumtreibt. Wir haben Gäste und Personal, Olaf, und zwei Kinder, die nicht zuhören müssen, was wir an unserem Frühstückstisch besprechen.«

»Zumindest unsere Kinder werden es ohnehin bald erfahren«, schmetterte er zurück.

Seine verwirrende Bemerkung brachte Katharina in Fahrt. Sie wahrte den Ton, aber ihre Augen sprühten Funken. »Wage es nicht, noch einmal eine Begegnung wie zu Beginn der Herbstferien herbeizuführen. Oder glaubst du, ich habe nicht erfahren, welch alberne Szene du am Bahnhof in Rostock aufgeführt hast?«

»Da hast du es«, triumphierte Olaf: »Die Jungen betrachten ihre Mutter als Vertrauensperson und nicht ihren Vater. Du erziehst sie zu Memmen, Katharina. Das genau ist der Grund, warum ich sie zum Ende des Schuljahres zu mir nehmen werde. Es ist bereits alles geregelt. Die Internatsleitung weiß Bescheid.«

»Bitte?« Sie musste an sich halten, um nicht aufzuschreien. Mit einem lauten, auf dem Dielenboden unangenehm knirschenden Geräusch schob sie ihren Stuhl zurück und sprang auf. Im Stillen dankte sie ihrer Freundin Hermine für die Adresse des Rechtsanwalts. »Das kannst du nicht. Du darfst diese Entscheidung nicht allein treffen. Dazu hast du kein Recht.«

Überraschenderweise blieb ihr Mann ruhig. Er bestrich zuerst sein Brot mit Butter und dann mit Honig, bevor er zu ihr aufsah. Von Verlegenheit war keine Spur mehr zu erkennen. Scheinbar geduldig fragte er: »Warum, glaubst du wohl, habe ich so lange gewartet? Ich durfte ein sehr interessantes Gespräch mit dem Direktor des Landschulheims führen. Er bestätigte die guten Leistungen der Burschen, ist aber natürlich bereit, eine Empfehlung für ein Gymnasium in Rostock auszustellen. Deshalb zeige ich mich so großzügig und warte bis zum Sommer mit der Umschulung. Das ist sicher die günstigste Gelegenheit dafür.«

»Es gibt keine günstige Gelegenheit, das Leben meiner Söhne zu zerstören!«

»Mach nicht so ein Theater. Wir werden es alle überleben. Eine Scheidung ist selbst in der Kaiserlichen Familie vorgekommen. Und in diesem Roman von Thomas Mann schadet sie auch nicht.« Olaf blickte sie Beifall heischend an, versuchte sich sogar an einem gutmütigen Lächeln, in das er wohl auch Mitgefühl zu legen meinte. »Ich zürne dir nicht, Katharina. Deshalb soll es dir auch an nichts fehlen. Ich werde dich gut versorgen …«

»Ich brauche dein Geld nicht.«

»… und wenn du dich fügst«, fuhr er unbeirrt fort, »dürfen Christian und Ulrich ihre Ferien weiterhin bei dir verbringen.«

Bevor sie etwas erwidern konnte, hörte sie ein Poltern in der Diele. Ungeachtet jeglichen Lärms, die sie verursachten, liefen schnelle Schritte die Treppe herunter. Es klang zu leichtfüßig für die älteren Pensionsgäste. Rasch fuhr sich Katharina über das erhitzte Gesicht.

»Kein Wort zu den Kindern. Wenn du den beiden die schöne Ferienstimmung verdirbst, bringe ich dich um, Olaf. So wahr ich hier stehe.«

Er nickte ergeben, obwohl er wahrscheinlich wusste, dass sie niemals die Hand gegen ihn erheben würde. Dabei war sie in diesem einen Moment vielleicht tatsächlich unberechenbar. Doch der Eindruck verstrich in den wenigen Sekunden, bis die Tür aufflog und Ulrich hereinstürmte.

1913

20

Bis zu jenem Tag Ende Januar, an dem sie den Brief eines ihr unbekannten Rechtsanwalts erhielt, hoffte Katharina auf Olafs Einsicht. Doch der Jurist aus Rostock verlangte ihr Einverständnis bezüglich der vom Vater – und wohl maßgeblich von der Wedding – geplanten Zukunft ihrer Söhne sowie zur Scheidung und drohte, falls sie nicht zustimme, mit einem öffentlichen Eklat vor Gericht. Sie schickte dieses Schreiben unverzüglich an Dr. jur. Frank in Berlin weiter und wies auch gleich eine Honoraranzahlung per Post an. Dem folgte eine unrühmliche Korrespondenz zwischen den Anwälten, die Katharina im Lauf der Wochen buchstäblich auf die Nieren schlug.

Vermutlich wahrten die Vertreter der beiden streitenden Parteien den üblichen Fachjargon, doch jede Mitteilung, die Katharina erreichte – sei es als direkte Nachricht an sie oder als Kopie eines Schreibens der Gegenseite –, ließ ihren Mut ein wenig sinken und ihr Herz umso mehr zu Eis erstarren. Der Kampf um die Zukunft ihrer Kinder entwickelte sich zu einer juristischen Schlammschlacht. Es gab jedoch einen Hoffnungsschimmer, der sie glauben machte, sie könnte eines Tages gewinnen und den Schein aufrechterhalten: Bis Anfang März drohte Olaf nur mit Scheidung, von ihrem angeblichen Ehebruch war bisher nur nebenher die Rede, eine Klage wurde nicht eingereicht. Die Furcht davor wuchs sich allerdings zu ihrem ständigen Begleiter aus. In ihren dunkelsten Stunden ertappte sie sich manchmal bei dem heimlichen Wunsch, Olaf wäre tot. Darauf brach sie regelmäßig in Tränen aus, weil sie sich selbst kaum wiedererkannte.

Katharina erwog, Joachim als Zeugen zu benennen, verwarf

diesen Gedanken jedoch rasch. Sie wollte ihre Jugendliebe nicht in ihre Angelegenheiten hineinziehen, ihn nicht mit der bösen Geschichte belasten. Obwohl sie bemerkte, dass er sie neuerdings lange fragend ansah, vertraute sie sich ihm diesmal nicht an. Ihr unbedingter Wille war, allein mit der Sache fertigzuwerden. Deshalb sprach sie auch nicht mit ihrem Vater oder Gerda darüber, hielt sich mit Neuigkeiten selbst in ihren Briefen an Hermine Martius zurück.

Sie trug schwer an den schlaflosen Nächten voller Grübeleien und ihren hilflosen Tatendrang an besseren Tagen, was schließlich zu bislang unbekannten Schmerzen in ihrem Rücken führte. Zunächst dachte sie, sie habe sich im Haushalt verhoben, aber da noch keine Saison war, gab es nicht viel zu tun. Als es so wehtat, dass sie es nicht mehr aushielt, suchte sie ihren Hausarzt auf. Der tippte auf eine Nierenentzündung – »im Winter kann so etwas immer mal passieren« – und riet ihr, warme Unterwäsche zu tragen und sich unter dem Mantel einen Schal um die Taille zu binden, wenn sie zu einem Spaziergang am Meer aufbrach. Außerdem verordnete er ihr Aspirin-Pulver. Sollte keine Besserung eintreten, empfahl der Doktor die Einnahme von Heroin-Tropfen, ein neues Medikament, das viel besser wirken und weniger Nebenwirkungen haben sollte als etwa das aus Opium hergestellte Laudanum.

Es ging Katharina nicht besonders gut, als Anfang März ungewöhnlicher Besuch vor ihrer Haustür stand. Sie war gerade dabei, die Wäsche für die Feriengäste durchzusehen, um noch rasch vor Saisonbeginn an Ostern, das dieses Jahr auf den 23. des Monats fiel, notwendige Neuanschaffungen zu tätigen. Als die Klingel bis in die Wäschekammer im Keller schallte, ließ sie erschrocken das Bettlinnen fallen, das sie nach Löchern untersucht hatte. Sie erwartete niemanden. Es war auch noch zu früh im Jahr für Touristen, die zufällig vorbeikamen und nach einer Übernachtungsmöglichkeit verlangten. Außerdem stand noch nicht einmal das Schild »Zimmer frei« im Vorgarten. Wer immer um diese Zeit ohne Anmeldung Einlass begehrte, brachte keine guten Nachrichten. Und danach war ihr gerade jetzt nicht zumute, nachdem sie auch noch gestern aus einem Brief von Ulrich erfahren hatte, dass seine schulischen Leistungen seit den Weihnachtsferien rapide absanken.

Da sie das Hausmädchen zum Einkaufen geschickt hatte, musste Katharina selbst öffnen. Einen Moment lang erwog sie, sich taub zu stellen. Dann nahm sie sich zusammen und ging nach oben, um die Tür zu öffnen. Das auf dem Boden liegende Leinentuch hatte sie bereits auf der Treppe vergessen.

»Moin, Katharina.« Vor ihr stand Erik Borchers. Breitbeinig, mittelgroß, fülliger geworden, wie immer gut gekleidet. Er lüftete höflich seinen Hut und lächelte ein wenig unsicher. »Ich fürchtete schon, du wärst nicht zu Hause.«

»Doch, doch. Es ist nur viel zu tun.« Zögernd trat Katharina zur Seite und bat ihren Stiefsohn mit einer Willkommensgeste herein. Er war noch nie hier gewesen. »Wir haben uns lange nicht gesehen«, fügte sie hinzu, während sie ihm Hut und Mantel abnahm und an die Garderobe hängte. Von den Kleidungsstücken stieg ihr der Geruch von Nikotin in die Nase.

Erik blickte sich mit unverhohlener Neugier in der Diele um. »Schön hast du es hier. Da hat sich Vater nicht lumpen lassen.«

Ihr lag auf der Zunge, ihn darauf hinzuweisen, dass sich Olaf ihm gegenüber großzügiger zeigte als bei jedem anderen Menschen auf der Welt. Nun ja, vielleicht ausgenommen die Wedding. Sie wusste nicht, auf welche Summe sich der finanzielle Schaden belief, den die Geliebte ihres Mannes anrichtete. Zweifellos legte Nora Wedding es darauf an, abgesichert zu sein. All das sagte sie ihrem Besucher jedoch nicht. Kommentarlos öffnete sie die Tür zur Stube, ließ ihn vorausgehen und fragte ihn formvollendet, was sie ihm anbieten könne.

»Nichts. Danke. Mach dir keine Mühe. Ich bin auf der Durchreise und wollte mich verabschieden.«

»Das ist nett von dir«, meinte sie lapidar, weil ihr sonst nichts einfiel. Sie deutete auf den Sessel, in dem am Neujahrsmorgen sein Vater gesessen und in Thomas Manns Roman *Buddenbrooks* gelesen hatte, um aus der Geschichte einer Lübecker Kaufmannsfamilie eine Verbindung zu ihrem eigenen Schicksal herzustellen. Unwillkürlich fiel Katharina ein, dass es bei den Buddenbrooks einen missratenen Spross mit der Verschwendungssucht und dem Leichtsinn eines Erik Borchers gab. Traurig lächelnd setzte sie sich neben ihn. »Wohin wirst du reisen?«

Er zupfte einen imaginären Fussel von seinem vorbildlich geschnittenen Sakko. »Ich nehme das nächste Schiff nach Westafrika. Muss mal nach Vaters Investitionen gucken.«

»Ach? Tatsächlich?« Katharina überlegte, ob sich Olaf möglicherweise verspekuliert hatte und in eine finanzielle Schieflage geraten war. Wenn ja, konnte sie dies vielleicht zu ihren eigenen Zwecken nutzen.

»Ja.« Erik blickte zu ihr auf. »In Kamerun läuft alles prächtig. Eine eigene Rattanproduktion ist genau das, was ein Korbmacher braucht. Der Tabakanbau dort soll sich inzwischen auch auszahlen. Vielleicht kann ich Vater überzeugen, bei den Bremern einzusteigen, die mit Zigarrendeckblättern großartige Geschäfte machen. Außerdem kann man gutes Geld mit dem Export von Kautschuk, Palmöl und Holz verdienen. Ich denke, ich sollte mich ein paar Monate in Viktoria und Duala umsehen.«

Demnach stand Olaf kein wirtschaftliches Fiasko bevor. Katharina konnte nicht beurteilen, ob stimmte, was Erik sagte.

Sie kannte ja nicht einmal die Ortsnamen, mit denen Erik hausierte, als handelte es sich um Lübeck oder Stralsund. »Ich wünsche dir viel Glück«, versicherte sie, ohne das wirklich zu meinen.

»Das kann ich wohl brauchen«, gab er ernst zurück. Er schwieg einen Moment, schien etwas abzuwägen, dann beugte er sich vor und fügte mit gesenkter Stimme hinzu: »Um der Wahrheit gerecht zu werden: Ich fahre nicht nur wegen der Geschäfte nach Kamerun. Ehrlich gesagt: Ich habe keine Lust, als Kanonenfutter zu enden. Seit der Balkankrieg wieder aufgeflammt ist, wird immer lauter über ein Eingreifen des Reichs diskutiert, und die Ermordung des Königs von Griechenland verschärft die Situation. Sicher weißt du, dass Georg ein Prinz von Schleswig-Holstein-Sonderburg-Glücksburg war.«

Katharina nickte. Sie hatte vor ein paar Tagen in der Zeitung gelesen, dass der Monarch einem Attentat zum Opfer gefallen war. »Du flüchtest also vor einer Einberufung«, stellte sie sachlich fest. »Weiß dein Vater davon?« Sie konnte sich sehr gut vorstellen, dass Olaf das Verhalten seines Sohnes als Verrat auffassen würde.

»Natürlich nicht!« Erik lachte bitter. »Vater kennt nur die Version meiner erstrebten wirtschaftlichen Erfolge.«

»Dann danke ich dir für dein Vertrauen. Selbstverständlich werde ich kein Wort über diese Unterredung verlieren.«

Wieder folgte dieses illusionslose Lachen wie eine Mischung aus Häme und Verzweiflung. »Glaubst du, ich weiß nicht, dass ihr nicht mehr miteinander sprecht?« Sie konnte ihre Miene nicht so rasch kontrollieren, dass Erik ihr Erschrecken hätte übersehen können. Fast begütigend sagte er: »Das ist nicht der Grund, warum ich aufrichtig zu dir sein möchte.«

Schweigend wartete sie auf eine Erklärung.

»Mit Vater wäre ich immer irgendwie klargekommen«, fuhr Erik nach einer Pause fort, lehnte sich wieder zurück, schlug die Beine übereinander wie bei einer leichten Plauderei, doch sprach er weiterhin leise und eindringlich: »Es fällt mir jedoch sehr schwer, Vaters Zukunftspläne zu respektieren. Ich glaube, er verliert langsam den Verstand. Dass er die alte Schachtel heiraten will, erscheint mir ein Beweis für sein Siechtum. Ich nehme an, sie hat ihn mit irgendetwas in der Hand. Dieser Erpressung kann und will ich nicht mehr zuschauen. Du warst unter den Nachfolgerinnen meiner Mutter eindeutig die bessere Wahl.«

Die Wedding will Erik bestimmt den Geldhahn zudrehen, fuhr es Katharina spontan durch den Kopf. Warum sonst sollte ihr Stiefsohn, der ihr das Leben nie leicht gemacht hatte, so freundlich zu ihr sein? Im nächsten Moment ärgerte sie sich, weil sie hinter jedem netten Wort eine Gemeinheit vermutete. Sie hatte ja selbst festgestellt, wie stark Olaf sich veränderte. Geschah dies ausschließlich unter Nora Weddings Einfluss? Oder gab es noch andere Gründe dafür? Eine unbestimmte Sorge erfasste Katharina.

»Tja«, Erik schlug sich auf die Schenkel, »das wollte ich dir gesagt haben, bevor ich in See steche.« Er stand auf, trat vor sie und hielt ihr die Hand hin. »Ich wünsche *dir* Glück. Lass dich nicht unterkriegen!«

Sie erhob sich ebenfalls und schlug ein. »Danke«, erwiderte sie schlicht, seltsam berührt von Eriks ungewöhnlichem Verhalten.

Als sie ihm in der Diele Hut und Mantel reichte, fragte sie: »Wann kommst du zurück?«

Erik zuckte mit den Achseln. »Wenn es mir gefällt, würde ich am liebsten in der Kolonie bleiben. Aber das wäre dann doch etwas zu viel für Vater. Spätestens in einem Jahr bin ich zurück.

Bis dahin sollte sich die Lage beruhigt haben. An allen Fronten.« Er schenkte ihr ein Lächeln, setzte seinen Homburg auf, drückte ihn sich fest aufs Haar, damit ihn der Wind nicht fortwehen konnte. Schließlich zog er seine Kopfbedeckung ein wenig in die Stirn, was wohl Lässigkeit demonstrieren sollte. »Auf Wiedersehen, Katharina.«

»Auf Wiedersehen, Erik.«

Sie sah ihm nach, wie er durch ihren Vorgarten schritt, die Pforte öffnete und am Strandweg rechts in Richtung Ortsmitte abbog. Zum ersten Mal seit langer Zeit empfand sie für ihren Stiefsohn keinen Groll. Es beschlich sie sogar fast so etwas wie Abschiedsschmerz. Konnte es sein, dass sie gerade einen Verbündeten ziehen ließ?

21

Das Wiederaufleben ihrer Korrespondenz mit Walter Trautwein machte Greta glücklich. Der Schauspieler schrieb ihr nicht mehr so häufig wie früher, aber seine Briefe bedeuteten ihr unverändert viel. Er blieb ihr Ratgeber in allen Lebenslagen, dem sie ihre Alltagssorgen, ihre Sehnsüchte und Hoffnungen anvertraute. Allerdings war es in den vergangenen Wochen häufiger passiert, dass sie vergeblich nach einer postlagernden Sendung für *Seemannsbraut* fragte und ein Kopfschütteln des Schalterbeamten erntete. Die Enttäuschung war unvermeidlich, doch sie wich schnell dem Verständnis für den vielbeschäftigten Mann. Bis zu dem nächsten Besuch auf dem Postamt am Kirchplatz. Oder dem übernächsten. Spätestens dann wurde sie für ihre Geduld belohnt. Alles war wieder gut.

Sie wurde zu einer relativ ausgeglichenen Frau, die sich klaglos in ihr Schicksal fügte und gleichzeitig von einem unerreichbaren Leben träumte, aber niemals verzagte. Als die frostigen, von heftigem Schneetreiben und Orkanböen begleiteten ersten Maitage endlich vorüber waren, raffte sich Greta mit Freude zur Gartenarbeit auf. Sie fand es weniger unter ihrer Würde, unter den Augen ihrer Nachbarn eine junge Strauchrose in den Trog vor ihrer Eingangstür zu pflanzen, als selbst das Mittagessen für ihren Gatten und ihre Tochter zu kochen. Der Grund hierfür waren Bilder britischer Maler, die sie nie gesehen, über die sie aber detailliert gelesen hatte. Die Künstlergruppe der Präraffaeliten war nicht nur in England mondän, sondern wurde auch in den besten Kreisen im Deutschen Reich hoch gehandelt. Die Gemälde zeigten naturalistische Darstellungen von Alltagsszenen, etwa von grazilen jungen Frauen mit selbst gepflückten Blumensträußen. Eine Szene, wie Greta sie sich wünschte. Und so machte sie natürlich einen viel besseren Eindruck denn als Hausfrau am Herd. Sie war sich sicher, dass kein vornehmer Herr sich das Bild einer Köchin über den Kamin hängen würde. Während sie die Veredelungsstelle der Rose eine Handbreit unter die Erde setzte, versuchte sie, so manierlich wie möglich vorzugehen. Ganz so, als wäre sie in ihrem dunkelblauen Rock, der ihr in mehreren Lagen bis zu den Knöcheln fiel und Ausdruck eines seltenen Modebewusstseins war, und der weißen Bluse mit dem breiten Kragen das Modell eines Malers. Ob Walter Trautwein wohl ein Porträt von ihr kaufen und bei sich aufhängen würde?

»Moin«, unterbrach eine von der norddeutschen Mundart gefärbte Stimme Gretas Träumerei. »Hier ist Post für euch.«

Sie fuhr hoch. Obwohl die Hinterreihe eine ruhige Straße war, hatte sie das Fahrrad des Postboten nicht gehört. Dabei schleifte die Kette immer ein wenig, und die Bremsen quietschten. Wahrscheinlich war sie zu sehr in ihrer eigenen Fantasiewelt versunken gewesen. Seufzend, weil sie diese verlassen musste, wischte sie sich die Hände an der Schürze ab, die sie zum Schutz ihres Rocks umgebunden hatte.

»Dann geben Sie mal her«, sagte sie, ohne auf die vertrauliche Anrede im Mecklenburger Platt einzugehen.

Aus einem Stapel Umschläge, die er in Händen hielt, zog der Briefträger ein Kuvert. »Das ist für Herrn Wittenburg«, erklärte er und blätterte noch einmal durch die Sendungen, bevor er ein zweites Schreiben auswählte, »und das ist für *Seemannsbraut*. Ich dachte, ich bring das gleich mit, da brauchst du nicht erst zum Amt zu laufen.«

Greta spürte, wie sie abwechselnd errötete und erbleichte. Ihre Wangen glühten. Natürlich hatte man sie auf dem Postamt erkannt. Warum auch nicht? Warnemünde war ein Fischerdorf, auch wenn in der Saison die vielen Fremden den Ort zu einer Kleinstadt anwachsen ließen. Die Einheimischen kannten einander, und sie war in den vergangenen Wochen offenbar zu häufig am Schalter vorstellig geworden, um nicht aufzufallen. Wie peinlich! Wie unfassbar unangenehm! Wenn Joachim nun davon erfuhr? Sie musste Trautwein schreiben, dass er seine Briefe künftig an das Postamt im Bahnhof schickte. Hoffentlich blieb sie in dieser Filiale anonymer.

Der Ärger auf sich selbst entlud sich über den *Postbüdel*, dem sie mit einer energischen Geste die Sendungen entriss. Sie gönnte ihm nicht einmal einen Gruß, bevor sie wutschnaubend ins Haus stürzte. Hinter sich knallte sie die Tür so laut ins Schloss, dass das Dienstmädchen aus der Küche angerannt kam.

»Ist etwas passiert?«, fragte die junge Polin, die Greta seit Kurzem beschäftigte, erschrocken.

Noch eine Person, auf die sich Gretas Zorn unverzüglich

richtete: »Ach was! Steh nicht rum und geh wieder an deine Arbeit.«

Greta floh in ihre Stube. Endlich allein blickte sie auf die vertraute, geliebte Schrift. Sie wollte den Brief für Joachim gerade beiseitelegen, als ihr Blick zufällig auf den Absender fiel: eine Rechtsanwaltskanzlei in Berlin. Wie durch ein Rohr, an dessen Ende sich ein Kaleidoskop befand, fokussierte Gretas geistiges Auge auf ein anderes Kuvert, und langsam wurde das Bild schärfer und zeigte dieselbe Adresse. Was wollte ein Jurist, mit dem auch Katharina Borchers korrespondierte, von Gretas Mann? In Windeseile rasten so viele Möglichkeiten durch ihre Gedanken – von Betrugsvorwürfen bis hin zu seiner Entlassung oder einer Übertragung von Geschäftsanteilen –, dass Greta erschöpft auf einen Stuhl sank.

Sie ließ Walter Trautweins Brief in ihren Schoß fallen und riss den für Joachim bestimmten Umschlag auf. Das Postgeheimnis ignorierte sie geflissentlich. Schließlich waren sie Eheleute, in guten wie in schlechten Tagen verbunden. Hoffentlich war heute einer der besseren Tage.

Während sie sich zu ihrem guten Gedächtnis gratulierte, faltete sie den Briefbogen auseinander. Dann las sie mit immer weiter aufgerissenen Augen:

Sehr geehrter Herr Wittenburg,
wir zeigen an, Frau Katharina Borchers in einem Scheidungsverfahren gegen Herrn Olaf Borchers zu vertreten.
Die Gegenseite droht unserer Mandantin mit einer Klage auf Ehebruch. Herr Borchers benannte nun eine Zeugin, die vor Gericht beschwören will, von einem Verhältnis zwischen Ihnen und Frau Borchers zu wissen. Aufgrund dieser Aussage würde die Ehe unverzüglich geschieden. Da Frau Borchers einer

Scheidung bisher nicht zustimmte, greift hier das Schuldprinzip. Die gesetzliche Regelung sieht in einem solchen Fall und bei der Benennung der Zeugin, einer Frau von gutem Leumund, keine weitere Beweisführung vor.
Dennoch möchten wir nichts unversucht lassen, den unbedingten Willen von Frau Borchers zur Aufrechterhaltung ihrer Ehe durchzusetzen. Da Ihr Name in einem Schreiben des Gegenanwalts ausdrücklich genannt wurde, möchten wir Sie unter Umständen vorladen lassen. Es wäre jedoch von Vorteil für unsere Mandantin, wenn Sie uns Ihre Aussage bereits vor einem Gerichtstermin schriftlich vorlegen könnten.
Bitte beantworten Sie folgende Fragen: Welche Beziehung pflegen Sie zu der Ehefrau von Herrn Olaf Borchers, Frau Katharina Borchers, geborene Papenhagen? Unterhielten Sie während ihrer Ehe ein Liebesverhältnis zu Frau Borchers? Wenn ja, wann? Wenn nein: Wie ist es möglich, dass die ehemalige Gouvernante der Kinder des Ehepaars Borchers eine solche Affäre bestätigt? Kennen Sie Fräulein Nora Wedding? Welcher Art ist oder war Ihre Bekanntschaft zu Frl. Wedding? Wir möchten Sie ausdrücklich darauf hinweisen, dass Sie wahrheitsgetreu antworten sollten, da Sie als Zeuge vor Gericht in diesem Fall unter Eid aussagen müssen.
Hochachtungsvoll
Dr. jur. Thomas Frank und Kollegen

Greta war dankbar, dass sie sich hingesetzt hatte. Obwohl sie noch niemals in Ohnmacht gefallen war, fürchtete sie, der Boden unter ihr werde nachgeben.

Es war wie ein Déjà-vu. Ausgerechnet Olaf Borchers hatte Greta damals beruhigt, als sie die Fahrt ihres Mannes mit seiner Chefin nach Berlin als Vergnügungsreise angesehen hatte. Warum wollte sich Borchers aber gerade jetzt scheiden lassen? Es war doch ungewöhnlich, dass ein Mann seines Alters seine junge Ehefrau verließ. Wahrscheinlich konnte er die Untreue seiner Gattin nicht mehr ertragen, resümierte Greta. Eine Art Hilferuf, ein Griff zum Rettungsring in höchster Not.

In Gretas Innerstem regte sich Verständnis für den Hofkorbmacher. Niemand wollte gehörnt werden, vor allem kein angesehener älterer Herr. Natürlich war sie auch dankbar, den Beweis ihrer eigenen Befürchtungen in Händen zu halten. Ihre Eifersucht war keine Einbildung, wie Joachim behauptete. Wenn sich schon studierte Herren damit auseinandersetzten, handelte es sich um eine wichtige – und vor allem – wahrhaftige Sache. Sie – Greta Wittenburg – hatte also all die Jahre recht gehabt. Statt Zufriedenheit stellte sich jedoch Beklemmung ein.

Blicklos starrte sie vor sich hin. Als tauchten hinter dem Fenster die Gesichter der Klatschbasen auf, wurde sie sich bewusst, dass Olaf Borchers nicht nur sich selbst dem Gespött der Leute aussetzte, sondern auch sie in das grelle Licht der Öffentlichkeit zog. Ein älterer Mann, der seine junge Frau an einen Liebhaber verlor, wurde leicht zum traurigen Clown. Eine Frau indes, die ihren Mann nicht halten konnte, war nichts wert. Eine Betrogene, die jahrelang dem Verhältnis von Chefin und Mitarbeiter zusah, war ein gefundenes Fressen für die Schwätzerinnen, die nach außen hin Mitgefühl heuchelten und unter der Hand Bösartigkeiten austauschten. Die Borchers hatte natürlich auch einen Ruf zu verlieren, aber sie wäre nicht ruiniert, denn sie konnte an einem anderen Ostseestrand Kiepen verleihen und im Grunde weiterleben wie gehabt. Platz gab es am Baltischen Meer genug. Greta indes wäre diejenige, die unter dem Gerede und Gelächter der Leute zu leiden hätte. Nicht an die Hänseleien zu denken, denen Friederike in der Schule ausgesetzt sein würde. Kinder konnten so grausam sein.

Greta wollte nicht im Publikum eines Gerichtsverfahrens sitzen und hören, wie ihr Gatte seine persönlichsten Geheimnisse den gierigen Sensationsheischern darbot. Es war ihr egal, welche Intimitäten seiner Gemahlin Olaf Borchers preisgab. Katharina interessierte sie so sehr wie das Strandgut, das in den Badeanstalten aus dem Sand gefegt wurde, bevor die Gäste kamen. Anders verhielt es sich jedoch mit ihrer eigenen Reputation und dem Ansehen ihrer Familie. Was immer Joachim mit der Borchers verband – spontan beschloss Greta, dafür zu sorgen, dass ihr guter Name dadurch nicht in den Dreck gezogen wurde. Sie hatte viel zu sehr für den Erhalt ihrer Ehe gekämpft, um sich jetzt tatenlos dem Schicksal zu ergeben.

Ihr Blick fiel auf den Brief in ihrem Schoß. Walter Trautwein musste warten. Sie konnte seine Zeilen jetzt nicht lesen. Nicht während ihre Zukunft als angesehene Bürgerin von Warnemünde an einem seidenen Faden hing. Solange sie mit ihren Gedanken bei Betrug und Scheidung weilte, kam es ihr vor, als würde sie ihre Seelenverbindung beschmutzen, wenn sie nur mit halbem Herzen in ihre Traumwelt abtauchte. Eines nach dem anderen, dachte Greta. Deshalb öffnete sie Trautweins Schreiben nicht, sondern trug es auf den Händen in ihr Schlafzimmer, als wäre es eine Kostbarkeit. Sie verwahrte es in ihrer Nachttischschublade. Dann straffte sie die Schultern, um ihre Pläne anzugehen.

Die Sommerzeit sorgte für eine späte Dämmerung. Erstmals war Greta aus ganzem Herzen dankbar für die ungeliebte Umstellung der Uhren. Da es länger hell war, brauchte sie sich nicht im Dunkeln an die Villa von Olaf Borchers in der Steintor-Vorstadt heranschleichen. Nicht wie eine Diebin durch die Finsternis laufen und auch nicht wie eine Hure den Lichtschein der Laternen suchen. Ein leises, bitteres Lachen entrang sich bei diesem Gedanken ihrer Kehle. Tatsächlich wollte sie ja mit dem Korbmacher den möglichen Raub ihres Ehemannes und eine Liebelei besprechen. Der Vergleich passte also. Sie vermochte sich Joachim jedoch nicht als Gauner vorzustellen. Das Bild von Katharina Borchers in der Abendrobe einer Violetta Valéry gelang ihr schon eher; allerdings war »La traviata« in Verdis Oper eine elegante Kurtisane und nicht der Abschaum, mit dem Gretas Fantasie die Rivalin gleichsetzte. Für sie war die Borchers die einzig Schuldige an dem ganzen Dilemma. Schließlich hatte die ihren Mann nicht von einem Scheidungsverfahren abbringen können.

Wie vor zweieinhalb Jahren kam Greta mit dem Zug in Rostock an. Die Tageskarte in der dritten Klasse kostete sie zwar fünfzig Pfennig und war somit doppelt so teuer wie das Ticket für den Dampfer, für das sie nur fünfundzwanzig Pfennig bezahlen müsste. Aber Greta entschied sich für die kürzere Fahrzeit, zwischen Eisenbahn und Schiff lag eine Differenz von über einer halben Stunde zugunsten der Schiene, die den Luxus trotz ihrer sonst großen Sparsamkeit rechtfertigte. Sie hatte es gar nicht mal so eilig, in die Hansestadt zu kommen, wollte aber nach ihrem Gespräch mit Olaf Borchers möglichst schnell nach Hause zurück. Ursprünglich hatte sie erwogen, Katharinas Mann tagsüber in seiner Manufaktur aufzusuchen. Doch dann fiel ihr gerade noch rechtzeitig ein, dass der Hofkorbmacher in der Nähe seiner Angestellten sicher nicht frei reden würde und womöglich auch gar keine Zeit für sie hatte. Sie wusste ja, womit vielbeschäftigte, erfolgreiche Männern zu kämpfen hatten – und Olaf Borchers war auf seinem Gebiet gewiss ebenso berühmt wie

Walter Trautwein auf einem anderen. Jedenfalls wollte Greta einen späteren Zug nehmen und am frühen Abend bei ihm zu Hause vorsprechen. Ihrer Tochter erzählte sie etwas von einem Besuch des Filmtheaters im Hotel Sonne, Joachim hinterließ sie einen Zettel ähnlichen Inhalts, und das Dienstmädchen wies sie an, in ihrer Abwesenheit nicht so reichhaltig und fett zu kochen, wie dieses es aus ihrer Heimat gewohnt war. Dann machte sie sich auf den Weg zum Bahnhof.

Im Unterschied zu damals war es kein dunkler Herbstabend, sondern ein milder Abend Ende Mai, der in dem Villenviertel nach frisch gemähtem Rasen und blühenden Bäumen roch. Es lag die für den Frühling typische Leichtigkeit in der Luft, noch verstärkt durch die Musik, die durch die Straße wehte. In einer der Villen wurde anscheinend ein Hausmusikkonzert gegeben oder sogar ein großes Fest gefeiert: Die Walzerklänge berührten Greta wie eine laue Brise. Für einen Moment gab sie sich der Illusion hin, in längst vergangener Zeit als Gast einer Soiree unterwegs zu sein. Untermalt wurde das Gefühl durch das Hufgetrappel eines Gespanns. Doch der Wind kühlte ab und brachte sie in die Realität zurück.

Wie bei ihrem letzten Besuch öffnete ein Hausmädchen in Zofentracht die Tür. Greta erinnerte sich nicht, ob es dasselbe war. Personen, die sie als unwichtig einstufte, vergaß sie rasch wieder.

»Sie wünschen bitte?«

Wahrscheinlich war es eine andere Dienerin. In der Vergangenheit hatte man sie freundlicher empfangen.

Greta nannte ihren Namen und fügte hinzu, dass sie Herrn Hofkorbmacher Borchers in einer dringenden Angelegenheit zu sprechen wünsche.

»Das ist nicht möglich«, wurde sie abgewimmelt. Die junge

Frau ließ Greta nicht einmal über die Schwelle, stellte sich breitbeinig in den Türrahmen, damit die anscheinend ungelegen kommende Besucherin nicht in die Eingangshalle spähen konnte. »Der gnädige Herr hat Gäste.«

»Wie ich schon sagte«, beharrte Greta: »Ich muss Herrn Borchers sprechen. Es ist sehr wichtig.«

»Kommen Sie morgen wieder.«

Das Dienstmädchen versuchte, die Tür zu schließen, doch Greta schob blitzschnell ihren Fuß dazwischen. Es war eine automatische Reaktion, gerade so, als hätte sie die Macht über ihren Körper verloren. Ihre Erziehung verbot ihr ein solches Vorgehen. Doch Trotz und Verzweiflung gewannen die Oberhand. »Wage es nicht, mich auszusperren!« Sie konnte auch nichts dafür, dass sie laut wurde.

Im ersten Moment war die Angestellte von Olaf Borchers zutiefst schockiert. Dann fasste sie sich und versuchte, auch Greta zu beruhigen: »Bitte machen Sie keinen Radau. Der gnädige Herr wird Sie nicht empfangen, er ist beschäftigt.«

»Papperlapapp!« Obwohl sie viel kleiner als die junge Frau im Haus war, verschaffte sich Greta Einlass. Zum ersten Mal in ihrem Leben wurde sie einer Fremden gegenüber handgreiflich. Sie setzte ihre Arme, ihren Kopf und ihre Hüften ein, um das Dienstmädchen energisch zur Seite zu schieben. Es war besser, nicht über ihr Tun nachzudenken. Für den Augenblick verschaffte es ihr allerdings Genugtuung und ein Gefühl von Überlegenheit. Das tat gut.

»Wie können Sie …?« Weiter kam die andere nicht. Sie taumelte, strauchelte – und stolperte gegen eine Bodenvase. Porzellan klirrte, Wasser ergoss sich über das Parkett, Ginsterzweige flogen durch die Luft und verfingen sich im Häubchen des unglücklichen Hausmädchens, während es mit einem dumpfen

Plumps hinfiel. Ein Schmerzensschrei hallte durch den hohen Raum. In Sturzbächen rannen Tränen über das hübsche Gesicht.

Gretas Mitleid hielt sich in Grenzen. Sie gönnte der Dienerin nur einen flüchtigen Blick, betrachtete ein wenig länger den Schaden. »Dumme Gans«, zischte sie.

In diesem Moment schwang eine Tür auf. »Was ist denn hier los?« Die Frauenstimme klang höchst ungehalten und äußerst despotisch.

Zu ihrer größten Überraschung stand Greta plötzlich einer Person gegenüber, die ihr vage bekannt vorkam, die sie aber nicht einordnen konnte. Eine nicht mehr junge Dame in einem auffallend modischen türkisfarbenen Kleid im Empirestil mit gerafften, übereinandergelegten Röcken und einer kleinen Schleppe. Weder die Farbe noch der Schnitt standen der hageren Frau, die Robe war viel zu feminin für diesen Typ. Das kokette Stirnband mit der türkis eingefärbten Straußenfeder wirkte albern auf den von grauen Strähnen durchzogenen Haaren. Offenbar versuchte hier jemand – ohne Blick auf das eigene Alter und die Figur –, mit der Mode zu gehen. Etwas Schlichteres hätte sicher besser gepasst – und bei dieser Feststellung erinnerte Greta sich plötzlich an eine Gouvernante in dunklem Rock und stets vorbildlich gestärkter gebügelter Bluse. Nur den Namen wusste sie nicht mehr.

Das Dienstmädchen hatte sich aufgerichtet. Auf einem Bein balancierend versuchte es einen Knicks und wäre beinahe wieder umgefallen. Hilflos schluchzte sie: »Entschuldigung, gnädige Frau.«

Entsetzt registrierte Greta, welche Stellung die einstige Erzieherin von Christian und Ulrich Borchers offenbar in dieser Villa innehatte.

»Nora! Nora … Liebste …« Sich den Mund mit seiner Serviette abtupfend erschien der Hausherr hinter der unpassend gekleideten Dame. Offensichtlich hatte das Paar sich bereits beim Abendessen befunden. Er unterbrach sich, als er die Szenerie in der Eingangshalle gewahrte, sah Greta verblüfft an. »Was machen Sie denn hier?«

»Entschuldigung, gnädiger Herr«, stammelte das Dienstmädchen.

Greta taxierte die Frau an Olaf Borchers' Seite, blickte dann zum Hausherrn. Es bedurfte keiner Frage, um zu erkennen, was hier gespielt wurde. Nicht Katharina Borchers betrog ihren Mann. Jedenfalls nicht jetzt. Vielmehr beging der vornehme Gatte Ehebruch mit einer Angestellten, die sich auftakelte wie ein Schiff nach einem Regattasieg. Wie unpassend! Wie schrecklich ordinär!

Und dann begriff Greta noch etwas: Olaf Borchers benutzte Joachim, um Katharina loszuwerden. Er missbrauchte Gretas Namen für seine eigenen Zwecke. Er war kein bemitleidenswerter gehörnter Ehemann, sondern ein rücksichtsloser alter Gockel.

Diese Erkenntnis erschütterte sie. Ihr fehlten die Worte. Nur zwei fielen ihr ein, die sie dem Paar entgegenschleuderte, als wären es Wurfgeschosse: »Lügner! Schlampe!«

»Frau Wittenburg!«, stieß Olaf hervor. »Warum dieser Auftritt? Was erlauben Sie sich!«

»Olaf!«, kreischte die Gouvernante. »Was soll das? Ich lasse mir so etwas nicht bieten. Wirf dieses Weib sofort hinaus!«

Später fragte sich Greta oft, was schlimmer für sie war: dass diese Nora sich anscheinend nicht an sie erinnert hatte – oder dass sie sie des Hauses verwies. Unsichtbar zu sein konnte Greta ebenso wenig ertragen wie das Gastrecht zu verlieren. Das hatte sie als Kind in den Gutshäusern und Schlössern allzu oft miterlebt, wenn Bittsteller einfach vor die Tür gesetzt wurden und selbst Männer von hoher Reputation – wie ihr Vater – die fristlose Entlassung erhielten, aus reiner herrschaftlicher Willkür. Der Angriff jedenfalls stachelte Greta so sehr an, dass sie unziemlich mit dem Finger auf die andere zeigte.

»Halten Sie den Mund. Mit einer wie Ihnen rede ich nicht.« Greta geriet immer tiefer in Rage. Es kostete sie keine Mühe, aus ihren Augen Blitze zu senden und ihrer Erscheinung etwas Bedrohliches zu geben. Ihre Stimme erfüllte die Halle mit der Deutlichkeit eines Donnerschlags: »Herr Borchers, wir müssen etwas besprechen.«

22

In der Zeitung stand wenig Erbauliches. Im regionalen Teil wurde über die Aufschüttung der Wiesenflächen auf dem östlichen Warnowufer berichtet, die für den Bau des Marineflugplatzes unabdingbar war. Zudem fanden die Vorbereitungen für den Kaisertag an der Universität zu Rostock und ein Rechtsstreit um das Seehospiz in Heiligendamm Erwähnung. Die kulturellen Nachrichten wurden von der Jahrhundertausstellung in Breslau geprägt und dem in Frankfurt am Main ausgetragenen Wettbewerb des Kaiserpreises der deutschen Gesangsvereine. Dann war der Weltrekord im drahtlosen Telefonieren eine Meldung wert: Von der Funkstation Nauen aus hatte es Sprechversuche über eine Distanz weit über sechshundertfünfzig Kilometer gegeben; der Artikel strotzte nur so von technischen Details. Das beherrschende Thema jedoch waren die vergeblichen Bemühungen um einen Frieden auf dem Balkan. Doch Krieg war das Letzte, womit sich Katharina in ihrer eigenen angespannten Lage befassen wollte.

Seufzend hob sie den Kopf von ihrer Lektüre, wischte sich über die Lider. Sie barg ihr Gesicht in den Händen und schloss die Augen. Es tat ihr nicht gut, lange bei elektrischem Licht zu lesen. Sie hatte aber nur spät am Abend Zeit für einen Blick in die Zeitungen. Von früh bis in die Nacht wurde sie in diesen Tagen von ihrer Stadtkorbvermietung und den Pensionsgästen gefordert. Nicht zuletzt wegen der Kapriolen, die das Wetter seit den Osterferien, im April und auch zu Pfingsten schlug. Nach einem Kälteeinbruch, Schneechaos und Sturm war es nun wieder warm und trocken, was die Städter zum Anlass nahmen, auch außerhalb der Ferienzeit an die Ostsee zu reisen. Deshalb waren ihre Zimmer ausgebucht. Und dann gab es viel zu überlegen hinsichtlich der Strandkörbe, die trotz der berühmten Stabilität natürlich auch unter der Witterung gelitten hatten.

Seit der Einleitung des Scheidungsverfahrens fragte sich Katharina unaufhörlich, ob sie Kundin von Borchers' Korbwaren bleiben sollte. Olafs Arbeiter fertigten exzellente Strandmöbel. Daran bestand kein Zweifel. Genügte das jedoch, um zu übersehen, was der Gatte ihr antat? Konnten sie eine Trennlinie zwischen Privatem und Beruflichem ziehen? Vielleicht sollte sie sich auf Reisen begeben und andere Manufakturen besichtigen und einfach den Korbmacher als Geschäftspartner auswählen, der ihr das beste Angebot unterbreitete. Katharina wusste, dass sie etwas wegen der notwendigen Neuanschaffungen unternehmen musste. Joachim drängte darauf. Doch sie konnte sich nicht entschließen, diese letzte Verbindung zum Vater ihrer Kinder zu kappen.

Außerdem fürchtete Katharina, dass während ihrer Abwesenheit ein Schreiben ihres Rechtsanwalts eingehen könnte, das sie nicht übersehen durfte. Sie traute sich nicht fort aus Warnemünde. Gestern erst hatte Dr. Frank sie informiert, dass die Gegenseite Joachim als Belastungszeugen angab. Obwohl die Korrespondenz schon einige Tage zurücklag und sich auch Dr. Frank persönlich an Herrn Wittenburg gewandt hatte, war er noch ohne Antwort. Es war Dr. Frank unangenehm, da er sie zu schützen beabsichtigte, doch unter den gegebenen Umständen riet er ihr dringend, das Gespräch mit Herrn Wittenburg zu suchen. Der Anwalt maß der Aussage des Zeugen große Bedeutung bei.

Wie peinlich, jetzt sogar den Freund in die Sache zu verstricken. Katharina ärgerte sich nicht nur über Olaf, der Joachims Namen breittrat, sondern auch über den Rechtsanwalt, der ohne Absprache mit ihr einen Brief an Joachim geschrieben hatte. Hätte er sie zuvor gefragt, hätte sie die Intervention verhindert. Oder Joachim darauf vorbereitet. Sie wusste nicht genau, was sie wirklich getan hätte, doch es brüskierte sie leicht, dass Joachim die Angelegenheit anscheinend totschwieg.

Sie sahen sich fast täglich, aber er ließ sich nichts anmerken. Da er dem Juristen nicht geantwortet hatte, vermutete Katharina, dass er Olafs Affront ignorieren wollte. Das passte nicht zu einem Mann mit Verantwortungsgefühl, wie sie fand. Warum aber schwieg er so beharrlich zu den Vorwürfen? War es seine Art, mit der Ungeheuerlichkeit umzugehen? Es gab nichts, das sie beide sich vorzuwerfen hatten. Allerdings war Joachim möglicherweise zornig über das Ausmaß der Querelen. Doch wie konnte er sie dann mit heiterer Gelassenheit behandeln wie sonst auch? Ziemlich ratlos stand sie vor der Frage, wie sie den ersten Schritt wagen und ihn auf den Anwaltsbrief ansprechen sollte.

»Ach Jochen«, flüsterte sie.

Ein Geräusch ließ sie aufhorchen. Erst war es leise, zurückhaltend, dann wurde es lauter und entpuppte sich als der Türklopfer. Hoffentlich hatte nicht einer der Pensionsgäste seinen Schlüssel verloren. Es war immer so aufwendig, beim Schlosser

Ersatz zu besorgen. Tagsüber blieb die Tür stets unverschlossen, aber am Abend verriegelte Katharina sie. In Warnemünde gab es zwar kaum Kriminalität, aber ein frei stehendes Landhaus, eingebettet zwischen Wald und Düne, lag nun einmal nicht so sicher wie etwa die Gebäude an der Vorder- oder Hinterreihe.

Seufzend erhob sie sich, strich sich flüchtig über das Haar und glättete im Gehen den Rock. In der Diele brannte ein kleines Licht, das sich im Türfenster spiegelte. Deshalb konnte sie den männlichen Besucher erkennen, noch bevor sie ihm öffnete.

»Olaf?!«

Er nahm den Hut ab. »Guten Abend, Katharina. Darf ich hereinkommen?«

Zögernd trat sie zur Seite. Sie war so verdattert, dass sie nichts gegen seine Frage einzuwenden versuchte. Erst als ihr Mann in der Diele stand, fiel ihr ein, dass er vielleicht noch einmal hergekommen war, um sie in flagranti mit Joachim zu erwischen. Sie hätte ihn wegschicken sollen!

Unverzüglich wallte Zorn in ihr auf. In einer deutlichen Abwehrhaltung verschränkte sie die Arme vor der Brust und bat ihn nicht in die Stube. »Was willst du?«

»Ich weiß, dass dies eine ungeeignete Uhrzeit ist. Und ich weiß auch, dass du mir gram bist. Aber ich bin nicht stundenlang herumgelaufen, damit du mich jetzt fortschickst.«

Es waren nicht seine Worte, die sie milde stimmten, sondern sein Aussehen. Die Wangen waren bleich, die Augen trüb, wie Spinnennetze durchzogen kleine Falten seine Haut. Er wirkte auf eine fast rührende Art alt. Während er bei ihrer letzten Begegnung noch aufbrausend und rotgesichtig war, ein Kandidat für einen Schlaganfall, erschien er ihr jetzt wie zusammengefallen, mitgenommen. Jemanden in seiner Verfassung setzte man nicht auf die Straße.

»Komm herein.« Sie ließ ihre Arme herabhängen und ging voraus in die Stube.

Während sie die vielen Tischlampen einschaltete, ließ Olaf sich auf einen der Stühle an Katharinas Frühstückstisch sinken. Das dort bereits brennende Licht und die aufgeschlagene Zeitung zeigten, wo sie vor seinem Eintreffen gesessen hatte. Olaf legte die Arme auf den Tisch und stützte seinen Kopf mit der Hand auf. Er sah Katharina nicht an, als diese Platz nahm. Versonnen starrte er vor sich hin.

Sie wollte vorgeben, dass sie nicht aufgeregt war und eigentlich auch nicht interessiert an dem, was er ihr mitzuteilen wünschte. Geduldig und gelassen wollte sie auf das warten, was kommen würde. Doch ihre Nervosität siegte. Sie richtete sich auf, faltete mit fahrigen Bewegungen die Zeitung zusammen, raschelte laut, zerknitterte das Papier, strich es glatt, faltete die Zeitung auseinander und erneut zusammen, diesmal etwas ordentlicher.

»Könntest du bitte damit aufhören?«, fragte Olaf matt.

Ihr lag auf der Zunge, ihn daran zu erinnern, dass er sich in *ihrem* Haus befand. »Natürlich«, murmelte sie stattdessen, ließ von dem Blatt ab und lehnte sich abwartend zurück.

»Du hast gewonnen«, sagte er leise.

Es klang mehr, als spräche er zu sich selbst als zu ihr, sodass sie überlegte, ob er tatsächlich sie meinte. Deshalb blieb sie stumm.

Olaf hob den Kopf, setzte sich gerade, nestelte an seiner Krawatte. »Du hast gewonnen«, wiederholte er nach einer Weile bestimmter. »Ich werde von einer Scheidung absehen.«

Ihr Herz machte einen Satz. Sie konnte das breite Grinsen nicht sofort von ihrem Gesicht wischen, das sich bei Olafs Worten einstellte. Es verkam zu einer Grimasse, bevor sie sich wieder unter Kontrolle hatte. Alles, was ihr in diesem Moment an Antworten durch den Kopf ging, klang nach Rache und Eifersucht. Deshalb biss sie sich mit einem noch immer schiefen Lächeln auf die Lippen.

»Wie ich sehe, freust du dich«, kam es prompt von ihm. »Aber du hast ja immer schon deinen Willen bekommen, nicht wahr?«

Sie zuckte mit den Schultern. »Und wenn schon.«

»Nora macht mir die Hölle heiß«, brach es aus ihm heraus. Noch nie hatte sie ihn so am Boden zerstört erlebt. »Sie versteht natürlich, warum ich mich gegen unsere Verbindung entscheiden musste. Aber sie spielt verrückt.«

»Wie ungewöhnlich!« Katharina konnte nicht verhindern, dass der Hass mit ihr durchging wie ein galoppierendes Pferd mit seiner Reiterin. »Ich kann mir diese Hure überhaupt nicht in der Rolle einer Furie vorstellen. Ist sie nicht ein wenig zu alt dafür?«

Er sah sie traurig an. »Lass es bitte sein. Ich weiß, wie du zu ihr stehst. Aber sie ist die Frau, die ich mein Leben lang gesucht habe. Noch mehr, als Eriks Mutter es war. Ich kann nicht ohne sie sein.«

»Das klingt sehr rührend, Olaf, würde ich Sätze wie diese nicht bereits von dir kennen. *Du bist alles, was ich mir immer gewünscht habe.* Waren das nicht deine Worte, als du mir den Heiratsantrag machtest?« Sie wusste, dass sie unfair war. Dass sie sich im Augenblick des Triumphs vielleicht hochmütig hätte geben sollen, aber keinesfalls bösartig. Doch die seelischen – und auch körperlichen – Schmerzen, die Olafs Verhalten ihr zugefügt hatte, verlangten nach Vergeltung. Außerdem meldete sich eine Alarmglocke: Sie wusste noch nicht, was Olafs Sinneswandel herbeigeführt hatte – und welchen Preis er dafür forderte.

Er überging ihren Einwand, schien sie nicht einmal gehört zu haben. Wie in einem Gebet fuhr er monoton fort: »Alles verändert sich in diesen Tagen. Die Technik entwickelt sich in rasantem Tempo, die Gesellschaft mit ihr. Da kann ich kaum noch mithalten. Aber Nora vertritt gemeinsam mit mir die alten Werte. Ich glaube noch immer an das, woran ich als junger Mann geglaubt habe. An Kaisertreue, Anstand, Ehre und eine geordnete Welt, in der jeder seinen festen Platz hat. Doch es entsteht überall ein Durcheinander. Die Sozialisten gewinnen an Macht, und auch das Bild der Frauen hat sich in den vergangenen zehn, fünfzehn Jahren massiv verändert. Nora ist mein Fels in der Brandung. Sie glaubt, woran ich glaube. Sie lebt, wie ich leben möchte. Sie hält hoch, was mir wichtig ist.« Plötzlich sah er ihr in die Augen. »Verstehst du das, Katharina?«

»Nein. Nein, das verstehe ich nicht.«

Er nickte ergeben. »Du bist so jung …«, in beredtem Schweigen brach er ab.

»Ich bin fünfunddreißig Jahre alt«, erinnerte sie ihn. »Ich bin nicht mehr das naive Ding, das du geheiratet hast. Aber eines kann ich dir sagen: Auch bei mir hat sich nichts geändert, meine Werte sind noch immer dieselben. Und die lauten Aufrichtigkeit, Treue und Pflichtgefühl.«

Er nickte erneut, diesmal offensichtlich resignierend. »Ich wünschte, du würdest unserem jüngsten Sohn ein wenig mehr davon mitgeben«, erwiderte er, überraschenderweise ganz ohne Vorwurf. Selbst als er in die Westentasche griff und ein ordentlich zusammengefaltetes Papier hervorholte, wirkte er ruhig und besonnen. »Die Internatsleitung hat an mich geschrieben. Genau genommen an uns. Ulrichs Noten haben sich massiv verschlechtert, sein Betragen ebenfalls. Das Empfehlungsschreiben für ein Gymnasium in Rostock ist nunmehr Makulatur. Hier, bitte, lies selbst.«

Mit wachsendem Unbehagen fragte sie sich, ob sie womöglich versagt hatte. In den Osterferien war ihr Ulrich verändert vorgekommen. Jetzt, gut zwei Monate später, schien der Brief des Schuldirektors eine logische Folge. Sie hatte sich mit der Verschlechterung seiner Leistungen, von der Ulrich ihr durchaus berichtet hatte, jedoch ebenso wenig befasst wie mit seinem mürrischen Verhalten. Sie war selbst zu sehr aus der Bahn geworfen von den vielen Anwaltsschreiben, die sie in jenen Tagen erreichten. Und sie hatte sich mit Plattitüden getröstet: Ein Junge, der vor seinem vierzehnten Geburtstag stand, verhielt sich eben nicht mehr genauso wie als Kind, er wurde zum Mann und nicht zum Muttersöhnchen. Die Zeilen, die sie nun überflog, überraschten sie daher kein bisschen.

»Da du annimmst, dass diese Weibsperson eine bessere Ehefrau für dich wäre, denkst du auch, sie würde eine bessere Mutter für unseren Sohn abgeben«, giftete Katharina. »Das Thema hatten wir bereits, wenn ich nicht irre.«

»Nun ja …«, hob Olaf an, unterbrach sich dann jedoch wieder. Nach einer Pause begann er von vorn: »Nun, an Noras Reputation als Gouvernante habe ich nie gezweifelt. Daran, dass du die Burschen mit deiner Affenliebe verweichlichst, auch nicht. Aber …« Er hob die Hand, um sie prophylaktisch zum Schweigen zu bringen, als befürchte er einen Wutausbruch. »Aber ich bin mir absolut sicher, dass du bei der Bildung deiner Söhne kein Pardon verstehst.«

Verblüfft stimmte sie zu: »Nein. Ja. Ich meine, das ist richtig.«

»Ich schlage daher vor, dass Ulrich vom Internat abgeht und …«

Katharina hielt den Atem an in Erwartung des Schlags, den Olaf ihr nun versetzen würde – … *und Nora die weitere Erziehung übernimmt.*

»… und er die Gewerbe- und Kaufmannsschule hier in Warnemünde besucht. Nach einem guten Abschluss kann er seine Lehrzeit in meinem Betrieb beginnen …«

»Was?« Begriffsstutzig sah sie ihn an.

»Ich stelle unseren jüngsten Sohn hier in diesem Haus unter deine Obhut. Mit gewissen Auflagen zwar, aber er darf bei dir leben. Selbstverständlich musst du deine beruflichen Verpflichtungen deiner Mutterschaft unterordnen. Das erwarte ich von dir.« Nun klang Olaf nicht mehr unglücklich, sondern bestimmt.

Er stellt immer dieselbe Bedingung, fuhr es ihr durch den Kopf. Er will unbedingt, dass ich meine Selbstständigkeit aufgebe. Allerdings hatte er nicht ganz unrecht – sie musste sich mehr um Christian und Ulrich kümmern als bisher.

Während sie nach einer Antwort suchte, sagte Olaf: »Ich würde es begrüßen, wenn du deinen Strandkorbverleih an Herrn Wittenburg verkaufst.«

»Wie bitte?«

»Anscheinend macht er ohnehin die ganze Arbeit – warum sollte er also nicht gleich in die eigene Tasche wirtschaften? Du hast mit der Zimmervermietung hier genug zu tun und damit überdies ein ausreichendes Einkommen. Geld sollte für dich allerdings sowieso keine Rolle spielen. Ich verspreche dir, dass ich mich großzügig zeigen werde, solange du dich in wünschenswerter Form um unsere Söhne kümmerst.«

Ihr Gehirn verwandelte sich in einen Kreisel. Es kam ihr sogar vor, als befänden sich in ihrem Kopf unzählige Kinder, die mit einem Stock nach dem Spielzeug schlugen, damit es sich immer schneller drehte. Sie drückte die Fäuste gegen ihre Schläfen, um dem Schwindel Einhalt zu gebieten.

»Ich kann das jetzt nicht entscheiden, Olaf. Ich werde darüber nachdenken, natürlich, aber ich kann es nicht sofort entscheiden.«

Warum noch zaudern?, überlegte sie. Wenn der Strandkorbverleih der Preis dafür war, dass Olaf auf die Scheidung verzichtete und darauf, dass die Wedding die Erziehung ihrer, Katharinas, Kinder übernahm, hatte sie eigentlich keine Wahl. Da fiel ihr etwas ein: »Welche Pläne hast du für Christian?«

»Falls er nicht in dem Landschulheim bleiben möchte, kann er ein Gymnasium in Rostock besuchen. Für ihn liegt mir ein Empfehlungsschreiben vor …«

Sofort brauste sie auf: »Ich erlaube nicht, dass die Schlam…«

»Ich gehe davon aus, dass Christian ebenfalls bei dir wohnen möchte. Mit dem Zug ist er in fünfzehn Minuten in der Stadt. Das ist für einen Schulweg angemessen. Die Kosten für die Bahnfahrkarten übernehme selbstverständlich ich.«

Die Alarmglocke hörte nicht auf zu schrillen. »Warum hast du deine Meinung geändert, Olaf? Warum?«

Er wischte sich in einer Geste grenzenloser Erschöpfung über die Augen. »Sagen wir so: Ich wurde überredet.« Die Miene des energisch planenden Vaters nahm wieder den berührenden Ausdruck des müden alternden Mannes an. »Könnte ich vielleicht ein Glas Wasser bekommen?«

Obwohl noch so viele Fragen offen waren, drehten sich die Kreisel nun langsamer in ihrem Kopf. Mit einem Mal wurde ihr die Stille im Haus und im Garten bewusst. Wie spät war es eigentlich? Sie hatte das Pendel der Standuhr angehalten, damit das durchdringende Läuten jede Viertelstunde ihre Gäste nicht störte. Sicher war es bald Mitternacht. Plötzlich meldete sich ihr Pflichtgefühl.

»Wo wirst du schlafen, Olaf?«

Er schenkte ihr ein kleines Lächeln. »In einem Strandkorb. Die meisten Kiepen vor deiner Tür habe ich schließlich selbst gebaut. Mir erscheint es widersinnig, dass ich ausgerechnet für meine

Spazierstöcke Hofkorbmacher wurde, aber den weitaus größeren Erfolg einem Sitzmöbel zu verdanken habe. Für die Stöcke interessiert sich heutzutage kaum noch ein eleganter Herr.«

»Das ist albern«, gab sie zurück, während sie sich erhob, um ein Getränk zu holen. Sie beabsichtigte, ihm ein Glas Wein zu kredenzen. Zwar wollte sie nicht mit ihm trinken, schon gar nicht anstoßen, dafür gab es ihrer Ansicht nach zu wenig zu feiern. Aber sie wollte ihren Hausfrauenpflichten gerecht werden. Untadelig wollte sie sein. Wie immer. »Du kannst nicht in einem Strandkorb schlafen«, fügte sie hinzu. »Die Nachtluft ist viel zu kalt. Dein Schlafzimmer steht dir selbstverständlich zur Verfügung. Ich habe nichts darin verändert.«

Seine Augen weiteten sich vor Überraschung. »Danke«, sagte er schlicht.

Als sie in der Tür stand, hob er noch einmal seine Stimme, diesmal eindringlicher, aber auch deutlich verunsichert: »Ich werde es nicht gegen dich verwenden, aber ich wünsche mir die Wahrheit: Gibt es etwas zwischen dir und Joachim Wittenburg, das ich wissen sollte?«

»Nein.« Sie legte eine Pause ein, dann: »Es hat sich nichts geändert. Deine Verdächtigungen sind aus der Luft gegriffen.«

»Dann wird es dir gewiss nichts ausmachen, den Strandkorbverleih an ihn zu verkaufen und mit ihm getrennter Wege zu gehen.«

Es klang wie eine Feststellung, die er für sich selbst traf. Doch Katharina war davon tiefer berührt als von allem anderen, das Olaf an diesem Abend zu ihr gesagt hatte. Denn nun kannte sie sein neues Ziel: dass mit dem Geschäft auch der Geschäftsführer aus ihrem Leben verschwand. Wie war er nur auf diesen Gedanken verfallen? Wer hatte ihn beraten? Innerlich fluchend fügte Katharina sich in ihre Rolle als Gastgeberin.

23

Ihre Mutter hielt ihr ständig vor, was ein Mädchen zu tun und – vor allem – zu lassen habe: »Roll deine Kniestrümpfe nicht hinunter, das schickt sich nicht! Kannst du nicht endlich mal darauf achten, dass deine Zöpfe nicht aufgehen …? Ich verbiete dir, andauernd diese Romane von Karl May zu lesen. Nimm doch endlich mal *Heidi* zur Hand … Renne nicht, du bist kein Knabe, schreite langsam und gesittet wie eine junge Dame … Fußball ist ein Sport für Soldaten und junge Männer, keinesfalls etwas für Mädchen. Wenn du unbedingt einen Ball werfen willst, kannst du dies eines Tages auf dem Lawn-Tennisplatz tun, aber dafür bist du noch zu jung …« Für alles, was interessant aussah, war Friederike als Mädchen ungeeignet oder noch nicht alt genug.

Hätte es etwas genützt, die Elfjährige wäre herzlich gern mit dem Kopf gegen eine Wand gerannt. Unter den gegebenen Umständen blieb ihr jedoch nur, sich eine eigene kleine Welt zu schaffen, in der sie ein kleines bisschen Spaß hatte. Jedenfalls bereitete es ihr mehr Freude, den Touristen heimlich beim Tennisspielen zuzuschauen, als mit dem Puppenhaus zu spielen, das ihr die Eltern zum Geburtstag geschenkt hatten. Wahrscheinlich eine Idee ihrer Mutter. Aber dafür fühlte sie sich nun wirklich zu alt. Deshalb stand die Miniatur ihres Zuhauses unbeachtet in ihrem Kinderzimmer, die Puppen lagen unberührt in der winzigen Stube.

Statt zu tun, was die Mutter von ihr erwartete, streifte Friederike durch den Ort. Sie beobachtete Feriengäste und Einheimische, kickte einen kleinen Ball vor sich her, der über die Umrandung des Tennisplatzes in den Rosengarten geflogen und als verloren gegeben war, sah sehnsüchtig zu den am Alten Strom vertäuten Booten, die gerade für einen der hochsommerlichen Korsos festlich geschmückt wurden. An den Abenden wurden die Schiffe zu regelrechten Tanzpalästen. Friederike hatte gehört, dass sie dann in der Dunkelheit leuchteten wie Glühwürmchen und dass schmissige Musik erklang. Als sie ihre Mutter gebeten hatte, ihr eine Korsofahrt zu zeigen, war Greta kurz angebunden: »Dafür bist du noch zu jung.« Die Frage, warum nicht wenigstens ihre Eltern an dem Vergnügen teilnahmen, das ihr so großartig erschien, verkniff sie sich. Schließlich gingen ihre Mutter und ihr Vater fast nie aus. Wenn sie zusammen waren, zankten sie sich meistens. Für den schiefen Haussegen bedurfte es nicht einmal eines besonderen Anlasses. Sie stritten über dieses und jenes – eigentlich über alles.

Nachdenklich naschte Friederike an den Sanddornfrüchten, die sie auf ihrem Spaziergang am Waldrand von einem Strauch abgerissen hatte und in der Hand hielt. Die Beeren war schrecklich sauer, aber sie mochte das. Vor allem, weil sich mit den kleinen Steinen das Weitspucken so gut üben ließ. Sie musste nur aufpassen, dass die Schulhefte in ihrem Arm keine Flecken abbekamen.

Leider hatte sie die Hausaufgaben mitnehmen müssen, um Mutters Klavierstunde zu entkommen. Friederike hatte vorgegeben, sich mit ihrer Freundin Rose zum gemeinsamen Lernen zu treffen. Die Schule war immer die beste Ausrede. Greta wollte unbedingt, dass ihre Tochter bald das Lyzeum in Rostock besuchte – lernen ging der Mutter daher über alles, und wenn Friederike einen gewissen Eifer zeigte, war die Welt in Ordnung. Tatsächlich fielen ihr die Aufgabenlösungen meist recht leicht, die bei Tage vertrödelten Stunden holte sie spätabends unter ihrer Decke nach. Die einzige Furcht, die sie dann beschlich, war die Frage, ob ihre Nachttischlampe das Bettzeug in Brand setzen könnte.

Friederikes Gedanken weilten bei ihren Eltern – wie so oft in letzter Zeit. Ihr kam es vor, als würden die Streitigkeiten unerbittlicher werden. Die Auseinandersetzung beim Frühstück heute Morgen war besonders heftig gewesen. Die beiden führten eine hitzige Debatte, deren Sinn und Inhalt die Tochter nicht verstand. Es ging um Tante Katharina, die Friederike ziemlich gern mochte, und um den Strandkorbverleih, bei dem Papa arbeitete. Friederike schnappte Worte auf wie *Verkaufsverhandlungen* und *Geldverschwendung*. Aber sie begriff lediglich, dass ihre Mutter etwas zu kaufen beabsichtigte, was der Vater nicht haben wollte, weil es eigentlich Katharina Borchers gehörte. Offenbar eine schwierige Sache. Wichtig obendrein, denn Friederike wusste um die Sparsamkeit ihrer Mutter. Wenn die etwas erwarb, dann war das von Bedeutung. Was hatte das aber mit den Strandkörben zu tun, die zu Hunderten an der See standen? Wollte Mutti etwa einen davon Katharina Borchers abkaufen? Seltsam. Sehr seltsam. Friederike kam aus dem Grübeln nicht heraus …

»Fünf für eine Mark.«

»*Ne*. Das ist zu teuer.«

Die Stimmen klangen recht jung, die eine mit einem leichten Kieks, die andere schon tiefer und sonor. Überraschenderweise kam sie Friederike bekannt vor. Unwillkürlich horchte sie auf.

Anscheinend befanden die Sprechenden sich auf dem Waldweg, der parallel zum Strand im Rücken der Landhäuser und Pensionen entlangführte. Friederike hatte es sich auf einem Baumstamm bequem gemacht, der beim letzten Frühjahrssturm umgeknickt sein musste. Hier war es normalerweise ruhiger als auf der Bank am Kurpark, die zwar versteckt lag, aber wo sie sich nicht ganz so unsichtbar fühlte wie an diesem geheimen Platz.

»Für unter einer Mark kriegst du die Bilder nicht.«

»Dann will ich sie auch nicht.«

»Komm schon, das ist ein guter Preis.«

»Nein.«

Im Unterholz knackten ein paar Äste, trockenes Laub raschelte unter den Füßen der Jungen.

»Weil du's bist, gebe ich dir fünfzig Pfennige«, bot die vertraute Stimme an.

»Bist du verrückt?« Der zweite klang schrill in seiner Empörung. »Ich hab die Fotografien doch auch nicht umsonst gekriegt.«

»In Ordnung. Sechzig.«

»Achtzig.«

»Außerdem hast du die Bilder nicht gekauft, sondern dem Tennispartner meines Bruders geklaut. Deshalb solltest du sie mir eigentlich umsonst geben.«

»*Halsafsnieder!*«, stöhnte der Junge, der seinen Ton kaum auf einer Höhe halten konnte. »Ich hab sie mitgehen lassen – ja, aber meine Mühe kostet auch. Wenn du die Klappe hältst, kannst du die Aufnahmen für siebzig Pfennig haben.«

»Sechzig. Und mein Mund ist versiegelt.«

»Die Bilder sind viel mehr wert … Sieh dir das an! Da kannst du das *Tittwark* unter dem Badekostüm genau erkennen.«

Die beiden Halbwüchsigen achteten trotz des unebenen Waldbodens nicht auf ihre Füße. Sie steckten die Köpfe zusammen und fielen fast über den Baumstamm, auf dem Friederike saß. Beide trugen kurze weiße Hosen und weiße Hemden unter dunkelblauen Pullovern. Die Kleidung der Balljungen, die den Spielern auf dem Lawn-Tennisplatz zu Diensten standen. Friederike beneidete die Burschen aus ganzem Herzen. Wenn sie einer von denen wäre, dürfte sie mit den harten Bällen jonglieren und vielleicht auch einmal einen Schläger schwingen. Noch war sie dafür angeblich zu jung, doch wenigstens hatte sie in den vergangenen Minuten eine höchst interessante Unterhaltung belauscht. Sie rutschte von ihrem Platz und baute sich mutig vor den Größeren auf.

»Was habt ihr da?«

Offensichtlich hatten die beiden Friederike nicht bemerkt. Der unbekannte Junge erschrak so sehr, dass er die Bilder, die er aufgefächert in der Hand hielt, fallen ließ. Die Aufnahmen fielen mit demselben Plopp auf den Boden wie Kastanienfrüchte im Herbst von den Bäumen. Und genauso schnell, wie sich Friederike nach den Maronen bückte, griff sie nach den Fotografien.

»Das sind meine. Gib sie her!« Der fremde Bursche überschrie sich fast.

»Komm, Freddi, mach keinen Quatsch«, forderte Ulrich Borchers deutlich ruhiger. Er sah mit einem freundlichen Lächeln auf sie nieder, wirkte aber trotzdem zurückhaltend. »Die Bilder sind nichts für kleine Mädchen.«

Ärgerlich stampfte Friederike mit dem Fuß auf. »Ich bin kein kleines Mädchen.«

Ulrichs Freund stöhnte entnervt, trat ungeduldig von einem Bein auf das andere.

Friederike brannte darauf, sich die Fotografien anzuschauen, um die die Jungs gefeilscht hatten. Doch sie wollte nur einen kurzen Blick auf das zufällig zuoberst liegende Bild riskieren. Sie fürchtete, ihren anscheinend kostbaren Besitz schnell wieder loszuwerden, wenn sie sich ablenken ließ.

Die Aufnahme zeigte eine dralle Person in einem knapp sitzenden Schwimmkostüm, die fröhlich lachend auf einen Strandkorb zeigte. Daneben stand ein alter Mann, dessen Hand unter das Röckchen …

Oh!

Friederike starrte auf die Abbildung und konnte nicht glauben, was sie sah. Sie hatte noch nie erlebt, dass ein Mann eine Frau unsittlich berührte. Warum tat der so etwas? Und warum wollte Ulrich Geld ausgeben, um sich das anzusehen? Für einen Moment vergaß sie, achtsam zu bleiben.

»Ha!«, machte der Unbekannte und schnappte sich die Bilder wieder. Er war grob, schubste sie sogar ein bisschen, sodass sie das Gleichgewicht verlor und hinfiel.

»Bist du verrückt geworden?«, schrie Ulrich seinen Kumpel an.

Friederike traten Tränen in die Augen. Nicht weil sie mit dem rechten Knöchel umgeknickt war und ihr ein stechender Schmerz bis in die Zehenspitzen und in die Wade fuhr, sondern weil ihr Rock sich an einem Stück Ast verfangen hatte – der feine Stoff riss sofort ein. Und die Hefte waren ihr entglitten und auf den schmutzigen Waldboden gefallen. Ihre Mutter würde außer sich sein, wenn sie sich den Schaden besah, und Gretas Zorn war nicht so leicht zu verkraften. Doch Friederike biss angesichts des Fremden die Zähne zusammen. Nicht weinen, ermahnte sie sich wiederholt, als hinge sie wie die Nadel eines Grammophons in der Rille einer Schellackplatte und erzeugte immer denselben Ton.

»Is doch nur ein Mädchen«, kommentierte der Hitzkopf den Sturz, klang allerdings etwas kleinlauter als zuvor.

Ulrich reichte Friederike die Hand und zog sie mit einem Ruck auf die Beine. »Hast du dir wehgetan?«

»Hm. Mhm.« Mit zusammengepressten Lippen schüttelte sie den Kopf.

»Mensch, Rudi, du bist vielleicht ein Hornochse«, schimpfte Ulrich, ließ Friederike vorsichtig los und bückte sich, um ihre Hefte aufzusammeln.

»Willst du nun die Bilder oder nich?«

»*Ne*. Kannst du behalten. Sind sowieso viel zu teuer.«

»Aber du wolltest mir sechzig Pfenninge dafür geben«, protestierte der Junge, den Ulrich Rudi genannt hatte. »Willst du jetzt wegen der da nicht mehr zahlen?« Er zeigte mit dem Finger auf Friederike. In seiner Geste lag tiefste Verachtung. »Wer ist die überhaupt?«

Rudis Zeigefinger schwebte vor Friederikes Nase herum. Der Anblick reizte sie. Mit einem Mal waren Schmerz und Tränen vergessen. Ohne dass sie lange überlegt hätte, schnellte ihre Hand hoch. Blitzschnell griff sie nach Rudis Finger und bog ihn um, legte ihre ganze Kraft in diesen Ruck. Es knackte leise, als würde sie einen kleinen Ast zertreten.

Einen Atemzug später gellte ein Schrei durch den Wald. Schrill und hoch. In den Büschen raschelte es. Empört schnatternd flog ein Vogel aus dem Unterholz auf.

»Die hat mir den Finger gebrochen, die blöde Kuh«, jammerte Rudi. Er hüpfte auf einem Bein herum, als könnte dies seine Schmerzen lindern und seine – sicher gerechtfertigte – Wut dämpfen. Da er mit der heilen Hand die gestohlenen Fotografien umklammerte, war die einzige körperliche Drohung gegen Friederike ein wildes Fuchteln mit den Armen.

»Mut hat sie«, lobte Ulrich grinsend. »Das ist übrigens Freddi. Und Freddi ist nicht einfach ein kleines Mädchen, sondern eben Freddi.«

»Ich erzähl's meinen Eltern, und dann kriegt sie Ärger«, schluchzte Rudi.

Ulrich klopfte ihm begütigend auf die Schulter. »Das würde ich nicht machen. Ich meine, wie sieht es denn aus, wenn alle in der Schule erfahren, dass ein kleines Mädchen deinen Finger gebrochen hat? Ist schlimm genug, wenn es nur eine Verstauchung ist. Sag lieber, du hast dich auf dem Tennisplatz verletzt. Das klingt besser.«

»Ach, ihr könnt mich mal *achtern.*«

»Tut mir leid«, rief Friederike dem davonstapfenden Rudi halbherzig nach. Zweifel stellten sich ein, ob sie richtig gehandelt hatte. Man tat weder Mensch noch Tier etwas zuleide. Das sagte ihr Vater immer. Friederike hatte auch keine Probleme damit, ein Tier respektvoll zu behandeln. Bei den Menschen fiel ihr das nicht immer leicht. Ungerechtigkeit, Willkür und ein herabsetzendes Verhalten trafen ihre junge Seele tief. Und Rudi hatte schließlich angefangen. Auge um Auge, Zahn um Zahn. Das hatte sie im Religionsunterricht gelernt. Dennoch fürchtete sie, dass Papa die Situation nicht so einschätzen würde.

Als der fremde Junge aus ihrer Sichtweite verschwunden war, blickte sie zu Ulrich. Sein ungehobelter Freund hätte sie vielleicht verhauen, wenn er nicht zur Stelle gewesen wäre. Und was hätte ihre Mutter wohl über solche verräterischen Blessuren gesagt? Dagegen waren ein zerrissener Rock und ein angeschwollener Knöchel bestimmt eine Kleinigkeit. Ulrich war ihr Retter. Nicht mehr nur ihr Freund, sondern so etwas wie ein Ritter aus dem Märchen. Sie mochte eigentlich keine Märchen, aber als sich gerade ein Sonnenstrahl durch das Blätterdach stahl und Ulrichs lockigen Blondschopf in goldenes Licht tauchte, stellte sie ihn sich unwillkürlich in einer schimmernden Rüstung vor.

»Mut hast du«, wiederholte Ulrich.

Die neuerliche Anerkennung machte sie sehr stolz. »Meinst du?«

Er lachte. »Ich kenne außer dir kein Mädchen, das sich mit einem großen Jungen anlegt. Das ist schon ziemlich *plietsch*. Ich glaube, wenn wir groß sind, heirate ich dich.«

Friederike war sprachlos. Aus Ulrichs Mund war dies das größte und schönste aller Komplimente.

Ulrich ließ ihr jedoch keine Zeit zum Träumen, sondern

drängte: »Wir sollten hier keine Wurzeln schlagen. Komm, ich bringe dich nach Hause.«

Ihre ersten Schritte taten höllisch weh. Es war nicht angenehm, den Fuß mit dem geschwollenen Knöchel zu belasten. Doch Friederike humpelte tapfer vorwärts. Es ging sogar schließlich sehr gut, als Ulrich sie stützte.

Auf dem Heimweg sprachen sie über dieses und jenes. Über Ulrichs erste Woche in der Gewerbe- und Kaufmannsschule und seine neuen Freunde dort. Und über Friederikes Wunsch, das Tennisspielen zu lernen. Nur über ihre Zukunft als Ehepaar sprachen sie nicht. Friederike war froh darum, denn je mehr sie darüber nachdachte, desto sinnvoller erschien es ihr, nicht zu heiraten. Eine Hochzeit war bestimmt nicht das Richtige für sie. Wenn sie sich ihre Eltern ansah, bedeutete eine Ehe nichts als Streit. Bei den Borchers stand es irgendwie auch nicht besser. Die wohnten nicht einmal zusammen. Friederike beschloss, Ulrich bei Gelegenheit zu sagen, dass sie die Sache mit dem Heiraten lieber lassen sollten.

24

Das Wissen, Weihnachten und Silvester ohne ihren Ehemann zu verbringen, bereitete Katharina schon in der Adventszeit einiges an Kopfzerbrechen. Allein die Frage, wie sie einen großen Tannenbaum allein in ihre Stube schaffen sollte, machte ihr Kummer. Natürlich hätte sie ihre Söhne um Hilfe bitten können, doch wollte sie Christian und Ulrich nicht zu einem Ersatz für Olaf machen, der sich auch nach ihrer Trennung bislang um seine traditionellen Aufgaben gekümmert hatte.

Katharina wollte, dass alles so blieb, wie ihre Kinder es gewohnt waren, und hoffte, dass die Jungen ihren Vater dann weniger vermissten. Den Vater, der ihnen vor dem Fest mitteilte, dass er in dringenden Geschäften verreisen müsse und deshalb nicht mit ihnen feiern könne. Katharina hätte Olaf das in Anbetracht seiner vielfältigen finanziellen Transaktionen durchaus abgenommen, hätte er es nicht bereits Mitte November angekündigt. Wahrscheinlich verbringt er Heiligabend erstmals mit seiner Schlampe, mutmaßte sie. Vielleicht geht er mit ihr irgendwohin auf Kur. In diesem Jahr wurde die Familie hintangestellt und nicht mehr die Geliebte. Ein Zugeständnis an Nora Wedding, nachdem aus der wohl voreilig versprochenen Heirat nichts geworden war.

Zur Erleichterung über die Rücknahme des Scheidungsersuchens gesellten sich die seltsamsten Gefühle. Da der Schmerz nur noch eine ferne Erinnerung war, hegte sie keinen so großen Groll mehr gegen Olaf. Sie begann, ihn sogar zu vermissen. Zweifellos brauchten ihre Söhne den Vater. Es genügte eigentlich nicht, dass sie ihn nur einen Sonntag im Monat trafen. Auch für Katharina war die neue Situation nicht einfach. Nie hätte sie für möglich gehalten, wie schwierig die Tage mit einem Sechzehnjährigen und einem Vierzehnjährigen sich gestalten konnten. Ihr Alltag unterschied sich deutlich von den gemeinsam verbrachten Ferien, zumal sie sich in vielerlei Hinsicht umgewöhnen musste: Seit Ende der Saison war sie keine Strandkorbvermieterin mehr, sondern nur noch Pensionswirtin – inzwischen ohne eine nennenswerte Anzahl Gäste.

Nachdem sie Joachim ihr Ansinnen, ihm den Verleih zu verkaufen, unterbreitet hatte, war er empört gewesen: »Wie kannst du annehmen, dass ich dir deine Herzensangelegenheit fortnehmen werde? Das kommt überhaupt nicht infrage.«

»Bitte, Joachim, tu es einfach.«

Sie befanden sich an einem Abend des Frühsommers am Strand. Es war nach sieben Uhr und fast menschenleer, im Damen-, Herren-, Familien- und Sonnenbad wurden die Badezellen gerade abgeschlossen, die Kurgäste machten sich auf den Weg in die Hotels, Pensionen und Ferienwohnungen. Von der Promenade wehten Stimmen und die Klänge eines Leierkastens über den Sand, übertönt vom Rauschen der Wellen und dem Schreien der Möwen. Das milde Licht dieser Tageszeit tauchte die Szenerie in ein verwaschenes Gold, schärfte die Konturen und ließ die Ostsee glänzen wie flüssiges Metall. Katharina mochte diese Stunde ebenso sehr wie den Sonnenaufgang, doch heute fehlte ihr der Sinn für die Schönheit der Natur. Sie hatte sich zu Joachim gesellt, der die Arbeiter dabei beaufsichtigte, wie sie die Strandkörbe *nachtfein* machten. Natürlich gab sie sich den Anschein, rein zufällig vorbeigekommen zu sein. Sie wollte ihm den Eindruck vermitteln, dass sie den Verkauf leicht nahm. Doch er kannte sie gut genug, um zu wissen, wie schwer ihr dieser Schritt fiel.

Er lehnte sich gegen den Strandkorb, den er gerade so verschoben hatte, dass die Haube gegen das Meer zeigte. Er sah sie skeptisch an. »Warum willst du alles aufgeben?«

»Meine Söhne wohnen jetzt bei mir. Ich möchte mich ihrer Erziehung widmen.« Selbst in ihren eigenen Ohren klang das aufgesetzt und hohl.

»Katharina, bitte, falls dies wirklich dein Wunsch ist, verabschiede dich rasch davon. Du bist kein Muttertier, und deine Jungs sind keine Kleinkinder mehr.«

»In deiner Meinung unterscheidest du dich von meinem Mann.«

Joachim hob die Hand, strich flüchtig über ihren Arm. Eine tröstende Geste, doch gleichzeitig eine der wenigen Gelegenheiten, bei denen er sie in irgendeiner Weise berührte – und sofort brannte die Haut unter dem dünnen Ärmelstoff ihres Sommerkleids. Es prickelte, als wäre die Zeit zwischen ihrer Jugend und heute stehen geblieben. In ihrem Nacken stellten sich die kleinen Härchen auf.

Erschrocken über ihre körperliche Reaktion trat sie einen Schritt zurück. Glücklicherweise war der Sand an dieser Stelle von den Strandbesuchern platt getreten, sodass sie nicht rücklings in ein Fußloch oder den ausgebuddelten Graben einer Sandburg stolperte. Es tat ihr gut, Haltung bewahren zu können.

»Mach dir keine Sorgen«, sagte Joachim. »Wir werden einen Weg finden, wie du Familie und Geschäft unter einen Hut bringst.«

Er war so lieb. Zuverlässig. Vertrauensvoll. Ehrlich. Ihr bester Freund. Der Mann, den sie bis heute nicht aufgehört hatte zu lieben und der ihr immer wieder bewies, dass er diese Liebe wert war. Sie schüttelte den Kopf. Über sich. Über die ausweglose Situation, in der sie sich befanden. Über ihr Schicksal.

»Ich habe mich entschieden, Joachim. Ich kann nicht anders. Wenn du die Strandkorbvermietung nicht erwirbst, werde ich sie jemand anders anbieten.« Letzteres erschien ihr jedoch unmöglich. Insofern hatte Joachim recht: Ihr Lebenswerk, für das sie gekämpft hatte, an einen Fremden zu verkaufen würde ihr das Herz brechen. Sie wandte das Gesicht der untergehenden Sonne zu, ein gelber Feuerball, der schwarze Punkte in ihr Sichtfeld zauberte. Es kam ihr vor, als wäre auch ihre Zukunft voller dunkler Flecken. Niemals hätte sie für möglich gehalten, dass Joachim zögern könnte.

»Was treibt dich so an? Ein Rückzug ins Familienleben passt nicht zu dir.«

Sie atmete tief durch, genoss für einen Moment die würzige

Seeluft, die sich in ihrer Lunge ausbreitete. Dann gestand sie: »Olaf wird auf die Scheidung verzichten, wenn ich die Strandkorbvermietung aufgebe.«

»Was? Er will sich scheiden lassen?« In überraschend aufflammendem Zorn hieb Joachim mit der Faust gegen das Korbgeflecht aus der Manufaktur Borchers. Die Kiepe hielt den Angriff unbeschadet aus. »Hat dein Mann den Verstand verloren?«

Verwirrt versuchte sie, seine Worte und die deutliche Geste mit ihren Gedanken in Einklang zu bringen. Konnte es sein, dass Joachim vollkommen ahnungslos war? Natürlich, sie hatte ihm nichts von Olafs Ansinnen erzählt. Aber da war der Brief des Rechtsanwalts, die furchtbare Anschuldigung, die Androhung einer Zeugenaussage. Das alles konnte Joachim doch nicht ignorieren. Warum machte er es ihr noch schwerer, indem er sich unwissend gab? Sie sah ihn an, versuchte, in seiner Miene zu lesen, blinzelte, aber die schwarzen Punkte verschwanden nicht aus ihrem Blick.

»Du …«, hob sie an, doch er fiel ihr ins Wort: »Entschuldige, bitte.«

In einer kapitulierenden Bewegung stieß er sich von dem Strandkorb ab, machte einen Schritt zur Seite, als wollte er einen Rückzug antreten, und sagte ruhig mit gesenkter Stimme: »Was immer die Gründe für seine Forderungen und dein Einverständnis sind – sie gehen mich nichts an. Ich kann nur nicht verstehen, warum er dir das alles antut.«

»Das kann ich allerdings auch nicht.«

»Gut.« Er nickte, fuhr sich mit der Hand durch das Haar. »Gut«, wiederholte er gedankenverloren.

»Nichts ist gut«, murmelte sie und meinte damit nicht nur die Geschäftsaufgabe.

»Ja.« Er schenkte ihr ein mitleidiges Lächeln. »So ist es. Aber ich werde über dein Angebot nachdenken. So viel kann ich dir heute wenigstens versprechen. Mehr nicht. Denn ich habe noch die Hoffnung, dass du eine andere Lösung findest.«

Es dauerte bis September, Joachim zu überzeugen. Am Ende verkaufte Katharina ihre Strandkörbe nebst dem Pachtvertrag mit dem Vogt weit unter Wert an ihn. Ein anderer Interessent hätte wahrscheinlich viel mehr geboten, aber sie wollte unbedingt, dass ihr Jugendfreund das Geschäft übernahm. Dieser Wunsch war nicht nur ein Bestandteil ihrer Abmachung mit Olaf.

So hätten sich denn ihre und Joachims Wege tatsächlich trennen können, wenn sie ihm nicht immer mal wieder begegnet wäre. Von ihrer Seite war es kein Zufall, der sie öfter zu seinem neuen Büro am Leuchtturm wandern ließ. Sie wollte wissen, wie es ihm ging – und dem Strandkorbverleih. Vielleicht hoffte sie auch auf ein offenes Wort, noch immer verzagt über den Widerspruch zwischen seiner Reaktion auf Olafs Scheidungsabsicht und der vorliegenden Korrespondenz. Doktor Frank bestätigte ihr zwar, dass er auf sein seinerzeitiges Schreiben keine Antwort von Herrn Wittenburg erhalten hatte, aber das war dann ja auch nicht mehr nötig gewesen. Diese Auskunft schürte ihre Unsicherheit mehr, als dass sie sie vertrieb.

An den ruhigen Herbsttagen schien Joachim viel Zeit am westlichen Strandweg zu verbringen, wo er Katharina zwangsläufig traf. Es sah stets wie eine unbeabsichtigte Begegnung aus, sie verabredeten sich niemals zu einem Treffen. Aber sie sahen sich mehr oder weniger regelmäßig. Meist unterhielten sie sich über das Geschäft, das Wetter, die Saison, manchmal auch über Katharinas Alltagssorgen mit zwei halbwüchsigen Jungen und Joachims Stolz auf Friederike, die anscheinend ausnahmslos Freude bereitete. Nie sprachen sie über ihre jeweiligen Ehepartner oder persönlichere Probleme. Zwei alte Freunde, die an der Vergangenheit festhielten und sich bewusst waren, dass sie sich sehr leicht in den Untiefen der Gegenwart verlieren konnten, wenn sie ihre Verbindung nicht sorgsam pflegten.

Am dritten Adventssonntag traf sie Joachim allerdings tatsächlich unbeabsichtigt auf dem Kirchplatz. Sonst ging sie ihm aus dem Weg, wenn sie ihn beim Gottesdienst zwischen Greta und Friederike sah, zumal sie dann ja von Christian und Ulrich begleitet wurde. Doch die Söhne waren mit dem Frühzug nach Rostock zu ihrem Vater gefahren, wo sie in St. Marien die Messe feiern wollten – für Olaf gewiss ein gesellschaftliches Ereignis, da es sich um die Ratskirche der Hansestadt handelte.

Katharina war vom Bahnhof zur Kirche gelaufen und ein wenig verspätet. Sie hastete durch das Eingangsportal, als die Glocken bereits schwiegen und die Orgel für ein erstes Lied angestimmt wurde. Es gelang ihr nicht, sich auf die Liturgie zu konzentrieren. Immer wieder schweiften ihre Gedanken ab, etwa zu ihren Söhnen und den Weihnachtsvorbereitungen. Ihre Augen wanderten dabei ziellos herum und entdeckten Joachim in einer Bank ein paar Reihen vor ihrem Platz. Er saß am Mittelgang, sodass sie ihn gut sehen und am Ende der Predigt sicher sein konnte, dass er heute allein war.

Als wäre sie eine Marionette, von einer unsichtbaren Hand geführt, ging sie nach dem Segen nicht ihres Wegs, sondern hielt sich noch vor dem Kirchenportal auf. Höflich grüßte sie Bekannte und umarmte herzlich ihren trotz seines fortgeschrittenen Alters rüstigen Vater, der nach Hause eilen musste, wo Gerda ihn mit einem zweiten Frühstück erwartete. Seine spontane Einladung schlug sie aus. Eigentlich hätte sie sich jetzt zum Strandweg aufmachen sollen, doch sie blieb unschlüssig auf dem Vorplatz stehen, kramte in ihrer Handtasche, um sich eine

Beschäftigung zu geben, während sie Joachim aus den Augenwinkeln beobachtete. Beim Verlassen der Kirche war er von einem Mann in ein Gespräch verwickelt worden. Sie hatte ihn nicht erkannt, aber ganz offensichtlich handelte es sich um einen Seemann. Vielleicht jemand von früher. Die Unterhaltung konnte demnach dauern, und womöglich ging Joachim gemeinsam mit dem anderen fort, sodass sich ihr Warten nicht lohnte …

»Moin, Katharina.«

Sie hob ihren Blick von dem Durcheinander in ihrer Tasche. »Oh! Moin, Joachim. Wo hast du deine Familie gelassen?«

»Freddi plagt eine schwere Erkältung, und Greta meinte, Gott wird ihr verzeihen, wenn sie heute ihr Kind pflegt, statt zur Kirche zu gehen.«

Sie schmunzelte. Da sie sich Greta Wittenburg nicht als fürsorgliche Krankenschwester vorzustellen vermochte, nahm sie an, dass Joachims Gattin andere Gründe hatte, den Gottesdienst zu schwänzen. »Ja. Das wird ER wohl.«

»Wo sind deine Söhne?«

»Sie sind bei ihrem Vater in Rostock.«

»Schön. Es macht den beiden sicher Freude, ihn zu besuchen.«

Bei jedem anderen Gesprächspartner hätte sie sich keine Gedanken über die Wahrhaftigkeit ihrer Antwort gemacht und einfach zugestimmt. In Joachims Gesellschaft fragte sie sich jedoch, ob *der* Sonntag im Monat wirklich ein Freudentag für Christian und Ulrich war. Zu ihrer eigenen Verwunderung konnte sie es nicht einmal genau sagen. Die Jungens kamen am Abend stets gut gelaunt nach Warnemünde zurück, waren ein wenig wortkarg, aber das lag wohl an ihrem Alter. Olaf ging anscheinend mit Katharinas Bitte konform, die Wedding auf Distanz zu halten. Jedenfalls hatte keines der Kinder jemals wieder ein Wort über die ehemalige Gouvernante verloren. Insofern schien das Arrangement zu ihrer aller Zufriedenheit zu funktionieren. Wären da nicht die mit dem Weihnachtsfest verbundenen Vorbereitungen.

»Hast du schon einen Christbaum gekauft?«, wollte Katharina scheinbar unvermittelt wissen.

Joachim runzelte verwundert die Stirn. »Nein. Noch nicht. Nein. Ich will morgen die Elektrische nach Markgrafenheide nehmen und mich beim Forstinspektor nach einer geeigneten Tanne umsehen. Dann kriegen wir den Baum noch früh genug ins Haus.«

»Darf ich dich begleiten?«, platzte sie heraus. Sie konnte nicht verhindern, dass sie unter seinem Blick errötete wie ein junges Mädchen nach der ersten Einladung eines neuen Verehrers. Nur dass die Vorzeichen diesmal anders waren. Verkehrt, fuhr es ihr durch den Kopf, vollkommen verkehrt.

»Ich verstehe nicht …«, in dem hilflosen Versuch, sie vielleicht doch zu verstehen, brach er ab.

Sie blickte sich nach möglichen Lauschern um. Doch die anderen Kirchgänger hatten sich längst zerstreut oder standen in kleinen Gruppen, ebenfalls in eine Unterhaltung vertieft, weit genug entfernt. Trotzdem hätte sie gern Joachims Arm genommen, um ein paar Schritte mit ihm zu gehen, aber sie unterließ es, weil eine vertraute Geste wie diese für Gerede gesorgt hätte. Ihr Vorstoß war ihr plötzlich zudem unfassbar peinlich. Der gemeinsame Kauf der Weihnachtsdekoration war so – privat, stellte sie still fest.

»Ich …«, begann sie, schluckte den Rest ihres Satzes hinunter, hob noch einmal an: »Ich habe keine Hilfe, und da dachte ich …«, wieder beendete sie ihre Erklärung, ohne zu Ende gesprochen zu haben. Sie räusperte sich, dann sprudelte sie hervor:

»Olaf will Weihnachten nicht im Kreis seiner Familie verbringen. Er kommt nicht her, und wir werden natürlich auch nicht nach Rostock fahren. Eine unaufschiebbare geschäftliche Verpflichtung zwingt ihn zu einer Reise. Da ich mich nun allein um alles kümmern muss, hoffte ich, du könntest mir zur Seite stehen und mit mir einen Christbaum für die Jungen besorgen.« Verlegen setzte sie nach einer winzigen Pause, in der sie gegen das Kratzen in ihrem Hals ankämpfte, hinzu: »Verzeih mir. Das war eine dumme Idee.«

»Ach«, wehrte er lächelnd ab, »so schlecht finde ich deine Überlegung gar nicht. Wozu sind alte Freunde da, wenn nicht als Helfer in der Not?«

Trotz des eisigen Winds, der über den Kirchplatz strich, wallten Hitze und ein Frösteln gleichzeitig durch ihren Körper. Katharinas Nasenspitze fühlte sich kalt an, ihre Wangen glühten. »Das ist nett von dir«, meinte sie bescheiden.

»Wenn du mir sagst, wie hoch der Baum sein soll, bringe ich ein schönes Exemplar mit. Das ist Männersache, Katharina, dafür brauchst du nicht in die Rostocker Heide mitzufahren.«

Erleichtert erwiderte sie sein Lächeln. Es war sinnvoll, die Form zu wahren. Sie ertappte sich jedoch bei dem Gedanken, dass sie einen Ausflug mit Joachim genossen hätte.

»Eine Tanne, bitte. Mindestens zwei Meter hoch. Wenn du sie aussuchen könntest, wäre das ganz wunderbar. Vielen, vielen Dank. Ich bin sicher, es wird der schönste Weihnachtsbaum, den sich meine Jungen nur vorstellen könnten.«

»Warten wir's ab. Ich komme Dienstag bei dir vorbei und sage dir, wann die Lieferung eintrifft.« Er spielte mit dem Hut in seinen Händen. »Jetzt muss ich leider nach Hause, Katharina. Hab einen schönen Adventssonntag.«

Lag in seinem Blick so etwas wie Mitleid, weil sie ganz allein war? Trotzig sah sie ihm in die Augen. »Ich wünsche dir auch einen schönen Sonntag, Joachim.«

Als sie sich abwandte, wurde ihr bewusst, dass sie eigentlich kein Ziel hatte. Es war einerlei, wann sie nach Hause kam. Nicht einmal die Jahresabrechnung des Strandkorbverleihs wartete auf sie.

25

Es herrschte Schmuddelwetter – und das machte Greta das Leben als Hausfrau schwer. Da sie penibel auf Sauberkeit hielt, waren ihr die Fußspuren, die Friederike und Joachim in die Diele trugen, ein Graus. Bei dieser Witterung kam leider nicht einmal das neue Dienstmädchen, das sich sonst recht gut anstellte, mit dem Wischmopp hinterher. Für Gretas Ordnungsliebe ein Desaster. Sie sparte sich allerdings einen Tadel gegen Hertha auf, da die ja nun wirklich nichts dafür konnte, wenn Mann und Kind mit schmutzigen Schuhen durch die Tür traten. Glücklicherweise war Friederike noch nicht wieder so weit von der schlimmen Erkältung genesen, dass sie in die Schule gehen durfte. Greta unterrichtete sie zu Hause und erlaubte ihr täglich nur einen kurzen Aufenthalt im Garten, sodass ihre Tochter wenig Matsch hereinbrachte. Anders als Joachim, der seine Überzieher zwar auf der Schwelle abstreifte, aber trotzdem noch Schlieren auf dem frisch gebohnerten Schiffboden hinterließ.

»Kannst du nicht aufpassen?«, fauchte Greta. »Es sieht aus, als hättest du die ganze Rostocker Heide ins Haus getragen.«

Joachim blickte an sich hinunter. »Nun, wohl nicht ganz«, stellte er lakonisch fest.

»Papa!« Friederike hatte offensichtlich nur auf sein Kommen gewartet. Sie flog fast die Treppe herunter und in seine Arme.

»Kannst du nicht gehen wie eine junge Dame? Sei nicht so wild.«

Gretas Tochter ignorierte den Tadel. Aufgeregt wollte sie von ihrem Vater wissen: »Hast du einen schönen Christbaum für uns gefunden? Ich bin schon so gespannt auf Weihnachten.«

»Das bist du jedes Jahr«, erwiderte Joachim belustigt, während er die Kleine an sich drückte, die in seinen Armen wirkte wie eine Puppe. »Und, ja, ich bin sicher, meine Freddi bekommt die schönste Tanne von Warnemünde.«

Greta verdrehte die Augen. »Kommerz und nichts als Kommerz. Allein diese Völlerei heutzutage ist mit der Geburt Jesu nicht mehr vereinbar. Was hast du nur im Religionsunterricht gelernt, Friederike? Du solltest die Flausen des Kindes nicht auch noch unterstützen, Joachim!«

Sie marschierte wütend in die Küche, um das Dienstmädchen vom Herd abzukommandieren. Dabei stand nicht ganz fest, worüber sie sich mehr ärgerte: über den Schmutz im Haus oder dass sie nun in den Töpfen mit dem Mittagessen rühren musste, während Hertha den Feudel schwang.

»Kriegen wir auch den größten Baum, den du gefunden hast?«, hörte sie Friederike in ihrem Rücken plappern.

»Ich fürchte, Freddi, den werden Christian und Ulrich Borchers bekommen. So eine hohe Tanne passt nicht in unsere Stube.«

Greta fuhr herum. Sie stand in der Tür zu Küche und sah ihren Mann scharf an. Joachim knöpfte gerade seinen Mantel auf, was länger als gewöhnlich dauerte, da er Friederike noch immer im Arm hielt. Die blauen Augen, mit denen die Tochter zu ihrem Vater aufschaute, schwammen vor Liebe. Der Blick schnitt Greta ins Herz. Sie tat doch wirklich alles für Friederike – warum reservierte das Kind dieses grenzenlose Gefühl von Vertrauen nur für Joachim? Die stille Frage bohrte sich in das Bewusstsein der Mutter. Doch dieses Problem musste warten. »Was hast du mit dem Weihnachtsbaum der Borchers zu schaffen?«

»Ich hab ihn besorgt«, antwortete er in einem Ton, als wäre seine Hilfe in einer so familiären Angelegenheit selbstverständlich. Da er seinen Mantel abstreifte und an den Türhaken hängte, verbarg er sein Mienenspiel vor Greta.

»Wie kommst du dazu?«, schnappte sie, den Tränen nahe. Der Gedanke, dass all ihre Mühe, ihre gegen Olaf Borchers ausgestoßenen Drohungen und ihre Hartnäckigkeit sinnlos gewesen sein sollten, überrollte sie wie eine Flutwelle. Es kam ihr vor, als entglitte ihr die Sicherheit, die sie seit Katharinas Rückzug aus dem Geschäft empfunden hatte. Als würde ihr Joachim jede Zuversicht rauben. Wenn er einen Weihnachtsbaum für Katharina Borchers kaufte, war mehr da. Viel mehr. Einen derart persönlichen Dienst erledigten nur Väter, Ehemänner, vielleicht Brüder – und Liebhaber. »Ich dachte, du hast nichts mehr mit der Borchers zu tun«, entfuhr ihr in einem Moment absoluter Kopflosigkeit. »Es war doch nicht geplant, dass du den Strandkorbverleih übernimmst und ihr dann trotzdem immer noch nachläufst.«

»Mutti, was hast du denn?«, wollte Friederike wissen. »Es ist doch nett, wenn Papa den Baum für Christian und Ulrich aussucht. Das sind meine Freunde. Für die darf er das tun.«

»Halt den Mund und geh auf dein Zimmer!«

Verstört sah Friederike ihre Mutter an, rührte sich aber nicht von ihrem Platz an der Seite ihres Vaters. Hilfesuchend tastete ihre Hand nach ihm, doch er entzog sich ihr.

»Es ist besser, du gehst nach oben«, sagte Joachim begütigend und strich Friederike über das Haar. Dann wandte er sich an seine Frau: »Wollen wir uns in der Stube weiter unterhalten, Greta?«

»Wenn du dich scheiden lässt, Papa, gehe ich ins Wasser«, murmelte Friederike, während sie den Rückzug antrat.

Er packte sie an der Schulter, bevor sie die Treppe erreichte. »Wie kommst du denn auf so etwas?« Über ihren Kopf hinweg sah er zu Greta. »Hast du ihr etwas von Scheidung erzählt?«

Sprachlos schüttelte Greta den Kopf. Warum tat Joachim so empört? Eine gute schauspielerische Leistung, das musste sie zugeben. Außer ihm fiel ihr niemand ein, der mit ihrer Tochter über eine Scheidung gesprochen haben könnte. Mädchen in ihrem Alter kannten in der Regel doch nicht einmal diesen Begriff. Oder wussten zumindest nicht, was das Wort bedeutete. Friederike schien die Tragweite jedoch bekannt zu sein. Joachim, dieser Lügner, dieser Verräter, hatte sich der Kleinen anvertraut. Er wollte sich scheiden lassen, um für die Borchers frei zu sein. Aber dem habe ich einen Strich durch die Rechnung gemacht, fuhr es Greta durch den Kopf, und ich würde es immer wieder tun. Energisch reckte sie ihr Kinn.

Friederike ließ sich Zeit mit ihrer Antwort. Erst nach einer Weile gestand sie mit niedergeschlagenen Lidern: »Wenn ich es sage, verpetze ich meinen besten Freund.«

»Ulrich Borchers«, stellte ihr Vater fest. »Hat Ulrich mit dir über Scheidung gesprochen?«

Seine Tochter nickte ergeben. »Er hat gelauscht, als seine Eltern stritten. Das ist schon ziemlich lange her, glaube ich, aber er denkt andauernd darüber nach. Er sagt, dass er deshalb schlechte Noten schreibt.«

Es fiel Greta schwer anzuerkennen, dass Joachim nicht der Übeltäter war. Zumindest nicht in dem einen Punkt, der direkt ihre Tochter betraf. Die Eifersucht, die sie durch die Abmachung mit Olaf Borchers unterdrückt zu haben hoffte, brach sich unvermittelt Bahn. Als hätte jemand einen schweren Stein von der Öffnung einer Grabkammer geschoben und die Geister geweckt, tauchten in Gretas Kopf wieder die Bilder eines heimlichen Liebespaares auf. Ihr Mann und seine ehemalige Chefin.

»Freddi, das ist absoluter Unsinn. Herr und Frau Borchers werden sich nicht scheiden lassen. Ganz sicher nicht. Herr Borchers kommt an Weihnachten nicht nach Warnemünde, weil er geschäftlich verreisen muss. Das ist wichtig für seine Manufaktur. Vielbeschäftigte Männer müssen die Familie manchmal hintanstellen, verstehst du?«

»Werden Mutti und ich auch einmal nicht mehr so wichtig für dich sein, Papa?«

Joachims Blick traf Greta wie ein Faustschlag. Wo nahm ihr sonst so ruhiger, gutmütiger Mann nur den Hass her, der jetzt in seinen Augen lag?

»Du wirst immer der wichtigste Mensch in meinem Leben bleiben, Freddi, das verspreche ich dir«, erwiderte Joachim.

Friederike schien zu entgehen, dass er nur von ihr sprach und nicht von ihrer Mutter. Offenbar war sie jedoch mit seiner Erklärung zufrieden. Sie stellte sich auf die Zehenspitzen, zog an Joachims Ärmel, sodass er sich zu ihr hinunterbeugen musste. Dann hauchte sie ihm einen zarten Kuss auf die Wange. Greta wusste, das Joachims Bart in Friederikes Nase kitzelte, weil sich die Kleine so oft darüber beklagte, wie sie ihrem Vater die Zärtlichkeit schenkte. Fast ihr ganzes Leben lang.

Und er tritt diese Liebe mit Füßen, indem er nicht von der Borchers lassen kann, dachte Greta zornig. Joachim ist ein Schwein!

Ihr fiel ihr eigener Vater ein, der von einem seiner Dienstherren im Bett der Gemahlin angetroffen worden war. Was für ein Geschrei hatte es damals gegeben! Welchem Klatsch war sie als Kind im Dienstbotenzimmer ausgesetzt gewesen! Eine furchtbare Erinnerung, die darin gipfelte, dass ihr Vater nur durch die Flucht aus dem Schloss knapp dem geforderten Duell entging. Die Erinnerung verwob sich mit ihren Ängsten und Eifersüchteleien zu einem monströsen Bild.

Männer sind lüsterne Schweine, sinnierte Greta. Alle Männer sind so. Nur Walter Trautwein ist anders. Der ist ein ganz besonderer Mann. Wie gut, dass sie um diesen Anker wusste. Das nahm ihr ein wenig den Schmerz von der Seele.

26

Es war einfacher, allein mit ihren Söhnen Weihnachten zu feiern, als Katharina gedacht hatte. Beide bemühten sich, ihrer Mutter zu gefallen, gaben sich ungewohnt redselig, sogar überaus charmant. Es war, als wollten sie den fehlenden Platz mit doppelter Mühe vergessen machen. Ulrich, der seine Musikstunden sonst immer mit einem muffigen »och« kommentierte, setzte sich freiwillig ans Klavier und spielte ein Weihnachtslied, und Christian kümmerte sich mit rührender Nonchalance um den Rotwein zur Gans, von dem er nippen durfte. Katharina hatte ihren Vater und Gerda zum Weihnachtsessen eingeladen, da sie wusste, dass es Gerdas arthritischen Fingern zunehmend schwerer fiel, ein großes Menü für mehr als zwei Personen zu kochen. Sie bemühte sich, sich exakt an Gerdas Rezept zu halten und den Vogel mit Backpflaumen, Äpfeln und Schwarzbrot nach deren Mengenangaben zu füllen, nur frischen Thymian konnte sie nicht besorgen und musste ihn daher durch getrocknete Kräuter ersetzen. Es schmeckte köstlich, und weder Gerda noch Baumeister Papenhagen geizten mit Lob. Der liebe Besuch unterbrach auf angenehme Weise die einsamen Stunden von Katharina und den Jungen. Christian war sogar überaus angetan von dem Gespräch mit seinem Großvater. Der wurde nicht müde, seine Fragen über den Flugplatz in Hohe Düne zu beantworten. Derweil stopfte Ulrich sich mit Gerdas selbst gemachten weißen Pfeffernüssen voll. Rückblickend fand Katharina, dass sie selten ein so harmonisches Weihnachtsfest verbracht hatte. Ohne Aufregung. Ohne Streit. Ohne den ständigen Druck und das Wissen, alles richtig machen zu müssen und für alles verantwortlich zu sein, aber niemals einen angemessenen Dank zu erhalten.

Nachdem sie Weihnachten erfolgreich überstanden hatte, begann Katharina gut gelaunt mit der Planung für das nächste Fest: »Was haltet ihr davon, wenn wir drei an Silvester ein Picknick am Strand veranstalten?«, fragte sie ihre Söhne während eines Frühstücks zwischen den Feiertagen, an dem Christian und Ulrich die letzten Scheiben des traditionell für Heiligabend gebackenen Honigkuchens vertilgten.

Ulrich starrte sie kauend an. »Was? Du willst wirklich nachts am Strand sein?« Er nuschelte, aber das Leuchten in seinen Augen war klar und deutlich. Es übertraf das Licht der Lampe über dem Tisch, das sie wegen des trüben Himmels vor dem Fenster eingeschaltet hatte.

»Warum nicht?« Katharina schmunzelte. »Mal etwas anderes. Oder wollt ihr beide lieber mit mir in der Stube sitzen und euch die Wartezeit bis Mitternacht mit einem Brettspiel vertreiben?« Es klang despektierlich, was eigentlich nicht Katharinas Absicht entsprach. Sie wollte den Kindern nicht die Erinnerung an die Silvesterabende mit Olaf verderben. Aber eine Neuauflage der gewohnten Jahresausklänge war in seiner Abwesenheit ganz sicher nicht ihr Wunsch.

»Wir könnten ein Lagerfeuer machen«, schlug Christian vor.

»Zum Beispiel.«

»Du bist die beste Mutter der Welt!«, rief Ulrich aus, nachdem der letzte Krümel hinuntergeschluckt war.

»Ja«, bestätigte Christian und wies aus dem Fenster, »aber hoffentlich weiß das auch das Wetter.«

»Ach was! An Silvester hält der Himmel den Atem an.«

Katharina sah ihren fröhlich grinsenden Jüngsten überrascht an. Für einen Schüler der Gewerbe- und Kaufmannsschule hatte er manchmal ziemlich poetische Einfälle. Zu jedem Streich bereit, sportlich wie ein Kadett, aber feinsinnig wie ein Intellektueller. Schade, dachte sie, dass aus ihm einmal ein Handwerker werden soll. Vielleicht würde er ein besserer Dichter werden.

Am Morgen des dreißigsten Dezember setzte Schneefall ein. Der entgegen Ulrichs romantischer Hoffnung aufkommende Sturm wirbelte Schnee und Sandkörner wie die Wassertropfen der aufspritzenden Gischt durch die Luft. Die Verwehungen zogen wie ein dunstiger Hauch über den Strand. Die steife Brise stob die Pulverschicht an den Straßen auf und fuhr den Passanten gleichzeitig kalt und nass unter Hutkrempen und Mantelkrägen. Die Dächer glitzerten im Schneegestöber bald ebenso weiß wie die Takelagen der Schiffe an den Anlegern.

Der Postbote, der Katharina eine Neujahrskarte von Hermine brachte, wurde von ihr in die Küche eingeladen. Der *Büdel* konnte sich in ihrem Vorgarten kaum auf den Beinen halten, um dem Wind aus Nordost zu trotzen. Vermutlich benötigte er etwas Stärkeres als den heißen Früchtepunsch, den das Hausmädchen ihm kredenzte. Aber vielleicht hatte er auch schon einen

Grog intus. Jedenfalls wirkte er zwar ein bisschen durchgefroren, aber vor allem aufgeregt.

»Habe gehört, dass die Reichshauptstadt in einem wahren Schneechaos versinkt«, erzählte er, begierig auf ein Zeichen von Begeisterung bei seinen Zuhörerinnen hoffend. »Siebentausend Arbeiter müssen in Berlin die Straßen räumen. Siebentausend! Das sind sieben Mal mehr *Lüüd* als Warnemünde Einwohner hat.«

Pflichtschuldig beeindruckt schlug Elise die Hand vor den Mund.

»In Berlin wohnen ja auch erheblich mehr Menschen als bei uns«, erwiderte Katharina und kam sich dabei vor wie eine Spielverderberin.

Der Wind drückte plötzlich mit einer Heftigkeit gegen das Haus, sodass sein Heulen durch die Esse drang und aus der Glut im Ofen Funken wie Leuchtkäfer über die Feuerstelle rieselten. Ein Ast schlug gegen das Fenster.

Alarmiert blickte der Postbote hinaus, während er seinen Punsch hinunterstürzte. »Ich muss dann mal wieder«, meinte er bedauernd.

Katharina nickte, wohl wissend, dass sein Weg bei diesem Unwetter kein Vergnügen war. Nachdem sie den armen Mann in das Schneetreiben entlassen hatte, überlegte sie, ob die Pensionsgäste wohl ankommen würden, die sich über Neujahr angesagt hatten. Aus Berlin sicher nicht, überlegte sie. Bei derart strengen winterlichen Bedingungen wurde der Bahnverkehr bestimmt unterbrochen. Eine Absage hatte Katharina noch nicht erreicht, aber es wäre ärgerlich, wenn Elise ohne Not die Zimmer gelüftet und eingeheizt hätte, wenn das Bettzeug umsonst aufgeschüttelt und frisch bezogen worden wäre. Nun, es bestand ja Hoffnung, dass die Stammgäste trotz aller Widrigkeiten mit einem anderen Verkehrsmittel eintrafen. Es war kaum anzunehmen, dass die beiden netten Ehepaare Katharina einfach versetzten.

Entschlossen rückte sie die Stühle in dem für die Touristen eingerichteten Aufenthaltsraum zurecht und stellte kleine Gebinde aus Klee und mit Fliegenpilzen aus Pappmachée auf die Tische, als würde es jeden Moment an der Haustür schellen.

»Mutti, Mutti!« Ulrichs Stimme schnappte fast über vor Aufregung. Er polterte lärmend die Treppe herunter und durch die Diele. »Wo bist du? Christians Anemometer dreht sich wie verrückt«, rief er, noch bevor er die offen stehende Tür bemerkte und Katharina erreichte. Schließlich stand er um Atem ringend vor ihr: »Es müssen mächtig hohe Windstärken herrschen: Vom Fenster oben sieht man, wie der Sturm die See aufpeitscht. Die Wellen brechen schon gegen die Dünen.«

»Hör mal …« Sie legte ihren Finger an die Lippen, machte »pst« und wartete ab, ob Ulrich dem Pfeifen und Heulen des Sturms lauschte, dem Knicken der Äste im Garten, dem Toben des Meeres. Die Mauern der Villa schienen sie wie eine Bastion gegen die Naturgewalten zu schützen. Allerdings wagte sich Katharina nicht vorzustellen, wie ihre Rosen das schwere Unwetter überstanden. »Ich brauche nicht rauszusehen, um zu wissen, wie der Wellengang ist. Ich kann ihn hören.«

Während sie so still stand und ihren Sohn ansah, tauchte vor ihrem geistigen Auge ein anderes geliebtes Gesicht auf. Dem ihren ganz nah hatte ihr Joachim vor langer Zeit erklärt, wie die Windgeschwindigkeiten seit Jahrhunderten berechnet wurden: In den Signalstationen an der Küste schätzten ehemalige Leuchtturmwärter, Lotsen oder Hafenmeister die Windstärke nach der Höhe der Wellen und mit einem Blick auf die sich biegenden oder abbrechenden Äste. Ihre Aufzeichnungen schickten sie per

Postkarte oder Telegramm an die Deutsche Seewarte in Hamburg. Dabei nahmen die erfahrenen Männer eine Kategorisierung nach der sogenannten Beaufortskala vor, die von Windstärke null bei Flaute bis zu Windstärke zwölf reichte und dann Orkan bedeutete. Bei null herrschten glatte See und keine Luftbewegung, bei zwölf wirkte das Meer fast vollkommen weiß unter der Gischt, und es kam zu Verwüstungen an Land. Jedes seiner Worte war unvergessen, obwohl ihr Gespräch stattgefunden hatte, als sie ein Liebespaar gewesen waren, damals im Sommer sechsundneunzig. Unwillkürlich fiel ihr die Sturmnacht im April vor elf Jahren ein, die Joachims Leben so gravierend verändert und sie beide doch wieder zusammengebracht hatte …

»Mutti …« Ulrich tippte ihr auf die Schulter. »Mutti, was ist los mit dir?«

Aus ihren Erinnerungen gerissen schüttelte sie den Kopf. »Nichts. Ich bin nur in Gedanken. Wahrscheinlich sollte ich aufhören, hier alles für die Gäste herzurichten. Es wird wohl doch keiner ankommen. Was meinst du?«

»Die Sturmglocke hat geläutet. Ich glaube, bei dem Wellengang gibt es niemanden, der sich auch nur auf den Strandweg traut.«

»Sicher hast du recht.« Sie legte ihren Arm um Ulrichs Schultern. Ihr wurde bewusst, dass ihre Kinder noch keine Sturmflut erlebt hatten. Vielleicht ängstigten sich die Jungen, auch wenn sie es nicht zugeben wollten und bei Ulrich noch Spannung und Abenteuerlust überwogen, während Christian möglicherweise in seinem Forscherdrang gefangen war. »Wir sind hier so geborgen wie in Abrahams Schoß«, fügte sie begütigend hinzu. »Die Dämme an den Dünen wurden nach dem Bemessungshochwasser der letzten Jahre gebaut, deshalb passiert uns nichts. So schlimm wird es schon nicht werden.«

Ulrich sah mit großen Augen zu ihr auf. »Und warum läutet dann die Sturmglocke?«

»Der Alte Strom führt Hochwasser. Das ist etwas anderes. Da müssen die Fischer ihre Schiffe in Sicherheit bringen, die Taue können bei einer so steifen Brise immer mal reißen. Oder die Boote werden gegen die Kaimauer geschleudert.«

»Du klingst wie ein alter Seemann«, stellte ihr Sohn fest.

»Mein Wissen über Windstärken, Dünenbau und Stürme habe ich auch von einem Seemann.«

»Und ich dachte, das hat dir Opa beigebracht.«

Stumm lächelte Katharina in sich hinein. In diesem Moment fuhren heftige Böen in das Dach ihres Hauses und griffen nach den ersten Ziegeln. Doch das Klappern und Scheppern drang bei dem Heulen, Rauschen und Donnern der Naturgewalten nicht bis in das kleine Zimmer im Erdgeschoss.

27

Zum ersten Mal dankte Greta dem Himmel, dass die Häuser an der Hinterreihe dicht nebeneinanderstanden. Der Sturm ließ die Wände erzittern und drückte gegen die Fenster, bis die Scheiben klirrten, doch wie eine Menschenkette trotzten die Gebäude dem Unwetter.

In den frei stehenden Landvillen am Strandweg ist man weniger geschützt, überlegte sie, während sie ihre klammen Hände am Feuer des Küchenofens wärmte. Der Strom war längst ausgefallen, und in den Zimmern durften die Kamine nicht einheizt werden, weil der durch die Schornsteine zischende Wind jedes Feuer erstickt oder – viel schlimmer – aufgewirbelt und einen Brand verursacht hätte. Greta fragte sich, wie es den Gästen erging, die ein Zimmer in den obersten Etagen der Hotels an der Bismarck-Promenade bewohnten. Dort waren die Touristen den Naturgewalten sicher mehr ausgeliefert als sie in ihrem Häuschen zwischen den Gassen. Ob der Sturm sogar die neu eingebauten Fenster eindrückte? Ungebeten formte sich in Gretas Kopf die Frage, wie es wohl Katharina Borchers in ihrer Villa am Meer unter den gegebenen Umständen erging.

Wie fühlte sich eine Frau, die vom Gatten verlassen worden war und ohne männliche Unterstützung eine so bedrohliche Witterung aushalten sollte? Nah an den Strand gebaut musste das Zuhause der Borchers nicht nur der Windstärke, sondern auch dem Meer trotzen. Der Pegel stieg stetig. Die Wellen schwappten weit über die Deiche. Das hatte Joachim berichtet, als er von seinem Dienst als Mitglied der Freiwilligen Feuerwehr nach Hause gekommen war. Ihr Mann war nass, atemlos und verstört gewesen, doch außer ihm einen heißen Tee zuzubereiten hatte Greta nichts für ihn tun können. Er hatte sich ins Bett gelegt und war sofort eingeschlafen.

Greta kam nicht umhin, dem Sturm etwas Positives abzugewinnen. Der Gedanke, dass die Borchers in ihrem schönen Haus saß, ängstlich, verzweifelt, hilflos – dieser Gedanke bescherte ihr ein angenehmes Gefühl. Greta fühlte so etwas wie Genugtuung darüber in sich aufsteigen, dass das Glück der anderen eben doch nicht immer hold war. Selbst Joachim konnte nichts für sie tun – und legte sich schlafen, während das Tosen immer stärker wurde. Als würde ihn das Wohl der Anrainer des Strandwegs nichts angehen. Tat es ja auch nicht. Und er demonstrierte es mit seinem Schlaf. Dass er lediglich erschöpft war, wollte ihr als Erklärung nicht genügen. Wahrscheinlich war er der Borchers überdrüssig. Greta war zutiefst dankbar für diese Entwicklung, vor allem nach der Szene vor Weihnachten.

Vielleicht würde doch noch alles gut werden. Womöglich war der Sturm ja so stark und die Borchers so überfordert davon, dass sie …

Greta wagte nicht einmal, ihre Idee stumm in ihrem Kopf zu formulieren. Derartiges zu hoffen war Sünde.

Dennoch nagte plötzlich der Wunsch nach Vergeltung an ihr, fraß sich durch die letzten Gehirnwindungen, in denen noch Vernunft und Anstand regierten.

Ja, dachte sie, während sie sich fast schon vergnügt die Hände rieb, wenn das Unwetter mit einem schweren Sturmhochwasser zuschlug und die Villen am Meer gefährdete, brachte es viel Zerstörung und großes Leid. Eine Naturkatastrophe wie die große Sturmflut von 1872, von der selbst die hartgesottensten Warnemünder mit Tränen in den Augen sprachen, könnte die Borchers ein für alle Mal aus Gretas Leben tilgen. Es hieß, dass damals an der gesamten Ostseeküste fast dreihundert Menschen umgekommen und über fünfzehntausend Leute obdachlos geworden waren. Greta wünschte keinem ihrer Nachbarn den Tod. Nicht einmal den ärgsten Klatschbasen würde sie zumuten, das eigene Dach über dem Kopf zu verlieren. Nur bei einer Person verhielt es sich anders. Wenn der Orkan ihr, Gretas, Verbündeter war, würde Silvester 1913 ein Freudentag für sie sein.

Katharina dämmerte, dass sie einen Fehler begangen hatte.

Sie hatte das Unwetter falsch eingeschätzt. Ein stürmisches Schneegestöber und hoher Wellengang waren eigentlich nichts, was ihr Angst machte. Natürlich, sie als Küstenbewohnerin hatte großen Respekt vor der See, aber sie lebte mit dem Meer. Deshalb hatte sie Ulrichs Aufregung ein bisschen als Seemannsgarn abgetan. Selbst Christians sachliche Beobachtung seines Anemometers hatte sie verkannt, weil sie die Behauptung ihres Sohnes, das Windmessgerät zeige starken Sturm an, für übertrieben hielt. Vielleicht wollte sie sich auch einfach nicht ihre gute Stimmung von einem Orkan verderben lassen. Es war ärgerlich genug, dass ihr geplantes Silvester-Picknick buchstäblich ins Wasser fiel.

Mit weniger Selbstüberzeugung und einem Blick aus dem Fenster hätte sie beobachten können, wie im Wald ein Windbruch entstand und direkt vor ihr die Wellen Strand und Polder überfluteten. Immer wieder schlugen gewaltige Wassermassen an fast denselben Stellen auf Dünen und Deich. Schließlich türmte sich die Strömung zu meterhoher Gischt auf. Zuerst begannen schmale Rinnsale, über den Strandweg zu laufen, doch bald wurden daraus reißende Flüsse. Kurz darauf sickerte das Wasser an den ersten brüchigen Stellen durch den Damm, in Minutenschnelle ergoss es sich bis in die Vorgärten, bahnte sich einen Weg zur Türschwelle. Nun konnte Katharina die Gefahr, in der sich ihre Villa und deren Bewohner befanden, nicht mehr ignorieren.

»Sandsäcke! Christian, Ulrich, helft Elise mit den Sandsäcken. Schnell. Ich habe sie zwar als Feuerlöscher füllen lassen, aber zum Hochwasserschutz taugen sie auch.«

Sie kamen zu spät.

Während sie mit vereinten Kräften versuchten, die Haustür und den Ausgang zur Terrasse abzudichten, stieg das Wasser in der Diele bereits an. Als es im gesamten Erdgeschoss knöcheltief war, schickte Katharina das Dienstmädchen mit den Jungen in den ersten Stock. Sie traf die Entscheidung, ohne lange abzuwägen. Die Kälte, die von ihren nassen Füßen durch ihren Körper strömte, spürte sie nicht. Da war nur der Wille, aus ihrer Stube alle Wertsachen zu holen, die sie tragen konnte. Ihre Söhne oder Elise damit zu betrauen hielt sie für verantwortungslos. Sie fühlte sich wie ein Kapitän, der als Letzter sein sinkendes Schiff verließ.

»Ich gehe nicht ohne dich«, protestierte Christian. Er hielt sich am Treppengeländer fest, weil ihn die resolute Elise mit sich zu ziehen versuchte.

»Ich komme nach.« Katharinas Beschwichtigung klang abgehetzt. Sie wollte tun, was sie für richtig hielt. Und nicht mit ihrem Ältesten darüber diskutieren. Im Geiste dankte sie der Vorsehung, die sie ihr Arbeitszimmer unter dem Dach hatte einrichten lassen. Alle wichtigen Dokumente befanden sich oben. Aber die Fotografien, die gerahmt auf der schönen Biedermeierkommode standen, wollte sie nicht verlieren. Ganz zu schweigen von den Gemälden an den Wänden. Die kleineren würde sie wohl tragen können. Aber bis zu den Bildern würde das Wasser nicht steigen. Oder doch? Plötzlich verunsichert flehte sie den Himmel an, der Wind möge sich drehen und abflauen.

»Ich gehe nicht ohne dich«, beharrte Christian. Inzwischen standen er und seine Mutter mit den Waden im Wasser.

»Ich will nicht ohne euch nach oben.« Ulrichs Stimme überschlug sich.

»Tut, bitte, was eure Mutter sagt«, schrie Elise. Gleichzeitig lieferte sie sich einen kleinen Ringkampf mit Ulrich. Der Vierzehnjährige, der sich mit dem Dienstmädchen bereits auf einer der höchsten Stufen befand, schickte sich an, den Rückweg anzutreten.

Ein ohrenbetäubender Knall zerfetzte die Geräuschkulisse. Dann das deutlich höhere, metallisch klingende Bersten der Fenster. Das Brausen des Sturms wurde lauter, Zugluft erfasste Katharinas Rock und klatschte ihn um ihre Schenkel. Das Wasser gurgelte. Die Strömung trieb ein Holzstück durch das Haus, vielleicht ein Teil des zerbrochenen Fensterrahmens, riss den

Schirmständer mit sich. Entsetzt stellte Katharina fest, dass auch sie sich kaum noch halten konnte. Und das Wasser stieg. Sie biss die Zähne zusammen, stemmte sich gegen die Fluten, watete zur Treppe. Fast blind vor Anstrengung stieß sie Christian vor sich her.

»Nach oben«, keuchte sie. »Wir müssen nach oben. Sonst überleben wir das hier nicht.«

Nach zwei Stunden Schlaf wollte Joachim wieder aufbrechen. Greta war es schleierhaft, was die Feuerwehr, Seenotrettung und andere Freiwillige bei den herrschenden Windstärken überhaupt unternehmen konnten, um die schlimmsten Verwüstungen zu verhindern – oder Menschen vor den Fluten zu retten. Wer immer sich da rauswagte, riskierte sein eigenes Leben.

Angst erfasste Greta, als sie zusah, wie Joachim in seine hohen Gummistiefel stieg und sein Ölzeug überwarf. Was würde aus ihr und Friederike werden, wenn ihm etwas geschah? Sie hatte so viel für den Erhalt ihrer Ehe getan – sie konnte ihn jetzt nicht gehen lassen mit der Ungewissheit, ob er auch zurückkommen würde. Als er zur See gefahren war, hatte sie niemals eine Havarie befürchtet. Heute wusste sie, wie schnell sich der Glaube an Sicherheit in alberne Träumereien verwandeln konnte. Sie würde nicht zulassen, dass ihr dergleichen noch einmal widerfuhr.

Der Sturm heulte durch die Gassen, drückte auf die Fensterläden. Bei dem Brausen und Rumpeln verstand man selbst im Haus kaum sein eigenes Wort, eine Konversation war fast unmöglich. Dennoch baute sich Greta wie eine zweite Drohkulisse vor der Eingangstür auf, stemmte die Hände in die Taille.

»Du gehst jetzt nicht hier raus!«, schrie sie ihren Mann an.

»Ich muss mit anpacken, Greta.«

»Nein! Nein! Nein!« Sie rief es so oft aus, damit er sie auch genau verstand.

Ungeachtet ihres Widerspruchs stülpte Joachim teilnahmslos seinen Südwester über, zog ihn tief in die Stirn und band ihn unter dem Kinn fest zusammen.

Als er dicht vor sie trat, begann Gretas Herz heftig zu klopfen. Erstaunlicherweise war dies keine Folge ihrer Besorgnis. Zum ersten Mal seit langer Zeit sah sie Joachim mit anderen Augen. Er wirkte verwegen wie ein Abenteurer, attraktiv, anziehend. Ihr fiel ein, was sie fast vergessen hatte: den Grund für ihre Heirat. Nicht nur das Kapitänspatent war ausschlaggebend gewesen, sondern auch die Tatsache, dass Joachim Wittenburg der bestaussehende Kavalier war, den man sich vorstellen konnte. Die Arbeit als Strandkorbverleiher hatte ihn in Gretas Augen jedoch degradiert. Mit einem dramatischen Helden wie dem *fliegenden Holländer* hatte er nichts mehr gemein. Dabei hätte sie die Hauptfigur der Oper von Richard Wagner nur allzu gern von seinem Fluch erlöst – wie eben auch Joachim. Doch in der Realität hatte sie kapituliert. Bis jetzt.

Sie klammerte sich an die glitschigen Aufschläge seines Mantels. »Du kannst nicht gehen. Ich habe solche Angst um dich.«

Ungläubigkeit stand in seinen Zügen geschrieben, dann zuckten seine Mundwinkel wie zum Hohn. Statt einer spöttischen Antwort kam ihm jedoch nur ein mürrisches »Lass mich!« über die Lippen.

»Du kannst nirgendwohin bei diesem abscheulichen Wetter.«

Seine Finger umfassten die Gelenke ihrer Hände, die sich noch immer an seine Regenhaut klammerten. Er berührte sie nicht zärtlich, griff aber auch nicht grob zu. »Ich fürchte, die Dämme am Strandweg werden nicht halten. Ich will versuchen, ein paar Männer aufzutreiben und dorthin vorzudringen.«

»Aber wenn am Strandweg bereits alles überflutet ist, kannst du nichts mehr …« Greta unterbrach sich. Ihr kam ein Gedanke. Ein schockierender Gedanke. Sie starrte Joachim an. »Du willst zu *ihr*«, hauchte sie, in ihrem Entsetzen völlig vergessend, dass er sie wahrscheinlich gar nicht hören konnte.

Sein Griff wurde hart. »Wie kannst du guten Gewissens zusehen, dass Menschen ertrinken oder auf ihren Dächern erfrieren?«

»Menschen?« Es klang selbst in Gretas Ohren wie das Krakeelen einer alten Vettel. Eifersucht und Angst verbanden sich zu einer bösen Symbiose. »Es geht dir nur um einen Menschen. Du willst die Borchers retten. Und dafür setzt du dein Kind und mich den schlimmsten Gefahren aus.«

»Ich würde Freddi niemals …«, hob er an und hielt wieder inne, als er Greta zur Seite schob. Sie versuchte verzweifelt, ihren Platz vor der Tür zu behaupten und ihn nicht gehen zu lassen, hielt sich mit der einen Hand an der Türklinke fest, während die andere zur Gegenwehr ausholte. Ihre Faust trommelte gegen Joachims Brust und seinen Arm. »Greta! Greta, hör auf damit!«, brüllte er.

»Verlass mich nicht!« Ihre Stimme überschlug sich, war nur noch ein lärmendes Jammern.

Er war viel stärker als sie. Obwohl sie all ihre Kraft in die Hoffnung legte, ihn aufzuhalten, gelang es ihm, sie aus dem Weg zu stoßen. Er ging nicht brutal vor – nur ein wenig energischer. Als er die Klinke drückte, kam ihm der Orkan zu Hilfe. Unter anderen Umständen hätte Greta vielleicht noch eingreifen können, aber da der Sturm von Nordost wehte, fuhr er mit seiner in der Häuserschlucht kaum abgemilderten Wucht in den Spalt, und die Tür schwang auf. Joachim zog sie hinter sich zu und war fort.

Tränenüberströmt sank Greta in die Knie und schlug die Hände vor das Gesicht. Sie wollte ihm noch so viel sagen. Dass Silvester war. Dass sie mit ihm auf das neue Jahr und eine bessere Zeit anstoßen wollte. Dass ihnen beiden vielleicht die Zukunft gehörte. All das hatte sie gefühlt, als sie zusah, wie Joachim sein Ölzeug überstreifte. In diesem Moment hatte sie sich in ihren Mann verliebt. Aber er wies sie zurück.

Nie zuvor hatte sie sich so verlassen gefühlt. Ihr Mann wollte eine andere retten. Es war ihm egal, was aus ihr und Friederike wurde. Er hatte sie nie geliebt. Und achtete sie nicht einmal. In höchster Not ließ er sie und ihre gemeinsame Tochter allein. Greta schluchzte, als müsste sie bereits die Nachricht beweinen, dass Joachim im Hochwasser ertrunken war.

Plötzlich fühlte sie zwei kleine Hände, die hilflos über ihr Haar strichen. Dann die unsichere Kinderstimme an ihrem Ohr: »Kommt Pappi wieder?«

Greta drückte Friederike fest an sich. »Ich weiß es nicht. Ich weiß es wirklich nicht.«

1914

28

Joachim kam zurück. Aber erst zwei Tage nach der Sturmflut. Er sprach nicht mit Greta, beantwortete keine ihrer Fragen, sondern fiel angezogen auf sein Bett. Dort blieb er vierundzwanzig Stunden lang wie ohnmächtig liegen. Nur sein Ölzeug und die Stiefel hatte er vorher noch abgestreift.

Greta blickte auf die Sachen am Boden der Diele und war den Tränen nahe. Da das Dienstmädchen seit dem Unwetter nicht mehr zur Arbeit gekommen war, musste sie den Mantel notgedrungen selbst aufheben. Widerstrebend schnüffelte sie, suchte den Duft von Katharina Borchers' Parfüm an Joachims Kleidung. Der Geruch von Brackwasser stieg ihr in die Nase.

In ihrer Fantasie malte Greta sich aus, dass Joachim zu spät gekommen und die Borchers ertrunken war. Vielleicht war der Strandweg auch unpassierbar, und er hatte gar nichts ausrichten können. Ihm war nur der Blick auf die Villa geblieben, die langsam im Meer versank. Greta hätte eine Oper schreiben können über die Szenen, die ihr durch den Kopf gingen. Der mystische Abgrund lag quasi vor ihr. Dritter Akt: Die Heldin – und damit meinte sie sich selbst – wusste nicht, ob sie dem Mann, dem ihr Herz gehörte, trauen durfte, und litt an ihrem inneren Drama. Greta war an diesen ersten Tagen des neuen Jahres überzeugt, Joachim über alles zu lieben. Das furchtbare Unwetter hatte ihr den Weg zu ihm gewiesen. Richard Wagner hätte es sich nicht besser ausdenken können. Mehrmals dichtete sie den vierten Akt in ihrem Geiste um. Plötzlich fiel ihr auf, dass der letzte Vorhang für eine Oper fast immer fiel, nachdem das Liebespaar auf irgendeine Weise zu Tode gekommen war. Ein glückliches Leben war den Protagonisten am Ende jedenfalls höchst selten vergönnt. Mit einiger Verspätung begriff Greta, dass das Libretto, über das sie sinnierte, eigentlich zu einer anderen Hauptdarstellerin gehörte: Katharina Borchers war Carmen und sie selbst die betrogene Micaela.

Der Sturm flaute ab, aber das Hochwasser ging deutlich langsamer zurück. Dennoch waren sogar vor Gretas Haustür bereits Schäden sichtbar: abgerissene Zweige und Äste, zersplittertes Glas von Fensterscheiben, die dem Druck nicht standgehalten hatten, Holzteile, die irgendwo abgebrochen und vom Wind mitgenommen worden waren. Und überall standen riesige

Pfützen auf den Straßen, die wegen des strengen Frosts zu Eisbahnen gefroren. Als sie sich zaghaft einige Schritte weiter in den Ort wagte, erfuhr sie aus den lautstark geführten Unterhaltungen ihrer Nachbarinnen, die sich über Fensterbänke, durch offene Eingänge oder über Gartenzäune austauschten, dass fast alle Boote, die die Fischer nicht hatten an Land ziehen können, leckgeschlagen waren, Masten waren gebrochen wie Mikadostäbchen. Sogar ein Dampfer war am Strand aufgelaufen, die Besatzung konnte sich unter größten Schwierigkeiten retten. Aber das war offenbar alles nichts gegen die gewaltigen Schäden an den Landhäusern am Strandweg. Noch immer stand das Wasser dort angeblich meterhoch, eine zerstörerische, schlammige Brandung, und niemand wusste zu sagen, ob es Tote gegeben hatte.

Greta bedauerte, dass sie den vor Aufregung ohne Punkt und Komma plappernden Frauen früher tunlichst aus dem Weg gegangen war. Gern hätte sie mehr erfahren über die Zustände am Weststrand. Doch sie konnte nicht vor den jeweiligen Häusern stehen bleiben und ungeniert zuhören, was die Warnemünderinnen besprachen. Sie wollte sich nicht die Blöße geben und den Eindruck erwecken, dass ihr Gatte ihr nichts erzählte. Die anderen Frauen hatten die Neuigkeiten von ihren Männern, Brüdern oder Söhnen, die erst als Nothelfer und nun wohl zum Aufräumen unterwegs waren. Greta wusste nichts.

Als Joachim sich nach den Tagen und Nächten, in denen Greta abgewartet, fantasiert, sich gequält hatte, endlich am Küchentisch niederließ, wirkte er übellaunig und trotz des langen Schlafs knochenmüde. Seine Augen waren blutunterlaufen, seine Gesichtsfarbe war grau und sein Mund wie verschlossen. Müde starrte er in den Kaffeebecher, den Greta kommentarlos vor ihn hingestellt hatte. Als sie ihn nach einer Weile darauf hinwies, dass der Kaffee kalt würde, schien Joachim aus einem Tagtraum aufzuwachen.

»Danke«, nuschelte er und setzte die Tasse an seine Lippen.

Bis jetzt hatte sie gestanden, sich mit dem Rücken gegen das Büfett gelehnt, doch nun rückte sie sich einen Stuhl zurecht und setzte sich zu ihrem Mann. »Was soll nun werden?«, wollte sie wissen. Einen Moment zu spät bemerkte sie, wie doppeldeutig ihre Frage klang.

Joachim blickte sie erstaunt an, sagte aber nichts.

»Unsere Vorräte sind schon knapp. Meinst du, ich werde bald einkaufen gehen können?«

»Wenn das Wasser vom Kirchplatz abgeflossen ist, florieren die Geschäfte wieder. Nur auf deine Spaziergänge an der Bismarck-Promenade wirst du erst einmal verzichten müssen. Die Promenade ist teilweise fortgespült worden, das Herrenbad existiert quasi nicht mehr. Und am Strandweg gibt es keinen einzigen Damm, der der Flut standgehalten hätte.« Joachim stieß einen tiefen Seufzer aus. »Aber Warnemünde hatte noch Glück. Wir leben im Windschatten der Insel Rügen, das dämpft die Unwetter. In den anderen Seebädern – vor allem in Vorpommern – hat wohl keine Seebrücke die Sturmflut überlebt. Die Funksprüche waren nicht schön.« Er schüttelte in der Erinnerung den Kopf und senkte seinen Blick wieder in die Kaffeetasse.

Das Gespräch schien für ihn beendet – und das war es eigentlich auch, denn er hatte alles Erwähnenswerte gesagt. Nur nicht alles, was Greta wichtig war.

»Was ist mit der Villa von Katharina Borchers?«, platzte sie heraus.

»Keller und Erdgeschoss sind vollgelaufen.« Er klang so monoton und fern wie einer dieser Bauchredner auf dem Rummelplatz, die eine andere Person sprechen ließen. Plötzlich hob er den Kopf, sah sie argwöhnisch an und fragte mit normaler Stimme: »Warum interessierst du dich dafür?«

»Nun …«, hob sie gedehnt an, verzweifelt nach einer Ausrede suchend. Nach kurzer Gedankenpause fuhr sie erleichtert über ihren Einfall fort: »Nun, wir sind … wir waren … gut bekannt mit Familie Borchers. Du hast viele Jahre mit ihr gearbeitet.« Sie legte noch eine Pause ein, holte tief Luft, bevor es aus ihr herausbrach: »Ist Frau Borchers in der Sturmflut umgekommen?« Sie konnte nicht verhindern, dass in ihrem Ton ein leiser Hoffnungsschimmer schwang.

»Wie bitte?« Ungläubigkeit und Verwunderung wechselten sich in seiner Mimik ab, wichen plötzlich jedoch Abscheu und Wut. »Was redest du da? Du klingst gerade so, als würdest du Katharina den Tod wünschen.«

Flammende Röte stieg in Gretas Wangen. Ihr wurde heiß, sie rang nach Luft. Jede andere hätte vor Verlegenheit wahrscheinlich die Augen gesenkt, doch sie blickte Joachim trotzig an. »Was spielt das für eine Rolle? Ich habe sie ja nicht umgebracht.«

»Gut zu wissen.«

»Und? Ist sie tot?«

»Ich habe keine Ahnung, was mit dir los ist«, er erhob sich von seinem Stuhl zu fast bedrohlicher Größe, »aber ich kann dir versichern, dass sie höchst lebendig war, als ich sie zu ihrem Vater brachte.«

»Oh!« Greta konnte ihre Enttäuschung kaum verbergen.

Offenbar hatte Joachim nicht mit dieser Offensichtlichkeit ihrer Gefühle gerechnet. Er schlug mit der flachen Hand auf den Tisch, dass das Porzellan klirrte. »Bist du verrückt geworden?«, brüllte er sie gleichzeitig an. »Was hat dir Katharina Borchers getan, dass du sie lieber tot sehen würdest?«

»Ich ertrage nicht, dass sie mir meinen Mann fortnimmt!«

»Was?« Fassungslos starrte er auf sie nieder. »Katharina hat nie …« Seine Stimme brach, er fuhr sich mit der Hand durchs Haar.

Greta nutzte sein verstörtes Schweigen, um sich langsam zu erheben. Sie war zwar viel kleiner als er, fühlte sich aber im Stehen in einer besseren Position als im Sitzen. »Du hast mich in der schlimmsten Stunde des Sturmhochwassers verlassen, um sie zu retten. Damit hast du mir deutlich gezeigt, an wem dein Herz hängt. Das war sehr egoistisch von dir, aber ich verzeihe …«

»Du redest wirres Zeug«, fiel er ihr polternd ins Wort. »Ich habe dir gerade gesagt, dass die Dämme gebrochen und alle Villen am Strandweg überflutet worden sind. Die Hinterreihe stand nie tief unter Wasser. Du hast dich niemals in derselben Gefahr befunden wie die Bewohner am Weststrand. Und das ist mein letztes Wort in dieser Sache. Ende.«

Joachim machte einen Schritt, um sich abzuwenden. Wahrscheinlich wollte er dem Streit entfliehen. Greta kannte das. Wie immer, wenn er nicht weiterwusste, ihm die Argumente gegen sie ausgingen, rannte er in die Kneipe oder in sein kleines Büro. Hatten die Lokale eigentlich wieder geöffnet? War sein Arbeitsplatz vom Hochwasser verschont geblieben? Oder würde er in die Arme der Borchers sinken, auch wenn er dorthin schwimmen müsste? Gretas Herz begann zu flattern. Sie warf sich auf ihn, fasste nach den Ärmeln seiner alten Seemannsjacke, die er meistens im Haus trug.

»Verlass mich nicht! Ich liebe dich!«, stieß sie hervor. Damit war raus, was ihr auf der Seele brannte. Sie schämte sich für ihre Offenheit, fand den Zeitpunkt aber eigentlich ganz gut gewählt, auch wenn der Zufall sie angetrieben hatte.

»Findest du nicht, dass es dafür ein wenig zu spät ist?«, fragte er rau und schüttelte sie ab wie eine lästige Fliege.

Sie war so baff, dass sie sich am Tisch festhalten musste, um nicht das Gleichgewicht zu verlieren. Nicht seine körperliche Grobheit irritierte sie, sondern die Härte in seinem Ausdruck.

»Wer einer Unschuldigen den Tod wünscht, hat keine Ahnung davon, was Liebe ist.« Er sprach erstaunlich ruhig, in seinen zornigen Augen blitzte eine Spur Mitleid auf.

Greta war empört. Sie hatte sich deutlich mehr Entgegenkommen – ja, Begeisterung über ihr Geständnis – von ihm gewünscht. Gnädige Nachsicht war das Letzte, was sie wollte. Schnippisch gab sie zurück: »Was macht dich zum Fachmann in solchen Sachen?«

»Vielleicht ist es die Erinnerung an eine große Liebe«, versetzte er leise. Rasch wandte er sich ab und trat mit wenigen langen Schritten zur Küchentür.

»Auch wenn du eine andere liebst: *Ich* werde dich trotzdem nicht verlassen.«

»Weißt du, Greta, das ist mir inzwischen egal.« Er öffnete die Tür und ging hinaus, ohne sie wieder zu schließen.

Ihre Knie zitterten. Sie überlegte, ob sie ihm nachlaufen sollte. Doch sie sank auf den Stuhl, auf dem ihr Mann zuvor gesessen hatte. Tränen traten ihr in die Augen. Alles war falsch gelaufen. Alles. Statt sich zu versöhnen, stritten sie wieder. Georges Bizets *Carmen*, dachte sie, dritter Akt: Micaela bittet Don José, zu ihr zurückzukehren. Widerstrebend geht er mit ihr, aber von Carmen kann er trotzdem nicht lassen. Leise erklang in ihrem Kopf die berühmte Ouvertüre.

»Papa, Papa!« Friederikes Ausruf hallte von der Diele in die Küche. Dann ihre weinerliche Stimme: »Papa, wohin gehst du? Du darfst nicht wieder fortgehen. Ich hatte solche Angst um dich, als du weg warst.«

»Ich liebe dich, meine Kleine«, sagte Joachim mit leiser Zärtlichkeit, aber deutlich genug, dass Greta es auch hörte. »Mach dir keine Sorgen um mich, ich bin ein harter Kerl, den ein bisschen Sturm nicht so schnell umwirft.«

Dann klappte die Haustür, und zurück blieb Friederikes ersticktes Schluchzen.

29

Es war ihr eigenes Versagen, ihre eigene Schuld. Sie hätte früher reagieren müssen und damit etwas retten können. Weil sie einen fatalen Fehler begangen und die Sturmflut falsch eingeschätzt hatte, stand sie im wahrsten Sinn vor den Trümmern ihres schönen Zuhauses. Eines Heims, das ihr nicht nur Sicherheit geboten hatte. Es war auch der Rahmen für ihren Verdienst als Pensionswirtin, die einzige Selbstständigkeit, die ihr geblieben war. Nun ein von den Fluten zerstörter Rahmen.

Traurigkeit, Selbstmitleid und Entsetzen mischten sich in Katharinas Kopf wie Geröll zu einem großen Stein, der sie in die Tiefe zog. Je mehr Zeit verstrich und je weiter das Hochwasser zurückging, desto mehr offenbarten sich die Schäden an ihrer Villa. Das Erdgeschoss war unbewohnbar, die Mauern waren von Feuchtigkeit durchzogen und anfällig für Schimmel, die Fenster geborsten, die Möbel ein Trümmerhaufen, die hölzernen Türen aufgequollen. Durch den feuchten Keller zog bereits Moder, Schlamm bedeckte Boden und Armaturen der Waschküche, eine Ratte huschte in die Vorratskammer, die ihren Namen nicht mehr verdiente. Das Wasser war hier nicht nur mit der Sturmflut eingedrungen, sondern durch die Siele hereingelaufen, sodass es seine zerstörerische Kraft von zwei Seiten entfalten konnte.

Angewidert wandte sich Katharina nach ihrer ersten Besichtigung ab. In Gerdas unförmigen Gartenstiefeln stapfte sie die Stiege hinauf. Die Gummisohlen klatschten durch den Matsch.

Ihr Vater stand in der Diele und klopfte eine der tragenden Wände ab. Als er sie kommen hörte, wandte er sich um und lächelte ihr aufmunternd zu. »Sei nicht so niedergeschlagen, Katharina. Es wird schon wieder. Wozu ist dein alter Herr Baumeister, wenn nicht, um dein Haus zu renovieren?«

»Mutter, sieh mal!« Christian tauchte aus dem Gerümpel auf, das einmal ihre Einrichtung gewesen war. Triumphierend hielt er ein etwas ramponiertes, aber immerhin halbwegs intaktes Modell eines Doppeldeckers in der Hand. »Ich habe mein Flugzeug gefunden. Mit ein bisschen Fischleim und Schmirgelpapier kann ich die Schäden reparieren. Dann ist es wieder wie neu.«

»Schön«, murmelte Katharina geistesabwesend.

Ihre Augen wanderten über das Durcheinander, den Trümmerhaufen ihres Zuhauses. Um ihre Stube, das Esszimmer, die Küche und den Frühstücksraum der Gäste in Ordnung zu bringen, bedurfte es mehr als einer Tube Syndetikon und eines Blattes Schleifleinen. Würde ihr alter Vater das wirklich schaffen? Die Reparaturen würden überdies zusätzlich zu den notwendigen Neuanschaffungen eine Menge Geld kosten! In Gedanken zählte sie die bevorstehenden Wochen bis Anfang April. Ob sie an Ostern bereits die ersten Gäste bewirten konnte? Frühzeitig ausgebucht zu sein würde gewiss nicht reichen, um die finanziellen Einbußen zu kompensieren, aber wenn die Hochsaison sehr gut lief, bestand Hoffnung, dass sie sich wirtschaftlich erholen würde. Ein langer Sommer wie vor drei Jahren wäre ihr mehr als willkommen.

Baumeister Papenhagen bemerkte die Verzweiflung in ihrem

Gesichtsausdruck. »Mach dir keine Sorgen«, tröstete er. »Wir schaffen hier schon wieder Ordnung. Und was das Finanzielle angeht, da wird sich doch wohl dein Mann großzügig zeigen.«

»Olaf?«, hauchte Katharina verblüfft, als wüsste sie im Moment nicht, wer diese Person war. An ihren Gatten hatte sie schon längere Zeit nur noch selten gedacht und seit der Sturmflut überhaupt nicht mehr. Die Vorstellung, dass er für den Schaden aufkommen würde, war bizarr. Schlimmer noch: Katharina wollte sich nicht überlegen müssen, was er dafür an Gegenleistung forderte. Ihre Augen flogen zu ihren Kindern, die durch die Räume wateten und nach Überbleibseln ihres Zuhauses suchten. Dann sah sie ihren Vater mit festem Blick an: »Ich finde nicht, dass Olaf irgendetwas mit dem hier zu tun hat.« Mit einer Geste umschloss sie ihr zerstörtes Hab und Gut.

»Er ist dein Mann, Katharina, was immer ihr für ein Arrangement getroffen habt. Er ist dein Mann.«

Unwillig schüttelte sie den Kopf, schwieg jedoch. Sie würde ihrem Vater nicht verraten, dass Olaf sich nicht nur wegen seiner Gesundheit in Karlsbad aufhielt, sondern um sich mit seiner Geliebten zu vergnügen. Er wollte Nora Wedding mit der glamourösen Reise bestimmt etwas Besonderes bieten und gab sie in dem mondänen Kurort sicher als seine Gemahlin aus.

»Mutti«, jubelte Ulrich, bis zu den Hüften im Wasser, das wie ein See in den Zimmern stand, »ich habe eine Fotografie gefunden. Man kann nicht mehr alles erkennen, aber ich glaube, sie zeigt dich und Vater. Ist das euer Hochzeitsbild?«

Oh Gott!, dachte sie fast panisch. Sie fühlte sich verfolgt von ihrer Ehe – und ihrem Unglück. Da es wohl auch ihr Vater von ihr erwartete und sie ihren Sohn nicht enttäuschen wollte, trat sie näher, um sich sein Fundstück anzusehen.

Aus einem angelaufenen, verschmutzten Rahmen aus Eisen sahen ihr zwei Personen im Sonntagsstaat mit ernsten Mienen entgegen. Wasser war unter das Glas gedrungen und hatte den Karton aufgeweicht sowie auf dem Papier schmutzige Ränder hinterlassen. Katharina weinte diesem Bild keine Träne nach. Sie hatte es in einer Schublade verstaut, als sie in diese Villa gezogen war, und weder Olaf noch ihre Kinder vermissten anscheinend all die Jahre ein solches Erinnerungsstück. Sie wünschte, sie hätte die Fotografie schon früher in den Müll geworfen.

»Ja«, sagte sie, »das ist unser Hochzeitsbild.«

»Siehst du, er wird immer dein Mann bleiben«, raunte Papenhagen an ihrer Seite.

Überall in Warnemünde legten die Bewohner Hand an. Es schien ein kollektives Hämmern, Bohren und Zimmern zu sein. Von ihrem Vater erfuhr Katharina, dass am Strandweg zusätzlich zu einem neuen Damm starke Sielklappen und Rohre verlegt werden sollten, um künftiges Hochwasser abzuhalten. Außerdem würde zum Schutz der Villen vom Herrenbad bis zum Ortsrand eine Mauer entstehen. Doch diese Pläne konnte man erst bei milderen Temperaturen im Frühjahr umsetzen. Jetzt war es zu frostig dafür. Das eisige Winterwetter behinderte auch eine rasche Renovierung von Katharinas Erdgeschoss und Keller, sodass sie sich mit ihren Kindern erst einmal bei ihrem Vater einrichten musste. Seine hochgezogenen Augenbrauen und die unausgesprochene Frage, warum sie nicht zurück in die Rostocker Steintor-Vorstadt ziehe, ignorierte sie geflissentlich.

Die meiste Zeit des Tages verbrachte sie mit ihrem Dienstmädchen und den von Baumeister Papenhagen rekrutierten Hilfskräften beim Aufräumen. Mit dieser ungeliebten Arbeit kehrte ihr Alltag zurück – und damit auch die Tatkraft. Katharina erstellte Listen mit den Dingen, deren Reparatur nicht mehr lohnte, und solchen, die zum Tischler oder zu anderen Handwerkern gebracht werden konnten. Sie schrieb sich auf, was sie neu anschaffen musste, und schätzte die Preise dafür. Manchmal weinte sie ein bisschen um Stücke, die ihr besonders ans Herz gewachsen waren, aber sie fasste sich rasch. Da sie nicht wusste, wann ihr Haus bezugsfertig sein würde, setzte sie Briefe mit Absagen an die Gäste auf, die Zimmer für ein frühes Datum im Jahr reserviert hatten. Sie studierte Zahlenreihen, überlegte, ob sie einen Bankkredit in Anspruch nehmen sollte oder ihr Erspartes für die zu erwartenden Kosten ausreichte. Derart beschäftigt hatte sie wenig Zeit, sich Gedanken über etwas anderes als ihre Zukunft zu machen. Überdies mussten ihre Jungen zur Schule. Der Bahnverkehr war inzwischen wieder aufgenommen worden, an den Gleisen war die Zerstörung gering. Christian berichtete, dass nicht einmal am neuen Flugplatz großer Schaden entstanden war. Östlich des Leuchtturms waren die Auswirkungen des Hochwassers nicht so schlimm wie am Weststrand. Es hieß jedoch, dass der höchste gemessene Stand von 1,91 Metern nur etwa einen halben Meter unter der mittleren Fluthöhe der denkwürdigen Sturmflut von 1872 gelegen hatte. Glücklicherweise fielen die Verluste für den Großteil der Bevölkerung diesmal deutlich geringer aus.

In ihren Nächten kehrte der Albtraum von Silvester zurück. Sie sah sich im Dunkeln auf dem zugigen Dachboden hocken, ihr Rock bis an die Knie durchnässt, das durch die losen Ziegel im Dach eindringende Schneetreiben hinterließ auf ihrem Haar und ihrem Oberkörper feuchtkalte Spuren. Die Decken, die sie auf ihrer Flucht nach oben zu fassen bekommen hatte, legte sie um ihre Kinder. Christian und Ulrich protestierten zwar, kuschelten sich aber schließlich dankbar ein. Das Angebot der vor

Kälte zitternden Elise, aus den Schlafzimmern in der zweiten Etage unter ihnen etwas Wärmendes zu holen, lehnte Katharina ab. Sie wollte unbedingt, dass sie zusammenblieben. Nicht auszudenken, wenn Christian dem Dienstmädchen in einem jugendlich-leichtsinnigen Anfall von Ritterlichkeit folgen würde. Nur zusammen, meinte Katharina, würden sie das Inferno lebend überstehen – und sollte recht behalten.

Sie konnte später nie genau sagen, wie lange sie mit ihren Schutzbefohlenen auf dem Dachboden ausgeharrt hatte, nur das Brüllen der Naturgewalt in den Ohren. Irgendwann glaubte sie, ein Motorboot herannahen zu hören – und Stimmen, die verzweifelt um Hilfe riefen. Die meisten ihrer Nachbarn bewohnten ihre Landvillen zwar nicht im Winter, aber über die Feiertage waren manche angereist, es gab hier und da auch ein paar Dauermieter in den Pensionen und Hotels. Die plötzlich aufflammende Vorstellung, alle anderen Anwohner des Strandwegs könnten gerettet und sie womöglich vergessen werden, versetzte Katharina in Panik.

Sie zog Christian die Decke von den Schultern und kletterte zu dem zerbrochenen Ausguck, durch den die Böen pfiffen. Gemeinsam mit ihrem Sohn stopfte sie das Wolltuch hindurch, hielt ein Ende fest, damit es nicht wegflog, und hoffte, jemand werde die Fahne trotz des nur fahlen Lichts draußen sehen.

»Katharina!« Joachims Stimme wehte so gedämpft zu ihr, dass sie an einen Irrtum glaubte. Ein Schabernack, den der Wind ihr spielte. Doch dann drang die Wiederholung ihres Namens deutlicher zu ihnen und ließ auch ihre Söhne und Elise aufhorchen.

»Hier!«, schrie Ulrich und hüpfte aufgeregt zwischen Dachluke und Bodentreppe hin und her. »Hier!« Seine Stimme überschlug sich. »Wir sind ganz oben!«

»Zu Hilfe! Hallo!«, stimmten Christian und Elise mit ein. »Hier sind wir!«

Dass ausgerechnet Joachim eine Gruppe Freiwilliger anführte, die zur Rettung der eingeschlossenen Anwohner am Strandweg ausgerückt war, verschlug Katharina die Sprache. Es war so unwirklich. Die Erfüllung eines Jungmädchentraums, der den geliebten Mann zu einem edlen Ritter stilisierte. Auch rückblickend glaubte sie manchmal, sie habe die Szene geträumt: Der Mann im Ölzeug, der durch ein zerbrochenes Fenster im ersten Stock eingedrungen war und die Leiter zum Dachboden heraufgeklettert kam, glich einer Fata Morgana in der Wüste.

Tatsächlich war Katharina so fassungslos, dass ihr Mund trocken wurde, die Kehle sich wie ausgedörrt anfühlte, ihre Zunge anschwoll. Sie brachte keinen Ton heraus, weinte nicht einmal vor Erleichterung. Sie agierte rein mechanisch, als sie die anderen zuerst auf das Rettungsboot schickte und als Letzte ihr Haus verließ.

Die Helfer brachten sie, die Jungen und das Dienstmädchen zum Haus von Baumeister Papenhagen. Zwar stand auch der Kurpark unter Wasser, aber nicht so hoch, und die Gebäude dahinter waren deutlich weniger in Mitleidenschaft gezogen. Gerda schürte das Feuer, reichte heißen Sanddorngrog und machte die Gästebetten fertig. Dabei wusste sie Elises hilfreiche Hände sehr zu schätzen, was sie natürlich nie zugegeben hätte. Doch bei genauerem Hinsehen war ihr die Erleichterung deutlich anzumerken. Die Rettungsmannschaft war längst wieder aufgebrochen, und Katharina fiel auf, dass sie sich gar nicht richtig bedankt hatte. Sie beschloss, dies ein andermal nachzuholen.

Sie wollte Joachim nicht zu Hause aufsuchen, da sie seiner Frau nach wie vor am liebsten aus dem Weg ging. Nachdem das Hochwasser zurückgewichen war, machte sie sich zum Leuchtturm auf, musste aber feststellen, dass das kleine Büro der Strandkorbvermietung verschlossen war. Im ersten Moment erschrak sie, sorgte sich um Joachims Wohl. Aber sie beruhigte sich sogleich: Falls er in der Flut umgekommen wäre, hätte sie es längst durch den Küchenklatsch erfahren. Und warum sollte er das Büro auch öffnen?

Katharina drückte sich die Nase an der Scheibe platt. Trotz des Zwielichts konnte sie erkennen, dass das Unwetter auch hier seine Spuren hinterlassen hatte. Es wirkte alles aufgeräumt, aber renoviert worden war der Raum im Erdgeschoss eines der winzigen alten Häuser zwischen Mole und Vorderreihe noch nicht. Wahrscheinlich wurde Joachims Tatkraft anderswo gebraucht.

Zweimal noch stand sie vor verschlossener Tür. Bei ihrem dritten Versuch, den sie insgeheim eigentlich für Zeitverschwendung hielt, entdeckte sie einen Lampenschein hinter dem Fenster. Zaghaft klopfte sie an, plötzlich verunsichert.

Mit einem Mal fehlten ihr die Worte. Dass Joachim große Gefahren auf sich genommen hatte, um sie und ihre Kinder zu retten, war gewiss kein Zufall. Bei der besonderen Verbindung zwischen ihnen, die über die vielen Jahre und zahllose Schwierigkeiten hinweg bestand, war ein schlichtes Dankeschön zu wenig. Mehr erlaubten jedoch die persönlichen und gesellschaftlichen Zwänge nicht. Katharina seufzte, schwankte, ob sie besser gehen sollte, da Joachim ihr zögerliches Klopfen wohl nicht hörte. Doch sie gab sich einen Ruck. Er hatte ihren Dank schließlich mehr als verdient.

Energisch hämmerte sie an seine Tür – bis er endlich öffnete.

»Du?« Joachim sah sie erstaunt und ein wenig ungehalten an. Als habe er jemanden erwartet, aber eben nicht sie. Offensichtlich hatte sie ihn dabei gestört, wie er endlich sein Büro wieder instand setzte.

Er trug eine farbverschmierte Hose und einen fleckigen Arbeitskittel, die eine Hand lag auf dem Türknauf, die andere hielt einen Hobel. Hinter ihm ragten die Beine eines umgedreht auf den Tisch gestellten Stuhls in die Höhe, bis zur Querverstrebung war das Holz aufgequollen.

»Ja. Ich. Es wird Zeit, dass ich mich bei dir für unsere Rettung bedanke.«

Er machte keine Anstalten, sie hineinzubitten. »Da nicht für«, winkte er ab.

Die Unsicherheit kehrte zurück. Ein wenig hilflos zuckte sie mit den Achseln. »Nun, wahrscheinlich hast du mir das Leben gerettet. Wenn nicht die Flut uns geholt hätte …«

»Ich bitte dich«, fiel er ihr mit einem grimmigen Lachen ins Wort, »so schlimm war es nun auch wieder nicht. Die Wellen waren zehn Meter hoch, stimmt, aber alles in allem hat das Hochwasser nicht einmal deinen ersten Stock erreicht.«

»… wäre ich an einer Lungenentzündung gestorben«, vollendete sie ihren begonnenen Satz. »Ich war klitschnass und fror erbärmlich. Hätte ich länger auf Rettung warten müssen, hätte mir bestimmt Schlimmeres als ein harmloser Schnupfen bevorgestanden.« Ärgerlich schob sie die Unterlippe vor. »Und ich finde nicht, dass wir meinen Gesundheitszustand auf deiner Türschwelle besprechen sollten.«

Ein breites Grinsen glitt über seine angespannte Miene. »Da hast du wohl recht. Dann komm mal in die gute Stube.« Er machte einen Schritt zur Seite und ließ sie eintreten, während er hinzufügte: »Tut mir leid, es herrscht ziemliche Unordnung.«

»Das ist nichts im Vergleich zu meinem Haus«, erwiderte sie.

Tatsächlich wirkte das Zimmer recht aufgeräumt. Offenbar hatte das Wasser nur knapp die Möbelfüße erreicht. Der Stuhl, den Katharina von der Tür aus bemerkt hatte, war nicht die einzige Sitzgelegenheit, die auf eine Reparatur wartete. Die unteren Türen des Bücherschranks standen offen, auf den Regalborden darüber stapelten sich Papiere, die wellig vom Wasser waren. Der Dielenboden wirkte matt und war von grauen Wasserflecken übersät. Ein feiner Dunst von Moder hing in der Luft, der jedoch von dem angenehm süßwürzigen Aroma eines Lösungsmittels, vom Geruch nach Terpentin und Farbe überdeckt wurde.

»Ich versuche, alles selbst in Ordnung zu bringen«, erklärte Joachim entschuldigend und wies auf das Handwerkszeug auf dem Tisch. »Es ist ja ohnehin eine eher ruhige Jahreszeit für unsereins.«

Sie fragte ihn nicht nach den Geschäften. Das hatte sie seit der Übertragung des Strandkorbverleihs vermieden und wollte es auch jetzt nicht tun. Sie hoffte, dass die Kiepen sicher eingelagert worden waren. Der Verlust allein von hundert Strandkörben wäre mit dem Verdienst eines einzigen Sommers kaum aufzuholen, das wäre eine große Belastung für die kommenden Jahre.

Als erriete er ihre Gedanken, sagte er in ihr Schweigen: »Meine Schäden halten sich – Gott sei Dank – in Grenzen. Die Strandkörbe sind in einem Lagerhaus im Hinterland. Eigentlich hatte ich es nur gemietet, weil es billig war, und ich habe mich dann sogar über den umständlichen Transport geärgert. Inzwischen hat es sich als brillante Idee erwiesen.«

»Oh ja, das hast du gut gemacht.«

Plötzlich senkte sich Stille über sie. Wieder beschlich Katharina der Gedanke, dass mit einem einfachen Dank nicht auszudrücken war, was sie empfand. Sie wünschte, sie könnte ihm um den Hals fallen, ihn ihrer Zuneigung versichern. Aber ein derartiger Gefühlsausbruch war natürlich gänzlich unangemessen – und wahrscheinlich auch nicht hilfreich. Wie aber sollte sie ihm sonst klarmachen, dass er in ihrem Herzen den Platz eines Helden einnahm, der nicht nur sie, sondern auch ihre Söhne den Fluten entrissen hatte? Das war vielleicht ein wenig übertrieben, doch Katharina dachte nicht daran, Joachims Einsatz zu schmälern.

»Jochen, ich …«, hob sie an.

»Katharina, ich …«, sagte er im selben Moment.

Beide brachen ab.

Sie sahen sich an, lächelten – und mit einem Mal war alles anders.

Katharina wünschte, in seinem funkelnden Blick ertrinken zu dürfen.

Aufreizend langsam legte er den Hobel in seiner Hand neben sich auf den Tisch. Dann breitete er seine Arme aus, ohne Katharina dabei aus den Augen zu verlieren.

Es erschien ihr wie eine Selbstverständlichkeit, sich an seine Brust zu werfen. Sie wollte ihm nah sein, seinen Herzschlag spüren, von ihm umfangen werden und in der Sicherheit ankommen, für die niemand anders als Joachim stand. Es tat gut, seinen Atem zu fühlen, als er den Kopf in ihrer Halsbeuge barg. Dass ihr dabei der Hut vom Kopf fiel, störte sie nicht. Sie bemerkte es kaum.

Beide bemerkten auch die Zuschauerin der Szene nicht, die gerade den winzigen, zu einem Arbeitszimmer umfunktionierten ehemaligen Laden betrat.

Die Tasche mit einem Imbiss für den selbst ernannten Handwerker krachte auf den Boden, das Einmachglas darin zerschellte. Im nächsten Moment klapperten hastige Schritte davon.

Erst der Lärm riss die Liebenden aus ihrer Innigkeit.

30

»Oh, ist das ein schönes Haus!«

»Ja, *meen Deern*, da möchtest du wohl auch gerne wohnen.« Der Bootsmann lächelte Friederike an und zog spielerisch an einem ihrer blonden Zöpfe, die unter dem dunkelblauen Filzhut hervorlugten. »Es gehört einem Herrn namens Victor Dornhain. Die Dornhains sind eine angesehene Reederfamilie. Mit deren Schiffen kannst du die Ostsee befahren und das Mittelmeer. Möchtest du das mal?«

Bevor Friederike antworten konnte, hatte die Mutter ihre Hand ergriffen. Greta zog sie ruppig fort von dem guten Platz an der Reling und dem Gespräch mit dem netten Matrosen. Dabei hätte Friederike ihm gern erzählt, dass ihr Papa ihr versprochen hatte, mit ihr rund um die Welt zu segeln, wenn sie alt genug dafür war. Fragte sich nur, wie lange es bis dahin noch dauerte. Immerhin war sie gerade zwölf Jahre alt geworden.

Wenn Reisen eine Sache des Erwachsenwerdens war, befand sie sich auf einem guten Weg. Heute Morgen hatte sie zum ersten Mal einen Fernzug bestiegen, und es war schrecklich aufregend. Hamburg lag am Ziel der vierstündigen Eisenbahnfahrt. Die Zeit war Friederike nicht lang geworden war, weil sie andauernd aus dem Fenster geschaut hatte. Sie konnte sich an der vorbeifliegenden Landschaft nicht sattsehen. Es war alles so unwirklich, dass sie sogar vergaß, ihre Mutter zu fragen, warum sie verreisten und warum der Vater sie nicht zum Bahnhof gebracht hatte. Genau genommen hatte sie sich nicht einmal richtig von ihm verabschieden können, denn Greta drängte zur Eile.

Seit ihrer Ankunft in der großen Stadt hatte Friederike sich auch noch nicht nach den Gründen für den Ausflug erkundigt.

Jedes Mal, wenn sie an zu Hause dachte, stürmten neue Eindrücke auf sie ein, die vergessen machten, was sie von ihrer Mutter eigentlich hatte wissen wollen. Wie etwa vorhin, als sie in dem riesigen Hauptbahnhof angekommen waren; einer Kathedrale aus Stahl und Glas mit Treppen, so lang und hoch, wie Friederike sie sonst nur in einem Schloss vermutete. Unvorstellbare Menschenmengen waren hier unterwegs, mehr noch als auf der Bismarck-Promenade im Hochsommer, und der Straßenlärm auf dem Vorplatz war lauter als am Neuen Markt in Rostock zur Hauptverkehrszeit. Als wäre dies nicht beeindruckend genug, wurde sie von ihrer Mutter zielstrebig zu einer Anlegestelle nicht weit entfernt geschubst. Friederike erinnerte sich später nicht einmal mehr an den Weg, weil sie sich nicht hatte entscheiden können, wohin sie zuerst gucken sollte.

Und dann dieser See mitten in der Stadt. Beim Anblick der Alster schlug selbst einem Mädchen, das am Wasser aufgewachsen war, das Herz höher. Fasziniert blickte Friederike auf die im blassen Frühlingsgrau silbrig schimmernden Wellen, die von schneeweißen Dampfern durchpflügt wurden. Schnell begriff sie, dass man diesen Verkehrsweg wie eine Straßenbahn benutzte – oder wie die Bootsverbindung von Warnemünde nach Rostock. Aber es war etwas anderes, die durchaus bezaubernde Warnow entlangzuschippern oder sich von diesem baumbestandenen Ufer den Atem rauben zu lassen. Über leicht ansteigenden Rasenflächen erhoben sich in leuchtendem Weiß die schönsten Villen, die Friederike je gesehen hatte. Natürlich erinnerte sie sich an das große Haus der Borchers in Rostock, wo sie als kleines Kind öfter zu Besuch gewesen war, und die Villen in der Steintor-Vorstadt waren den Gebäuden in Hamburg ähnlich, aber in ihrer Pracht deutlich bescheidener. Vor allem das eine Gebäude mit dem von Säulen getragenen Balkon und der runden Kuppel, das einem Herrn Dornhain gehörte, hatte es ihr angetan.

Friederike begann, sich dem energischen Griff der Mutter zu widersetzen. Sie blieb stehen, ließ den kleinen Koffer, den sie in der anderen Hand hielt, fallen.

»Bummle nicht herum«, Greta klang unwirsch, »wir müssen gleich aussteigen.«

»Ich möchte aber noch ein bisschen umherfahren.«

»Das kannst du ein anderes Mal. Am nächsten Anleger müssen wir runter von dem Schiff. Komm jetzt und halte mich nicht auf.«

Es blieb Friederike nichts anderes übrig, als sich nach ihrem Gepäck zu bücken und neben der Mutter herzutrotten – wohin auch immer. Der Moment, sie nach ihrem Ziel zu fragen, schien verstrichen.

Greta hatte nicht damit gerechnet, dass Joachim ein so großer Lügner war. Über ein Jahrzehnt war sie fast erstickt an ihrer Eifersucht. Genau genommen seit dem Tag, an dem Katharina Borchers auftauchte und Joachim eine Stellung anbot. Es hatte Momente gegeben, in denen sie sich in den Glauben flüchtete, ihre Empfindungen seien übertrieben oder sogar Einbildung. Sie hatte um ihre Ehe und auch um ihre Ehre als Ehefrau gekämpft, denn natürlich würde ihr Ansehen mit der Untreue des Gatten schwinden. Schließlich hatte sie ihr Herz weit für ihn geöffnet – und wurde enttäuscht wie nie zuvor in ihrem Leben. Sie hatte ihm sogar sein Verhalten während der Sturmflut verzeihen wollen und war daher nach ihrem Streit überaus freundlich mit ihm umgegangen. Als er begann, sein Büro eigenhändig zu renovieren, wollte sie nett sein und bot an, ihm einen heißen Imbiss zu bringen. Für irgendetwas musste er ihr doch endlich einmal Anerkennung zollen. Doch dann fand sie ihn in zärtlicher Umarmung ausgerechnet mit der Borchers vor. Es war unglaublich. Unfassbar. Greta gestand sich ein, dass sie es hingenommen hätte, Joachim in flagranti mit einer anderen zu erwischen. Mit jeder Affäre hätte sie sich wohl oder übel arrangieren können. Über diese Rivalin sah sie jedoch nicht hinweg.

Nachdem sie ihrem ersten Impuls folgend davongelaufen war, ärgerte sie sich über den Verlust ihrer Contenance. Sie hätte vor das Paar treten und Forderungen stellen müssen. Sie hätte Joachim endlich gestehen sollen, dass sie Briefe an ihn las und aus guten Gründen verschwinden ließ. Sie hätte ihm und dieser Hure mit dem Engelsgesicht sagen müssen, dass sie, Greta, allein das von Olaf Borchers angestrebte Scheidungsverfahren verhindert hatte. Doch stattdessen war sie weinend durch die Gassen geirrt und erst nach Hause zurückgekehrt, als sie sich wieder gefasst hatte. Am Abend tat sie, als wäre nichts geschehen, sorgte für das Abendessen (das Dienstmädchen blieb verschwunden, und sie hatte sich noch nicht nach Ersatz umgesehen) und machte gute Miene zum bösen Spiel.

Als Greta die Teller vom Esstisch abräumte, hielt Joachim sie plötzlich fest. Seine Finger umschlossen ihr Handgelenk. »Es war nicht so, wie es ausgesehen hat«, behauptete er mit gesenkter Stimme. Friederike war zuvor von Greta in die Küche geschickt worden, um den Waschzuber zum Abspülen des Geschirrs vorzubereiten. Natürlich wollte Joachim nicht, dass seine Tochter von dem Fehltritt erfuhr, und nutzte daher den Moment der Zweisamkeit mit seiner Frau.

Sie riss sich los. »Lügner!«, zischte sie und marschierte hoch erhobenen Hauptes hinaus.

Den Rest des Abends schwieg Joachim – auf eine besonders vorwurfsvolle Art. Er schien nicht willens, etwas zu erklären oder zu relativieren, hielt es anscheinend nicht einmal für nötig, sich zu entschuldigen. Still blätterte er die Zeitungsseiten um, bis es Zeit zum Schlafengehen wurde.

Greta saß gerade mal eine Armeslänge von ihm entfernt, anscheinend beschäftigt mit einer Handarbeit, tatsächlich aber mit den Gedanken bei ihrer Ehe, ihrer Hoffnung auf ein wenig Glück und der daraus resultierenden bitteren Enttäuschung. Während sie einen Kreuzstich abschloss, den sie mit blauem Garn in eine Tischdecke stickte, überkam sie unversehens Panik. Sie fürchtete, an der Gleichgültigkeit, mit der ihr Mann sie behandelte, zu ersticken.

Selbst ihre kürzlich aufgeflammte Liebe hatte an seinem ehebrecherischen Verhalten nichts geändert. Wie Schuppen fiel es ihr nun von den Augen: Sie hatte sich ihm zugewendet und dabei den einzigen Menschen vernachlässigt, der ihr über Jahre seine Güte und Zuwendung schenkte. Ihre letzte Nachricht an Walter Trautwein war eine Weihnachtskarte gewesen, die einen Neujahrsgruß einschloss. Seitdem hatte sie nicht mehr geschrieben. Dabei gab es so viel zu erzählen. Wahrscheinlich machte er sich schreckliche Sorgen um sie, denn gewiss hatten ihn auch Berichte über das Sturmhochwasser erreicht. Im Gegensatz zu Joachim vertraute ihr Brieffreund sicher nicht darauf, dass ihr schon keine Gefahr drohte. Trautwein hätte sich zuerst um sie gekümmert, bevor er anderswo den Helden spielte. Jawohl. Für diesen Mann kam sie nämlich an erster Stelle.

Greta redete sich in der folgenden schlaflosen Nacht ein, dass Trautwein sie aus den Fluten gerettet hatte. Mit jeder Stunde wurde ihre Fantasie lebendiger, sodass sie im Morgengrauen fast überzeugt war, Walter Trautwein sei an Silvester ihretwegen nach Warnemünde gereist. Ihre Vernunft erinnerte sie jedoch daran, dass damals die Bahnlinie unterbrochen war. Aber er *wollte* kommen, rechtfertigten sich ihre Träume. Er *wollte* alles für sie tun. Das zählte für sie ebenso sehr wie die Tat an sich. Und als es Zeit zum Aufstehen war, wusste sie, was das Schicksal nunmehr von ihr verlangte: Sie musste ihr Heim verlassen und eine Scheidung riskieren, um endlich glücklich zu werden. An der Seite des Schauspielers Walter Trautwein erwartete sie ein neuer Lebensabschnitt. Überdies würde eine geschiedene Frau in seinen Künstlerkreisen gewiss mit größerer Hochachtung behandelt als unter den Alteingesessenen einer Hansestadt, sodass ihr keine gesellschaftliche Schmach bevorstand. Es war an der Zeit, ihr neues Leben zu beginnen.

Die Adresse in Hamburg kannte Greta auswendig. Es erstaunte sie ein wenig, dass es sich bei dem Haus in der Sierichstraße nicht um eine der schönen Reihenvillen am Bellevue und schon gar nicht um eine der frei stehenden Residenzen an der Alster handelte, wo sie einen berühmten Mann eigentlich vermutete. Aber dann machte sie sich klar, dass er als Junggeselle gewiss bequemer in einer Etagenwohnung lebte. Das fünfstöckige Mietshaus wirkte gepflegt, und der Anstrich war fast so weiß wie der des Palastes, den Friederike vom Dampfer aus angeschmachtet hatte. Außerdem war die Gegend recht grün, es gab gepflegte Vorgärten und Baumreihen. Wie auch immer, in eine Villa konnten sie ja dann als Familie einziehen.

Greta suchte auf dem Namensschild neben der Haustür nach »Trautwein«. Wie selbstverständlich blickte sie zuerst dorthin, wo sie die Bewohner der Beletage vermutete. Doch dort lebten andere Leute. Erst ganz oben wurde sie fündig. Offensichtlich wohnte der Mann ihrer Träume unter dem Dach. Recht unstandesgemäß für eine Berühmtheit, wie sie verwundert feststellte.

Zum ersten Mal schlich sich ein Hauch von Zweifel in ihre Zukunftsplanung. War es richtig, das hübsche eigene Haus mit einer wahrscheinlich wenig feudalen Mietwohnung zu tauschen, auch wenn dies nur vorläufig sein sollte?

Sie reckte ihr Kinn. Es lag an ihr als künftige Frau Trautwein, Walters Leben in die richtigen Bahnen zu lenken. Sie würde für ein schönes Heim sorgen. Für sich – und auch für ihre Tochter, die ebenso ergeben wie schweigsam jedem ihrer Schritte folgte. Glücklicherweise hatte Friederike trotz des recht überstürzten Aufbruchs nicht gefragt, was der Grund für ihre Reise war. Gutes Kind. Greta wollte Friederike später erklären, was es mit ihrer Fahrt nach Hamburg auf sich hatte. Zuerst musste Walter Trautwein verstehen, dass er sie – Greta – nur als Mutter eines Backfisches bekam. Sozusagen aus zweiter Hand. Aber das wusste er ja eigentlich schon.

Die Haustür stand offen, und als Greta in den dämmrigen Flur trat, entdeckte sie eine Hauswartsfrau, die auf den Knien liegend den Boden scheuerte. Es roch nach Zitrone und ein wenig nach Carbol wie in einem Krankenhaus. Greta widerstand der Versuchung, mit dem Finger über das schmiedeeiserne Geländer der Treppe zu fahren, um sich von dessen Sauberkeit zu überzeugen.

Sie stellte ihren Koffer neben der untersten Stufe ab. »Du wartest hier, bis ich dich hole«, wies sie ihre Tochter an.

Friederike blickte sich irritiert um. »Wo gehst du hin?«

»Ich mache einen Besuch. Bleib hier, Kind. Ich komme gleich wieder.«

Das Staunen in Friederikes großen blauen Augen verstärkte Gretas Zweifel. Ein paar schwere Atemzüge lang dachte sie daran, dass Joachim ein guter Vater war. Ihre Brust hob und senkte sich bei der Frage, ob es richtig war, ihn durch einen anderen

Mann zu ersetzen. Würde Walter Trautwein ebenso vorbildlich zu einem jungen Mädchen sein?

Greta hielt die Luft an und stieß sie geräuschvoll aus. Natürlich würde er das. Er würde Friederike so verwöhnen, dass sie aufpassen musste, damit er dem Kind keine Flausen in den Kopf setzte. Friederike würde ihn anhimmeln. Deswegen brauchte sie sich keine Sorgen zu machen.

Entschlossen raffte Greta ihren Rock und stieg über die Putzfrau hinweg. Den Gruß der anderen überhörte sie. Mit Untergebenen brauchte sie sich nicht abzugeben. Immerhin würde sie demnächst als Frau Trautwein auftreten. Warum war er eigentlich nicht schon längst ein *Hofschauspieler*? Sicher würde er bald wenigstens den Titel *Kammerschauspieler* tragen. Das war gut. Dann stand er mit Hofkorbmacher Borchers auf einer Stufe. Mindestens.

All diese Gedanken kreisten durch Gretas Kopf, während sie die Treppe erklomm, die ihr wie eine Leiter in den siebenten Himmel erschien. Bis in den ersten Stock verfolgte sie das Schaben der Scheuerbürste und das Klappern des Wassereimers. Aus der Wohnung im zweiten Stock wehte Klavierspiel, und Greta blieb kurz stehen, lauschte. Sie erkannte die ersten Takte einer Etüde von Chopin, die sie beflügelten. Als die Musik abbrach und kurz darauf von vorn begann, wurde deutlich, dass es sich um eine Klavierstunde handelte. Irgendjemand übte hier fleißig. Greta erklomm weiter Stufe um Stufe, identifizierte den Küchengeruch im dritten Stock als das Aroma von Kohlsuppe und war etwas außer Atem, als sie schließlich vor der einzigen Tür ganz oben stand. Daneben führte eine schmale Stiege offenbar auf den Dachboden.

Sie räusperte sich, fuhr sich über das Haar, glättete hektisch ihre Kleidung. Wie dumm, dass sie im Reisekostüm vor Walter

Trautwein treten musste. Nach vier Stunden in der dritten Klasse sah sie natürlich alles andere als perfekt aus. Aber Fahrkarten der zweiten Klasse hatte sie nicht kaufen wollen, weil sie deren zwei hätte lösen müssen. Jetzt bedauerte sie ihre Sparsamkeit.

Trautwein würde sie hoffentlich nicht wegen eines zerknitterten Rocks zurückweisen, aber man konnte natürlich nie wissen. Wieder war da der Zweifel. Dennoch zog sie tapfer an der Klingel.

Sie musste sich nicht lange gedulden, bevor Geräusche nach draußen drangen. Absätze klapperten über Parkett, kamen näher, leise Stimmen, die Greta nicht zuordnen konnte, tauschten sich aus. Trautwein war offenbar nicht allein. Hoffentlich störte sie ihn nicht bei einer Probe oder dergleichen.

In dem Moment, in dem die Tür aufschwang, begann in der Wohnung ein Säugling zu weinen.

Verdutzt starrte Greta auf die Frau, die vor ihr stand. Sie war hochgewachsen, jünger als Greta – und verdammt hübsch. Mit ihrem alabasterweißen Gesicht und der kupferroten Flechtfrisur schien sie einem mittelalterlichen Gemälde entstiegen, wirkte in ihrem schlichten grauen Rock und der weißen Bluse mit hohem Spitzenkragen jedoch sehr real. Hinter ihren weiblichen Hüften lugte der Kopf eines vielleicht sechsjährigen Jungen im Matrosenanzug hervor, auf dem Arm hielt sie ein jüngeres Mädchen, eine kindliche Version ihrer selbst mit dem Mund von Walter Trautwein.

Intelligente smaragdgründe Augen blickten Greta unter beneidenswert langen Wimpern neugierig an.

»Sie wünschen?«

In Gretas Kopf schrillte eine Alarmglocke. Doch sie hörte nicht darauf, ignorierte die Stimme, die ihr riet, sofort zu gehen.

Nein, nein, widersprach sie ihrer eigenen Beobachtung, das ist seine Schwester, die er bei sich aufgenommen hat. Er ist ja so ein gutherziger Mensch.

Greta räusperte sich, schluckte den Kloß in ihrem Hals hinunter.

»Ich würde gerne Ihren Herrn Bruder sprechen.«

Die Augen der anderen weiteten sich. »Meinen Bruder? Das muss ein Irrtum sein. Ich besitze keinen Bruder. Wahrscheinlich haben Sie sich in der Wohnung geirrt.«

Das Wimmern im Hintergrund wurde lauter. Es war offensichtlich, dass die Mutter zu ihrem Baby eilen wollte und sich nur ungern an der Tür aufhielt, denn ihre Aufmerksamkeit lag nicht bei der Besucherin.

»Ist dies denn nicht die Adresse von Walter Trautwein?«, fragte Greta.

Die junge Frau sah sie unwillig an. »Doch. Natürlich. Ich bin Frau Trautwein. Wie kann ich Ihnen helfen? Mein Mann ist leider nicht da. Eine Tournee …« In beredtem Schweigen brach sie ab, wandte den Kopf zu dem Schreien.

Greta starrte sie an. Sie konnte nicht anders als kuhäugig stieren.

Das. War. Walter. Trautweins. Gemahlin.

Der Platz, den Greta beanspruchte, war besetzt. Von einer Jüngeren, Hübscheren, die ihm mindestens drei Kinder geschenkt hatte. Wie erbärmlich, dass er diese Frau zumindest im Geiste betrog. Wie moralisch verwerflich. Das Schlimmste aber war, dass dieses Mal Greta die Ehebrecherin war.

»Die Briefe …«, stammelte sie. In einem letzten verzweifelten Versuch hielt sie sich an dem Strohhalm fest, dass doch alles ein Missverständnis war. »Unsere Freundschaft … die *Seemannsbraut* … Ich verstehe nicht …«

Frau Trautweins Blick traf Greta mit einer Mischung aus Entsetzen, Verwirrung und Mitleid. »Sind Sie etwa Greta Wittenburg aus Warnemünde?«

Sie nickte kaum merklich. Ihr Herz machte einen Satz. Wenn er über sie gesprochen hatte, war vielleicht doch nicht alles verloren.

»Meine Güte, ich hätte nie gedacht, dass Sie eines Tages hier auftauchen …« Wieder flogen die Blicke der Mutter umher, als sich das Greinen zu einem Crescendo steigerte. »Walter«, wandte sie sich an den kleinen Jungen neben sich, »sieh doch mal nach Fritz, bitte. Vielleicht will er nur seinen Beißring oder einen Sauglappen. Ich komme sofort.«

Gehorsam lief der Junge davon, warf Greta jedoch noch einen skeptischen Blick zu. Dieser schien aus Walter Trautweins Augen zu kommen, so wie sie ihr in Erinnerung waren.

Und in diesem Moment begriff sie, warum der Schauspieler sie bei dem Seeflugmaschinen-Wettbewerb in Heiligendamm nicht erkannt hatte.

»Er hat die Briefe nicht geschrieben«, flüsterte sie rau.

Die andere stöhnte leise auf. »Nein. Hat er nicht. Nein. Ich beantworte die Post seiner Verehrerinnen. Er liebt diese Korrespondenz, interessiert sich gelegentlich sogar aufrichtig dafür. Aber im Grunde misst er an der Anzahl der Schreiben nur seine Popularität. Die Absender sind ihm egal.« Sie schüttelte den Kopf, murmelte: »Es tut mir leid.«

»Wir haben uns fast fünf Jahre geschrieben. Das kann doch nicht alles eine Lüge sein. Unsere Freundschaft …«

»Es gibt keine Freundschaft zwischen Ihnen und meinem Mann, sondern allerhöchstens eine Freundschaft zwischen Ihnen und mir, Frau Wittenburg.« Wie gehetzt blickte sich Walter Trautweins Gattin jetzt nach dem schreienden Säugling um.

Sie sprach sehr schnell: »Sie taten mir leid. Ihre Briefe waren so voller Aufrichtigkeit und Verzweiflung. Ich wollte Ihnen mit meinen Ratschlägen helfen. Und ich dachte, dass Ihnen ein wenig Aufmerksamkeit guttut. Wenn ich gewusst hätte, dass Sie eines Tages hier vor der Tür stehen, hätte ich Ihnen früher reinen Wein eingeschenkt … Aber nun entschuldigen Sie mich, bitte. Sie hören ja, mein Baby verlangt nach meinen Brüsten«, fügte sie mit einem glücklichen Lachen hinzu.

Greta war sprachlos. Die schwellenden Brüste der jungen Mutter zeichneten sich deutlich durch die Bluse ab. Die Brüste einer Frau, die ihr Kind selbst stillte. Greta hatte Friederike nicht stillen können und eine Amme bezahlt. Ihr Busen hatte deshalb seine Form behalten, aber der Mann, den das etwas anging, interessierte sich nicht dafür. Sie starrte Walter Trautweins Gattin an und stellte fest, dass sie nie zuvor eine dermaßen erotische Person kennengelernt hatte. Die andere nahm kein Blatt vor den Mund und war sich ihrer Anziehung bewusst, sprach sogar offen über ihre Brüste und wirkte dabei nicht einmal peinlich. Was für eine Frau!

»Tja, dann …« Frau Trautwein lächelte ihr aufmunternd zu. »Alles Gute für Sie. Und gute Heimreise nach Warnemünde.«

Ehe Greta sichs versah, wurde ihr die Tür vor der Nase zugeschlagen.

Langsam wandte sie sich ab. Es fiel ihr schwer zu begreifen, was sie eben erlebt hatte. War das nicht nur ein Albtraum gewesen? Sicher würde sich alles gleich als Missverständnis erweisen. Walter Trautwein würde die Treppen heraufgesprungen kommen, sich über Gretas Besuch unendlich freuen und sie in die Arme schließen …

Vielleicht würde er all das sogar mit einem einstudierten Sinn für Theatralik tun, gestand sie sich ein. Er war Schauspieler.

Aber mehr als eine fröhliche Szene vor seiner Wohnungstür konnte sie nicht von ihm erwarten. Nicht, nachdem sie seine Familie kennengelernt hatte.

Achtsam ging sie Schritt für Schritt die Stufen hinunter. Über ihr schwebte die Angst zu stolpern, hinzufallen und sich das Genick zu brechen. Warum auch nicht? Alles war verloren. Die Nachricht, die sie Joachim hinterlassen hatte, versperrte ihr den Weg zurück:

Suche nicht nach Friederike und mir. Ich mache mich auf in ein neues Leben und nehme mein Kind mit. Ein von mir beauftragter Anwalt wird Dich beizeiten über die Scheidungsformalitäten informieren. Leb wohl!

Nein, es gab kein Zurück. Sie konnte sich nicht einmal in eine Ausrede flüchten und behaupten, sie habe spontan zu einem Besuch ihrer Schwester Luise nach Hamburg aufbrechen müssen. Es gab nichts, was sie unternehmen konnte, um die Endgültigkeit, mit der sie aus Warnemünde abgereist war, aufzuheben.

Beim Hinteruntergehen nahm sie die Essensdüfte im dritten Stock nicht mehr wahr und auch nicht das geduldige Bemühen im zweiten, ein Werk von Chopin einzustudieren. Ihr fiel auf, dass im Erdgeschoss nicht mehr geputzt wurde, aber im nächsten Moment hatte sie ihre Beobachtung bereits vergessen.

»Mutti!«, rief Friederike erleichtert aus. Sie sprang von dem Koffer hoch, auf dem sie zuvor gesessen und gewartet hatte. »Wo warst du?«

Greta schluckte die aufsteigenden Tränen hinunter. »Nirgendwo. Es war ein Irrtum.«

»Und was machen wir jetzt?«

»Wir gehen zu deiner Tante Luise«, erwiderte Greta, bevor sie darüber nachgedacht hatte. Aber wo sollte sie auch sonst hin?

Friederike nagte an ihrer Unterlippe. »Und wann reisen wir wieder nach Hause?«, brach es aus ihr heraus.

Greta nahm ihre Hand. »Gar nicht. Wir bleiben in Hamburg. Nach Warnemünde fahren wir nicht zurück.«

Der Schock in Friederikes Augen traf sie bis ins Mark. Nie mehr sollte Greta diesen verzweifelten, entsetzten Blick vergessen. Doch war er im Grunde nur ein Spiegelbild von Gretas eigenen Gefühlen.

DRITTER TEIL

Der Große Krieg

1914

1

Um sechs Uhr abends läutete die Sturmglocke.

Katharina war gerade damit beschäftigt, den Gartentisch zu decken, und wurde durch den alarmierenden Klang dermaßen erschreckt, dass ihr eine der hübschen blau-weiß gemusterten Tassen aus Kopenhagener Porzellan aus der Hand glitt. Das Gefäß fiel auf den Rasen und zerbrach, da das Erdreich durch die lange Schönwetterperiode ziemlich ausgetrocknet und hart wie ein Brett war.

Auch heute ließ strahlender Sonnenschein die Ostseeküste in einem Licht erstrahlen, das erfahrene Reisende mit dem der Riviera verglichen. Die Touristen aus Sankt Petersburg etwa, für die Katharina gerade die Kaffeetafel herrichtete, geizten nicht mit Lob. Und auch sonst zeigten sich Baron Rostropow und seine Gemahlin sehr großzügig. Die Herrschaften zahlten einen so hohen Preis für die drei für alle Familienmitglieder angemieteten Zimmer, dass Katharina sogar einem Stammgast abgesagt hatte. Sie brauchte das Geld, um die Reparaturen abzuzahlen, die nach dem erst spät abgeflossenen Hochwasser notwendig geworden waren. Die Rostropows nächtigten seit einer Woche bei ihr und planten, insgesamt sechs Wochen zu bleiben, also noch den ganzen August und die ersten Septembertage. Im Gegenzug umsorgte sie ihre Gäste an einem Sonnabend wie diesem mit einer Einladung in ihren Garten, der zugegebenermaßen noch nicht seinen alten Charme wiedergewonnen hatte, aber eine – dank einiger im Frühjahr rasch gepflanzter Stauden – blühende Oase der Ruhe darstellte.

Hin- und hergerissen zwischen Neugier und Ordnungssinn und der Frage, ob sie zur Promenade laufen oder zuerst die Scherben aufsammeln sollte, entschied sie sich für die Ordnung in ihrem Garten. Von der Straße hörte sie aufgeregtes Rufen, mehrere Sprecher redeten anscheinend durcheinander. Sie konnte allerdings nicht verstehen, was die Gemüter erhitzte. Sie sammelte die zerbrochenen Teile auf, bohrte mit dem Absatz ein Loch in den Boden und schob ein paar verbliebene Splitter mit der Schuhspitze in die kleine Kuhle. Sie ging zurück zum Haus, stand gerade an der Terrassentür, als die Gartenpforte aufgestoßen wurde.

»Mama! Mutter!« Es war Ulrich. Atemlos wie meist, wenn er ihr etwas Aufregendes mitteilen wollte. Er rannte in den Garten und ließ die Klaspentür einfach offen stehen.

Was für ein Glück, dass er mit seinen langen Beinen nicht gleich über den Zaun gesprungen ist, dachte Katharina in einer Mischung aus Belustigung und Ärger. Regelmäßig wies sie ihren Sohn daraufhin, dass sie Gäste bewirtete und es deshalb vorzog, wenn sich ihre Familienmitglieder gesittet wie in einem vornehmen Hotel benahmen – auch wenn es ihr Zuhause war. Jedenfalls während der Saison. Leider schien Ulrich nicht immer klar zu sein, was sie von ihm erwartete.

»Könntest du wohl hinter dir die Pforte schließen, bitte?«

Ulrich ignorierte ihre Ermahnung. Er sprang über das Beet mit Iris, Taglilie und Sonnenbraut auf sie zu. Dabei knickten einige Blüten des Gelben Sonnenhuts um, was Katharina mit hochgezogenen Augenbrauen registrierte. Ulrich hielt ein

Papier hoch, das in seiner Hand zerdrückt war, als wollte er es zerknüllen.

»Es gibt Krieg!«, jubelte der Fünfzehnjährige mit vor Aufregung oder Stolz zitternder Stimme. »Der Kaiser hat die Generalmobilmachung angeordnet!«

Fassungslos blickte Katharina auf das zerknitterte Flugblatt, eine Extraausgabe der Tageszeitung, die nur aus der Titelseite und einer riesigen Überschrift bestand. Heute Morgen waren seltsamerweise keine Zeitungen verfügbar gewesen – und nun das!

Katharina hätte nicht überrascht sein sollen, denn seit dem Attentat auf den österreichisch-ungarischen Thronfolger im fernen Sarajewo vor gut vier Wochen redeten Einheimische wie Touristen über einen möglichen Krieg. Wenn sie nicht vom Wetter oder von der Wassertemperatur sprachen. Katharina hörte lieber zu, wenn harmlosere Themen angeschnitten wurden. Sie war zwar im Frieden geboren und kannte nichts anderes, aber ihr Vater sprach manchmal von seinen Erfahrungen als Soldat im Deutsch-Französischen-Krieg 1870/71. Gerda, die als Krankenschwester in einem Lazarett gedient hatte, war sogar noch auskunftsfreudiger, wenn es um die furchtbaren Erlebnisse von damals ging. Während andere Kinder mit Schauergeschichten über Klabautermänner erzogen wurden, erfuhr Katharina von den Schrecken des Kriegs. Deshalb war sie anfangs erleichtert gewesen, dass Joachim mit einem Handelsschiff zur See fuhr und nicht zur Marine ging. Doch dann war ohnehin alles anders gekommen, und sie hatte die Gedanken an Waffengewalt, Blut und Tod verdrängt.

Ein Frösteln lief durch ihren Körper. »Wo hast du das her?«

»Überall laufen Zeitungsjungen herum. Bis zu den Tennisplätzen sind sie gekommen. Und die Spieler sind davongelaufen, als hätte man ihnen Feuer unter dem Hintern gemacht.« Katharinas Jüngster lachte lauthals. »Mama, die elegantesten Herren rannten, als bekämen sie Fersengeld.«

Sie seufzte leise. »Ulrich, bitte!«

»Na, ist doch wahr.«

»Mutter! Mutter! Bist du noch da?« Christians Stimme kam von der Haustür.

Es rührte Katharina, dass ihre beiden Söhne schnurstracks zu ihr kamen, nachdem sich die Nachricht von der Generalmobilmachung verbreitet hatte. Die Sturmglocke läutete noch immer, und jetzt wehte auch der Klang der Kirchenglocken herüber, wenn auch schwächer. Von den Dünen her schallten die Hurra-Rufe der Strandbesucher in Katharinas Garten, die ächzenden Räder einer Kutsche rollten an ihrem Zaun vorbei, Pferdehufe klapperten. Es schien, als wäre der ganze Ort plötzlich auf den Beinen.

Mit roten Wangen erschien Katharinas Ältester auf der Terrasse. »Mutter, der Krieg beginnt. Der Zar hat sich geweigert, die Generalmobilmachung gegen Österreich-Ungarn zurückzunehmen, und deshalb ruft nun der Kaiser zur Mobilmachung auf. Wir müssen sofort los. Alle Leute versammeln sich an der Vogtei.«

Ulrich stieß seinen Bruder mit dem Ellenbogen in die Seite. »Endlich passiert mal etwas.«

»Ich komme gleich«, versicherte Katharina, unschlüssig, ob sie über die Begeisterung ihrer Söhne lachen oder weinen sollte.

»Alle Männer ab siebzehn Jahren sollen sich zum Kriegseinsatz melden«, erklärte Christian und stand dabei wie selbstverständlich stramm. Als nähme er von einem imaginären Feldwebel bereits einen Befehl entgegen.

»Ich bin erleichtert, dass du erst im Dezember siebzehn Jahre alt wirst«, dämpfte sie seinen Enthusiasmus.

Die Enttäuschung stand Christian deutlich im Gesicht geschrieben. »Aber Mutter! Mutter, bis dahin ist der Krieg vorbei! Wir werden unsere Feinde in ein paar Wochen besiegt haben.«

»Wir? Nun, ja, du wohl nicht, mein Sohn, und das erleichtert mich, ehrlich gesagt, sehr.«

»Frauen verstehen nichts von Soldatenehre«, flüsterte Ulrich seinem Bruder zu, doch Katharina hörte jedes Wort.

»Bitte, komm mit«, drängte der Ältere, den Einwurf ignorierend. »Es soll Anweisungen zum sofortigen Schutz der Küste geben. Das betrifft auch jüngere Männer und Zivilisten. Bitte, Mutter, verstehst du nicht, dass das wichtig ist?!«

Katharina seufzte. Ihr ging durch den Kopf, wie stolz Olaf auf seine Söhne wäre, wenn er erleben würde, dass sie voller Elan ihr Vaterland verteidigen wollten. Aber ausgerechnet ihr Gatte hatte dafür gesorgt, dass Begriffe wie *Mannesehre* in ihren Ohren hohl klangen. Das betraf nicht nur den Ehebruch. Ebenso sehr wie sie sich stets gegen die Prügelstrafe eingesetzt hatte, hasste sie es, wenn sich kleine Jungen gegenseitig verhauten oder große Narren einander zum Duell forderten. Für sie war Gewalt keine Lösung. Diese Ansicht teilte sie mit vielen Frauen, die sich zu Verbänden zusammengeschlossen und in den Krisenzeiten der vergangenen Jahre immer wieder den Frieden proklamiert hatten. Sie wusste das aus der Zeitung, und Hermine Martius hatte ihr entsprechende Lektüreempfehlungen geschickt. Doch all das änderte nichts an den Tatsachen, die in Form eines Flugblatts vor ihr ausgebreitet lagen. Sie seufzte noch einmal. Die Realität würde sich nicht verändern, wenn Katharina sich ihr verweigerte. Sie konnte das jedoch ein wenig hinauszögern.

Mit einem Blick auf die zerbrochene Tasse in ihrer Hand sagte sie: »Der Krieg muss leider warten, bis ich diese Scherben aufgeräumt habe.«

Im Ort herrschten Chaos und Pathos zu gleichen Teilen. Strohhüte wurden freudig in die Luft geworfen, Jugendliche und Männergruppen zogen durch die Gassen und schmetterten »Die Wacht am Rhein« und das Deutschlandlied. Die ersten Touristen, die eilends ihre Koffer gepackt hatten, strömten zum Bahnhof. Über die Vorderreihe marschierte eine kleine Marineeinheit zum Leuchtturm, die Matrosen wurden von jungen Mädchen mit Blumen beschenkt. Da sich die Vogtei an der Brücke befand, die über den Alten Strom zu den Zügen und dem Fähranleger führte, gab es hier fast kein Durchkommen. Fuhrwerke und Automobile behinderten die vielen Fußgänger zudem. Schutzleute versuchten, den Verkehr zu regeln, doch das gelang ihnen nicht. Die Menge schien im Gleichschritt mal hierhin, mal dorthin zu wogen – und Katharina fürchtete, sie würden niemals ankommen. Sie bekam sogar ein bisschen Platzangst und wünschte, sie hätte zu Hause abgewartet, statt sich von ihren Söhnen zum Ausgehen überreden zu lassen.

Letztlich erfuhren sie nicht sehr viel mehr als das, was schon bekannt war: Alle Wehrpflichtigen zwischen siebzehn und neunundvierzig Jahren, die nicht bereits dem Heer, der Marine oder der Landwehr angehörten, sollten sich melden. Es hieß, dass ein Notabitur eingeführt werde, um den Gymnasiasten, die in den Krieg zogen, einen ordentlichen Schulabschluss zu ermöglichen. Ein zweites Flugblatt kursierte mit dem Abdruck einer Rede Kaiser Wilhelms II., die er auf dem Balkon des Stadtschlosses in Berlin gehalten hatte. Worte wie Geschlossenheit, Opferbereitschaft und Siegeswille gingen von Mund zu Mund. Dann sprach sich die Nachricht herum, in absehbarer Zeit werde der Fährverkehr nach Dänemark eingestellt, was den Andrang auf den Anleger so stark erhöhte, dass ein eiliges Pärchen über die Bahngleise auszuweichen versuchte und dabei fast unter eine Lokomotive geriet. Die Eisenbahnbrücke bei Wittenberge war angeblich gesprengt worden und damit die Verbindung nach Berlin unterbrochen. Trotz des unfassbaren Durcheinanders an Stimmen und Geräuschen wie von den ein- und abfahrenden Zügen, der Militärmusik, dem Horn eines Schiffs und dem ständigen Schreien der Möwen war es unmöglich, sich dem Klatsch zu entziehen, der die Runde machte: Überall wurden plötzlich russische Spione vermutet. Harmlose Urlauber verwandelten sich in böswillige Feinde, die in der Knabenvolksschule festgesetzt werden sollten, Erschießungskommandos formierten sich bereits. Ein Trupp war unterwegs, um einen Landwirt bei Stäbelow vor seinen Schnittern zu schützen, ein Erntehelfer aus Russisch-Polen war angeblich bereits verhaftet worden, als er eine Flasche, gefüllt mit Typhusbazillen, in die Warnow zu werfen versuchte.

Unwillkürlich begann Katharina, sich um ihre Pensionsgäste zu sorgen. Sie konnte nicht glauben, dass es sich bei der reizenden Familie Rostropow um Agenten des Zaren handeln sollte, denen an der Zerstörung von Warnemünde lag. Hatte der Baron nicht erzählt, er wolle zur Rennbahn in Heiligendamm? Hoffentlich hatten er und die Seinen die Rückfahrt angetreten, bevor die Generalmobilmachung bekannt wurde. Katharina mochte sich nicht vorstellen, dass ihre Gäste in Gefahr schwebten. Wie unangenehm. Außerdem warfen Übergriffe ein schlechtes Licht auf ihre Herberge, selbst wenn es sich um legale Polizeiaktionen handelte. Und in diesem Moment fielen ihr die Kosten ein. Die noch offenen Rechnungen für die Renovierung der Pension und ihrer Privaträume, aber auch die Einnahmen aus der Zimmervermietung, die sie fest eingeplant hatte. Wer würde ihr die entgangenen Zahlungen bis Anfang September ersetzen? Katharina, gerade noch glücklich darüber, dass ihre

Söhne nicht sofort eingezogen werden konnten, spürte, wie der eisige Hauch des Kriegs sie streifte. Kurz darauf wurde dieser Anflug jedoch zu einem heftigen Wind.

Als sie sich mit Christian und Ulrich endlich wieder zum Strandweg durchgekämpft hatte, überraschte sie eine aufgelöste Elise und zwei Polizisten in den drei Pensionszimmern der Russen im ersten Stock. Die Türen standen weit offen, und während das Dienstmädchen immer wieder »Bitte nicht!« flehte und die Männer darauf hinwies, dass sie in Privateigentum wühlten, nahmen die Ordnungshüter offensichtlich eine gründliche Durchsuchung vor.

Bevor Katharina fragen konnte, was denn hier los sei, stand die Dame vor ihr, die das vierte Zimmer bis zum Ferienende gemietet hatte. In Reisekleidung, mit ihrer Tasche in der einen und ihrer zehnjährigen Tochter an der anderen Hand.

»Frau Borchers, wir müssen noch heute Abend nach Berlin zurück. Ich möchte mich von meinen Mann verabschieden, bevor er eingezogen wird. Das verstehen Sie sicher. Ich gehe davon aus, dass Sie uns die Miete für die Woche erlassen, die wir reserviert hatten, aber nun nicht mehr hierbleiben. Wir müssen alle unsere vaterländische Pflicht erfüllen, nicht wahr?«

»Ja. Sicher«, stimmte Katharina halbherzig zu. »Das müssen wir wohl. Auf Wiedersehen.« Es war bestimmt nur eine Frage der Zeit, wann sie sich auch von der allein reisenden Dame in dem kleinen Einzelzimmer mit Gartenblick verabschieden musste. Zahlenreihen wirbelten durch Katharinas Kopf und raubten ihr den Atem.

»Es ist Krieg«, sagte die Dame in einer Mischung aus Freude und Furcht.

Tief Luft holend ging Katharina auf den Schutzmann in dem luxuriösen Doppelzimmer zu, der sich ihr am nächsten befand.

Er stöberte in einem der riesigen Schrankkoffer ihrer Gäste. »Was machen Sie hier?«, fragte sie lahmer als beabsichtigt. Sie hätte darauf hinweisen sollen, dass Schnüffelei den Grundsätzen der Gastfreundschaft widersprach. Aber dazu fehlte ihr nach diesem aufregenden Nachmittag die Kraft.

»Wir kontrollieren das Gepäck des Spions«, erklärte der Polizist, ohne aufzusehen.

»Das sehe ich. Aber wie kommen Sie darauf, dass es sich bei Baron Rostropow um einen Agenten des Zaren handelt?«

Der *Schupo* hielt inne. Er richtete sich zu seiner vollen Größe auf. »Der Russe wurde aufgegriffen, als er ein Pferd kaufen wollte. Einen wertvollen Vollblüter, um genau zu sein. Das ist Wehrzersetzung. Jedes Pferd gehört nunmehr der Kavallerie.«

»Ich glaube kaum, dass wir den Krieg wegen eines einzigen Pferdes verlieren«, murmelte Katharina leise. Laut fragte sie: »Wo befinden sich meine Gäste jetzt?«

»In Gewahrsam. Und wenn wir denen nichts nachweisen können, müssen sie das Land umgehend verlassen. Wie alle Feinde. Die Wartesäle am Bahnhof Rostock sind schon überfüllt mit diesen Leuten. Es ist Krieg, Frau Borchers, es ist Krieg.«

»Ja. Sicher«, wiederholte sie und machte auf dem Absatz kehrt, um zurück in das Erdgeschoss zu gehen. Sie brauchte dringend einen großen Schluck von dem *Danziger Goldwasser*, das sie in dem neuen Büfettaufsatz in der Stube aufbewahrte. Eine alleinstehende Frau, die sich dem Alkohol zuwendet, dachte sie grimmig, als sie langsam die Treppe hinabschritt. Und dann gingen ihr die drei Worte durch den Kopf, die sie heute wieder und wieder gehört hatte: *Es ist Krieg.*

2

Das Gefühl, ihr Alltag sei auf den Kopf gestellt, blieb Katharina erhalten. Innerhalb von vierundzwanzig Stunden waren die Zimmer im ersten Stock verwaist, an Einnahmen aus der Pension war nicht mehr zu denken. Die Strände, das Damen-, das Herren- und das Familienbad sowie die Promenade wirkten von einem Tag auf den anderen leer wie im düstersten November, dabei war es ein strahlender August. Der geplante Wasserflugzeug-Wettbewerb, der in diesem Jahr auf dem neuen Flugplatz in Höhe Düne stattfinden sollte, wurde abgesagt. Christians anfängliche Euphorie für den Krieg wurde dadurch deutlich gedämpft, seine Begeisterung für Flugzeuge war anscheinend größer als sein Patriotismus. Aber da das Flugfeld von der Marine besetzt und nicht mehr zugänglich war, durfte er seine Freizeit nicht einmal mehr damit verbringen, den Flugzeugführern und deren Ingenieuren bei der Arbeit zuzuschauen. Die gerade erst begonnenen Bauarbeiten am neuen Kurhaus wurden eingestellt, und Patrouillen des Landsturms wanderten am Ufer der See entlang, wo kurz zuvor noch Kinder Sandburgen gebaut hatten, Füsiliere bewachten den Zugang zum Leuchtturm und die kleinen Molenfeuer.

Katharina erfuhr über den Gartenzaun von ihrem Briefträger, der zu alt für den Kriegseinsatz war und seinen Dienst unverändert weiter verrichtete, dass nicht nur Russen, sondern auch Engländer und Franzosen interniert worden waren, die sich als Feriengäste in Warnemünde aufgehalten hatten und nun allein aufgrund ihrer Nationalität als verdächtig galten. Er warnte sie vor polnisch-russischen Schnittern, die sich womöglich in die Wälder geflüchtet hatten und an der Küste auf Boote warteten, die sie heimwärts brachten. »Für eine Frau keine gute Zeit allein in einer Villa am Meer.«

»Unsinn«, wehrte sie freundlich ab. »Meine Söhne passen schon auf mich auf. Und mein Mann kommt auch auf Besuch, sobald er wieder reisen kann«, fügte sie in Anbetracht des befürchteten Dorfklatsches vorsichtshalber hinzu.

Der *Postbüdel* wandte sich jedoch bereits einem anderen Thema zu, das ihm wohl interessanter erschien als die Sicherheit einer allein lebenden Dame. »Der Eder verlangt vierzig Pfennig für ein Pfund Salz«, empörte er sich. Dann redete er sich in Rage über die hohen Summen, die manche Händler neuerdings verlangten. Er habe aber gehört, dass die Behörden Preisgrenzen für Grundnahrungsmittel einführen wollten. Dann werde gewiss alles billiger.

Katharina hörte nur mit einem Ohr hin, war mit ihren Gedanken noch bei Olaf. Er schrieb ihr manchmal ein paar Zeilen, und nur wenn dies unbedingt notwendig war, antwortete sie. In Anbetracht des wieder aufgegebenen Scheidungsverfahrens kein Wunder. Die Jungen trafen ihren Vater regelmäßig einmal im Monat, und sie vermutete, dass er sich direkt bei ihren Lehrern nach den schulischen Leistungen erkundigte. Da es an den Noten nichts auszusetzen gab – auch Ulrich hatte sich endlich wieder verbessert –, hatten die Eltern nichts zu besprechen. In zwei Jahren würde sich das ändern, wenn Ulrich die Mittlere Reife ablegte und in der Hofkorbmacherei eine Lehrstelle antreten sollte. Vor dem Tag, an dem ihr Jüngster nach Rostock in die Werkstatt ziehen würde, fürchtete sie sich ein wenig. Aber es war ja noch viel Zeit bis dahin.

Während der Postbote weiterzog, wanderte sie im Geiste zu Joachim. Auch er ließ sich kaum noch bei ihr blicken. Genau genommen hatte sie ihn nach ihrem von Greta offenbar völlig missverstandenen Dankeschön nur zwei oder drei Mal zufällig getroffen. Es war meist bei oberflächlichem Geplänkel geblieben, und es verletzte sie ein wenig, dass der alte Freund sich ihr nicht anvertraute. Von Gerda hatte sie erfahren, dass Greta und Friederike verschwunden waren. Joachim hatte es ihr nicht erzählt. Als sie ihn schließlich nach der Abwesenheit von Frau und Tochter fragte, wiegelte er mit einem knappen »Familienbesuch« ab. Danach hatte sie ihn nicht wiedergesehen. Katharina nahm an, dass Greta mit dem Kriegsbeginn heimkehren werde, obgleich sie sich um ihren Mann sicher weniger Sorgen machte musste als andere Frauen. Joachim war zweiundvierzig Jahre alt und kam, da über neununddreißig, nicht für den aktiven Dienst infrage. Außerdem schützten ihn gewiss die alten Verletzungen vor einem Kriegseinsatz. Das Wissen um seine Sicherheit tat ihr wohl.

3

Seit Ende Juni hatte Greta gut zu tun gehabt. Das Attentat auf Erzherzog Franz Ferdinand und seine Gemahlin ließ eine Welle der Sympathie für die Habsburger Monarchie über die Hamburger Gesellschaft schwappen, die ihresgleichen suchte. Der Wiener Walzer, eigentlich längst aus der Mode gekommen, war wieder en vogue. Selbst die sprödesten Mitglieder der Kaufmanns- und Reederfamilien begeisterten sich plötzlich für die Musik von Josef Lanner und Johann Strauss und betrachteten einen Tanz zu »An der schönen blauen Donau« als Darstellung ihrer politischen Meinung. Wie zur Bestätigung der in der Hansestadt traditionellen Kaisertreue erklangen nicht nur bei Soireen, sondern zuweilen auch bei Kaffeekränzchen und Dinnereinladungen Melodien im Dreivierteltakt. Da nicht jede Dame oder Tochter eines vornehmen Haushalts ausreichend als Pianistin vorgebildet war, wurden professionelle Musiker engagiert – oder Frauen wie Greta, die natürlich in keinem Orchester spielten, aber von großem Talent waren und dringend Geld verdienen mussten.

Greta hasste es, vor Publikum zu spielen. Aber es war immerhin besser, als unerzogenen Kindern Klavierunterricht zu erteilen. Die Furcht, einmal zu enden wie ihr Vater, saß tief. Dabei hatte sie anfangs wenig Auswahl bei der Suche nach einer Beschäftigung, die sich finanziell lohnte. Trotz der jahrelangen Pfennigfuchserei waren ihre Ersparnisse nach ihrer Ankunft in Hamburg rasch dahingeschmolzen. Luise verlangte eine Beteiligung an Kost und Logis, als Greta mit Friederike bei ihrer Schwester und ihrem Schwager einzog; ein Schullehrer verdiente nun einmal nicht so viel, dass man sich großzügig geben konnte.

Zu ihrem Lebensunterhalt kamen die Kosten für Friederikes Ausbildung, die zumindest verbunden waren mit ordentlicher Kleidung und dem Erwerb teurer Bücher: Greta hatte ihre Tochter in der privaten Heilwig Realschule für Mädchen im vornehmen Harvestehude angemeldet, was ihre Verhältnisse eigentlich weit überstieg. Um Friederike einen gesellschaftlichen Aufstieg zu ermöglichen, schärfte sie ihr ein, den Lehrerinnen und Mitschülerinnen gegenüber zu erwähnen, dass sie Halbwaise war, der Vater wäre auf See gestorben. Was, wenn Greta jetzt verbittert auf ihre Ehe zurückblickte, wahrscheinlich die beste Lösung gewesen wäre.

Vielleicht hätte sie ihm die Liaison mit Katharina Borchers verziehen, wenn er nach ihr – Greta – gesucht hätte. Oder wenigstens seiner geliebten Freddi nachgereist wäre. Joachim bedurfte keiner hellseherischen Fähigkeiten, um Greta bei Luise zu vermuten. Es gab ja keine andere Person, die ihr so nahestand. Doch weil er keine Anstalten machte, sie zurückzugewinnen, sah sie keinen Grund, ihm den gegenwärtigen Aufenthaltsort des gemeinsamen Kindes mitzuteilen. Da war sie stur. Einen Rechtsanwalt konnte sie sich ohne die von Walter Trautwein erwartete Unterstützung nicht leisten, sodass sie Joachim auch keine Mitteilung über die in ihrem Abschiedsbrief angekündigte Scheidung zukommen ließ. Es war besser, er blieb über ihre Verhältnisse im Dunkeln, fand Greta. Gleichzeitig hoffte sie, dass ihr Mann sich sorgte, ärgerte und verzweifelte.

Da Musik ihr Leben und das einzige Feld war, auf dem sie sich gut auskannte, musste Greta in diesem Bereich nach einer Anstellung suchen. Um der Zukunft als Musiklehrerin zu entgehen, bewarb sie sich in einer Musikalienhandlung als Verkäuferin. Sie wurde engagiert, stellte sich jedoch so ungeschickt an, dass sie wieder entlassen wurde. Zu ihrem Glück sah sie den Aushang im Fenster eines Hotels: Man suche einen Aushilfspianisten für die Nachmittage. Das war der Beginn von Gretas besten Monaten in Hamburg, denn beim Tee im Hotel Alsterhof wurde sie von einer Dame entdeckt, die sie engagierte und an ihre Freundinnen empfahl. Im Walzertakt bewegte sie sich fortan durch elegante Wohnungen und Villen in Harvestehude, Winterhude und Uhlenhorst. Das war nicht ihre liebste Beschäftigung, aber wohl die beste und überdies lukrativste, die sie bekommen konnte, wie sie bald einsah.

Am 1. August stand sie am Straßenrand, Friederike an der Hand, als Regimentszüge durch die Bezirke zogen, angeführt von Offizieren hoch zu Ross, die die kaiserliche Verordnung vorlasen. Die Generalmobilmachung wurde ausgerufen, der Kriegszustand erklärt. Wie die Menge um sie herum rief Greta »Hurra!«, nicht ahnend, dass der Krieg ihr schönes Leben beenden sollte.

Es veränderte sich nicht nur der Musikgeschmack, statt Wiener Walzer am Piano wurde nun vorwiegend Marschmusik aus Blasinstrumenten verlangt. Es fanden auch keine fröhlichen Kaffeekränzchen mit schwungvoller Begleitung mehr statt. Die neuen Wohltätigkeitsveranstaltungen der Frauenvereine waren nicht dazu angetan, unbekannte Pianistinnen zu verpflichten, denn mit diesen ließen sich keine Sammelbüchsen füllen. Aber das plötzliche Fehlen der jungen Männer veränderte ohnehin die gesellschaftlichen Verpflichtungen, ob mit oder ohne Musik. Klavierbegleitung wurde höchstens noch in St. Pauli gewünscht, aber Greta verhungerte lieber, als auf der Reeperbahn anzuheuern.

Sie erwog, es noch einmal als Verkäuferin zu versuchen. Oder als Empfangsdame. Am Jungfernstieg an der Binnenalster und in dessen Seitenstraßen am Bleichen- und Alsterfleet befanden sich die elegantesten Geschäfte und Warenhäuser. Gewiss verlangte die noble Kundschaft nach entsprechender Bedienung. Als Greta ihrer Schwester von der Idee erzählte, sich im luxuriösen Warenhaus Hermann Tietz zu bewerben, zog Luise sie vor einen Spiegel.

»Für die Anstellung, die dir vorschwebt, suchen sie hübsche junge Frauen«, behauptete Luise in einem sanften Ton, der die Brutalität ihrer Worte wohl mildern sollte, »nicht eine verbitterte Enddreißigerin mit Krähenfüßen. Das ist nichts für dich, Greta. Sieh lieber zu, dass du irgendwo als Klavierlehrerin unterkommst.«

Greta hätte am liebsten die Haarbürste in ihr von braunen Stockflecken übersätes Spiegelbild geworfen. Sie beherrschte sich jedoch. Die Tränen, die ihr die Wangen hinabliefen, konnte sie nicht zurückhalten.

Im Lauf des Augusts war sie so mit sich und dem vergeblichen Versuch beschäftigt, ihrem Schicksal zu entkommen, dass sie nur beiläufig bemerkte, wie sich das Leben in Hamburg veränderte. Während die Zeitungen von den Vorstößen der kaiserlichen Armeen in Belgien, Lothringen und dem Elsass auf französisches Gebiet berichteten und die gewonnene Schlacht von Tannenberg in Ostpreußen feierten, senkte sich über die große Hansestadt eine Art dunkler Vorhang. Die britische Seeblockade schadete der Wirtschaft an Elbe und Alster wie nichts sonst. Die zivile Schifffahrt, die tragende Säule des Reichtums der Hamburger, kam zum Erliegen. Die Verluste, die allein der Bau etwa von U-Booten für die Marine nicht auffangen konnte, waren enorm, und obwohl die meisten Männer eingezogen worden waren, herrschte am Ende des ersten Kriegsmonats eine Arbeitslosigkeit von zehn Prozent. Die Kriegsbegeisterung der Hamburger sank, Wiener Walzer und Marschmusik verhallten. Viele Frauen mussten versuchen, ihre Familie zu ernähren. Weibliche Arbeitskräfte überschwemmten den Markt. Als Greta feststellte, dass die Zeiten deutlich schlechter geworden waren, sanken auch ihre Möglichkeiten in derselben Geschwindigkeit wie der noch zu erzielende Stundenlohn.

Ein halbes Jahr lebte sie nun schon von Joachim getrennt. Sie vermisste ihren Mann nur selten, manchmal jedoch erinnerte sie sich an seinen Humor, seine Kraft und seine Großzügigkeit. Meist waren das die Momente, wenn sie Friederike in ihrem Bett vor Heimweh leise weinen hörte. Sie ignorierte die Traurigkeit ihrer Tochter. Natürlich vermisste die Kleine ihr schönes Kinderzimmer und den bescheidenen Luxus, in dem sie gelebt hatten. Inzwischen wusste Greta manche Annehmlichkeit in Warnemünde zu schätzen. Und war Joachim als Inhaber eines Strandkorbverleihs nicht ein angesehener Mann? Selbst als Geschäftsführer der Borchers war er hoch geachtet gewesen – und seine Familie genoss deshalb eine Reihe von Privilegien. Zutiefst verstört musste Greta sich eingestehen, dass sie die guten Seiten ihrer Ehe übersehen hatte.

Als sie Luise endlich offenbarte, dass sie Joachim aus Eifersucht verlassen hatte, starrte die Schwester sie erstaunt an. »Du hast dein schönes Leben hinter dir gelassen, weil dein Mann ein bisschen nebenbei geguckt hat? Was ist nur in dich gefahren?!«

»Nun«, hob Greta zur eigenen Rechtfertigung an, »da ich lange genug um ihn gekämpft hatte, fand ich es an der Zeit, an mich zu denken.« Von ihrer Schwärmerei für Walter Trautwein erzählte sie nichts. Und von ihrer Begegnung mit Frau Trautwein schon gar nicht, obwohl sie diese entwürdigenden Momente niemals mehr vergessen würde.

»Ich dachte, er hätte dich geschlagen. Als du hier ankamst, warst du so verstört, wie ich mir sonst nur eine verprügelte Frau vorstelle.« Luise schüttelte missbilligend den Kopf. »An eine Affäre habe ich nicht gedacht. Meine Güte, Greta, bist du nicht ganz bei Trost? Eine Liebelei ist doch kein Grund für eine Trennung. Jedenfalls nicht, wenn man so gut versorgt ist, wie du es warst. Alle Männer gehen fremd. Das liegt in ihrer Natur.«

»Möglich. Aber irgendwann ist doch mal Schluss. Außerdem betrügen nicht alle Männer ihre Frauen. Sieh nur deinen …«

»Der Schachabend des meinen findet jeden Freitag in einem Freudenhaus statt. Er denkt, ich wüsste nicht, wohin er geht, wenn er behauptet, einen alten Freund zu treffen. Aber ich bin ihm ein paarmal gefolgt und weiß, dass er dann gut versorgt ist und am Wochenende die Finger von mir lässt. Das ist wunderbar, wie ich finde.«

Greta schnappte nach Luft. »Aber die Liebe …«

»Was soll das sein?«, fiel Luise ihr ins Wort. »Liebe ist nichts von Dauer. Deshalb sollte man auch tunlichst nicht auf diese Weise verblendet heiraten. Eine Ehe ist viel zu wichtig, um sie auf romantischen Gefühlen aufzubauen. Es geht um unsere Versorgung, Greta, um nichts sonst. Warst du etwa in Joachim verliebt, als ihr geheiratet habt? Das wäre doch sehr kurzsichtig von dir gewesen.«

Das Gespräch öffnete ihr die Augen. Tatsächlich hatte sie Joachim anziehend gefunden, aber sein Status als Kapitänsanwärter hatte sie deutlich mehr beeindruckt. Ihre Enttäuschung, die auf das Schiffsunglück folgte, hatte ihre Gefühlswelt verändert. Greta meinte zwar noch immer, dass sie ein Recht auf Glück und Liebe besaß, aber vielleicht hatte Luise recht: Es war ihr wirtschaftlich und gesellschaftlich viel besser gegangen, solange sie Joachim mit der Borchers teilte. Genau genommen hatte nicht ihr Gatte sie vom Weg abgebracht, sondern Walter Trautwein dieses Sehnen geschürt, das völlig irrational war.

Greta beschloss, zu Kreuze zu kriechen.

Sie verfasste einen Brief an Joachim, verwarf diesen, schrieb einen neuen. Erst mit dem dritten Versuch war sie einverstanden:

Joachim,
gewiss hast Du vorausgesehen, dass ich mit Friederike einen Besuch bei meiner Schwester Luise in Hamburg mache. Deshalb hast Du dich natürlich nicht gesorgt und uns auch nicht gesucht, Du weißt uns ja gut aufgehoben. Nun ist für unsere Tochter und mich jedoch der Wunsch nach Heimkehr gereift. Du wirst Dich fragen, warum ich mich nicht um die Scheidung gekümmert habe, die ich Dir androhte. Es war eine Torschlussreaktion, die mir inzwischen ein wenig kindisch erscheint. Statt Dir die Möglichkeit zu geben, Dich zu erklären, damit ich Dir verzeihe, habe ich eine Trennung vollzogen, die sicher auch nicht in Deinem Sinn ist.

Ich bin bereit, Dir zu verzeihen, wenn Du dich einverstanden erklärst, unsere Ehe in Freundschaft fortzuführen.
Greta

Sie erhielt keine Antwort.
Sie wusste nicht, dass ihr Brief zu spät kam.

4

Den Wirren der ersten Kriegstage in Warnemünde folgte eine fast gespenstische Stille – und dieser ein im wahrsten Sinn des Worts großer Aufmarsch. Nach und nach wurden mehrere Kompanien in den Ort verlegt, die zur Küstenbeobachtung abgestellt waren und den Handelsverkehr nach Dänemark und Schweden überwachen sollten. Am Ende der Saison spazierten nicht mehr Feriengäste über die Promenade, sondern marschierten Männer in Uniform am Strand entlang. Fünf der größten und besten Hotels – alle vortrefflich am Alten Strom oder am Meer gelegen – wurden beschlagnahmt und zu Massenunterkünften von Armee und Marine. Die Mitglieder eines Landsturm-Bataillons und die Fliegertruppen des seit Kriegsbeginn an die Marine überstellten Flugplatzes wurden in einfacheren Gasthöfen untergebracht. Maßnahmen, die nicht nur gegen den Feind erfolgreich waren, sondern auch wieder Geld in die Kassen des Seebads spülten.

Anscheinend hatte der Quartiermeister jedoch Katharinas Pension übersehen. Sie steckte bis zum Hals in Schulden und hatte seit vier Wochen kein einziges Zimmer vermietet. Über ihre Bücher gebeugt saß sie am Schreibtisch und würdigte die klare Sicht über die See heute keines Blickes.

Es schien keinen anderen Ausweg als den Rückgriff auf ihre Ersparnisse zu geben. Doch gerade das wollte sie vermeiden. Das Polster, das sie sich im Lauf der Jahre geschaffen hatte, war zwar recht komfortabel, aber sie befürchtete, dass ihr das Geld wie fließendes Wasser durch die Finger rinnen werde, wenn sie es erst einmal in die Hand nahm. Alles wurde teurer, die von den Behörden verhängten Obergrenzen für Lebensmittelpreise zeigten keine Wirkung, und ihre halbwüchsigen, ständig hungrigen Söhne wurden kaum noch satt.

Ein Klopfen an der Tür riss sie aus Addition und Subtraktion. Entnervt warf sie ihren Bleistift auf die Zahlenreihen ihrer Bilanzen.

»Ja?«

»Besuch ist da«, verkündete Elise.

Katharina blickte an sich hinunter. Seit die Gäste ausblieben, legte sie weniger Wert auf ihr Äußeres, wenn sie sich zu Hause aufhielt. Obwohl es bereits Vormittag war, hatte sie ihr Nachthemd noch nicht abgelegt und trug nur ihren alten Morgenrock aus japanischer Seide, der mit Blumen- und Vogelmotiven bestickt war. Eines der bequemsten Geschenke von Olaf, sie würde es später mit einem schlichten Kleid tauschen. Da es einer der drei Wochentage war, an denen regulärer Unterricht im Gymnasium in Rostock stattfand, und die Schüler der eigentlich geschlossenen Warnemünder Gewerbeschule als Hilfstrupp für Dünenbefestigungen eingesetzt wurden, würde sie sich erst am Nachmittag umziehen. Bis dahin sollte außer dem Dienstmädchen niemand sie sehen.

»Für Besuch bin ich nicht angezogen. Wer immer es ist, sollte lieber wieder gehen. Ich habe Kopfschmerzen und empfange heute nicht.« Sprach's und wandte sich wieder ihrer Buchhaltung zu.

Elise zögerte.

Da das Dienstmädchen sich nicht von der Türschwelle bewegte, hob Katharina erneut den Kopf, runzelte die Stirn und fragte barsch: »Was ist denn noch?«

»Der Besucher ist Herr Borchers, Ihr Gatte. Er wartet in der Stube.«

Katharina schnappte mehrmals nach Luft, um sich von diesem *Überfall*, wie sie Olafs Auftauchen insgeheim nannte, zu erholen. Sie hatte schon so lange nichts von ihm gehört – und ihn schon gar nicht wiedergesehen –, dass sie sich überrumpelt fühlte.

Erst als sie wieder ruhiger atmete, strich sie sich das offen auf ihre Schultern fallende Haar zurück. Ihre Bewegungen waren jedoch fahrig. Seufzend erhob sie sich. Was immer ihr Mann mit seinem Überraschungsbesuch bezweckte, er verhieß nichts Gutes.

Ob er wegen der Kinder gekommen war? Weshalb sonst?, beantwortete sie sich die Frage im Geiste. Sie besaßen keine Gemeinsamkeiten mehr, die über Entscheidungen bezüglich ihrer Söhne hinausgingen. Eine kalte Hand griff nach ihrem Herzen. Was sollte sie tun, wenn er verlangte, dass Christian sich schon heute, drei Monate vor seinem siebzehnten Geburtstag, freiwillig meldete? Verzweifelt versuchte sie, sich an Argumente zu erinnern, die für ihren kaisertreuen, den alten Werten verhafteten Mann ausreichend waren, um zu erkennen, dass der Junge noch das begonnene Schuljahr beenden musste. Jeden Tag, den sie Christian bei sich hatte, empfand sie als Geschenk. Sie wollte den Augenblick, an dem sie ihn aus ihrer mütterlichen Fürsorge in den Krieg entlassen musste, so weit wie möglich hinauszögern.

Sie dachte nicht daran, sich rasch anzukleiden. Nicht für Olaf.

Nicht unter den befürchteten Voraussetzungen. So, wie sie war, folgte sie Elise nach unten. Bevor sie die Stube betrat, zog sie den Gurt straffer, der den Kimono zusammenhielt, und holte noch einmal tief Atem. Dann stieß sie die Tür auf.

Olaf saß in dem Sessel am Fenster und schreckte auf, als er ihr Kommen wahrnahm. Offenbar war er kurz eingenickt. Er wirkte tadellos gepflegt und war vorbildlich angezogen, aber er sah verschlafen aus. Müde mit den Augen zwinkernd erhob er sich bei ihrem Eintreten.

Ihr lag die Frage auf der Zunge, ob die Wedding einem Mann seines Alters nicht ausreichend Schlaf gönnte, aber sie schluckte sie hinunter. Ein falsches Lächeln auf den Lippen trat sie auf ihn zu und reichte ihm die Hand.

Verblüfft blickte er an ihr hinunter. Dabei hielt er ihre Finger umschlossen. Zu lange, wie Katharina fand, aber sie entzog sie ihm nicht.

»Ich komme ungelegen«, stellte er fest. Er ließ ihre Hand los, fischte nach seiner Taschenuhr, ließ den Deckel aufschnappen. »Seit wann ruhst du bis zum Mittag?«

Die spontane Reaktion auf seinen höflich in eine Frage verpackten Vorwurf behielt sie für sich. Er hatte ja recht. Deshalb entschied sie sich für die Wahrheit: »Es interessiert niemanden, ob ich angezogen bin oder nicht. Die Kinder sind unterwegs, und ich habe keinen einzigen Fremden im Haus. Möchtest du vielleicht einen Kaffee?«, fügte sie rasch hinzu, wohl wissend, dass sie mit der Erinnerung an ihre Gastgeberinnenpflicht eine Verbindung zu ihrer vorherigen Feststellung schaffte und Olaf damit auf eine Stufe mit einem Sommerfrischler stellte. Außerdem wirkte er tatsächlich so, als könnte er einen Kaffee vertragen.

Ein amüsiertes Lächeln umspielte seine Lippen. »Bietest du mir Ersatzkaffee an?«

»Nein. Natürlich nicht. Bei mir bekommst du Bohnenkaffee.« Bei der Wedding nicht?, überlegte sie still.

»Danke, Katharina, du bist sehr aufmerksam. Wie immer.«

Sie sah ihn überrascht an, konnte jedoch keinen Spott in seiner Miene erkennen. Achselzuckend ging sie zur Tür, rief nach Elise, um das Dienstmädchen anzuweisen, Kaffee zu kochen. Als sie die Tür wieder schloss und sich umwandte, bemerkte sie, dass Olaf inzwischen wieder Platz genommen hatte.

»Entschuldige«, sagte er sofort und versuchte, sich aufzurichten, doch sie bedeutete ihm mit einer Geste, er möge sitzen bleiben. »Ich bin ein wenig müde«, gestand er schließlich, »da ich so lange auf einen Zug warten musste, der nicht nur Militärangehörige, sondern auch Zivilisten befördert. An den Bahnhöfen herrscht ein heilloses Durcheinander. Wie sollen denn die Sommerfrischler ihren Weg nach Warnemünde finden?«

»Im Moment kommt mir Warnemünde wie eine Garnison vor«, erwiderte Katharina, während sie sich in dem zweiten Sessel neben Olaf niederließ. Sie zerrte an ihrem Morgenmantel, damit die Stoffteile ihre Beine bedeckten. »Wer will da schon seine Ferien verbringen?«

»Die Familien der Mannschaften und Offiziere.«

»Wie bitte?« Olafs prompte Antwort verwirrte sie.

»Es ist nicht ungewöhnlich, dass die Ehefrauen und Kinder von Militärangehörigen in die jeweiligen Garnisonen nachziehen. Das war sogar im Dreißigjährigen Krieg üblich. Warum also nicht auch hier und heute? Mach deine Pensionszimmer bei den Offizieren bekannt, dann hast du sicher bald wieder Gäste. Insofern geht es dir hier deutlich besser als den Vermietern in den anderen Seebädern, etwa in Heiligendamm.«

»Tatsächlich?«

»Man kann nur entsetzt sein«, fuhr Olaf ebenso liebenswürdig wie redselig fort. »Nachdem alle Touristen bei Kriegsbeginn abreisen mussten und die Wehrpflichtigen eingezogen sind, halten sich in Heiligendamm nicht einmal mehr ein Dutzend Menschen auf. Die zehn wichtigsten Bewohner vom Hotelbesitzer bis zum Bahnwärter sind zwar geblieben, aber es sind eben nur zehn. Das Geld, das in den Erhalt des Ensembles gesteckt wurde, scheint sinnlos ausgegeben worden zu sein.«

»Es war auch dein Geld, wenn ich mich recht erinnere.«

»Ja. Ich fand es gut angelegt. Aber man muss auch Verluste verkraften …« Er unterbrach sich bei Elises Eintreten.

Das Mädchen trug ein kleines Tablett herein, auf dem sich eine Kaffeekanne, zwei Tassen, ein Kristallschälchen mit Zucker und ein Milchkännchen befanden. Sie stellte es auf den Beistelltisch, den Katharina zwischen den beiden Sesseln arrangiert hatte, und zog sich mit einem leichten Knicksen zurück. Als Katharina den Kaffee einschenkte, verbreitete sich das Aroma der Bohnen im Zimmer, die von der See aufkommende Brise wehte den Duft des Spätsommers durch das offene Fenster. Es war eine gemütliche Szenerie, in der sie Olaf jetzt die Tasse reichte. Harmonisch, dachte sie, wie zu Beginn unserer Ehe. Sie begann sich zu entspannen, während sie ihre eigene Kaffeetasse in einem Anfall alberner Spielerei auf ihren Knien balancierte.

Da nahm er den Gesprächsfaden wieder auf: »Natürlich bin ich nicht gekommen, um mit dir über deine Zimmervermietung oder eine Geisterstadt zu sprechen …«

Katharina rettete das Porzellan vor dem Hinunterfallen, als sie sich kerzengerade aufrichtete. Dabei war nicht ganz klar, ob sie mehr auf das Gedeck oder sich selbst achtgeben musste. Ihr kam es vor, als müsste sie sich mit beiden Händen an dem Unterteller festhalten, um nicht ohnmächtig vor Angst zu werden. Christian in Uniform. Ihr Sohn im Krieg. Ihr wurde schwindelig.

»… sondern um die Zukunft unseres Ältesten zu planen. An seinem siebzehnten Geburtstag wird Christian einberufen werden.«

Sie presste die Lippen aufeinander, wartete beklommen auf den Dolchstoß, den Olaf ausführen würde und mit dem er sie mitten ins Herz träfe.

»Es ist selbstverständlich, dass meine Kinder für ihr Vaterland kämpfen«, erklärte Olaf mit einer Stimme, die weniger patriotisch-theatralisch klang, als Katharina erwartete. »Erik wurde nur zum Landsturm geschickt, er hatte Glück, dass er nicht ganz ausgemustert wurde. Der Grund ist eine Malariaerkrankung, die er aus Kamerun mitgebracht hat. Die meisten Männer bringen ein Souvenir von einer Reise in die Kolonien mit. Malaria ist eigentlich noch eine der harmloseren Infektionen, andere kommen syphilliskrank nach Hause …« Er räusperte sich verlegen.

Natürlich, dachte Katharina, Erik bekommt wieder einmal Gelegenheit, sich vor seiner Pflicht zu drücken. Sie beschloss, diese pampige Antwort nun nicht mehr hinunterzuschlucken. Doch Olaf fuhr bereits fort: »Du bist womöglich nicht einer Meinung mit mir, aber ich betrachte es ebenso als eine Frage von Ruhm und Ehre, an die Zeit nach dem Krieg zu denken. Gefallene Helden werden nichts ausrichten – und junge Männer ohne Schulabschluss und Studium ebenso wenig. Aber natürlich rede ich nicht vom Duckmäusertum, verstehst du?«

Sie verstand nicht, was er ihr zu sagen versuchte. Aber sie begriff, dass sie besser abwartete, als eine Bemerkung zu machen, die ihn gegen sie – oder Christian – aufbrachte. Zögernd nickte sie.

»Ich würde mich dafür einsetzen, dass Christian das Schuljahr ordnungsgemäß abschließt und erst im nächsten Sommer ein Notabitur ablegt.«

Erleichtert schloss sie die Augen. Ein Jahr. Olaf gewährte ihr und ihrem Sohn ein Jahr Aufschub.

Einen Atemzug später fiel ihr eine Nuance in der Wortwahl ihres Gatten auf, die sie irritierte. Sie hob die Lider, sah ihn misstrauisch an. »Was meinst du damit, dass *du* dich für unseren Jungen einsetzen würdest?«

Olaf schenkte ihr ein freundliches, offenes Lächeln. »Wie du ja selbst beobachtest, macht niemand mehr Urlaub, und so sind die Zeiten für die Herstellung von Strandkörben nicht ideal. Ich habe mich daher auf die Produktion kriegswichtiger Güter verlegt. Matten für U-Boote sind im Moment sehr gefragt. Durch diese Geschäfte habe ich die besten Kontakte zur Marine.« Zufrieden mit sich lehnte er sich in seinem Sessel zurück, trank genüsslich Kaffee.

Er ließ sie mit einer weiteren Erklärung warten – und sie hasste es, geduldig bleiben zu müssen. Sie schlug ihre Beine übereinander, dann stellte sie ihre Füße wieder gerade.

»Wenn Christian sich freiwillig zur Marine melden würde …«

»Ich lasse ihn niemals in ein U-Boot!«, protestierte sie. »Und auf einen Kreuzer auch nicht.«

»Er ist wie besessen von der Fliegerei«, erwiderte Olaf ernst, ihren Einwand mit einer kleinen Geste wegwischend. »Daran kannst du nichts ändern. Die Luftstreitkräfte unterstehen zwar weitestgehend der Heeresleitung, aber die Seeflieger und Luftschiffe bilden eine Ausnahme, denn diese Einheiten gehören zur Marine. Wenn Christian also eine Ausbildung zum Führen einer Seeflugmaschine anstreben würde, könnte ich meine Beziehungen spielen lassen.«

Katharina schluckte. Das moderne Kriegsgerät machte ihr noch mehr Angst als die herkömmlichen Waffen, und die Wahl zwischen U-Boot und Flugzeug erschien ihr wie die Wahl zwischen Pest und Cholera. »Ich weiß nicht, ob ich deinem Vorschlag zustimmen kann. Jedenfalls nicht jetzt. Ich möchte darüber nachdenken, und das kostet Zeit.«

Ich muss mich mit jemandem besprechen, der Ahnung von diesen Dingen hat, fuhr es ihr panisch durch den Kopf. Joachim! Warum mied er sie? Sie waren doch Freunde. Liebende sogar. Und sie brauchte seine Zuwendung und seine Unterstützung jetzt dringender denn je.

»Machen wir uns nichts vor, Katharina.« Olaf senkte die Stimme: »Christians Lebenserwartung ist auf einem Flugplatz und sogar in der Luft deutlich höher als in einem Schützengraben in Frankreich oder Belgien.«

Sie war so erstaunt, dass sie ihn mit offenem Mund anstarrte. Das Porzellan schepperte in ihren zitternden Fingern. Olaf, der sich ihr gegenüber in den vergangenen Jahren häufig hartherzig und egoistisch gezeigt hatte, erwies sich als besorgter Vater. Nicht einmal seine Kaisertreue konnte ihn davon abhalten, den bestmöglichen und damit sichersten Kriegseinsatz für seinen Sohn anzustreben. Sie konnte es kaum glauben.

Er stellte sein eigenes Gedeck ab, dann nahm er ihr Tasse und Unterteller aus der Hand, um sie ebenfalls auf dem Beistelltisch zu deponieren. »Nimm dir Zeit, aber bitte nicht bis zu Christians Geburtstag. Im Dezember möchte ich nicht erst meine Hebel in Bewegung setzen müssen.« Er lächelte sie an, streckte sich ein wenig, stand dann auf. »Ich finde übrigens, dass du eine gute Mutter bist, Katharina. Sowohl Christian als auch Ulrich haben sich unter deinen Fittichen wunderbar entwickelt. Das wollte ich dir noch sagen.«

Sein Kompliment war nicht dazu geeignet, ihre Sprachlosigkeit zu beenden.

»Ich bedauere wirklich aus ganzem Herzen, dass wir uns entzweit haben. Du bist eine schöne, offensichtlich ewig junge Frau. Hätte diese verdammte Fehlgeburt nicht alles verändert …«

Er sprach nicht aus, was ihn bewegte, und sie war froh darum, denn sie wollte ihn nicht daran erinnern, dass er sie nicht allein wegen der schrecklichen Erfahrung vor zwölf Jahren verstoßen – oder durch die ehemalige Gouvernante ersetzt hatte, sinnierte sie mit einem Rest Bitterkeit, den sie trotz seiner fürsorglichen Pläne für Christian nicht abzulegen vermochte.

Sie nahm sich zusammen, erhob sich ebenfalls. »Was stimmt dich so milde?«, fragte sie gefasst.

»Der Krieg, Katharina. Es ist der Krieg, der mich die Endlichkeit des Lebens deutlicher erkennen lässt als mein Alter.« Er verneigte sich steif. »Danke für den Kaffee, aber bitte entschuldige mich jetzt. Ich habe noch eine Verabredung im Hotel Berringer. Guten Tag, meine Liebe.«

»Auf Wiedersehen, Olaf.« Und das meinte sie sogar aus ganzem Herzen.

Mit wenigen Schritten erreichte er die Tür, doch dort angekommen drehte er sich noch einmal um. »Bitte, zieh dir etwas an. Niemand sollte dich in diesem Aufzug sehen. Deine Beine machen ja sogar mich noch ganz wirr.« Ein verschmitztes Grinsen begleitete diese leichte Anzüglichkeit. Dann griff er nach der Türklinke und ging seines Wegs.

5

Der Kanonendonner klang wie das Grollen eines Gewitters. Oder die fernen Böller eines Feuerwerks. Im ersten Moment war sich Katharina tatsächlich nicht im Klaren, woher der Lärm kam, der sie morgens um sechs Uhr aus dem Bett riss. Ein Blick aus dem Fenster in den milchig-blaugrauen Herbsthimmel machte ihr deutlich, dass weder Unwetter noch Lichterglanz für das Getöse verantwortlich waren.

Es herrschte Krieg – und die See war ein Frontabschnitt wie viele andere. Sie würde sich daran gewöhnen müssen, dass Schlachtschiffe ihre Geschütze abfeuerten. Auch wenn dies bedeutete, dass feindliche Geschwader bereits in der Nähe waren. Die Angst vor einer unmittelbaren Gefahr, die sich in diesem Moment auf sie legte, verband sich mit der diffusen Furcht um ihre Söhne und sollte sie nie wieder loslassen. Daran konnten auch die beschwichtigenden Erklärungen der Obrigkeit nichts ändern, die im Lauf des Tages zur Ruhe gemahnten. Jedes Mal, wenn sie Rauch am Horizont aufsteigen sah, beschleunigte sich Katharinas Herzschlag. Doch meistens waren es die Schornsteine der Fähren, die den Verkehr nach Dänemark wieder aufgenommen hatten, oder die Patrouillenboote der Küstenwache, die aschegrauen Dampf in die Luft bliesen.

Die Begeisterung für den Kampf legte sich mit den länger werdenden amtlichen Verlustlisten. Für Katharina war es schrecklich, von Gerda zu hören, welche Nachbarn bereits tote Söhne oder Brüder zu beklagen hatten, wie viele junge Mädchen schon wenige Wochen nach Kriegsbeginn um ihren gefallenen Liebsten trauerten, auf dessen Grab irgendwo an der Westfront sie nicht einmal eine Rose legen konnten. Die Zahl der Verwundeten stieg ebenfalls. Das Deutsche Rote Kreuz richtete im Alexandrahaus ein Lazarett ein, in dem neben den ausgebildeten Krankenschwestern vor allem die Damen des Hausfrauenvereins sowie des Marien-Vereins und deren Töchter Hilfsdienste versahen. Katharina war zwar in keinem Frauenverband, setzte sich aber intensiv mit dem Gedanken auseinander, sich ebenfalls zu melden. Sie schrieb Hermine Martius nach Berlin, dass sie zwar kein Problem mit dem Wechseln von Verbänden habe und auch Blut sehen könne, aber schon bei dem Gedanken an volle Bettpfannen einen erheblichen Ekel verspüre. Die Ärztin ging nicht auf die Details ein, sondern riet Katharina in sachlichem Ton, sich so schnell wie möglich in der Pflege von Verwundeten ausbilden zu lassen. Andernfalls solle sie sich in der Kriegsgefangenenfürsorge einbringen. »Du kannst nicht dein Wohl beklagen und nichts für andere tun«, schloss Hermine ihre wenigen Zeilen.

Ende September kam Sturm aus West und Nordwest auf. Auf dem Heimweg von einem Besuch bei ihrem Vater wurde Katharina nicht nur von fernem Wellenschlag und dem Rauschen fallender Blätter begleitet, sondern vor allem von einem ungewöhnlich dumpfen Pfeifen. Erst wusste sie nicht, woher das Geräusch kam. Sie fühlte sich unwohl, allein unterwegs im abendlichen Büchsenlicht, hinter sich die Bäume und Büsche des Parks und davor der verlassene, unvollendete Neubau des Kurhauses. Die Straßenbeleuchtung war ausgeschaltet, nirgendwo am Alten Strom und an der Promenade brannte ein Licht. Einer Anweisung der Behörden zufolge gab es die Verdunkelung, die Katharina erst Sorge bereitete, seit die Tage kürzer wurden.

Sie beschleunigte ihren Schritt, rannte fast, als sie sich links in Richtung Villa wandte. Zur Meerseite war es etwas heller als im Ort. Der Wind fegte über den verlassenen Strand und die Dünen, das Gras stimmte in das Klagelied des Sturms ein. Von irgendwoher drangen feste Schritte in Katharinas Ohren. Ihr Herz hämmerte gegen die Brust. Wenn nur dieses seltsame unbekannte Pfeifen aufhören würde …

»Katharina!«

Es war wie ein Déjà-vu. Die vertraute Stimme, der Singsang der Brise, ihr Name.

Unwillkürlich wurde sie langsamer. Ihr Herzschlag drückte auf ihre Lunge, sie schnappte nach Luft, ohne wirklich durchatmen zu können.

Eine Gestalt löste sich aus dem Schatten einer Gartenhecke. Groß, hochgewachsen – und in Uniform. Katharina konnte die Kleidung bei der herrschenden Beleuchtung nicht genau erkennen, vielleicht war es nur ein dunkelblauer Anzug. Doch die aufblinkenden Goldknöpfe verrieten den Uniformrock. Nein, dachte sie, das ist ein Irrtum, es muss ein Irrtum sein. Meine Einbildung hält mich zum Narren. Als der Mann sie am Arm berührte, fuhr sie zusammen.

Er zog die Hand sofort zurück. »Tut mir leid, ich wollte dich nicht überfallen«, entschuldigte sich Joachim.

Zwischen Atemlosigkeit und dem scheinbar aussetzenden Pochen in ihrer Brust brach es vorwurfsvoll aus ihr heraus: »Du hast mich fast zu Tode erschreckt!«

»Ich wollte nicht bei dir zu Hause warten. Als Ulrich mir sagte, dass du einen Besuch machst, bin ich spazieren gegangen.«

Der Wind heulte, fing sich in den Schluchten zwischen den Landvillen und dem Wald. Das gespenstische Pfeifen war leiser geworden, als erklänge es in weiter Ferne.

Sie ging nicht näher auf Joachims Erklärung ein, fragte: »Hörst du auch dieses komische Geräusch? Was ist das?«

»Die Antenne auf dem Leuchtturm vibriert im Sturm. Ab einer gewissen Windstärke pfeifen alle Drähte.«

»Puh!« Sie stieß die angehaltene Luft aus, griff sich ans Herz. »Meine Güte, ich habe mich so gefürchtet. Was bin ich doch für ein Dummkopf, die neue Telegrafenverbindung für einen Geist zu halten.«

Unter seinem Lächeln blitzten Joachims Zähne auf.

»Lass uns hineingehen«, schlug sie vor. »In meiner Stube ist es ruhiger und heller. Vor allem treffen wir dort keine Gespenster an.«

»Ich würde den Strand vorziehen, wenn es dir nichts ausmacht. Es fällt mir leichter, dort mit dir zu reden, als in deinem Haus.«

»Im Dunkeln an den Strand? Die Patrouillle wird uns für Spione halten.«

»Das wohl eher nicht.« Er trat zurück, und erst als er die Mütze unter seinem Arm hervorzog und aufsetzte, bemerkte sie die Kopfbedeckung, die seine Garderobe vervollständigte. »Ein Offizier der Marine fällt bei einem abendlichen Spaziergang am Meer nicht auf.«

Er trug tatsächlich Uniform!

In einer Mischung aus Erinnerung und Fassungslosigkeit starrte sie ihn an. Es war achtzehn Jahre her, dass sie ihn zuletzt in voller Montur gesehen hatte. Ein schneidiger, unglaublich attraktiver Mann. Bilder aus der Vergangenheit traten vor ihr geistiges Auge, verbanden sich mit dem in der aufziehenden Dunkelheit verschwommenen Blick auf die Realität. Als wollte das Meer nach Joachim rufen, hörte sie jenseits von Strandweg und Damm die Wellen mit großer Wucht auf den Strand aufschlagen. Sie hob die Hand zu seinem Ärmel, um sich davon zu überzeugen, dass es sich tatsächlich um das Tuch eines Uniformrocks und nicht um Einbildung handelte. Einen Herzschlag lang hoffte sie sehnsüchtig, dass sich alles als ebenso harmlos erweisen würde wie das Pfeifen im Wind.

»Warum trägst du das?«, flüsterte sie. Gleichzeitig beschlich sie eine böse Ahnung.

»Komm«, antwortete er nur.

Er nahm ihre Rechte zwischen seine Finger, die warm und vertraut waren und ihr zum ersten Mal nicht das Gefühl von

Sicherheit vermittelten. Mit leichtem Druck zog er sie mit sich, als er den Dünenweg erklomm. Sie mussten sich beide gegen die Böe stemmen, die ihnen entgegenschlug. Katharinas Cape flog hoch, ihr Rock drückte sich gegen ihre Beine, Sandkörner drangen in ihre Schuhe. Doch sie vernachlässigte jeden Gedanken daran, zu sehr damit beschäftigt, mit Joachim Schritt zu halten und ihre eigene Verwirrung über all das, was gerade über sie hereinbrach, einigermaßen zu beherrschen. Die Vorahnung begleitete sie auf ihrem Weg und wurde mit jeder Sekunde ein wenig mehr zur furchtbaren Gewissheit.

Die grobe See schimmerte wie flüssiges Blei. Lange Wellen, auf denen Schaumköpfe wie die weißen Bärte von Märchenfiguren schwammen, schlappten gegen das Ufer. Am Horizont zeugte ein schmaler goldener Streifen zwischen dem grüngrauen Himmel und dem Meer von einem sonnigen Herbsttag. Die silberne Sichel des Mondes stand bereits hoch und beleuchtete die wenigen Strandkörbe, die sich wie von loser Hand hingeworfen über den Strand verteilten; sie schienen vergessen worden zu sein, auf den Polstern sammelte sich der Sand, den die Brise auffegte.

Joachim ließ Katharina los, bückte sich in eine Kiepe, um die Sitzfläche zu säubern. »Setz dich«, bat er, während er sich wieder aufrichtete.

Kommentarlos ließ sie sich nieder. Es gingen ihr viele Gedanken durch den Kopf, die sie auf die Schnelle nicht sortieren und zu einer einzigen Bemerkung oder gar Frage verweben konnte.

Sie drückte sich in eine Ecke, um Platz für ihn zu machen, doch er blieb vor dem Strandkorb stehen. Eine Hand gegen das Dach gestützt, die andere gegen das Seitenteil beugte er sich zu ihr herab.

»Ich habe mich bei Ausrufung der Mobilmachung zur Marine gemeldet.«

»Das sehe ich«, murmelte sie beklommen.

»Nach einer gewissen Grundausbildung erwartet mich nun mein erster Einsatz. Glücklicherweise habe ich nicht viel verlernt in all den Jahren, und an der Geschichte von damals hängt heute auch niemand mehr. Ich bin nach Kiel beordert worden. Morgen früh reise ich ab.«

Was sollte sie sagen? Fragen gingen ihr durch den Kopf, die gleichzeitig auch Antworten beinhalteten. Ihr wurde bewusst, dass sein Verhalten gar nicht so überraschend für sie sein dürfte. Sie kannte Joachim, wusste um sein Sehnen. Das Meer war seine Heimat, nicht das kleine Häuschen an der Hinterreihe und auch nicht der Strandkorbverleih, den sie ihm aufgedrängt hatte. Dennoch wollte sie aufschreien, ihn zu dem Versprechen zwingen, den Dienst zu quittieren und bei ihr zu bleiben. Sie hatte den Liebsten schon einmal an die See verloren, sie wollte den Freund nun nicht an den Krieg verlieren. Doch sie sagte nur: »Wenn es jemand hätte wissen müssen, dann ich, nicht wahr?«

»Ja. Wahrscheinlich. Ja.«

Sie schluckte die sich in ihrer Kehle verkrampfenden Gefühle hinunter. »Was ist mit deiner Frau und Friederike? Sind die beiden schon nach Kiel vorgefahren?«

»Ach was. Nein. Ich bitte dich, vor einem halben Jahr wussten wir noch nicht, dass der Krieg so nahe ist. Nein. Es ist viel simpler: Greta hat mich verlassen und will die Scheidung.«

»Greta will die Scheidung?«, wiederholte sie perplex, zweifelnd, ob sie alles richtig verstanden hatte. Vielleicht spielte ihr der Wind wieder einen Streich.

»Diese Nachricht hinterließ sie mir wenigstens, das angekündigte Anwaltsschreiben habe ich allerdings bis jetzt nicht erhalten. Ich habe keine Ahnung, was sie treibt. Aber das war der Grund, warum ich mich in den vergangenen Monaten von dir zurückgezogen habe. Ich wollte dich nicht mit dieser unschönen Sache kompromittieren.«

»Immerhin wären wir dann quitt«, entfuhr es ihr.

»Wie bitte?«

Sie schüttelte den Kopf. Als sie bemerkte, dass er ihre Regung nicht sah, meinte sie leichthin: »Lass mal, wir brauchen das jetzt nicht zu diskutieren. Geht es Freddi gut?«

»Das hoffe ich. Im Frühsommer kam eine Ansichtskarte von ihr mit einer Fotografie der Alster. Ohne einen Gruß ihrer Mutter, möchte ich anmerken. Aber wenigstens weiß ich, dass die beiden sich in Hamburg aufhalten. Ich vermute, sie sind bei Gretas Schwester untergekommen. Luise ist eine vernünftige Frau, dort hat es Freddi gut.« Seine Stimme klang belegt, und er räusperte sich. Offenbar nahm ihn die Trennung von seiner Tochter sehr mit.

Als Katharina schwieg, fügte er nach einer Weile hinzu: »Ich weiß, es ist eine schwierige Situation, doch du bist neben meiner Tochter der wichtigste Mensch in meinem Leben geblieben. Würdest du mir einen Gefallen erweisen, Katharina?«

Der wichtigste Mensch in meinem Leben …

Unter anderen Umständen hätte ihr Herz schneller geschlagen. In diesem Moment berührte sein Geständnis sie jedoch in einer Art, die sie nicht glücklich, sondern sehr traurig stimmte.

»Ich tue alles, was du möchtest«, wisperte sie erstickt.

»Gut. Dann hör jetzt bitte genau zu.« Er quetschte sich neben sie in den Zweisitzer. Der herbe Duft nach einem Eau de Cologne aus Limonen- und Zederaromen stieg ihr in die Nase. »Ich habe einige Maßnahmen ergreifen müssen, weil ich weder weiß, wann ich wieder heimkehren kann, noch, ob ich den Krieg überle…«

Ohne zu zögern, legte sie ihm einen Finger auf den Mund. »Pscht! Sprich das nicht aus. Es bringt Unglück. Du darfst darüber nicht einmal nachdenken. Jochen, du wirst zurückkommen. Zweifle nicht. Ich bitte dich.«

Er küsste den einen Finger, dann die anderen, bevor er ihre Hand in die seine nahm. »Wenn du möchtest, formuliere ich es anders.« Seinen zärtlichen Tonfall begleitete ein kleines Schmunzeln: »Ich werde eine Weile unterwegs sein, und deshalb sollte sich eine Vertrauensperson meiner Angelegenheiten annehmen. Besser so?«

»Hm«, machte sie, weil ihr Tränen in die Augen traten. Die Befürchtung, Joachim könnte auf See bleiben, machte sie sprachlos. Es war die Ahnung von vorhin, aber etwas so Schreckliches ausgesprochen zu hören gab ihm eine ganz andere Dimension.

»Ich habe ein Kuvert bei einem Notar in Rostock hinterlegt. Darin befindet sich ein Schlüssel zu meinem Haus. Wäre es zu viel verlangt, wenn ich dich bitten würde, gelegentlich nach dem Rechten zu sehen? Es würde auch genügen, wenn du dein Dienstmädchen vorbeischickst …«

»Natürlich mache ich das«, versprach sie mit zitternder Stimme.

Unbeeindruckt fuhr er fort: »Für den … ehmmm … Notfall habe ich die Adresse meiner Schwägerin Luise in Hamburg hinterlassen. Und dann, Katharina, habe ich den Notar angewiesen, dir die Strandkörbe wieder zu überschreiben und in den Pachtverträgen deinen Namen einzusetzen.«

»Was?« Vor Überraschung vergaß sie sogar ihre Traurigkeit.

Vor dem Heulen des Sturms und dem Rauschen der Wellen geschützt hinter den Korbwänden drang sein bitteres Lachen unangenehm laut zu ihr. »Der Strandkorbverleih ist gegenwärtig kein sonderlich florierendes Geschäft, aber es ist mir trotzdem lieber, es in deinen Händen zu wissen. Niemand kann sagen, wann sich die Zeiten wieder ändern werden. Ich möchte, dass du dann die Möglichkeit hast, von vorn anzufangen.«

Der Anfang, dachte sie wehmütig. Ein nebliger Nachmittag. Ein sich betrinkender Mann, der ein Buddelschiff bastelte.

Doch dann kehrten ihre Gedanken in die Gegenwart zurück. Die Vorstellung, ihr irgendwie doch gemeinsames Leben würde enden, machte sie schwindelig. Was bedeutete schon ein Neuanfang ohne Joachim? Obwohl es natürlich unsinnig war, glaubte Katharina zu spüren, wie ihr Herz brechen wollte.

»Ich verspreche dir, dass ich alles akzeptiere, wie du es geregelt hast«, hörte sie sich sagen.

»Gut. Das ist gut. Deshalb wollte ich dich sprechen. Und dafür war mir dieser Strandkorb lieber als jeder Sessel in deiner Stube.« Erleichterung klang aus seinen Worten. Seine Gestik wirkte beschwingt, als er sich aufrichtete. Er hielt ihre Hand unverändert in der seinen, versuchte, sie sanft hochzuziehen.

Doch Katharina zögerte, widersetzte sich seinem Griff. Wenn sie jetzt losließ, verlor sie ihn für immer, hämmerte es in ihrem Kopf. Panik lauerte darauf, sie zu überfallen. Sie wusste, dass es unsinnig war. Nur weil er in den Krieg zog, würde Joachim nicht sterben. Ein Seemann kehrte auch wieder heim. Aber die alte Angst steigerte sich in ihr fast zur Hysterie.

»Ich … ich … ich will nicht, dass du gehst.«

Der Druck seiner Hand wurde fester, er zog sie mit einem Ruck auf die Füße. »Siehst du mich wie einen alten Mann im Landsturm marschieren? Ich kann das nicht!«

Sie stand so dicht vor ihm, dass ihre Brust die goldenen Knöpfe berührte. »Ich weiß«, sagte sie leise, die Stirn resignierend gegen seine Schulter gelehnt.

Es war wie eine Selbstverständlichkeit, als er ihr einen Arm um die Taille legte und ihren Körper nach hinten bog. Unwillkürlich warf sie ihren Kopf in den Nacken, sah ihn an. Das Weiß in seinen Augen funkelte in der Dunkelheit, die sich auf den Strand herabgesenkt hatte. Seine Hand hielt noch immer die ihre, und ihre Finger verflochten sich. So standen sie eine Weile, sahen sich stumm an im Bewusstsein, dass es noch viel mehr zu sagen gab, aber viel zu wenig Zeit dafür blieb.

Was für eine Verschwendung, dachte Katharina wehmütig. Wir hätten so viele gemeinsame Jahre haben können und haben sie nicht genutzt. Aber da war dieser Augenblick …

»Küss mich«, flüsterte sie. »Küss mich zum Abschied.«

Er zögerte.

Zuerst befürchtete sie, er habe sie in dem Brausen um sie her nicht gehört. Ihr Herz schlug bis in ihren Hals vor Aufregung. Vielleicht war es besser, wenn der Sturm ihre Bitte mit sich forttrug. Sie waren beide verheiratet. Trotz allem. Überdies vielleicht zu alt für Zärtlichkeiten. Was sollte es auch zum Abschied bringen, die alten Gefühle aufzuwühlen? Ihr gingen alle Argumente durch den Kopf, die gegen diesen Kuss sprachen, den sie sich jedoch gerade jetzt mehr wünschte als sonst etwas auf der Welt. Ihre Gedanken kreisten noch um das Wenn und Aber, als er sein Gesicht über sie neigte.

Seine Lippen waren kühl vom Wind und ein wenig rau, sein Bart kitzelte ihren Mund. Er küsste sie zart, ließ nur den Hauch von Leidenschaft erahnen. Doch als sie sich ihm entgegendrängte, wurde seine Umarmung fester, sein Kuss ungestümer. Katharina hatte nie vergessen, wie wundervoll es war, von Joachim geküsst zu werden. Sie konzentrierte all ihre Sinne darauf, ihn zu spüren und sich hinzugeben. Es fühlte sich so vertraut an und gleichzeitig so neu, so anders, erfahrener und weniger zurückhaltend. Das Verlangen brach über sie herein wie eine Flutwelle über einen Staudamm. Und doch war sie unendlich traurig, denn sein Kuss schmeckte bittersüß nach Abschied.

1916

6

Das Brummen der Motoren war ohrenbetäubend. Katharina hatte sich daran gewöhnt, dass Flugzeuge im Tiefflug über den Strandweg bretterten, aber heute trug der Wind den Lärm in ihren Garten, als wohnte sie in Hohe Düne oder Markgrafenheide. Nach dem überraschenden Wintereinbruch im März und der damals mit Schneetreiben, Frost und Nebel auf dem Flugplatz einkehrenden Ruhe schien der milde Frühsommer wie geschaffen für die Luftfahrt.

Bei den seltenen Besuchen von Christian, der seit Notabitur und Einberufung im vorigen Jahr im Marineheim in Markgrafenheide untergebracht war, erzählte er seiner Mutter und seinem Bruder von den Bedingungen, unter denen Seeflugmaschinen und Luftschiffe zum Einsatz kamen. Er brannte auf den nicht mehr allzu fernen Tag, an dem seine Ausbildung beendet war und er endlich allein fliegen durfte. Vor allem träumte Katharinas Ältester davon, in einer der neuen Seeflugmaschinen von einem Kreuzer mitten auf dem Meer starten zu können, einem sogenannten Flugzeugmutterschiff. Die Verbindung zwischen Luft und Wasser faszinierte ihn, und Katharina wünschte, die Fliegerei wäre nichts ausschließlich Militärisches, sondern etwas für Zivilisten.

Sie legte den Kopf in den Nacken und blickte in die Richtung, aus der die Motorengeräusche kamen. Waren es tatsächlich Flieger, die in Hohe Düne gestartet waren? Die Vorstellung, dass der Feind in das Deutsche Reich eindringen könnte, war nicht abwegig. Seit vorigem Jahr hatte es bereits den zweiten Luftangriff auf Karlsruhe gegeben. Insgesamt waren dort einhundertfünfzig Todesopfer und über zweihundert Verletzte zu beklagen. Gestern, als Katharina mit der Sammelbüchse für die Kriegsgefangenenfürsorge des Mecklenburgischen Hilfsvereins an der Mole gestanden und gutes Geld eingenommen hatte, trugen ihr Passanten die neuesten Nachrichten aus dem nur rund einhundertdreißig Kilometer entfernten Lübeck zu: Ausgerechnet in einer Stadt so fern der Frontlinien waren Flugblätter aufgetaucht mit Hinweisen und Vorschriften für den Ernstfall. Würde die Fliegergefahr bald auch Warnemünde erreichen? Katharina war nicht die einzige Einwohnerin, die sich diese Frage stellte. Vor allem, nachdem man in Dänemark die Reservisten einberufen hatte und niemand wusste, ob der bislang neutrale Nachbar womöglich zum Feind wurde.

Dabei schien sich in dieser Saison alles zum Besseren zu wenden. Jedenfalls für die Gastwirte, denn endlich kamen wieder Sommerfrischler an die Ostsee. Zum ersten Mal bewirtete Katharina Pensionsgäste, die ganz normale Urlauber und keine Familienmitglieder hier stationierter Offiziere waren. Die neuen Reservierungen waren ein großes Glück, denn Warnemünde war voriges Jahr zum militärischen Sperrgebiet erklärt worden und zog daher weniger Touristen an als die anderen Seebäder, die ebenfalls aufblühten. Im Grunde waren die Vorbereitungen für eine Reise nach Warnemünde mühsam: Deutsche Staatsbürger und Bürger aus den verbündeten Ländern benötigten einen Passierschein mit Lichtbild, um in den Ort einreisen zu dürfen; inzwischen mussten sogar die Warnemünder selbst einen

Ausweis bei sich tragen. Das bedeutete langes Schlangestehen vor den Ämtern. Aber glücklicherweise ließen sich nicht alle Touristen von den Maßnahmen abschrecken, und das Bild auf der Promenade wurde wieder bunter.

Natürlich war vor allem das Geld der Reisenden willkommen. Monatelang hatte Katharina überwiegend von ihren Ersparnissen gelebt. Alles wurde teurer, und die Einführung von Bezugskarten für Backwaren und tierische Fette verbesserte die Versorgungslage nicht. Zum ersten Mal in ihrem Leben litt sie Hunger, übte Verzicht zugunsten ihres jüngsten Sohnes und war dankbar über jede zusätzliche Ration Kartoffeln, die Ulrich von einem Bauern in Groß Klein beschaffte. Als sich ihr Sohn zur Jugendtruppe gemeldet hatte, war sie fassungslos gewesen – inzwischen konnte sie dem Kriegsdienst auch eine positive Seite abgewinnen, die der zusätzlichen Brot- und Fleischkarten. Allerdings waren die nicht immer gültig oder die Regale in den Geschäften bereits leer gekauft. Deshalb musste sie auch die Kurgäste vor deren Anreise auffordern, eigene Grundnahrungsmittel mitzubringen.

»Ihr habt es besser«, sagte sie zu den Rosen, die an der Mauer neben der Terrassentür hochkletterten, während sie mit einer kleinen Schaufel Pferdemist in den Boden einarbeitete. Sie pflegte diese Pflanze mit mehr Hingabe als alle anderen Gewächse in ihrem Garten. Es waren rote Rosen. Katharina verstand sie als Sinnbild ihrer großen Liebe, zumal sie den Wurzelstock unmittelbar nach Joachims Abschied gesetzt hatte.

Noch heute, fast zwei Jahre nach ihrem Kuss, spürte sie den Druck seiner Lippen auf ihrem Mund. Ein anderes Andenken besaß sie nicht. Sie erhielt weder Brief noch Karte, aber sie erwartete auch keine Feldpost. Deshalb wusste sie nicht, auf welchem Schiff er diente, in welchem Hafen es lag. Aber sie wusste aus der Korrespondenz mit seinem Notar, dass Joachim am Leben war. Man hatte ihr versprochen, sie zu informieren, falls schlechte Nachrichten eintrafen. Überdies kontrollierte sie regelmäßig die öffentlichen Bekanntmachungen, suchte seinen Namen und atmete erleichtert auf, wenn sie ihn nicht fand.

»Mutti! Mutti!« Ulrichs aufgeregte Stimme drang aus einiger Entfernung zu ihr. »Wir haben gesiegt!«

Sie ließ das Werkzeug fallen, sprang aus der Hocke hoch wie ein junges Mädchen bei einer Leibesübung und trat dabei versehentlich in den Dünger, kümmerte sich jedoch nicht darum. Ihr Herzschlag raste, als würde sie weiter als nur bis zum Gartenzaun laufen, um ihren Sohn an der Pforte abzupassen.

Joachim kommt nach Hause! Christian muss nicht in einen Kampfeinsatz fliegen, und Ulrich wird gar nicht erst eingezogen!

Freudentränen rannen über ihre Wangen. Mit einem Augenzwinkern versuchte sie, ihnen Einhalt zu gebieten, wischte sich mit den Händen über das Gesicht. Doch sie kam nicht dagegen an.

Nur wenige Meter entfernt hüpfte und rannte Ulrich den Strandweg entlang. Er schwenkte eine der neuerdings sehr dünnen Zeitungen wie eine Fahne, vielleicht war es auch ein Extrablatt, Katharina konnte es auf die Entfernung nicht genau erkennen.

»Ist der Krieg aus?«, rief sie ihm überflüssigerweise entgegen, denn sein »Wir haben gesiegt« ließ ja keine andere Schlussfolgerung zu.

Atemlos machte er vor ihr Halt.

»Unsere Hochseeflotte hat am Skagerrak gesiegt!«, verkündete der Sechzehnjährige ebenso abgehetzt wie strahlend. Seine Wangen glühten, seine Augen glänzen. Katharina glaubte, selbst die Landesfarben an seiner Armbinde, das Abzeichen der stolzen

Jungmannen, würden stärker leuchten als sonst. »Wir haben den Engländern schwere Verluste zugefügt.«

Katharina erbleichte. »Ich dachte, der Krieg wäre aus.«

»I wo«, versetzte Ulrich frohgemut. »Jetzt geht es erst richtig los.«

Ihr Entsetzen und die Enttäuschung waren so groß, dass sie aufschluchzte. Sie presste die Faust gegen den Mund, um ihre Verzweiflung nicht laut hinauszuschreien.

»Überall sind die Flaggen hochgezogen, und wir bekommen morgen schulfrei.« Mit ernster Miene betrachtete Ulrich das Extrablatt, las mit erstaunlich sonorer Stimme für einen Knaben die Schlagzeile vor: *»Schwere Niederlage der englischen Hochseeflotte in der Nordsee. Kundgebung des Sieges im Reichstag.«* Er hob den strahlenden Blick kurz zu seiner Mutter, bevor er fortfuhr: »Die englischen Verluste belaufen sich auf 132.550 Tonnen gegenüber 22.900 Tonnen bei uns … Was sagst du dazu? Ist das nicht großartig?« Wieder schwenkte er das Zeitungspapier wie eine Fahne.

»Sicher«, antwortete sie lahm. »Sicher.«

»Jetzt melde ich mich freiwillig zur Marine.«

»Was? Bist du verrückt geworden?« Die Faust, die sich gerade gelockert hatte, ballte sich wieder. Mühsam unterdrückte Katharina den Wunsch, ihrem Sohn eine Ohrfeige zu verpassen. Wäre sie sicher gewesen, ihn damit zur Vernunft zu bringen, hätte sie ihn geschlagen. »Dein Kriegseinsatz muss noch bis zu deinem siebzehnten Geburtstag warten.«

»Aber statt in die Lehre kann ich doch nach meiner Mittleren Reife gleich in den Krieg ziehen. Die Marine ist auf Siegeskurs, Mutti! Ich will auch die Engländer versenken.«

Er sprach so laut, dass sich ein Soldat, der an den Dünen entlangspazierte, umdrehte. Der Infanterist hinkte und trug eine

Augenbinde. Wahrscheinlich kam er aus einem der Hospitäler. Da das Alexandrahaus ständig überfüllt war, hatte inzwischen ein Lazarettschiff am Alten Strom festgemacht. Viele halbwegs genesene Verwundete suchten Erholung auf einer Strandwanderung bis zum Ausflugslokal Wilhelmshöhe. Dabei kamen sie zwangsläufig an Katharinas Villa vorbei. Nicht alle waren so neugierig wie der Mann, der zu ihnen herübersah. Seine traurige Miene und seine hängenden Schultern signalisierten alles andere als Zustimmung für Ulrichs Enthusiasmus.

Katharina nickte dem Fremden freundlich zu. Dann nahm sie ihren Sohn am Arm. »Komm herein und beruhige dich wieder. Über deinen Kriegseinsatz sprechen wir ein andermal.«

Gott sei Dank, fuhr es ihr durch den Kopf, bin ich in der Zukunftsplanung für unsere Söhne einer Meinung mit Olaf. Ihr Gatte bestand darauf, dass Ulrich demnächst eine Ausbildung im väterlichen Betrieb begann. Darüber war Katharina so froh, dass sie sogar einwilligte, als Olaf vorschlug, ihrem Jüngsten – wie jedem anderen Lehrling auch – Quartier über der Werkstatt zu geben. Immerhin verließ er sie auf diese Weise nur in Richtung Rostock. Auch wenn dies bedeuten könnte, dass Ulrich über kurz oder lang Nora Wedding an der Seite seines Vaters begegnete. Es war die deutlich bessere Lösung.

Als Ulrich später von U-Booten schwärmte und mit dem für das Abendbrot am Küchentisch aufgedeckten Geschirr Schlachtformationen baute, hörte Katharina kaum hin. Nicht einmal das von ihrem Sohn zum Besten gegebene Gerücht, russische U-Boote mit britischer Besatzung steuerten auf die mecklenburgische Ostseeküste zu, konnte sie aus der Fassung bringen.

Inzwischen hatte sie durch ein kurzes Gespräch mit Elise erfahren, dass eine Reihe junger Männer aus Warnemünde in der zwei Tage und Nächte währenden großen Seeschlacht vor Jütland gefallen waren. Ein Ladenbesitzer am Kirchplatz hatte die Depesche des Marineministeriums in sein Schaufenster gehängt, in der ihm Mitteilung über den Heldentod seines Bruders gemacht wurde, eine Frau war vor der Kirche weinend zusammengebrochen, weil sie bereits ihren zweiten Sohn verlor. Zweieinhalbtausend Tote hatte das Inferno in der Nordsee gekostet, wusste das Dienstmädchen nach ihrer Einkaufstour zu berichten. Auf britischer Seite sollte die dreifache Zahl Seemänner ums Leben gekommen sein. Aber wer konnte schon wissen, ob diese Verluste richtig beziffert und nicht ein aus dem Siegestaumel erwachsenes Gerede waren.

Nur eine Information interessierte Katharina wirklich. In den folgenden Tagen verfolgte sie in der Zeitung die Angaben über die Truppenstärke: Auf deutscher Seite waren sechzehn Schlachtschiffe, fünf Schlachtkreuzer, sechs Linienschiffe, elf kleine Kreuzer und einundsechzig Torpedoboote in das Seegefecht gefahren. Dabei handelte es sich fast um die gesamte deutsche Hochseeflotte. Es war durchaus möglich, dass Joachim sich irgendwo an Bord befunden hatte. Mit ängstlichem Magengrimmen verfolgte sie jeden Tag die öffentlichen Bekanntmachungen – und zündete danach jedes Mal eine Kerze in der Kirche an. Aus Dankbarkeit, dass sein Name auf keiner Gefallenenliste stand.

1917

7

Greta betrachtete wie jeden Morgen die Werbung, die den Treppenaufstieg der U-Bahn schmückte. Seit über zwei Jahren blickte sie stets zur selben Uhrzeit zu den Plakaten, interessierte sich für die Neuigkeiten, nahm wahr, wenn ein Motiv länger als andere hängen blieb.

Der ursprünglich schwarze Scherenschnitt einer demütig knienden Dame im antiken Gewand mit einer Schmuckschatulle unter dem Arm etwa war inzwischen graustichig und an den Rändern ausgefranst. Der Aufruf »Gold gab ich zur Wehr – Eisen nahm ich zur Ehr« war immerhin schon einige Monate alt. Es galt aber natürlich unverändert die patriotische Pflicht, sogar Trauringe in Eisen zu tauschen. Greta hatte ihren goldenen Ehering stolz gegen eines der Modelle aus Eisen eingewechselt und kurz vor Heiligabend beim Pfandleiher feststellen müssen, dass sie mit der Ehre kein Weihnachtsessen für Luise, Friederike und sich würde kaufen können. Seitdem war sie auf den Kaiser nicht sonderlich gut zu sprechen und hörte immer häufiger zu, wenn irgendwo über Gewerkschaften und Arbeiterparteien geredet wurde.

Die anderen Plakate warben für »Asbach ›Uralt‹ – alter deutscher Cognac«, »Perhydrit – Mundwasser-Tabletten« und »Pinofluol Fichtennadel-Kräuter-Bäder«, vor allem aber mit bunten Bildern von Soldaten und einer stets engelsgleichen Germania mit Schwert und Schild für den Krieg: »Hände weg von Deutschland«, prangte da in großen Lettern und »Den Krieg gewinnt – wer die stärkeren Nerven hat«. Angestachelt von bitterer Ironie blieb sie vor dem Bild mit dem letzteren Spruch ein wenig länger stehen, lächelte in sich hinein und beschloss, diesen Satz zu ihrem Motto zu machen.

Tatsächlich beschlich Greta immer häufiger das Gefühl, kurz vor einem Nervenzusammenbruch zu stehen. Sie war stets hungrig und schien sich nur noch mit Ersatz zufriedengeben zu müssen: Sie wusch sich mit Ersatz-Seife, trank Ersatz-Kaffee und aß Ersatz-Fleisch. Natürlich war sie damit nicht allein, ihrer Schwester ging es nicht viel besser und ihrer Tochter auch nicht. Greta versuchte, auf Friederikes Gesundheit trotz aller Entbehrungen zu achten. Immerhin sollte das Kind es später besser haben, und der Grundstein dafür musste heute gelegt werden. Von dieser Meinung konnte niemand sie abbringen, am allerwenigsten Luise. Allerdings musste selbst Luise eingestehen, nachdem ihr Mann einberufen worden war, dass ein Esser weniger bei Tisch durchaus eine Erleichterung für den Haushalt bedeutete.

Ja, dachte Greta, während sie die Treppen zu den Gleisen des Hauptbahnhofs hinunterlief, Durchhaltevermögen war eine der schwierigsten Disziplinen in dieser Zeit.

Sie bewegte sich im Pulk der anderen Frauen und Männer, die aus allen Richtungen strömten, um zu den Fabriken in die Vororte zu fahren. Schauerleute, die im Hafen kein Auskommen mehr fanden, Landarbeiter, die keine Felder mehr bestellen konnten, Tagelöhner und vor allem Frauen und junge Mädchen. Die meisten ihrer Geschlechtsgenossinnen arbeiteten in den Munitionsbetrieben. Greta erkannte sie trotz der tief ins Gesicht gezogenen Kopftücher, Hüte und Mützen an der gelb verfärbten Haut und den blutunterlaufenen Augen. Ihr ging es ganz genauso, und sie hätte schwören können, dass jede ebenso grüne Haare besaß wie sie selbst. Der tägliche ungeschützte Umgang mit Pikrin, Schwefelsäure, Kaliumsalpeter und Phosphor hinterließ eben Spuren.

Während die meisten Arbeiter sich in den Zug nach Geesthacht drängten, wartete Greta auf die Bahn nach Quickborn. In Geesthacht befand sich die riesige Pulverfabrik Düneberg, in Quickborn waren die Firmen Thorn und die Hamburger Explosivstoffwerke Glückauf ansässig neben einer Reihe anderer Betriebe der Rüstungsindustrie. Anfangs hatte Greta es bezaubernd gefunden, in einem Unternehmen namens *Glückauf* beschäftigt zu sein. Inzwischen sah sie es nicht mehr unbedingt als Glück an, für achtzehn Mark Wochenlohn Schießpulver herzustellen. Es war ein radikaler gesellschaftlicher Abstieg. Daran konnte auch der hübsche Name nichts ändern.

Gretas Schicht dauerte von sieben Uhr morgens bis sieben Uhr abends, und das einzig Positive daran war die Verköstigung in der Kantine am Mittag. Zwar gab es seit Monaten nichts anderes als Rüben, aber es war immerhin ein warmes Essen. An Geschmack und Sättigung dachte sie längst nicht mehr. Ebenso wenig wie an ihren warmen Mantel, den sie damals in der Annahme in Warnemünde zurückgelassen hatte, Walter Trautwein werde ihr einen Pelz schenken. Nun ja, sie war im März nach Hamburg gereist, der Frühling stand bevor – wozu hätte sie sich mit dicker Garderobe abschleppen sollen?

Sie zog das Cape fester um ihre Schultern. Es raschelte kräftig, und die Frau neben ihr, die einen unförmigen Mantel aus zusammengenähten Tierhäuten trug, sah irritiert zu ihr her. Gegen die Kälte hatte Greta Zeitungspapier in das Futter eingenäht, was angesichts der Papierknappheit sogar ein kleiner Luxus war. Friederike benutzte in der Schule bereits Schiefertafeln statt Hefte. Aber irgendwie musste sich Greta warm halten. Jede Frau versucht eben nach ihren Möglichkeiten, sich vor dem eisigen Winterwetter zu schützen, dachte sie trotzig und legte Hochmut in ihren Blick, mit dem sie die andere maß, bevor sie sich fortdrehte.

In diesem Moment fuhr die Lokomotive ein und hüllte sie kurz in ihren Dampf. Keine zwei Minuten später saß Greta auf einer der harten Holzbänke. Immerhin hatte sie einen Sitzplatz ergattert, noch dazu am Fenster. Greta liebte die Aussicht auf die

Alster, wenn der Zug über die Lombardsbrücke ratterte, welche die Binnen- von der Außenalster trennte. Es war zwar Anfang Februar und daher um diese Uhrzeit noch dunkel, aber die vereinzelten Lichter, die wie Leuchtkäfer auf dem Wasser schwammen, beflügelten Gretas Fantasie. Die goldenen Punkte gestatteten ihr einen Tagtraum, der sie in ein anderes Leben entführte. Voller Lichterglanz und ohne Entbehrungen.

An diesem Morgen wurde Greta für die Pulverkammer eingeteilt. Dafür musste sie zwar in den Keller des zementgrauen Fabrikgebäudes, aber sie arbeitete gern an der Seite des dortigen Pulvermannes, der die Dosen mit den Grundstoffen zur Herstellung der Munition erfasste, verteilte und Auftragszettel quittierte. Der Soldat war zu alt für den Frontdienst, aber mit einem Humor ausgestattet, der so schwarz war wie die Produkte, die bei Glückauf hergestellt wurden.

Kaum war die Sirene verklungen, die den Schichtbeginn verkündete, deklamierte er den ersten Witz: »Herr Müller sagt zu seinem Nachbarn: ›Haben Sie schon gehört? Das Gas soll teurer werden.‹ Antwortet Herr Meier: ›Na, das wundert mich gar nicht, wenn an der Front zu den Gasangriffen so viel davon verbraucht wird.‹«

Sein darauf prompt folgendes Lachen erschien Greta ansteckender und bedeutend lustiger als der zweideutige Scherz. Immerhin, dachte sie, fängt der Tag gut an. Die Überlegung, dass sie sich auf ein Niveau weit unter ihrer Würde begab, vertrieb sie rasch.

Arbeiterinnen kamen von den Pressen herein mit ihren Auftragszetteln. Greta hatte kaum Zeit, sich weiter mit ihrem Kollegen zu unterhalten. Die anderen Frauen beachtete sie meist nicht sonderlich. Sie hatte nie großen Wert auf Frauenfreundschaften gelegt, warum sollte sie daran in ihrem gesellschaftlichen Abstieg etwas ändern? Nur gelegentlich, wenn ein Mädchen die Stufen herabkletterte, das Greta an ihre fünfzehnjährige Tochter erinnerte, gab sie sich weniger verschlossen.

Nach dem ersten Andrang verglich sie gerade die Nummern, die in ein Buch eingetragen werden mussten, mit den Auftragszetteln und den Zahlen auf den Dosen, als eine Erschütterung sie zusammenfahren ließ. Verblüfft ließ sie den Bleistift fallen.

Im nächsten Moment bebte die Erde, eine Schockwelle breitete sich aus. Ein Knistern und Knacken, Rauschen und Bersten um sie her steigerte sich innerhalb von Sekunden zu einem lärmenden Brausen, das Gretas Trommelfell zerreißen wollte. Ein grellweißer Blitz blendete sie, bunte Lichter schienen auf sie niederzuprasseln wie ein Feuerwerk. Oder wie die Leuchtkäfer auf der dunklen Alster.

Sie versuchte, sich zu orientieren, doch sie konnte nichts mehr sehen außer den gleißenden Funken, und sie konnte nichts hören außer dem Dröhnen und Knallen der Explosion. Ein Luftzug drang in den Raum und schleuderte sie gegen ein Regal. Sie fühlte sich herumgewirbelt wie ein Sturmballon bei einer heftigen Böe.

Mit letzter Kraft erinnerte sich Greta an den Soldaten. Warum half er ihr nicht? Er war immer so nett zu ihr gewesen, und sie hatte mit ihm gelacht. Sie wollte ihn rufen, doch ihre Lunge versagte ihr den Dienst. Sie schnappte nach Luft, konnte nicht mehr atmen, schon gar nicht rufen oder schreien. Statt aus ihr herauszudrängen, schien ihr Atem aufzusteigen und ihren Kopf zu füllen, als wollte er ihn zum Platzen bringen …

Sie musste dringend an die See, zurück nach Warnemünde, Meerluft schnuppern.

Die Reise ging schnell – sie war schon da.

Ja, es rauschte und brauste um sie her wie bei einem heftigen Sturm. Wie damals in jener Nacht, als Friederike geboren wurde. Sie war so glücklich gewesen, dieses Kind zu bekommen. Das kleine Wesen war ihr Besitz. Und nun würde die Kleine bald erwachsen sein und ihr eigenes Leben beginnen.

Greta war wieder in Warnemünde. Sie richtete für Friederikes Hochzeit einen Blumenkorso auf dem Alten Strom aus. Joachim stand am Ruder des Schiffs, und ein Sinfonieorchester spielte Georg Friedrich Händels *Wassermusik*.

Warum nur fühlte es sich an, als wäre das Boot leckgeschlagen? Greta wurde von einem Sog hinabgezogen in die undurchdringliche Dunkelheit der Fluten. Sie ertrank. Das spürte sie. Aber sie war nicht allein, sie wurde begleitet von Händels Trompeten. Es war wunderschön.

8

»Nie werde der 10. Februar 1917, der das entsetzliche Unglück brachte, vergessen werden. All denen, die auf dem Schlachtfelde der Arbeit geblieben, werde man ein ehrendes Gedächtnis bewahren …« Ein lautes Aufschluchzen in einer der hinteren Reihen unterbrach die Rede von Pastor Weidemann.

Unwillkürlich wandte Friederike den Kopf, ließ ihren Blick über die Menge wandern, die sie umschloss. Graue Uniformen, schwarze Mäntel, schwarze Umhänge, schwarze Anzüge, schwarze Kleider. Auch Friederike trug natürlich Schwarz. Da sie selbst keine Trauergarderobe besaß und es unmöglich war, angemessene Kleidung zu kaufen, hatte Tante Luise Bluse, Rock und Jacke in der Nachbarschaft zusammengesammelt. Das eine oder andere Stück war geliehen, der Rest geschenkt, und Friederike fühlte sich in ihren Sachen ebenso fremd wie auf diesem Friedhof in dem bislang unbekannten Ort Quickborn unter Menschen, denen sie nie zuvor begegnet war und die sie wahrscheinlich niemals wiedersehen würde.

Eine Woche nach der Katastrophe in den Munitionsfabriken fand die Beerdigung der Opfer in einem Massengrab in Quickborn statt. Für die Angehörigen, die wie Friederike in Hamburg lebten, hatte die Leitung der Explosivstoffwerke einen Sonderzug bereitstellen lassen, der vom Bahnhof Altona abging. Eine großzügige Geste, wie Luise fand. Sie war beeindruckt, in derselben Eisenbahn anzureisen wie der kommandierende General des für Hamburg zuständigen IX. Armee-Korps in Altona, Adalbert von Falk, sowie einige prominente Mitglieder der Bürgerschaft. »Deiner Mutter hätte das gefallen«, meinte die Tante. Friederike konnte dem jedoch keine Begeisterung zollen. Sie war kaum fünfzehn Jahre alt und hatte ihre Mutter verloren. Um diesen Schmerz zu lindern, brauchte es mehr als die Aussicht auf flüchtige Beachtung durch einen vornehmen Herrn.

»Wie oft hatte man die jungen Mädchen gesehen, wenn sie ihrer Arbeitsstätte zustrebten. Es war eine Ahnung in ihnen aufgegangen von dem großen Weltberuf der Frauen, die sich immer mehr besannen, dass sie dem allgemeinen Wesen zu dienen haben in treuer Pflichterfüllung.« Die Worte des Pastors wehten über die einhundertsieben blumengeschmückten Särge, die aufgereiht wie auf einem Soldatenfriedhof zur letzten Ruhe gebettet wurden. »Alle großen Erfahrungen in diesem Kriege sind in Blut getaucht, aber sie führen uns, unsere gerechte deutsche Sache, zum Siege!«

»Hurra!«, entfuhr es irgendjemand in Friederikes Nähe.

»Alles Sabotage«, grollte ein anderer Friedhofsbesucher. »Schuld sind die vielen Spione.«

Diesmal wandte sie nicht den Kopf, zu sehr mit sich selbst beschäftigt. Das Wort *Blut* brachte ihren Magen in Wallung. Eingepfercht zwischen Hunderten von Trauernden fühlte sie eine schwindelerregende Panik aufsteigen. Ihre Vorstellungskraft spielte ihr einen Streich: Vor ihrem geistigen Auge sah sie ihre Mutter dem Sarg entsteigen, blutüberströmt und grausam entstellt durch die Explosion.

Friederike wusste nicht, wie Greta gestorben war, aber wahrscheinlich wusste niemand Genaues. Nur ein paar sachliche Informationen kursierten: Die Anlage der Leuchtpatronenfabrik von Thorn war durch das Unglück komplett zerstört worden, und die Explosion hatte auf die Gebäude der angrenzenden Glückauf AG übergegriffen. Die gewaltige Detonation war sogar bis in den Norden Hamburgs zu spüren gewesen, hatte in Barmbek Fensterscheiben zerspringen lassen. Luise behauptete, ihr sei es vorgekommen, als wäre ein Sturm über Eimsbüttel hinweggefegt. Die Rauchwolke, die über den Fabriken aufstieg, sah man bis nach Altona.

Sie zupfte ihre Tante am Ärmel, die andächtig der Rede des Geistlichen lauschte. »Können wir bitte gehen?«, wisperte sie gepresst. »Mir ist schlecht!«

Luise sah sie mit einer Mischung aus Entsetzen und Ungläubigkeit an, schüttelte den Kopf.

»Ich muss mich übergeben«, insistierte Friederike.

Ein empörter Blick aus den Augen der Tante traf sie. Doch als sie diesem standhielt und die Lippen zusammenpresste, wie um einen Würgereiz zu unterdrücken, ergab sich die Ältere dem Wunsch der Nichte.

»Du könntest wirklich ein wenig mehr Respekt vor den Toten zeigen«, zischte Luise, bevor sie sich an die Nebenstehenden wandte, um sich und Friederike mit einem stetig wiederholten liebenswürdigen »Entschuldigung« einen Weg aus der Menge zu bahnen.

Fast der gesamte neue Friedhof jenseits des alten Kirchhofs war bevölkert von Trauernden, Anteilnehmenden, Neugierigen und Soldaten, dem Gefolge der hohen Herren. Mindestens fünfhundert Menschen, vielleicht auch mehr, hatte Friederike jemanden sagen hören. Eine dunkle Masse vor immergrünen Sträuchern und den Steinen der Reihengräber, auf denen vereinzelt Blumen lagen. Kerzen brannten nirgendwo. Wachs war zu kostbar, um es den Toten zu überlassen. Aber es war ein heller, freundlicher Tag, ein Sonnenstrahl lugte sogar durch die graue Wolkendecke und brachte den vereisten Weg zum Glitzern.

Friederike füllte ihre Lunge mit der klaren, frostigen Winterluft. Ihr rebellischer Magen beruhigte sich ebenso wie ihre Fantasie. Vorsichtig setzte sie einen Fuß vor den anderen, entfernte sich neben ihrer Tante langsam von der Beisetzung. Bisher hatte sie kaum geweint. Zu unwirklich erschien ihr diese Zeremonie für die Opfer, überwiegend junge Frauen. Das hatte alles so wenig mit ihrer Mutter zu tun. Vielleicht hätte sie anders empfunden, wenn sie die Leiche hätte sehen dürfen. Aber im Moment fühlte sie sich, als wäre Greta nur auf eine lange Reise gegangen. Dass die Mutter niemals wiederkehren würde, war für die Fünfzehnjährige noch fern der Realität.

Die ersten Takte von dem Lied über den guten Kameraden erklangen über dem Friedhof. Ein Trompetensolo, das ihrer Mutter sehr gefallen hätte. Berührender als jede Rede es zu sein vermochte. Die Totenglocke der gegenüber dem Friedhof liegenden Marienkirche läutete – und Friederikes Augen schwammen plötzlich in Tränen.

Sie riss sich zusammen, stellte die Frage, die sie die ganze Zeit über bewegte: »Tante Luise, wo ist mein Vater? Warum ist er nicht hier?«

Luise zögerte die Antwort hinaus. Kies und Eis knirschten unter ihren Schuhen. Schließlich zuckte sie mit den Achseln. »Mein Kind, dein Vater wird irgendwo seinen Kriegsdienst verrichten. Vielleicht ist er beim Landsturm in Warnemünde, vielleicht irgendwo anders. Gleich nach dem Unglück habe ich versucht, ihm ein Telegramm zukommen zu lassen. Leider vergeblich. Joachim ist nicht erreichbar.«

»Meinst du, Papa ist auch tot?«, fragte Friederike schockiert.

»Nein. Nein, das glaube ich nicht. Im Adressbuch von Warnemünde steht eure alte Adresse unverändert.« Luise nahm liebevoll Friederikes Arm, hakte sich bei ihr unter. »Deine Mutter war seit Jahren ohne eine Nachricht von ihm. Ich weiß, dass sie Joachim geschrieben hat, aber er hat nicht geantwortet.«

Friederike dachte daran, dass sie ihrem Vater auch geschrieben hatte. Es war nur eine Ansichtskarte von Hamburg mit einem kurzen Gruß. Nichts sonst. Er sollte wissen, wo sie war und dass sie ihn lieb hatte. Mehr wollte sie damals nicht. Insgeheim hatte sie natürlich gehofft, er werde kommen und sie nach Hause holen. Aber dann war der Krieg ausgebrochen, und mit jedem Jahr, das sie älter wurde, verblasste ihr Traum.

»Er hat uns fortgeschickt, nicht wahr?« Ihre Stimme klang erstickt vor ungeweinten Tränen. »Ich war sicher, Mama hätte ihn verlassen, und habe mich andauernd gefragt, warum sie das getan hat. Aber wenn er uns nicht mehr wollte, blieb ihr wohl keine andere Wahl.«

Luise schwieg eine Weile. Der Boden knackte unter ihren Schritten. Das Trompetensolo war inzwischen beendet. Stille senkte sich über den Friedhof.

»Warum auch immer, deine Mutter tat, was sie für richtig hielt. Gott sei ihrer Seele gnädig.«

Friederike sehnte sich so sehr nach ihrem Vater, nach dem Häuschen an der Hinterreihe, in dem sie sich geborgen und geliebt gefühlt hatte. Sie dachte an ihre Freunde aus Kindertagen und überschlug kurz, dass Ulrich Borchers demnächst sicher auch eingezogen würde. Christian war bestimmt schon Soldat. Ich möchte nach Hause, fuhr es ihr durch den Kopf.

Offenbar hatte sie ihre Sehnsucht laut ausgesprochen, denn Luise antwortete: »Nicht jetzt, Freddi, nicht jetzt.« Sie sprach eindringlich, liebevoll, benutzte sogar den von Greta gehassten Kosenamen. »Vielleicht nach dem Krieg. Wenn du erwachsen bist. Es war der Wunsch deiner Mutter, dass du eine gute Schulbildung bekommst. Sie hat dafür alles gegeben. Schreibe gute Noten, mach dein Abitur. Dann kannst du nach deinem Vater suchen. Und bis dahin werde ich für dich sorgen.«

»Ich habe solches Heimweh«, flüsterte Friederike.

»Warnemünde wird nicht untergehen, Kind. Dorthin kannst du zurück, wenn der Krieg vorbei ist. Zuerst aber solltest du den Letzten Willen deiner verstorbenen Mutter erfüllen. Das ist deine Pflicht und Schuldigkeit.«

Die Tränen, die Friederike bislang zurückgehalten hatte, liefen ihr über die Wangen. Sie schluckte, nickte tapfer. Dann legte sie ihren Kopf an Luises Schulter und begann, bitterlich zu weinen.

9

Die Kirchenglocken klangen so melodisch wie nie zuvor. Ihr Läuten war eine Weise voller Tapferkeit und Trauer. Es sollte

Mut machen, stimmte aber wehmütig. Gleichzeitig drangen durch das sich ein ums andere Mal öffnende Portal die gewaltigen Töne der Orgel auf den Kirchplatz. Katharina hätte hineingehen sollen, doch sie zog das letzte Konzert der Glocken dem der Orgel vor.

»Zwei Landsturmleute und ein Zimmermann aus Lübeck warten jetzt darauf, dass die Melodien endlich verklingen.« Baumeister Papenhagen seufzte. »Als wenn wir unsere Glocken nicht allein hätten abhängen können. Und zerschlagen können wir sie auch.«

Katharina lächelte freudlos. Natürlich fühlte sich ihr Vater in seiner Berufsehre gekränkt. Auf seine Ehrlichkeit war Verlass. Das Opfer der Kirchengemeinde kam bei ihm erst an zweiter Stelle. Dennoch ging sie nicht auf den stillen Vorwurf ein, sondern erwiderte melancholisch: »Vor allem die Stundenglocke wird uns fehlen. Die meisten Leute haben ihren Tag nicht nach der eigenen Uhr eingeteilt, sondern nach der Kirche.«

»Alle Orgelpfeifen und die Blitzableiter nehmen sie auch mit«, jammerte Gerda, die neben Vater und Tochter im grellen Junilicht vor der Kirche stand und die Augen gegen die Sonne zusammenkniff. »Ach Gott, ach Gott, was sind das nur für Zeiten, in denen aus Gemeindebesitz Waffen geschmiedet werden müssen?!«

»Das Vaterland zu verteidigen ist eine Sache größter Entbehrungen.«

Katharina fuhr zu der vertrauten Stimme herum, auch ihr Vater und Gerda drehten den Kopf. »Was machst du denn hier?«, fragte sie überrascht.

»Du könntest deinen Mann auch ein wenig freundlicher begrüßen«, raunte Papenhagen prompt.

Ohne einen weiteren Kommentar zu seinem plötzlichem Auftauchen neigte Olaf sich vor, hauchte Katharina einen Kuss auf die Wange. »Moin, meine Liebe.« Dann reichte Olaf seinem Schwiegervater und anschließend Gerda die Hand und wiederholte noch zweimal: »Moin.«

»Es ist schön, dich zu treffen«, behauptete Papenhagen und klopfte dem nur wenige Jahre jüngeren Schwiegersohn in einer freundschaftlichen Geste auf die Schulter. »Gut siehst du aus.«

Das war eine Lüge. Katharina runzelte die Stirn und fragte sich, was mit Olaf geschehen war. Er war sehr schmal geworden, der runde Wohlstandsbauch, der die Westen um seinen Leib hatte spannen lassen, fehlte. Aber dünner als früher waren sie durch die schlechte Versorgung mit Lebensmitteln ja inzwischen alle. Doch wirkte Olafs Gesichtshaut blasser, und seine Wangen schienen eingefallener als die von anderen Männern seines Alters, etwa Katharinas Nachbarn oder Pensionsgästen. Seine Augen waren umschattet. Aber vielleicht tat seinen Lidern auch einfach das grelle Licht nicht gut. Jedenfalls hatte Ulrich, der bei seinem Vater in die Lehre ging, bei seinem letzten Besuch Katharina gegenüber keine Erkrankung Olafs erwähnt.

»Was führt dich nach Warnemünde?«, wiederholte sie in verbindlicherem Ton.

»Ich besuche meine Frau«, versetzte er. »Dein Hausmädchen hat mir verraten, wo du bist.« Er deutete zum Kirchturm, in dem das Glockenspiel gerade verklang. »Dabei hätte ich mir denken können, dass ich dich hier antreffe. Es ist ein besonderer Moment, und ich bin froh, ihn mit dir teilen zu dürfen. Diese Glocken haben schließlich zu unserer Hochzeit geläutet.«

Sie warf einen ratlosen Blick auf ihren Vater, der indes zufrieden lächelte. Von Gerda war anscheinend auch keine Hilfe zu erwarten. Die zupfte versonnen einen imaginären Fussel von ihrem Schultertuch, das sie trotz der hohen Temperaturen trug.

Aus den Augenwinkeln beobachtete Katharina, wie die anderen Passanten sich zerstreuten.

Sie wäre ebenfalls gern nach Hause gegangen. Dort wartete eine Menge Arbeit auf sie, nachdem in dieser Saison erstaunlicherweise noch mehr Urlauber als im vorigen Jahr anreisten oder erwartet wurden. Endlich lohnte sich auch der Strandkorbverleih wieder, obwohl sie weniger Kiepen als in der Vorkriegszeit aufstellte. Sie hatte nicht einmal geahnt, wie viele Menschen es gab, die im Krieg so gute Geschäfte machten, dass sie sich Ferien an der See leisten konnten. Katharina hatte deshalb die Mieten für ihre Pensionszimmer und für die Strandkörbe etwas erhöht, aber sie achtete auf ein gewisses Augenmaß. Schließlich wollte sie den Kontrolleuren vom Wucheramt nicht unangenehm auffallen. Vor nicht allzu langer Zeit hatte es in Warnemünde Gerüchte über eine Wirtin gegeben, die wegen überhöhter Zimmerpreise verhaftet worden war, und der Klatsch machte ihr Angst.

Katharina spürte plötzlich, dass sie aufmerksam angesehen wurde. Olaf und ihr Vater erwarteten offensichtlich eine Reaktion auf die romantische Bemerkung. Da sie keine Lust verspürte, sich an ihre Hochzeit zu erinnern, flüchtete sie sich in höfliches Geplänkel: »Gibt es in Rostock kein Abschiedsläuten?«

»Doch. Natürlich. Ja. In allen Kirchen. Sogar die große Glocke von St. Petri muss für die Rüstungsproduktion weichen. Nur die kunst- und kulturhistorisch wertvollen Glocken dürfen an Ort und Stelle bleiben. Aber das sind nicht viele.«

»Wie du schon sagtest, das Vaterland zu verteidigen ist eine Sache größter Entbehrungen«, flötete Katharina, während sie demonstrativ den Eisenreif an ihrem Ringfinger drehte. Sie hatte ihren goldenen Ehering abgegeben und wie alle anderen Frauen, die dem Aufruf im vorigen Jahr gefolgt waren, einen heroischen

Ersatz erhalten. Eigentlich hatte es sie nur geschmerzt, dieses Zeichen ihrer Verbundenheit mit Olaf abzugeben, weil sie das Gold gern für den Notfall aufgehoben hätte. Es lastete jedoch ein starker öffentlicher Druck auf den Frauen. Wer sein Gold nicht gegen Eisen spendete, galt als Verräterin. Und obwohl ihre Ehe eine Farce war, fand Katharina es noch unangemessener, ganz ohne Ring zu sein.

»Nun, die Monkehagen-Glocke von 1433 bleibt hängen«, warf Papenhagen ein.

Zu ihrer Überraschung war Olaf noch ein wenig blasser geworden. Er sah auf ihre Hände, dann in ihre Augen. Anscheinend hatte er genug von dem Geplauder über die große Metallbeschlagnahme, denn er fragte rundheraus: »Kann ich dich bitte sprechen, Katharina? Ein Spaziergang wäre mir sehr recht.«

Sie nickte. »Ich wollte ohnehin gerade nach Hause gehen.«

»Ja, dann gehe ich wohl auch mal besser meines Wegs«, meinte Gerda. »Ich muss mich um das Mittagessen kümmern.« Sie neigte sich zu Katharina und flüsterte vertraulich: »Dabei ist das, was wir unseren Männern heutzutage vorsetzen müssen, dieses Wort nicht wert. Der Gemüsegarten, den der Vogt auf dem neuen Friedhof anlegen ließ, macht niemanden satt.«

»Tschüss, Olaf. Alles Gute«, wünschte Papenhagen. Er schenkte seiner Tochter ein aufmunterndes Zwinkern, bevor er hinter Gerda zur Mühlenstraße trottete.

Katharina wandte sich zu Olaf. Hätte sie nicht übermorgen Ulrichs Besuch erwartet, wäre sie vielleicht in Panik ausgebrochen. Außerdem würde ihr Gatte sie kaum am Kirchplatz aufsuchen, um ihr zu sagen, dass er keine weitere Unabkömmlichkeitserklärung für ihren jüngsten Sohn bekam. Bislang hatte er Ulrich freistellen können, weil dieser als angehender Korbflechter angeblich kriegswichtige Arbeiten verrichtete. Nicht nur

Katharina wusste, dass Ulrich zwei linke Hände besaß, und sie würde Olaf auf immer dankbar sein, dass dessen Kaisertreue unverändert vor dem Leben seiner Kinder endete.

»Lass uns über die Promenade flanieren«, schlug sie vor.

Schweigend wanderten sie in Richtung Seestraße. Eine Gruppe Matrosen marschierte vorbei, kurz darauf eine Kompanie Soldaten. Im Schatten eines Hauseingangs stützte ein Verwundeter sich auf seine Krücken, während er genüsslich an einer Zigarette zog, die ihn vermutlich ein kleines Vermögen gekostet hatte. Eine dralle junge Frau in einfacher Garderobe kam Katharina und Olaf am Arm eines beleibten, offenbar wohlhabenden Herrn entgegen. Sie maß Katharina mit scharfem Blick, lächelte Olaf an. Kriegsgewinnler, dachte Katharina angewidert, es gibt sie überall.

»Warum bist du hier?«, fragte sie ihn schließlich, als sie das palastartige Hotel Hübner erreichten, das direkt an der Promenade, am Strand und bei den Bädern lag.

Olaf schritt weiter ruhig aus, hielt den Kopf gesenkt und sagte nichts.

»Hörst du mir nicht zu?«, herrschte sie ihn ungeduldig an. »Du wolltest mich doch sprechen. Warum schweigst du jetzt so verbissen?«

Er blieb stehen, blickte sie an. Neben ihm lief ein kleines Mädchen auf die Promenade, das einen Reifen vor sich herrollen ließ. »Verstehst du nicht, dass ich mich schäme?«, brach es aus ihm heraus. »Ich weiß nicht, wie ich es dir sagen soll, Katharina.«

»Was, um Himmels willen, kannst du mir nicht sagen? Was ist passiert?«

Olaf senkte die Stimme. »Ich bin bankrott.«

»Was?« Sie traute ihren Ohren nicht. Aber sie konnte ihn

nicht missverstanden haben. Es war fast windstill, die See lag wie ein blaues Seidentuch vor ihnen, der übliche Lärm der Badegäste hielt sich ebenso in Grenzen wie die Appelle der Soldaten. Ein Irrtum war ausgeschlossen. »Du kannst nicht bankrott sein«, entfuhr es ihr, obwohl sie ahnte, dass sie Unsinn redete. »Du bist ein vermögender Mann.«

»Ich war ein vermögender Mann, Katharina. Nun bin ich pleite. Zahlungsunfähig. Illiquide. Einerlei, wie du es nennst, es kommt auf dasselbe heraus.«

Ihre Knie drohten ihr den Dienst zu versagen. Sie wünschte, sie hätte sein Schweigen akzeptiert und mit ihrer Neugier gewartet, bis sie zu Hause waren. Dann hätte sie die Neuigkeit zumindest im Sitzen erfahren.

Sie hielt Ausschau nach einer freien Bank, entschied sich aber dagegen. Wahrscheinlich ließ sich eine derart aufreibende Angelegenheit besser im Gehen bereden. Die Neuigkeit hätte sie auch in ihrer Stube aus dem Sessel gerissen. Ihrer inneren Unruhe angemessen griff sie nach Olafs Arm und zog ihn mit sich, wobei sie nun einen deutlich schnelleren Schritt einlegte als bei dem gemächlichen Tempo zuvor. Es war, als wollte sie mit ihm vor der Wahrheit davonlaufen. Erst als sie die Bauruine des Kurhauses erreichten, gewährte sie ihm eine Atempause.

»Was ist passiert?«

»Ich hatte Pech«, antwortete er um Luft ringend.

»Das kann es nicht allein sein, wenn jemand, der auf großem Fuß lebte, nichts mehr hat.«

»Was soll ich sagen?« Olaf schnaufte, was aber sicher nicht allein an dem schnellen Gehen lag. »Der Krieg hat alles verändert. Du weißt, dass die Kolonien verloren sind. Genau wie meine Beteiligung an der Rattanplantage in Kamerun. Eine zivile Luftfahrt gibt es nicht, meine Investitionen sind obsolet. Im vorigen Jahr habe ich alles Gold gegen Papiergeld getauscht. Das war meine vaterländische Pflicht, nicht wahr? Inzwischen steigen die Preise jedoch dermaßen, dass das Geld kaum mehr das Papier wert ist, auf dem es gedruckt wird. Außerdem sind die allgemeinen Kosten nicht mehr zu tragen.« Er war niedergeschlagen, verzweifelt. Ein Mann am Ende.

In Katharinas Schläfen setzte ein Pochen ein, hinter ihrem linken Auge zuckte ein Blitz, das Hutband drückte gegen ihre Stirn. Sie hob die Hand, zog die Hutnadel heraus und nahm die Kopfbedeckung ganz ab. Das machte die aufsteigende Migräne nicht besser, denn nun war ihr Gesicht ohne Schutz dem Sonnenlicht ausgesetzt.

Langsam ging sie weiter, ihr Gatte folgte ihr wie ein Schatten.

Es entsprach nicht Katharinas Charakter, nach einem Menschen zu treten, der am Boden lag. Doch konnte sie in diesem Moment nicht anders. Sie brauchte Gewissheit.

»Was sind *allgemeine Kosten*? Handelt es sich dabei um die Summen, die du deiner Schlampe hinterherwirfst?«

»Ich habe nie … Sie ist nicht …«, hob er an, unterbrach seinen Protest jedoch. Seine Wangen zierten rote Flecken, seine Augen waren unendlich traurig. »Nora hat mich verlassen.«

»Darf ich wetten?«, entfuhr es ihr, bevor ihr einfiel, wie böse und rachsüchtig sie klang. »Als du dich einschränken musstest, wollte sie dich nicht mehr. Das hätte selbst ich ihr nicht zugetraut. Herzlichen Glückwunsch zu deiner Wahl, Olaf, diese Frau war anscheinend ebenfalls eine Fehlinvestition.«

Betreten senkte er den Blick.

»Also gut«, sie wollte ihn nicht weiter demütigen und schlug einen betont freundlichen Ton an, »du hast keine Mittel mehr. Aber du besitzt Sachwerte. Das Haus in der Steintor-Vorstadt, die Manufaktur. Immobilien stehen heutzutage hoch im Kurs.

Und die Produktion läuft gewiss auch recht gut. Wie verhält es sich mit den U-Boot-Matten?«

Er zuckte mit den Schultern. »Aufträge gehen schneller verloren, als man sie bekommt. Du weißt, wie so etwas ist.«

»Nein, Olaf, ich weiß nicht, wie so etwas ist.« Sie konnte nicht verhindern, dass ihre Stimme schrill klang.

»Ein paar Unachtsamkeiten, und schon entspricht die Qualität nicht mehr den Erwartungen.«

Ich bringe ihn um, fuhr es ihr durch den Kopf. Ich bringe ihn um, wenn er mit seinem finanziellen Leichtsinn dafür sorgt, dass Ulrich nun bald in den Krieg ziehen muss. So wahr mir Gott helfe!

»Heißt das …?« Sie atmete tief durch, blieb wieder stehen. Sie befanden sich kurz vor ihrem Gartenzaun. »Heißt das«, wiederholte sie, »dass in der Manufaktur keine Waren mehr hergestellt werden?«

Ein bitteres, heiseres Lachen entrang sich seiner Kehle. »Nein, nein, mach dir darüber keine Sorgen, das heißt es nicht. Ein paar Aufträge gibt es noch.« Er wartete ab, registrierte ihre Erleichterung, bevor er fortfuhr: »Ich habe der Marine Kredite gewährt, die über die normalen Kriegsanleihen hinausgehen. Das war ich meinem Vaterland schuldig, dachte ich. Auch deshalb ist kein Geld mehr da. Und um die ständig teureren Rohstoffe zu kaufen, musste ich das Haus in der Steintor-Vorstadt verpfänden.« Wieder senkte er den Blick, fast als erwartete er, dass sie ausholte und ihn schlug.

Wenn es etwas gab, auf das Katharina verzichten konnte, dann war es die Rostocker Villa, in der sie so unglücklich gewesen war. »Bist du bereits ausgezogen?«, wollte sie ruhig wissen.

Er nickte stumm.

»Dann wohnst du jetzt also wieder in der Werkstatt«, stellte sie fest.

Er schüttelte den Kopf.

»Wo lebst du, Olaf? Lass dir doch nicht alles aus der Nase ziehen!«

»Ich bin hier, um dich zu bitten, mich aufzunehmen.«

Sie war so verblüfft, dass sie das Gleichgewicht verlor, schwankte, stolperte und umknickte. Unwillkürlich griff sie Halt suchend nach Olafs Hand.

Er schlang den Arm um sie. »Ich nehme an, das ist ein Zeichen deiner Zustimmung. Schließlich bin ich ja noch immer dein Mann.«

Nein, sinnierte sie. Du kannst mein Gast sein, aber niemals wieder mein Gemahl.

10

Katharina musste Olaf in das Einzelzimmer im ersten Stock einquartieren, weil sie sein großes Schlafzimmer vermietet hatte. Der Leerstand war ihr unnötig erschienen, im Nachhinein wünschte sie jedoch, sie hätte auf die Einnahmen verzichtet. Der Mann, der für zwei Wochen auf ihrer Etage wohnte, gehörte zu den Kriegsgewinnlern übelster Sorte. Offensichtlich besaß er bessere Möglichkeiten, an Nahrungsmittel zu gelangen, als die meisten Warnemünder. Katharina hatte ihn mehrmals mit großen Leinensäcken beladen auf der Treppe angetroffen. Danach zog der verführerische Duft von geräuchertem Schinken durch das Haus. Auf Lebensmittelkarten konnte man nichts dergleichen erwerben, Katharina hatte sogar angenommen, dass Schweineseiten überhaupt nicht mehr zu kaufen waren. Der Geruch ließ ihr das Wasser im Mund zusammenlaufen, und wenn sie abends hungrig zu Bett ging, schlief sie lange nicht ein.

Auch in dieser Nacht fand sie keine Ruhe, doch diesmal nicht wegen der Hamsterkäufe ihres Feriengasts.

Sie wälzte sich hin und her, starrte an die dunkle Decke, noch immer fassungslos über das, was sie am Vormittag über Olafs wirtschaftliche Verhältnisse erfahren hatte. Seltsamerweise fühlte sie sich inzwischen gar nicht mehr so überrumpelt. Hatte sie nicht immer skeptisch auf seine großartigen Investitionen geblickt? Im Grunde war sogar absehbar gewesen, dass er sich mit dem Hutladen der Wedding in Schwerin und den anderen Geschenken, mit denen er sie wohl bei Laune hielt, übernahm. Er behandelte seine Geliebte wie ein Prinz im achtzehnten Jahrhundert seine Mätresse, nur dass Olaf eben doch keine fürstliche Apanage besaß. Von den Ausgaben für Erik ganz zu schweigen. Im Gegensatz zu dem Mann in seinem Zimmer hatte er vom Krieg nicht profitiert, sondern war an den Umwälzungen gescheitert.

Leise kratzte es an ihrer Tür. Wäre eine Katze im Haus, hätte sie sich nicht gewundert. Stirnrunzelnd drehte sie ihre Nachttischlampe an und setzte sich kerzengerade auf. »Ja bitte?«

»Ich bin es.« Olafs gedämpfte Stimme.

Sie durfte ihn nicht fragen, was er mitten in der Nacht von ihr wollte. Jedenfalls nicht durch die Tür. Ein Gespräch könnte ihre Gäste wecken, vor allem den einen Gast auf ihrem Stockwerk. Der Mann begann, sie mehr zu stören als ihr wartender Gatte in der Diele. Sie zog die leichte Decke, die sie sich wegen der Hitze vom Körper gestrampelt hatte, hoch bis zu ihrem Hals. Dann rief sie: »Komm herein. Es ist offen.«

»Du solltest abschließen, wenn du Fremde im Haus hast«, nörgelte Olaf prompt, als er in ihr Privatgemach trat.

»Bislang wollte noch niemand zu dieser nächtlichen Stunde hier herein.«

Er nickte verständnisvoll. »Ich kann nicht schlafen, Katharina. Die Situation … ich bin ein wenig aufgeregt. Darf ich mich setzen?« Er wartete ihre Antwort jedoch nicht ab, hob die Kleidungsstücke auf, die sie am Abend über den kleinen Sessel neben ihrem Toilettentisch geworfen hatte, und legte sie auf das Fußende ihres Betts. Dann setzte er sich, lehnte sich zurück und schlug gemütlich die Beine übereinander.

Glücklicherweise war er so feinfühlig, nicht in seinem alten Nachthemd aufzutauchen, das sie in der Wäschekammer gefunden hatte. Olaf trug Hose und Hemd, was Katharina in gewisser Weise erleichterte. Dennoch fragte sie etwas spitz: »Findest du nicht, dass es eine ungewöhnliche Uhrzeit für eine Plauderei ist?«

»Du hast noch nicht geschlafen.«

»Was macht das für einen Unterschied?«

Er zuckte mit den Schultern. »Es ist nach Mitternacht. Ich weiß. Aber ist es nicht besser, wir grübeln gemeinsam als jeder für sich? Es tut mir leid, dass dir meine Offenheit den Schlaf raubt.«

»Ja. Deine finanzielle Lage ist nicht schön.« Sie lehnte sich gegen ihre Kissen, entspannte sich ein wenig. »Du hast mir noch nicht gesagt, wie deine Zukunft aussehen soll. Was willst du tun, Olaf?«

»Zunächst würde ich gern hier wohnen.«

»Das habe ich mir gedacht.« *Befürchtet* wäre ehrlicher, überlegte sie. Allerdings war ihr Olaf im Nebenzimmer wohl doch lieber als ein Fremder. »Ich meinte, was willst du in Rostock unternehmen? Was wird aus der Manufaktur?«

»Erik kümmert sich um die Geschäfte.«

Diese Information schreckte sie dermaßen auf, dass sie hochfuhr und ihr die Decke aus den Händen glitt. »Wie bitte? Dein Sohn wird alles nur noch schlimmer machen.«

Er starrte auf ihre Brüste, die sich durch den dünnen, durchsichtigen Batist ihres Nachtgewands abzeichneten. Er fuhr sich mit der Zunge über die Lippen.

Sein glasiger Blick alarmierte sie. Hastig griff sie wieder nach der Decke, bekam jedoch nur einen Zipfel zu fassen, zerrte daran. Vor Ärger über sein offensichtliches Verlangen wurde ihr Atem schwer, ihre Brust hob und senkte sich, sie bot ihm ihren Busen dadurch so sinnlich dar wie ein Kochkünstler köstlich arrangierte Täubchen auf einem Silbertablett. Mit der freien Hand griff sie sich ins Haar, um sich mit einer Strähne zu bedecken. Sie rechnete nicht damit, wie erregend diese Geste auf ihn wirkte. Er betrachtete sie als Aufforderung.

In einer einzigen schwungvollen Bewegung sprang er auf, warf sich neben sie, lag halb auf ihr und halb auf der Bettkante. Er vergrub sein Gesicht an ihrem hämmernden Herzen. Seine Finger strichen über ihre Arme, ihre Schultern, suchten einen Weg tief unter die Decke, an der sie noch immer zog, was unter seinem Gewicht fast unmöglich war. Er griff energisch in den Ausschnitt, der feine Stoff riss ein, als Olaf fast grob sein Recht als Gatte forderte.

In Katharinas Kopf explodierte ein Feuerwerk. Es waren nicht die bunten Lichter der Feste ihrer Jugend, sondern die Leuchtraketen aus den Schützengräben. Sie durfte nicht schreien, nicht ihre Gäste wecken. Wer sollte ihr zu Hilfe eilen, wenn sie mit dem eigenen Ehemann im Bett lag?

»Ich bin so einsam«, wimmerte er.

»Du bist ein geiler alter Sack«, entfuhr es ihr. Sie versuchte, ihn mit den Beinen strampelnd von sich zu stoßen. Vergeblich.

»Oh!«, keuchte er. »Sprich weiter, Katharina, sag es mir. Ich wusste nicht, dass du solche Wörter kennst …« Seine eine Hand umschloss ihre Brust, drehte hart an der Knospe, während die andere tiefer glitt.

Katharina spürte die harte Ausbuchtung seiner Hose an ihrem Schenkel. »Nein!« Ihr Widerspruch spülte ihr die Magensäfte in die Kehle. Ihre Gedanken fuhren Karussell. Was, um alles in der Welt, hatte die Wedding mit Olaf gemacht? Ihr kam in den Sinn, wie gern die Gouvernante die Prügelstrafe verrichtete. Wie die Wedding die Peitsche geschwungen hatte, war unvergessen. Hatte sie die Rute auch gegen Olaf eingesetzt? Um seine Lust zu steigern? Ein nicht mehr junger, beruflich erfolgreicher und gesellschaftlich angesehener Mann ließ sich von seiner Geliebten schlagen – war so etwas möglich? Oder hatte Nora Wedding ihm erlaubt, sie zu züchtigen? War das vielleicht das Geheimnis ihrer langjährigen Verbindung? Katharina biss die Zähne aufeinander, um sich nicht zu erbrechen.

Für einen winzigen Moment gab sie ihren Widerstand auf. Olaf registrierte die Veränderung ihres Körpers jedoch sofort. Er missverstand sie als Zustimmung, nahm eine Hand fort, um an seiner Hose zu nesteln.

Doch Katharinas Sinne waren geschärft, sie reagierte sofort. Mit aller Kraft, die sie aufzubringen vermochte, stieß sie ihn von sich.

Ein lautes Poltern durchbrach die nächtliche Stille. Dann ein Schmerzensschrei.

Olaf war von ihrem Lager gefallen.

Am liebsten wäre sie davongelaufen, doch zwischen ihr und der Flucht lag die Wand, gegen die ihr Bett gestellt stand. Sie zog die Knie an, versuchte, sich notdürftig mit den Resten ihres Nachthemds zu bedecken, und rutschte in die äußerste Ecke. Fort von Olaf. Von seiner ungeahnten Zudringlichkeit. Als seine Hände am Matratzenrand auftauchten, stockte ihr der Atem.

Olaf versuchte, sich hochzuziehen, doch mit einem erneuten Wehklagen fiel er nach hinten. »Hilf mir! So hilf mir doch! Zu Hilfe!«

Konnte er wirklich nicht aufstehen, oder war das Betteln Teil seines grausamen Spiels? Ihr Pflichtbewusstsein meldete sich, doch sie hielt sich an dem Hass fest, der in ihr aufwallte. Ohne sich zu rühren, beobachtete sie stumm, wie Olaf noch einmal vergeblich versuchte, sich aufzurichten. Erst nach einer Weile begriff sie, dass er tatsächlich bewegungsunfähig war.

Irgendwo im Haus klappten Türen. Aufgeregt durcheinanderredende, undeutlich klingende Stimmen drangen vom Flur herein. Olafs Schreien hatte die Gäste geweckt.

Für einen Moment schloss Katharina die Augen. Bewahre Contenance, sprach sie sich Mut zu. Er kann dir nichts tun. Sie versuchte, ihren Atem unter Kontrolle zu bringen, öffnete die Lider, reckte sich, um die Szene zu erfassen.

Olaf lag mit schmerzverzerrtem Gesicht auf dem Bettvorleger. Als er ihre Regung wahrnahm, versuchte er, sich zu bewegen, doch wieder gelang es ihm nicht. Doch darauf achtete sie nicht. Ihre Blicke hafteten an der offenen Hose, die ihm schief von den Hüften hing. Von seiner Erektion war nicht einmal eine Ahnung zurückgeblieben.

»Ein stechender Schmerz ist mir durch den Rücken gefahren«, jammerte Olaf. »Ich kann mich nicht mehr rühren.«

Sie schrak zusammen, als jemand an ihre Zimmertür klopfte. Dann eine besorgte, dennoch um Zurückhaltung bemühte Männerstimme: »Frau Borchers, ist bei Ihnen alles in Ordnung?«

Die Vorstellung, Olaf behilflich sein zu müssen, ihn anzufassen und aus seiner misslichen Lage zu befreien, überstieg ihre Kraft. »Einen Moment, bitte«, rief sie dem Gast zu. »Ich brauche Ihre Hilfe.«

»Du wirst doch wohl nicht …«, hob Olaf entsetzt an.

Ohne ein weiteres Wort kletterte sie aus dem Bett, stieg über den am Boden Liegenden. Sie griff sich ihren Morgenrock von dem Haken an ihrem Kleiderschrank. Dann öffnete sie.

Vor ihr stand der fettleibige Gast, der Olafs Schlafzimmer bewohnte, im Hintergrund reckte das Ehepaar aus dem ersten Stock den Hals.

»Es ist sehr liebenswürdig, dass Sie Ihre Nachtruhe opfern.« Es gelang ihr, den höflichen, liebenswürdigen und dennoch distanzierten Ton der Pensionswirtin anzuschlagen. »Meinem Gemahl ist ein Unglück geschehen. Leider kann ich nichts für ihn tun. Würden Sie so freundlich sein und ihn stützen?«

»Ein Arzt«, krähte Olaf. »Ich brauche einen Arzt.«

»Morgen«, versprach Katharina bestimmt, wieder Herrin der Lage. Am liebsten hätte sie laut aufgelacht, als ihr einfiel, dass Olaf den Rest dieser Nacht nun doch in ihrem Bett verbringen würde.

11

Zwei Tage später machte Katharina sich auf den Weg nach Rostock. Es war kein einfaches Unterfangen, denn die Eisenbahn verkehrte nicht mehr so regelmäßig und zuverlässig wie früher. Die meisten Züge wurden für Militärtransporte benötigt, die wenigen freien Platzkarten für Zivilisten waren meist sofort ausverkauft, die Schlangen der Wartenden am Bahnhof lang. Zu Wasser war die Lage fast ebenso aussichtslos, und hätte Katharina nicht zufällig einen alten Fischer getroffen, der sie wiedererkannte, wäre sie keinesfalls so rasch in die Stadt gekommen. In besseren Zeiten hatte sie dem Alten frische Heringe abgekauft, ohne unnötig zu feilschen wie viele andere Hausfrauen. Er bot an, sie gegen kleines Geld mit seinem Boot, das wohl zu klapprig für die Marine war, in die Stadt zu bringen.

»Wenn der nächste Winter wieder so kalt wird, muss ich die Masten meines Kahns verheizen«, nuschelte er hinter seinen vom Kautabak braun verfärbten Zähnen. »Das Fanggeschäft lohnt schon lange nicht mehr. Trotz der hohen Preise. Dorsch und Butt sind knapp geworden, die Schwärme sind vor den vielen Minen an unserer Küste nach Norden geflohen. Vielleicht sind es auch die Motorgeräusche der U-Boote, die die Fische aus unseren Buchten vertreiben.« Er zog seine Mütze tiefer in die Stirn und konzentrierte sich auf das Steuern. Katharina hätte schwören können, dass in seinen Augen Tränen schimmerten.

Vom Hafen ging sie zu Fuß die Anhöhe zur Altstadt hinauf. Das Bild der Passanten hatte sich auch hier verändert: Die Soldaten und Matrosen, die ihr entgegenkamen, wirkten nicht mehr siegesfreudig wie zu Beginn des Kriegs, sondern ernüchtert und müde, die Männer der Arbeiterkompanien waren deutlich älter. Viele Frauen waren unterwegs und demonstrierten dabei eine Geschäftigkeit, die Katharina als ungewöhnlich empfand, manche trugen sogar Uniform. Vor einer Bäckerei bewegte sich eine Schlange wütender, hungriger Menschen, die entweder nicht mehr warten wollten, bis sie an der Reihe waren, oder befürchteten, am Ende vor leeren Regalen zu stehen, die – wie immer öfter – nicht mehr aufgefüllt werden konnten.

Katharina fühlte sich vollkommen fehl am Platz. Sie hatte ihr bestes Kleid angezogen und den schicksten Hut aufgesetzt, den sie noch besaß. Die gute Garderobe sollte ihr Sicherheit verleihen und eine gewisse Macht, wenn sie vor Olafs Arbeiter trat. Doch im Moment verunsicherte die Aufmachung sie eher. Katharina fiel damit unter den anderen Passanten auf. Nicht als vornehme Dame, sondern als – Kriegsgewinnlerin. Keine rechtschaffene Frau kleidete sich sonst auf diese Weise, wie sie entsetzt feststellte. Sie versuchte, sich von jedem Menschenauflauf fernzuhalten, wechselte die Straßenseite, um einer Gruppe möglicherweise aufgewühlter Bürgerinnen aus dem Weg zu gehen. Als sie endlich vor Olafs Werkstatt stand, entspannte sie sich ein wenig. Irgendwie war es doch ein Nach-Hause-Kommen.

Der vertraute Geruch umfing sie, nur die Geräuschkulisse war geringer als früher. Aber dass hier auf Hochdruck gearbeitet wurde, hatte sie ohnehin nicht erwartet. Sie war froh, dass Ulrich seinen freien Tag hatte und in Warnemünde weilte. Es erschien ihr leichter, ihr Vorhaben ohne die Gegenwart ihres jüngsten Sohnes umzusetzen. Sie nahm zwar an, dass die wenigen verbliebenen Korbmacher nichts gegen eine neue Geschäftsleitung einzuwenden hatten, aber würden die Handwerker auch positiv reagieren, wenn es sich um die Frau des Manufakturbesitzers handelte? Zunächst würde sie jedoch Erik von seinem neuen Platz vertreiben.

Sie traf ihren Stiefsohn in Olafs Büro an. Auch das hatte sie nicht anders erwartet. Allerdings hatte sie nicht mit Eriks Habitus gerechnet. Er saß in Olafs Stuhl, hatte die Beine auf den Tisch gelegt und paffte eine Zigarre. Der Rauch verhüllte ihn wie eine Nebelwand, doch fiel ihr der vorbildlich geschnittene Anzug trotzdem sofort auf. Erik trug einen Rock, den er erst kürzlich vom Schneider abgeholt haben musste. Keine Spur von Stopflöchern, fadenscheinigen Stellen an den Ärmeln oder vor Abnutzung glänzenden Flecken am Revers, wie sonst oft zu sehen.

»Du solltest die Luft nicht so verpesten«, mahnte sie statt einer Begrüßung.

»Katharina?!« Mit einiger Verzögerung nahm er die Beine vom Tisch, setzte sich gerade. »Was für eine Überraschung.«

»Das glaube ich dir gern.«

Er fuchtelte mit der Zigarre zwischen den Fingern herum. »Möchtest du dich nicht setzen?«

»Nein. Eigentlich nicht.« Sie hatte schon immer lieber im Stehen verhandelt. Doch das wusste Erik natürlich nicht. Sicher sah er sie deshalb so irritiert an.

»Was führt dich zu mir? Hat Vater dich geschickt?«

»Nicht direkt, aber auf gewisse Weise.« Eriks hochgezogene Augenbrauen signalisierten ihr, dass sie seine vollste Aufmerksamkeit besaß. »Er hatte einen Unfall und ist bettlägerig. Genau genommen ist etwas mit seinem Rücken passiert, sodass er sich nicht mehr bewegen, geschweige denn laufen kann.«

Der Rauch umwölkte Eriks Gesicht. »Das tut mir leid«, behauptete er. »Besteht Hoffnung, dass er eines Tages wieder ins Büro kommt?«

»Im Moment nicht. Nein. Vielleicht wäre es möglich, wenn er einen Rollstuhl benutzen dürfte, aber du weißt, wie es heutzutage ist: Die vielen Verwundeten benötigen jedes Hilfsmittel. Ein Zivilist in Olafs Alter muss zurückstecken. Er wird das Bett bis auf Weiteres nicht verlassen können.« Beinahe hätte sie *mein Bett* gesagt. Aber die neue Raumaufteilung in ihrer Villa am Meer ging Erik nichts an. Falls er seinen Vater jemals besuchen sollte, würde er früh genug bemerken, dass sie Olafs Krankenlager in ihrem Zimmer eingerichtet hatte. Sie war indes in das kleine Einzelzimmer im ersten Stock gezogen.

»Na, dann kann ich diesen unprofitablen Laden ja endlich dichtmachen.«

Dass Erik die Manufaktur schließen wollte, hatte Katharina befürchtet. Es war der Grund für ihr Hiersein. Sie stützte sich mit den Händen auf dem ungewöhnlich aufgeräumten Schreibtisch ab, beugte sich darüber. »Das. Wirst. Du. Nicht. Tun.«

Er war irritiert. »Wie bitte?«

»Ich verbiete dir, irgendetwas gegen die Manufaktur zu unternehmen …«

»Das ist doch Unsinn, Katharina.« Er lachte leise auf. Sie registrierte jedoch weniger Humor als vielmehr Unsicherheit. »Wir leben in Zeiten, die eine gewisse wirtschaftliche Fantasie erfordern. Du musst am besten wissen, was ich meine. Die Idee deines Strandkorbverleihs war damals genial. Heute sind andere Initiativen gefragt …«

»Die da wären?«, fiel sie ihm so freundlich wie möglich ins Wort.

Er grinste. »Zum Beispiel der Handel mit Butter.« Er zog an seiner Zigarre, ergötzte sich anscheinend daran, sie überrascht zu haben. »Die Fährverbindung nach Dänemark ist eine wunderbare Sache. Unser nördlicher Nachbar produziert reichlich Fett. Und das deutsche Volk leidet Hunger. Jedem Spatzenhirn müsste klar sein, womit gutes Geld zu machen ist, umso mehr einer geschäftstüchtigen Frau wie dir. Das Fünf-Pfund-Paket kostet offiziell etwa fünf Mark, im sogenannten freien Handel müssen die Kunden vierzig Mark berappen.«

Sie starrte ihn an. Wie tief würde ihr Stiefsohn noch sinken? »Verkaufst du etwa Schmuggelware?«

»So würde ich es nicht nennen. Es klingt so böse. Sagen wir einfach, ich bewahre einige meiner Mitmenschen davor, den Hungertod zu sterben.«

»Abgesehen davon, dass schon immer der Zoll ein wichtiges Wörtchen mitzureden hatte, sind die Butterfahrten nach Dänemark vor vier Wochen verboten worden.«

»Ja und?«

Ein Gedanke flackerte in ihrem Hirn auf. Wie ein Blatt Papier, das vom Blitz flüchtig erleuchtet und von einer Böe aufgewirbelt wurde, bevor sie die Inschrift genau lesen konnte. Sie musste nachdenken, diesem stinkenden Zigarrenqualm entfliehen, der in ihren Augen brannte. Eriks kriminelles Tun brachte sie ihrem Ziel näher. Das wusste sie. Sie konnte sich nur nicht auf die Möglichkeiten konzentrieren, die sie hatte. Als würde es etwas helfen, sank sie gegen ihren Willen nun doch auf den Besucherstuhl.

»Ich sehe, du machst es dir bequem.« Erik schenkte ihr ein Lächeln. »Was ist? Möchtest du bei mir einsteigen? Die hilfreiche Hand einer angesehenen, unverdächtigen Frau ist mir willkommen. Noch dazu einer Dame, die in Warnemünde sozusagen an der Quelle sitzt.«

Das ist es, überlegte sie, das ist die Lösung.

»Die Butterfahrten wurden zwar verboten, da hast du schon recht«, fuhr ihr Stiefsohn schmeichlerisch fort, »aber der Hafen von Warnemünde wurde noch nicht für dänische Schiffe geschlossen. Das ist unsere Chance, Katharina. Wir werden reich.«

Sie dachte an den Gast in Olafs Schlafzimmer, an die verführerisch duftenden Speckseiten, und sie erinnerte sich an das eine oder andere Butterfässchen, das sie in Vorkriegszeiten hatte in den Müll werfen müssen, weil es im Sommer zu lange auf dem Gartentisch gestanden hatte und schlecht geworden war. Was würde sie heute dafür geben, ein Brot damit bestreichen zu können? Ganz egal, ob es altbackenes Brot oder ranziges Fett war. Die Erinnerung ließ ihren Magen knurren.

»Ich höre es«, lachte Erik gewinnend. Er legte seine Zigarre in einen Aschenbecher, wo die Glut langsam verlosch. »Wir sind uns also einig? Dann können wir gleich darangehen, die Manufaktur aufzulösen.«

»Nein.« Ihre Stimme klang klar und deutlich. Langsam erhob sie sich von ihrem Stuhl, stand gerade vor dem Schreibtisch, als hätte sie einen Krieg gewonnen und würde dem Verlierer die

Kapitulationsurkunde diktieren. »Du vergisst, dass ich nicht hier bin, um deinen Willen durchzusetzen, sondern den deines Vaters. Seine Behinderung zwingt ihn, mir die Leitung der Manufaktur zu übertragen. Du kannst deine Geschäfte nach deinem Sinn führen, Erik, nicht aber diese Werkstatt. Ich werde sie erhalten, wie es in diesen schweren Zeiten möglich ist. Nichts anderes liegt mir im Sinn.«

»Hä?« Er sah sie ungläubig an. »Was soll das? Du kannst mich nicht vertreiben.«

»Eben wolltest du freiwillig gehen.«

»Die Manufaktur wirft kaum noch etwas ab. Die Kosten sind höher als die Einnahmen. Du hast keine Ahnung vom Korbmacherhandwerk. Ein paar vermietete Strandkörbe geben dir nicht das Recht …«

»Meine Ehe gibt mir das Recht.« Demonstrativ hielt sie die Hand mit dem Eisenring hoch. Nie hätte sie gedacht, dass ihr die Heirat noch einmal so nützlich sein würde. »Und wenn du nicht tust, was ich verlange, werde ich deine … sagen wir … menschenfreundlichen Aktionen dem Rat melden.«

Verblüfft schwieg Erik.

1918

12

»Ich liebe dich«, hatte Olaf beteuert, wann immer Katharina in sein Zimmer gekommen war. »Ich habe dich jeden Tag geliebt, seit ich dir zum ersten Mal begegnet bin. Es war alles nur ein Missverständnis. Es tut mir so leid.«

Anfangs hielt sie seine Worte für das Wehklagen eines Mannes, der seine Haltung vollkommen verloren hatte. Sie zeigte nur Verachtung für ihn, fand, dass es ihm recht geschah, wenn er sich nicht mehr rühren und nur noch wimmern konnte. Der alte Kurarzt, den Katharina rief, diagnostizierte eine Verletzung des Rückgrats, wahrscheinlich hervorgerufen durch eine unglückliche Bewegung. Dies sei sehr schmerzhaft, aber nicht behandelbar, und führe oft zu Lähmungen. Da es kaum noch Arzneimittel zu kaufen gab, konnte Olaf nicht auf Linderung hoffen.

Katharina kümmerte sich so wenig wie möglich um ihn. Meistens versorgte ihn das Hausmädchen. Elise erwies sich als gute Krankenschwester. Sie brachte Olaf das Essen, wusch ihn, massierte seinen Rücken, wenn er danach verlangte. Dabei ging sie recht grob vor, und Katharina überlegte amüsiert, dass Elise mit ihrer Fingerfertigkeit ein paar Jahre früher durchaus Karriere bei Olaf hätte machen können. Doch trotz dieser Fürsorge verstarb er sechs Monate nach dem, was Katharina *einen bedauernswerten Unfall* nannte.

Das wechselhafte Winterwetter setzte ihm ebenso zu wie der Kohlenmangel. Eine Lungenentzündung war die Folge. Doch Katharina wusste nicht, ob das allein ein Grund für Olaf Borchers war zu sterben. Als sie ihn tot in ihrem Bett fand, hielt er einen Brief in der Hand.

Es war eine Nachricht aus Rostock. Erik war verhaftet worden. Er hatte sich nach Ladenschluss in einem Kaufhaus einschließen lassen und Waren für insgesamt rund zwölftausend Mark eingesammelt. Als er das Geschäft am Morgen verlassen wollte, fielen seine prall gefüllten Taschen auf. Wahrscheinlich konnte Olaf diese Schande nicht mehr verkraften. Für die Beerdigung seines Vaters bekam Erik nicht einmal Urlaub aus dem Zuchthaus. Allerdings fragte Katharina sich, ob ihr Stiefsohn unter anderen Umständen ein teilnahmsvoller Gast der Trauerfeier gewesen wäre. Sein Erbe war verloren. Von Olaf schon zu Lebzeiten durch Fehlinvestitionen jeder Art verprasst. Die Manufaktur, Olafs letzter Besitz, war in Katharinas Hände übergegangen. Sie hatte keine Ahnung, ob die Werkstatt je wieder etwas einbringen würde. Aber sie war Gold für sie wert, denn der Betrieb hatte bis zum Schluss ihren Sohn Ulrich vor einem Kriegseinsatz beschützt. Dafür war sie Olaf von ganzem Herzen dankbar.

Nun war der Krieg seit vier Wochen vorüber. Es war Anfang Dezember, in Warnemünde regierte ein Arbeiterrat, im Deutschen Reich Friedrich Ebert als Reichskanzler. Der Kaiser hatte ebenso wie seine Fürsten abgedankt. Eine Zeitenwende. Katharina waren die politischen Verhältnisse im Moment weitgehend gleichgültig. Für sie persönlich änderte sich ja nichts: Es gab nichts zu essen, keine Kohlen, und der Strom wurde eingespart. Dennoch war der Frieden ein großes Glück. Sie hatte überlebt. Ihre beiden Söhne waren am Leben und konnten in die Zukunft blicken. Ulrich würde kein Korbmacher werden müssen, Christian würde gewiss bei der Fliegerei bleiben, sofern es auch in Friedenszeiten Möglichkeiten für Marinepiloten gab. Sie würde ihn gewähren lassen, weil ihn seine Flugmaschine schließlich gut durch den Krieg gebracht hatte. Jeder in den vergangenen zwei, drei Jahren am Strand oder über der Küste abgestürzte Doppeldecker hatte sie vor Sorge fast um den Verstand gebracht. Doch immer stellte sich heraus, dass weder Pilot noch Beobachter Christian Borchers hießen.

Es herrschte mildes Wetter. Genau genommen roch es nach Spätherbst und noch nicht nach Winter. Die Mauern nahmen trotzdem nicht ausreichend Wärme auf, und in Katharinas Villa war es so kalt, dass sie meinte, die Luft am Strand fühle sich weniger frisch an. Sie hatte den Kragen ihres Mantels hochgeschlagen, sich einen Schal um Kopf und Hals gebunden und machte sich auf zu einem Spaziergang am Meer.

Die Dämmerung griff mit langen Fingern nach dem Ort. Über der See war der Himmel noch durchzogen von hellen Streifen, jenseits des Strandwegs lag der Wald bereits im tiefsten Dunkel da. Katharina stapfte durch den Sand, suchte sich einen Weg, wo die Wellen einen feuchten harten Grund hinterlassen hatten. In ihrer Faust klackerten ein paar Steine. Es waren Erinnerungsstücke, die Christian und Ulrich als Kinder gefunden und gesammelt hatten, später ihrer Mutter zum Geschenk machten. Irgendwann hatte sie geschworen, sie würde die Strandsteine dem Meer zurückgeben, wenn ihre Liebsten den Krieg überlebten.

Auch der Gneis von Joachim lag in ihrer Hand.

Als sie vorhin in seinem Haus nach dem Rechten sehen wollte, hatte sie ein kleines Licht in der Stube brennen sehen. Das konnte nur bedeuten, dass er wieder da war. Eigentlich hätte sie klingeln, klopfen, sich bemerkbar machen und ihn begrüßen sollen. Am liebsten wäre sie ihm um den Hals gefallen. Aber würde er ihr noch dieselben Gefühle entgegenbringen wie in der Nacht seines Abschieds? Vielleicht hatte er sich in den Jahren auf See verändert, womöglich war er verwundet worden, entstellt, und sie würde ihn nicht wiedererkennen. Sie sehnte sich verzweifelt nach dem Wiedersehen, aber ihr fehlte der Mut für einen Überraschungsbesuch. Mit einer sie plötzlich zu ersticken drohenden Schüchternheit drehte sie sich um und rannte zum Strandweg, als wäre der Teufel hinter ihr her.

Die Positionslampen der auf Reede liegenden Schiffe warfen Lichtpunkte auf das Wasser. Von irgendwoher wehte eine wunderschöne melancholische Melodie zum Strand. Erklangen da tatsächlich die Töne eines Dudelsacks? Warum nicht?, überlegte Katharina und blieb stehen, um der Musik zu lauschen. Die Engländer hatten auch schöne Lieder. Die Matrosen waren doch ganz normale Jungen wie ihre Söhne, manche groß, attraktiv, andere weniger. Aber eben junge Männer mit Sehnsüchten, Hoffnungen, Zukunftsträumen. Auch die russischen Soldaten, die aus dem Gefangenenlager in Güstrow ankamen und von den Briten oder von dänischen Dampfern in die Heimat gebracht werden sollten, unterschieden sich nicht. Vor allem besaß jeder von ihnen eine Mutter, die ebenso wie sie für die Heimkehr des eigenen Kindes betete. Seltsam, dass ihr das erst bewusst wurde, als die Sieger nach Warnemünde kamen.

Langsam machte sie kehrt, um nach Hause zu gehen. In der Ferne zeichnete sich die Silhouette eines Strandkorbs gegen den Himmel ab. Sie hatte die Kiepe ein paar Schritte von ihrem Garten entfernt stehen lassen. Das Korbgeflecht war nicht mehr gut, und falls jemand den Korb klaute, um das Gestell aus Kiefer zu verheizen, würde derjenige keine lange Freude an dem Brennholz haben. Die Einheimischen wussten das. Deshalb konnte sie vermutlich weiter an den milden Wintertagen darin sitzen und dem Rauschen des Meeres lauschen.

Oder einem unbekannten Lied.

Während sie langsam am Meeressaum entlangschritt, nicht mehr den Wellen auswich und Wasser durch die löchrigen Sohlen ihrer geflickten Stiefel dringen ließ, prägte sie sich die Melodie ein. Dann versuchte sie, leise mitzusingen. Dadurch auf die eigene Stimme konzentriert achtete sie nicht auf die Gestalt, die sich aus dem Strandkorb erhob und ihr entgegenkam. Erst als sie seine Stimme hörte, hielt sie inne.

»*Auld Lang Syne.*«

»Jochen!« Es war kein Ausruf. Nicht der Freudenschrei einer

Liebenden. So leise wie die Töne des fremden Liedes kam ihr sein Kosename über die Lippen. Das Herz schlug ihr bis zum Hals und lähmte gleichzeitig jede andere körperliche Reaktion.

»*Auld Lang Syne*«, wiederholte er, und obwohl sie in der Dämmerung kaum die Linien seines Gesichts sehen konnte, hörte sie, dass er lächelte. »So heißt das Stück, das du summst. Ein altes schottisches Volkslied, das die Verstorbenen ehrt.«

Sie streckte die rechte Hand aus, um sich zu vergewissern, dass sie keinem Trugschluss zum Opfer fiel. In der anderen hielt sie die Steine fest. Doch kurz bevor sie ihn berühren konnte, zog sie die Hand zurück. »Ich kann nicht glauben, dass du es wirklich bist.«

»Kennst du noch einen Mann, der in einem Strandkorb auf dich warten würde?« Er lachte in sich hinein. »Weißt du, eigentlich habe ich die vergangenen fünfzehn Jahre immer in irgendeinem Strandkorb auf dich gewartet. Na ja, vielleicht nicht unbedingt die letzten vier Jahre …« In beredtem Schweigen brach er ab.

»Aber nun bist du da.«

»Ja«, erwiderte er schlicht. Diesmal streckte er die Hand aus. Sacht streifte er die zarte Haut an ihrem Ohr, wickelte eine vorwitzige Strähne ihres Haars um seinen Finger.

Unwillkürlich neigte sie den Kopf, sodass ihre Wange seine Hand berührte.

»Genau genommen habe ich mein ganzes erwachsenes Leben auf dich gewartet. Zweiundzwanzig Jahre. Du kannst nicht von mir verlangen, dass ich noch länger auf dich verzichte. Nicht nach allem, was hinter mir … hinter uns liegt.« Er strich zärtlich über die Linie, die von ihrem Ohrläppchen zu ihrem Mund führte. »Ich habe gehört, dass du verwitwet bist. Soll ich lügen und sagen, dass es mir leidtut?«

»Greta ist auch tot. Dein Anwalt sagte es mir.«

»Ich weiß. Die Nachricht erreichte mich irgendwann, aber ich durfte mich nicht melden. Ich habe Freddi geschrieben und hoffe, dass sie mir verzeiht, weil ich nicht für sie da war.« Jetzt zeichnete er die Konturen ihrer Lippen nach. »Das Schlimmste am Seekrieg war eigentlich diese endlose Warterei. Die Hochseeflotte lag die meiste Zeit im Hafen. Da gab es dann – bis auf wenige Ausnahmen – eine Postsperre, damit zu Hause niemand von unserer Untätigkeit erfuhr. Ich fühlte mich wie abgeschnitten. Aber mir wäre auch niemals eingefallen, was ich dir hätte schreiben sollen.«

»Vielleicht, dass du mich liebst.«

»Ein verheirateter Mann schreibt nicht an eine verheiratete Frau, dass er sie liebt.«

Spielerisch küsste sie seine Fingerspitze. »Wir sind beide frei. Jetzt könntest du es mir wenigstens sagen.«

»Das habe ich früher schon.« Er versetzte ihr einen Nasenstüber. »Hör mal auf das Lied, das sie jetzt auf dem britischen Kreuzer spielen. Die ersten Textzeilen lauten …« Leise hob er zu einem Sprechgesang an, der von der fernen Melodie untermalt wurde:

»Sollte alte Vertrautheit vergessen sein
Und ihrer nicht mehr gedacht werden?
Sollte alte Vertrautheit vergessen sein
Und auch die guten alten Zeiten?«

»Das klingt, als hättest du die Musiker bestellt.«

»Hab ich nicht. Leider. Hätte ich aber gerne.« Plötzlich legte er die Arme um sie und zog sie an sich. »Möchtest du noch einmal neu anfangen? Um der guten alten Zeiten willen?«

Die kleinen Steine schmeichelten Katharinas Hand. Ihre Glückssteine. Während sie die in Jahrtausenden abgeschliffenen Rundungen aneinanderrieb, blickte sie zu Joachim auf. Es war jetzt dunkel, sie konnte seine Miene kaum erkennen. Aber auch ihm war es unmöglich, in ihren Augen zu lesen. Deshalb versuchte sie, alles Gefühl in ihre Stimme zu legen, als sie antwortete: »Nein. Nicht der guten alten Zeiten wegen. Die sind vorbei. Lass uns die Zukunft gemeinsam angehen.«

»Mit einem Strandkorbverleih?«, fragte er belustigt, enthob sie jedoch einer Antwort, indem er ihre Lippen zu einem Kuss suchte – und fand.

Seine aufflammende Leidenschaft überwältigte sie. Es war ein anderer Kuss als damals bei ihrem Abschied. Voller Feuer und Hoffnung, ohne die geringste Bitterkeit. Sie gab sich ganz diesem Moment hin und wünschte, dass er niemals enden möge. Dabei vergaß sie die Steine. Unwillkürlich öffnete sie ihre Faust, und der Inhalt fiel auf den Sand.

Der Abendwind strich über die See, trieb die Wellen weit in den Strand. Das Wasser ergriff die Steinchen und nahm sie bei der nächsten Bewegung mit hinaus.

EPILOG

Friederike

1921

Im Zug drängten sich die Reisenden. Seite an Seite, Koffer an Koffer. Friederike fragte sich, wie es sein konnte, dass trotz der steigenden Geldentwertung anscheinend Gott und die Welt in die Sommerfrische fuhr. Sie saß eingepfercht zwischen den Mitgliedern einer Familie, die wenig Rücksicht auf sie nahmen, sich laut über den bevorstehenden Urlaub unterhielten, mit Papier raschelnd ihren Proviant auswickelten, lärmend Butterbrote schmatzten und ansonsten nicht darauf achteten, dass diverse Puppen, Strandspielzeug und Bücher bei jedem Bremsmanöver des Lokomotivführers aus dem vollgestopften Gepäcknetz auf Friederikes Kopf fielen.

Wenigstens konnte sie den breitkrempigen Strohhut retten, auf den sie monatelang gespart hatte. Tante Luise verstand nicht, dass Friederike sogar das Geld, das sie ihr zum Geburtstag geschenkt hatte, im Geschäft einer Modistin verschwendete. Aber für ihre Heimkehr nach Warnemünde war Friederike nichts zu teuer. Es war die Erfüllung eines sieben Jahre währenden Traums. Dafür wollte sie das schönste Mädchen auf dem Bahnhof sein. Wenn es ihr gelang, weiterhin den ebenso ungeschickten wie fettigen Fingern auszuweichen, kam sie ihrem Ziel auch durch ihre Kleidung deutlich näher. Das wadenlange meerblaue Hängerkleid umschmeichelte ihre schmale Figur mit auffallender Einfachheit, außerdem imitierte der leichte Stoff die Farbe ihrer Augen. Sie hatte es nach einem Schnittmuster aus dem *Ullstein-Album* für Damenmoden selbst gefertigt und war sehr zufrieden mit ihrem Schick.

Als die Eisenbahn schnaufend in den Bahnhof einfuhr, stand Friederike bereits an der Tür. Sie wollte niemand anders den Vortritt lassen. Vor Aufregung fühlten sich ihre Wangen ganz heiß an. Sie konnte es kaum abwarten, bis die Räder endlich still standen und sie den Hebel der Abteiltür nach unten drücken durfte. Einen Atemzug später sprang sie auf den Bahnsteig, spürte, wie eine sanfte Brise mit dem weich fallenden Saum ihres Kleids spielte. Sie hörte die Stimme des Schaffners: »Warnemünde, alles aussteigen!« und nicht weit entfernt ein Schiffshorn, womöglich von der Fähre nach Dänemark.

Die anderen Reisenden schoben sich an ihr vorbei. Auch die Familie, mit der sie das Abteil geteilt hatte. Der kleine Junge mit den fettigen Händen streckte ihr im Vorbeigehen die Zunge heraus – und Friederike kam nicht umhin, es ihm gleichzutun. »Bäh!«

»Ich wette, dass du Freddi bist!«

Verwirrt sah sie den jungen Mann an, der sich vor ihr aufgebaut hatte. Wie peinlich, dass er ihrem schlechten Benehmen zugeschaut hatte. Woher kannte er die Abkürzung ihres Namens, die außer ihrem Vater niemand verwendete? Sie hätte schwören können, ihn noch nie gesehen zu haben.

Er war ein ausgesprochen attraktiver junger Mann, groß, schlank, so gut aussehend wie ein Filmstar und bändigte entgegen der gängigen Mode sein lockiges Haar nicht mit Pomade. Zu der weißen Sporthose trug er einen weißen Pullover mit blauen Streifen am V-Ausschnitt, als würde er gerade vom Tennis kommen. Ihr Blick blieb an seiner Garderobe hängen. Eine vage Erinnerung meldete sich in ihrem Hinterkopf.

»Kennen wir uns?«, erkundigte sie sich zögernd.

Er lachte. »Wenn man es als Kennen bezeichnen darf, dass man als Kinder die besten Freunde war, kennen wir uns. Ja. Es schmerzt mich natürlich kolossal, dass du dich nicht an mich erinnerst.«

Den Namen hatte sie weit besser behalten als sein Gesicht. »Ulrich? Ulrich Borchers?«

Er verneigte sich in einer überschwänglichen Geste. »Stets zu Diensten, mein Fräulein. Ich darf doch beim Du bleiben, oder?«

»Natürlich.« Er war frech, er war charmant, und er sah fantastisch aus. Friederike war neunzehn Jahre alt und stand im wahrsten Sinn des Worts am Beginn eines neuen Lebens. Warum also nicht mit einem alten Freund flirten? Sie lächelte ihn an. »Es ist nett, dass wir uns hier zufällig wiedersehen.«

»Ein Zufall ist das nicht. Dein Vater hat mich zum Chauffeur abkommandiert. Er kann leider nicht selbst kommen, um dich abzuholen …«

»Oh!« Der erste Schatten legte sich über ihre Heimkehr.

»In der Saison hat Joachim enorm viel zu tun. Das musst du verstehen, Freddi. Es kommen so viele Touristen wie nie zuvor. Seitdem nicht mehr nur die bessere Gesellschaft ihre Ferien an der See verbringt, sondern auch Arbeiterfamilien aus den Städten anreisen, ist die Promenade an den meisten Juliwochenenden überfüllt. Und da die Badehäuser abgeschafft wurden und es jetzt erlaubt ist, im Badekostüm direkt vom Strandkorb aus ins Wasser zu gehen, verlangen manche alte Damen Vorhänge vor den Kiepen. Entweder wollen sie die anderen Leute nicht sehen oder selbst nicht gesehen werden. Das ist mir nicht ganz klar. Aber dein Vater will zur Stelle sein, um Sonderwünsche zu erfüllen. Besonders bei Stammkunden, die jedes Jahr wiederkommen.«

Der lange Monolog überforderte Friederike etwas. Sie nickte beflissen, obwohl sie nicht die geringste Ahnung hatte, wovon er sprach. Aber er war nett – und schätzte ihren Vater anscheinend sehr. Das gefiel ihr.

»Also hat er dich geschickt«, resümierte sie freundlich.

»Genau. Er hätte auch meinen Bruder schicken können, aber der musste kurzfristig auf dem Flugplatz aushelfen. Wenn du irgendwann so ein Ungetüm von Flugmaschine über dir hörst, könnte das Christian sein. Der befindet sich lieber in der Luft als auf der Erde.«

»Das hört sich aufregend an. Ich habe noch nie in einem Flugzeug gesessen.«

»Musst du auch nicht. Ich für meinen Teil verstehe nicht, wieso manche Leute vierhundertfünfzig Mark für einen Flug nach Berlin bezahlen, während sie mit dem Zug viel sicherer und billiger unterwegs sind. Man muss natürlich die Reisezeit von eineinhalb Stunden in Betracht ziehen, aber dennoch … Mir sind Automobile jedenfalls lieber.« Ulrich deutete auf den Koffer neben ihr auf dem Bahnsteig, der sich inzwischen geleert hatte. »Gehört das dir?«

»Ja. Mein anderes Gepäck ist schon vorausgeschickt worden.« Da ihr die Leidenschaft von Christian Borchers zutiefst imponierte, fügte sie hinzu, um ebenfalls ein wenig zu brillieren: »Ich komme nicht nur zu Besuch, sondern werde ganz hierbleiben, da ich eine Anstellung bei der *Rostocker Zeitung* erhalten habe.«

Ulrich, der gerade ihren Koffer aufheben wollte, hielt überrascht inne. »Sekretärin?«

»Reporterin«, versetzte sie stolz. Um jedoch nicht als Aufschneiderin zu gelten, fügte sie etwas kleinlauter hinzu: »Volontärin, genauer gesagt. Aber man hat mir versprochen, dass ich bald eigene Artikel bearbeiten darf. Ich bringe schon ein bisschen Erfahrung aus der Redaktion der *Hamburger Neuesten Nachrichten* mit.«

Anerkennend pfiff er durch die Zähne. »Du bist eine Wucht, Freddi, das habe ich gleich gesehen. Wir sind übrigens Kollegen, ich schreibe auch für die Zeitung. Die Korbmacherei ist nichts für mich. Willkommen bei der Presse!«

Gut gelaunt plaudernd verließen sie Seite an Seite den Bahnhof. Friederike ging einen halben Schritt hinter Ulrich, um ihm die Führung zu überlassen. Das war auch nötig, denn sie wäre zu Fuß zur Bahnhofsbrücke gegangen und hätte das vor dem Postamt parkende Cabriolet höchstens aus den Augenwinkeln bewundert. Ulrich steuerte jedoch zielstrebig auf das Automobil zu. Er hob ihren Koffer schwungvoll auf den Rücksitz, bevor er die Tür zum Beifahrersitz aufriss.

»Bitte, steig ein. Ich habe dir doch gesagt, ich bin als Chauffeur abkommandiert. Und ich bin ein ziemlich guter Automobilist. Du wirst es genießen, Freddi. Aber du solltest deinen Hut festhalten, damit er nicht davonfliegt.«

Dass ihr Vater sie nicht hatte abholen können, war vergeben. Ulrich hatte recht, sie liebte es, vom Fahrtwind umrauscht zu werden, den Duft der See in sich aufzusaugen, immer mit Blick auf den Leuchtturm, der von fast jedem Ort zwischen Bahnhof und Vorderreihe irgendwie zu sehen war, wenigstens die oberste Galerie und die Kuppel mit der Laterne. Friederike mochte vieles aus ihrer Kindheit vergessen haben, aber der Leuchtturm besetzte einen Platz in ihrem Herzen. Neugierig beobachtete sie die rege Bautätigkeit am Alten Strom, wo sich die Kapitänshäuser ihrer Kindheit in Geschäftshäuser verwandelten, Ferienwohnungen zu Läden, Cafés und Restaurants umgebaut wurden. Warnemünde hatte sich verändert. Und vielleicht auch seine Einwohner und Gäste.

»Du siehst glücklich aus«, stellte Ulrich fest.

Sie schmunzelte. Eine Begebenheit von früher fiel ihr ein. Mit einem stillen Lächeln auf den Lippen erinnerte sie sich an eine Szene im Wald jenseits des Strandwegs. »Du solltest nicht mit mir flirten. Ich habe mir schon als kleines Mädchen vorgenommen, dass ich dich nicht heiraten werde.«

»Dabei warst du die Einzige, die ich damals heiraten wollte.«

Er wusste es noch. Friederikes Herz machte einen kleinen Satz.

Es war schön, wieder zu Hause zu sein.

Nachwort

Wir benutzen alle irgendwann Gegenstände, die uns lieb geworden, für uns aber irgendwie selbstverständlich sind. Man macht sich selten Gedanken darüber, wie diese Dinge hergestellt werden, wann und warum sie überhaupt erfunden wurden. Sie sind einfach da. Geliebt, gebraucht und unverzichtbar. In diese Kategorie fallen für mich die Strandkörbe, jene bequemen und formschönen Sitzgelegenheiten am Meer, eine Art typisch deutscher Gebrauchsgegenstand. Nirgendwo sonst auf der Welt gibt es diese legendären Kiepen – außer als besondere Dekoration.

Im Winter 2013/14 begann ich, der Geschichte des Strandkorbs und seiner Erfinder nachzugehen. Ich war damals Pressesprecherin der Autorenvereinigung DELIA und an der Organisation der sogenannten DELIA-Liebesromantage beteiligt, die im Mai 2014 in Büsum an der Nordsee stattfinden sollten. Nachdem ich gefühlt einhundert Pressemitteilungen über den Verein zur Förderung des deutschsprachigen Liebesromans und den von DELIA alljährlich verliehenen Literaturpreis versandt hatte, suchte ich nach einem anderen »Aufhänger«. In der Tourist-Information von Büsum gab es seinerzeit einen ausrangierten Strandkorb, der – mit Brettern ausgestattet – zum Bücherregal umfunktioniert worden war, was ich sehr passend fand. Das gab den Anstoß zu meiner Recherche.

Mein vorliegender Roman ist eine Familiengeschichte. Es ist

kein Sachbuch über den Strandkorb, es ist eine erfundene Geschichte mit sehr viel Authentizität. Deshalb sehen Sie, liebe Leserinnen und liebe Leser, mir mögliche Ungenauigkeiten nach. Die resultieren auch aus der Tatsache, dass ich mein Wissen in komprimierter Form darstellen muss. Meine handelnden Figuren sind alle frei erfunden und besitzen keinerlei Ähnlichkeit mit verstorbenen oder lebenden Personen, die historischen Hintergründe für ihr Denken und Handeln sind jedoch real.

Ich habe Warnemünde als Handlungsort meiner Geschichte stellvertretend für alle Bäder an der deutschen Ostseeküste gewählt. Dieses wunderschöne Seebad liegt für mich buchstäblich nahe, weil ich seit einigen Monaten einen Zweitwohnsitz im Landkreis Rostock unterhalte und deshalb sehr oft dort bin, auch mit Laptop. Ich unternahm sogar den Versuch, wie einst Thomas Mann in einem Strandkorb zu schreiben.

Die Entwicklung vom Fischerdorf zum Seebad vollzog sich im Kaiserreich überall recht ähnlich wie in Warnemünde. Die einzige Ausnahme bildet Heiligendamm, das bereits 1793 von Großherzog Friedrich Franz I. von Mecklenburg gegründet wurde und damit das älteste Seebad auf dem europäischen Kontinent ist. An Rostock-Warnemünde ist außer meiner persönlichen Vorliebe aber noch etwas bemerkenswert: Der Siegeszug des Strandkorbs begann tatsächlich dort.

Die Herstellung von Sitzmöbeln mit einer Haube aus Korb ist seit dem 16. Jahrhundert überliefert. Vor allem im norddeutschen Raum fanden diese Stühle Zuspruch. Mit dem Beginn des Tourismus an den Nord- und Ostseeküsten wanderten die Kiepen aus den Häusern an den Strand. In einer Inventarliste der ostfriesischen Insel Norderney aus dem Jahr 1873 werden auch Strandsitze aufgeführt, rund acht Jahre später finden sie Erwähnung in einem Artikel in der damals beliebten Zeitschrift *Die Garten-*

laube, und kurz darauf schrieb Theodor Fontane während eines Kuraufenthalts auf Norderney über die »Korbhütten am Strand«.

Etwa zur selben Zeit soll eine an Rheuma leidende ältere Dame bei Hofkorbmacher Wilhelm Barthelmann (1845 – 1930) in dessen Werkstatt in Rostock vorgesprochen haben. Elfriede von Maltzahn bat um einen Sessel für den Strand, der sie vor dem Wind schützen würde. Ob sich Barthelmann von den Strandstühlen auf Norderney und inzwischen auch auf Sylt inspirieren ließ, ist unbekannt, es wird jedoch vermutet. Der konkrete Entwurf seines Modells und die bald darauf erfolgte Weiterentwicklung mit Markise, Fußstützen und Tischchen machen ihn aber eindeutig zum Schöpfer des Strandkorbs, wie wir ihn heute kennen. Die im Roman erzählten Probleme mit den Patenten und die teils unsinnigen Pläne für schwimmende und andere Varianten entstammen der Literatur. Den größten Anteil am Erfolg hatte jedoch Barthelmanns Ehefrau Elisabeth. Sie sah in der Vermietung der neuen Möbel ein größeres Geschäft als im Verkauf und gründete einen Strandkorbverleih, der seine ersten Plätze nebst einem kleinen Laden am Leuchtturm in Warnemünde hatte. Ein Original aus dem Jahr 1910 befindet sich dort im Heimatmuseum. Barthelmanns Werkstatt wurde bei den schweren Bombenangriffen auf Rostock 1942 zerstört und nicht wiederaufgebaut.

Zum Siegeszug eines Möbelstücks gehören natürlich Zahlen: Im Jahr 1892 luden bereits etwa 100 Strandkörbe zum wind- und sonnengeschützten Aufenthalt an der See in Warnemünde, 1911 verliehen vier Vermieter sechsmal so viele und mehr. Zur Kaiserzeit reisten vor allem Mitglieder der oberen Schichten (des sogenannten 1. und 2. Rangs) in die Sommerfrische ans Meer. Warnemünde war der führende Ort an der mecklenburgischen Küste: 1910 kamen über 20 000 Gäste. An zweiter Stelle lagen Brunshaupten und Arendsee (beide heute zusammengeschlossen zu Kühlungsborn) mit 14 000 und 9 000 Urlaubern, das vornehme und durch seine finanziellen Schwierigkeiten gebeutelte Heiligendamm zählte im selben Zeitraum rund 2 400 Besucher.

Mit dem Ende des Ersten Weltkriegs und den damit vollzogenen gesellschaftlichen Veränderungen verbrachten nun auch Arbeiterfamilien ihre Ferien am Strand. Das führte zu einem Boom der Strandkörbe. Allein unterhalb der Seestraße, der Promenade und des Strandwegs in Warnemünde standen zur Hochsaison 1935 über 3 000 Kiepen (heute sind es etwa 1 600). In der DDR war Warnemünde das populärste Seebad an der ostdeutschen Küste, die ersten Strandkörbe standen bereits bald nach Ende des Zweiten Weltkriegs am Ufer des Baltischen Meeres (im Gegensatz zu den Seebädern in Schleswig-Holstein; der Badebetrieb in Travemünde etwa wurde erst 1949 wieder aufgenommen). Seit der Wende 1989 erblüht Warnemünde in altem Glanz und erfreut sich wachsender Beliebtheit, im Jahr 2015 wurden 385 000 Ankünfte mit mehr als einer Million Übernachtungen erfasst.

Und noch einige Fußnoten:

– Wer sich heute nach der Vorder- oder der Hinterreihe erkundigt, wird vielleicht auf Verständnislosigkeit stoßen. Die Vorderreihe ist die Flaniermeile am Alten Strom, als Hinterreihe wurde die Alexandrinenstraße bezeichnet. Mein Vorbild für Joachim und Greta Wittenburgs Haus war das bezaubernde Gebäude Nr. 31, in dem sich das Heimatmuseum befindet; es lohnt unbedingt einen Besuch.

– Der Schauspieler Walter Trautwein ist meine Erfindung. Der Kurzfilm *Wie sich das Kino rächt* allerdings nicht. Dieser entstand tatsächlich am Strand von Warnemünde mehr oder weniger unter den erzählten Bedingungen.

– Im Roman spielt ein Flugplatz in Höhe Düne eine Rolle. Meine Geschichte beruht auf historischen Tatsachen, darüber hinaus sei erwähnt, dass 1919 von Warnemünde aus die ersten zivilen Linienflüge nach Berlin-Johannisthal und Kopenhagen starteten. 1922 wurde der Flugplatz stillgelegt, zwei Jahre später wiedereröffnet, zwischen 1945 und 1947 abgetragen beziehungsweise gesprengt. Heute befinden sich auf dem Gelände der Warnemünder Yachthafen und ein Hotel.

– Die 1433 gegossene Kirchenglocke, die im Ersten Weltkrieg nicht abgehängt wurde, ließ die Gemeinde 1921 einschmelzen. Die Warnemünder gaben das alte Geläut für eine neue Kirchenglocke in Zahlung. Diese erklingt noch heute auf dem Kirchplatz.

– Die katastrophale Explosion in der Munitionsfabrik in Quickborn am 10. Februar 1917 ist tragische Wirklichkeit. Ein Gedenkstein am Neuen Friedhof erinnert an die Opfer, deren Anzahl bis heute nicht genau ermittelt werden konnte. Die Angaben schwanken zwischen 115 und 600 Toten. Es waren damals vor allem junge Frauen, die ohne jeglichen Schutz und ohne Sicherheitsmaßnahmen in den Pulverwerken arbeiteten.

– Ich habe die Begebenheiten im Ersten Weltkrieg aus Sicht des Alltags einer bürgerlichen Familie erzählt. Das Umfeld in Rostock-Warnemünde und Hamburg entspricht den historischen Überlieferungen. Wenn Sie, liebe Leserinnen und liebe Leser, darüber hinaus mehr über die militärische Seite und die Arbeit des Internationalen Roten Kreuzes in dieser furchtbaren Zeit erfahren möchten, empfehle ich Ihnen meine Familiensaga *Das Haus am Alsterufer*.

Alle Informationen, die das Gerüst meiner Geschichte bilden, habe ich entsprechender Basisliteratur entnommen oder durch Menschen herausgefunden, die Fachleute in den Detailfragen sind. Ich kann mich nicht bei allen bedanken, denn die Liste ist sehr lang. Ich möchte aber unbedingt anmerken, dass die Freundlichkeit und Hilfsbereitschaft, die mir etwa Museumsmitarbeiter oder mit einem bestimmten Ort besonders vertraute Historiker entgegenbrachten, überwältigend war. Ihnen allen, die diesen Roman eines Tages hoffentlich mit einem guten Gefühl lesen, sage ich ein sehr herzliches DANKESCHÖN.

Zum Abschluss möchte ich mich – nicht nur wie immer, sondern ausdrücklich – bei meiner Agentin Petra Hermanns bedanken (sie weiß, was ich meine) und bei meiner Lektorin Barbara Heinzius. Mein Dank gilt auch meiner geduldigen Außenlektorin Marion Voigt. Und dann meinem Mann Bernd Gabriel, der mir an manchen Tagen den Rücken freigehalten hat (ich wusste bis dahin nicht wirklich, was mit dieser Redewendung gemeint ist).

Zwei ganz besondere Menschen haben die Entwicklung dieses Romans begleitet: meine Enkel. Als ich das Exposé schrieb, waren die Zwillinge gerade geboren worden, und mit jedem Monat, den ich an dem Buch arbeitete, wuchsen auch Maximilian und Alexander. So wurden meine beiden Enkelsöhne die Vorbilder für Christian und Ulrich. Deshalb habe ich es nicht über mich gebracht, Ulrich in den Krieg zu schicken und in einem Schützengraben nahe dem nordfranzösischen Lille sterben zu lassen, wie es ursprünglich geplant war, da dort viele Soldaten aus Warnemünde gefallen sind. Ich hoffe, Sie, meine lieben Leserinnen und Leser, finden das Ende meiner Geschichte dennoch glaubhaft und gelungen.

Micaela Jary
Berlin im Dezember 2016